梅毅

作品

骀虞幡

南北英雄志

天地出版社 | TIANDI PRESS

图书在版编目（CIP）数据

南北英雄志. 驺虞幡 / 梅毅著. —— 2版. —— 成都：
天地出版社, 2025. 6. —— ISBN 978-7-5455-3597-6

Ⅰ. I247.5

中国国家版本馆CIP数据核字第2025P9K084号

NAN-BEI YINGXIONG ZHI · ZOUYU FAN

南北英雄志·驺虞幡

出 品 人	杨　政
作　　者	梅　毅
责任编辑	燕啸波
责任校对	曾孝莉
封面设计	今亮后声·郭维维
内文排版	四川最近文化传播有限公司
责任印制	王学锋

出版发行	天地出版社
	（成都市锦江区三色路238号　邮政编码：610023）
	（北京市方庄芳群园3区3号　邮政编码：100078）
网　　址	http://www.tiandiph.com
电子邮箱	tianditg@163.com
经　　销	新华文轩出版传媒股份有限公司

印　　刷	北京文昌阁彩色印刷有限责任公司
版　　次	2025年6月第2版
印　　次	2025年6月第1次印刷
开　　本	710mm×1000mm 1/16
印　　张	28.5
字　　数	527千字
定　　价	98.00元
书　　号	ISBN 978-7-5455-3597-6

目录

第一章　帝阳陨落

太熙元年（公元290年）的春天，似乎比往年要寒冷许多。

已经快四月了，洛阳城皇宫内的花树按照季节悄然生长，乍看上去，姹紫嫣红，但空气中却透露着一股不祥的肃杀气氛。夜晚来临后，月光洒在含章殿[①]周围，如同白雪覆盖在极冷荒原上一样。

在宫殿外白得有点发蓝的青石地面上，被月光映衬的树木，显得无比清晰、洁净。罡风刮过，枝条互撞互击，哗哗地响，没有一丝春天时节该有的柔和。那些本来应该轻如魂灵的花朵，在月光下颜色失真，呈现出一种晶莹的惨白，质地如同玉石般冰冷。

往常宫内热气腾腾、喧嚣阵阵的场面全然不见，只有含章殿内灯火荧荧。除此以外，皇宫内几乎所有的屋子都漆黑一片。

如果抬头往上仔细看，会发现那近于深蓝色天空的遥远的一角，仍然闪烁着一丝亮光。大面积的天空，都很阴沉，望上去呈青绿色，很像暴风雨前那深不可测的辽阔海洋。

死一般沉寂的皇宫内，正蕴含着无限的惶骇、惊恐、绝望以及疯狂。帝国骇浪滔天的明天，很快就会来临。

殿内，弥漫着奇怪的味道，无数种药材、薰香、香料，以及殿内紫𣗥木[②]木材氤氲出的气味，被熊熊炭火蒸烤后，熏得人有种喘不过气的感觉。

躺在巨大龙床之上的皇帝[③]，身上只胡乱着了一件紫襦衣，蓬头躺着，喘声如牛，兀自捯气。这个沉重的肉身，脱卸下华丽的旒冕和那套绣满日、月、星辰、山、龙、华虫、宗彝、藻、火、粉米、黼、黻十二章图的刺绣文服，五十五岁的

---

① 洛阳皇宫内皇后所居的东殿。皇后正殿名显阳，西殿名徽音。
② 即紫檀。晋朝崔豹在《古今注》中写道："紫𣗥木，出扶南，色紫，亦谓之紫檀。"
③ 指晋武帝司马炎。

皇帝，昔日殿堂上的威风全然不再。

垂死的病痛，虚胖的脸，间或一转的眼珠，加上他黑白相间的散乱胡须，让正值壮年的帝王更像一个年近古稀的老翁。

殿门处，侍中、车骑将军杨骏，这位以皇后之父身份掌握大权的外戚，满脸忧虑，向一位御医询问着皇帝病情。

"皇帝先中'外风'，内虚邪中，精血衰耗，肝阳偏亢，以至于心肝火炽，内风旋动，造成内气逆血而上，痰浊蒙蔽脑神，水不涵木，故而半身不遂，猝然昏仆。……如今观之，皇帝口眼歪斜，言语謇涩，舌头红苔厚腻，脉弦细涩，加之湿痰生热，深入脏腑……"

御医低声解释着。本来就稍稍驼背的他，因为惊恐把腰弯得更低。

杨骏闻言，摆摆手，更加急切地问："莫多言病状，我只问你，皇帝到底能熬过几时？"

"所谓'中风'者，乃阴阳失乖，气血偏颇，皇帝房事烦劳过度，阴阳失调，肝阳上亢，故而痰热相煽，浊邪上亢，水亏精虚；最险之事，乃闭脱兼有，阴阳两脱。依在下判断，大忧之事，当在须臾之间！"

听御医如此说，杨骏的脸色似乎明朗了许多。接着，他还是有些不放心地问："尔辈真的没有回天之力吗？"

御医摇摇头："……皇帝牙关紧闭，口噤不开，肢体强痉，脉滑而涩，已呈'闭象'。在下刚才仔细诊治，发现皇帝肢体软瘫，手撒肢冷，舌痿汗多，二便自遗。其病机，乃气升火升，脑失清阳之气，水津不能循行窍络。为此，我已下沉香、乌药等做理气之用，又开赭石、竹茹、枳实等药品。诸此等等，不过是扶元固本，难以救脱啊……"

杨骏若有所思，御医那些医药术语，佶屈聱牙。不过，大事无妨，自己的人生险局已过——昨天中午，杨骏手下人正在用玺之时，皇帝忽然从昏迷中醒来，命人拿那几章以皇帝名义所发的诏书来观。看到诏书上自己丈人改易心腹多人入主机要，气息奄奄的皇帝大露不快之色，疾喘之余，正色言道："何得如此行事！"皇帝挣扎着挥手，立刻派宫人传中书入殿作诏，准备召宗室、汝南王司马亮入宫，让这位司马氏元老与杨骏共同辅政，并欲亲择朝内有名望者参与政事。

皇帝当时忽然的回光返照，惊得杨骏一身冷汗。可幸的是，未几，皇帝再次昏厥，不省人事。

皇帝的生与死，于杨骏而言，喜忧参半。喜的是，自己在朝内已经遍插亲信；忧的是，龙崩国疑，国事未来难以逆料。

看着床上大口大口喘气的、比自己小两岁的帝君女婿，杨骏依旧掩饰不住内心的恐惧。虽然皇帝已经处于弥留状态，但是，倘若他忽然醒转，能够处理政事，加上汝南王司马亮得以辅政，此后朝中一切大事，必定不利于己。

在殿内不停兜转的杨骏，突然如遭电殛，止住了脚步。然后，他振袖匆匆，带着两个从人直奔中书省。

恰巧，他刚刚出殿，就迎头碰上中书监华廙。

华廙正要拿那份召汝南王司马亮辅政的诏书给他上司中书令何劭签押。

"华大人劳苦了，此诏先交与我，待我细观。皇帝病重之时，万事不得有失！"未待华廙应允，杨骏径自从他手中轻轻夺取了那卷诏书，转身而去。

春日的晴空，过于美丽，太阳刺目得让人觉得头晕目眩。

皇帝是否能起死回生，对杨骏而言，已经不是一个大的问题，将要继位的痴呆憨傻的皇太子，也完全不是问题；朝内昔日的重臣死的死，病的病，没有一呼百应的人物能与自己抗衡；散处于各地的司马宗室以及贵戚，没有横生的借口，应该也不会让人生忧——让杨骏内心发沉的人有两个，一个是宗室领袖汝南王司马亮，另外一个，恰恰是那个表面看上去没什么危险的皇太子妃贾南风。

在杨骏模模糊糊的印象中，那个黑矮肥硕的年轻女人，自己名义上的外孙媳妇，在她看似低眉顺眼驯顺的外表下，似乎隐藏着无尽的怨毒与野心。仅仅她那不经意的刀眼闪瞥，就让人心中升起某种寒意——隐隐约约地，这个人，撩拨着杨骏警醒的思维，让他心旌不稳。

如果皇帝崩逝，呆傻的皇太子自然而然地会继统成为大晋新的皇帝，而贾南风这个如今的皇太子妃，理所当然地也会成为帝国母仪天下的皇后。

踌躇间，杨骏又想，即便如此，在以"孝"治天下为称的大晋，自己的女儿、当今皇后杨芷，也会成为帝国高高在上的皇太后。可进而思之，自己女儿毕竟只是一个居于深宫的妇人，新帝也不是她亲骨肉，她名号再尊，并不能真正号令天下……

隐藏内心的某个感觉，总会在纷杂的时刻变成让人顿起不祥之念的预感，最终变成行动的动力。

多年的小心翼翼，在杨骏的脑海中渐渐被迫地固定成一种成见：他必须正视潜在的敌人，哪怕是一片云、一朵花、一块砾石……蛛丝马迹下，他一定要寻找出冥冥中隐藏着的什么。

凡是他所感觉到的半明不明的东西，或者人，特别是人，他必须预先发现危险的征兆，然后，想方设法予以清除。

身为皇后的女儿杨芷，对父亲杨骏言听计从。于是，几句托人代转的劝告过后，她就急匆匆地赶来，与父亲并排站立于濒死的皇帝病床前，让人宣召中书监华廙和中书令何劭。

"皇帝有旨：昔伊望作佐，勋垂不朽；周霍拜命，名冠往代。侍中、车骑将军、行太子太保，领前将军杨骏，经德履吉，鉴识明远，毗翼二宫，忠肃茂著。宜正位上台，拟迹阿衡①。以杨骏为太尉、太子太傅、假节、都督中外诸军事②、侍中、录尚书。置参军六人、步兵三千人、骑千人。若杨骏止宿殿中，宜有翼卫。特遣左右卫三部司马各二十人、殿中都尉司马十人翼护，令得持兵仗出入宫中！"

女官音声朗朗，清晰地宣布诏令。

跪在地上的中书监华廙和中书令何劭叩首，但心中非常犹疑。如果这个诏令是真的，杨骏不仅仅手握天下重权，而且他还掌握了整个皇宫。他们现在要做的，就是依照口宣即时草诏，诏告天下。

几声巨大的喘息声响起，床上濒死的帝君被痰憋得醒转，向上挥舞着双手，感觉他要抓住什么似的。

看到皇帝忽然睁开了眼睛，华廙鼓起勇气，赶忙移膝至病床前，高声再一次宣读诏书的内容，然后，他紧张地低声询问道："陛下，此诏即刻发布否？"

弥留的皇帝侧过头，睁大双眼。他听得见，但看不清，也说不出话。

曾经一统三国的大晋皇帝司马炎，如今憔悴不堪。软巾下，露出了几乎完全发白、乱糟糟竖起的头发；下巴上的白胡子，沾满了刚刚呕吐出的黏黏的污秽物；只有他高挺的鼻梁上，那种在灯光下散发出的金属般的光泽，还依稀透露出往昔光彩夺目的威严。垂死的、时而清醒时而昏迷的状态，使得这个曾经具有无上威权的皇帝顿失全部的光彩。

杨骏父女紧张地注视着皇帝，垂死的、弥留的皇帝。

中书监华廙和中书令何劭，以及随侍的宫婢、宦者，都目不转睛地望着皇帝的脸，特别是他的嘴唇。

平素，这位大晋皇帝中气十足，说话速度很快，他总是自顾自旁若无人地以指斥的语气滔滔不绝，犹如奔泻的洪流。其间往往伴随着不耐烦的手势。如今，让所有人感到无比惊讶的是，他虽然眼睛睁开着，喘着粗气，龇牙咧嘴，脸上却

---

① 商代官名，乃师保之官。后来往往引申为担国家辅弼之任或者任宰相之职。

② 即代表皇帝指挥全国军队的统师。晋武帝司马炎时代，只有他叔祖司马孚担任过这个荣衔。泰始八年（公元272年）司马孚死后，就不再设立这个头衔，以免威胁皇权。日后，杨骏、赵王、齐王、长沙王、成都王相继享有这个荣衔，但都不是皇帝赠封的，乃是他们手中握权后，自己封给自己的。

毫无表情。他面部瘫痪的症状，由于弥留的痛苦，更趋明显。

皇帝呆呆地望着床前的一群人，嘴唇僵硬，连喃喃自语的迹象都没有。接下去，他脑袋保持着不动的姿势，眼睛忽然睁大，这让在场的所有人都心惊胆寒。

良久，皇帝眨了眨眼睛："……汝南王来了吗？"

这是皇帝最后的回光返照，濒死之人的音声变得无比清晰。在场所有的人，都吓了一大跳。

华廙和何劭移膝趋前，想细询旨意。皇帝刚刚侧头，就被一阵突如其来的狂咳扼住了喉咙。

一口浓浓的痰，堵住了皇帝的气管，憋得他眼睛突出，使得整张脸变得十分骇人。

他的面色迅速地由紫而黑，他不停用双手抓抠自己的喉咙。

"犀角、地黄汤，加玳瑁、沉香、大黄、白薇、三七粉……"御医一边手忙脚乱地指挥宦者配药，一边凑上前来，对杨骏和杨皇后禀告，"皇帝火迫血行，气逆血逆，痰随火升，气逆痰壅，已经上蒙脑窍，十分危急！"

众人细看，只见皇帝喉间痰鸣堵塞，痰声辘辘不止，头不停地大起大伏，气息奄奄。

杨骏的脑子在瞬间转了千百转。皇帝刚才那句"汝南王来了吗"的问话，又一次惊得他的心突突狂跳。

稍稍平息一下自己的心跳，他转身对华廙和何劭二人说："两位大人，请速去中书省当值。倘若大事有作，当烦劳二位拟诏旨！"

望着杨骏咄咄逼人的眼神和不容置疑的表情，再看看床上声若牛喘的皇帝和哭成泪人的皇后，华、何二人只得退下。

"大人，皇帝危急如此，应该马上用点天突穴之法急救！"御医浑身战栗，带着哭腔对杨骏说。

杨骏的眼神非常慌乱，眼珠迅速地转动着，速度之快，让他对面的人也心里发慌。

他定定心神，情急智生，先派宫中女官把身为皇后的女儿送离现场。然后，他指着床上依旧辗转挣扎的皇帝，低声地问御医："何以救之？"

"……当下之急，一定要马上畅通气道，舒气豁痰，用右手大指点天突穴处，指肚向外，指甲贴颈，用力向下点之，万万不可向里，一点一起，用指端向下向内挠动，如此，可以令皇帝喉内堵塞浓痰活动，令喉中发痒作嗽……而后，再用手指轻捏喉结，以助发痒作嗽，只要皇帝能够咳嗽，会立刻呕吐出大量痰涎，必能渡过一关！痰出之后，以'稀涎散'吹入鼻中，从鼻空中饲以'竹沥水''猴枣散'以清化热痰……"

御医结结巴巴地解释着。惊惧过度之下，他依旧能基本保持清晰的治疗思路。

病床上的皇帝，已经没有进气，他的头颈急促不停地痉挛抖抬，狂喘大气，命在须臾。

经过仔细认真地思虑，良久，杨骏挥退殿内的宫婢、宦者，只留下那个如坐针毡的御医在场。

床上的皇帝，他那不同凡响的长髯，如今由于白丝纵横而变得根本不像真实的胡子。致死的疾病，确实能令人体发生许多具体而微的变化，昔日魁伟的帝王，变成一个瘦小枯干的小丑，或者说是个老乞丐。在这样的时刻，皇帝那隆准雄髯的外表，再无丝毫令人尊敬之处。

垂死之人，四肢微微地颤抖，胸部拉风箱一般剧烈地起伏，平昔高傲的脸上，布满松弛的肌肤。他两个眼袋肿成了凸起的透明水泡，滑稽而怪诞地摆在脸上，似乎形成了某种人格方面的彻底改变。

面对着这个只剩下一口气的躯体，仟谁也不能把他和往昔那个威震天下的帝王牵连到一起：三十岁登基为帝，平吴后收取四十三郡男女口二百三十万，混一天下……

这位大晋皇帝，受禅取代曹魏之后，奄有中原，规复秦汉旧土，彻底结束了三国分峙。全盛之时，大晋全国共有大州十九，分置郡国一百五十余，大海黄沙之间，封建皇亲国戚，勋业强大。

躯体还是那具躯体，而浮肿变形的脸部，已与原先的皇帝本人迥然不同！曾经那样自负、傲慢的面孔，如今只是一块污秽不清的紫肉；曾经在这个帝国鹰视狼步的最灿烂、挺拔的身躯，如今变成了一堆抖抖索索的、蠕动着的烂泥般的破布！

不可思议！如同幻觉！

杨骏并不理会御医急切的请求。他托颐沉思，缄口不语。

终于，这个智力中平的外戚贵臣，做出了他平生最大胆、最独立的决定：让皇帝去吧！床上的皇帝，应该马上成为先帝！

一条死龙，对活人才没有威胁。

艳阳当空。安静得可怕的皇宫深处，传来几声羔羊的咩咩声，刺破了氤氲着庄严、威武空气的含章殿。那些体硕脚力好的羔羊，从此以后，再无机会拉着皇帝在住满了美貌嫔妃的后宫中流连徜徉了。①

一阵咝咝的急促声音很怪异，在皇帝喉咙中憋响着。片刻之后，他的四肢强烈痉挛抖动了几下，然后，一切都归于安静了。

皇帝驾崩。

他，既是帝国的头颅，也是帝国的心脏。但，这一切现在都过去了。大晋，这个无数臣民的巨大结合体，看上去形式壮丽，幅员广大，其实不过是巨大冰川一样的庞然巨物，暗中蕴藏着波涛万千、深不可测的愤怒海洋，一波一波，不断地冲击那由虚幻的大一统帝国所砌垒的坝体般的峭壁。

司马炎，一代帝君，安静地躺在那里。痛苦过后，再无痛苦。

皇帝死了，而这个光辉灿烂的白昼，盈实无缺。皇宫内寂静的图像，给人的视野中编织进某种什么都没发生的假象。

当巨大的威胁完全消除过后，杨骏心里忽然感到一种空荡荡的沉重——如果皇帝活着，该有多么好啊！自己作为皇帝所宠爱的皇后的父亲，地位尊贵不说，没有任何可以直接担心和操劳的事情——如今，平静和安全的生活完全远去。帝国，因为皇帝的崩逝，而顿然失衡了。

刹那之间，许多看不见的阴影，未知的恐惧，似乎在不可预料中，向杨骏绽开了血淋淋的笑靥。

"来人！"杨骏厉声道。

殿外值勤的卫士、宦者闻声而至，脚步声沓然。

杨骏一展衣袂，袍袖猛抖，目光盱盱地望向御医……

---

① 据《晋书·后妃传上·胡贵嫔》记载："（晋武帝）常乘羊车，恣其所之，至便宴寝。宫人乃取竹叶插户，以盐汁洒地，而引帝车。"而《南史·后妃传上·潘淑妃》也载此则以为潘淑妃事。此后，史书常以"羊车降临"表示宫人得宠；以"不见羊车"表示宫怨。

第二章　阳　谋

洛阳金谷园（又名梓泽）。仲夏。

远远望上去，石崇所建金谷园美轮美奂。在阳光下，有如梦幻般的园林，坞堡纵横，台榭壮丽，景色神秘，具有不可言说的骇人魅力。

在帝国上下都陷于彷徨的时刻，这个位于洛阳西北端的地方，仿佛与世隔绝。空气芬芳，微风轻柔，似水月光覆盖着这个美妙的繁华世界以外的深谷，很容易让人产生联翩幻觉。

烛光照耀间，黑夜亮于白昼。高达数丈的大树，它们的绿叶在烛光下闪闪发光，浓浓青翠，在黑夜中流淌着，融入深蓝色的黑夜。在奇异灯光映衬下，在欢乐喧嚣声中，远处的夜色，显得非常深暗。

曲廊宛转，恰如一条鲜红的带子，仿佛只要一经阳光照射在上面，它们就会立刻燃烧起来。

头上有着"安阳乡侯"封爵的石崇，字季伦，官居侍中，独坐在一个软榻上，兀自欢笑着饮酒自娱。他紫红色的脸膛，熠熠发光，髯须上闪烁着几滴醇醪。

石崇身后，纵列摆放着十数棵高达三四尺的罕见珊瑚树，条干绝俗，光耀闪烁。

客席之上，坐着几个大晋朝尊贵的、声名显赫的客人，皆独席而坐：

杨珧，字文琚，杨骏之弟，当朝太仆；

杨济，字文通，杨骏之弟，太子太傅；

王恺，字君夫，晋武帝母舅；

潘岳，字安仁，廷尉评[①]；

欧阳建，字坚石，石崇之甥，尚书郎；

---

① 官名，掌管司法的主要官员的助理。

傅咸，字长虞，尚书右丞。

"大行皇帝崩逝未久，年内应该依旧袭用原先的'太熙'年号，尊兄骤然改元'永熙'，于古理不合啊。"酒至半酣，石崇有些醉意，举杯对杨珧、杨济道。

未等二杨开言，席中年纪最轻的欧阳建气盛，当的一声放下酒樽，以一种指斥语气说："梓宫将殡之时，六宫出辞，尊兄杨公，并不下殿，反以虎贲百人自卫，如临大敌，兵士环绕殿门，阻隔众臣。不仅如此，他还促令宗室元老汝南王司马亮即刻出京赴镇，致使宗室震骇，如今之人，朝内朝外，都心怀惴惴！"

在座的王恺是个半老头子，他喝得醉醺醺，花白胡子上溅满了酒汁。作为贵戚，他气焰嚣张，全然不顾礼貌，拍案叫道："杨公以外戚之身骤登尊位，不思韬晦，早晚必致大祸！我乃文明太后①亲弟，与家兄王恂犹自谦抑。杨公如此妄为，排挤宗室，吾等为汝杨氏兄弟深忧，族诛之祸，想必不远……"

美男子潘岳与傅咸座席相邻，二人私下交换了一下眼神，并未即刻插言。

杨珧为人本来就懦弱，加上内心藏愧，他俯首低声言道："我一直劝家兄留汝南王在朝内共同辅政……我还向张华大人写过书信，言及此事。"

杨骏之弟杨济，身长八尺，神形隽朗。对王恺之言，他也没有生恼，反而一脸忧色地表示：

"若家兄能征还汝南王辅政，自己退身避位，我杨家门户或许能得以保全。如此以往，恐怕我杨氏家族当真会有赤族灭门的大祸啊。我与外甥李斌，曾经多次向家兄谏言，无奈他不肯听从。"

一旁就座的傅咸听杨济如此说，脸色朗然，他起身一揖道："杨公不必避位去职，只要他能以皇帝旨意征还汝南王入宫辅政，必然大得人心。天下之事，在于一个'和'字。京城朝内，外戚、宗室，二者皆不可独大。二者相容，则能对天下宣表辅政大臣至公无私之心。如果尊兄能召汝南王还朝，必致人心安定，天下太平。人臣不可专权，岂独外戚！倘若宗室见疏，因外戚之亲以得安；倘若外戚位危，可倚宗室之重以为援。正所谓唇齿相依，此乃上计。今日朝中，尊兄杨公反其道而行之，不计唇亡齿寒之念，一意孤行，依我愚见，不仅杨氏家族有忧，天下亦忧！"

闻听傅咸所言，坐在主位的石崇不住点头。

杨济又一叹："傅公不必再谏家兄！前日朝廷授予他太傅、大都督、假黄钺的荣爵，傅公您曾当朝谏劝，家兄回府大怒，欲外放您出外任郡守，还是我兄弟

---

① 这里指晋武帝司马炎的生母王太后，死后谥号为"文明"。

二人苦劝，家兄方才罢手……"

傅咸拱手表示相谢，但他口不服软："如果在下矫枉过正，卖直取名，即使遭祸杀身，诚不足惜。我之所言，本出于对朝廷之愚忠，如此见怨杨公，真难以理解！"

不停举杯畅饮的石崇感觉宴席间气氛凝重，就拍拍手，召唤来姬妾数十人，在象牙床的沉香屑上轻歌曼舞。

弦歌声起，他让人拿出大珠百颗，对那些美女说，谁在香屑上留下的步痕浅，谁就能得到大珠，想以此来娱乐众人。

丝竹声中，美人扬眉瞬目，旋腰转踝，曼妙起舞。在场诸人，各有心事，似乎都提不起兴致观赏歌舞。

看到二十多个石崇家奴穿着火浣布制成的火红衣衫穿行伺候于席间，潘岳笑言道：

"昔日武皇帝得到外国进贡的世间罕有的火浣布，特意制成便服来石公家临幸。谁料到，石公你本人穿常服，却让五十个家奴都穿火浣衫于席间伺候，当年着实让武皇帝吃了一惊啊。"

潘岳的意思，本来是想转移话题，以使在场各位轻松下来，打破沉闷。

孰料，听潘岳如此说，座中长久以来一直与石崇斗富比豪的王恺不悦，他鼻子里面哼了一声，忽然起身，也不着履，拂袖而去……

见气氛有些尴尬，未几，众人皆离席告辞。

石崇拱手作礼，一一目送，唯独留下潘岳和欧阳建。

"昼短苦夜长，何不秉烛游！不必匆匆就去，下场宴席就要开始了呢……"石崇笑着说。

他慢慢在前踱步，引潘岳、欧阳建二人到金谷园另外一处宴饮之地。

片刻间，成百的仆从和女婢穿梭往来，安席换盏，置酒放台，重开豪宴。

吱吱叫声传来。特别招惹人眼目的，七八个打扮得花枝招展、身上熏奇香的年轻乳母，各自怀抱着一个嗷嗷乱叫的小猪，任由那些乳猪吸吮自己的乳房。这，就是石崇宅内名闻天下的那道名菜"人乳乳猪宴"了。

本来，人乳烤乳猪乃帝婿王济所专，石崇性豪奢，发扬而光大之，他不仅以人乳饲乳猪，且专选美貌乳母，于席间逡巡，供客人品赏。

看到那些肥白小猪在乳母怀里哼哧哼哧地吮吸人奶，欧阳建与潘岳相顾皱眉。

"王济此贼，如今病重殆死，还敢强撑来入宴。看来，他这辈子在这个菜式上再怎么精雕细琢，也赶不上我石崇了！"醺醺然间，石崇抚髯大笑。

潘岳若有所思。这种夏夜，往往使这个诗人产生人生如梦的闲愁。盛暑之夜，一张张铺满锦缎的食席，或金或银的餐具，人工挖凿的海一般阔大的湖泊，缓缓升起的月亮……于是，回忆模模糊糊，掺杂到良夜美景之中，最后变成惆怅的痛苦——周围这自然的美色，空气纯净静寂，思维如萤火虫般或闪或明。远望如坟茔的山丘，人生苦短啊！乐极生悲的思虑，总能在最美的瞬间侵入诗人心扉。

"潜空馆之寂寂兮，意遥遥而靡宁；夜耿耿而不寐兮，忧悄悄而多伤。哀斯火之烟灭兮，近腐草而化生；感诗人之悠怀兮，览熠耀于前庭。不以姿质之鄙薄兮，欲增辉乎泰清……进不竞于天光兮，退在晦而能明！"潘岳低吟道。

"此乃傅咸所作《萤火赋》啊。"欧阳建点头。

石崇爽朗一笑："傅长虞此赋，竭表其不竞虚荣的处世态度，穷酸气浓，与我大异旨趣。"

仆人抬来一木桶甲香，这种出产于沿海地带的珍贵香料，在石崇的金谷园中却被倾入檀木柴中一起燃烧。不为别的，只为了让空气中充满醉人的香气。

三人笑谈间，仆从来报，冯翊太守孙楚、弘训少府蒯钦、匈奴东部人王彰、东莱王弥以及殿中中郎孟观、李肇来府赴宴。

欧阳建豪族世家出身，他信手扔掉正在食用的盐渍猩猩唇，顿时脸露不快之色："孟观、李肇，粗俗兵家儿，又皆为杨骏心腹，此等小人，何可预宴？"

"贤甥你有所不知，孟、李二人，掌管禁军军权，素为杨骏所轻侮，心内衔恨……我最近听说，他们常与贾皇后宫内宦者张弘密切往来。所谓祸起萧墙，正在此辈！请他们前来，一来可探听消息，二来笼络其心，日后倘若宫内有事，兵乱火起，说不定此辈能得以依恃。"石崇解释说。

"哈哈哈，石公果然高见！恐怕你这是善于谋人而不善于谋己啊！"

一个声音在石崇等人的上方响起，着实吓了他们一大跳。

三人急忙仰头观望，见金谷园东南角紧靠数丈高院墙的一棵粗大的树枝上，一个人斜坐着，身穿紫衫，摇晃着腿，脸上堆着笑，往下俯视。

"哦，原来是广长贤弟啊。看仔细了，别闪了你的腰身，呵呵。"石崇笑着和树上的来客寒暄。同时，他低声对脸色显露出惊惶的欧阳建和潘岳说道，"此人乃东莱人王弥，王广长，大名鼎鼎的游侠！"

王弥身手敏捷，他攀附着树干，跃蹿腾挪，三下两下跳了下来，稳稳当当地站在了三个人的面前。

"久闻潘侍郎盛名，果然玉树临风，人中龙凤！"王弥仔仔细细打量着，先向潘岳作礼。接着，他转向欧阳建拱手道，"尚书郎如此年轻才俊，不愧为石大人之良甥啊。"

潘岳、欧阳建均礼貌地回礼。特别是欧阳建，对这个从树上飞身而下的侠客很感兴趣，不停打量他那一身紧窄衣服和腰间那柄黄金嵌宝的短剑剑鞘。

王弥浓眉俊目，髭髯甚美，脸色红润，嘴唇特别鲜红，如同刚刚吮过血一样。看上去，他有三四十岁的年纪。

"……大人，我手下失察，没能防止有人从院墙处翻入园中，请恕我等失职之罪……"一个看上去像是石崇家仆役头目的人急匆匆踉跄而至，跪地请罪。

石崇脸色稍沉，问："守东南角院墙处有几人？"

"十七人……"

"一群酒囊饭袋！"石崇眉峰一挑，用手做了一个砍头的姿势。

仆役头目战战兢兢，伏地叩首，表示遵命。

王弥朗声大笑："我自从与石公相识以来，十年之间，为我不速而入的因由，您已杀掉数十个奴仆，损失诚然不小，请恕我失敬！不过，我最近得了几口新铸的宝剑，请石公把那些家奴赐我，以做试剑开刃之用……"

石崇也笑，口中呵呵，二人携手，走在前面，联翩入席。

席间，孟观、李肇两个武夫，正趄趄而坐。见到石崇，二人慌忙离席行礼。石崇赶忙上前去扶。潘岳与二将互相施礼，然后入席。

王弥虽然身为游侠，对寒人出身的孟、李二人很是不齿，他并不就座，而是抽出腰间短剑，比比画画，与欧阳建以切磋剑术为借口，离开宴席往亭榭方向走去。

席间，剩下的人寒暄过后，举杯宴饮。

不久，言起朝事，一头斑白头发的孙楚首先愤然发言："杨公为政，严碎专愎，广招人怨，他起用其甥段广为散骑常侍，掌管机密；又用其心腹张劭为中护军[1]，典禁兵。朝廷一切诏命，都由段广在杨骏授意下起草，拿给皇帝盖玺，接着入呈其女杨太后做个样子，然后就行之天下……杨公内怀猜忌，外树私昵，大祸不远矣！我曾经多次劝说杨公，劝他应该至公诚信，提引宗室司马诸王参政，不料，皆为其所拒。"

在座的蒯钦，丰神俊朗，是杨骏姑姑的儿子，也就是说，他是这位当朝太后之父的表弟。满饮一杯后，他也满怀怨言道："杨公自知素无美望，便袭取魏明帝即位故事，新帝继位伊始就滥赏无度，对大臣普晋封爵，群臣皆增位一等，预丧事者增二等，二千石以上皆封关中侯，杨公以此手段，以图求媚于众，收买人

---

[1] 职位相当于禁卫军总司令。

心。我多次上疏谏止，竟然反过来被他派人上章弹劾……"

"蒯公受弹劾，当是好事，如此，你被斥罢官，日后反而不会引杨骏之祸而被朝廷族诛……"匈奴人王彰虽然是个身高八尺的大汉，说话却细声细气，给人阴阴的感觉。

石崇不住地点头："为杨骏滥加封赏之事，我也曾上疏表示反对。新帝继位，颁赏行爵，远远超出了泰始革命①之初及诸将平吴之功，轻重太不相称！如果有爵必晋，滥封滥赏，则数世之后，天下没人不是公侯贵官了……"

痛饮一爵醇酒过后，石崇以非常欣赏的语气对王彰说："听说杨骏召您为司马，诏令一下，您竟然四处逃避躲藏，让官府找寻不到，您真是有深谋远虑之人啊。"

穿着寒素的王彰拱手道："自古一姓出两个皇后（指当下杨骏的女儿杨芷和她的堂姐杨艳），下场没有不败的。况且，杨太傅昵近小人，疏远君子，专权自恣，祸事不日可至。如此之人，我逾海出塞避之犹恐及祸，又怎么敢去当他属下的司马官职！唉，武帝在世之时，不思社稷大计，嗣君不惠，所托辅政的杨骏，又非治世之才，天下之乱，可立待也！"

众人议论纷纷间，潘岳没有插言，他眉头紧锁，露出一副忧虑的神色。就在一天之前，杨骏派人找他，准备任命他为太傅主簿，而且，自己已经答应下来。如今观之，福祸莫测。

孟观、李肇两位禁卫军将领，诚惶诚恐，不停点头做唯唯之状，没敢轻易发表意见。

看见石崇不停地用眼睛瞥自己，孟观不能不表态，他迟疑了片刻，低声说道："中黄门②张弘，新帝登基前一直在东宫服侍新帝和皇后，近来他常来找我等联系，传达皇后旨意……皇帝，不，皇后等人，对杨太傅的嚣张极其不满……"

李肇看了蒯钦一眼，拱手一揖，从旁解释说："杨太傅待我等不薄，但他不恭之迹，广为天下人所共知……忠于帝室，乃吾等禁卫军职责所在……"

孟、李二人，其实一直为杨骏倚为腹心，只不过新帝继位后，二人希得厚赏高封的愿望落空，故而内心怨恨。

"当今皇帝不惠，人所共知。杨骏恃帝愚憨，以太后之父的地位，把持朝权，大晋国运，难以逆料……不过，近来皇帝长子广陵王司马遹得立为皇太子。太子得封时年方十二，聪颖异常，诚为社稷之福啊。"王彰说。

---

① 指公元265年司马炎篡魏建立晋朝。

② 宦者的官名。

蒯钦不以为然："杨骏推广陵王司马遹为皇太子，不过是贪图拥立之功——日后皇太子继位，他为太皇太后之父，有推拥之恩，可以想见他此举的用意了。为了收买人心，杨骏以皇帝名义下诏，拜吏部尚书王戎为太傅，前太常张华为少傅，尚书和峤为少保，显然想笼络老臣……他乘间拜其弟弟卫将军杨济为太保，私心暴露……杨骏心机太重，又拜太子生母谢氏为淑媛，可那贾皇后也不是善辈，她专门派人把谢氏弄到宫外居住，不让她与太子相见。日后，宫内纠葛，当不绝如缕啊……"

诸人沉默。

暑日的酷热，在金谷园中全然感受不到。湖泊、森林间，到处散发出黑夜特有的清新气息。

如此赏心悦目的夜晚，饮宴诸人各自满怀心事，脑子里都被纷至沓来的烦躁所侵扰。

仆从和婢女不停端来各式精美的食物，皆是海陆奇珍，但每个人都没有胃口享用。直到最后，侍女们端上了切成细块的奇瓜异果，诸人注意力才被瓜果上插着的东西吸引过去——每个碟子里的瓜果上面都插着绿莹莹、蓝莹莹的削尖了的孔雀羽翎。这种奇妙色泽所引起的感官享受，让人能摆脱平凡世界中感知的不足，顿生纯净飘逸的喜悦。

金谷园中，伴随这种能让人享有感官快乐的生命瞬间而来的，却总是倦怠或忧伤。

正当诸人品赏美食的时候，不远处，忽然传来接连的几声哀号。随着类似砍剁树枝的声音响起，那嗷嗷哀号声很快就了无声息。

显然，王弥在斩杀石崇府中那几个失职的仆从，拿他们的脖颈试剑。

孟观、李肇二人不知就里，听到惨号的声音，霎时间警然惕然，都不自觉地把右手按向平素习惯的刀柄处。手落空后，他们才意识到自己赴宴之时并没有身穿戎服，也没有携带刀剑。

潘岳身子一抖，脸色变得惨白。一杯酒在手中没喝多少，洒掉了一多半。

石崇离席，凑近他，在他耳边悄悄说："安仁，太傅主簿一职，万万不可轻易赴任。你实在躲不过，好歹应付数日，然后可以对杨骏说你夫人病重，请假归家……"

潘岳闻言，惊吓过度，酒杯都掉在了地上："……季伦，你从哪里得知杨太傅聘我之事？"

第三章 北邙丧礼

洛阳北邙。帝婿王济的丧礼。

连亘数十里，白茫茫一片，除了白幡，就是丧服。有执白绋者近千人，皆素衣白服，低吟挽歌，其声悲怆哀切，整个葬礼尤显痛悼的意味。

司马氏宗王的青盖车，皇孙的绿盖车，轱辘隆隆；贵臣的云母犊车，勋臣驾四牛的皂轮车、油幢车、通幰车，连盖接轮；至于特进及车骑将军、骠骑将军以下诸大将军，不开府非持节都督等官员的安车、轺车，更是填咽道路，连绵不绝。

八旒公旗，七旒侯旗，卿臣五旒旗，皆画降龙，迎风招展。

丧主王济，字武子，乃文帝①爱婿。不仅如此，王济之父王浑，鼎鼎大名，为当朝司徒公，更是武帝时平灭吴国的主要功臣。

王济这个人，少有逸才，风姿英爽，气盖一时。贵公子出身，他自幼喜好弓马骑射，勇力绝人，且文辞俊茂，技艺过人。大晋开国后，一直以来，他都与姐夫和峤及名士裴楷齐名，士大夫以为飘逸丰神之渊薮。

年方二十之时，王济被朝廷拜为中书郎。由于深得武帝看重，他陆续做过骁骑将军等，累迁侍中。王济身为勋臣之子，贵为帝婿，善于清言，广为劝谏。多年以来，朝廷重大诏旨的辞令，皆为他所润色发布。所以，其仕进之途虽速，时人都认为是他才能所致，并非出于帝婿裙带而受偏宠。

武帝末期，出于对大晋的至公之心，王济派自己妻子常山公主到宫中泣劝武帝，力图说服武帝把齐王司马攸（武帝同母弟）留在洛京辅政，此举，大大惹恼了一直猜忌自己兄弟的武帝，当下把王济降职为国子祭酒。

从此之后，王济益被武帝疏斥，不久因事免官。怏怏之余，他在洛阳北邙附近大治宅邸，终日饮酒放纵。

---

① 司马昭死时是曹魏的晋王，谥为"文王"。晋武帝司马炎篡魏建立晋朝后，追谥他为"文帝"。

王济名族出身，本性豪侈。仕途失意后，他纵情声色，丽服玉食，穷极珍丽。当时，洛京地价甚贵，他不仅豪掷万金买地为马垺①，还让人广编钱串填堆其中，耗费万亿钱，时人称之为"金沟"。

此外，洛阳人津津乐道的一件事情，还是王济和王恺暗中较劲的事情：

王恺凭借帝舅的身份，在京城中一直以荒唐奢豪著称。他家中有头名为"八百里驳"的名牛，非常珍稀，他常常自己用细绢拭其蹄角。一日，已经失职在家闲居的王济，忽然上门造访王恺，表示要与这位帝舅比试射那头名为"八百里驳"的名牛——如果自己射中，王恺输牛给自己；如果王恺射中，自己输一千万钱给王恺。

王恺沉吟久之，想想名牛虽贵，一千万钱毕竟更多，加之他自恃射艺超群，就咬牙答应下来，并让王济先射。

王济站稳脚跟后，操弓瞄准。嗖的一声，一矢正中牛角。

王恺心慌，他连声哀求，希望自己能输钱换牛，恳请王济把那头已经赌输之牛活物留给自己。

岂料，王济倨傲不答，端据胡床，立叱左右仆从过去杀牛取心。

须臾，牛心呈上，王济用刀割去一小块入口，尝了尝，便弃之于地，扬长而去……

荒纵其间，与世沉浮。王济最有名的一件事，乃以人乳饲猪作食。武帝当年曾经临幸其宅，作为帝婿贵臣，王济供馈甚丰，百千菜式，悉以珍贵的琉璃器呈上供御食。饮食间，武帝觉得其中一味蒸乳猪味道甚美，就询问饲养方法。王济答称："此乳猪味道所以大奇，乃以人乳饲之，然后以人乳蒸之。"武帝本人素以豪纵著称，闻言，禁不住顿起不平之色，止食而去。

武帝死后，荒淫抑郁数年的王济得知更无机会得展才能，情志日益不畅，患上重病，最终不治，年仅四十六岁。

朝廷赐建的巍峨凶门②之下，柏历③横回，吊祭的人络绎不绝，皆向老年丧子的王浑致哀。

致祭礼毕。在竹木搭建的丧棚下，大家依照平素的亲疏关系，三三两两，五六成群，各自扎堆低声话语。

"侍中、大司马、假黄钺、大都督、督豫州诸军事，汝南王殿下！"主持丧

---

① 习射之驰道。两边有界限，使马不致跑出道外。

② 即现在牌坊类的临时建筑，用于丧礼。

③ 在凶门前用柏树枝干搭建的围栏。

礼的司仪大声叫道。

人群中涌起一阵不小的喧哗，而后他们皆停止谈话，扭头注目这位司马宗王的到来。

当初，武帝丧礼大葬，汝南王司马亮由于害怕被杨骏乘间攻杀，连皇帝丧礼都没敢参加，兔子一样奔往他的镇地许昌。如今，王济之丧，他竟然敢于前来，大大出乎众人意料。

随同汝南王而来的，还有楚王司马玮、成都王司马颖和东安公司马繇。

汝南王等司马宗室的到来，透露出一种强烈的信号：朝廷内杨骏的势力，正在递减。

当然，北邙位于洛阳郊外，汝南王易来易往，故而宗室们认为，如此大庭广众，谅杨骏也不敢派人在帝婿的丧礼上干出什么事情来。

汝南王乘画轮车而来。这是一种彩漆画轮毂的牛车，上起四夹杖，左右开四望窗，绿油幢，朱丝络，形制如辇。

司马亮一头白发。他头戴远游冠，身穿素锦袍，神情肃穆。下车后，他紧紧握住王浑的手，慰问哀悼，唏嘘不已。

按照皇室的辈分，司马亮乃宣帝①司马懿的儿子，乃武帝叔父辈，当今新帝叔祖辈，可以说德高望重。武帝之时，进号司马亮为卫将军，加侍中。当时宗室殷盛，无相统摄，武帝就下诏以他为皇室宗师，令他负责训导、纠察宗室诸王。为了尊崇这位汝南王，武帝后来还封司马亮为抚军大将军，领后军将军，并统领冠军、步兵、射声、长水等营，并赠给卫兵五百人，骑百匹。再后，迁太尉，录尚书事，领太子太傅。

宗室之中，司马亮以伦以礼，诚为尊厚长者。

"以白发人送黑发人，情何以堪！"王浑泪眼迷离，他紧握着司马亮的手，不停地致谢，"犬子之丧，有劳王爷殿下远来，得罪，得罪。"

司马亮一脸真诚："王司徒节哀，万请善保身体。唉，我与司徒公您相交匪浅，与令郎也相交忘年。天妒英才，何其不幸！……国家多事，如今我也是冒险而来，稍有不慎，说不定被人捉去问罪啊……"

"王爷您本来能捉人问罪，怎么倒反而害怕被人捉去问罪呢？依愚所见，朝廷上下，皆归心于您，万万小心太过！"也不惧杨骏的两个弟弟杨珧、杨济在场，头戴五寸高獬豸冠的大臣傅咸，大声张言。

---

① 司马懿生前未称帝，"宣帝"是司马炎篡魏建立晋朝后对司马懿的追谥。

武帝驾崩之时，傅咸曾经私下劝司马亮率所领兵众入宫擒废杨骏，但这位汝南王本性懦弱，不仅不敢用此计，反而连夜驰赴许昌而去。

听傅咸如此说，站在一旁的年轻宗室、楚王司马玮来了精神，他一脸傲狠，咬牙切齿地表示："武皇帝宾天，杨骏以外戚弄权，势倾国中……我们堂堂司马宗王，却像做贼一样，连京都也不敢入得。今日之域中，究竟为谁家天下？！"

司马玮，字彦度，武帝第五子，时年二十一岁。此人身高八尺，星目剑眉，是位仪表堂堂的美男子。在前来吊祭的众人中，唯独他身上并未穿素色吊服，依旧鲜衣峨冠，腰间系挂一柄真宝剑，袍服内裹细甲，保持惕然警然的样子。

司马玮横声大气，他身后的东安公司马繇用手轻轻拍了一下他臂肘，示意他不要当众妄言。

司马繇，宗室琅邪王司马伷第三子。司马伷是宣帝司马懿的儿子。从辈分上说，司马繇乃当今皇帝和楚王司马玮的叔父辈。此人须髯甚美，孔武有力，眼神中透出颖慧，一看就是那种粗中有细的人物。宗室当中，他血系较疏，所以只是公爵，不是王爵。

出人意料的是，汝南王司马亮对晚辈楚王司马玮的信口开河非常不满，他转头呵斥楚王道："毋妄言！今日我等是来吊唁，非是来闹丧！"

司马玮欲言又止，腮边咬肌乱动，侧过头横斜了老头子一眼。

一直跟随司马亮左右的成都王司马颖很安静，从始至终，一言未发。

司马颖，字章度，武帝第十六子，年仅十二岁。这个王爷，气质不俗，长身玉立，面白如玉，唇若涂朱，飘飘然有神仙之姿。相比司马玮、司马繇身上浓厚的武夫气息，司马颖更像个翩翩贵公子读书人，神清气爽。

司马颖相貌儒雅，聪警异常，他一直警惕地四顾，唯恐吊祭过程中会发生什么事情。这位小王爷身上也佩着宝剑，不过是那种美玉为柄首的装饰用木剑。

一声长号响起。忽然间，从场外㧚着袍袖冲进一个六七十岁的老头子，白衣白帽，跪在王济的灵位前放声大哭："武子，武子，天妒英才，天妒英才，中心如摧，吾哀何堪，吾哀何堪！"

大家仔细一看，原来这个疯疯癫癫的糟老头，乃冯翊太守孙楚。

孙楚是太原中都①人，世为中都大族，其父祖曹魏时皆达官显宦。孙楚本人一直仕途蹭蹬，曾在石崇父亲石苞（时任镇东将军）手下做幕僚。由于自负才气，

---

① 在今山西晋中平遥县西南。

惹怒石苞，被石大人上疏朝廷，说他讪毁时政。在朝廷内部，又有先前与孙楚交恶的同乡在吏部，对他落井下石。所以，终武帝一朝，自恃才高的孙楚一直不得重用。落寞之间，唯独作为大同乡的王济对他青眼有加，欣赏他的诗文才气，二人遂成忘年之交。

孙楚大放悲声，感动众人。来吊祭的宾客，多忍不住拭泪，惹得王浑和司马亮两个老头子也跟着重新洒泪不已。

孙楚拊膺大恸道："武子，武子，我孙楚一生诗文，为世所轻，唯独你对我的评价，让我始终珍藏于胸！你夸我'天才英博，亮拔不群'，呜呜，武子啊，武子，你风音清声，犹如昨日！武子，你还夸我的《除妇服诗》，赞叹说此诗'文生于情，情生于文'，我二人昔日共榻叹赏之状，历历在目！"

涕泗横流间，孙楚夸张地高举双臂，吟诵道：

"时迈不停。日月电流。神爽登遐。忽已一周。礼制有叙。告除灵丘。临祠感痛。中心若抽。"

听到孙楚如此冬烘地在丧礼上吟诗，众人皆收泪，从悲伤中回过味来，感觉到有些滑稽。

孙楚哭毕，跪对灵位，眼泪依旧汩汩："武子，往昔与卿交游，卿常爱听我作驴鸣之声，如今，你我阴阳永隔，请听我为卿最后作驴鸣。"

于是，孙楚挺直上身，捏住鼻子，抽缩着脖子，继而双手伏地，模仿驴鸣之声。

荒唐放纵，在魏晋士大夫中间习以为常。饶是如此，孙楚几声驴鸣过后，体似声真，惹得在场好多宾客都忍俊不禁，笑了起来。

楚王司马玮青年王爷，肆无忌惮，仰头哈哈，数他笑声最大。

孙楚收泪，攓了攓鼻涕，回头看了看哈哈大笑的众人，恨恨道："老天真是不公平！诸君不死，而让王济先死！"

王浑有丧子之痛，司马亮厚道王爷，两个老头依旧泪眼未干，皆向孙楚拱手，既表歉意，又表谢意。

孙楚从地上起身，一抖袍袖，不顾而去。

秋风瑟瑟。人群重新安静下来，如同风浪平静后的麦地一样。

人死了，如同死去的植物一样，如果有子嗣，就似撒出去的花粉。死亡，是人生不可或缺的必要形式。活人们各种各样有意识的悲伤，有时候能完全真诚地向他人表达出来。在丧仪上，活人通常用这种真诚，来表达他们在内心深处的自我哀悼。

"公主驾临！"

随着一声长喝，王济正妻常山公主的仪仗滚滚而来。公主本人，乘坐前驾两头骏马的赤色羼辂车，其后还有婢女数百，皆夹车步行跟从。

除了王浑和汝南王司马亮，在场众人皆匍匐在地，跪拜这位武帝宠爱的公主。

常山公主四十左右年纪，梳太平髻，七钿蔽髻，发插步摇，簪珥不废。她身上一袭孝服，带珥挂着一块闪闪发光的纯金辟邪首。

她高昂着头颅，在秋阳下，脸上满是一层茸软汗毛，表情气鼓鼓的，噘着嘴。她悲哀的表情，因为两只空洞的眼睛而显得怪异——公主前几年闹眼疾，基本失明。她胸部鼓凸，腰身肥硕，举手投足间一副蛮横做派。

王济与常山公主并没有孩子。由于公主以奇妒著称，两个人感情很是一般。

常山公主下车，踱到凶门的正下方，面对着王济灵位，默默无言，静立良久。

跪在灵位附近的几个人偷眼观瞧，发现公主的孝服上点染着好多斑点，有些是猩红色的，有些几近黑色，如同干透的血滴一样，触目惊心。

公主的喉间忽然发出一串冷笑，让在场众人头皮发紧。

"卿在世之时，喜欢几个侍婢的美目，如今，为使卿在黄泉有慰不孤独，我为卿取来侍婢的美目，还望卿能在地下享受那几个人儿吧！"

似乎是自言自语，又似乎是在向着王济的灵位说话。常山公主言毕，从身旁侍女手捧的黑漆漆盒中拿出一个琉璃盏，放在了王济灵位旁边。

琉璃盏内盛满了血水，模模糊糊，能看到几个黑色圆球状东西——那是常山公主亲手剜下的、王济生前所喜的五个美貌侍婢的眼珠！

现场数百人，顿时鸦雀无声。

王浑、司马亮二人，饶是身经战阵见过不少死人，看见公主太平时节如此残忍、怪异的举止，也都面露惶惶之色。

默然间，公主忽然号啕大哭，哀不自胜。

几个侍女拥过来搀扶，扶她返回到车上，离开了墓地。

见公主离开，赴丧的人纷纷站起身，七嘴八舌地轻声评论、叹息。

孙楚学驴鸣让大家发噱，公主剜女婢眼珠让大家生惧。在场众人，心中五味杂陈，滋味万千。

汝南王司马亮搀扶着脸色苍白的王浑，抱歉地说："我们司马家女，唯常山公主性情最为暴戾、古怪，做此等人的家翁，真难为王司徒您了。"

王浑不语，摇头叹息而已。

"想必公主与武子伉俪情深，变而发为妒忌，故而做出如此骇人听闻之事。"楚王司马玮嬉笑自若，看似解劝，实则嘲讽。

司马亮奋髯大怒："小子不必多言！吊祭之后，我看你还是速回封地，不要在京都多事，以免祸生不测！"

武帝活着的时候，即使贵为宗室先辈，汝南王并不敢对楚王这个武帝爱子呵斥指责。但武帝驾崩后，新帝继位，同为兄弟的楚王，依旧昔日那副咄咄逼人、凡事皆不在乎的样子，丝毫不知道韬光养晦之道。

汝南王向来不喜欢这位张狂、骄横的楚王司马玮，即使如今他们属于司马皇族同一个阵营，老头子依旧对楚王心怀愤意。

楚王司马玮年轻气盛，他哼了一声，吊膀摇臂地走开。

太阳西斜，时至午后。

由于死亡的真实，过去和现在，都恍然散发出诱人的光彩。活着的人们，凭借无尽的想象力，领略自己生命那种鲜活的感觉，又因为生死界限的存在，内心产生了强烈而确实的震动。突然间，死亡的想象和生命的美好梦幻，为人生补充了通常所缺少的许多因素，让人感觉到，生命在瞬息之间，能够绽现出平素所无法深刻体会到的许多东西——面对长眠的、静静躺在棺材内的尸体，只要静下心来，就能感受到，活着这一段生命，处于纯净状态的美好时光，这，让人醺然陶然，几乎产生激烈的、幸福的战栗。

听着石板和车轮轻碰的声音、不远处马匹的鼻咻声、执绋者永不休歇的挽歌声，看着金色的斜阳，许多人大吸了一口气。生命，似乎一下子从僵硬中复苏过来，从死亡中汲取了崭新的快乐养分。

忽然间，吊祭的人们都感到很烦躁，内心深处都希望立刻离开这个充满着死亡气息的、广袤的北邙墓地群区。

只有距离哀痛足够遥远的地方，人们才会完全脱离恐惧。人们欢乐的理由，通常就是凭借那些隐蔽的、永远存在的事物来遮住他们无法言说的本质，这样才能让恐惧获释，让灵魂苏醒，最终增加日常生活的活力。

人们在参加葬礼过程中，往往恍惚间能发现真正的自我，那是仿佛久已死亡、实际上却并非全然死去的自我，既存在于现在，又存在于过去……

正当吊丧的主要客人们互相行礼作别的时候，不远处的人群忽然骚动起来。

这种骚动，不是嘈杂的骚动，而是鹰入鸽群般的骚动。

"杀人啦……有刺客……"喧嚣中，响起了锐厉的哀号。

一个身穿和执绋者一模一样丧服的人，眼睛以下围裹着一块白巾，手持一把短剑，不停挥舞着。

疾奔之间，他每几步就杀掉一人。

白乎乎的孝服人群，鲜血四溅，绽现出朵朵鲜活的红蕊一般。

王济丧礼，本来把守得非常严密。不仅朝廷派兵来围守，汝南王、楚王、成都王等宗室王爷，也各带扈从兵士，在陵园内外里三层外三层，守卫森然。

出乎意料的是，刺客一直隐蔽在吊祭人群当中，且居高临下，他在化装成执绋者唱挽歌的时候，肯定在暗中久伺行刺的对象和时机。

说时迟，那时快，在众人面面相觑、发呆发傻间，刺客挥舞着还在滴着鲜血的短剑，直朝汝南王司马亮处奔来，口中高叫：

"奉杨太尉命，要汝南王项上人头！"

危急关头，前来吊祭的文臣武将却手无寸铁，眼睁睁看着刺客一路杀来。

司马亮瞠目结舌，愣在原地动弹不得。

嗖地扬手，信手削掉一个吊客的半个脑袋，刺客再纵身，扬剑刺向汝南王……

当啷一声，人群中蹿出一个身高八尺多的大汉。这个人，赤紫色脸膛，身着黑服。他手持长剑，果断迎击刺客，仅一剑，就把刺客手中短剑震飞。

他转身扭腰，复一剑，竟然切掉了刺客半条右手臂。

人群呼啦啦散开，把刺客和那个大汉围在了正当中，形成一个圆圈。

汝南王司马亮惊魂未定，成都王司马颖和王浑将他挡在了身后，翼护着他往后退。

刺客知事不济，忽然发狠。他大叫一声，用左手拾起地上的短剑，死命地往自己脸上横竖划了多刀，然后，再狠命刺向自己胸部。

摇晃挣扎的同时，刺客还不忘用沾满鲜血的左手胡乱撕扯自己已经划过多刀的面皮。撕揉之下，顿时血肉模糊，旁人完全看不清他的本来面目。

"留他性命！"看到手持长剑的大汉欲过去斩杀刺客，王浑高声叫道。

话音刚落，一个人旋风般忽然而至。他手执一柄带刃尖的旗杆，脚步生风，以刃尖大力从刺客口中捅入，把他活活钉死在地上。

"司徒、王爷，恕我等护卫不周！"

众人定睛细看，来人原来是楚王司马玮手下长史公孙宏。

人群又是一阵静默。

一直与王戎、王衍在一起的杨骏两个兄弟杨珧、杨济，此时心中极为不安。众目睽睽之下，两个人面色尴尬异常。

"汝南王殿下、司徒公，家兄再愚钝，也不至于做出此等事情，这肯定是朝廷内有奸人，欲嫁祸于人啊……"杨济吞吞吐吐地解释说。

心惊肉跳之余，汝南王对杨氏兄弟摆摆手，长叹一声，望了望地上血肉模糊的刺客尸体，说："也罢，也罢……"

石崇不知从哪里冒出来，他拉着那位刚刚救了汝南王一命的长身大汉的手，炫耀般地给大家介绍道："这位，刘渊，刘元海，建威将军、匈奴五部大都督！"

这个时候，众人的注意力全都集中在这位匈奴人身上。

匈奴大汉刘渊姿仪魁伟，身长八尺四寸，须长三尺有余。特别惹人注意的是，长长须髯正中间，有红色毫毛三根，长三尺多，在夕阳下赫然闪烁光泽。

匈奴人刘渊与晋人打扮最大的区别是，他左耳朵上穿洞，吊着一个粗大的纯金耳环。

刘渊把手中长剑递给楚王司马玮。楚王脸一红，还剑入鞘。

原来，刘渊的这把救命剑，乃混乱中从司马玮腰间拔出。

吊客当中，无人佩带武器，只有楚王身上带的是真家伙。在刺客行刺的那一刻，刘渊正和老朋友石崇、王弥在一起说话。

如此情急智生，刘渊给众人留下了无比深刻的印象。

匈奴人整理衣冠，快步趋前，跪地向汝南王司马亮行礼。

"英雄请起。"见司马亮没有什么特殊的表示，他身后的成都王司马颖俯身，搀扶起刘渊……

汝南王司马亮离开墓地前，坐在车上，让从人把石崇唤来，问："刘渊何等人也？此人年近四十，怎么筋骨还如此强健？他何时当了匈奴五部大都督？"

"刘元海，乃冒顿单于之后。当初，汉高祖以宗女为公主，赐予冒顿单于为妻，约为兄弟，所以，匈奴在后汉时期衰落后，其子孙就冒姓刘氏。汉朝建武年间（公元25—56年），乌珠留若鞮单于的儿子右奥鞮日自立为南单于，入居西河美稷①，即现在的离石左国城。代代相传，中平年间（公元184—189年），羌渠单于派儿子于扶罗率兵帮助汉朝讨平黄巾军。其间，羌渠单于为国人所杀，于扶罗就在汉地自立为单于。于扶罗死，其弟呼厨泉为单于，就以于扶罗的儿子刘豹为左贤王——那位刘豹，就是刘渊的父亲了。当时，魏武帝曹操为弱其势力，分塞内的匈奴部众为五部，以刘豹为左部帅，其余部帅皆以匈奴贵种刘氏为之。我大晋太康年间（公元280—289年），匈奴五部首领改称为'都尉'，左部居太原兹

---

① 在今内蒙古准格尔旗西北。

氏①，右部居祁地②，南部居蒲子③，北部居新兴④，中部居大陵⑤。刘渊乃人众之杰，非常好学，他少年时代师从上党的名士崔游，学习《毛诗》《京氏易》《马氏尚书》等，尤好《春秋左氏传》《孙吴兵法》，精研深习，至于史汉、诸子，无不综览……"石崇如数家珍，津津乐道。

为了夸耀自己的朋友不同凡响以给汝南王深刻印象，石崇接着说：

"早从咸熙年间（公元264—265年）开始，刘渊就作为匈奴左部的任子⑥长期待在洛阳，与王浑、王济父子情同乡里，交游长久。杨骏秉政后，为收买人心而大肆封赏，所以刘渊被封为五部大都督。其实呢，他本人与杨骏一党并无瓜葛。他妻子家室均在洛阳，每隔数月，他必定回返洛阳……"

汝南王脸色阴沉，点点头，若有所思的样子。

深秋时节，天黑得早，落日的余晖鲜红似血，紫霞一抹，映在不远处的池塘中，伴随着料峭寒意。

西斜的阳光，照到汝南王所乘车子窗口上，停留在格棂之间，被分割成一束束、一条条碎金。耀眼的斜光，使得老王爷的脸如同染了层红颜料一样怪异。

一阵罡风吹过，远处惊起一群乌鸦。它们扑扑地飞到远处后，重新落下。

白垩垩的天空，衬托得秋日树林更加苍凉、清幽。

刺客的尸体被拖走。风刮过，吹起死人的衣裳。这个人僵硬惨白的左边踝骨上，露出一个玉佩大小的刺青狼头。

这一幕，恰被石崇看到。不过，他并未吭声，只是暗自嘿嘿一笑，意味深长地仔细看了看自己身边一脸忠憨的刘渊。

散去人群中，太子太傅王戎和他的堂弟——时为中庶子的王衍交头接耳，低声讨论刚才惊险的一幕：

"刘渊此人，轻财好施，倾心接物。我听说，他在并州⑦匈奴人的聚居地一带，很能收买人心，不仅匈奴五部豪杰纷纷投奔，就连幽冀等地的名儒也多往归之。非我族类，其心必异！日后，此人或许会是我们大晋朝的心腹大患！"

---

① 在今山西汾阳东南。
② 在今山西晋中祁县。
③ 在今山西临汾隰县。
④ 在今山西忻州。
⑤ 在今山西吕梁。
⑥ 匈奴等少数民族首领为了博取中央政府的信任，往往派子弟到首都当人质，称为"质子"或"任子"。
⑦ 在今山西太原。

第四章　匈奴贵酋

洛阳今年的冬天，似乎格外寒冷。

还有几天才到腊日[①]，城内已经下了几场大雪。天气干寒。由于天气十分晴朗，风特别大。

杨骏府邸，客厅内坐着侍中傅祗和主簿潘岳。他们携带几份诏书，向杨骏报告最近朝廷的任免事项。

在家中私宅办事，杨骏头上只裹幅巾。傅、潘二人也寻常打扮，戴介帻。三人皆罩锦袍，穿着十分随便。

外面寒冷，屋内四处摆放的巨大的炭火盆里熊熊旺旺，散发出龙涎香的芳香。

殿庭虽然高广，依旧热气腾腾，烤得三个人脸上都红红的。

交谈间，门人来报，说匈奴五部大都督刘渊等人来拜见。

换了旁人进谒奉承，杨骏肯定会推托不见。听说匈奴刘渊到访，他顿时来了精神，不假思索，立刻起身换了身深黑色满刺绣夔纹的假钟[②]，亲自到府门迎接。

看见杨骏出现，刘渊和他身后几个人不顾地上积雪，连忙下跪拜礼。

杨骏定睛瞧看，原来刘渊带着数人到来，其中有他两个儿子，长子刘和与第四子刘聪，还有他族侄刘曜，以及以智谋出名的匈奴族老文人刘宣。

这几个匈奴爷们儿，除了刘宣身高七尺左右，其余诸人的身材，都异常高大。特别是刘曜，身高九尺三寸，威风凛凛，相貌堂堂。

刘氏子弟常年跟随刘渊在京都，不仅仅杨骏对他们都非常熟悉，连傅祗和潘岳与他们也是多年老友。

刘和，字玄泰，刘渊长子。此人身长八尺，雄毅美姿仪，自幼长于洛阳，精

---

① 中国民间传统节日，在每年的十二月，但是日期不固定，根据各个王朝的五行转换。

② 一种斗篷，因形似大钟而得名。

习《毛诗》《左氏春秋》《郑氏易》，是个完全汉化的匈奴子弟。他褒衣博带，脚下穿着方头聚云履，全身上下装束，与洛阳高门贵公子没有丝毫差异。

刘聪，字玄明，据说其母张夫人在妊娠之时梦日入怀，怀孕长达十五个月方才生下了他。此人形体硕健，姿表雄毅。最让人诧异的是，他左耳有根长二尺余的白色毛发，甚有光泽，斜搭脸颊。十四岁时，他已经究通经史，尤其喜读《孙吴兵法》，工草隶，善属文，曾经著《述怀诗》百余篇、赋颂五十余篇，广为洛阳士人所传诵。年方十五，刘聪开始学习击刺之术，猿臂善射，弯弓能达三百斤，以膂力骁捷著称，冠绝一时。当时，王浑见之大悦，曾拍着刘聪肩膀对刘渊说："此儿锦绣前程，非吾能测也！"在京师游历期间，连乐广、张华这样的大名士，都对刘聪青眼有加，常常请他出席宴会。

刘聪披件紫鼠皮裘，脚下着一双京城士族罕穿的胡靴，风姿勃勃。

刘氏子弟中，刘曜经历最为不凡。他年少时父母早早双亡，为刘渊抚育成人。此人幼而聪慧，有大量奇度。围绕这个匈奴青年人，世间有不少类似传说的故事。据说在刘曜八岁时，他跟从刘渊在西山打猎，途遇大雨，忽然迅雷震树，树下避雨的众人莫不颠仆失色，唯独他神色自若。为此，刘渊叹异道："此吾家千里驹也！"

刘曜相貌很奇特，身长九尺三寸，垂手过膝，天生长着一双纯白色眉毛。他一双杏眼，望人之时，目有赤光，炯炯有神。此人头大而圆，阔脸，高颧骨，宽鼻翼。最奇的是，他须髯不过百余根，却每根都长达五尺，异常丰神俊爽。

刘曜善属文，工草隶，兼有雄武过人之才，铁厚一寸，能射而洞之。此种手段，在剽悍的匈奴五部，都能号为"神射"。十九岁时，他在洛阳游历，因酒醉杀人，犯了死罪，在刘渊安排下紧急逃亡，远远地跑到朝鲜亡匿。过了好几年，遇到朝廷普赦诏旨，他施施然重回洛阳。

由于多年在匈奴部落窜荡，刘曜一身打扮很胡化，他头戴一顶非常奇特的鲜卑突骑帽，身穿齐膝短衣。他腰间所携短剑更是特别，剑长二尺，赤玉为鞘，上面刻着六字铭文："神剑御，除众毒。"白日阳光照射间，随着光线不同，剑鞘五色炫然，光耀夺目。

相比刘氏父兄子侄的神采飞扬，刘宣显得朴钝少言，他身上都是布帽布衣，老学究一样，只在外面罩着一袭普通皮裘。

刘宣，从辈分上讲，是刘渊的堂叔祖。虽然出身匈奴，但他从青少年时期就跟从晋地老儒学习，沉精积思，不舍昼夜，尤其精通《毛诗》和《左氏传》。由于当时闻名，刘宣曾得蒙武帝的召见。武帝见之慨叹，并夸刘宣进止风仪"如圭如璋"，任命他为匈奴右部都督，特赐他赤幢曲盖，以示表彰。

对刘渊来讲，刘宣这个本部族的老儒，一直是他最信得过的"文胆"。

刘渊一行人带来的礼品很多，在庭院中摆了一大堆。有焉耆玉石，高昌叠布①，龟兹葡萄酒，西域的冻酒、白盐、赤盐、刺蜜，罽宾大红珊瑚，昆仑山的瑊琳、琅玕，以及许多幅折叠成方的焉耆香罽②。最引人注目的，当属三个穿着紧身窄袖胡衫、梳着辫发的匈奴装束婢女和十几匹枣红色、纯黑色的大宛名马。

杨骏身为当朝皇帝名义上的外祖父，皇太后的生父，内廷御库中，所有奇珍异宝皆可随便支配，自然看不上这些方物和用品。那些刻镂着虎狼图案的、沉重的金银器皿，粗俗笨重，看着就让人心中不快。特别是那几个每个都单装一匣的"马皮碗"，样子奇异古怪，乃匈奴人把敌对部落被杀死的人脑袋割下后，将头盖骨沿眉毛处平锯开，外套马皮，里面嵌上一层厚厚的金片做成的饮器——这种东西，看着就让人毛骨悚然。

即便如此，杨骏依旧佯装非常高兴的样子，他围着那堆礼品转了好几圈，口中啧啧生叹。

饶是出生在北地，几个年方十余岁的匈奴婢女，在大雪天里依旧感觉寒冷，立在雪中瑟瑟发抖。这几个女孩样子很惹人注目，发若乌云，肌肤白皙如冰雪，不似常见的匈奴女人那样皮肤黝黑、头发偏黄。

刘渊拉住一匹深红色的高头大马，对杨骏禀道："太尉公，如今我们匈奴五部地方，许多人善于鉴赏马匹。善辨马者，马死则破其脑观视：其色如血者，则日行万里，能腾空飞奔；脑色黄者，日行千里；脑色青者，嘶闻数百里；脑色黑者，入水毛鬣不湿，能日行五百里；脑色白者，多力而易怒。为了证明此马好坏，我事前牵出它同母所产的一匹马，亲手剖之验证，发现脑血鲜红，定是千里名驹！"

说着话，刘渊拿出一副由纯色白玉制成的连环羁，其中以玛瑙石为勒嚼，红白相间，华美异常，套在马脖子上。然后，他从儿子刘和手中拿过一个白光琉璃研制的马鞍，上面雕镂黄金。他把如此名贵的鞍子放在马背上，然后对杨骏说："此琉璃鞍能在暗室中光照十余丈，如同白昼。太尉公倘若晚间出游，骑在这匹马上，肯定非常安全……"

"费心，费心……"杨骏不住地点头称好。他随即召唤手下小吏，安排回赠。

从曹魏开始，多年以来，西部匈奴、羯族，以及羌、氐等部族的任子在京城

---

① 一种细纹的棉布。

② 一种华丽的毛毡。

常住，对朝廷达官巨吏公然馈赠已经成为风气。自然，各级官员和朝廷对他们的回赐和馈赠，也都不薄，基本上都是数倍其值。

自后汉时期开始，一直侵袭汉地的匈奴内部发生分裂，南匈奴款服入塞，做起了汉朝的"顺民"。继之而起的鲜卑人移居匈奴故地，一部分乌桓人也在三国时被迁入塞内。武帝建晋登基，各部胡族部落大规模内迁浪潮再次出现，匈奴、羯族大量进入并州，鲜卑进入辽东、幽州、凉州①。晋军征伐高句丽，使得一部分战败被俘的高句丽人迁到了河南。

想当初，大英雄曹孟德把降附后汉的匈奴人分为五部，立单于呼韩邪（后来均改姓刘）为部帅，在当时的兹氏县和祁县、新兴等地居住，渐渐与汉人混居杂处，许多人改游牧为务农。不过，属于数百年贵种血系的匈奴屠各②上层刘姓贵族，仍持有旧时声威。他们在新的居住地一直保留着五部军事组织，有一呼百应之势。散居上党的匈奴别部羯族，也有许多人和汉人杂处，不过他们多数沦为厮养贱民，常常遭受当地豪强的歧视与欺压，怏怏思乱。加上居于并州附近虎视眈眈的鲜卑、扶风等地的氐族，以及自后汉以来散居关中诸郡的羌族，数股势力都蠢蠢欲动，只要有机可乘，定然有纷纷思乱之心。

杨骏在女儿做皇后前，只是镇军府的司马小官，曾经去过西北的离石地区，亲眼见识过匈奴部族兵士的强悍，深知这些人强悍难制，故而对刘渊刻意拉拢。

坐定之后，刘渊一脸虔敬，对杨骏说："太尉，您肯定已经听说，王武子之丧，我前去吊唁，有贼人冒充受您的意旨，行刺汝南王。我怕您蒙受不白之冤，情急之下，出手把刺客砍翻在地。我当时手下留情，故意未即时杀死他，本想留他性命来当众审问，以昭示您的清白……不料想，楚王手下的人杀人灭口，我也奈何不得啊。"

杨骏连连点头之余，忽然冷笑："如此拙劣的计谋，不作也罢！我杨骏杀人，还用得着派刺客吗？我只需坐在此间，让属吏写一道诏书，管他什么王爷还是什么贵戚，立刻能让他在家中接旨后自行了断。心情好的时候，赏他一个全尸……倘若有谁敢于抗拒，国法难容！惊动有司，就不仅仅是他一个人的性命了，恐怕三族难保！"

听到杨骏如此说，傅祗和潘岳脸上没什么特别的表情，礼貌地挂着官场上淡漠虚假的笑容，但他们心中，都觉得这位当朝太尉骄矜过甚。

"太尉明鉴！"刘渊离席再拜，言辞恳切地说，"大晋国中，有太尉掌管军

---

① 指今辽宁、河北、甘肃一带。
② 匈奴部落。后汉至西晋杂居在中国西北沿边诸郡。

国大事，小人蠢动，谅必也不能成事……我匈奴五部，衷心感谢太尉的提拔和厚恩，倘若日后太尉用得着吾等，当效犬马之劳！"

"元海啊，武皇帝升遐，我得掌朝政，终日孜孜，忧心万机，京城内外，窥伺者众多……日后如果有多事之秋，希望你们匈奴部众能在外为我扬尘示威，以报我今日拳拳之意。"言及朝政，杨骏脸上始现忧色。

刘渊忠刚满脸，语气沉重地说："我自咸熙年间就在洛阳为任子，当时深受文帝信任；泰始（公元265—274年）之后，我匈奴五部更是对大晋忠心耿耿。王司徒父子向武帝屡屡推荐我，得蒙陛见，武帝大悦。武帝曾对王济夸奖我说：'刘元海容仪机鉴，乃汉朝金日磾①一类的英杰人才。'为此，王济推荐我去带兵平灭吴国……后来，凉州的贼寇树机能造反，大臣李憙再次推荐我，认为我有能力带领匈奴强兵去平灭反逆……唉，可惜的是，关键时刻，朝中每每有傅咸等人从中阻挠，武帝最终都没能用我。我一腔忠心，壮年立功之心魄，最终归于流水啊！"

听到此处，在座的傅祗和潘岳相互对视了一下。当时，二人在朝廷做郎官，都在现场。树机能叛逆消息到达朝廷后，见武帝有意任用刘渊和他的匈奴兵去平叛，傅咸立刻警觉道："刘渊若能平凉州，斩树机能，恐怕凉州才会潜伏大乱的根苗。蛟龙得云雨，非复池中物，刘渊何等人物，万毋轻任！"而再早阻挠武帝派刘渊率兵前往平灭吴国的，不是别人，正是杨骏亲弟杨珧。他曾苦口婆心地进劝武帝说："臣观刘渊之才，确实当今无二！陛下若轻其众，把他羁縻在京城豢养，他肯定无所施展，不足以成事；若授予威权，让他统领重兵，平吴之后，此人再难控制。非我族类，其心必异！如果令刘渊率其本部匈奴兵纵横天下，乃心腹大患，臣窃为陛下寒心！"

所以，最早谏劝武帝不用刘渊的人当中，除了傅咸，还一定要算上杨珧。

杨骏皱皱眉，直视刘渊，实话实说道："当初坏卿好事者，还有家弟杨珧……"

刘渊闻言，并无惶恐，他躬身正色道："傅咸小人，嫉贤妒能，但杨太仆乃出于为国的忠心，我内心一直敬重无比！"

为了岔开话头，刘渊眼含泪光，语气沉痛地继续讲述他才不见用的往事：

"太康八年，王弥从洛阳东归，我与石崇等人在九曲②之滨为王弥饯行。思

———————————

① 本为匈奴休屠王太子，被汉朝俘虏后在汉武帝宫廷为奴隶，后得汉武帝赏识，终为汉朝忠臣，并救过汉武帝的性命。汉武帝临死，遗命他与霍光一同辅政。

② 大概位置在当时洛阳西苑最西端。

及我数年来一直报国心切，始终不为朝廷所用，我饮酒三斛，慷慨唏嘘，纵酒长啸。不料，恰巧齐王司马攸也在附近钱客，他亲自骑马来探视。看到我的行为举止后，他立刻飞马到宫内禀告武帝，说：'陛下如果不除掉刘渊，臣恐并州日后必有大乱。'恰有王浑在宫内禀事，这位恩公一席话，救我一命，他向武帝说：'刘渊乃忠厚之人，我王浑以身家性命担保他没有谋逆之心。何况，大晋立国日浅，正要怀远以德，对内迁胡族示好怀柔，绝对不能仅凭无萌之疑就杀掉匈奴派来的质子！'武帝深以为然……至今思之，我刘渊犹自凛凛含惧，倘若如今齐王在位为帝，我肯定也活不了……"

听得刘渊谈起武帝的同母弟齐王，连杨骏都觉得这是一个在晋朝内外都是忌讳的话题。

众人默然。

刘渊说得兴起，大有沉浸其中之意，继续陈说抱怨："王浑、李肇二位大人，以乡曲见知，迭相把我推荐给武帝。岂料谗言因之而起，差点害了我的家族性命。其实，我刘元海本无建功立业的志向，最大的愿望，就是能安享大晋的太平，平安终老，死于洛阳府邸的床箦之上啊……"

言至此，刘渊唏嘘流涕，哀从中来。

他惺惺作态拭泪之时，眼睛的余光忽然看到对面傅祗和潘岳坐榻后不远处，站着一个人。

刘渊定睛细看，发现来人三十多岁，白面书生的样子，凤眼细眉，正手捋髭须，冷眼观瞧自己的表演。

来人不是陌生人，乃新被任命为太子洗马的江统。

刘渊心中一惊，收泪而止。他直起上身，于座中拱手问讯："江大人，好久不见。"

江统原为朝廷的郎官，与杨家有通家之好。从派系上讲，他应该算是杨骏一派，故而被杨骏任命为东宫官员，派去辅佐新太子司马遹。

太子洗马，这个官职不大，刘渊对此并不忌惮。他内心生出凛惧，是因为这个江统乃大晋朝少有的、深谋远虑的臣子。

在武帝一朝，江统就一直呼吁朝廷把并州等地的内迁胡人再迁徙于塞外，曾写过一篇《徙戎论》，专门论及此事。

江统与杨骏关系密切，所以可以不待通报就直接登堂入室。

"应元（江统字），正有事找你商议，来人，拿榻来。"杨骏看见江统，脸上露出笑意，丝毫没有摆太尉的架子，唤他就座。

刘渊、刘宣等人见江统来，互相递了递眼色，起身告辞："太尉公有官事要忙，吾等不敢打搅。"

杨骏微笑送客。忽然，他想起什么似的，望着刘渊的背影喊道："元海，礼物我都收下。不过，那几个匈奴婢女还在中庭，你还是领回去吧。我府内侍女众多，难以收留……"

刘渊哈哈一笑，边往外走边高声说："请太尉尝尝鲜，那几个婢女，乃并州鲜卑，肤清味香，乃我前日派子侄们从边地军人手中购得①，专门送来孝敬太尉……"

刘渊等人的背影，消失在厅门之外。

江统坐定，拱手一揖，正色道："王君夫、王武子、石季伦等人，更相夸尚斗富，舆服鼎俎之盛，比夸帝室。这些人布金埒之泉，粉珊瑚之树，可谓穷奢极欲！如此奢靡之行，皆效仿胡地商贸的豪阔放纵。其中，恰恰是刘渊这等胡人，推波助澜。他们在匈奴五部巧取豪夺，千里辗转，运馈京都大臣，毁风损俗，使得我们许多大臣贪渎成风，由倡节俭变为尚豪奢，其心可诛啊！"

杨骏面有尴尬之色："应元，我绝非贪图此辈匈奴馈赠，之所以受其财物，无非以图安定其心，抚慰并州诸部……"

江统是个直性子，不顾傅祗和潘岳在场，对杨骏直言道：

"刘渊此辈，先世乃夷狄巨寇，怪气贪婪，凶悍不仁，对中国②弱则畏服，强则侵叛，累为大患。后汉时期的马援、魏武帝曹操，陆续开始把此辈穷途末路的夷狄迁移于关中，乃权宜之计，势必给后世留下诸多弊害。关中之地，土沃物丰，殷实富足，历代帝王常凭借险关要地为都为城。非我族类，其心必异！刘渊等人，戎狄志态，势必不与我中华同心。后汉时期，朝廷都是乘这些戎狄部族衰敝的机会，才能迁徙这么多戎狄之人于关中。多年以来，汉族士庶侮其轻弱，不免欺凌。诸部胡人一直挟怨恨之气，毒入骨髓。世异时移，匈奴等部如今繁衍众盛，以其贪悍之性，必怀愤怒之情。倘若我们中原内地有稍许动荡，此辈必定会伺隙乘便，叛乱纷起，所向横逆！"

听得此言，傅祗、潘岳不停点头。

杨骏沉吟不语。

江统依旧滔滔不绝："朝廷应该凭借今时今日兵威方盛之时，把北地、京兆等地的匈奴、羌、氐各族，迁移至其原来居住的旧地，让他们各回部落，返归旧

---

① 鲜卑妇女肤色洁白，面容美丽，晋朝边地的军队和诸部胡族常劫掠鲜卑妇女卖到内地当婢女。

② 即中原，又指中原的汉族朝廷。

土。如此，则戎狄与我们晋人不再杂居，纷扰仇恨，自然消除……日后，戎狄纵有叛逆横暴之心，陡起事端，欲图侵袭，但从路途上讲，那时他们已经距离中原遥远，山河隔阂，即使这些人能纵兵走马，也就寇暴劫掠一时，为害不会太广……刘渊之辈，包括并州等地氐、羌等族胡人，纵然他们天性骁勇，弓马娴熟，但我们大晋一统天下后，这些部族纷离内斗，势穷道尽，对我大晋怀有危惧畏怖之心。凭借大晋此时的兵威强力，我们完全可以让他们乖乖上路，退出关中大地。如此，才能免除日后长久的祸患啊。太尉，如果朝廷惮暂举之小劳，忘永逸之弘策，恐怕会使得这些累世之寇，成为我们大晋子孙后代的最大祸患！"

杨骏首肯之余，长叹一声："应元，卿之所言，出于肺腑，非常有理。但是，方今朝内，纷繁多事，司马氏宗人中，有不少人对帝座内怀觊觎之心，诸朝臣呢，各自心怀鬼胎，我天天焦头烂额，哪里还顾得上考虑刘元海等部胡人呢？待我们收拾了朝内的局面，再想绥靖边地的事情吧。如今，安抚匈奴、鲜卑诸部，能保证他们不添乱，已是万幸……"

刘渊与刘和、刘曜、刘聪、刘宣四人出得杨骏府邸之后，纷纷踩着单镫①飞身上马。他们先前脸上毕恭毕敬的表情，顿时消失得无影无踪。特别是刘渊，腮边咬肌乱滚。

鹅毛般的大雪扑在诸人脸上，让人心神一振。

"我和士则（刘宣字）老伯、刘曜先回匈奴五部，你们兄弟二人在洛阳万事小心，为我耐心观察形势，但凡有事，速速报予我知！"刘渊用匈奴语说。

兴建于曹魏时代的门楼，百数年的积尘银光闪闪。岁月的磨蚀，使得它宏伟的气势更加不凡。

大雪纷飞的景色中，西北方向的天空开了一道缝隙。阳光照射下来，倏然闪过一道光芒，如同一团跃跃蹿动、瑰丽无比的烈火，颤颤悠悠的，使得飞檐波动起来。霎时间，片片菱形的瓦当显得清澈透明起来，为这金碧辉煌的宅邸平添了一种忽明忽暗的、变化多端的诡秘气息。

诸人仰望，只见天空逐渐呈现出苍白的颜色，巍峨的门楼在它的压力下好像要微微下陷。围绕着高大院墙飞翔的乌鸦的叫声，更衬托出大宅的寂静，似乎还拔高了门楼的高度，具有某种难以言传的意味。

刘渊兜转马头，仰头望了望杨骏高大险峻的府邸门楼，脸上掩饰不住的轻蔑。

---

① 当时的马匹还大多是用单镫，双马镫在西晋末期才开始流行，并促使战争的形式发生了极大的改变。

"杨骏此人，智陋才浅，不懂阴阳术数。这座府第，乃是那位被司马懿诛杀三族的曹爽故宅，居住于此，祸生不测啊！"

第五章　显阳殿

　　显阳殿中，昔日安谧的气氛，由于新皇后的迁入而消隐无遗。

　　半蹲着身子，一个身材矮胖、肤色黝黑的妇人，正宰杀一只羽毛非常鲜艳、漂亮的锦鸡。

　　她手持一把锋利小刀，拉锯一样，在锦鸡耳下不停地割扯，想割断这只美丽飞禽的喉管。

　　锦鸡绝望地挣扎、本能地鸣叫着，扑扇着翅膀，拼命摇动它美丽的长羽尾巴。

　　妇人不顾锦鸡扑起的尘土，咬牙切齿诅咒着："去死！去死！"

　　鲜血淋漓，如同木砧板下滴出的红色的甘露。

　　把一直哀鸣的锦鸡喉管割断之后，妇人脸色逐渐明朗起来。她拎着锦鸡的爪子，让它如注的鲜血流入一个琉璃碗中。

　　良久，似乎余怒未消，她怒目瞪视着手上的锦鸡尸体，恶狠狠地把已经死去的僵硬的锦鸡摔在了地上，接着，她踏上去跺了几脚。

　　一旁的宫女们吓得浑身发抖，不敢细看宰杀过程，几个当值宦者低着头，偷偷斜眼观瞧妇人的举动。

　　看到妇人犹自站在原地喘息，两个小宦者赶忙搬来一张坐榻。

　　这个浑身溅满鲜血的、三十四岁的矮黑妇人，不是旁人，正是大晋皇后贾南风。

　　战战兢兢做了十八年太子妃，压抑多年，貌陋心险的贾南风所积聚的愤怒，终于可以不加掩饰地倾泻出来。下蛊诅咒之余，听一个巫婆说，每日杀一只锦鸡可以遥咒皇太后杨氏早死，她便亲自操刀，开始日屠一锦鸡以厌之。

　　当初，贾南风之所以能当上太子妃，其实还多亏了如今皇太后杨芷的堂姐、武元皇后杨艳[1]。

本来，武帝一直想为太子迎娶卫瓘之女，但杨艳与贾南风母亲郭氏私交甚密，不断怂恿武帝，想让太子娶贾南风为太子妃。武帝开始对此建议并不采纳，他对杨艳皇后说："我听外人说，卫瓘之女有五好，贾充之女有五不好——卫家女种贤而多子，美而长白；贾家女种妒而少子，丑而短黑。"

即便如此，一直为武帝宠爱的武元皇后杨艳，想尽办法，坚称贾家女孩贤淑有妇德，暗地里，她让平日深受武帝信任的大臣向皇帝进言，力赞这门婚事。最终，武帝禁不住内劝外请，派人把贾南风迎娶入东宫为太子妃。

贾南风妒忌而多权诈。入太子宫后，她很快就控制了比自己小两岁的呆痴太子。东宫内，一时间牝鸡司晨。自小就精明多智的贾南风，使出百般手段，使得司马衷这位储君对她且畏且感。

在东宫，虽吃食美酒尽全量供应傻太子，但别的宫嫔妃子罕有机会被太子临幸。

武帝末期，武帝心内着急皇太子所生儿子太少，就遣去美女多名到东宫服侍太子。本性酷虐的贾南风，在短短一年时间之内，竟然手杀七名美貌宫女。最耸人听闻的是，她还用短戟亲手剖割一名怀孕美女，使得已经成形的胎儿，随刃堕地。

过了许久，武帝才耳闻这些事情。见太子妃竟敢对凤子龙孙下毒手，武帝勃然大怒，派人收拾洛阳内专门关押犯事妃嫔的金墉城[2]，准备把这个嫉妒到疯狂程度的贾南风囚禁起来，并废掉她太子妃的位号。

当时皇后杨艳已经病死，她的堂妹杨芷为皇后。深知当初堂姐竭力赞成这桩与贾家的婚事，杨芷尽心竭力，为贾南风弥缝。她冒雷霆之怒，劝武帝息怒："贾充大人，对我们大晋的社稷来说，劳苦功高。倘若后代有罪，都应该给予宽宥、减罚，何况贾妃是他的亲生女儿。她现在年纪轻，难免妒忌轻狂，日后年岁稍长，一定会越来越贤惠……"

不仅杨皇后婉劝武帝，杨皇后的叔叔杨珧也在朝上对武帝进谏："贾公功高社稷，万望陛下不要忘怀！"[3]

帮助贾南风逃过一劫之后，杨皇后自认为有德于人，加上"婆母"的身份，

[1] 晋惠帝司马衷的生母。
[2] 晋朝囚禁后妃的监狱。
[3] 在晋武帝司马炎篡取曹魏江山的过程中，贾充起到了非常重要的作用，特别是怂恿武将成济弑魏朝年轻的皇帝曹髦。

她便多次派女官到东宫代替自己训诫这位"儿媳",言辞严厉。

太子妃贾南风并不知道杨皇后在武帝面前为自己说好话的事情,反而认定她在武帝那里暗中构陷自己,对杨皇后恨之入骨。

如今,武帝崩逝,自己的呆傻丈夫成了大晋皇帝,贾南风终于可以一展心怀。

即使如此,大晋朝位号为尊,从名分上讲,贾南风上面还有个令人恼恨的皇太后杨芷,加之皇太后父亲杨骏把持朝权,内外大事,依旧掌握在杨氏同党手里。对此,贾南风深感不能为所欲为。

心机沉沉间,听闻杨骏在辅政过程中广遭百官怨望,又与汝南王司马亮等宗室关系不睦,贾南风心中暗喜,一直觊觎其间,等待机会。

施虐的血腥,使得皇后贾南风兴奋起来,忍耐不住。于是她白昼宣淫,让一个宫女拿出一个双头的淫具,准备行乐。

刚刚铺开绣褥,有宫人报称贾南风的外甥贾谧入见。

贾后心喜,忙命人引贾谧入室。

贾谧时年十六岁,乃一翩翩美少年,齿如编贝,唇似激朱,发黑眉浓,眼波荡漾,尤其他那一双秀美的眼睛,顾盼生辉,如美妇人一般。

贾谧这个少年,本来姓韩,乃贾南风妹妹贾午的儿子,其父乃南阳人韩寿。

韩寿贵公子出身,这小伙子二十岁左右时,被贾南风父亲贾充聘为司空掾,成日在贾府与一帮僚属宴饮论事。贾充的小女儿贾午少女思春,曾于窗户间窥见美貌郎君韩寿,就遣一婢女往韩寿处,充当红娘。这婢女伶牙俐齿,对着韩寿,把贾午说成个"光丽艳逸,端美绝伦"的绝色美人。韩寿闻言心动。小伙子身体好,劲捷过人,当天夜间,翻越高墙,与贾午偷欢。

那贾午丑姑娘食髓知味,云雨数番后,畅爽非常,临别,还把武帝御赐给她父亲贾充的西域异香偷出来赠送给韩寿。

此后,贾充的僚属秘密来报,说韩寿身上奇香扑鼻,经月不歇。贾充大惊,深知这种西域异香武帝只赐给过自己和大司马陈骞两个人。联想到小女儿贾午近来悦畅非常,一脸春色,贾充当下就明白是女儿偷汉了。

毕竟韩寿乃世家大族出身,贾充成其好事,把女儿贾午嫁予韩寿为妻,不久就生下了孩子。

这个孩子,就是贾谧。

所以,贾谧本来叫"韩谧"。其外祖父贾充死后,由于没有儿子承继,贾南风的母亲郭槐自作主张,把这个美貌如画的外孙入继贾家,改姓为贾。

上上下下,轻摸着外甥柔软的黑发和私处细软的汗毛,贾南风腹内热流涌动。

她眉开眼笑，像昔日抱小孩子那样把贾谧抱在腿上，吮吸般亲吻着这个美少年红樱桃一样的嘴唇。

当贾谧腼腆地微笑时，他那张酷似他父亲韩寿的面孔上，有着贵族子弟那种难以言表的奢靡、浮华的气息。特别是这个少年人那种羞怯、和善的眼神，让贾南风怦然心动。

看着美少年如此澄澈的瞳孔在闪动，妇人体内纯粹的欲望，流动得更加迅猛、激烈。

贾谧是个世故而早熟的少年，他知道，自己的皇后姨母拥有越来越大的威权，顺从她，让她高兴，她就会给自己带来荣华富贵。于是，他就闭上眼睛，默默忍受着那双肥厚手掌和濡湿多动的厚嘴在自己身体上面游移、逡巡。

贾南风咯咯笑着，眉毛陡起，满脸挑逗，把外甥摆平在褥子上，剥开他身上的衣服，手嘴并用，刺激着少年的欲望。而后，她看准位置，蹲踞在上，一上一下地猛力活动……

贾谧年少，不敢去看姨母肥胖、粗蠢的躯体，突兀的肉鼻子和那圆睁充血、欲望无限的眼珠子。

他饱受煎熬般闭上眼睛，想象着皇后宫中自己喜欢的那个吴地宫女——她微微下耷的秀气肩胛骨，胸前若隐若现的花蕾，裙内窄窄的美臀和双腿；她的秀美胫骨，在宫内暖阁黑暗处那可以用嘴唇感受到的青丝；还有，匆忙偷情过程中，裙衣窸窸窣窣的声音所引发的无限向往……

阁外，太阳在冲上巅顶后闪耀着古老的金光。显阳殿菱形的窗棂，使得榻上的少年身上满是金色的光影，令他奶白色的皮肤熠熠发光。

美少年痛苦地叫了一声，抱紧了姨母的粗腰。

皇后贾南风停止了动作。看着自己如此相貌俊美、受人怜爱的外甥，这个一向骄横跋扈、内心歹毒的女人满脸温情……

外甥离开后，贾南风坐在东阁的软榻上，让人去唤出外办事的宦者张弘回来。

虽然自己现在身为大晋皇后，但贾南风甚至觉得某种潜在的危险比从前还要迫近，她很清楚，自己曾经想象过的好多事情，依旧不能得逞。

她要亵渎一些东西，要清除那些挡在快乐和她之间的、妨碍她作威作福的任何人。在她的心目中，驾驭感、统治感比起任何肉体快乐其实要强烈得多。

躲着痴呆皇帝丈夫，与宦者们私下纵情求欢所感到的快乐，欠缺了许多实质性的味道。邪魔一样巨大的冲动，使得生性残忍的她，更加肆无忌惮地去追求绝对权力和纵欲的终极途径。

宦者张弘急匆匆地小跑着进入东阁，跪在地上朝贾南风行礼。

"免！"贾南风看到这个皮肤白腻细滑的宦者，顿时眉开眼笑。

侍奉左右的数名宫女很识相，即刻后退，往门外走。她们施礼后全部退出，还没忘关闭阁门。

外甥贾谧毕竟是个少年，没能完全满足贾南风。她褪下自己的细丝抱腰①，挥手让张弘来到自己的近身处。

张弘膝行而前，跪在这个矮丑的女人面前。他把头埋在大晋皇后贾南风赘肉成堆的腹部下方，卖力地舔吮，不停地移动自己的头部。

贾南风闭上眼睛，心旌摇荡，舌头不断舔舐着自己的嘴唇，哼哼唧唧，享受着自己贴身宦者的服侍。

性欲亢进的贾南风，在这个如狼似虎的年纪，皇后权位使得她的欲望勃勃不休。恰似一架闲置多年的竖琴，她是那么急切地渴望有人来粗暴地拨弄她，纵情逞欲。

咝咝的喉鸣声中，她发出连续、模糊不清的叫嚷，甚至让人不断地想起那鲜血淋漓的锦鸡头。

披上皇后深衣后，贾南风日夜不停地需要刺激，似乎她劳累自己的身体精力，才会稍稍转移对权力的极度渴望。太子妃时代，那十多年单调的生活，让她时刻萌生出对灾祸的无比期望——哪怕是一身挨剐，拼却家族性命，只要能达致一种让她认为是一劳永逸的巨大变化，她就会不顾一切地去做。

阴谋，需要迅速地实施，一定要马上有所行动。见不得人的计谋，不需要什么养精蓄锐，不需要日长时久。

贾南风使劲地按住宦者张弘的头，拼命揉搓了数下。

在熟悉的、宦者身上轻微的尿臊味道中，她终于长吁了一口气，啊的一声，舒服至极地往后靠坐在一堆锦褥之上。

看着宦者张弘用衣袖揩拭着他自己湿湿的脸颊，累得满脸通红依旧向自己媚笑，贾南风一阵心疼，赶忙让他与自己并榻而坐，并一个侧身倚靠在这个眉清目秀、貌似女人的小宦者身上。

如皇后贾南风所言，张弘绝非仅仅是个消欲解渴的面首宦者。武帝在位之时，正是靠着他的沉着机智，自己的痴傻丈夫才成功躲过了一场大祸——那一次，他差点失去皇太子的位子。

① 晋朝妇女的内衣，也称"抱腹"。

武帝后期，酒色过度，身体很不好，群臣深以为忧。尚书和峤委婉进谏，对武帝说："皇太子有淳古之风，而末世多伪，恐怕不能担负陛下的家事国事。"老臣卫瓘，有一次也趁着宴饮醺然之时，抚着御座对晋武帝说："此座可惜。"对此，武帝皆默言不答。毕竟和病逝的皇后杨艳伉俪情深，自己的皇后尸骨未寒就废掉不惠的太子，他实在有些不忍心。

可是，重臣和峤、卫瓘如此劝谕，思及江山社稷，武帝心中很不踏实。一天，他把太子东宫大小官属都召至皇宫内赐酒宴饮。

众人坐定后，武帝派人用大信封密封数件朝廷公文，送到东宫，命令太子断决。

武帝当时的想法，是要在没有东宫官吏帮忙的情况下，考验一下太子司马衷处理政务的能力。

怕东宫内部有人出宫寻找属官替他判决公文，武帝命令使臣，一定要在东宫门外守候，不可离开须臾，坐等太子批复文件。

时为太子妃的贾南风，闻讯大惧，马上偷偷派人找了个书吏做帮手。为了显摆太子的博学，那个书吏在公文里面旁征博引。

当时，贾南风确实吓坏了。她知道，如果丈夫的太子身份被废，她自己就会从太子妃变成普通的王子妃。如此，日后司马宗室新皇登基，作为前朝太子和太子妃，他们肯定只能任人宰割。

心慌意乱之时，还是充当太子贴身服侍宦者的张弘聪明，他向贾南风进言说："太子不喜读书，人所共知。如果在御批文函上广引典故，必定会被皇帝看穿。最终怪罪下来，皇帝肯定还要追究背后主使人，那样的话，太子和您，处境就更危险了……不如，直接就事论事，简简单单，在公文上写上类似'可''否'的判断意见即可……"

贾南风闻言大喜，对张弘说："就麻烦你为我好好写吧，日后，太子登基，我保你富贵荣华！"

张弘在入宫做宦者前，曾经读过几年书，素有小才。他赶忙细看文函，按照自己的判断，打个可否的草稿，然后，让傻太子照猫画虎地誊抄了一遍。

一个时辰后，使臣把文函送交皇宫。

武帝正与东宫僚属及当朝大臣宴饮。他仔细审看太子的公文批复，甚感喜悦，随手把文件先给时任太子少傅的卫瓘展示。

本来，武帝对太子司马衷期望很低，忽然看见傻儿子亲笔写的判词，立意清楚，处事得当，不由得惊喜过望。

当着群臣的面，他先把文件递给卫瓘，无形中也泄露了这样一个信息："你常进谏说太子不具备当储君的资格，如今看来，还算不错！"

喘定之余，贾南风在感念宦者张弘恩德的同时，暗中也记下了老臣卫瓘一笔，准备日后有机会，一定找他算账。而她当时身居高位的父亲贾充，内心也怀恨不已。老头子让人送密信给女儿，上面只有寥寥几个字："卫瓘老贼，几破汝家！"

在无数个百无聊赖的日子里，贾南风对自己失去太子妃名分的可能性进行过许多假设，其中特别包括武帝宫内的宦者来宣告这个"噩耗"的用词以及自己当时的反应——是痛不欲生还是冷静面对，是降格以求还是忍耐着继续给傻丈夫当普通的王妃……甚至在许多时候，她热衷于这样的事情：

她自己一个人，在东宫黑暗的夜里虚构自己的太子丈夫被废后种种曲折的情节，如此，确实让自己日常生活过得有点意思。她常常心血来潮，自己假扮成武帝宫里派来宣旨的宦者，声色俱厉地让痴傻太子跪在自己面前，居高临下，狠命抽他的耳光——那个时候，如果赶巧有宫女或者宦者进屋，他们就一定会发现，太子妃正两眼放光、大汗淋漓地乱打乱砸跪在地上呜呜哀哭的太子——诸如此类，变故以及忧心忡忡，如今，都变成贾南风与张弘等亲密的宦者寻乐解闷时候的谈资。

"外面情状如何？汝南王等司马宗王们怎么个态度？"啜饮着茶粥①，贾南风向张弘问道。

"杨骏手下殿中中郎孟观、李肇与我立下死誓，愿为皇后效犬马之劳！他们二人执掌禁卫军，只要他们做内应，大事可期！但是，毕竟没有皇帝的亲笔诏书，废杨骏的话，把握不大。仅凭孟、李二人和他们的手下，还不足以诛除杨骏及其党羽……"

贾南风点点头，急切地问："汝南王那边如何？"

"我让李肇遣人去联系汝南王，唆使他举兵讨伐杨骏，被他拒绝……这个胆小懦弱的老匹夫，成不了大事……"

贾南风听张弘如此说，黝黑肥胖的脸上顿起忧色。

张弘马上宽慰她说："……不过，都督荆州诸军事的楚王司马玮明确表态，说他非常痛恨杨骏专权，信誓旦旦地说，关键时刻可以协助我们。可惜，作为镇守外藩的宗王，如果没有朝廷的旨意，楚王不能擅自入朝啊。皇帝发布诏旨，可

① 西晋时期茶已经广为流行，一般家庭都开始饮茶。特别是晋惠帝和贾南风夫妇，非常喜好茶饮和茶食。

以召诸王入京，但是，只要涉及颁发诏旨，肯定绕不开杨骏。朝中大小政事，现在都被杨骏党羽把持……"

"是啊，如何让楚王能率他的部分兵士顺利进入洛阳，这才是关键……"贾南风似在自言自语。

她又问："宗室之中，除了楚王司马玮、汝南王司马亮，还有谁可以联络？"

张弘细想了一下，回言："武帝的儿子辈，除楚王以外，还有他的同母弟长沙王司马乂，此人年少果锐，能干大事；淮南王司马允，握有扬州一带的军权；成都王司马颖，屯军邺城，在河北封地一带很有势力；已故老齐王（司马攸）的儿子小齐王司马冏，在京城没有部伍，只挂个散骑常侍的虚名；赵王司马伦，乃宣帝第九子，如今已经六十五岁，贪渎凶蛮，任征西将军，坐镇关中；与赵王司马伦同在关中的，还有河间王司马颙，此人乃安平献王司马孚（司马懿之弟）嫡孙，为平西将军；东海王司马越，乃宣帝四弟司马馗之孙，这个人嘛，您应该知晓，皇帝当太子的时候，他以骑都尉的官职侍讲东宫，现任左卫将军……"

"这些个司马皇族的爷们儿，能和咱们同心吗？"贾南风问。

"王爷们虽然都姓司马，关系亲疏有别，各结党援……不过，有一点他们是相同的，都可以为我们所用——他们都敌视杨骏，非常希望杨骏倒台！如果京内有变，这些王爷，肯定会站在我们这一边，最起码，他们会站在反对杨骏的一边……"张弘笑吟吟地说。

二人正密议间，有宫人来报，说是皇太后杨芷派女官前来，赐皇后几函图书，以此来助皇后母仪天下，作配皇极。

毕竟杨芷还是皇太后，贾南风不得不穿上一身正式的皇后服饰，鼓捣了许久，才规规矩矩地出去跪接图书。

回到内室，展卷观瞧，贾南风发现，这些书卷全是有关妇德和清净宫闱的内容，包括前汉刘向编纂的《烈女传》和后汉班昭撰写的《孟母颂》，等等。

杀心顿起，贾南风手一挥，把满案的图书推掉在地，咬牙切齿道：

"男胤（杨芷小名）老厌物，命在须臾，还不知轻重，蔑视于我！他日事成，定让这个老厌物死无葬身之地！"

第六章 剑拔弩张

"太尉，您怎么会允许楚王司马玮入朝？此人性情刚狠，胆大妄为，其属下长史公孙宏、舍人岐盛，好乱乐祸，常暗中教唆他行险恶之事……此人来洛阳，大非好事！"

侍中傅祇满脸乌云，也不顾杨骏身边有别的大臣，质问般直接问。

杨骏刚出太极殿，才上罢早朝。他徐徐缓行间，正与太保卫瓘、少保和峤以及尚书郎索靖闲言，似乎是在与诸人谈论书法。[①]

卫瓘年逾七十，和峤也已六十开外。这两个人在京城久历世事，非常严谨。闻听傅祇此言，皆抚须不语。武帝在世之时，此二人相继入谏，劝说武帝换易太子，一直论不见纳，深为皇后贾南风及贾氏家族所憎恨。

尚书郎索靖，时值壮年，言语直率。听到这个消息，他扭头看着杨骏，正色说："武帝崩时，朝廷曾下诏召楚王司马玮为卫将军，还加他侍中、行太子少傅的荣衔……当时崇礼宗室，目的在于安定人心。武帝葬礼过后，楚王地位微妙[②]，朝廷很快就外放他到镇就藩，不知道太尉您为何又唤他入朝？"

杨骏对傅祇和索靖的话根本没有在意，他一副成竹在胸的样子："楚王司马玮好刚斗狠，在武帝诸子中尤其难制。近期我本来正想办法召他入朝控制起来，给他个散官做，不想让他有机会在荆楚之地扩充实力，怕他日后尾大不掉。如果忽然召他回京，我还真怕他起疑在外面闹事，正犯愁呢，岂料他自己主动上表，要求入朝觐见皇帝……嗯，对了，我顺便还把武帝另外一个儿子、都督扬州诸军事的淮南王司马允一起也召入京城。武帝这些儿子，皆英武不凡之辈，还是把他们放在京城吧，如此才让人安心。"

---

① 卫瓘和索靖是西晋著名的书法家。卫瓘擅长隶书、章草，师承张芝书法传统，自称得张芝之筋，书写风格流便秀美。其本族侄女卫夫人（卫铄）是著名女书法家，也是王羲之的书法老师。卫瓘与索靖同在尚书台任职，时称"一台二妙"。

② 指楚王与晋惠帝是兄弟，也有继位的可能性，地位敏感。

"此事嘛，恐怕太尉公有欠考虑……"卫瓘是元老重臣，历事繁多，不禁忧心忡忡起来，"近来，听闻楚王与宫闱间多有往来，东安公司马繇，也在京城到处活动，他与宿卫将领多有勾连……宗室诸王，哪个不安分，京城都会出大事啊。"

杨骏一脸怡然，对卫瓘的话并不入耳。

杨骏为人心胸狭窄，他与卫瓘二人，同朝多年，一直面和心不和。武帝在世时，杨骏曾暗中派人上疏，指摘卫瓘的儿子卫宣纵酒好色——卫宣乃驸马，娶武帝公主在家，为人行事确实很不谨慎，数犯酒色之过。杨骏派人弹劾卫宣，意在卫瓘——他不想朝中有卫瓘这样德高望重的人与自己掣肘分权。杨骏心中认定：如果促成武帝的公主与卫宣离婚，卫瓘因为管教不严的过失，应该会自请逊位离职。

果然，此事出来后，武帝对卫宣大发龙威，迫令公主搬离卫府还宫居住。作为驸马的父亲，卫瓘对此大为惭惧，赶忙上疏，告老逊职。杨骏不依不饶，暗中嘱咐有司逮捕卫宣下狱，想进而免掉卫瓘官职，让卫氏家族难堪。武帝是厚道人，很念旧，依旧下诏给卫瓘晋位太保，让他以公爵荣衔退休。不久，卫宣患暴疾而死，此事终算告一段落。

即便杨骏如此排挤自己，卫瓘内心对这位太尉并无太多怨恨。这位老臣觉得，杨氏兄弟专权之心很大，其他非分之想却无，于国家并无大害。

几个人说话间，杨骏回头，看到石崇、潘岳下朝，就招手唤他们近前，一起闲话。

杨骏指着殿外一棵梅树，对众人赞叹它冬日怒放的风姿。只见那盘绕顽斜的虬枝上，寒梅傲然绽放，散发出阵阵凛冽的香气。

天气很冷。殿外的花草树木都已凋零，那数棵百年老树的树干上，依旧蒙着昨夜的一层雪花。梅枝下面垂挂着条条冰凌，在阳光照射下，晶莹剔透，闪烁着奇异的光芒。空中，刚刚露脸的太阳，四射出道道金线，使得梅树下面显现出黯淡的阴影，香气，越发浓郁。

殿庭积满白雪的草坪，被忽然钻出云层的万道金色阳光一照，如同锦缎中的金线图案一般，斑斓满目。

面对此情此景，潘岳随口咏道："烈烈玄飙起，粲粲繁霜凝。劲风回白雪，长川激素冰。秋节良可悲，百华咸萎落。堂前柳随风，疏林树萧索。左揽又翠羁，右抚犀象鞍。泛泛江汉萍，飘荡永无根。"

杨骏合目，不停点头称好，问："安仁，此诗是你近作吗？"

石崇在一旁哈哈大笑："此诗不是安仁所作，乃高阳王司马睦长子司马彪所作。司马彪自幼好学，可惜他好色薄行，最后连高阳王世子都做不成，被朝廷封了个公爵……福兮祸兮，司马彪从此发奋读书，博览群籍，现在，呵呵，他诗歌作得大好……"石崇一边说，一边瞥了白发苍苍正拈梅而嗅的卫瓘一眼。

卫瓘怔忡了片刻，手中梅枝略颤。石崇口中所讲"好色薄行"四个字，让他想起了自己不久前死去的、玉树临风的驸马儿子卫宣……

石崇一脸高兴，紧走两步挨到杨骏身边，说道："深谢太尉！您把府中两个鲜卑女孩赏赐与我，真国色天香啊。我已经给她们起了新的名字，一个叫绿珠，一个叫红绮。我让人调教她们，几年之后，待她们能歌善舞，善解人意，我再送返给太尉享用……"

杨骏笑着摆手："季伦，还是你留着吧，老夫府内侍女够多，不劳石大人你费神……"

诸人边行边讲，很快就到了宫门外的大街上。

洛阳绚丽的冬日，路上结满冰霜，特别是被日光映照着的红彩斑斑的白雪，被来往行人马蹄踩踏，翻起阵阵轻纱似的寒雾。

司马门①下，诸人正欲上车道别，忽然见那朱雀大街上，不远处来了一行人。这队人马，大概有几百人的样子，旌旗飘舞。为首几个人，均骑高头大马，沓沓而来。

渐行渐近，鲜衣骏马的几个人缓缓揽辔，驻马在杨骏等人近前。

细看来人，高骑骏马的四个年轻人不是旁人，正是楚王司马玮、长沙王司马乂、淮南王司马允以及东安公司马繇。

看到杨骏等人，四个王爷都有些发窘，一时间驻马踌躇。

依礼，虽然司马宗室地位尊贵，但杨骏是太后之父，卫瓘有太保之尊，和峤乃少保，他们的身份，都可以和司马宗室王公抗礼。

杨骏站立不动，脸色有些阴沉。他身后不远处几十个担当护卫的殿中司马武职，见状皆快步走近，个个按剑而行。

负责皇宫护卫的宫内禁卫军头目孟观、李肇二人，神情有些紧张，各自带数名随从，往杨骏处围拢而来，看上去好像是要保护杨骏。

潘岳、石崇、索靖等人官职较低，见到皇室三王一公，立刻很谦恭地向他们稽首行礼。

楚王、淮南王、长沙王以及东安公反应还算快，看见潘岳等人向自己行礼，

---

① 西晋皇宫的外门。

就也立刻飞身下马。他们站定之后，依次与杨骏、卫瓘、和峤三人见礼。

长沙王司马乂年仅十五岁，字士度，乃楚王同母弟，身长七尺五寸，身材挺拔健美。他和哥哥楚王样子很像，只是这个年轻王爷的眼神更加清澈，而一身戎装，更衬得他格外勇武英俊。

长沙王向杨骏拱手，问候道："半年多不见太尉了，太尉公鬓发添了不少斑白，为国事操劳了！"

看到这么漂亮的司马小王爷对自己如此谦卑问讯，杨骏内心中对宗室的敌意忽然削减了不少。他上前拉住长沙王的手，亲热地说："太康十年，你被朝廷初晋王爵的时候，还是我进言武帝，给你长沙王爵号的啊。"

然后，杨骏转身，对满脸做出虔敬状的淮南王司马允说："咸宁三年（公元277年），殿下曾经受封濮阳王。太康十年，也是我向武帝建议，徙封你为淮南王，都督扬江二州诸军事的。虽然都是王爵，王号不同，爵位不同，镇地大大不同！"

淮南王、长沙王年纪虽轻，对杨骏心内不满，但表面上都很礼貌周到，皆拱手向杨骏致谢。

淮南王司马允身长八尺，年纪比楚王小一岁，时年二十岁。与他的两个同父异母兄弟楚王、长沙王相较，司马允脸型较方，满脸刚朗气质。特别是他身后背着的一张雕漆长弓，更显衬得他勃勃英武。

"诸位王爷挟弓带剑，是要去演武场吗？"

此时，杨骏才注意到几个王爷皆戎装。充当他们护卫的随从，都手持刀枪剑戟。而率领那些兵士的为首两个人，都儒士打扮，骑着马，远远肃立，并未过来下马见礼。

这两个人，一个是楚王长史公孙宏，一个是楚王幕僚岐盛。

那公孙宏虽然着儒装，却腰挎长剑，紫红的脸膛油亮，一道细剑眉，斜插入鬓，满脸透着飒爽。前日王济丧礼，正是他用旗枪把刺客捅死灭口。

东安公司马繇在四个人中年纪最长，怕哪个王爷说话不慎有漏洞，就立刻警觉地回言："回复太尉，我们几个人趁楚王等回洛京的机会，刚刚在郊外射猎玩耍归来，未及向朝廷禀报……"

杨骏连忙摆摆手："无妨，无妨，诸位王爷好好休息，最好先入宫觐见陛下。待我得空，一定与卫瓘、和峤二位大人共摆筵宴，招待诸位殿下。"

几个王爷所骑乘马匹躁动着，它们闻到洛阳熟悉的气味，很兴奋；它们踩踏着积雪和地上散发出浓烈沉闷气息的干枯落叶，纷纷扬蹄，快活地小步兜圈走了起来，不停打着响鼻。

楚王等四人骑上马，在马上再向杨骏等人拱手施礼。然后，他们绕过诸人，经过落满白霜的巍峨宫殿外门的门楼之后，鞍座咯吱咯吱响着，几匹马小跑起来，往宫内方向驰去。

马蹄铁的声音，在寒冷晴空下显得尤其清脆、刺耳，令人心碎。朱雀大道两旁，有几大片不久前由融雪水洼结成的薄冰，熠熠生辉。一些冻结的草茎，缠绕在冰面上，在正午阳光下，如同道道白色的流火，诡异地闪烁。

杨骏、卫瓘、和峤等人，望着几个王爷背影消失后，皆若有所思。

"替我拟旨，撤掉楚王、淮南王两个人都督荆楚、都督扬州诸军事的职位，再给他们两个人都加个侍中的虚衔。嗯，一定要趁他们进京的机会，把他们都留在京中，不再让他们回藩地折腾……"杨骏对潘岳吩咐道。

傅祗追问："楚王、淮南王所带的这么多兵士怎么办？应该马上解除他们的武装，勒令那些军士归京兆统管……"

索靖插言："东安公司马繇绝非善类，听说此人最近常与宫内的殿中司马等武弁往来，以饮酒请客为名，收买人心，太尉对他不可不防！"

杨骏鼻孔里面哼了一声："连楚王、淮南王都成为笼中之鸟了，东安公司马繇又何能为！算了，没有几天就到元日①了，一切再等等吧，等过了新年元日再说……至于免去诸王兵权的诏旨，也不在乎这么几天，反正这几个人已经在洛阳，狂龙入柙，他们在京城翻不起什么大浪……"

卫瓘、和峤两个老臣没有再多讲话，皆眉头紧锁。在与诸人拜别后，他们相继登车离去。

白云弄皱了洛阳的天空，太阳在粼粼微波似的苍穹中迅捷地飘移。在满眼白色、遍覆积雪的洛阳平原上，在光秃秃的树林梢头，罡风陡起，气势汹汹。一阵旋风刮过，杨骏头上的冠忽然被吹歪，许多覆盖在枝头上的积雪，也被吹落。

杨骏怔了怔，扶扶帽冠，在侍卫扈从下离去。

皇宫内廷方向，透过干枯无叶的树梢，隐约可见楼阙的覆瓦闪闪发亮，从青灰色高墙上，露出摇曳的锋芒。

手拍门楼下那两只成对的巨大铜驼中的一只，尚书郎索靖长叹一声，意味深长地说："不久之后，诸位当会看到，这两只铜驼，会陷于残阳荒草之中！"

忽然间，已经远去的楚王一行人中，有一人掉转马头，纵马而来，瞬间，他

---

① 即新年的第一天，是晋朝最重要的节日之一。

已经疾驰到潘岳面前。

来人一拉缰绳，翻身飞下马来，给潘岳下拜。

"潘大人，我乃谯郡人公孙宏……王武子丧礼，我已经见到大人在场……大人昔日在河阳①为县令，多蒙大人提携于我，日后，倘有机缘，在下当报大人深恩！"

未等潘岳答语，公孙宏复纵跃上马，扬鞭而去。

"王武子之丧，原来出手杀刺客的人真是他！我当时看他就觉得十分眼熟，十多年不见，故人容貌有变啊……"潘岳受了惊吓一样，表情很复杂。

看到身边石崇一脸诧异，潘岳对他解释说："咸宁五年，我到河阳做县令，公孙宏客居河阳，以力田为生。此人文采斑斓，善于鼓琴，可谓才艺双全，闲极无聊，我终日延请到县府，待之甚厚……我日后离开河阳，公孙宏再无消息。哪里想到，如今他已经成为楚王手下官属……"

石崇拈须，沉吟半晌。

与潘岳临别的时候，石崇踌躇片刻，掏出一个丝织的绣囊，塞给潘岳，低声说："安仁，近期，洛阳可能有大事发生……倘若事急，立刻拆开这个绣囊观看，或许可救你一命！你现在不要打开看……"

潘岳的脸本来就白皙如玉，如今因为深怀的忧虑，变得近乎惨白。

他迟疑了一下，还是接过石崇递过来的锦囊，小心地揣在了怀中。

---

① 在今河南孟州。

第七章　愚　帝

宗室兄弟之间的见面，仪式不像正式朝见那么复杂。痴愚皇帝司马衷一具大肉傀儡，还能在太常礼官的教导下，依照礼节，穿着整套朝服来完成接见仪式。

不过，仪式没有在太极殿正殿举行，而是改在太极殿西堂。在这里接见，以显示皇帝与宗室的亲近关系。

痴帝戴着高达九寸的通天冠，饰以金博山颜，黑介帻，身上穿绛纱袍，皂缘中衣。堂堂皇皇，土木偶人一样，他端坐在堂内为天子专门设置的大床上①。

楚王司马玮、淮南王司马允和长沙王司马乂三个王爷，都换了正式的朝服，缥朱绶，戴远游冠，介帻；东安公司马繇不是王爵，头上戴三梁进贤冠。

皇帝司马衷年过三十。他身高七尺左右，憨头憨脑，肉鼻肥腮，小小的嘴唇肥嘟嘟，连眼皮都是肥肥的，遮住了他本来就不大的眼睛。整体上看，痴帝背拱腰粗，是个肤如凝脂般的大白胖子。

即便性智憨愚，司马衷在太常的悉心指引下，继位以来一直能够基本完成朝见的礼仪。

看到三个王爷和一个公爵进入内殿，太常高喊："皇帝为三王、东安公起！"

在两个宦者的扶掖下，傻皇帝南向起立，笑呵呵的。

三王和东安公立刻伏地拜礼。

太常："三王、东安公兴！"

三王起立，北向，垂手而站。

傻皇帝先坐下。

如果是正常的皇帝，看到自己同父异母的三个弟弟，肯定会放下皇帝的架

---

① 殿堂之上，只有天子才能坐床，臣子一般都坐席、榻。这种床，类似后世的宝座。

子，家长里短地笑语寒暄。但司马衷痴傻，殿上的几个王爷似乎他都不大认得，只是坐在那里兀自傻笑。

身为万乘至尊，殿上高坐的皇帝冕旒摇动，竟然一直呵呵不已。

太尉杨骏的外甥段广为散骑常侍，亲信张劭为掌管禁卫军的中护军，这一文一武两个人在场，三王和东安公这四个司马宗室皇族成员，也都不敢多说什么，只是不停地互相交换目光。

特别是楚王司马玮，眼睛里面满是无可奈何。

皇帝与诸王的正式朝见礼，数次拜礼过后，就算结束。依照惯例，下面就该皇帝与宗室臣下之间的“会”——宴饮的过程了。

由于前来的诸王是血缘很近的宗室，宴席设于殿上。

楚王等四个人脱薄履上殿，先磬折①恭立于座后，行拜礼，典仪官高喝：“就座！”四个人坐下之前，再次跪下行拜礼；而后，他们以跪姿就座，依旧保持拱手持笏的庄肃之态。典仪官高呼：“皇帝赐酒！”四个人忙插笏于带间，空出手来接过酒樽，饮后，伏地又拜……

宫廷乐师奏乐，乃汉朝传下来的《维天之命》和《天之历数》二曲，都是殿中御食之时应奏的音乐。

“哈哈哈哈……”痴帝看到面前的食案上摆满了吃食，哈哈的笑声更大。他一会儿指这个，一会儿指那个，两个宦者忙不迭地为他用银筷夹取食物，塞进他的嘴里。只要动作稍稍慢些，痴帝就会小孩子一样扭动着上身表示不快。

傻皇帝特别爱吃肉，不停地往嘴里塞各种牛肉、禽肉，他胡乱咀嚼几下，就使劲往喉咙里面吞咽。

一个美貌的宫女阻止他，小声对他说：“陛下，奉皇后命，您不能吃太多肉食……”

痴帝不听，继续胡吃海塞。

宫女脸上一阵红一阵白，开始用手阻挡，并把一块很大的牛肉块从盛器中拿出来，握在了手中。

痴帝发出不快的嘟囔声，拼命用手指想把宫女紧握的拳头扳开。他才扳开她的一根手指，宫女用另一根手指又把牛肉抓住了。一时间，痴帝不能把宫女所有的手指一块儿扳开，就开始利用他粗尖的手指甲去抠挖宫女的手，试图挖出那块被宫女紧握在手内的牛肉。

---

① 指上身微躬。

他的手指甲很锐利，立刻在宫女的手上留下了红红的月牙形的印子，疼得她眼泪盈眶……

吃不停，喝也不停。湛绿的酃醁酒①，黏稠美味，略带甜甜的味道，痴帝非常爱喝。他手执酒樽，仰头痛饮，喉咙里面发出咕咚咕咚的声响，漏出的酒，洒满了前胸的袍服。

基本上塞饱肚腹后，痴帝打了一个饱嗝，像发现什么似的，眼睛直勾勾地看着宫廷舞队的《正德》《大豫》之舞②。

这个时候，乐曲的曲调有变，他听着乐曲直发呆。晋朝改汉魏舞乐，新律声高，几近哀思之音，听得人心里酸沉沉的。

过了一会儿，乐师以古曲《四方皇》演奏，宫廷歌者随着曲声，嘹亮地齐声高唱起气势恢宏的《大晋篇》：

"赫赫大晋，於穆文皇。荡荡巍巍，道迈陶唐。世称三皇五帝，及今重其光。九德克明，文既显，武又章。恩弘六合，兼济万方。内举元凯，朝政以纲。外简虎臣，时惟鹰扬。靡从不怀，逆命斯亡。仁配春日，威逾秋霜……化感海外，海外来宾。献其声乐，并称妾臣……我皇迈圣德，应期创典制……莘莘文武佐，千秋遘嘉会。洪业溢区内，仁风翔海外。"

乐声激昂，听得司马衷也高兴，他左右前后地四下张望不已。

望着座下正襟危坐执笏的三王和东安公，痴帝顿现欢颜，口中呜呜地说："吃，吃……"

楚王的同母弟长沙王司马乂年纪在几个人当中最小，他一直饶有兴趣地盯着坐在殿上的至尊皇帝哥哥，如同盯着一个古怪的、传说中的瑞兽一般。不管他表现如何，这个皇帝哥哥丝毫不让他感到畏惧，也不会引起他的恶感和反感，让他大起好奇心和亲近心。

朝会结束，走出太极殿门，楚王司马玮叹了口气："至尊③举动如此，难怪杨骏弄权……先皇如果从我兄弟中随便挑选一个继位，都不会有今天的局面出现……"

其余诸人不语。这个话题太敏感，没人敢在皇宫内院谈论这样的事情。

又走了几步，长沙王司马乂忍不住，年轻、隽朗的脸涨得通红，他反驳楚王说：

---

① 出产于今天湖南衡阳市郊的酃湖。
② 武帝泰始九年，荀勖派郭琼、宋识等造《正德》《大豫》等宫廷之舞。
③ 魏晋时期臣下对皇帝的称谓。

"阿兄万不可轻言！先皇崩逝，至尊以太子继统，天经地义，伦序所定，我们兄弟应该同心协力，护佑至尊，如此，大晋天下，才能传之无穷……如果妄起心机，又与杨骏何异！"

楚王司马玮脸色陡沉，正欲发作，忽思所处的地方依旧是宫内，故而隐忍未发。

诸王正往外行走，宦者张弘颠颠跑来，低声留住了司马玮等人："诸位王爷，请留步，到显阳殿一去！"

看到司马玮等人狐疑的表情，张弘赶忙低声解释："殿下，你们觐见皇帝之后，杨骏手下已经散去，不会有人知道王爷们的行踪……皇后现在有要事相商，一定要亲自见到诸位王爷的面！"

显阳殿周围的景色，对几个年轻的王爷来说，并不陌生。他们童年时代，有多次机会在节日的时候跟从母妃到这里面来拜见皇后——从前的武元杨皇后。

皇后宫殿最漂亮的时候，当属那七月七朗秋的日子。王子们依稀记得，灯光照起，处处有菊花的白色光芒在薄暮中闪烁，而与那种时刻关联的，就是童年的王子们所向往的一切新奇的欢快乐趣——皇后宫，特别是相连的禁苑，本身就充满激动人心的魅力。当太阳隐藏起来后，显阳殿的林园总会被宁谧的美妙统摄，王子们只要进入里面玩耍，紧张就烟消云散——人工堆砌的、美轮美奂的假山上，笼罩着一片澄朗的天空；远望，风吹皱大湖，吹起层层叠叠的涟漪。然后，童年的王子们能看到大鸟迅捷地飞越林园的上空，发出怪异而好玩的尖叫声，最后停留在高大的梧桐树之颠——现在，这些树木似乎变得低矮了，林园的范围似乎也缩小了。王子们感到，寻找童年记忆中的图景，总会有些困难，过去的日子，有许多东西今天已经不复存在——只要武元杨皇后那仪态万方的身影不出现，显阳殿内整条林荫大道和所有的山水湖泊都会是另一副模样……

年轻王子们童年曾经认识的地方，如今变得不再亲切，甚至充满危险和敌意。只是在昔日美好的记忆中，这些地方、这些景色，一直占据着非常重要的位置。

所有欢快的回忆，构成他们当年幸福生活的薄片，嵌在脑子最深处，充满了遗憾之情——而殿宇、道路、林木、禽鸟，都和岁月一样易逝，不再重来——内心深处，他们很想旧日重来，回到那些欢快的时刻，希望显阳殿完全跟他们回忆中的童年景色一模一样。

走着，走着，王子们逐渐地感到了冬天的寒意，他们忽然悟到，从前的记忆，其实已经属于遥远的岁月，属于已不容他们追溯的、平静的、光辉的父皇武皇帝年代。树丛中，或许还有武元杨皇后当年的风韵影子，估计她也老了，灵魂在宫内黑漆漆的树丛中徘徊踯躅，似乎在绝望地搜寻些什么……

徽音殿的暖阁内，温暖如春。诸人步入阁内后，忽然发现一大盆怒放的桃花——本应春天开放的桃花，竟然在寒冬季节开放得如此鲜艳。不仅枝头的花儿怒放，连叶子也都鲜嫩碧绿。

相比户外晴冷的天空、凛冽的寒风以及光秃的树木，这炫艳耀眼的大盆桃花，具有与众不同的魔力一样，让人顿感眼前一亮。

阁内燃着数盆熊熊的炭火，把本来是深红色的椒壁映衬得更加鲜艳，橙色的火光不停跳跃着，散发出阵阵莫名的香气。

诸王正在打量阁内的陈设，门外又进来两个人，正是殿中中郎孟观、李肇两个宿卫军官。他们入门后，忙与四个司马王公施礼。

暖阁被帷幔隔成两个空间，张弘掀开帘幕。他进去后不久，就传出他的声音："诸位王爷，皇后驾到！"

楚王司马玮等人赶忙跪下施礼。

"兴！"张弘示意诸人起身。

诸人俯首站立，做屏息聆听状。

"皇后问，何时能行大事？"张弘的声音从帷幕后面传来。

诸王犹疑半晌，谁也没有回答。

孟观跪地，禀复道："机不可失，时不再来。如果动手，最迟不能超过元日那天……过了元日，杨骏免去楚王等人军职的诏书就会下达，那时候如果再想先发制人，就已经太晚！"

"皇后问……"张弘刚刚说了三个字，就被一个略显沙哑的女音打断，想必是帷幕内的贾南风嫌麻烦，自己亲自问了起来："无论如何，皇帝毕竟在我们手里，以陛下的名义逮捕杨骏，把握有多大？"

一阵沉默。

过了许久，楚王才回言："有七成把握吧……京城前后左右四军，杨骏的亲信刘豫掌握其中的一支左军，其余诸军，只有右军将军裴頠是皇后亲族①，别的人，都不能保证事发之时一定站在我们这边。毕竟杨骏的女儿有皇太后身份，他的心腹遍布京畿……"

"孟观、李肇，你们二人手中有多少人可用？"贾南风问。

---

① 贾南风的母亲郭槐与裴頠的母亲郭氏是姐妹，裴頠是贾南风的表弟。

"禀报皇后，我们手中有殿中兵数百人可用，人数嘛，确实不占上风……"李肇忽然眼露凶光，"不过，只要我们手中有皇帝的亲笔青纸诏书，兵士必能拼死一战！"

东安公司马繇躬身，俯首言道："皇后，昔日东宫的宿卫兵士，可以让我来统领，人数不下五百人，皆是对皇帝、皇后勇悍忠心之人，可以直接率领这些兵将先发制人，由我带领他们先去府邸逮捕杨骏。这些宿卫兵士的服色与京城内别的军队服色不同，能在事起之时起到暂时的震慑作用。擒贼先擒王，如果拿下杨骏，其余的事情就好办了。"

"……事成后，如果杨骏人还是活的，卿之功劳，不会太大！"帷幕后，传来贾南风阴阴的声音。

她在暗示东安公司马繇，一定要当场杀死杨骏。

"吾等一定为皇后除去国之大患！杨氏家族及其党羽，必当诛戮无遗！"未待东安公司马繇答言，孟观、李肇两个禁卫军将领抢先表态。

"杨骏不过是擅权跋扈，并无反逆之心，何必要如此株连，累及其属官和家属呢？如此，置杨太后于何地？"长沙王司马乂，年轻后生，在他的同胞哥哥楚王司马玮身后轻轻地表示不同意见。

司马玮抬起脚，往后使劲踩了弟弟一下，示意他住口收声。

东安公司马繇站在司马乂旁边，低声说："箭在弦上，不得不发！做如此事，不可有妇人之仁！如果我们不杀别人，别人就会反过来杀我们！"

长沙王司马乂不再作声。

"楚王留下，余人可退。"张弘传达皇后贾南风的旨意。

孟观、李肇和长沙王、淮南王、东安公等人退出暖阁，只留下楚王司马玮一个人在阁内。

炉火旁边，两个丝绸绣垫熠熠闪光。

紧闭的窗户外面，雪花纷纷落下，静静的，没有一丝声音。

楚王司马玮有些惘惑，不知道皇后留自己一人要做什么。

帷幕拉开，一阵香风迎面扑来，皇后贾南风从里面走了出来。

楚王司马玮赶忙跪下行礼。裙裾忽然在眼前出现，司马玮被贾南风拉住了衣袖。

"寻常人家叔嫂相见，都是普通的事情，我们天家礼多，能和楚王小叔单独见面，却也太难……"贾南风笑容可掬，露出一副与她尊贵的皇后身份完全不相容的亲热姿态。

贾南风的贴身侍女沿着阁内鱼贯而行，纷纷退下。张弘也不知道从阁内哪里的一个侧门溜走了。

几个年仅十余岁的小宦者忙碌起来，置酒，摆放果品。一不小心，有个宦者把台案碰撞得轧轧作响。

"楚王请坐。"贾南风兀自就座，招呼依旧躬身站立的楚王坐下。

"在下不敢……"楚王司马玮有些紧张，额头和掌心都冒出汗来。他一直没敢正眼观瞧贾南风。

借着炭盆里面的火光，贾南风仔仔细细地打量着楚王。

司马玮，这是一个二十岁出头的年轻人，身材颀长，臂膀很强壮，有着一张警觉的俊美面容。如此挺拔的仪表，让人联想到他是位经历过战阵的青年将军。

楚王脸上没有丝毫皱纹，年纪虽轻，但在表情上和神色上，他显得比实际年龄要老成果断得多——这张容光焕发的脸上，充满冲动和才智，没有任何愚鲁和低贱的痕迹。当然，如果仔细打量，依旧可以发现司马皇家家族那种阴谋家的野性，这种野性，充斥在楚王司马玮那斜插入鬓的两条浓浓的眉毛和他那充满了黑黑火焰的眼睛里。这种潜伏的野性，表面上被美貌克制住了。

司马玮一直不敢抬头。他保持着庄重的举止，不敢带出一点粗野。在皇后贾南风看来，这种严峻有余、文雅不足的样态，使得楚王更像个羞涩的、懵懂的少年。

"唉，司马家兄弟哥儿，个个龙姿凤表，为什么皇帝却是那个死样子！"贾南风长叹口气。

听到皇后贾南风说出如此大逆不道的话，楚王心内一惊。

他不能也不敢作任何表态，只能俯首沉默着。

暖阁帷幕内，显然是贾南风冬日里常常梳妆打扮的地方。在靠墙的一个绿色沉漆的台案上，一溜摆放着十多个假髻①，好似几个没脸的人头放在那里似的，楚王看着感觉心里发毛。

他低头观瞧，发现皇后那双肥大的笏头履②兜转回来，距离自己越来越近。

贾南风感到自己腹部的一股涌动强烈起来。

她拿起一只酒樽，露出愈益快活的神态肆意地打量着自己的小叔子，心里十分高兴。

她不顾自己皇后的身份，亲热地用琉璃盏给楚王斟酒。

---

① 西晋妇女流行戴假发，称为"假髻""假头"。贫家妇女买不起"假髻"，外出的时候常常去别人那里借假发，称为"借头"。

② 前部高高耸起的一种鞋子，晋朝男女均穿。

"来，楚王，请尝尝朗陵何公清酒，这可是太尉何曾①家秘不外传的佳酿啊……"

司马玮跪伏，接酒盏，恭敬地以袍袖遮挡，饮尽一盏酒。

"唉，我在宫中熬了这么多年，终于熬成了皇后，从前那些倒霉的日子，想想好像堆积数不尽的时刻，"皇后贾南风喃喃着，把手放在了楚王司马玮的肩上，抚摸着，"你那傻呆的皇帝哥哥，让我操心费力。这么多年，没有我和我们贾家的护持，他的皇太子早就被武帝废掉了……东宫内外的人，总是惹我生气，杨太后又总在武帝面前告我的状，想想从前，真不知道我是怎么熬过来的……这么多年，如果不是我拼命地忍耐，可能早就发病发狂而死了……武帝崩逝的那一天，我哭了一整夜，又笑了一白天，你的傻子哥哥，终于能戴上皇帝旒冕，可是呢，日子还是这么不顺，杨太后一家开始把持着我们大晋的江山社稷，我们还是不得安宁，每天每夜，我心里都像火烧一样！"

说着话，贾南风蹲下身子，头深深地埋向楚王司马玮的下身。

司马玮腾地跳了起来，皇后如此行为，让他受惊不浅。

这一次，他才敢于直视贾南风，并且近距离地看清楚了这位母仪天下的大晋皇后的模样——矮胖的身材，黝黑的短脸，以及在假髻衬托下更显得怪模怪样的表情——即使是楚王府内最下等的烧柴仆佣，也比这位大晋皇后的模样好万倍！

"……请皇后自重……在下不敢……"饶是楚王司马玮见多识广，此时也紧张得遍体冒汗，他嗫嚅着，不知道如何说话才好。

过了许久，司马玮才听到贾南风低低的沙哑的声音："诛除杨骏之事，楚王一定要全力而为……楚王可以退下了，我今日被酒，身体有些不适……"

---

① 西晋开国元勋，晋武帝时代曾官拜太尉，美食家，号称"日食万钱，犹言无下箸处"，骄奢淫逸的贵族人物代表。

第八章 元日血如河

红日初上，把元日的洛阳皇宫内正殿太极殿照得流光溢彩，奇妙至极。

金碧辉煌的殿宇上方，朗朗晴空，分外静谧。天色湛蓝，湛蓝，蓝得几乎呈现出琉璃质的感觉，犹如无尽的、浩瀚的紫罗兰花朵铺满天堂深处。

阳光虽灿烂，洛阳的风依旧凛冽，特别是那些站在阴影处的大臣，依旧能感觉脖子里面冷飕飕的。

元日朝贺的礼节十分繁杂、琐细。

早在夜半时分，夜漏未尽十刻之时，群臣已经毕集，并在太极殿宽敞的庭院内用香木堆起柴燎，祭告天地。太常寺官员往来穿梭，以群臣的名义谒报皇帝、皇后。车轮隆隆作响，皇帝、皇后的仪仗从东中华门进入，在太极殿东阁停驾。为表示尊隆，皇帝、皇后在无数侍女、宦者的服侍下，进入东阁整理冠带，换上最隆重的冠冕和服御。

太极殿大殿外，群臣排列整齐，卫士衣甲煌煌，各就各位。

谒者、仆射、大鸿胪依次上殿，报奏："群臣就位！"

肥胖皇帝被侍者们扶掖而出，一时间钟鼓大作，百官皆拜伏行礼。

太常导引皇帝升御座，坐定，钟鼓止，百官起立。

大鸿胪上前跪奏："朝贺开始。"

于是，掌礼郎对着台阶下高呼："皇帝延请宗室诸王登殿！"

大鸿胪持彩红表签，代替诸王跪赞曰："藩王臣汝南王司马亮等，敬奉白璧各一，恭贺元日。"

太常高唱："诸王登殿！"

洛阳人好久未见的汝南王司马亮，从朝班中趋出，在谒者引导下，他身居首位，率皇室诸王上殿，在御座前排开站定。

皇帝起立，诸王再拜。皇帝坐下，诸王又行再拜礼。

白发苍苍的汝南王跪行几步，把白璧轻轻放置在御座前面，又一次行再拜礼。

礼成，谒者引汝南王等诸王下殿，归于原位。

皇帝接见宗室诸王后，掌礼郎高声道："皇帝延请太尉等上殿！"

于是，杨骏居首，他身后是大晋朝的公爵、特进、匈奴南单于、金紫将军以及六百石至二千石官员，登殿前，皆北面跪伏。

大鸿胪在皇帝面前跪赞："太尉、二千石等官员，敬奉璧、皮、帛、羔、雁、雉，再拜贺！"

太常高呼："皇帝延请太尉公等登殿！"

掌礼官导引诸人上殿。

皇帝起立，诸人再拜。皇帝坐，诸人又拜。

杨骏代表诸贵臣，在御座前跪置玉璧、皮帛等，复再拜。

礼成，谒者引诸人下殿。

乐声大起。依礼，皇帝此时返入东阁休息，百官可以乘此机会坐下，喘息一下。

而后，在礼官簇拥下，皇帝重新出现在正殿，大晋国家周围称臣的夷族、商贾胡客等依次入贺，拜舞，觐见，分批分次，一直延续到近中午时分。

挨过了两个多时辰，御座上身材肥胖的痴帝感觉肚子饿了。他开始坐不住了，揉着肚子，四下乱看乱找。

汝南王司马亮在谒者引导下，以玉樽酌取寿酒一樽，跪授侍中；侍中把酒跪置御座前，宦者把酒递给痴帝。

汝南王还归坐榻，自酌一杯放在自己面前，跪伏；谒者跪奏："藩王臣汝南王司马亮等奉觞，再拜上千万岁寿！"

言毕，四厢乐声大作，百官再拜。

痴帝口渴，正想喝东西，正好宦者递过酒觞，他仰脖就把那杯酒喝了个底朝天。

汝南王等诸位王臣见皇帝已饮，又拜，然后各饮面前所置的酒。

"就席！"礼官高喊。

"诺！"群臣跪而高呼。

接着，杨骏和朝中的侍中、中书令、尚书令等高官，依次上殿，向皇帝敬献寿酒。

宫廷乐师奏响《登歌》，太官持玉勺，遍行御酒予大臣王公。

酒行三次。

"请具御饭！"太官令向皇帝跪请。群臣皆起。

太官令持羹跪授司徒，持饭跪授大司农，司徒和大司农摆放羹、饭于案上，跪授尚食官。

尚食官持案跪授持节官，持节官最后跪进御座前。

痴帝见饭羹递过来，脸色大乐，他拿过羹勺，开始大口大口地进食。其实，依据礼节，作为皇帝，他象征性地尝一口饭羹即可。司马衷愚痴，以为送过来的是午饭，所以捧碗大吃。

群臣就席，太官行百官饭案，百官象征性地各进饭食。

太乐令高呼："奏《食举乐》！"

长案之上，还摆列着根据《周礼》所制作的"八珍"——淳熬（猪油酱油浇饭）、淳毋（猪油浇黄米饭）、炮豚（煨烤炸炖乳猪）、炮牂（煨烤炸炖羔羊）、捣珍（牛、羊、鹿等五种动物的里脊烧肉）、渍（酒泡生牛肉片）、熬（牛肉干）和肝膋（网油烤狗肝）。那些东西，基本没有放盐，本来就是在大型典礼上的摆放样品，非常难吃。

痴帝肚内大饥，顾不得不好吃，径自走到案前，用手撅起"八珍"，依次塞入口中大嚼……

众官虽然心中觉得可笑，但是没一个人敢笑出来，均礼貌地低头在座，象征性地小口吃完分给自己的食物。

食毕，太乐令跪奏："请进乐！"于是音乐依次而作……

宴乐已毕，谒者中有一人跪奏："请罢退。"

钟鼓齐鸣，群臣北面再拜。

至此，盛大的元日朝贺昼会，终于告一段落。

填了半肚子的羹饭，痴帝依旧没有吃饱。他一身冠冕，捧着食案夹食不停，不顾那垂摆的旒在面前摇晃，并且不时地催问身边宦者："肉，肉，肉何在……"

杨骏身着紫貂裘，头戴三梁进贤冠，站在太极殿的殿门正中，俯视着高大的陛阶下陆续往宫城外面走的诸王、大臣，长舒一口气。如今，他终于找到了那种能够控制一切的感觉——无论是汝南王司马亮、楚王司马玮那些宗室王爷，还是先朝老臣宿将，都已经入于彀中。这些人如同提线的傀儡，任凭自己掌握。

迎面，摇摇晃晃走来了汝南王司马亮。这个皓首白须的宗室领袖，如今无论从哪个角度看，都像个衰竭的老人。这位王爷的面颊，看上去显得窄薄很多，先前他给人留下的那种威严赫赫的印象，大概是仰观造成的视觉之误。别人战战兢兢地向他谒拜，他才给人造成一种面颊丰实的假象。也有可能，这位当今皇帝叔祖辈分的王爷近来饱受什么疾病折磨，他的脸上似乎短时间内挥发掉了整块整块的肉，很像一块在阳光下逐渐融化的冰团，已经有大块大块的碎冰跌落下来，使得他整个儿脸部变得瘦削无比。

如今，杨骏对汝南王的感觉，从昔日的畏惧一下子跌落为某种类似鄙视的厌恶。

想当初，杨骏是多么紧张这位宗室老王啊，以至于武帝崩逝后的一段时间内，每次听到"汝南王"三个字，杨骏都紧张得心脏怦怦乱跳，处于极度混乱与恐惧的状态。

今日，元日大会完毕，再瞧见这位王爷，杨骏有一种居高临下的心理优势。从前这个面貌威严的老头身上那种说不出的神秘感，统统消失了。

汝南王司马亮瞧见杨骏，眼神露出畏懦，赶忙躬身。

观汝南王此举，杨骏心中激荡起极大的快意。他抑制住自己内心的喜悦，更恭敬地还礼。

擦身而过之际，司马亮发现太尉杨骏脸上那根尖削的鼻子非常丑陋。这位太后的父亲并不酗酒，却长有一根通红的鼻子，像毒蛇尾部一样，鼻中隔一小段有些扭曲变形，安置在他那一双精明的双眼之间，让人望而生畏。

络绎不绝，似乎每个大臣路过杨骏身边的时候，都会面露畏惧、崇敬之色，向这位当朝的太尉公躬身作礼。

杨骏微笑着，一一还礼。一时间，他找到了那种真正的一人之下、万人之上的感觉。

迎面，杨骏再次看到了楚王司马玮、长沙王司马乂兄弟两个。两个王爷相貌英俊，又不完全相像，身上却都带有武帝年轻时代那种光芒四射的光泽。他们有着武帝那种富有男性气概的健硕躯体，配以优美的、颀长的身材，玉石般光洁的、饱满的天庭，线条优美的鼻子。仔细观察，弟弟长沙王脸上具有那种女性化的、白里透红的肌肤，极富珍珠的光泽，特别是他那双眼睛，可用"秋波无际"四个字来形容。

司马皇族这种堂堂仪表，总让觊觎皇位的人心内自卑，发人深思畅想——想摇动这些由力量和美貌的化身所组成的皇皇帝国，是件多么不容易的事情啊！

楚王、长沙王兄弟两个，远远看到杨骏，皆礼以深躬。比起他们前日在朱雀大街上迟迟不来见礼的倨傲，相差甚巨。

杨骏心中更舒坦了，他甚至有些后悔自己让属下起草卸去诸王兵权的诏书。

对于如此恭敬、安分的司马宗室王爷，自己身为后戚太尉公，如果严苛过分，必遭物议。

踌躇满志间，杨骏心中暗想，待过了元日佳节，让中书撤回已经拟好的诏旨，依旧让这些王爷各回封地，去做他们的太平王爷吧。连皇帝都掌握在自己手中，又何必日夜操心这些宗室藩镇呢？

此时此地，在内心的隐秘处，杨骏倒希望王爷们当中有哪个好事者先登高一呼惹些事端出来，那时候，诛杀令下，解决几个人，可以彻底震慑、瓦解宗室的力量。

当然，小不忍则乱大谋，暂时还是以保持各种力量平衡为上计。

"太尉公，我父亲在离石处理匈奴五部的政务，未能赶上元日大贺，他让我等准备了一份厚礼，明日即送到您的太尉府上……"刘渊的长子刘和跪拜在杨骏面前，满脸恭礼。

杨骏赶忙亲手扶起刘和："大都督为大晋奔走操劳，着实辛苦。来日我必向陛下保奏，予他加官晋爵，把关内的羯人部落，也划归你父亲统领。"

看见这个匈奴贵种的公子也跪伏在自己面前，杨骏更是喜出望外。

匈奴刘氏光天化日下这样当众表态，明白无误地向晋朝的大臣们昭示：杨太尉是大晋朝中真正的主宰！不仅有能力靖安内部事务，还能抚绥外方夷狄。

也就是说，在背后，杨骏不仅仅有作为太后的女儿做道义上的后盾，最主要的还是能有这些象征着军事力量的人物存在，哪怕他是汉化的夷狄。

在元日朝会中，杨骏终于感受到了权力那迷人的甜美和努力挣扎过后的放松。假想中的敌人，一点也不有趣，其实他们平庸无奇，其实他们才能拙劣。没有偶然，没有令人心惊胆战的惊奇事件，连自己必须思考的努力都可以忽略不计了。

统驭天下，并非想象中那样艰难。杨骏心内感慨。武帝崩逝之后，那么多朦胧的希望，那样多敌意四伏的声音，各种各样的计划和雨雪阴晴的阴谋，都试图摧毁自己。

但是，他们都失败了！

如今，杨骏感觉到权柄在手，力量大得能超越实际的真实。

根本没有喝一滴酒，杨骏已经感到自己微带醉意。从前那种半明不明的担忧，光明和阴影、回忆与遗忘、精细与疏漏，如今全无征兆。大晋帝国是一部绚丽复杂的天书，只有自己才有书写它的自由，才会给帝国一幅幅光明的图像打上真实的戳记。

这种感觉很醉人，它让人丧失警惕和有意识的观察，并使得杨骏飘飘然地认为自己绝不会错！

"从今天起，改元'永平'。这大晋的天下，在我杨骏的掌理下，真能永远平安了……"杨骏得意地想。

在走下台陛的过程中，他看到小齐王司马冏和东安公司马繇，急匆匆地往外走。在他们身后不远处，跟着殿中中郎孟观、李肇两个人。

看到杨骏正望着自己，这两个宗室王公的脸色变得异常苍白，特别是小齐王，上前参礼的时候，双手都在发抖。

小齐王的父亲老齐王司马攸，乃武帝同母弟，确实是个清和平允、亲贤好施的王爷。武帝晚年时，诸子并弱，皇太子不惠，内外朝臣，许多人都希望武帝能把帝位交给弟弟司马攸，引致武帝生疑。本来，杨骏本人也属于推举齐王继嗣的一派，后来他看到武帝宠臣荀勖等人日夕构陷齐王，就赶忙转向，支持推立不惠的皇太子，并怂恿武帝强迫齐王离开京城到封地去。为此，齐王忧愤发病，请求留居在京郊为父亲文帝守灵。齐王的请求最终当然没被允许，有司不断派人，强催他上道赴镇。窘急愤懑的司马攸陛辞后，未等上路，就呕血而亡，时年才三十六岁。这位齐王的遭遇，颇类前朝魏文帝曹丕的同母弟曹植。

杨骏想自己官职未达时，常在老齐王司马攸府邸会宴、流连，如今这个小齐王由世子袭封，不过只挂了一个散骑常侍的虚衔。思及此，他心中不免生出一丝愧疚。于是，他哈哈笑着，叫住了小齐王。

"齐王殿下，干吗这么匆匆忙忙啊？难道是要去造反谋逆不成？"杨骏开玩笑说。

小齐王脸色瞬间变得煞白，呆住了，俊脸上的漆黑髭髯似乎都在抖颤。

东安公司马繇赶忙上前拜揖，强装笑颜道："太尉言重了，我司马宗室子弟，甘愿为国效死，哪里能有造反谋逆的心……您瞧，你这一说，齐王都不知道怎么解释才好……"

看着小齐王、东安公这两个宗室王爷的窘态，杨骏仰头哈哈大笑起来。他的笑，回荡在太极殿前，久久不息。

杨骏心中暗忖：司马家儿，无能为也！如今见到我，竟然害怕成这个样子！

同时，杨骏也对孟观、李肇两个禁卫军军官更感满意，这二人还算聪明，对司马宗室的监视步步都不放松。武帝崩后，他对这两个武将一直没有厚意封赏，如今思之，他们的鹰犬之功还应得更厚的封赏。

"莫怕！莫怕！齐王，我和你言笑呢……唉，想你父亲献王[1]在世时，英明严武，待人和蔼可亲，那人品，那才学，大晋第一！可惜，可惜啊……好了，等到节后有闲，我和中书商议一下，封你到齐地，当个真齐王吧……"

小齐王闻言，脸上表情特别复杂，欲言又止的样子。

东安公司马繇也笑，他提醒司马冏："还不多谢太尉！……太尉，恕我等不能陪太尉，齐王太妃近日有疾，我刚刚延请了一名御医，前往齐王府邸疗治……"

"请便，请便。"杨骏挥手。

按理说，这位小齐王司马冏身份很复杂，他还和当今的皇后贾南风有关系——老齐王司马攸的正妃，即小齐王的生母，乃贾充前妻的女儿。齐王太妃的母亲年轻的时候，她父亲犯罪被流戍边地，贾充怕惹祸，就休弃了妻子，迎娶贾南风的母亲郭槐。日后，齐王太妃的母亲遇赦得归，贾充惧内，一直不敢让前妻归府。所以，齐王和如今的皇后贾南风，听上去关系很近——小齐王的外祖母，乃当今皇后贾南风嫡母——但其实呢，两家素无往来，实结怨隙。

思前想后，杨骏自己忍俊不禁。管他呢，这些宗室、外戚之间的关系越复杂，仇隙越深，自己作为仲裁者就越重要……

在通向人生顶峰的路上，绊脚石很多，高低不平，有些是不可避免的惊险遭遇。这种起死回生般的感觉和偶然的离奇巧合，恰恰赋予人惊喜的感觉和真实性。如同潜水的游者，在漆黑水潭之中向光明努力上溯，见到太阳的瞬间，确实有重新找到现实欢乐的狂喜。杨骏思忖着。

元日的天空，万里澄净，天穹冰脆，犹如透明琉璃，没有任何阴暗的、让人不快的景色。

杨骏万万想不到的是，在他自以为最安全、最春风得意的时候，无形的屠刀正悄悄扬起……

---

[1] 老齐王司马攸死后被谥为"献"，故称齐献王。

第九章 乱！

"陛下，杨骏乃一孤老，没有男性子嗣，又身为太后之父，受先帝厚恩，竭心辅政，他怎么可能会谋逆造反！"

洛阳皇宫的太极殿东堂内，散骑常侍段广跪在痴帝司马衷面前，洒泪痛陈。他的目的，在于阻止痴呆皇帝在诏书上面用玺。

东安公司马繇就站立在段广身后，以目示意，让小齐王司马冏抽腰间宝剑砍死这个杨骏留在皇帝身边当耳目的段广。

司马冏一张俊脸惨白，万分紧张，他握剑的左手有些哆嗦，微微摇头。倒不是这位齐王太过怯懦不敢杀人，而是他身上携带的剑是上朝时候专用的木制礼剑，根本杀不死人。

司马繇抬颐瞬目，又唆使首先入宫告发杨骏谋反的孟观、李肇两个人，让他们动手，就地收拾段广。

二人面有难色，目光游移。事情乍起，孟、李两个武人，饶是担当首告的祸首，对事后福祸也是一片茫然，还不敢立刻就动手杀人，特别是段广这样皇帝身边有散骑常侍官衔的高官。

眼见事情僵持，司马繇只能自己站出来，厉声喝道："段广休得无礼！来人，立刻作诏：杨骏居心叵测，把持朝政，滥用私人，免去其太尉之职，以侯爵身份回府第待罪！"

段广闻言起身，怒斥道："东安公，你身为宗室，不思安保社稷，反而从中挟持皇帝，擅作诏书，倘若京城乱起，国将不国！"

"你不过是一个宵小佞臣，乃杨骏安插在皇帝身边的监视者，如今何时，还敢狂言！来人，把段广先收押起来，待杨骏就缚，再处理他不迟！"司马繇壮了壮胆，呼喝殿中卫士绑缚段广。

"陛下，万万不可枉害太尉啊……"段广边挣扎，边凄厉地呼叫。

痴帝耷拉着脑袋，懵懂地箕坐在地上的座墩上，一言不发。

午后食困，他正在睡觉，忽然被人从热乎乎的被褥中拖出，在凉飕飕的东堂地上坐了好长时间。看着这些或平素有些眼熟或并不认识的人在面前转来踱去，他根本不清楚到底发生了什么事情。

"陛下，请用玺吧……"齐王司马冏小心翼翼地蹲下来，轻轻解取痴帝身上的玺绶。

司马繇等人屏息凝神，观察着痴帝的反应。

皇帝乃痴人，众人皆知。但关键时刻，大家还是提心吊胆。倘若这位皇帝变色，拍案而起，只要他一声令下，在场诸人的脑袋，瞬息之内就会被人取下。殿中卫士，毕竟还是皇宫的卫士。事关荣华富贵或者九族诛灭，皇帝的只言片语，他们肯定都要听从。

"……呵呵，呵呵……弟弟好……"痴帝认出了小齐王司马冏。

武帝在世的时候，作为至亲，当时作为皇太子的痴帝，在各种宗室宴会上，总与这位堂弟并席连榻而坐，故而对司马冏的面貌十分熟悉。

司马冏大松了一口气。他轻轻摘下痴帝身上的玺，在青纸诏书上重重盖了一下。

"阿弟，阿弟，给你，给你……"痴帝兀自呵呵傻笑，握着司马冏的手，把印玺重新塞给对方。

"齐王，你先在这里陪伴至尊，孟观、李肇，速速率领殿中卫士，与我一起出宫，收讨杨骏！"司马繇心内如焚，焦急地指挥着。

"我们殿中的卫士，才四百多人，杨骏太尉府中的卫士，怎么也有两三千；京城内外各营，都不能保证事发后站在我们这边……仓促起事，万一杨骏抵抗，不认诏书，逮捕他很难啊……"孟观此时打起了退堂鼓。

箭在弦上，不得不发。司马繇暗压怒火，正色道："事已至此，不可中止！孟将军、李将军，如果你们顾及五宗三族，还是铁下心来行事……李将军，你先前不是拍胸脯说你有把握吗……虽然殿中兵少，毕竟我们手中有皇帝和皇帝的青纸诏书，外面又有楚王等人领兵接应，大事必成！"

"但去无妨！杨骏无备，人又懦弱，必不敢抗拒皇帝的诏书……即使事情最终不能成功，生杀荣罚之权，依旧握在皇帝手里，我定保诸卿身家性命无虞！"忽然，幕帷后面的贾南风从屏风后面现身。

她不顾自己皇后的身份，露脸高声鼓励孟、李二人。

随后，贾南风让人以皇帝名义下诏，任命东安公司马繇为右卫将军，楚王司马玮为卫将军、北军中候，长沙王司马乂为步兵校尉，高密王世子司马越为左卫将军……

贾南风心内很明白，虽然这些换将的任命都是临时措施，但毕竟都是从皇宫发出的、盖有玺印的真诏旨。由此，禁卫军的首领，全部换上了司马宗室，待杨骏等徒党反应过来，如果他们不动真格来以武力相抗，形势就对自己有利得多。

硬着头皮，李肇、孟观二人在东安王司马繇率领下，只得带着殿中数百禁卫军，心事重重地往外走去……

杨骏府邸，一片歌舞升平之乡。

时值傍晚，许多盆栽的、在冬季开花的红山楂，在墙边舒展怒放，映衬得杨骏宴乐的庭院四周红彤彤的。

潘岳坐在距离门庭很近的室内软榻上，低头饮酒，不知道为什么，在元日这个盛大的节日中，他一直感觉到自己心头突突直跳。某种阴暗的预感告诉他，今天一定会有什么事情发生！

薄暮来临，阳光如同一盏灯一样，自远处向院庭中的树丛投射了温暖的反光，树颠叶子表层的蜡质发出强烈反光，使得树木本身看上去很像颠顶插着一堆熊熊燃烧的、不熄的蜡烛。

散射到屋内的阳光，厚得好似一层砖，红红浊浊的，在空中胡乱涂抹后，淀沉在地上。庭院中有一棵夏季特别旺盛的缠着老藤的白果树，快要落山的阳光作为映衬，在树顶上催开了一大束耀眼的“红花”，树枝向天空伸出它们金色的摇动的叶子，呼啦啦作响。

朝中所有重要的大臣，几乎都聚集在太尉杨骏的宅邸内，庆祝元日的到来。

数十个巨大的铜制的炭火盆，把杨骏的中堂烘烤得热热乎乎，几同暖春。即使门帘大开，在座的诸人在暖酒、炙肉的烘衬下，依旧察觉不到一丝一毫的寒意。

十多盆怒放的寒梅，颜色各异，鲜浓得如同燃烧的火一样，夺人眼目，散摆在庭院的最中心地带，以作清赏。

夕阳，照得太尉府邸的长墙一片通红，一切都似乎浸泡在血色中。

在兴高采烈的喧哗之中，踉踉跄跄，忽然从庭院影壁后面闪出一人，声嘶力竭地叫喊：

“杨公，大事不好！贾皇后、齐王等人唆使皇帝下诏，派人来废免您的职务！殿中兵已出，太尉您务必快做决断，毋为俎上鱼肉！”

段广气喘吁吁，样子非常狼狈，头冠被树枝挂掉，披头散发，连脚下的履也跑丢了一只。他被司马繇派人绑缚之后，好说歹说，终于说服了一个看管他的、平日有私恩的殿内卫士，才有命逃出宫来，并能及时跑到杨骏府邸，通知宫内发生事变。

闻听此讯，杨骏目瞪口呆，手中的酒樽顿时落在坐榻前的地上，溅洒了他满身酒水。

在场欢饮的诸人，惊闻如此大变故，皆惘然失色，大堂内一片静寂。

"朝中诏旨，一向由我派人拟定，太后阅后，方能在皇帝处用玺，何人如此大胆，敢让皇帝书诏逮捕我？"杨骏神不守舍，不知他是自言自语呢，还是和在座的人讲话。

段广嗓子都冒烟了，听到杨骏发如此幼稚之语，不禁大声呼道："宫内有贾皇后作谋主，小齐王司马冏、东安公司马繇赞画，还有殿中中郎李肇、孟观二人率殿内兵士数百人协助，他们……他们已经持青纸诏书出发，即刻就会到达太尉您的府邸收逮您！该断不断，必受其乱，太尉，您要马上想办法啊……"听说李肇、孟观二人也参与行动，杨骏火往上涌的同时，心内更乱。

这两个禁卫军将领，杨骏自认平素待他们不薄，哪想到他们也会和贾皇后、齐王等人串联起来对付自己！

心惊肉跳之余，作为杨骏主簿，潘岳低声为杨骏出主意："如今祸起萧墙，变发于宫内，肯定是宫中宦者辈阉竖小人和禁卫军将等人为贾后设谋，意在杨公您一人。倘若坐受擒拿，难逃一死……如今之计，应该派出您府内卫士，直冲云龙门，在那里架柴纵火，烧掉云龙门，如此，那些被贾皇后、齐王等人指派出宫来逮捕您的殿中兵将，肯定会因为火大不能冲出来，被阻于内。届时，宫城必定大乱。那时候，我们可以反客为主，围住宫城，张扬声势，迫使殿内兵士交出谋逆首犯。与此同时，太尉您应该立刻率人打开万春门，亲自拥翼皇太子出巡，指挥东宫卫士，召集外营兵马，把皇宫完全包围，不让殿内兵士有冲出来的机会。有太子在我们掌握中，我想，情急之下，殿内谋逆的那些人，一定会震惧无措，很可能就会把倡乱的人杀掉，送首级于外以自赎……"

潘岳言至此，声音颤抖，不知道是因为激动还是因为恐惧。

杨骏府邸之内，在座的诸人，都已经隐隐约约听到外面的喧嚣声。三三两两，不时有几支乱箭从墙外射入，钉在庭院内地上，摇颤不已。

情急之下，与会宴饮的侍中傅祗近前，苦劝杨骏说："太尉公，事不宜迟啊！您应该立刻做决断！我点算您的太尉府兵，数目不下两三千人，即便宫内兵能够包围太尉府邸，他们得令出拒，尚且能支持一阵，何况我们现在完全可以先发制人呢……据我判断，宫内事起，必是有人趁元日宴乐的时候仓促行事，未必计划周全，只要您临危不惧，应急制乱，不仅可以免祸，还能挽狂澜于既倒，顺势平灭京城内外的心腹大患！"

言毕，傅祗赶忙唤来几位面色惊惶的杨骏家将，让他们即刻率领部分太尉府兵士迅速前往府邸各处门楼和墙堞先登，以防宫内禁卫军率先控制制高点。

几个家将拱手躬身，但没有一个人行动，都眼巴巴望着杨骏，等待他的命令。

此时，太尉府外面火光冲天，更多的乱箭飞入，更大的喊杀声阵阵传来。

与座的诸位大臣，个个张皇无措，无不紧张注视着杨骏的一举一动。只有他有临危不乱的表现，座中人心才有可能安稳下来。

"……宫内变起，情况难测啊……我的手下刘豫还掌握着左军，不知道他那里能否控制得住……"杨骏脸色煞白，他怯懦的本性，至此暴露无遗，"宫城的云龙门嘛，巍峨壮丽，乃魏明帝之时耗费无数人力、物力建造，奈何以火烧之……"

一直在杨府后园与几个友人宴乐的杨骏之弟、太子太傅杨济，听闻事急，匆匆赶来，声泪俱下道："兄长，此时不能决断，必致灭族之祸！我早就劝您留汝南王等宗室在朝内共参朝政，那样的话，别人就无从得间撼摇辅政诸大臣，我杨氏宗族也得保全……事已至此，您要拿定主意啊，拼死一搏，或可成功……我手下养有秦中壮士四百人，全是神箭手，平素恩养此辈，必能临乱效力！"

杨骏另外一个弟弟、身为太仆的杨珧，也不知道从哪里赶来，跪地劝言："历观古今，一族二后，未尝得全；王莽五公，兄弟相代。如今，我们杨氏有太后在内朝，兄弟三人，三公并列，共据要位，尊荣至极，难免遭受覆宗之祸。我一直上表皇帝，乞求致仕，朝中大臣张华尽知此事，书表藏在太庙的石函之内。如果兄长内心畏怯，自可开府叩头纳诏，不要兴兵抵拒，您可以直接求见皇帝自辩……"

情摇神荡，摆手摇头，杨骏嗫嚅道："我手中有武帝临终时候的顾命诏书，即便日后在皇帝面前辩解，此诏也能救我性命……"

在场群僚，见杨骏危急之时如此不济事，又听杨珧如此说，都知道留于太尉府内太危险，纷纷散走。

看到杨骏临大事如此懦弱犹疑，侍中傅祗深叹一声，拉起潘岳就往外走。他怕潘岳不晓事，边走边大声嚷嚷道："事情危急，我们做臣子的，应该赶赴宫内，保护皇帝的起居，安仁，你也和我一起去吧……"

"傅侍中，我该如何是好呢？"杨济见事急，无可奈何地向傅祗发问。

"您身为太子太傅，城内大乱之时，自然应该前往东宫护驾，以太子安危为要事！"傅祗胡乱给杨济出主意。

潘岳失魂落魄，任由傅祗拖着自己从杨骏的府邸往外跑去。

忽然间，潘岳想起了石崇前日给自己的锦囊，就颤抖着双手，急切地摸索出来，打开那块揉皱的薄绢细看……

一转眼的工夫，本来熙熙攘攘的杨骏府邸，来人走了个净空。那些太尉府内守护的兵士，虽然个个攘兵裹甲，却苦于无人指挥，近两三千人，都凑集在府门前空地上，交头接耳，不知道如何是好。

门廊里那些拖着长长暗影的柱子，在垂死的夕阳光线下，构成鬼魂似的光。火光和乱箭中，它们颤动不定的轮廓，镶嵌起诡异的团团黑影。

杨骏府邸院内脚步的杂乱声音，很快消失得无影无踪，就连他自己两个弟弟，混乱中也都随众跑出了府邸。

抬头仰望，杨骏发现，天空中忽然飘来一片玫瑰色的云彩，那是夕阳送来的最后一抹富有生命力的色彩，在微微染红的天蓝色穹顶中荡漾开来。

继之，薄雾四集，逐渐四拢聚围，即将带来潮湿、阴冷的黑暗。

坐在暗影里面，杨骏忽然感到非常的孤独，无助，痛苦。他下意识地端起一杯酒，慢慢地放到嘴边，啜饮起来。

这种姿态，反而给了远处观望他的太尉府兵士极大的信心和勇气：太尉临危不惧，端坐凝然，显然他胸有成竹！

于是，兵士慌乱的心得到了暂时的收摄，在杨府家将的指挥下，准备各就各位，进行抵拒。

嘈杂喧嚣的声音越来越大，越来越近。前门已经有人在外面用大木撞击，咚咚的声音，响彻内外。

庭内，杨府的甲士奔跑着，呼喊着，张弓挺矛，胡乱而无目的地跑来跑去。

失去了先发制人的先手，慌忙中又忘记依照傅祗的建议把守住墙堞，杨骏府邸四角处的几座高阁，很快就被由司马繇率领的殿中兵占领。他们居高临下，借着薄暮时分微弱的光，张弓架弩，往下射箭。

围攻杨骏的殿中兵有备而来，他们携带数座威力巨大的弩机。除了脚踏弩，还有十多架邓艾平灭蜀国之时从蜀地俘获的连弩——那本来是蜀国丞相诸葛亮所创设，以钢铁为镞矢，矢长八十寸，每个弩槽都可以安放十枚箭矢。弩机一触，十矢俱发，具有极强的穿透力。

弩机怒发，对凑在一起茫然无措的太尉府兵士来说，非常致命。顿时，就有数百杨骏的卫兵倒在血泊中辗转挣扎，哀号不已。

　　脚踏弩的箭矢更吓人，往往能够一箭射穿三四个人。太尉府兵士见状，无不心惊胆战。

　　经过数轮强弩攻击，太尉府兵士死伤狼藉。虽然有几个勇敢的人欲图冲出府门，无奈箭矢如雨，封住了出口。不少兵士刚刚冲到门边，就被箭雨射成了刺猬。受伤的人许多还没能立刻咽气，躺在地上辗转哀号。

　　嗖嗖声中，惨号阵阵。

　　临高射弩的同时，殿中兵还不忘往下投掷烧燃的火把，用弓发射引火的火箭，致使府内数处火起，烟火缭绕。

　　困窘的兵士和杨骏府内的仆佣四处窜逃躲避，狼奔豕突。

　　未几，楚王司马玮所率的家兵赶来，加入进攻。

　　杨骏的太尉府兵士逐渐感到不支。

　　咚咚数声巨响过后，杨骏的府门被撞开，殿内兵和楚王司马玮家兵一边高叫着"奉皇帝诏逮捕杨骏"，一边四处砍杀！

　　太尉府兵士纷纷缴械，不少人跪在地上举起双手后，依旧被冲入的人砍掉了头颅，地上热血横流。

　　战马嘶鸣，脚步橐橐，冲杀而入的殿内兵和楚王府兵，越来越多。

　　不知道在想什么，在堂内默坐独饮的杨骏忽然大叫一声，纵身站起，蹿入黑暗之中。

　　他慌不择路，最终躲到了府邸最靠后面的马厩处。

　　在东安公司马繇和楚王司马玮的亲自指挥下，殿中兵和楚王家兵在杨骏府内四处搜抓，无论男女老弱孩童，不分尊卑，见人就杀，人头满地乱滚。

　　多年没有见过鲜血的禁卫军兵士，起先冲入太尉府的时候，杀起人来，多少还有些胆怯。但在那样的情势下，呼喝阵阵，火焰腾腾，他们渐渐地都杀红了眼，刀砍矛捅，杀个不止。

　　求饶声，叫骂声，刀砍槊捅声，燃烧声，烧毁的梁木崩塌声，纷纷扰扰，嚣乱不停……

　　杨骏躲在黑暗寒冷的马厩的木槽下，静听着，心中一直咚咚狂跳。

　　由于蹲踞着，保持着一个姿势，他很快身体就麻木了。

　　隔了许久，嘈杂声逐渐散去，外面安静下来。

　　恐惧，攫住了杨骏的内心。"……我现在该如何是好呢？外间到底发生了什么？皇帝在谁的控制之下？宫廷内部变起，刘豫是否还掌握着左军？我的女儿身为太后，是否能救我一命呢？……"

思前想后间，杨骏发觉四肢发麻，由于他逃出的时候所穿衣服甚为单薄，寒夜来临之际，他的身体已经要被冻僵。

他猫腰伸手，在马槽里面翻了翻，只有一些马吃剩下的豆子残渣，根本没有什么草类和其他可以御寒的东西。

豆子酸腐的味道，忽然激发了他的食欲，他立刻感觉到胃部一阵紧缩和抽搐。

"杨太尉，杨太尉……"由远而近，有人在呼喊他。

既然喊自己的官名，想必是自己人。杨骏感到一阵惊喜。他连滚带爬地从马槽下面趋出，准备回应来人的呼唤。

清脆的马蹄声，在空寂的马厩外面的石板地上嘚嘚响起。

来人有两个：一个骑马，身穿两当铠甲，手持黑乎乎的长槊；另外一个持长剑，步行，与骑马者同步，慢慢地四下搜寻。

"杨太尉，杨太尉……"骑马者头戴兜鍪，遮嘴的铁片使得他的声音发生变化，故而杨骏乍听之下根本听不出是谁。

待他定睛瞧看，原来，来的两个人都是他手下武官，骑马的是殿中中郎李肇，步行的是殿中中郎孟观。

杨骏顿足哀叹，心想：这两个小人，原来要生擒我去报功。

不顾酸痛的、冻僵的四肢，仓皇间，杨骏转身又要逃。

骑马的李肇和步行的孟观皆止步，静立在原地，笑着瞧这位当朝太尉的困窘样子。

马厩很大，但是没有出口，转了数圈，根本逃不出去。最后，杨骏死心，他大口喘息着，背靠着一个马槽，不再逃跑："我平素待你二人不薄，一直拿你们当心腹，为什么要背叛我？"

杨骏的语气与其说是质问，不如说是央求。

"……武帝驾崩前，我二人的官职就是殿中中郎，如今，我们依然是殿中中郎。太尉，你说，如此对待我们，还算不薄吗？"马上的李肇用冷冷的语气说。

"杨太尉，只要取得你的项上人头，我们二人的官职，立刻会得以升迁啊！哈哈哈哈……"孟观阴阳怪气，言毕放声大笑。

"来日方长，你们今日放我，日后我杨骏必当厚报……"太尉的声音很低，显然没有任何底气，"……你们不能杀我，我乃当今太后生父，武帝亲口所授的顾命大臣，我家中藏有铁券，武帝曾经亲自许我，恕我十死……"

"今日无他，就是要你项上人头！"马上的李肇大喝一声，他挺槊拍马，直朝杨骏奔来。

眼睁睁，杨骏看到自己昔日的心腹爱将李肇，以罕有的战姿①，纵马而来，用长槊捅入了自己的腹部，把自己活活钉在了木制的马槽上面。

杨骏大吸一口气，双手乱抓，想握住那捅穿自己身体的槊把。鲜血喷涌而出，冒着热乎乎的气泡。

"你们……"太尉杨骏只能说出模模糊糊的两个字，再也发不出任何声响。

他没有即刻死掉，两只脚不停地蹬踹，在地上刨个不停。

孟观狞笑着，走到这位在几个时辰以前还威名赫赫的太尉面前，仔细端详他：他的头发有些斑白，但看上去始终要比他本人的真实年龄显得年轻，没有任何衰老的标志，只是那剧烈的钢铁槊尖和柄把捅入的痛苦，在他脸上留下了几条惊惧的皱纹。

孟观一只手抓住杨骏的头发，另外一只手提剑，慢慢切割下他的脑袋。

杨骏的脸，因为过分的惊惧和剧痛收缩着。

很快，他的嘴和眼睛停止了翕动，脸上的浮肿、皱纹一下子消失得无踪无影。

在火把的映照下，太尉的脸部线条看上去非常安静，甚至还有一丝怪异的微笑浮现在他的惨白的唇际……

---

① 西晋初，马匹用单镫，武将很少骑马使用军械打仗。日后马匹开始使用双镫，武将有了马上的支点，才能进行真正意义的马战。

第十章　刑　场

潘岳被侍中傅祗拉着，跑出了太尉府大门。没跑多远，他就气喘吁吁，腿上如同灌了铅一样。

呼啦啦，绝大多数元日参加太尉府宴饮的朝臣都陆续跑了出来，个个仓皇惊惧，冠斜履散，往四面八方散去。

傅祗脚快，出门后，他和潘岳道了声"保重"，径自抄了一条小道，率先逃走。

没多久，一批大约有二百人的军士跑步而来。他们均手持长槊，凶神恶煞般向潘岳等人冲来。

"这些人都是杨骏手下属官，杀无赦！"不知是谁喊了一声，使得手持长槊的军士纷纷挺槊，直刺手无寸铁的朝臣。

数声惨叫过后，已经有几十个人被捅死在当场。先前来太尉府报信的散骑常侍段广，就被钉死在潘岳近前的一棵树上。他的鲜血，喷得潘岳满身都是。

看着段广七窍冒血的死状，潘岳魂飞天外，觉得自己的死期马上就要来临。

一个身材矮小的兵士跳跃而来，挺槊直刺潘岳。

心寒胆战之余，潘岳一个趔趄，摔倒在地。这一摔，暂时救了他的性命，兵士的槊尖从他肋下穿过，仅仅捅穿了他的袍服。

兵士抽槊，准备再次捅刺——手举半空中，塌鼻梁的兵士愣住了：眼前扶地喘息的这个人，玉面明眸，形神如仙，即使他被惊骇得嘴唇发白，依旧丰神散朗，着实让人下不去屠手。

"住手！"危急关头，有人一声断喝，喝阻了欲图行凶的兵士。

一个身穿戎服的人纵马扬鞭迅疾而来，猛勒缰绳，马前蹄兜起，把兵士与潘岳分隔开来。

"不得无礼！此乃潘岳潘大人，朝廷命官，切勿伤害！"来人说着话，下马扶起潘岳。

驰马而来的不是别人，正是楚王司马玮的高级幕僚公孙宏。他仔细地为潘岳上上下下掸净身上的灰尘，从自己身上解下两当护甲，为潘岳穿上，又扶他骑上自己的高头骏马。

刚刚还一脸杀气的执槊兵士闻言，即刻伏地行礼、谢罪："原来您就是潘大人，小人久闻您的大名！"

"这个潘岳，他的官职是杨骏的主簿，应该也算诏书中所称的杨骏逆党啊……"一个伍长站在旁边小声嘀咕。

公孙宏猛一转身，朝那个伍长没有甲胄遮挡的脖子处挥了一剑。

剑利肉软，伍长的人头顿时滚落在地。他的身子兀自站了一会儿，颈血从没有脑袋的腔子里面狂喷出来，周围的一些兵士来不及躲避，都溅了满身的血。

"有敢不服从命令者，视此人下场！"公孙宏插剑入鞘。

饶是刚刚杀了不少从杨骏府中逃出的文臣，诸兵士见同伴被杀，依旧暗暗觳觫。

扫视了众人一遍，公孙宏指派那个先前执槊挺刺潘岳的兵士，让他带领三个人，保护潘岳："尔等保护潘大人回府，不得有误！"

说完话，公孙宏换了另外一匹马骑上，拱手而去："潘大人，我还有紧急事要办，就此别过，日后得暇，容我细细禀报今日之事……"

未等潘岳道谢，公孙宏率领那群兵士离去，杀气腾腾地奔往杨骏的太尉府。

喘定之后，细看面前这批军士身上所穿的荆州细甲，潘岳才意识到这些大开杀戒的兵士，乃是楚王司马玮从镇地带入京城的私兵。

"……潘大人，您要去哪里？是回府呢还是去别的地方？"刚才还要杀人的那个执槊兵士，此时完全换了另外一副表情，恭敬无比，低声询问潘岳。

"去庆阳里贾府，贾充太尉府邸……就是当今贾皇后母家的那个贾府……"

原来，石崇给潘岳留下的锦囊中的"妙计"，只有短短数个字："事急，速往贾府找贾谧躲难！"

潘岳还怕兵士不知贾谧是谁，故而说出已经死去的、大名鼎鼎的贾充之名。

作为太尉杨骏的主要幕僚，上司出事，潘岳确实很难幸免。对此，石崇倒是有先见之明，为好友留下了一条活路。

贾充的外孙贾谧，过继到贾家之后，虽然只是个少年人，却非常喜欢舞文弄墨。为此，石崇常常唤潘岳一起到贾府，与贾谧谈诗论画，切磋书法，使得潘岳在杨骏事发前已经成为贾府的常客——这些交情，都为日后潘岳能够免祸做足了铺垫。

从杨骏府中逃出后，潘岳内心深处感到很内疚。作为直接的属下，自己理应与杨太尉共存亡才是。但是，想想自己年迈的老母，想想与自己多年相濡以沫的爱妻，他的内疚感才逐渐减弱。

得罪宗室和众多大臣的太尉杨骏，败亡只是早晚的事情。作为当国太后的父亲，他的心地实在太窄小了。朝内朝外，他所能赢得的只是衰弱的、虚饰的顺从，大概没有多少人能够在关键时刻听从他的召唤……

潘岳知道，由道德而引发的痛苦非常巨大，但还不能与宗族存亡相比。杨骏的权威，就如同即将合拢的拱穹冰山一样，会在外力的冲击下顷刻坍塌。

特别让人忧心忡忡的是，这座冰山倒塌后，杨骏的敌人一定会穷追不舍，肯定会逮捕、杀戮太尉属下的从官和朝中平素与他往来密切的大臣。

潘岳不无忧虑地想，在公孙宏的帮助下，刚才自己才幸免于难。如今，自己即使进入贾府，也肯定只能躲过一时之灾，但谁能保证以后的日子呢……

神思恍惚之际，途经司马门，潘岳恰好与贾皇后的表兄、右军将军裴颜碰上，走了个迎头。

二人马上作揖，刚要说话，斜刺里烟尘忽起，又有一些人骑马而来。

潘岳、裴颜仔细一看，原来是杨骏的心腹、左军将军刘豫，他身后带着数十个左军的中级军官，皆跑得浑身是汗。

"潘大人，杨太尉无恙否？听说宫内出了大事，您看到杨太尉了吗？"刘豫急呼呼地问潘岳。

潘岳欲言又止，非常为难。面前的右军将军裴颜，乃杨骏的对头贾皇后的亲戚，平素与潘岳关系和睦，大家同为朝中文臣，常常作诗论赋，唱和往来；而左军将军刘豫，乃杨骏心腹，被特意安排在宫门外，掌握着重要的外营兵。

这两个人，潘岳谁也贸然得罪不得。

不过，根据目前的情势揣测，太尉杨骏估计已经是凶多吉少……

潘岳沉吟不语间，裴颜接过话头："我刚才和潘大人同行，在西掖门遇到杨公，看到他只身一人，坐乘一辆小车，只有两名仆从跟随，出城后急急忙忙往西走了……"

闻此言，胆大无脑的刘豫顿时脸上色变。他扭头打量潘岳，希望从他那里得到证实。

潘岳咬咬牙，暗下决心，朝刘豫点了点头。

"我听说……皇帝有诏旨逮捕杨太尉，他怎么能跑了呢……"刘豫有些傻眼，"裴大人、潘大人，既然如此，我该怎么办呢？"

裴颁和颜悦色地劝说道："杨太尉对朝廷有大功，皇帝有诏逮捕他，估计是个大误会。依我之见，您应该解散部伍，自己先去廷尉处自首。待日后事情明了，万事皆安……"

刘豫拎着马缰绳，原地转了好几个圈，脸上表情似乎要哭一样。

琢磨了一阵子，他长叹一声，听从了裴颁的谗言。于是，只身一人，他骑马径自往廷尉处自首。

刘豫刚走，裴颁就对原本跟随刘豫的那些军官发令，自称身上有皇帝密诏，说朝廷让他代领刘豫的左军将军职务。然后，他立刻指挥这些人，火速调拨驻扎在洛阳近郊的牙门军①，紧急前往万春门屯扎。

由此，裴颁完全控制了洛阳外城的形势。

潘岳无奈，只得跟随裴颁前往万春门。

数千牙门军在裴颁指挥下，刚刚排列好队伍，就有军官来报，说有人从杨太后所住的显阳殿内往墙外射帛书，上面写了几个大字："救杨太尉者有赏。"

"此帛书从哪里来？"裴颁问。

"确实从显阳殿内的太后居处射出。"军官回答。

裴颁皱眉："杨太后乃妇人，怎能射出此帛书？"

"可能是太后宫内的宦者用弓箭射出，上面还盖有太后印玺，应该是真的……"

裴颁闻言，脸色一沉，呵斥道："即便是真的，那杨太后一定是与其父杨骏一同谋逆造反！如今皇帝有旨，收逮杨骏！至于此帛书真伪如何，到时候拘审显阳殿内的人，自然明了……"

几个左军军官互相望了望，遥见不远处的杨骏府邸火焰张天，都低头不语。也就是说，他们对裴颁的话语，表示了默许。

眼见已经稳稳地控制住了大局，裴颁才想起了一直影子傀儡一样跟在自己左右的潘岳。

---

① 牙门军是指西晋驻扎在京城之外的中央直属军队，平时驻守京师，有事出征。西晋禁卫军，主要由中、外军组成。主要力量是中军，指驻扎于京师地区的中央直属军队。西晋中军分为驻于京师之内的宿卫军及驻于城外拱卫京师的牙门军两部分。西晋的中央宿卫军以六军为主，即领军、护军、左卫、右卫、骁骑、游击六将军所统军队。此外，还有左军、右军、前军、后军四将军所领军队，谓之四军；又有屯骑、步兵、越骑、长水、射声五校尉所领军队；后晋武帝又增置有积弩、积射二将军所领军队，谓之二营。上述诸军中，左、右二卫地位最为重要，执掌宫殿宿卫。左、右二卫将军，每天要轮流在宫中值宿。中央宿卫总兵力至少有三万，战斗力极强，是西晋军队的精锐。驻在京城外的中军称牙门军，无宿卫任务。西晋中军力量很强大，在晋初多达三十六个军，总兵力不下十万人。

"潘大人，你欲往何处去？"

"我……我正要去贾太尉府邸……"潘岳不敢也不必和裴颁说谎，因为裴颁本来就是贾氏家族的亲戚。

"嗯，那好，我派人送你去……如今京城乱起，局势大异，潘大人还是小心些，到贾府避避也好……"

裴颁很细心，亲自选了二十名魁梧壮硕的兵士，护卫潘岳去贾府："潘大人，你到贾府后，把这些兵士留下把守府邸，就说是我派过去的……"

报复，疯狂的报复。

杨骏被杀的第三天，其徒党、僚属以及他们亲族的处决名单就已经拟好。

洛阳七星石拱桥南端的一块巨大的空地，被当作处决杨骏同党的临时场所。

一天之内，在东安公司马繇的主持下，殿中中郎孟观等人率兵士四处搜查，最后，杨骏的弟弟杨珧、杨济，杨骏的主要心腹张劭、李斌、刘豫、武茂，以及散骑常侍杨邈、中书令蒋俊、东夷校尉文鸯等人，包括已经被杀的段广，罪名都被定为"大逆"，皆被判诛夷三族。

男女老幼数千人，都被押往刑场斩首。

刚刚过了元日不久，似乎严冬就退却了。残雪融化，洛河的两岸，望上去好像镶了花边，冰面千疮百孔。有些开始融化的冰，已经变成了灰白色。但到了晚上，远处的山谷有隐约的轰鸣声传出，据那些懂得天文的人说，解冻的日子虽然来了，日后还会有更凛冽的寒流。

种种迹象，都不是好兆头。

大清早，桥下的地上结了一层薄冰，太阳照射了半个时辰，有些地方融化了，就露出了土地来，散发出类似树皮和腐烂干草的气味。

大概有几百名京里面的官员，冒着严寒前来观刑，他们大多数人身着皮裘，戴着护耳，不少人不停地顿足取暖。

众人站立在空地东边一块高台上，俯瞰着刑场。

这些人当中，司马宗室中只有主事的东安公司马繇一个人在场。由于诛赏大权在握，他黑色的胡子里，隐约透出一种自得的笑容。

由于站立久之，他褐色的短睫毛上挂了一层霜，脸上的皮肤由于严寒有些充血，变成了类似灰色的颜色。他身后，拥挤着那群倒霉的、被诏旨要求来观刑的官员，其中就包括潘岳、石崇等人。侍中傅祗也在人群里面，他脸上罩着一层不知道是出于庆幸还是出于惊骇而生出的苹果似的红晕。

"季伦，眼睁睁看着杨氏家族被诛杀，我于心不忍啊……"潘岳低声和身边的石崇嘀咕。

石崇搓着手，微笑着对潘岳说："安仁，谁不来，你也要来！别忘了，此前你可是杨骏的主簿啊。杨骏的僚属，名单上要被杀掉的有几十人。职衔高的，唯独你能幸免。所以呢，你更要做出若无其事的样子，以免遭人怀疑……幸亏我没有站错队，杨骏我没有得罪过，贾皇后一家人我也哄得好，这不，刚才贾谧对我说，朝廷已经实封我为南中郎将、荆州刺史。"

"季伦，你要外任？荆州一带，相比中原，毕竟地蛮人稀啊……"

"外任虽然辛苦些，总能得到好处……日前由于大肆经营金谷园，我囊中有些羞涩。荆州之地，其实富户多多，不仅商户多，往来的商贾也多，去到那里，能解我一时之贫啊……"石崇一脸得意。

潘岳有些惘然。

未等石崇再解释什么，凄厉的哀呼声和兵士挥动皮鞭之声杂沓地响起。

潘岳和在场的观刑官员们的注意力，都被越来越近的罪官和罪官家属队伍吸引了去。

为首一名兵士，高举着一根两丈多高的长竿，长竿顶端，结结实实插着杨骏的首级。

几日前还一人之下、万人之上的太尉公，如今身首异处。

日光照耀下，杨骏惨白的面孔没有任何表情。

为了明正典刑，让人看出首级的真切面目，杨骏的脸被人用水清洗过，发髻被胡乱地盘起，用一块红色巾帛束扎住。

由于温度转高，从杨骏首级被割截的脖腔里面，不停往下渗滴着黄色的液体，滴滴答答洒了一路。

"东安公，我曾经秘密上表，要求朝廷解除我们杨氏家族的权力，奏表藏在太庙的石函内，可以证明我所言不虚！"途经临刑的官员面前时，杨骏的弟弟杨珧忽然止住脚步，凄厉地对东安公司马繇高声说。

曾经贵为三公，如今双臂被缚，身后全家人都跟着自己赴刑挨斩，杨珧狼狈异常。

"杨骏罪大恶极，应该诛灭九族！身为他的亲弟，你还有什么抱怨的！"司马繇冷冷地说。他鄙夷地瞧了瞧几天前自己还要谦恭对待的杨珧，问："你如果早知道韬光养晦，早就应该急流勇退，如今说这些，还有什么用！何况，你说你提前忧虑你们杨氏家族盛宠可能致祸，秘密上表，谁能证明呢？"

杨珧闻言，抓住救命草一样，近乎哀呼地高叫道："我秘密上表一事，可以问少傅张华大人！"

司马繇又是一阵冷笑，他扭头瞅了瞅站在自己身边的尚书左仆射王戎，大声对杨珧说："张华、王戎、裴楷、和峤等大人，皆我大晋朝德高望重之人，他们都一直受杨骏排挤，没有一个人能真正参与朝政大事的决断。如今，你诬蔑张华张大人，居心叵测啊……还好，近来张华大人偶感风寒，否则呢，他还真不得不当众和你对质。"

说着话，司马繇脸一沉，猛一挥手，示意押送的兵士快点把杨珧等人押至近前的刑场开斩。

"苍天，苍天，我杨家为大晋功劳卓著，纵有罪恶，不过是家兄杨骏专权，我杨珧忠心可鉴，天日昭昭，天日昭昭……"

杨珧挣扎着，大声哀号。

尚书左仆射王戎平时与杨氏兄弟私下交往颇睦，低声对司马繇说：

"杨骏跋扈骄横，实实有罪，可是，杨珧、杨济兄弟，念他们从前所为，还是有功于朝廷啊。想从前贾皇后得罪武帝之时，他们二人曾经在朝中深为解劝……昔日钟会在蜀地造反，其兄钟毓先上疏申明他弟弟的险刻，最终没有被牵连……我们是否能依照这个惯例，再上表朝廷，为杨氏兄弟申理一二……"

司马繇决绝地摇头："斩草必除根！就算我饶得杨氏兄弟，贾皇后也饶不得他们！"

于是，在贾氏族党和司马繇暗示下，押解犯人的兵士开始拳打脚踢地催促他们。

其中，一个大胡子兵士忽然挥刀，用刀柄乱击杨珧。他还忽然一扭刀头，顺势削去了杨珧头顶的一块头皮。

连皮带骨，杨珧发髻散落的同时，鲜血涌出，横流满脸，样子看上去非常骇人。

杨骏的另一个弟弟杨济还算一条硬汉，他从弟弟身边恨恨而过，嘿嘿冷笑，直奔刑场，决然不顾。从他身上的血迹和僵直的左边胳膊可以看出，之前他已经遭受过拷打或者重物的击打，左臂已经被打折。

行刑刚要开始，贾皇后身边的宠臣张弘急匆匆来到。他身后，还跟着一辆三匹马拉的宫车。

"东安公，稍慢行刑，稍慢行刑……"张弘跑得上气不接下气。

司马繇心中一惊，以为有诏旨出于宫中，会对杨氏兄弟及其族党缓刑。

"皇后吩咐，让我带着逆贼杨骏之妻庞氏，前来观刑……"张弘说。

他话音甫落，众臣才注意到宫车里面坐着庞氏。她五十多岁的年纪，头发已经斑白，面无人色，被人扶掖着，勉强靠倚在车窗前。

在场观刑的众人，顿时议论纷纷，有的叹息，有的不解，有的跺足怨恨——毕竟，杨骏的女儿杨芷现在还有太后名号，还没有被废黜。杨太后亲父被惨杀，两个叔父、三个舅父，连同他们的整族人都被判以斩刑。如今，贾皇后迫令杨太后的亲母刑场观刑，未免太过残酷。

司马繇松了一口气，让人推着庞氏所乘的公车去到刑场正中央，而后下令行刑。

由于时间仓促，杨氏兄弟及其家族被杀者的口中都没有被塞入木枚，皆能发出声音，号哭声、呼救声、喊痛声，震天动地。

由兵士组成的刽子手队伍活儿干得很利索，有人架扶，有人挥刀，忙个不停。不多时，就已经杀掉了杨氏三族数百人。

宫车中的杨骏之妻庞氏，眼看着自己的三个兄弟被人剁掉脑袋，惊吓过度，很快就昏死过去……

杨氏家族被斩杀后，陆续轮到杨骏的亲党和僚属。

刽子手们刀刀溅血，犯人们惨叫着，一个个尸首分离。

很快，七星桥下那块被充为刑场的空地上，方圆半里，黏稠的血已经高达寸余。

潘岳浑身发抖，感同身受。他知道，如果没有公孙宏放他，如果没有石崇事先为他安排，这群被杀的人当中，肯定也会有自己和自己的家人。

每杀一批犯人，从刑场外面就又送进新的一批。

最后，刑场外又押来一批即将被处斩的人，数目有近一百人。为首一人，五十多岁年纪，穿一身在家中所着宽散的深衣，身长八尺，相貌堂堂，五缕黑髯迎风展摆。这个人即使浑身被缚，眉宇间依旧充满了英雄气概。

"我文鸯有何罪，致使家族被诛！"路经观刑的众官，那人大声呼喊道，声如洪钟。

"咦，这不是文鸯将军吗？武帝崩后，他曾经以平虏护军的身份平讨树机能的叛乱，建有大功，被朝廷任命为东夷校尉，监管辽东地区……怎么，他也被牵扯到杨骏的案子里了吗？"

在石崇、潘岳等人近处发出慨叹的，乃匈奴刘渊留在洛阳的质子刘和。这个小伙子血液中流淌着匈奴种姓惯有的凶残，很喜欢临刑观斩。

作为刘渊留在洛阳的眼线，刘和看京城的这些晋人杀晋人，本来看得津津有味，但他看到最后文鸯一家入刑场，却不由得发出惊呼来。

"这个事情嘛，想必京城中的不少人能猜得出……"石崇的外甥欧阳建欲言又止。

"坚石，到底为什么？请为我道一道……"刘和扯住欧阳建的袖子，刨根问底。

"……东安公司马繇，乃诸葛诞的外孙；文鸯，乃文钦的儿子。"欧阳建望了望站在临刑队伍首位的司马繇，开始为刘和低声解释起文鸯被杀的缘由来，"文鸯的父亲文钦，在曹魏时代任扬州刺史，当时在扬州带兵抵御吴寇。嘉平六年（公元254年），时任大将军的景帝①废掉了魏帝曹芳。转年春正月，曹魏的镇东大将军毌丘俭和扬州刺史文钦以魏帝被废为借口起众造反。景帝随即统率步骑十余万征淮南。乐嘉之战，当时文鸯十八岁，弓马娴熟，膂力过人，勇冠三军，他多次领骁骑十余人冲锋陷阵，所向披靡，景帝数为其击败。景帝征淮南时，本来目有瘤疾，并派医生阵前割之。忽一日，文鸯骑马劫营，景帝大惊，病目竟然因受惊而流出……日后，文氏父子不敌大军，双双逃奔东吴……再后，曹魏的镇东大将军诸葛诞也造反，联结东吴在淮南作乱。为此，东吴派遣文氏父子率兵三万余人前去帮助诸葛诞，害得文帝本人不得不又率兵前往平灭，文氏父子和诸葛诞连兵方强，文帝数遭败绩……还好，得胜而骄，文鸯的父亲文钦与诸葛诞转相疑二，竟被诸葛诞手刃而死。文鸯闻讯，率领家兵进攻诸葛诞，这些人开始内讧互杀。父仇未得报，文鸯逾城归降了文帝。文帝不念前嫌，封文鸯为将军，进而以他为进攻的先锋，攻拔淮南，平灭了叛乱，并斩杀了诸葛诞……"

刘和边听边点头："依此说，文鸯对于大晋，确实早就是有功之臣啊。"

欧阳建接着解释说："话虽如此，文鸯毕竟数次击败景帝、文帝，特别是他当时的偷营进攻，害得景帝目睛爆出，回京后不久即死。武帝继位后，一直记恨此人……文鸯打仗确是好手，此前他率领大晋兵士，去凉州把胡虏树机能打得落花流水。即便如此，他回朝后也一直不受武帝重用……唉，武帝以帝王之尊，对文鸯只不过投闲散置而已，谁料到，这东安王司马繇，就是手杀文鸯父亲文钦的那位叛臣诸葛诞的外孙，我估计，司马繇害怕文鸯日后为报父仇，会对自己舅家不利，所以把文鸯诬为杨骏徒党……世人都说琅邪诸葛氏、河内司马氏两家是世仇，其实，从东安公司马繇的家世可以看出，这两家其实也有联姻……"

---

① 晋武帝司马炎篡魏建立晋朝后，追谥他的伯父司马师为"景帝"。

刘和听到此处，不禁叹息道："文鸯将军，如此智勇双全的大将，为国披坚执锐，冲杀于疆场之上，无私无畏为大晋捍边，如今，竟然被司马宗室栽诬，牵连到杨骏案子里面。唉，杀他也就杀了，可惜啊，文将军本人身首异处之外，再被夷灭三族，此举太过！"

"三国时期，互相杀伐，世家、宗族间多有仇隙，自大晋一统天下，武帝仁德，从未深究报复。哪里想到，今日文将军遭此大难，宗族被戕无遗，让人痛惜！"

石崇好武，平素常与文鸯往来，至此，一向大大咧咧的他也禁不住愤愤起来。

潘岳噤口不言。

欧阳建、刘和、石崇等人眼来语往之间，文鸯和他的宗族近百人，都已经被人在刑场上砍掉了脑袋。

腥甜的血腥气，长久地弥漫在空气中。

杀人，终于告一段落。

"皇帝有旨，遣汝南王禁杀……"一个骑马的宦者手里高扬一纸青诏，边喊边冲入刑场。

人都杀光了，却来了禁杀的诏书。众臣相顾叹息。

轮声辚辚，有大批军士打着汝南王的旗帜，簇拥着一辆快牛拉牵的画轮大车，来到七星桥下。

驾车的驭手后面，端坐着一脸忧色的汝南王司马亮和太保卫瓘。他们后面，还坐着太子少傅张华。

遥望挂在高竿上的杨骏首级，看看满场横七竖八的血糊糊的、无头的尸首以及那堆成几大堆的人头，司马亮和卫瓘面色凝重。

这个时候，行刑的兵士过来，跪下后高声对东安公司马繇报称：

"禀东安公，杨骏逆党文鸯及其宗族九十四人，均斩杀完毕！"

全场静默，安静得可怕。

良久，居高临下，汝南王司马亮在车上忽然起身，喝问司马繇："文鸯将军何罪，竟然罪及三族？"

嗫嚅半响，司马繇定定心神，高声回言："皇帝、皇后、楚王、齐王、淮南王等人，均认定杨骏大逆不道，应该诛尽他的党羽，以使他们死灰不能复燃……文鸯桀骜不驯，深与杨骏交结！"

"杨骏此人，刚愎自恣，嫉贤妒能，排挤我们司马宗室，杀，也就杀了；杀他两个弟弟和诸僚属的三族，已经大有枉法之嫌……我现在就是要问你，文鸯到底有何罪？"司马亮气得胡子直翘。

司马繇咬咬牙，抗言道："我为景帝报仇！"

司马亮更气，他指着司马繇骂道："为景帝报仇，哪里轮得到你！我看，你不是为景帝报仇，是为你的外祖父诸葛诞报仇吧……当年诸葛诞手杀文将军之父，如今文将军三族又命丧你手，冤冤相报，何时得了……"

汝南王花白的胡子摇颤着，气得说话的声调都有些发抖。

同车的太保卫瓘和太子少傅张华，都起身俯首，劝解着汝南王司马亮。

身为尚书左仆射的王戎就近拉着司马繇的衣袖，示意他不要当众和作为宗室老人的汝南王抗辩。

众人喧嚣间，一个宦者纵马而来。从服饰上看，他是皇后贾南风宫内的宦者。此人跳下马，高声宣布道：

"皇帝有旨，东安公司马繇临机决断，诛杀杨骏党徒，劳苦功高，晋封为东安王！"

第十一章　跋扈新贵

洛阳皇宫，太极殿东堂。

痴帝傻傻地坐在那里，大眼珠子间或一轮，有些茫然地望着殿中的群臣。让他感到奇怪的是，许多他所熟悉的面孔消失了。最突出的，就是那个登基以来总是站在群臣之首的消瘦的半老头子，连影儿都不见了。

宦者宣读诏书，一道又一道。最先昭示大臣的一道诏书，是改元诏，改大晋年号"永平"为"元康"。

这个时候，无论是痴帝还是殿中的群臣，他们都还不知道，大晋朝改年号的事情，日后还会多次发生。每有新的一拨人掌握朝权，就会改一次年号。

而后，诏旨道道，每道都是诱人的嘉奖：

任命汝南王司马亮为太宰，与太保卫瓘皆录尚书事，主持大政；

任命楚王司马玮为卫将军、领北军中候；

东安公司马繇为尚书右仆射，正式晋爵为王爵，食邑两万户；

孟观得封上谷郡公，李肇得封郡公，二人皆被升为积弩将军；

高密王世子司马越由于在宫中护驾有功，被封为东海王，食邑五千户；

裴颜诓骗刘豫放弃外营兵有功，被封为武昌侯；

宦者张弘被封为武安侯，由于皇后贾南风的力赞，连他三个没有入宫的哥哥都被封为亭侯；

就连杨骏手下昔日的得力助手侍中傅祗，也因为及时"反正"，被封为县侯……

宗室中，汝南王司马亮的地位重新尊显。整个东堂中，除了皇帝坐着，群臣宗室等人，只为他一个人设有单独的座床。

当然，让群臣真正心内畏惧的，还是皇帝的弟弟楚王司马玮、淮南王司马允以及皇帝的堂叔东安王司马繇等人。尤其是司马玮，年轻人神采飞扬，眼睛炯炯发亮，喜气洋洋、十分高傲地站在朝班的上首。他身穿红色礼服，内衬浅紫色的衬袍，头上戴顶紫金宝冠，居高临下之感，溢于言表。

群臣济济一堂，表情木然。他们在这场事变中更加强烈、更加清晰的感觉，就是对未来的茫然。

相比于那个已经被杀掉的把持权力不放手的外戚杨骏，司马宗室的飞扬跋扈，对于皇权的威胁其实更大。

还有极少数人内心怀有清醒的悲伤，比如潘岳，他的头脑中还保存着那悲惨死去的杨太尉的形象，还常常暗中回忆他们之间除僚属关系以外的友情。人生的机遇，总是伴随着巨大的风险，荣华富贵，所有的一切，这么快就结束了。突然的大规模死亡事件，使得人们忽然感悟到，生存非常艰难，那么多种生活的假象交织、缠绕在一起，岁月的灵巧梭子，完全不受人世的束缚，只有回忆，才能在死亡的经纱之间编织纬纱。

杨骏三兄弟，以及许多从前同朝的大臣，都死了。但是，他们在刑场上所留下的血淋淋的最后形象，与他们最初在皇宫的朝堂内潇洒、昂然的姿态，间隔的时间过于短暂，甚至让人难以对这两种形象进行对照——庄严肃穆的太极殿东堂，阳光在墙壁上反射出玫瑰色光彩，腹内饥饿的感觉，对官位、财富、女人的欲望，种种享受奢华的乐趣，金谷园内文人墨客吟诗作赋那悦耳的音声——对死人来说，所有的一切都永远地消失了……

对活人来说，所有现世的浮华，也都高高地搁置在岁月之上。蓦然而至的回忆，有时候带来沉甸甸的东西，年年岁岁，事情总在不断地变化，悲伤和喜悦，其距离之大，让人觉得二者不可比拟，不可思议。

汝南王司马亮，身为宗室贵戚，得掌朝政后，他很想用厚赏的办法取悦众心。于是，在明亮的朝堂上，他从袖中拿出一份幕僚草拟好的名单，让与会的大臣群议推定——皆是参与诛除杨骏行动中要加以封赏的人名，其中，将要被封为督将和侯爵的，就有一千零八十一人。

众臣默然。大家连交头接耳类似的举动都很谨慎地避免。如此危险的时刻，缄默是对自己最大的保护。

忽然，御史中丞傅咸出班，对汝南王这种滥赏的举动提出异议：

"殿下，杨骏之诛，乃朝廷和社稷之幸。但这么长的一份赏功名单，如此滥加官爵，可谓封赏熏赫，震动天地，自古未有！无功而获厚赏，则人人乐见国家有祸，最终会导致祸源无穷。此份名单，依在下所见，肯定是东安王给您草拟的，殿下不加以详细审查，正之以道，反而一味赞同，如此滥赏群赐，最后必定会因为赏罚不平而导致众怒！"

傅咸一番话，句句有理，说得司马亮没了主见，唯唯而已。他捋着胡须，望着满朝群臣。

群臣皆不言声。

傅咸复谏："杨骏挟震主之威，委任亲戚，遍树亲信，致使天下喧哗，人心不附。殿下您执掌朝政，应该汲取杨骏之误，静默颐神，维持大体。多事不如少事，对于那些乐乱好祸之徒，应该一概抑遣……我上朝之时，恰好路过您的汝南王王府，见到的情形让我吃惊，那真是门庭若市啊，冠盖车马，填塞街衢，我想，那些幸进之徒，肯定都到您的王府去邀求爵赏，如此下去，杨骏之前车可鉴……"

傅咸此言，已经说得很重。

"傅大人，诛杀杨骏，为国除大害，我们司马宗人扬眉吐气，能不报答参加行动的诸人吗？赏罚分明，才合情合理啊。"楚王司马玮放大声音，语气中隐含着威胁。

东安王司马繇更是面露大不快，他扫视了一眼众人，侧脸扬颐，对傅咸说："难道我们司马宗室回朝掌权，惹起傅大人你不快了吗？……杨骏在位的时候，横行霸道，任用私人，也不见你傅大人当朝加以阻劝。"

太保卫瓘向来持重，此时插言，想打圆场："傅大人在杨骏辅政之时，多有劝谏，东安王你有所不知。"

楚王司马玮怕局面再如此发展下去不好收拾，就行前几步，逼视傅咸说："傅大人，汝南王德高望重，乃皇帝至亲前辈；我，乃武皇帝亲子；东安王，乃宗室之亲。我们弄些爵位，赏赐一下那些帮助我们司马家诛杀权臣杨骏的将领和属下，难道过分吗？今日之域中，究竟是谁家之天下？！"

傅咸为人峻整，疾恶如仇。楚王司马玮此番咄咄逼人的气势，反倒激起了他的倔强："今日之天下，乃武帝、先皇之天下，天下人之天下，非司马宗人之天下！为社稷长久之计，楚王殿下，您理应退避权位，慎守藩臣之道。"

司马玮闻言大怒，他腮边咬肌猛滚，望着长着满腮灰黑胡子的傅咸，胸中怒火腾升："傅大人，杨骏当朝之时，你作为尚书右丞，难免为他出谋划策吧，看来，先前诛除杨骏党徒，还真把你给忘了……"

阳光从户外射入东堂，楚王怒目圆睁，目光既蛮狠又放肆，双唇红如涂脂，一张俊脸气得有些发白。

从前一直深知韬晦之术的司马繇在主持诛灭杨骏的行动之后，气焰勃勃，显得十分骄横。他昂首挺胸，立刻附和楚王司马玮，以一种不屑的语气进一步威胁傅咸说：

"起事当夜，生杀赏罚之权在手，我们竟然把傅大人你给忘记了！看来，你是一心想与我司马宗人为敌啊……庙堂之上，朝廷之中，不缺你这样的人啊！"

东堂内鸦雀无声，气氛非常紧张。武帝时代，朝臣常常为一些小事争吵，意气用事。如今，血流过后，大家无不为自己身家性命着想，形势明朗之前，没有什么人敢出头。

汝南王虽然被人尊为宗室老人，心中却对楚王、东安王的跋扈和肆意张扬大为不悦。他长咳一声，阴沉着脸，终于发言：

"傅中丞为国事直言，其心可嘉。楚王、东安王，你们不要在朝堂之上，对大臣妄加罪名……"

至此，楚王、东安王脸露恨恨之色，却都不好发作。

汝南王司马亮毕竟是宗室中辈分和声望最高的人，不好当面对他太过顶撞。杨骏刚刚倒台，宗室内讧，定会引发新的纠葛。

静默之间，有人出班，音声朗朗，厉声指斥东安王司马繇：

"司马繇自杨骏被诛以来，专行诛赏，欲擅朝政。此人如此狂悖，大非社稷之福！我与司马繇乃骨肉至亲，亲兄亲弟，但还是希望汝南王、各位大人，能予司马繇以责罚惩戒，以儆效尤！"

让众人大感意外的是，这个出班指责司马繇的人，不是别人，正是司马繇他自己的亲哥哥、东武公司马澹。

司马澹这个人，如果不细看，简直和司马繇长得一模一样，仪表隽朗，也长有一副美髯，只不过他的身材比司马繇稍稍魁梧些。

司马澹、繇兄弟的父亲，乃宣帝司马懿的儿子、琅邪王司马伷，此人在太康四年已经薨逝。司马伷留下四子，分别是长子司马觐、次子司马澹、三子司马繇和四子司马漼。长子司马觐袭琅邪王爵位，太熙元年刚刚也因病而薨，时年才三十五岁。兄弟四人之中，司马繇自幼就为父母所爱，致使性格狠忌的司马澹对这个弟弟恶之如仇。特别是看到弟弟被朝廷发诏赐升为王爵，司马澹更是妒火中烧。

当然，司马澹之所以能如此坦言无忌，还有另外一个原因，他的妻子，乃当今皇后贾南风的表妹。

以兄斥弟，情况大为不妙。东安王司马繇饶是能言善辩，此时也不得不默然以应。

汝南王司马亮心中稍安。此次杨骏之诛，司马繇、司马玮这些年轻的宗室王公滥杀无辜，已经暗中激起众怒，且此辈少年新进，干预朝政大事，不给他们一些颜色看看，日后恐怕会出大乱子。

主意已定，汝南王司马亮缓缓起身，与太保卫瓘耳语了一阵。然后，他脸色一沉，当众宣布道："东安王司马繇有乱政之嫌，免去他尚书右仆射的官职，以公爵的身份，回府思罪！"

事起仓促，群臣惊讶不已。这司马繇，刚刚从东安公升为东安王，转瞬之间，又变回为东安公，且身为戴罪之身，让人顿觉京城的政事，太过波谲云诡。

纵然楚王司马玮等人气势勃勃，看到忽然现身的发难者是司马繇自己的亲哥哥，都感到气馁，谁也不能站出来为司马繇说话。

"举贤不避亲，行罚自然也不应避。司马繇不顾至尊在座，威吓大臣，狂悖至极！依我愚见，回府待罪的处理太轻，此人理应废徙荒僻远州。"司马澹不依不饶，对亲弟弟继续落井下石。

汝南王司马亮脸色畅然。他复与太保卫瓘商量了一下，又回头仔细咨询僚属，然后宣布说："司马繇悖言乱政，废徙带方郡①。"

司马繇与司马玮对视了好久，欲言又止。面对满朝不作表态、心怀鬼胎的大臣，二人暂时也无计可施，只得任由作为宗室领袖的汝南王处置。

千不愿万不愿，司马繇只能乖乖离开。他对东堂上座上呆如木偶的痴帝拜礼后，匆匆下堂而去。权力的滋味，确实甜美，他刚刚尝到了一点甜头，忽然就被剥夺了一切。

眼见司马繇当众被罢废，楚王司马玮很有些尴尬。年轻气盛，他面上依旧挂着不服不忿的笑容，还当廷大声地嘿嘿冷笑了几声。

目送着司马繇怏怏下殿和司马玮的振衣作态，汝南王司马亮低声对卫瓘说："楚王司马玮刚愎好杀，年少果锐，如果不夺其兵权，恐怕日后不可复制。"

卫瓘不住点头。然后，他问："谁能代替楚王领禁卫军呢？"

司马亮想了想，说："裴楷可为之。"

二位老头嘀咕了许久，司马亮站起，对朝臣大声说："楚王另有重要任命，其北军中候一职，暂由裴楷接任。"

楚王司马玮闻言，脸色大变，几乎目瞪口呆。

先前与楚王、东安公往来舌辩的御史中丞傅咸，此时听到汝南王如此宣布，却面色转忧。他兀自摇摇头，若有所思。

---

① 在今朝鲜黄海北道。

此时此地，大家的目光，都转向那位有"玉人"之称的裴楷。

裴楷，字叔则，乃武帝时代的功臣裴秀（裴頠之父）的族弟。此人明悟有识量，弱冠时就名闻天下，被当时的大名士钟会所推荐，在文帝司马昭手下做相国掾。年才弱冠，裴楷已经精通《老》《易》之学，当时与王戎齐名。晋朝人物中，裴楷风神高迈，容仪俊爽，广为时人钦服，士人皆嗟赏说："见裴叔则，如近玉山，映照人也！"

自幼至长，裴楷本性宽厚，与物无忤。武帝在世时，他唯独厌恶权臣贾充，曾数次于武帝面前直斥其险刻无行。作为世家大族，裴楷与当时的朝廷权要都有联姻关系——他的长子裴舆，娶汝南王司马亮之女；他的次子裴瓒，娶太尉杨骏之女；他的女儿，嫁给太保卫瓘的儿子。即便如此，裴楷一向看不起杨骏的为人。所以，杨骏执政后，对裴楷这位亲家公很不待见，迁其为太子少师，明升暗降。裴楷呢，年近花甲，也乐得悠游无事，不再参与朝政。

等到贾皇后、楚王等人设计诛杀杨骏，由于裴楷也是杨骏的姻亲，当时就被廷尉收逮，名字列入族诛的名单。混乱之中，乱兵还杀害了他的次子裴瓒。然而众人震恐之余，裴楷容色不变，举动自若。他索要纸笔，与亲故修书，一一告别。

最终，由于裴楷与汝南王司马亮、太保卫瓘等人都有姻亲关系，司马繇等人没敢杀害他。事定后，司马亮、卫瓘主动上疏保奏裴楷，说他在杨骏当朝的时候"贞正刚直"，能够不阿附取容，值得褒奖。不久，朝廷诏旨发下，封裴楷为临海侯。

青年时代玉树临风的裴楷，如今已经五十六岁，相比站在距离他不远处的美男子潘岳和更年轻的族侄裴頠，他已经显得非常苍老。特别是他花白的胡子，微微颤抖的四肢，以及他平昔高傲的脸上已经松弛的肌肤，使得他昔日神采全然黯淡。

老年的到来，似乎能够造成一个人人格的彻底改变。尤其是他脸上那种息事宁人般的憨笑，让人觉得，温和和谦逊，其实有时候就是一种化装艺术。

裴楷身上所有这些细微而具体的变化，最终使得一个人由伟岸变得瘦小，甚至让人很难再从他身上发现丝毫令人尊敬之处。

为避免临老之时身陷于权力的争斗旋涡，裴楷赶忙向汝南王司马亮行礼，竭力推辞对自己的任命：

"楚王年轻有为，正可以统率北军劲旅，我近日遍体疾患，难以担当如此重任……"

裴楷，这曹魏时代和大晋朝曾经最自负的面孔、最挺拔的身躯，如今似乎只剩下抖抖索索的衣衫里面的腐肉。他的话，半真半假——说自己有病是真，说楚王能担任北军重任，则完全是托词。在朝堂之上，面对皇帝和群臣，裴楷如今畏缩的表现，和从前人们印象中的那位刚亮正直的大名士，迥然相异！

面对傲狠不驯的武帝爱子楚王司马玮，裴楷当然不愿意因为敏感职务的任命而得罪对方。刚刚逃过一场灾祸的他，不想再为自己的家族埋下日后被株连的伏笔。

汝南王司马亮沉吟着，仔细打量着裴楷的脸色，很想弄清楚这位亲家翁是假意推辞还是真心不想干。

裴楷低着头，揝起的衣袖挡住了脸，司马亮根本看不到他真实的表情。

楚王司马玮一脸的桀骜之色，振袖跨步，原地辗转不已。

"裴大人既然如此说，就转任尚书省尚书吧，加散骑常侍衔。"太保卫瓘以商量的语气说。

"敬受命！"裴楷立刻表态。

楚王司马玮闻言，心中为之一松，脸色亮和了许多。

"如今杨骏已除，京城安定。依照大晋藩王制度，楚王、淮南王，你们在京城不必久留，给你们十天时间，处理一下京城的私事，然后，还是立刻回到你们所在的藩镇吧。荆州、扬州，天下重地，不可缺少宗室王爷在当地镇守……"

汝南王司马亮发话。

对此，太保卫瓘轻轻点头，加以首肯。

一步又一步的紧逼，激使楚王司马玮登时变色扬眉。他刚要发言，汝南王司马亮起身，示意散朝。

望着哄哄而散的朝臣，楚王司马玮、淮南王司马允和长沙王司马乂三个年轻王爷，面面相觑，一时间不知道该如何是好。

人群星散，就连参与诛杀杨骏的齐王司马冏等宗室，也随朝臣下堂而去。

不大工夫，太极殿东堂内的人几乎走空。

痴傻的皇帝坐在步辇上，被人抬着，慢慢从楚王等人面前经过，他的脸上，犹自挂着憨憨的笑意。对于朝堂上发生的一切事情，痴帝都没有任何概念。

心慌意乱至极，楚王忽然酒醉般放肆起来。看到跟在皇帝辇后一个体态轻盈、亭亭玉立的宫女，楚王大声对痴帝喊道："至尊，如此美貌女子，留在您身边太可惜，还是赏赐给为臣吧……"

这个妙龄女子，本来是站在痴帝身后张打伞盖的宫女。忽然听到近在咫尺的楚王大声呼喝，她受惊不小，差点失声叫出来。

这个时候，宦者张弘不知道从哪里蹿了出来，脸上挂着无比殷勤的笑意，对楚王说：“殿下，待我禀告皇后，征得她同意后，马上就给殿下您送到楚王府中……”

其实，太极殿东堂内所发生的一切，自始至终都被角落一个密室中的皇后贾南风瞧在眼中。

此时，这个矮黑的妇人志得意满。

对于刚才大臣和司马王爷们的表现，贾南风心里充满了不屑。

她面前摆着一个沉香木箱子，里面装着一个盖上饰以五叶松枝和雪白梅花香枝的藏青色琉璃钵。钵内，装有大粒大粒的苏合香丸。她一边大口大口地嚼吃苏合香丸，一边从密室的水晶帘后窥视着堂内的一举一动。

“司马家的男人们，真没有什么出息啊……”

望着楚王等人最终离去的背影，贾南风脸上浮起一阵古怪的笑意。

“司马宗室，瑰杰之才确实太少……可是，朝权一旦在握，万万不可小觑啊。您刚才也看到了，汝南王和卫太保二人主持尚书省，三言两语，就能把司马繇罢废。他们能罢废司马繇，也就能罢废任何他们看不顺眼的人……”宦者张弘低眉顺眼，提醒贾南风。

“爱卿所言极是。刚刚除了一个杨骏，如今再多出司马亮和卫瓘两个老贼，让人不得畅意行事！”贾南风点头。

“宗室之中，楚王、淮南王等人，以武帝爱子的名义，跋扈骄横，与汝南王、卫太保大为不睦。我们可以在他们身上想主意，不能让他们中间的哪一方独自坐大，否则，一旦他们控制了外朝和营兵，为祸势必不浅……”张弘心思深沉地说。

贾南风莞尔一笑：“看刚才他们在朝堂的态势，互相怨恨已极，正可以为我们争取所用，先让一方除掉另一方，事情就好办了。两害相权取其轻，汝南王和卫瓘老奸巨猾，根基深厚，尤其是那个卫瓘，从前多次在武帝面前说皇帝的坏话，差点坏了我们的大事。这两个老贼，一定要除去！”

“皇后英明！”张弘一脸诌媚，“……对了，方才楚王索求皇帝身边张打伞盖的宫女，皇后您意下如何？”

贾南风的一张黄脸陡沉，变得发青，目光阴狠。

“这个楚王，敢索要皇帝的宫女，胆大至极，已经犯了大不敬之罪！……不过嘛，既然楚王喜欢美女的脸，那就把那张好脸给他送去！”

第十二章　王杀王

甜蜜的清晨来临了，生活中所有的精华，一下子展现在人们的眼前。在熟悉的房间里面所进入的陌生梦境，那里面隐隐约约的恐惧消失了。对普通人来说，轻盈、柔情和快乐，冲破夜幕，与东升的太阳一起，重新来到了人间。

楚王司马玮嘴里面，却还残留着黑夜苦涩的味道。想到自己有一天可能会像杨骏那样死去，或者不得不像东安王司马繇那样在一个遥远的边陲郡县度过余生，他感到可怕至极。

由此，从恐惧的深处，慢慢浮起竭力的抗拒。他很难想象那样的结局和那样的生活。皇位，曾经那样遥远；而曾几何时，它又是那样迫近，比如诛杀杨骏的当晚……多么危险而又诱人的位子啊。以自己的能力，只要能够坐在太极殿的最高处，虚无或永生，似乎都不是太重要的事情了。

狂野的内心，使得这个年轻的王爷逐渐淡忘了某些道德方面的承诺，而汝南王逼迫他离开京城的企图，最终使得他的愤怒变得近乎疯狂。

此时此刻，他需要一种安慰，需要做些什么来起到镇痛的效用。被人剥夺希望的痛苦，相比死亡，似乎是一件更为残酷的事，人们无法漠然置之。对于被剥夺的恐惧，特别是对年轻人来说，不会轻易消散，反而因为对未来的冀望而增长——当然，恐惧、抗拒、忧虑，这些人性中最羸弱的部分，其实它们的实质和死亡差不多。

司马玮并不是一个天生神经过敏的人，也从未哀叹过自己的生活道路。作为大晋帝国的直系王爷，本来他有着清晰的命运轨迹，如今，却要面对无数令人疲惫的、痛苦的煎熬。那些最朴素无华、最无忧无虑的年代，消失殆尽，一去而不复返了。

京城，如今变得这样陌生，他所感受到的那种焦虑，往往衍变为深深的恐惧。死亡，或者是过一种全新的生活，在杨骏和几千个活人丧命后，他可选择的道路变得只剩下上述两条。与世无争的安静，已经变成不可企及的妄想。

作为一个二十一岁的王爷，楚王司马玮确实应付不了那么复杂的京城旋涡。好在他身边有两个人可以作为主心骨，一个是长史公孙宏，一个是舍人岐盛。这两个人，都出身寒门，见多识广。尤其是公孙宏，几十年来东游西走，对京城各种势力探挖深广，果决能断，在诛杀杨骏的过程中，他出力尤多。

如楚王这般自幼养尊处优的王爷，仔细思之，其实都只是那种一直躲在金光摇曳的奢侈池内安逸的游鱼。危险的人，危险的事，自从武帝死后，往往都躲在暗处，随时随地贪婪地凝望着他们。在混乱的时世，那些无法预测的黑暗，可能突如其来地把他们掠走或者吃掉。

"如果汝南王强迫我们诸王各回藩镇，这可如何是好呢？"

春日的良辰美景，不能让楚王司马玮感到任何欣悦之情，他焦躁地问身边的长史公孙宏和舍人岐盛。

"东安公司马繇就是前车之鉴。殿下，您乃武皇帝至亲骨肉，当今皇帝亲弟弟，而且，诛除杨骏，您首立大功，可如果按照汝南王的要求离开京城，日后内乱变起，远在藩国之内，您只能束手待擒，没有任何反抗的余地……"岐盛说。

岐盛身高五尺，个子近似侏儒。但他智力超群，怀有不俗的医技，与京城权要广有往来。在杨骏生前，岐盛也曾经是这位当朝太尉的座上宾。所以，汝南王司马亮和太保卫瓘都特别厌恶岐盛，认为他首鼠两端，很想合法地把他除掉。

深知自己危险的处境，岐盛一直鼓动楚王司马玮先发制人，乘间获取朝廷大权。

"当今之计，一定要往贾皇后身边靠拢，先稳住一方。我们要联合贾氏的势力，让汝南王和卫瓘在朝中失势。"岐盛折断了一根手中的树枝。

公孙宏表示赞同："我曾经与贾皇后的身边红人张弘密谈过，得知贾皇后一直深怨卫瓘，那个老匹夫在武帝时代曾经多次劝说武帝废掉当今皇帝的太子身份……当然，汝南王、卫瓘执掌大权，贾皇后更会担心自己不能专恣肆意，所以她的心意再明白不过，废罢此二人，她一定乐见其成。"

楚王司马玮挥舞着手中的宝剑，想了想，说："汝南王、卫瓘，这两个老贼倚老卖老，贬抑我和淮南王、成都王等武帝子嗣，实在可恨！但那皇后贾南风，绝非善类！至尊憨痴，内朝大权，全部由她掌握啊。"

楚王对贾南风如此深恶痛绝，不仅仅是因为那天觐见皇帝之后她在内室勾引自己。最让他难忘的，乃前日下朝后，贾南风派人送来一个锦盒，声称是皇帝赐物。司马玮打开一看，原来是一个美貌如花、面色惨白的人头——正是朝堂之上在皇帝辇后张打伞盖的宫女的头颅。这位皇后如此的毒蝎心肠，楚王算是尽为领教。

怀着一种伤感的忧愁，楚王想起了那个漂亮的宫女。有着如水眼波、荡漾的风韵和彩霞一样美丽双颊的姑娘，那样勾摄心魄。似乎，在太极殿的东堂，楚王曾经从她那看似不专注的目光深处，隐约窥视过她的心灵，并从自己的内心涌出一种模模糊糊的、雏形的欲望。

片刻间，楚王很想停驻在对她的幻想中，很想把自己印在她的明眸里面，继而抓住她的心。那瞬息即逝去的美貌，会使得许多人黯然神伤。那一种魅力，能使得每时每刻都感受到死亡威胁的人觉得生活十分甜美。

仅仅是路遇般的邂逅，仅仅是纯净欲望导致的稍显过分的索求，美丽姑娘的生命就遭到如此摧残。吞没她生命的，不是疾病，不是岁月的摧残，而是突如其来的横祸，是来自令人厌恶至极的皇后贾南风出于妒忌或者其他阴暗情绪的一个命令。那样美丽风华、撩人心弦的姑娘，竟然转瞬间变成了冰冷的、身首分离的尸身。这，不能不让人锥心地痛。

岐盛哈哈一笑："贾皇后貌丑心险，人所共知。如果我们能够先把汝南王和卫瓘从朝中清除，她一个妇人，又能何为！到时候摆布她，还不容易吗？况且，我近日与积弩将军李肇、孟观交往甚深，这二人均是贾皇后心腹……"

楚王司马玮闻言色变："你怎么和这两个人走得这么近？李肇、孟观，乃势利小人，想当初杨骏待他们不薄，二人却趋炎附势，关键时刻背叛杨骏，成为贾南风的走狗。他们能忍心亲手杀掉从前的恩公，还有什么事情做不出来呢……"

岐盛摇头，微微一笑："殿下，我和他们深交厚往，不过是在婉转地传达信息。在送给他们大笔珠宝的同时，我向他们吹风，说汝南王和卫瓘一直暗中准备策划，图谋废立，想另立新帝……这两个狗奴才，肯定会把这些话告诉给贾皇后。内有贾皇后裹胁至尊，外有李肇、孟观掌握内城禁卫军劲旅，再有皇帝的诏书，废罢汝南王和卫瓘，应该不会有很大的难处。"

"嗯，去掉汝南王和卫瓘这两个老贼，我们兄弟掌握国事，大晋运业，定会蒸蒸日上……到时候，贾氏家族的势力，应该也不难清除。你们看，杨骏被诛杀后，贾皇后的族兄车骑将军贾模、她的从舅右卫将军郭彰、她的表弟右军将军裴頠，还有她乳臭未干的外甥贾谧，个个身居要职，干预朝政，权侔人主。外戚如此张狂，显然是藐视我们司马宗室！"

楚王以剑击石，恨不能平。

楚王府的花园内，绿茸茸的一片。今年的春天，似乎来得格外早，也格外燥热。早春时节，园内遍布着盛开的鲜花，太阳似乎摇摆着，它时而收拢、时而颤抖、时而又过度温暖的双翼，从墙壁上，从牌楼上，从树颠上，随时准备飞起般，洗浴着一切。

春天恰似一面澄净的棱镜，分解着多彩的光线。白昼的津液，在美丽如画的花园里面溶解开来，扩散开来。芳香醉人，一切都如图画般新鲜，到处映迸着银光和花瓣。

"殿下，皇后宫的张弘张大人前来拜访，说有秘事相商。"王府仆从来报。

楚王司马玮怔了怔，他看了看公孙宏和岐盛，有些纳闷："这个阉狗，此时找我有什么事情？"

"张弘这个宦者，乃贾皇后身边红人，殿下您但见无妨。"岐盛撺掇说，"根据在下揣测，他肯定是替贾皇后来通风报信的。对贾皇后来说，汝南王和卫太保才是她的肉中刺，眼中钉。"

楚王颔首。

张弘见到楚王后，一脸严肃，马上要求屏去旁人。

楚王挥退闲杂的仆从和侍卫，只留下岐盛、公孙宏二人。"张大人，岐大人、公孙大人乃我身边策略之士，有事不必避他们。"

张弘依旧一脸小心，亲自掩紧了小殿的门，朝外仔细看了看，确认门外无人后，从袖中抽出一轴青诏，低声而又清晰地说："楚王接旨！"

司马玮心中凛然一惊。他看了看岐盛、公孙宏，犹豫了一下，跪下听诏。

"汝南王司马亮、太保卫瓘，欲行伊霍之事[①]，楚王代朕宣诏，令淮南王、长沙王、成都王率兵屯卫宫门，免去汝南王司马亮、卫瓘官职，废为庶人。"

听毕此诏，楚王司马玮的心中，惊大于喜。如果能免除汝南王和卫瓘的官职，朝中日后再无人能和自己相抗衡，自然是一件大好事；可是，贾南风让宦者携带密诏，让自己出头，行事仓促，如果有什么差池，后果难料。

所谓的皇帝密诏，定是贾南风所为。

司马玮接过那卷青纸诏书，细看紫色封泥，确实是皇宫内物，诏书上面，盖有清晰的皇帝玺印。

"……汝南王，宗室贵戚；太保卫瓘，先帝重臣。对他们两个人，皇帝、皇后为什么不在正式的朝会上当着群臣的面下诏免掉他们的官职呢？"司马玮有些狐疑。

---

① 商朝的大臣伊尹把残暴的商王太甲流放到桐宫；汉朝大臣霍光废掉刚刚继位就无礼奢侈的昌邑王，转立汉宣帝。后世一般说的"伊霍之事"或者"伊霍故事"，就是指废立之事。

半是惊吓，半是焦急，张弘脸色也有些发白，但他显然对楚王的问题早就有准备，回答说：

"汝南王、卫太保，掌握尚书省大权，朝中朝外，遍树亲党，势力不亚于当初的杨骏。倘若当廷宣布诏旨，皇帝……皇后恐怕这二人拒不遵命，生出事端……殿下，您尊为楚王，乃皇帝亲弟，联合诸位王爷，定能使汝南王、卫太保二人猝不及防，束手就擒！"

"……此言甚为有理，不过，此事过于重大，或许稍缓，待我亲自入宫，面见至尊，复奏此事，以求万全。"楚王虽然是个好冲动的年轻人，也想为自己留个退身的余地。

"如此大事，宜接诏急行。如果殿下辗转入宫，费时不说，还有泄漏消息的可能。倘若让汝南王、卫太保获悉密诏，他们提前有所准备，皇帝被废不说，殿下您的性命，我想也不能得全。"张弘一脸的忧焚。

"殿下，请借一步说话……"岐盛拉着楚王的袖子，走到距离张弘稍远的地方，谏劝道，"殿下，此诏此谋，定出于贾皇后，她本意是除掉汝南王、卫太保二人，自己能肆意握权……如今，殿下您本人，已经与汝南王、卫太保二人大有嫌隙，正好借贾皇后之力，凭皇帝的青纸手诏，先除掉二人，殿下自可进揽朝纲！到时候，贾皇后以内宫妇人，何能奈何殿下……"

岐盛心内，深恐时日稍迟，汝南王和卫瓘二人会遣催楚王等人归藩。这二人如此憎恶自己，日后自己身家性命，肯定凶多吉少。所以，他想先下手为强，竭力撺掇楚王接诏行事。

公孙宏非目光短浅之辈，然而出于寒人阶层急于掌权的热情，他也在旁激劝："殿下，日前诛除杨骏，皆东安公和您指挥大局，可事成之后，功归汝南王和太保卫瓘。可见，朝廷赏罚，大是不公。观汝南王、卫太保之志，必会迫使殿下返回封地，远离京城枢机。荆州迢迢，殿下蛟龙失水啊。值得庆幸的是，现在北军尚归殿下掌握。如果殿下犹豫后发，必定为人所制！"

楚王沉吟："皇帝手诏，只让我率兵罢去汝南王和卫瓘的官职，倘若日后这二人东山再起，或者我们日后与贾皇后有隙，她再起用他们两个人制衡我们，又该如何是好呢？"

岐盛闻言，面露阴狠，同时他兴奋得鼻头发红，对楚王说："殿下，如今您握有皇帝青纸诏书，生杀诛罚，皆在殿下之手。当初杨骏之诛，诏书上只讲免掉他的官职，也没有明说是要杀他，最后，还不是诛杀他三族、僚属无遗类……大丈夫行事，万不可有妇人之仁！只要动手，定不能留活口。卫太保文官老臣，尚可饶他性命，汝南王为皇室尊长，绝不可留！……一不做，二不休，依在下愚见，起事之后，我们可以观察形势，如果一切顺利，大可直接入宫……"

岐盛望了望不远处热锅蚂蚁一样走来走去的宦者张弘，没有再继续说下去。

楚王司马玮一咬牙，拔出腰间宝剑，猛砍在殿柱之上，高声言道："事决矣，不做不休！"

张弘见到楚王最终表态，倒头便拜，兴高采烈："楚王殿下英明神武！我即刻返回宫内，禀报皇后。宫内还有积弩将军李肇，也等待殿下的回话，我让他马上率兵助战……"

言毕，张弘急匆匆离开了楚王府。

在岐盛、公孙宏协助下，楚王司马玮部勒本军兵马，同时矫诏，紧急召入京城内外三十六军的统军，让他们全部入楚王府报到。

"汝南王司马亮和太保卫瓘，密图不轨，擅议废立，形同反逆。我受皇帝密诏，都督中外诸军，汝等皆应听我节制，助顺讨逆！倘有不从者，诛杀三族！"

面对站满了阶庭的诸军统军，楚王厉声宣布。

统军们闻令，相率惊顾。

自从杨骏之诛以来，这些人都如惊弓之鸟。他们心中深知，只要是站错队伍跟错人，不仅自己的项上人头要掉，三族也会被诛戮殆尽。

可此番，毕竟召集者是皇帝的亲弟楚王，先前他有勇有谋，能一举诛杀杨骏等人。有此前鉴，诸统军心内稍安，不敢不对他唯命是从。

而且，楚王司马玮把这些人召至王府，并不是派他们带兵去抓人，只是把他们全部软禁在王府内，不让他们有机会擅自出去指挥队伍。

如此来说，事后无论哪一方得志，这些统军都有为自己解释的余地。所以，楚王司马玮这样行事，使得他们更感安全，不会轻举妄动。

正在这时，楚王府外人马喧腾，原来积弩将军李肇率一千禁卫军前来听从楚王调遣。

楚王司马玮发令，派公孙宏、岐盛、李肇等人，领兵去抓捕汝南王司马亮；派成都王司马颖等人，率部分北军兵士去抓捕太保卫瓘。至于楚王本人，他与兄弟长沙王司马乂、淮南王司马允一起，坐拥精兵近两万人，在楚王府内指挥全局。

让所有人都意想不到的是，逮捕汝南王司马亮和太保卫瓘的过程，比起当初诛杀杨骏，要简单容易得多。

楚王发兵之时，汝南王司马亮正在王府中读书。忽然，汝南王手下的领兵司马踉跄入报，说外面兵起，传说是有诏收逮汝南王。

领兵司马是个参加过灭吴之战的老将，他请求司马亮下令，派遣王府卫兵出府警备。

司马亮头摇个不停，他根本想不到会有人派兵来抓自己，疑为讹传，不肯照行。

不久，汝南王手下长史从府外跑进来，涕泣谏劝，说确实是楚王等人派兵前来抓捕。他跪求司马亮立刻下令府兵出门抵拒。

司马亮依旧不听。

汝南王世子司马矩得知消息后，立刻面见司马亮，苦劝说："父王，宫中敢于发布收逮您的诏书，必出于贾后奸谋！她与楚王串联，矫诏传旨，本意定是要害我们父子性命。我们王府之内，俊义如林，壮士数千，兵强马壮，尚可拼力一战。只要我们能够延缓时间，诸王、各营兵一定观望，到时候，我们冲出重围，直入皇宫，面见至尊，定可讨回公道！"

司马亮摇头："我乃宗室领袖，怎么可以轻率兴兵在京城内与营军拒战！不要惧怕，我们自可以不变应万变，看来人如何说……"

时间不等人。没过多久，汝南王的王府完全被禁卫军包围。

外兵登墙哗噪，高声叫喊道：

"奉皇帝诏旨，逮捕汝南王！汝南王僚属，概不连坐；若不奉诏，军法从事，罪及三族！"

汝南王府内的护兵和文吏，逐渐看清在墙上露头的兵士确实穿着禁卫军的服装，不少人心中骇惧。由于汝南王本人没下任何命令抵拒，府内之人更加心慌，不停有人投兵于地，开门往府外逃窜。

硬着头皮，汝南王司马亮亲自走到中庭的空地，仰头对着墙头的兵士高喊："我对朝廷忠心耿耿，何故得罪？"

公孙宏持剑站在墙头，高声回答："我等奉诏讨逆，不知有他。"

犹豫了一下，司马亮问："既有诏书，能否让我一观？如果诏旨无误，我立刻出门待罪……"

话音刚落，岐盛挥手示意。李肇手下兵士立刻连发劲弩。嗖嗖声中，司马亮身边的卫士和僚属有十多人中箭，倒地气绝，司马亮本人的右臂，也被一支弩箭射穿。

世子司马矩赶忙趴伏在父亲身上，替他挡下更多飞来的箭矢。

坐在血泊中，司马亮仰首长叹道："我乃宗室尊长，以我忠心，可披示天下！不知朝廷受何人蛊惑，派人来擒拿我……我奉诏就是，不必滥杀无辜……"

有过先前攻打杨骏府邸的经验，禁卫军很快就把汝南王王府的大门打开，众兵鱼贯而入。

在岐盛、公孙宏、李肇的指挥下，兵士把司马亮、司马矩以及他们身边的十多个僚属尽皆绑缚起来。

岐盛和李肇耳语了几句。李肇挥手，兵士行事粗暴，把跟在司马亮身边的文武僚属牵到墙角处，一刀一个，就地处决。刀下头落，非常利索。

汝南王一脸惶然。

仅仅过了半个时辰，司马亮似乎完全变了一个人。他形容枯槁，垂头丧气，脸庞瘦削，甚至比枯骨还枯。

近距离望着汝南王那张石崖般风化破碎的脸，岐盛不禁心中想，这个老贼，哪怕是昨天，他都可以让中书起草一纸诏令，对自己或贬或杀。如今呢，他已经完全失势。

看得出来，汝南王忍受着痛苦的愤怒，衰老的面孔显得生硬而疲劳。出于深深的恐惧，一种不自觉的、无意识的表情——走近死亡的艰难生存的表情，已经取代了这位老王爷往日威严、矜持的神采。从前容光焕发的脸庞，因为惶惑而变得近乎冷峻。他脸上完全失去弹性的血管，似乎忽然又让他老了十岁。

王爷暴露在风中的颈背和白发，在惨烈的春风中摇摇晃晃。

有杨骏的前鉴，汝南王似乎已经感觉到了生命的急剧流逝。他睁大眼睛，环顾四周，仿佛不得不下死劲拼命抓住时下的每一刻。几绺乱乱的白发垂在他的脸上，用它们白色的末梢，拂打着这位王爷脸部销蚀的骨突。

在艳阳的照射下，王爷的脸呆板、憔悴，发出一种铅灰色的光泽。但是，在他混浊不清的眼睛里，还残存有微弱的光芒，那是不现实的希冀，是临死的回光返照，根本无法抵拒地狱可怕的、充满预言性的黑色。

公孙宏派人把汝南王和他的世子绑在院庭正当中的画轮车的车轮上，然后，他与岐盛、李肇一起，冲入汝南王的内室，边搜杀漏网的僚属，边检索汝南王与外朝的往来书信和寄放在王府内等待处理的朝廷文书……

李肇事先得到过贾皇后的亲口交代，此人手黑，他入得内室后，不停挥刀，亲手杀掉了汝南王司马亮年纪从四岁到二十岁不等的七个儿子。

这些王子龙孙，无丝毫还手之力，眼睁睁看着屠刀落下，而后头落于地。

鲜血，溅满了李肇的两当铠甲。

可幸的是，司马亮最小的儿子司马兼酣睡中被几个婢仆窃负逃出，避匿在临海侯裴楷家，免遭屠害。

被缚于中庭的司马亮，还不清楚内室中发生的事情，犹自挥泪，与世子司马矩长吁短叹。

午后艳阳高照，春燥风紧，加上失血过多，汝南王嗓子干渴至极。于是，他哀求看守的兵士说："我对朝廷忠心不贰，这肯定是有人陷害我……能否给我一杯水喝？"

站在汝南王身边的，是一个五十多岁的老兵。面对这个德高望重的宗室王爷，他心生怜悯，就取出牛皮水壶，倒水给司马亮喝。同时，他还让旁边守卫的年轻兵士，找到一条布带缚住司马亮右臂上伤口，给他止血。

老兵心中，对汝南王有一种充满了怜悯加上恐惧的感情。他很想放了他，同时又想即刻杀了他，莽莽撞撞处于一种恍惚的状态。被绑缚在车轮上的、浑身血迹的这个老王爷，大名鼎鼎，既令人敬畏，又令人鄙视，他衣衫上面的绣龙，使得他本人变得更加神秘。

看到汝南王司马亮脸上因为之前摔倒而沾满了泥淬，老兵恭敬地俯下身，用袖子帮他擦拭。

此情此景，正被从内室中走出的岐盛、李肇看个正着。

于是，岐盛对着院中那群兵士高喊道："皇帝有令，能斩杀逆臣司马亮者，赏布千匹！"

听到这话，院庭里面的一百多个兵士瞬间都兴奋起来。停顿了片刻，他们个个争先，提刀持枪，向司马亮父子跑来。

本来拿着水壶刚给司马亮喂完水的老兵，听到李肇的呼喊后，看到身边的兵士满是油汗的脸越来越近，他自己也贪心顿起。

老兵迅速地扔掉手中的水壶，右手慌忙间从腰间抽出刀来，说："汝南王殿下，您还是借我人头一使，成全我半生富贵吧……"

说着话，老兵紧紧揪住司马亮的发髻，仅短暂犹豫了片刻，他便挥刀斩落了这位汝南王的人头。

老兵拎头在手，高举着报功。

鲜血顺着司马亮齐刷刷被斩断的脖腔，滴了老兵一身。

闻利动心的兵士见状，纷纷趋前，一齐下手，对着司马亮的还热乎乎的尸体忙活不停。

兵士呐喊声声，各自高举着血淋淋的尸块报功。

司马亮的世子司马矩，惊骇之余，也同时被杀。

公孙宏刚从汝南王内室中走出，见此惨状，内心有些恻恻。

"汝南王老贼，如今下场如此，再也杀吾辈不得！"岐盛拊掌大笑。虽然体短如侏儒，他笑起来的声音，非常洪亮。

李肇舒出一口长气："未曾想汝南王这么容易就解决掉了，先前杀杨骏，还费了好大的周折……不知道成都王那边，把卫太保怎么样了？"

第十三章　鹬蚌争

洛阳的营兵一千多人，在成都王司马颖率领下，前往卫瓘府中宣诏逮人。

围定太保府邸后，有个几年前曾经在卫瓘手下做过帐下都督的荣晦，特别卖力，他率领兵士砸门，大喊大叫，让卫瓘出门受诏。

作为从曹魏时代走过来的老人，卫瓘对于自己太保府门外的喧哗并不十分吃惊。数十年间，曹魏变成大晋，有那么多的贵臣、世家，朝为座上客，夕为刑场鬼。任你四世三公，任你有得城灭国之功，如果一朝走错，该被杀的依旧会被杀，九族不饶。但是，如果跟对了主人，即使有篡弑的大罪，最终反而会飞黄腾达。

"太保，事发仓促，很有可能是居心叵测之人矫诏逮捕您，千万不要轻易开门……您还是先上疏自辩无罪，看看朝廷如何处置，到时候，再出门自首不迟……"家将受惊不浅，脸色惊惶地劝说。

"成都王亲自来我府门，他手里，应该有朝廷诏旨。如果我不开府门，那就是抗旨不遵，罪加一等。开门接诏嘛，大不了免官去职而已，我这辈子，这种事情见得多了。"卫瓘胸有成竹。

他转身对身边跟从的张华、石崇说："二位大人，非常抱歉，请你们来议事，不料赶上如此变故，让你们受惊了。"

张华、石崇二人的神色，看上去都有些紧张。不过，性格爽朗的石崇还是忍不住苦笑，大声嚷嚷说："我这人也真是倒霉，每每遭逢大事。自武帝升遐，朝廷多事，京城多难啊，谁料到，这种事情，能轮到您卫太保……"

"朝廷宣诏逮捕我，其中定有道理，自然与二位大人无关。你们只是到我府中议事，来人谅他大胆，也肯定不敢奈何你们。好，老夫亲自送你们出去。"卫瓘竭力保持镇静。

石崇关切地说："太保，我和张大人，自然无事。不过，依我之见，来者不善，您最好不要轻易出门，还是先让太保府兵把守住府邸，我和张大人可以替您前往皇宫，问清缘由，到时候，您再开门受诏不迟。"

张华摇头，表示反对："诏旨已下，作为大臣，太保自然不能关门抵拒，如此，正好给人以日后加以'抗旨'之罪的借口……既然是成都王亲自前来，我和石大人不妨先出门，向成都王问个究竟再说。"

卫瓘沉思片刻，表示同意。

于是，数百名太保府兵，做如临大敌状，挺长槊锐尖朝外，慢慢打开了沉重的府门。

张华和石崇表明身份后，走出府门。他们与领头抓人的荣晦交涉，说要面见成都王。

荣晦长着一双阴森的小眼睛，脸大头小，满脸狰狞之色。他上下仔细打量张华、石崇好久，才躬身一礼，说："有诏收逮卫瓘……成都王坐在外街的车里，二位大人可以前往与他见面。"

张、石二人回头往门里面望，看到卫瓘依旧保持着高傲的神态，一身衣冠楚楚的朝服，挥手让他们离开，口中似乎还说了句什么，大概是"我这里不妨事"之类的客套话。

看到张华、石崇两个人消失在视野中，荣晦猛然高举起手中的青色诏书，厉声断喝：

"太保府从人听着，我等奉皇帝诏旨，前来收逮卫瓘，与他人无涉！敢有抵拒者，杀无赦！"

皇帝青诏的威力，非常巨大。一时间，未等太保府家将下令，太保府兵纷纷把手中的长槊扔到了地上，躬身候命。还有几个人精明，赶紧急匆匆地使尽全力，把太保府的府门大开，以便营兵能顺利进入。

卫瓘依旧保持着脸上高傲的笑容，站在原地。风吹袍服，他满怀蔑视地看着昔日在自己手下做过帐下都督的荣晦。当初卫瓘在司空任上，荣晦私盗府库，犯下重罪。念他从事多年，卫瓘只令人打他三百军棍，饶他一死，把他驱逐出门。谁料到，荣晦后来加入了营军为将，今日竟然有机会带兵收逮自己。

现如今，看荣晦鹰视狼步、誓不两立的样子，真是天留冤孽。

看着面前眼中冒火的荣晦，卫瓘脑子里涌出一股大大的不祥预感。

平视着卫瓘白首白须、平易近人的面孔，荣晦心中凛然。他知道，这位太保的慈眉善目和和蔼可亲，只是一种虚假的表象。三国末期，卫瓘在蜀地除钟会，诛邓艾，杀姜维，招招辣手，丝毫不留情。

在卫瓘帐下为都督效力多年，荣晦深知这个老臣的厉害。

"卫瓘，皇帝有诏，你还敢不跪下！"荣晦厉声道。

此时的卫瓘，也不敢怠慢，忙与陪同自己的长子卫恒跪地俯首，敬听荣晦宣诏。

望着脚下跪着的卫氏父子，荣晦一咬牙，忽然抽出腰刀，双手紧握，连挥两下，卫瓘、卫恒父子的人头，登时被砍落。

手快刀利，以至于卫氏父子忽然没了人头的身子，还在保持着原来的跪伏姿态。

鲜血狂喷，遍地朱红。

长长舒出一口气，荣晦得报宿仇。对着手下满脸诧异的兵士，他扬刀高叫："我等奉诏诛杀逆贼卫瓘满门，给我仔细搜查他反叛的证据！"

对于太保府的里里外外，荣晦熟门熟路。他率兵冲入，很快就搜得卫瓘另外两个儿子卫岳、卫裔以及当时在府内的卫瓘六个孙子。

一路拳打脚踢，荣晦把这些卫氏男性成员全部聚集到府门前横斜的卫瓘、卫恒的尸体旁，一并斩首。

卫氏男性，都是晋朝有名的美男子。饶是他们个个玉树临风，也禁不住刀砍斧剁。那六个粉雕玉琢的小孩子更是模样可爱得不行，个个让人怜惜。行刑的兵士，都叹息不止，不忍下手。最终，在荣晦的催促下，兵士不得不举刀，皆扭头下手，不忍正视。

"禀告荣都督，卫氏一家男口，只有卫瓘二孙卫璪、卫玠没有捕得，二人有病外出，到医家就诊，无从捕戮。"兵士回报荣晦。

想自己多年宿怨得了，卫璪、卫玠只是数岁小儿，荣晦挥挥手，满意地点点头。

只过了片刻，他忽然命令道："斩草必除根，来人，立刻锁卫家的仆人，让他们带领，前往医家，拿住卫璪、卫玠，就地诛戮！"

"住手！"

兵士刚要领令出发，忽然发现成都王司马颖以及张华、石崇，一起出现在太保府的府门前。

"荣晦，你怎么如此大胆，敢杀卫太保一家！"

看到卫瓘祖孙十口皆身首异处，血凝于地，厚可盈寸，石崇忍耐不住，首先开口，叱责荣晦。

张华脸色白如纸，他万万想不到，转瞬之间，堂堂大晋朝的太保，就已经阖家被诛。

成都王司马颖呢，只是一个非常年轻的王爷，先前从没见过如此人头滚滚的阵势。他看到太保府门内遍地血淋淋的人头和尸体，吓得心惊胆战，好久说不出一句话。

"……皇帝诏旨，只是说逮捕卫太保，让他束身待罪，没让你们杀人啊……"良久，成都王司马颖一脸惶然，无力地质问荣晦。

张华见过世面，倒是心中不惧武夫，他抖袖正色，上前责问："卫瓘即使有罪，应该收逮后先下廷尉，在狱中受审。如此宰辅重臣，你们怎么敢擅自杀害？"

即使有成都王这个宗室王爷在场，荣晦犹自一脸勃勃之色。

他并未马上回答成都王、张华的质问，而是抖甲挺刀，翻身上马，让兵士把卫瓘等十人的人头搜集起来放入一个袋子中，系于马后。

临行，荣晦放下一句话："回禀成都王殿下、二位大人，卫瓘叛逆，事体重大，我只听从楚王命令，现在，我回楚王府复命……"

也不多作解释，荣晦拍马而去。

楚王府。

晴朗的、早春的薄暮时分，楚王府的上空，一层薄薄的、如蛛网般的彩色艳云飘浮着，映衬着没有血色的太阳。碧蓝而洁净的万里晴空，使得王府花园的树林染上一片明亮的蓝色。北方的白杨树，碧绿喜人，它们高大的树干，闪着黯淡的光辉，像在对人昭示着那顽强的生命力。

目光锐利的喜鹊，三三两两，啼叫着，给充满血腥和阴谋的王府增添了一种奇异的气氛。

白昼将尽。天空中太阳的灿烂光辉越来越黯淡，幽幽闪着蓝光，无限肃穆。风吹过，不知道从什么地方飘来的几片落红和树叶，在青石板上洒下了一层瑰丽的颜色。

马蹄声声，滚滚烟尘。公孙宏、岐盛、李肇、荣晦等人，皆满身血渍，拎着盛装人头的袋子出现在司马玮面前。

汝南王司马亮、汝南王世子司马矩、太保卫瓘的三颗人头，被摆放在最前排。

楚王司马玮面色苍白，压抑住胸中的紧张，凑前细看。

汝南王和卫瓘两个白发苍苍的首级，紧闭双目，看上去和他们平时的样子区别不大；而汝南王世子司马矩平日神采飞扬的脸，如今看上去黄得可怕。其实，司马矩平素和楚王的关系还算不错，活着的时候，他那坚硬的下巴颏儿和炯炯逼人的目光，总让人感觉到这位汝南王世子是个性格坚强的好人。宗室中，司马矩属于那种不苟言笑的君子，朴实无华，冷静沉着。但每当他笑起来，鲜红的嘴唇会弯成弧形，眼睛也因为笑意而变得非常柔和，令人觉得很容易接近。

卫瓘子孙的数颗大小头颅，放在第二排，楚王不忍细观。特别是看到那六个粉孩儿眉目如画的脑袋，血泪模糊，小脖子白嫩稚弱，楚王心中不禁抽搐了一下。

让人感到更加厌恶的是，李肇手下的兵士，七手八脚，往前弄了一堆汝南王被砍得七零八落的尸块，堆在那些首级之后，目的在于报功领赏。

属于汝南王的那些尸块，有些还裹着王服的残布，散乱地堆放在楚王府庭前的青草中，闪着黯淡的光泽，发出阵阵腥甜的气息。其中有一块残尸特别大，往外露着肋骨的骨碴，应该是一刀很厉害的劈砍，把汝南王从肩膀到腰，斜着砍下一大块。此外，还有老王爷一只反扭着的胳膊，手指无力地伸出去，黄黄的手指触碰到湿湿的青苔。

凝视着这堆尸骨，楚王不禁悲从中来，不能自抑。人的生命，太过脆弱。人世梦幻，命运如大河奔流，往往奔腾泛滥，溢出河床，分成无数诡谲的支流。难以预料，突如其来的洪峰，会在何时何地泻向哪条支流。可能，今天的生活还像平静无波的潺潺溪水，明天却忽然变成浊浪滚滚的洪流……

看到诸将缴令后，楚王良久不言声，岐盛走近，悄悄低语道：

"司马亮、卫瓘虽诛，贾氏党羽未除，殿下，如今我们大可挥兵入宫，废掉贾后，把他们一并剪灭，如此，大可收朝权回归王室，安定天下。"

"杀杨骏，杀汝南王，杀卫瓘，这阵子，杀人太多了……这种事情，哪能一而再，再而三呢……"楚王像是在自言自语，又像是在回答岐盛。

"大丈夫做事，万万不可中止！事情已经做到这个地步，殿下，我们哪里有退步的可能呢……"

"毋多言，容我详细思之……公孙长史何在？待他回来，我再与他详议……"司马玮打断岐盛。

见楚王司马玮该断不断，岐盛心内忧急。不得已，他叹息而出。

第十四章　驺虞幡

　　洛阳皇宫的太极殿内，大乱成一团。

　　听说汝南王司马亮和太保卫瓘被杀，尚书省的官员们四下乱窜，禁卫军将士们议论纷纷，内外扰乱，人怀恂惧，不知所依。

　　内宫中，皇后贾南风听说司马亮、卫瓘被杀的消息后，心中忽然害怕起来。本来，她想通过汝南王、楚王等人之间的相互攻伐，坐观形势。然后，或者以仲裁者的身份高高在上，或者看一方被另一方干掉而坐收渔人之利。令她意想不到的是，汝南王一方坍塌轰然，楚王显然有迅速坐大、为所欲为的可能。

　　正在忧虑间，宦者张弘匆忙进入内殿，说太子少傅张华要求觐见。

　　贾南风心中大喜，马上召见张华。

　　"楚王司马玮傲狠无礼，乃武帝亲子，常有无君之心。他如今成功诛杀汝南王、卫太保，则天下威权，尽归于楚王一人，日后皇帝、皇后，何以自安！"

　　贾后心内惶恐，也不好明说是自己派人送诏书给楚王司马玮的事情，赶紧询问张华："楚王跋扈，我一向耳闻。杨骏之诛，楚王有功，然而观他今日之举，似乎又是一杨骏啊……"

　　想起在太保府门所看到卫瓘祖孙九人被杀的惨状，张华言语更加激动。"楚王，绝非杨骏可比！杨骏一外戚，究其实，本无篡夺帝位之心，不过跋扈营私耳……而楚王，如今以帝室至亲的身份，矫诏诛除汝南王、卫太保，倘若他再趁势兴兵犯阙，无人能够制止。加之他手下岐盛等人，贪图非分富贵，居心叵测，这些人，定会唆使楚王，生出不臣之心！"

　　贾南风听张华如此说，更加害怕。如果楚王趁势篡了帝位，自己千辛万苦得来的皇后位子，会一朝而失。

　　"……既然如此，皇宫内兵稀将寡，爱卿，你有何计可除楚王？"贾皇后的声音中几乎带有哭腔。

"只要皇后您和皇帝能定夺，楚王司马玮依旧容易得擒！"张华坚定地说。

贾南风一脸狐疑："楚王手中，有兵有将，洛阳三十六营营兵都在他掌握下，连李肇将军，也被我派出归他指挥……"

慌不择言，贾南风暴露了她有份参与诛杀汝南王和卫瓘的阴谋。

张华当下也顾不得这些，他斩钉截铁地说："只要陛下、皇后下定决心，楚王必然成擒！"

听张华如此说，贾南风心中更感泄气。她觉得，面前这个张华简直就是个书呆子——楚王能够反掌之间杀掉汝南王和卫瓘，怎么可能轻易被别人擒拿。

"……除了孟观手下千余弩兵，宫内并无多余兵将。如果爱卿你需要兵马，也只有这些了……可是，你把兵将带走，万一楚王率兵杀来，宫内无人抵挡啊。"贾南风十分为难。

"臣不需要一兵一卒！"张华说。

"那……爱卿你要什么？"

"驺虞幡！"

"驺虞幡？"贾南风一脸茫然。

见多识广的宦者张弘赶忙在一旁解释："皇后，驺虞幡乃皇帝权力的象征，在我们大晋朝，主要用来在紧急时刻传旨、解兵之用。常人见幡，如见皇帝！只要驺虞幡高悬，兵将们定会慑服而不敢动……"

路数精熟，张弘说着话，跑到殿壁的一个大箱子处。他弯腰撅腚，从里面翻找了一会儿，拿出一面狭长的类似旗帜的幡来。

张华一脸欣然，他指着那面长条的幡，对贾南风说："驺虞①，乃古代瑞兽，白虎黑纹，尾比躯长，不食生物。以此形象为幡旗，乃我大晋首创，从前各朝所无……"

贾南风满脸疑惑。她不相信，一面小小的旗幡，真能起到这么重大的作用。

病急乱投医，事已至此，她只有让张华拿驺虞幡去一试了……

---

① 又名驺吾、驺牙。驺虞的形象，大概就是今天的白虎，但它是一种身上画有斑驳黑色条纹的白虎。在古代传说中，驺虞被描绘成仁兽，非自死之兽不食。此外，另有一说，认为驺虞即今天的大熊猫，这属于无稽之谈。根据古代文献对它的记载，肯定不是大熊猫。

第十五章　楚　王

牛车的车厢轻轻摇晃着，在硬石板路上滚动着的车轮的铿锵声，提醒着楚王司马玮，如今他已经到达洛阳。

隔着帘幕，也能感觉到外面出奇地明亮。太阳的光影，照在车内的座席上，让人感觉有些燥热。楚王把全身伸展，躺了下来，脱掉了履袜，让自己两天没有换袜的脚能舒服一些。

他非常清醒地意识到，自己的生命，再也不怕受到威胁了——因为，死亡近在咫尺！

他就这样躺着，倾听着，觉得自己仿佛脱去了一层尘垢，进入了一种洁净的、一尘不染的新的生命中间。稍感可惜的是，他的右腿骨裂处钻心的疼痛，破坏了这种宁静的心境。

这种疼痛，有时轻一点，有时会忽然让人无法忍受，如同有明火在燎烧腿部一样。

楚王司马玮，如今的身份和他衣裳上的血痕一样鲜艳：俘囚！

那天夜晚，公孙宏回到王府后，力赞岐盛，鼓励楚王司马玮马上带兵，直接冲入皇宫，想先废掉幕后一直操纵皇帝的皇后贾南风。犹豫好久，他终于同意率三十六营牙门军出发。谁料到，浩浩荡荡的大军刚到铜驼街，恰好遇见太子少傅张华。当时，这位文臣骑着马，只身独骑。

看张华一个人，楚王就开口要和这位平常非常亲近的大臣打招呼。岂料，张华面对大军，愤声高呼道：

"楚王矫诏，擅自杀害汝南王、卫太保。诸军切勿跟从他造反，自取族诛！"

身处如此场面中，楚王禁不住笑了起来。太子少傅张华这种螳臂当车的举动，太让人忍俊不禁。

　　但是，接下来发生的事情，让这位尊贵的年轻王爷惊讶至极。

　　当张华举起手中的驺虞幡，仅仅晃摇了数下，惊人的一幕乍然出现——本来归于楚王统领的几万营军，个个瞠目结舌，片刻之间，他们如白日见鬼，炸营一般，瞬间四散奔走。

　　混乱中人逃马奔，楚王卫队以及岐盛、公孙宏等人，也立刻被星散的兵将冲得七零八落。

　　待楚王司马玮拉住马匹的缰绳站定，他发现，空空荡荡的铜驼街，只剩下自己一个人游魂一样留在原处。四顾周围，一个兵将都没有！就连方才扬幡的张华，也人影都不见。

　　楚王当时脑子轰然发热，乱成一锅粥。他从前没有统御过京兵，根本不知道驺虞幡的功用。所以，这位王爷完全搞不明白为什么数万牙门军会忽然四散。

　　好在他身下骏马似乎倒感觉到了某种巨大的危险，焦躁地不停以前蹄刨地。稍稍镇定之后，楚王脑子里面只剩下一个意念，越来越清晰：

　　跑！

　　于是，司马玮在街上纵马乱跑起来。奔驰之间，他听到周围街道、巷口处，纷纷传来马嘶声和禁卫军急促的口令声。

　　在匆忙的逃跑途中，他还瞥见许多宿卫军正排着小队，一条一条地占领街道，搜捕刚才还是他手下的京城牙门军。

　　天空，蓝得刺眼。楚王眯缝起眼睛，在太阳光的耀眼闪烁中拼命奔逃。

　　沿路，他不断听到一些牙门军被砍杀的呼号，宿卫军和牙门军交锋的骂声，以及战马临死的嘶鸣。他的鼻子还闻到了空气中飘来的阵阵呛鼻子的燃烧东西的气味。

　　司马玮脑子飞速地转，寻思躲避的地方。忽然，他想起几日前匈奴大都督刘渊派长子刘和给自己馈赠了大批礼物，并且忠心耿耿地表示说随时听命于自己。

　　思及此，楚王心中稍安。

　　他驻马喘息了片刻，仔细辨认了一下方位，策马扬鞭，准备投奔位于洛阳南郊的刘渊宅邸躲避。

　　"楚王殿下，救救我……"

　　一个声音在近处响起，那是一种地狱般压抑的、让人深感窒息的声音。

　　楚王定睛瞧看，发现一匹枣红色的大马跟随在自己的马后。马背上，岐盛歪斜地半伏半坐，死命地抱着马头，努力使他自己不被马甩落下来。

　　显然，岐盛已经受了重伤。他的背部，被人用长槊或者别的什么兵器捅了一下，脸上带着可怕的表情。让人惊骇的是，血红眼泪在他瘦削的小脸上滴溅，以至于他的脸颊上横竖都是红色的湿漉漉的东西。

由于剧痛，岐盛的脑袋缩进肩膀里，紫黑的、死人似的脸，龇牙咧嘴，他一直不停喊痛："啊呀——痛——痛——痛！……"

"你跟着我的马跑吧，我们如果能逃出京城就好……"楚王说。

待那匹枣红大马走得更近，与自己并排行进时，楚王忽然发现岐盛的左腿也断了，他的下裳满是发黑的血迹，有些已经干掉。他的眼睛黯淡无光地闪动着，嘴里像小孩似的不停地尖厉哭叫。他一边大张着嘴哭号，一边呼哧呼哧地喘气。

本来楚王想问岐盛公孙宏到哪里去了，看到如此惨状，就忍住没问。

楚王把枣红马的缰绳牵在自己的鞍后，奔行了大概只有二里，岐盛就扑通一声从马上摔到了地上。

楚王赶忙勒住缰绳，下马细看，确认这个谋士已经气绝……

深知耽误不得，他深吸一口气，飞身上马，独自纵辔狂奔。

当楚王纵马驰入刘渊深阔府邸的时候，刘渊的儿子刘和、刘聪正与东莱人王弥在前庭饮酒。

看到身为皇帝亲弟的楚王忽然现身，且浑身上下都是泥浆和血迹，三个人惊讶得几乎说不出话来。

"……我受皇帝诏旨，派人逮诛汝南王、卫瓘。功成之后，皇宫内有奸人生变，诬蔑我矫诏……我只好跑出来，你们，能否暂时收留我……"楚王上气不接下气。

他翻身下马，扑过去拿起一壶酒，猛灌了几口。

"殿下能光临贱舍，臣等不胜荣幸……"刘和这时候明白过来，赶忙和刘聪、王弥一起，向楚王下拜行礼。

"玄泰、玄明，请起，请起……"楚王亲手扶刘和、刘聪起身，他不认识王弥，故而没有和这个一身猎服打扮的晋人打招呼。

司马玮气喘吁吁地坐下，边大口饮酒，边断断续续地向刘和等人讲述方才发生的事情。

逐渐听明白了事由，刘和一脸难色。

作为匈奴刘渊留在京城的质子，他最怕和朝内争斗扯上干系。如果涉入权力纠缠，不仅自己性命难保，他远在离石左国城做匈奴大都督的父亲也有可能被收逮，进而，匈奴部族都会广受牵连。

但如今，楚王司马玮——大晋皇帝的亲弟、先帝武帝的爱子，落难狼狈，奔逃到自己的府邸求救，倘若不伸手施援，似乎又说不过去。

"殿下，你无须担忧，可以在我这里躲藏……不过，风声过后，您要到哪里去呢？宗室之中，何地何人能接纳您呢？"刘和小心翼翼地问。

楚王一脸怅然："朝廷奸人诬称我矫诏，罪过不小……我肯定不能回荆州的封地。唉，淮南王待我甚厚，不知道现在他处境如何，如果他在封地就好了，我可以去扬州投奔他……"

楚王司马玮当下显露出来的窘迫、无奈和仓皇，更让刘和忧心——如此稚嫩无识、胸无大计的王爷，犯了矫诏杀害宰辅的大罪，如今闯到自己的宅邸，真让人不知道怎样做决断。

抬头，刘和发现站在自己对面的弟弟刘聪和东莱人王弥正向自己使眼色。特别是站在楚王身后的王弥，用双手暗暗做了一个合掐的动作。显然，他们在唆使自己，把这位落难的楚王捆起来，交出去。

刘和低头踌躇，心内不忍。

刘和的弟弟刘聪有智略，特别具有匈奴人的隐忍，他忽然高声喊道："楚王殿下，你看，外面有人来拿你！"

司马玮大惊，不自觉地从坐榻上跳起身来。

未待司马玮站稳，刘聪猛踢他的右腿下端。咔嚓一声，楚王的腿骨登时裂开，一个趔趄，他歪身栽倒在地。

平时每见自己都长跪敬拜的匈奴子弟，现在如此对待自己，大出楚王司马玮的预料。此时，愤怒超过了惊恐，他倒在地上，低声吼道：

"尔等是何居心？尔等鼠辈，敢对本王如此无礼！"

刘聪这一举动，把刘和也吓了一大跳。他慌忙凑近，把楚王司马玮搀扶起来。

"楚王殿下，莫怪我等无礼，您如今处境，非死不可！如果是旁人，犯了国法，我们可以安排他到匈奴群落藏身……可您贵为亲王，杀害宰辅，我们确实不敢藏匿您。犯下如此大罪，朝廷定全力缉拿，即使您浑身是胆，也插翅难飞！"刘聪脸上挂着怪异的笑容，躬身对司马玮说。

然后，刘聪俯身，他从楚王腰间的剑鞘中抽出宝剑，非常惋惜地说道："我们兄弟在京城，本来就是大晋的质子。作为人质，我们哪里敢冒天下之大不韪，和朝廷对抗……千不该，万不该，殿下，您不该到我们这里躲藏。京城那么多司马宗王，您躲到哪里，都比躲到我们这里安全些……"

看到刘和依旧一脸的惊慌失措，王弥在旁边劝说："玄泰，你不要害怕，也不要不忍心。玄明做得对！楚王杀了卫瓘，朝廷尚可饶他；但他杀了汝南王，宗室杀宗室，必不可恕！"

　　说着话，王弥走到司马玮身边，非常放肆地说："楚王殿下，也怪您自己，真不该到他们匈奴刘家的宅邸。朝廷大臣中，比如江统等人，不少人正等着找碴挑他们这些匈奴人的错处，想把他们一网打尽。如果他们抓住玄泰、玄明隐藏您这个大把柄，肯定饶他们不得！其实啊，您当初就应该就近在京城里面跑到武帝一系您的哪个兄弟王爷的王府。念骨肉亲情，据我估计，他们中肯定有人可以隐藏您一阵子……呵呵，您不认识我是吧，我乃东莱王弥，一直在京都等地当游侠……"

　　落魄的凤凰不如鸡。看着狼狈不堪、腿骨折断的楚王，王弥以数落的口气教训着他。

　　刘聪仔细欣赏着手中刚刚从司马玮身上抽出的宝剑剑锋上面的暗纹，略带嘲讽地说："殿下，您手中有三十六营牙门军，该决断的时候不能决断，没有及时冲入宫内，可惜，可惜啊……如果您有大智略，我们兄弟可能会拼却家族性命，横下心豁出去，带领府内数百家丁跟随您谋逆造反！可惜，可惜，殿下您妇人之仁，志大才疏！"

　　刘和比较厚道，一直在旁边沉吟。

　　"兄长，切记今日，可把楚王当成失败的范例。做大事，切勿落于人后！"刘聪对刘和说。

　　刘和一脸悯恻，做了亏心事一般，依旧默不作声。

　　"本以为你们匈奴人能激以大义，暂时掩藏我，孰料，豺狼本性，卖友求荣！"司马玮脸色煞白，愤愤言道。

　　刘聪鹰目直视，不屑地一笑，说："楚王殿下，我们匈奴人，乃昔日天之骄子！自汉末丧乱，骨肉分离，使得汉人乘间迁徙我们部族，灭耗我们种落……如今，这么多年过去了，我们远离故土草原大漠，寄人篱下，形同晋人编户百氓……如果我们今天施小人，怀小惠，掩藏殿下，肯定被朝廷找到借口。到时候，不仅仅我们刘氏匈奴贵种会灰飞烟灭，恐怕并州的匈奴部落，也会被你们晋人全部灭掉！"

　　车子停下。掀起轿窗的帘布，司马玮伸出头，仔细看了看，发现这里正是洛阳七星桥南端的空地，也就是从前杨骏徒党被处决的临时刑场。

　　在大片的空地上，楚王看到了一长串无头的尸体。那些人散乱地躺在那里，有的肩挨着肩，姿势各异。其中一些头没被砍下的尸体，大概是搜捕中被杀死的兵士，死状都非常难看、可怕。不少衣着鲜亮、手持大槊的禁卫军，在尸体和人头堆旁边来回地走着，打量着那些死去的兵士。

大概怀有活人想要了解死人秘密的好奇心，禁卫军中不少人俯身，仔细地查看着死者的样子。从他们苍白的面色看，估计他们本人内心也充满战栗和恐惧。

在尸体附近，由于血液流出的关系，本来就潮湿的土地，被踏成了稠稠的紫红色泥浆。空旷地上，满是凌乱的脚印和马蹄印。

楚王被人扶着下了车。忽然，他看到自己的长史公孙宏跪在不远处的一棵树下，两个兵士正要对他予以斩决。

"楚王殿下，来世再见！"公孙宏笑了笑，仰头朝司马玮喊了一声。

未及楚王答言，公孙宏身后兵士挥刀，毫不犹豫地砍下了他的头颅。

草地有个小小的斜坡，公孙宏被砍落的头颅滚了几下，正好在楚王脚下停了下来。

楚王忍住腿部的剧痛，艰难地俯身，从地上拾起公孙宏带血的头颅。他一步一步挪动，把这位忠心耿耿的长史的人头，安放在他侧仰倒下的、兀自冒着热血气泡的脖腔上。

公孙宏的手没有被绳子绑缚，他仰面躺着，右臂伸到一旁去，左手紧抓地面，他的脸上，那浓密的黑胡子和两道忧郁的剑眉，使得脸色尤显苍白。他嘴唇微微张开，似乎正进行着那最后一次无声的呐喊。

在公孙宏尸体的旁边，斜七竖八散卧着几个牙门军的尸体。距离司马玮最近的一个人，头盔被劈开，脸朝下趴着，好像在亲吻土地一样。从侧面看过去，他发青的嘴唇紧紧闭着。在这个兵士身边，一具无头的尸体半跪着撅在那里，显然是被人斩首，脑袋距离他的身体有几丈远。他身上华丽的两当铠甲表明，他是个都督级别的官长。还有一个精壮兵士，天灵盖被刀砍掉，整齐地砍掉了。他空空的脑壳还往外面淅沥地流着艳红血水，狭窄而白亮的前额上，耷挂着一片残余的皮肤。估计这个牙门军生前特别能打斗，激怒了宿卫军的兵士，在他死前或者死后，被人用兵器泄愤——他尸体的前胸布满了窟窿，身上到处是刀砍斧剁的痕迹。就连他两条青筋暴起的腿，也被一刀切成两段。最让人深感痛心的，是一个年纪大概只有十六岁的少年牙门军，有着一张孩子气椭圆的脸，丰润的嘴唇，他喉咙部位有个很大的血窟窿，显然是被弩箭所射穿。他那双像女人一样漂亮的眼睛半睁着，诧异、茫然、黯淡，仰望着天空……

楚王司马玮叹息了一声。

几个兵士过来，按着他跪下。

阵阵微风，从树林和山冈涌流下来，似乎有一只巨大的、看不见的飞鸟，扇起翅膀，鼓动起春天的气息。遥看草色青青，细看则无，草地上散发出某种说不出的忧郁气味。

正阳下，人生在熠熠发光。

楚王眯缝起眼睛，遥望着高天中的太阳。阳光，春天的阳光，那么明亮、刺眼，使得他的睫毛下涌出冰冷的、晶莹的泪花。

"楚王司马玮，矫诏召军，擅杀汝南王、卫太保二公及亲属，又欲诛灭更多朝臣，谋图不轨，诚属罪大恶极，应速正大典，特遣潘岳监刑。"

大臣潘岳在几个兵士的护卫下，乘车而来，直到近前才下车。一个小宦者捧诏，站在楚王面前宣读。

在潘岳身后，还站着宦者张弘。

"安仁，不，潘大人，我是受诏行事，朝廷怎能诬我是擅杀？张弘，当初就是你拿来的诏书啊……我乃先帝爱子，一心安定社稷，手下人妄自滥杀，非我本意，万望潘大人替我向朝廷申奏！"

春天的景色，使得楚王司马玮萌生出对人生的无限留恋之情。他从怀中取出青纸诏书，递示潘岳，且语且泣。

潘岳低头，望着跪在地上一脸哀求之色的楚王，禁不住潸然泪下。

司马玮，这位武帝爱子，风华正茂，神情俊爽，望之让人怜惜不已。武帝时期，楚王曾经多次宴请潘岳等人于王府宴饮，诗词唱酬，平易近人。

本来想宽慰几句，想想自己身后站着贾皇后身边的红人张弘，潘岳欲言又止。

岂料，张弘也垂泪，他低声对司马玮说："楚王殿下，朝廷之意，就是皇后之意，潘大人也无奈，他受命监斩而已，保你不得！在下昨日前去王府传旨，也是身不由己，受命行事，还望楚王殿下谅解……"

见张弘如此说，司马玮收泪。良久，他定了定神，问："谋逆的罪过，我一人承担就罢了，奈何诛杀这么多无辜的人？……我手下谋士，公孙宏、岐盛，都死了，不知朝廷是否能赦免他们的家人？"

潘岳亲手斟满一杯酒，端到司马玮唇前，无奈地说："殿下，谋逆的大罪，朝廷向来未加赦免……公孙宏、岐盛二人，皆被廷尉判决为'诛三族'，朝廷已经宣诏，通过驿递发出，估计不久，他们在京城之外的家人都会受到牵连……"

潘岳斟词酌句，用"牵连"二字替代了"斩决"。

"楚王一路走好……"张弘流泪与司马玮泣诀。想想昔日这位楚王待自己不薄，宦者良心突发，心内大有不忍之意。

跪在那里，楚王司马玮忽然全身哆嗦起来。因为腿部的骨裂，他忽然感到恶心想吐。同时，那尖利的骨碴，扎得他呻吟起来。巨大的痛楚，使他那张俊美的脸有些变形。

他用劲抬起一只手，摸索着满是泥浆和血水的伤腿，感觉伤处如同正被烧红的木炭灼烫着。他的牙齿咬得咯吱咯吱响，忍受着痛苦，抬头仰望人生最后的天空。

不知道为什么，楚王在这样的时刻，并没有过于想念自己的王妃和孩子。鬼使神差般，被贾皇后残忍杀掉的那个宫女倩美绝伦的脸，却清晰地浮现在楚王脑海中。他怀着一种刀割似的剧痛，想起了她。

记忆，如此清晰地展现出那个无辜的姑娘那张被时间模糊了的、陌生而又纯净的脸。司马玮的心，突然跳得非常厉害，他力图在自己临死的眼前再现那张美丽绝伦的面孔，两只含着火焰般的黑眼睛，红艳的嘴唇，白皙如玉的脖子上垂着的几缕青丝，女儿家略带挑衅的、惊奇的表情……

"楚王殿下，就此别过……"潘岳向司马玮一揖，哀伤地转身离去。

刑场的空地上，有几棵刚刚长出翠嫩树叶的大树，叶子在忧郁地簌簌响着。绿色枝干的轮廓，那样清晰，如同画在湛蓝色的天幕上，阳光斑驳，在树枝和树叶间跳跃、闪烁。

司马玮睁大眼睛，一眨也不眨地仰望着人生最后的景色。如此美丽的人生，就要完结，他感到一种不可抗拒的恐怖袭上心头。

有一瞬间，他隐隐约约闻到了某种与血腥气味完全不同的馨香，那是一种淡淡的醉人香气，是某种春天的野花香气，那样陌生，那样撩人……

充当刽子手的兵士，大喝一声，举起了手中闪闪发亮的大刀……

第十六章　毒　怨

出乎皇后贾南风的意料，位于洛阳城西北角的金墉城，外表看上去非常高大坚固，甚至可以说是富丽堂皇，几乎没有任何普通监狱那种挤仄逼压的感觉。

走进去，可以发现，金墉城所用的砖石、木料，与宫内的建筑几乎一样，只是门窗狭小许多。特别是囚所的窗户，仅仅是一个约三尺见方的四方洞口，裱糊纸张，紫黑颜色，看上去很森然。

金墉城，魏文帝时期建造，当时和日后，专门用来关押皇族犯人。两面高墙，依凭洛阳城兜拐处坚厚的城墙，然后再用条石、重砖层层砌垒，最终建成了这个让所有洛阳人都深感神秘的皇家监狱。

春天，阳光特别明亮，照在身上暖暖的。打开紧靠城墙处的一个囚室的沉重木门，贾南风马上感觉到一股阴森的凉气扑面而来。

在这个囚室里面，囚禁着贾南风的婆婆杨太后——武帝皇后杨芷。

距离大门不远处的地上，仰面躺着一个身穿紫色深衣的女人。她瘦如枯柴，奄奄一息，一只脚光着，另外一只脚蜷缩弯曲。截短的乱发，覆盖在她凹陷下去的脸上。如果不是胸部稍有起伏，她几乎就是一具横陈在地上的死尸。

如此悲惨女囚，正是已经被饿了八天的杨芷杨太后。

杨骏当初被族诛，晋廷应大臣所请，鉴于杨芷太后的名分，只是把她幽禁于永宁宫，并以皇帝名义下诏，表示要全护杨太后生母庞氏的性命，把她与杨太后一同囚禁。

出于炽烈的报复心，贾南风唆使大臣不停上奏杨太后之罪。最后，有司推议论定：

"皇太后阴渐奸谋，图危社稷。乱起之时，皇太后飞箭系书，奖募将士，与杨骏父女同恶相济，自绝于天。依照大晋律法，特废皇太后为'峻阳庶人'。"

诏旨下达后，大臣当中，唯独张华力奏求情。他认为，杨太后并非得罪于先帝，只是对当今皇帝没有恪尽母职。为此，可以依照汉朝废赵太后为"孝成后"旧例，贬去杨太后"皇太后"位号，改称"武皇后"，让她迁出太后宫。这样做，可以保全当今皇帝对这位皇太后的"始终之恩"。

贾南风不许。出于旧怨，她非要置杨太后于死地不可。

廷议之后，晋廷发旨：

"皇太后谋危社稷，不可复配先帝。贬去皇太后尊号，废囚金墉城。"

诏下，杨太后被废为庶人，她身边的侍御皆被剥夺，以囚犯身份被押入金墉城。

至此，贾南风仍然不解恨，安排党羽大臣继续上奏，指称杨骏之罪属于谋逆大罪，不能饶恕家属。既然杨太后本人已经被废为庶人，其母庞氏，理应付与廷尉执行斩首。

诏旨很快发出。杨太后的母亲庞氏身颤步摇，被廷尉派出的官吏从金墉城囚所中牵出行刑。当时情形，非常惨烈——杨太后跪地，自己用剪刀剪短头发，口称有罪，上表给贾南风，自称"臣妾"，哀求自己名义上的儿媳贾皇后能下旨保全母亲庞氏的性命。

廷尉吏早已从贾南风处得旨，坚执不从。几个壮汉，凶神恶煞般，当着杨太后的面，对她母亲庞氏予以斩首之刑。

彼时彼刻，贾南风就站在金墉城高处的城墙上。当时，她让宦者高举步辇，以便于自己能无遮拦地遥望行刑场面。看到昔日尊贵无比的太后杨芷泪流满面，跪地向刑吏叩首，贾南风胸中升起无限的快意。

大刀落下，鲜血飞溅。看到杨芷抱持其母无头尸体哀呼号叫的惨状，贾南风忍不住笑出声来……

如今，洛阳大定，汝南王司马亮、太保卫瓘、楚王司马玮相继被设计除掉，囚在金墉城的杨太后，显然也是一块必须除掉的心腹之患。

一脸胭脂红覆盖着雀斑，贾南风神情轻松。她用绸帕捂住鼻子，厌恶地仔细审视躺在地上处于弥留状态的杨芷杨太后。

这位昔日让武帝那样神魂颠倒的美人，贾皇后名义上的婆母，其实比贾南风只大七岁。杨芷母仪天下多年，如今落到如此凄凉的地步，就连贾南风身后的宦者和宫女都纷纷掩面，不忍细看。

即使濒临死亡，杨太后脸上依稀还能看出昔日让人惊艳的美貌。世家大族遗传的高贵与美丽，如同藏匿在种子内核的某些神秘部分，很难被岁月、死亡所摧毁。

即使杨芷的脸完全塌陷下去，她那笔挺的、完美的鼻子，依旧高傲地耸立着。

生命确实脆弱。八天没能进食，杨芷的身体衰弱至极，只残存了一丝的气息。微微地，她晃着脑袋，本来紧闭着的嘴唇翕动了一下，似乎感觉到了一些什么。她轻轻摇动了一下肩膀，皱眉蹙额，噘起嘴巴……

贾南风笑了。昔日的怨毒，完全变成了如今居高临下的幸灾乐祸。

"不知道杨太后还认不认得我？"她微笑着问身边的宦者张弘。

"她都饿成这个样子了，哪里能认得皇后您啊……嘿嘿，认出来您也没什么意思，我估计，她现在不能给您带来什么出人意料的乐趣了。"张弘赔着小心，说。

躺在地上的杨太后似乎有了一些意识，她扭动了一下身体，胸脯明显地起伏起来。忽然，她张开了眼睛。

杨芷这双眼睛，张开之时，让在场所有的人都感到诧异——一个垂死之人，那双眼睛竟然美丽不减当年！

让贾南风感到恼怒的是，杨太后睁开眼，看到自己后并没有马上收回目光。她直瞪瞪地看着自己，眼光定定的。

这种无所畏惧的直视，贾南风认定是对自己无礼的冒犯。她顿然大怒，心烦意乱起来，刚才心中洋溢着的那种充满嘲弄的欢乐，褪色了许多。

贾南风压下心中怒火，暗中想找出一些挖苦的话语来刺激杨太后。让她深感愤怨的是，杨太后依然那么美。特别是她的眼睛，还能让人从中看到一丝亮光，似乎显出某种对别人的怜恤的意味。这个一度母仪天下的太后，在如今角色颠倒的时刻，反而变得神秘莫测起来，她一点不像贾南风想象中那么软弱。

当然，她肯定抵御不住死亡的袭击，但她骨子里面的高贵，看上去并没有被彻底击垮。

已经处于全瘫痪状态的杨芷，她的灵魂，应该有一半都深入到墓穴的深处了。她的肉身，也肯定再不能从坟墓半开半合的缝隙中走出来。

贾南风满怀恶意地想，如今的杨芷，应该低垂着脑袋，佝偻着身子，颤抖着嘴唇。如果有一些气力，杨芷应该跪起身来向自己求饶才对。

贾南风非常想看到的场景，应该是这样的：杨芷的双手痉挛，她的脸在发灰的头发底下僵硬着，眼皮应该如同每个快死的人那样胶合在一起，她的嘴皮不住地哆哆嗦嗦，即使临死，也要喃喃地哀求祈祷……但是，杨太后的脸，依旧能让人认出，依旧残存昔日的美貌，甚至五官都始终端正得无懈可击。

惨白的脸色，使得杨芷脸部轮廓近乎怪诞地明晰。

被禁闭在囚室中已经饿了八天，杨太后脸上那濒死的、昏昏欲睡的倦容，依旧不能掩盖她母仪天下的庄重风采。

惊讶之余，贾南风感觉到面前所见的这种情况叫她难以容忍。她非常想跳近前去，亲手用小刀割断躺在地上完全没有抵抗能力的杨太后的喉咙，如同在自己宫内宰割锦鸡那样……

恨恨之余，贾南风撩起裙裾，抬起脚，使劲踩踩杨太后的脸。

杨太后的眼睛依旧张开，微微呻吟了几声。她太过虚弱，连躲避的动作都做不出来。

贾南风狠命地踩，踩，踩……她要踩烂杨太后的娟娟风致，踩烂她那惹得武皇帝神魂颠倒的嫣然一笑，踩烂她的花容月貌，踩烂她动人的酒窝，踩烂她曾经艳如桃花的双颊。

杨太后身体抽搐着，濒死的眼神逐渐变得迷惘。渐渐地，她眼睛里面的活人气息夕阳般离去，生命迅速消殒。奇怪的是，在她闭合眼睛的那一刻，脸上竟然现出了浅浅一笑。

贾南风更加气急败坏。她原地转了几圈，忽然看到一直跪在墙角处的两个狱吏，命令他们说："过来，给我掐死她，掐死这个贱货！"

"……小人不敢，小人不敢……"身材比较瘦小的狱吏往后退缩，声音中带着哭腔。

"不做？我诛你三族！"贾南风说着话，径直走到那个狱吏面前，用脚猛踹，把那个狱吏蹬翻在地。

跪在旁边那个身材比较肥壮的狱吏连连叩首，说："禀报皇后，臣之犬子年纪轻，待微臣来行事……"

待贾南风仔细观瞧这两个狱吏的面相，发现他们皆大鼻细目，扇耳乌唇，原来，这狱吏二人是父子。

壮年狱吏连滚带爬，膝行而进。他跪在杨芷近前，挺起身，扑上去，死命掐住了这位本来正在咽气的太后的脖子。

狱吏气喘吁吁，紧张加上恐惧，使得他的两只大手一直紧紧掐住杨太后的脖子不放……

囚室内静得可怕，人的颈骨断裂的声音，传入每个人的耳膜。

贾南风身后的十余名宦者和随侍的宫女，都不由自主地跪倒在地，屏住呼吸，不敢观看杨太后被掐死的场景。

杨芷的脸，终于变丑了。她紧闭的双眼渗出鲜血，在她惨白的脸上形成了一道道的痕印；她的舌头吐出来，紫色的，耷拉在嘴唇旁边；当狱吏松开手后，杨芷的一只眼睛微微张开，眼珠看上去模糊不清，如同刷了一层有色雾障；她久遭饥饿的身子显得更加瘦弱，皮肤异常苍白，仿佛体内注射了某种可怕的白色腐蚀液体，让皮肤顿然失去了一切光泽……

杨芷昔日的天姿国色，如今荡然无存。她的脸上，明白无误地挂着死亡的阴影。

失去生命后的那种特有的僵硬感，在她那羸弱得可怕的面孔上凝结。

贾南风满意地点点头。

不知为什么，当她凝望杨太后那神色凄怆的悲惨面容时，心中涌起乱七八糟的记忆。她忽然想到，这位被掐死的太后，按照血缘关系，其实还算自己皇帝丈夫的姨母……

阳光，从门外照射进来。死人的面孔，看上去显得那样变幻不定。岁月侵蚀，根本比不上突如其来的暴横死亡。杨太后已经没有任何生气的脸上，呈现出一种接近锈蚀的痕迹。

仔细观看，杨芷脸上被贾南风踩破的皮肤已经渗出血来，呈一小块一小块的玫瑰色，很像破碎的贝壳。而一个难以说清楚的小肿块，在死去太后的左眼下面突出来，看上去丑陋至极。

曾经妩媚迷人、亭亭玉立的姣好美人，瞬间被死亡淹没在时间的波涛下面。这种生与死的变化，是那么彻头彻尾，那么残酷无情。如果把这具尸体扔到洛阳的街上，或许没有人能认出她曾经是国色天香的皇后。

尸体的面容泛黄，褐色的斑点逐渐爬上杨芷的脸颊。

一股强烈的尿臊味弥漫在空气中。跪在墙角边的年轻狱吏，惊吓过度——尿了。

贾南风忽然狂笑起来。笑着笑着，她忽然哭了……

没人能知道她为什么哭，也没人能揣测她当时内心所思。

"为防止杨太后死后怨灵不灭，在地下向先帝诉冤，你们埋葬她的时候，把她翻转过来，脸朝下，尸体上覆盖符书、药物、铜镜……"

临行，贾南风对匍匐在地、浑身哆嗦的狱吏父子嘱咐道。

第十七章　后宫天下

"宗室之中，年老望尊的，汝南王司马亮被杀；年轻的、最让人放心不下的楚王司马玮，也已经被干掉……爱卿，你觉得，对我们来说，还有谁是较大威胁呢？"

行走在姹紫嫣红的御花园，贾南风心情特别好，边观赏风景，边向宦者张弘询问。

张弘垂手，仔细想了半天，回答说：

"从武帝一系上讲，有长沙王司马乂，成都王司马颖，淮南王司马允，这三个王爷，最为有名……长沙王司马乂，乃武帝第六子，是楚王司马玮同母兄弟。皇后您也见过他，此人身长七尺五寸，开朗果断，才力绝人，且虚心下士，在诸王中甚有名誉。不过，楚王司马玮被杀后，作为同母兄弟受牵连，他被贬为常山王，被逐出了京城。不过，我们已经派人时刻监视他，威胁应该不大。成都王司马颖，武帝第十六子，是封邑十万户的名王。杨骏之诛，他参与有功，得加散骑常侍、车骑将军的荣衔。其后楚王司马玮造乱，他并无参与，抓不住他什么把柄。此人年纪尚轻，行事谨慎，如今又身在京城，对他予以防备即可，用不着担心他造反。淮南王司马允，武帝第五子，性刚果锐，沉毅大度。杨骏诛后，他就返回封地扬州，置身事外，并无参与楚王司马玮之乱，在宗室中甚有声誉。倘无罪端，对他不可轻易动手……其余武帝诸子，年纪尚轻，与皇帝、皇后素无芥蒂，应该没有任何威胁。"

贾南风点点头："嗯，只要武帝一系这几个王爷不轻举妄动，我们也不能行事太过……宗室其余诸王之中，让人不放心的，可能就数齐王司马冏了，他，是不是我们的心腹之患呢？"

张弘摇头："老齐王司马攸年少时曾经与武帝争嫡，在当时确实是武帝承继王统的最大威胁。日后，武帝本人开基立国，建立大晋，帝系已经确立。所幸的是，现在的小齐王司马冏，应该不会有什么太大野心。自然。这个人一向仁惠好施，收买人心，很有其父之风采。不过，武帝儿子众多，皇帝位子，轮到谁，也轮不到他齐王。他即使有野心，也只会迅速为自己招致祸端而已。杨骏之诛，这位齐王也出过力……此外，他与皇后您，毕竟有亲戚关系，应该不会起意来觊觎帝座。如果您对齐王不放心，大可免去他左军将军、翊军校尉的职务，夺其领兵之权，只给他留个散骑常侍荣衔。"

贾南风点头，表示赞同。攀枝折柳之际，她又问张弘："汝南王司马亮死后，皇帝叔祖辈的名王，还有宣帝第九子、赵王司马伦。这个人，常常供奉奇珍异宝予我，不知道他到底如何？"

张弘一脸不屑："赵王司马伦贪渎成性，识见鄙下。他在武帝时代，就常常触犯法律被大臣弹劾。他如果不仗恃帝戚的身份，可能当时早就被武帝手下执法大臣杀了……武帝咸宁年间（公元275—280年），论以尊亲，司马伦被任命为平北将军，监督邺城守事。皇帝继位后，大臣廷议，荣显宗室诸王，他得迁征西将军、开府仪同三司，坐镇关中要地。但赵王这个人，实在不争气，他在关中地区横征暴敛，刑赏不公，致使氐、羌诸族反叛，招致极大的乱端，最后被征还京师赋闲。不过，这个赵王司马伦，对皇后、皇帝，还算得上'忠心'，常常奏表输诚。论辈分，他乃当今皇帝叔祖辈，所以，即使他造成关中戎狄逆乱，朝廷不仅没有怪罪他，还赐他太子太傅荣衔……据我所知，赵王司马伦得陇望蜀，最近一直想得到尚书令之要职，频频上表。不过，他的请求，皆被张华大人、裴頠大人驳回……"

"朝廷之事，许多还要依赖张华、裴頠这些武帝时期就有高名的臣子，即使是爱卿你，也切勿当众与他们争执。"贾南风听张弘言至此处，言语谆谆，"……至于赵王司马伦索官邀爵，嗯，不管他，任得这些宗室王爷与大臣相争，我们大可旁观留意，以示公允，万万不可轻易参与其中。"

"皇后英明！"张弘一脸谄媚。

"……不过呢，据奴才所见，司马宗室中，有两个人，皇后一定要留心。"张弘又说。

贾南风眉毛一挑，眼露凶光，忙问："哪两个？"

"一个是河间王，一个是东海王。"

贾南风有些惘惑："这两个人，我听说过，不是帝室直系，我一直对他们不是太在意……"

"河间王司马颙，安平王司马孚之孙，太原王司马瑰之子。起初，他袭封父爵为太原王，咸宁三年，改封河间王。司马颙此人，少有清名，轻财爱士。当初他从封地与诸王来朝洛阳之时，武帝特意召他入内苑，赏宴长谈，对他叹赏有加。转日上朝，当着众臣，武帝高声赞赏司马颙文武全才，可为诸王宗室仪表。本来他的官衔是北中郎将，率军帮助成都王司马颖监守邺城。赵王司马伦自关中被召回京师后，朝廷就派司马颙镇守关中。皇后，您肯定知道，根据大晋祖制，非至亲亲王，根本不能督守关中。依据血缘讲，诸王之中，河间王司马颙本为疏宗，轮不到他坐镇关中。正是靠武帝时代赢得的贤名，司马颙才被大臣们廷议推举镇守关中要地……"

"嗯，司马颙倒是个领兵镇守的人才。远在关中，他很少参与京城事务。听说，他为人行事还算持平公允，也非杨骏、楚王党羽，如能为我们所用，还是稳住他为好……爱卿，你说的那个东海王，是不是那个在皇帝当太子时曾在东宫侍讲过一段时间的司马越呢？"

"启禀皇后，正是此人。司马越乃高密王司马泰之子。此人少有令名，为人谦虚。武帝拜他为骑都尉，曾经委派他在东宫侍讲。后来，他参与诛讨杨骏有功，得封五千户侯，并被朝廷加封东海王。……"

听张弘如数家珍，娓娓道来，贾南风很感欣慰。外间一切大小事务，有张弘这么一个内臣明系于心，了如指掌，自可帮助自己在宫内帷幄运筹，统帅天下。

"……爱卿，如此说，既然这司马越曾经积极参与诛除杨骏，他应该算是我们的人啊……"贾南风对方才张弘的话忽然有些不解。

"杨骏排挤宗室，司马诸王自然对他恨之入骨……至于司马越这个人，奴才觉得，此人心思深沉，为人行事，浑圆老成，恐怕不是什么善类……"

"爱卿有什么证据证明司马越对皇帝和我不忠心吗？"

"那倒没有……暂时没有。奴才只是凭感觉而已……诸王之中，奴才和许多人都打过交道，但司马越此人，待人不卑不亢，做事不偏不倚，处处周旋得当，老于城府。杨骏之诛，楚王之乱，他都是事情粗定后才表明态度，为自己留足余地，这样的人，总让人感到不放心……"

"爱卿努力！只要你觉得哪个人可能会成为威胁，自可报我，待我细细考虑处置。无论是司马宗王还是贵戚勋臣，该除就除……防患于未然嘛……"贾南风鼓励着张弘。

对她来说，张弘这样的奴才才最值得信赖，最可靠。

张弘跪地叩首，口中喃喃"深谢皇后信任"。对他来说，面前这个步履沉沓、身材臃肿、心地阴险的妇人，不仅仅是同谋，而且与自己一损俱损、一荣俱荣。忍耐了那么久，在东宫内蛰伏已久的奴才生活，终于随着太子为帝、杨骏与楚王等人的被诛而改变。如今，皇后及其家族成为洛阳乃至天下的主宰，自己一个奴才的荣华富贵，终于成为活生生的现实。

有时候，就连张弘本人，也难以把从前的自己和今天的自己联想到一起。难以想象，如果不是自己从前在东宫替痴呆太子起草过那些至关重要的奏疏判文，今天是否能受到皇后如此宠信呢？人生就像一场梦，奴才，贵臣，不同的身份、形象，会如此神奇地接二连三轮番出现。真让人难以相信，这一个张弘，竟曾经是那一个张弘……全亏上天灵巧的操作和自己关键时刻的当机立断，那一个，终于变成了这一个！

同一具躯体，同一个肉身，因为命运的不同而不同！

贾皇后，这个外表粗劣的女人，内里有着一颗狠毒的心。但是，只要能望着她日益宽大的、长着点点红斑的脸颊，匍匐在她那便便大腹下热烘烘腥臊的毛丛中，宦者张弘还是感到一种从别处得不到的安全感。

在这个毁灭和破坏的时代，谁最卑鄙、最残忍，谁才有可能生存得最长久。哪怕有一丝犹疑和柔仁，最后的结局，肯定是和那些三宗五族一样，变成胡乱倒伏在刑场上的鲜血淋漓的肉体……

对普通人来说，当生活满足了他们压抑已久的欲望之后，往往会消融他们昔日的自负或者阴毒，人性会日益舒松、亲切。但是，皇宫内院的这些宦者，即使躯体上衰老到来，也丝毫不能让他们在性格、心灵方面发生任何与从前迥异的变化。如同湿润台阶暗处的苔藓一样，季节会改变它们的颜色，但改变不了它们的本质。

嗜血、残忍、多疑，是宫内参与机要的宦者们共同的性格。

宦者，本质上是一种寄生宫廷的动物。主子荣显，他们就荣显；主子一朝失势垮台，他们肯定身败名裂。所以，往往宦者们对于时世的思虑，远比主子们更长远，更悉心。

"皇后，如今杨骏已诛，汝南王、楚王又除，京城之内，无人敢掣肘，您自可肆意行乐，安享荣华……但据奴才观察，皇后您时露忧色，想必还有心事……"张弘小心翼翼地说。

贾南风站住脚步，长长叹出一口气："亏得爱卿你察言观色，甚得我心……如你所知，我与皇帝，只生过一女，并无子嗣。如今的太子司马遹，乃谢氏所生，非我骨肉。从长计议，这太子乃我的一大心病啊。"

"即使太子日后继位，你尊为皇太后，想必安享尊荣……"张弘如此安慰道，可话语刚一出口，他就意识到自己说错了——不久前被饿死的皇太后杨芷，也尊为太后，由于皇帝不是亲子，还不是照样被贾南风虐待致死。"……皇后您春秋正盛，来日方长，日后肯定能生出男嗣。到时候，以嫡继统，您和皇帝的儿子定会被推立为太子……"

贾南风闻此言，脸上更添忧愁。"皇帝呆痴日甚，如今不能行房，我哪里还能和他生出男嗣啊……我为此日益忧心，太子司马遹自幼聪明，倘若日后得立为帝，福祸难测啊……"

一脸忧色的贾南风对张弘来说，看上去又生疏又熟识。之所以生疏，是因为骄横跋扈的她很少对外显示出如此担忧之色；之所以熟识，是因为对这位阴毒的皇后来说，任何阻碍她肆意行事的东西，她都会处心积虑地加以清除。

张弘迟疑片刻，左右探视一番后，确信没有旁人，低声说：

"恕奴才死罪……皇后您大可恣意行乐，只要您能怀孕有娠，京城之中，普天之下，谁敢说您所生之子不是皇帝之子！"

闻此言，贾南风眼睛一亮，面色变得特别和悦可亲。

这么简单的道理，忽然被一个宦者说出来，确实使得贾南风惊奇不已。她意识到，诛除楚王之后，她已经浪费了那么长一段时间，为了那么多根本不需担心的事情忧虑。如今，美妙的、恣肆任意的生活，将会开始。那样鲜活的未来，被这个宦者说出来了，被自己分泌出来了……这，就是为所欲为的生活！

贾南风感到地面强力地支撑着她，忽然意识到从现在起，每时每刻她都会栖息在帝国令人头晕目眩的顶端，再无困乏和恐惧！一种类似天旋地转的陶醉感觉，使得这个丑陋的妇人高兴得禁不住笑出声来。

天界那美好的铃声，那么遥远地响了起来。她闭上眼睛，似乎自己飞升起来，谛听这天籁般的铃声。她似乎预见到，无休无止的那么多年年岁岁，那么多恣意纵情的欢乐，瞬时之间，皆潮水般涌来……

"如今皇后您生杀赏罚大权在手，一切均可从容计议……"虽然皇后大悦，张弘依然赔着小心，进一步阐述他的建议，"太子司马遹，轻佻好动，随情任性，日后定会令宗室、大臣们失望。到时候，换易太子，还不是皇后您一封诏书的事情……"

看到贾南风越来越高兴，张弘依旧克制着自己，以免露出特别得意的颜色。

关键时刻，这个宦者恨不得有时间为自己的同一张脸准备成百上千个适合它戴的面具。随主人的欢乐而欢乐，随主人的忧伤而忧伤，并不是一件很容易的事情。

皇后贾南风这样的女人，心机深险，性情毒辣，怨恨易升，探知她的内心，对像张弘这样的宦者来说，太重要太重要了。哪怕是做错一件事，说错一句话，或者轻微的不慎，都会引发置人死地的轩然大波。

可是，依据自己这双老练的、善于观察的眼睛，张弘坚信，他能从皇后这副面容上，看到她内心所想的许多东西，能揣测她细微的感觉，能发现十多年来掩盖着她年龄变化的希望、恐惧、习惯……

皇后身上，具有那种遗传的傲慢和阴险，每当她利用某个凶恶的眼神或某种激烈的声调表达自己的想法之后，注视她的人一定会联想到她的家系。

贾氏家族，众所周知，缺乏道德感，缺乏人情味，缺乏忠心，缺乏宽大胸怀。特有的阴鸷，总会从贾南风滴溜的眼珠中闪现，旁人从中感受不到任何谦恭和温柔。特别是她肉欲十足的嘴唇，洋溢着感官享乐的滋味。但不容否认的是，这个丑陋黑肥的女人身上具有一种威望，一种让人心悸的东西。

每当谋及杀人或者是颠覆，她黑红的面色总会显现出一种鲜艳的桃红色。这朵黑桃花，在她本来就红润的双颊上盛开，犹如把某种肉红色的颜料放进了冻肉中一样。

每当张弘看到皇后这样的面色，他心底就会生出一种战栗，联想到鲜血和死亡。

美好的午后，清风阵阵敲击着松树。在那色泽鲜亮的水面上，粉红的荷花散发出柔和的光彩，隐藏着宫廷波谲云诡的日常生活，一切似乎充满了魅力。

那么多血腥、阴谋，都安眠在皇宫内苑的回忆中。当人们走过这些地点的时候，那么多久远的往事包围过来，让人有一种冲动，一种投身其中的欲望。

贾南风黑肥的脸，逐渐弛缓下来。她忽然感到欲火焚身。这种欲望，在此时此刻并不是对人，而是一种对面前这种景色、对皇权的欲望——完全占有的幻觉，恣肆地弥漫开来。皇宫景色所撩起的欲望，比起肉欲的快感更让人禁抑不住。

她把口中含着的一块上等西域玉鱼①吐出来，递给了张弘，然后，轻轻叹了一口气，像是自言自语地说：

"太子司马遹，非我身上肉，如鲠在喉，不除不快啊……爱卿，你善为我思之……"

---

① 用玉做的用来含在嘴里的鱼形物体。古人认为玉的凉津能润肺。

第十八章　金谷园

晋朝元康八年（公元298年）。秋天。

石崇身体魁梧，臂膀强壮有力，他牵着马，迈着矫健的步伐走着，踩踏得黄色麦茬沙沙作响。潘岳骑马，跟在石崇右后侧，不停用靴子夹紧马腹，很怕自己摔下去。

紧跟石崇的一只猎狗很兴奋，它抖着卷紧的尾巴，不停摇摆身子，全神贯注地蹿来蹿去，四处游走，去听、去看、去嗅，搜寻猎物。

距离石崇在洛阳的金谷别墅不远的郊外田野，看上去还是像夏天一样明亮。特别是正午时分，当仅有的一丝热风完全停下来，太阳非常毒辣，甚至可以听到周围的树木被晒得发出啦啦的声音。很快，一阵干热的风吹过，在收割过的田地上卷起一股尘土，掀得黄尘往上飞扬。而后，热风再次旋转着，凶恶地向人扑面刮来。

这大片庄稼地，都是石崇的田产。他在附近还有许多庄稼地，看上去似乎总有一大片一大片没有收割。到了深秋，绝大多数庄稼就烂在田里。即使是已经收获的粮食，到了冬天，也有很多都在雪堆下成垛地烂掉。

踩着一片没有收割的金黄色麦田，一行人四处寻找，准备射猎鹌鹑。在太阳光下，麦田如丝绸一般闪烁，金黄而接近深褐色的挂有累累颗粒的穗子，低垂到地上，马蹄一踏，清脆地噼啪响着。

打猎的一行人走到麦田的尽头后，到达一个池塘边上。椭圆形水面上，闪耀着闷热的光芒。池塘位于小山坡和一个峡谷之间，在它旁边的山坡上，有一群短尾巴大鹌鹑伫立在那里，看上去无所归依，好像在默默沉思什么。

猎狗突然呆立不动，它全身向前倾斜，抬起右腿，盯着远处的那些猎物。

石崇轻轻张弓，瞄准后，猛发一矢……嗖声过后，群鸟噪飞。

猎狗刹那间冲向山坡，很快就快乐地颠转回来，嘴上叼着一只屁股上插了一支羽箭的大鹤鹑……

"季伦啊，永熙元年（公元290年），河内郡温县出了个疯子，他编了两首诗，在街上到处唱。第一首是：'光光文长，大戟为墙。毒药虽行，戟还自伤。'第二首是：'两火没地，哀哉秋兰。归形街邮，终为人叹。'要知道，温县乃我们大晋司马皇族家乡故地，这样的谶谣，听着让人特别揪心。我有一次与杨骏之弟杨济一起饮酒，谈起这两首谶诗，他当时非常忧心……"潘岳无心打猎，他忽然想起什么似的，对手持弓矢的石崇说。

石崇遥望远处的树林，随意敷衍着潘岳："谶谣这东西，有时候确实准啊……嗯，我好像听不出杨济为什么害怕……"

"季伦，第一首诗，不恰恰预言了杨骏之死吗！杨骏字文长，最后被人用戟刺死……至于第二首诗，最后两句，我现在还想不通，但是前两句很明白，武帝的名讳是'炎'，炎者，两火耳；'两火没地'，即是预言武帝崩逝啊；杨皇后杨芷，又名季兰，'哀哉秋兰'，也就是预兆皇后不得良死……"

听潘岳如此说，石崇悚然。他把弓矢交给了随从，翻身上马，与潘岳并马而行。"杨济即使当时注意到了这些谶谣，他也曾经不断提醒他的兄长杨骏，最后，杨家还不是照样宗族被诛！唉，命也夫！"

潘岳使劲点点头。

蹄声嘚嘚。刘和、刘聪纵马而来。在他们身后，王弥也骑马狂奔，飞快地来到了石崇、潘岳一行人近前。这三个人，精于骑射，收获多多。特别是刘聪，马鞍后挂满了野兔、野鸡等猎物，还有不少飞禽，都被他用匈奴劲弓射获。

几个人会合后，慢慢骑马，走入一片树林。这里树木并不茂密，有些地方还显得异常空旷，以至于到处都阳光灿烂。即使骑在马上，犹自可以透过枝叶看到远方。

附近一棵大树上面，悬有一个巨大的鸟巢，里面的小鸟探出头，发出吃饱了的咯咯声。

树林深处，又一个池塘出现在诸人面前。刘聪下马，先把臂膀上架着的一只巨大金雕放在马鞍上，然后，他走了几步，弯腰蹲在一根沉入水中的粗树干上，一掬一掬地低头喝水。而后，这个身材高大的匈奴人用袖子揩擦嘴唇，抬起靴子，轻轻踢着有些腐烂的树干。

池水，清澈透明，隐藏在孤零零的林间，水面平静地倒映着大小树木的树梢。田野，清风徐来，树梢簌簌作响。

一群羽毛闪亮的丘鹬，忽然从池塘边上一片灌木丛中惊飞而起，羽毛在阳光下闪着夺目的光芒。

刘聪矫捷地从树干上跳落岸上，操起弓矢，嗖嗖连发数箭。

空中羽毛纷纷飘落，五六只丘鹬摔到地上。

那只长着金黄色眼睛的金雕，振翅而起，忽扇巨大的翅膀，几个盘旋过后，飞到高处，然后一个俯冲，锋刃般的爪子里面多了一只哀哀鸣叫的丘鹬。

挺立在斑斓的树荫中，呼吸着干燥的馨香，刘聪抬头远眺，机敏地操弓搭箭，警惕地注视着树林前边更空旷的林间草地。一声呼哨，金雕扬翅，重新站立在他粗壮的臂膀上。金雕衬托出他的飒爽英姿，给石崇、潘岳等晋人留下了深刻的印象。

在树林外边，田野黄澄澄的，闪烁着秋天干热的阳光。望着金光闪闪的田野和秋空里慢慢飘动的浮云，潘岳忽然感到一阵心动。他瞧瞧自己脚上由奇特的软皮制成的靴子，心中涌起了某种沉沉的不祥预感。

刘和、刘聪兄弟笑着，和王弥用匈奴语说着什么，三个人弯弓搭矢，不停地往外射箭。石崇仰头哈哈笑着，为刘聪的精准弓箭功夫发出赞许的轻吼。

树林中网状的树影五光十色，晃动不停。地上和树上，斑斑点点的碎阳熠熠闪烁，树枝轻轻弯垂。不远处熟透的田野，轻轻吹来一股干燥炎热的气流，使得明亮的树林整个都摇晃起来。

潘岳不知为什么，情绪有些沮丧。他掉转马头，和石崇打招呼道别，往金谷园方向慢慢行去："季伦，今天下午，贾谧大人有诗会，我先回去准备一下……"

"潘大人何必如此匆匆而返？射猎之乐，大矣！"刘聪望着潘岳离去的背影，有些不解。

"贾谧大人诗会，安仁不敢掉以轻心啊。"石崇解释，"到时候，我们'文章二十四友'全部会出席。况且，陆机、陆云兄弟，文思机敏，大概，安仁怕在陆氏兄弟面前露怯吧……"

石崇口中的"文章二十四友"，包括潘岳、贾南风从舅郭彰、石崇本人、陆机、陆机之弟陆云、清河人崔基、石崇外甥欧阳建、兰陵人缪征、京兆人杜斌及挚虞、琅邪人诸葛诠、弘农人王粹、襄城人杜育、南阳人邹捷、安平人牵秀、颍川人陈眕、高阳人许猛、彭城人刘讷、齐国人左思、沛国人刘瑰、汝南人和郁及周恢，还有鼎鼎大名的中山人刘舆、刘琨兄弟。

这些人，出于不同的目的，皆辐辏于贾南风外甥贾谧身边，推之以为盟主。诸人每月皆在金谷园举行一次诗会，饮酒赋诗，习以为常。

贾谧此人，年少轻狂，虽属骄奢淫逸之辈，但好文好诗，爱招延士大夫，特别喜欢听别人奉承他有贾谊之才。但这"二十四友"之中，并非时人想象的那样，都是亲密无间的好友良朋，而是各怀心事。

王弥弯弓不辍，有些不屑地说："石大人，此辈文士，只知道笔墨争魁，哪里能尽悉田猎之乐……且文人相轻，自古皆然。听说，潘岳与陆机兄弟一直不睦，在他的《为贾谧作赠陆机诗十一首》中，有一首诗，好像是第四首，很把陆氏兄弟和他们的吴地出身讽刺了一番……"

"南吴伊何，僭号称王。大晋统天，仁风遐扬。伪孙衔璧，奉土归疆。婉婉长离，凌江而翔。"石崇信口吟出潘岳所作诗文。接着，他哈哈笑语道："安仁在这首诗中，把吴国称为'伪吴孙氏'，讲他们是'僭伪'之国，确实心存侮辱和讥讽。不过，潘岳和陆机不睦，绝非出于文人相轻的因由。"

听石崇此言，王弥很感兴趣，驻马不前，连刘和、刘聪兄弟也凑过来，想听听潘岳和陆氏兄弟结怨的原因。

"说来话长，安仁的岳父杨肇，乃荥阳望族，曾任荆州刺史。泰始八年，武帝命杨肇率兵援助东吴降将，去攻打吴国。西陵之役，那倒霉的杨肇正好碰上陆机兄弟的父亲、东吴大将陆抗。小鸡遇到老鹰，杨肇被陆抗打得大败，溃不成军，狼狈而还。事后不久，朝廷就把杨肇贬为庶人。羞愤成疾，他贬官后不到一年，就含恨而死了……"

"原来如此……"王弥、刘和、刘聪几个人点头沉吟。

"潘大人心胸太狭窄，昔日三国鼎立，世家大族为各自主人厮杀争锋，难免你争我斗，互相杀伐。那杨肇又非潘岳生父，奈何与陆抗的儿子二陆结此仇隙……"王弥游侠脾气，很是不解。

"你们有所不知！杨肇对潘安仁有知遇大恩。安仁十二岁的时候，杨肇就断定他有非常之才，每每当众褒奖，说安仁日后必为国家栋梁，并把女儿许配给安仁……名士奖推，对于一个少年人的成名至关重要。如此恩情，他们之间非一般的岳父与女婿的关系。"

听到石崇如此说，刘和也来了兴趣，他笑着说："文人之间斗嘴争巧，很有趣味……据说，上次诗会中，陆机、陆云兄弟先至，潘大人入座后，陆机马上起身离去。潘大人当众便称：'清风至，尘飞扬。'那陆机大才子，也不示弱，马上回声道：'众鸟集，凤凰翔。'哈哈，晋人文士斗嘴，诗来诗往，机锋如绵中针，太有机趣了。"

石崇也笑。他从马上一跃跳下地，扔缰绳给从人，很想给王弥、刘和、刘聪等人多讲些"二十四友"集会时候的趣事。

未及石崇开口，一阵胡笳声传来，飘入几人耳中，幽幽咽咽，曲调优柔。

几个人望去，见树林外面的平地上，呼啦啦有一群人，或步或骑，正慢慢过来。为首二人，各骑高头大马，其中一人白衣飘飘，挺直上身，正弄一个胡笳放在嘴边，悠然而吹。

"原来是刘舆、刘琨兄弟！"石崇一脸兴奋。他翻身上马，带着王弥、刘和、刘聪三个人，赶忙迎前与刘氏兄弟见礼。

吹胡笳之人，正是刘琨。

刘琨，字越石，汉朝中山靖王刘胜后裔。其祖父刘迈，有经国之才，曾为相国参军、散骑常侍；其父刘蕃，清高冲俭，做过光禄大夫；而其母氏家族，乃太原累世大族郭氏。刘琨母亲的两个堂姐妹，分别嫁给了晋朝高官裴秀、贾充为妻。也就是说，刘琨与当今皇后贾南风也有亲戚关系。此外，刘琨的姐姐，乃赵王司马伦世子司马荂的正妻。刘琨舅父郭奕，是大晋建国之初赫赫有名的名士尚书。无论论家世还是论姻亲关系，刘琨兄弟家族在魏在晋都称得上显赫一时。

青少年时代，刘琨就以"俊朗"得名。成人之后，他与范阳人祖逖相善，常抵足而眠，闻鸡起舞，二人俱以"雄豪"著称。

看到石崇等人来到马前见礼，刘舆、刘琨兄弟仅仅拱手而已，并未下马。

从官职上说，刘琨不过是个著作郎，刘舆也只是宰府尚书郎，比起石崇官位要低许多。但豪俊公子出身，刘氏兄弟本性中的倨傲渗入骨髓，待人轻慢已经成为习惯。

特别是刘琨，三十岁不到的年纪，神采飞扬，鼻直口方，眉目如画，长髯浓眉。他身高九尺，骑在马上，更显衬得他特别高大，望之若神。

看到刘琨此等人物，就连平素一向大大咧咧的王弥和见多识广的匈奴质子刘和，都不得不立刻滚鞍落马，上前拜礼。

刘舆、刘琨兄弟二人高扬下颏，依旧一脸淡漠之色。

"……我们匈奴刘氏，从母家上讲，自汉代就为刘氏皇族女婿，汉家世代嫁公主到匈奴……如此说来，我们匈奴刘氏与二公，大有因缘……"刘和脸上露出罕有的谄媚，嗫嚅着，和颜悦色，想与刘舆、刘琨兄弟套近乎。

刘琨眉头一皱，居高临下，不屑地说：

"尔曹匈奴刘氏，夷狄也！从来都是冒称刘姓，何敢与我等真王孙相攀比！"

如此直率之言，近乎鲁莽，说得刘和脸上一红，非常尴尬。

"……刘公，您胡笳吹得真好啊……"无奈何，刘和只得转移话题而言他。

作为匈奴质子，刘和长期住在洛阳，与各色达官贵人交结亲密，很少有发怵的时候。唯独看到这位刘琨，刘和心中既畏且惧。

"我喜欢的，是胡笳，不是胡人！"刘琨冷冷言道。

发现刘和身后身高九尺的刘聪一直站着不动，刘琨面露不快，低声喝问："鼠辈何人，敢不来见礼？"

饶是叱咤风云的匈奴贵种，刘聪见到刘琨这等人物，也不觉腿软屈膝。"拜见刘公，吾乃匈奴刘聪……"

"……原来是你！昔日缚送楚王入廷尉，真乃小人所为！"刘琨眉毛一挑，忽然举起马鞭，猛然抽在刘聪脸上。

一道血痕，立刻从额头到鼻梁，现在刘聪脸上。

刘聪迅速起身，脸色大变，但慑于刘琨的气势，未敢发作。他躬身后退数步，俯首不言。

平时，刘聪所遇到的晋人以及京城贵人，无论文武，皆对他待之以礼。而眼前这位刘琨，身材高大，面容弘毅威武，眼神坚定，具有一股别的晋人身上所没有的刚烈孔武魅力，让刘聪不由得心中凛然生惧。

石崇、王弥均感尴尬，立在一边，不知道说些什么才好。依理，刘琨与贾皇后有亲眷关系，他应该偏向贾皇后，而不是楚王一边……

众人无语静默之时，呱呱声起。几只青色的白嘴鸦，翩翩从空中飞过。

刘琨信手从手下从人的肩上摘取一张弓，搭箭在弦，指向青穹。他稍稍瞄了瞄，猛然放手。

嗖的一声，弦响鸟落。

众人低头细看。地上，一支羽箭竟然穿着两只白嘴鸦。其中一只被射透脖颈，另外一只被射穿尾部，兀自啼啭哀鸣。

刘聪臂上金雕扇翅而起，直飞天际；与此同时，石崇所豢养的一只与金雕个头差不多大的罕见白色苍鹰，也从仆从的臂膀上一跃而起，不约而同朝那群白嘴鸦飞去。

刘琨搭矢在手，连发两箭，金雕和白苍鹰，忽然在天空中羽毛迸散，如同两块石头一样，立刻跌落地面。观瞧后发现，各有一支锋利的箭从它们双眼中对穿而过。

"尔辈夷狄，平时就会以这等弓矢小技炫耀于人。"刘琨满脸不屑，对刘和、刘聪说。

投弓于地，刘琨转向石崇，拱手言道："石公，此辈匈奴，屠各丑类，定是人面兽心，希望您小心他们才是……"

言毕，刘舆、刘琨兄弟二人拍马，扬长而去。他们身后的随从，三个人推着一辆车，上面堆满了猎物，有豺狼、狐狸，还有大量飞禽和灰兔。

刘聪心痛金雕，口不言声。石崇也隐隐有些不快：那只白色的苍鹰，极为罕见，是他以一百二十个奴婢的价格，从段部鲜卑处买来。白鹰金眸玉爪，刚刚饲养得能带出来打猎。可惜，它还没有正式冲上云霄抓过猎物，就被刘琨当成了猎物。

王弥掸掸刚才下拜时下裳沾上的灰尘，看看满脸沮丧的刘和、刘聪以及石崇三人，又望望远去的刘舆、刘琨兄弟，禁不住赞叹道：

"这中山刘氏兄弟，皆有挺秀之姿，深怀纵横之才，人中龙虎！人中龙虎！晋朝有人啊……"

金谷园。

石崇被朝廷委派到荆州当刺史的那一段时间内，常和手下化装成盗匪，劫掠往来客商，故而暴富异常。如今，他的金谷园，向四周延展许多，范围更大。

秋日的夕阳，在田野上迟迟不落。庭园地上，铺满缤纷的彩色落叶，芳菲满目。落叶之后，树木看上去有些稀疏，显得几棵大树的树干上面的结疤非常扎眼。庭内空气清新潮湿，恰如野外一样。

金谷园太大了，如果客人出去散步，往往会愈走愈静，最后就会走到幽暗而荒僻的田野中，总会看到没有任何人烟的黄色海洋一般的待收割的大地。仰望苍穹，万里无云，从原野处吹来的秋风依旧温暖，迎面拂来。时时有大雁、鹌鹑，以及鸦雀等飞禽飞过，啪啪地拍打着翅膀，随风变换位置，使人忽然觉得天空又很低垂……

贾谧独坐一床，懒散地喝着酒，他手里面拿着几张纸，吟读着潘岳等人现场所撰的诗文。其余"二十四友"，纵分两列，各自坐于榻上。他们身后，均有侍女端着酒具、文具伺候。

庭园内一棵高大的柏树下，拴着一匹枣红色的小马，似是石崇的宠物。看上去，这匹大宛小马战战兢兢，很胆怯的样子。它长着一双黑李子一样明亮的眼睛。偶尔，小马会低声嘶叫两声，围绕着柏树走上几步，着实让人喜爱……

左厢，潘岳坐在上首，他旁边依次是石崇、刘琨、刘舆，以及范阳人卢志、弘农人王粹等北地大族世家子弟。

右厢，最上座是陆机、陆云兄弟。陆机南人北相，身长近八尺，剑眉朗目，髭髯飘洒；陆云则完全一副南人相貌，脸色白皙，面庞略窄，唇红齿白。相比兄长，他个子不高，大概有七尺。

"喂，我问你，东吴的陆逊、陆抗，和你是什么关系？"大概饮酒过多，坐在刘琨身旁的卢志忽然向斜对面的陆机高声发问。

满庭的人，顿时静了下来，纷纷注目于陆氏兄弟。魏晋之际，直呼别人家族长辈名讳，乃大不敬之举。卢志如此粗鲁发问，挑衅的意味太过明显。

贾谧放下酒樽，饶有兴趣地等待陆机的回答。

每次诗会，这些文人才士总会舌辩口争。出于年轻人好奇的心性，贾谧总乐见其成，坐观诸人的机锋。

"相对于你而言，关系恰似卢毓、卢珽！"陆机色不稍变，冷静回答。他声如洪钟，音齿清晰，没有任何南人口音。

如此，陆机借答言直呼了卢志祖父、父亲的名讳，作为对对方无礼问话的报复。

与兄长相比，陆云比较柔懦文弱，他悄悄拉了拉陆机的衣角，低声劝说："大庭广众之下，阿兄何必与此等人争口舌……或许，他确实不知道我们兄弟的先辈是谁……"

"我们陆氏父祖，威声赫赫，名播海内，谁人不知，哪个不晓！此辈伧父①，想取笑于我罢了，哪里任由他们放肆！"陆机面带愠色。

卢志愣了愣，随即故作轻蔑地笑了笑，讪讪地自言自语："貉奴②还算机敏，我不和他们计较……"

坐在卢志不远处的潘岳，本来看到陆氏兄弟当众受辱，感觉很开心。但是，陆机一番简简单单的唇枪舌剑，就驳得卢志哑口无言，潘岳眉头紧皱。他本也想说些什么，扭头看了看坐在独床上的贾谧，最终忍住没有开口。

卢志也是晋朝美男子，形神魁伟，特别是他那双清澈的眼睛，显露出冰雪聪明的性格。卢志一家，出于范阳巨族，他祖父卢毓做过魏朝司空，父亲卢珽官至卫尉卿。

卢志低头又喝了几杯酒，没过多久，他忍耐不住，开始再向陆机发问，想挽回刚才失去的面子。

"汉末之际，孙策围攻陆康，你们当时以陆康为首的陆氏宗族被杀死数百人，占你们宗族人数一半有多。而后，作为陆康族孙，陆逊有此血仇不报，竟然

---

① 魏晋南北朝时，南人讥北人粗鄙，蔑称之为"伧父"。
② 魏晋南北朝时，北人讥南人为"貉奴"或"貉子"。

安心为人臣子，几世替孙吴卖力……你们的哥哥陆晏、陆景，皆在我大晋灭东吴的时候为孙氏战死。貉子小丑，负隅顽抗，真不知尔等兄弟有何面目出现在洛阳为官？”

陆机闻言，脸色大变。他掷杯于地，朗声抗辩道：

“我们陆氏家族，忧国忘身，数世以来皆忠义门风传家！只要我们向一姓效忠，必当死而后已！东吴四大姓，有谚云‘张文，朱武，陆忠，顾厚’。我们陆氏宗族如此义烈家风，广为人知，北地少有……至于卢氏嘛，哼，想你家叔父卢钦，曾在魏朝被大将军曹爽辟为掾属，深受重用。曹爽之弟曾收人贿赂，卢钦向曹爽进言，认为宗室子弟不宜干犯法度。曹爽大将军深纳其言，赏卢钦而罚其弟，且向朝廷要求褒奖卢钦，升其官职为尚书郎。而后，宣帝用计诛杀曹爽宗族，卢钦背主忘恩，立刻转身投靠，被宣帝辟为从事中郎。从此，他一路升官，做到散骑常侍、大司农，晋封大梁侯。如此厚颜无耻之人，不知如何教导后代何为‘忠义’二字！”

陆机一席话有根有据，讲得很重。

卢志闻言切齿，腮边咬肌滚动，却一时不能答复，神色大窘。他坚毅的脸庞涨得通红，由于出奇的气氛和尴尬，他的一双黑眼睛凝然不动了好半天。

“张华少傅曾言，君兄弟龙跃云津，乃东南之宝，果然名不虚传！来，请尽饮此杯，以表吾诚。”刘琨举杯，向陆机、陆云兄弟微笑致意，意在消解紧张、尴尬的气氛。

刘琨与卢志关系匪浅，二人是连襟①。

见刘琨并无偏袒卢志的意思，陆机于座中躬身，满饮杯中酒。相比年至中年的卢志和陆机，刘琨时年二十七。但他身上的英挺之气，足以让人刮目相待。

一声脆笑，从贾谧身后传出。大家定睛瞧看，原来是侍立在贾谧身后的美貌姑娘。她，不是旁人，乃石崇最宠爱的侍婢绿珠。数年前刘渊从边地兵士手里购买后送给太尉杨骏的鲜卑女孩，如今已经长大成人，亭亭玉立。

黄昏来临，庭院内的一切景色改变了模样。远方，朦胧的田野罩上一层黯淡的红霞，那些从金谷园周遭幽暗的河谷以及黑压压冰凉潮湿的田野上升起的暮霭，逐渐淹没了落日霞光，愈来愈浓厚地逼近。

除了“二十四友”，庭院内仆从侍女如云，可称人群云集。七宝香炉，熏香袅袅，飘来的雾气使得空气稍显浑浊。仆人们开始忙着点亮蜡烛。

---

① “连襟”这个称谓最早见于唐代杜甫的诗歌中，本小说中为了叙述方便，所以用此词，其实晋朝之时并无此称呼。

在这样红光摇曳、烟雾缭绕的光线下，绿珠的美貌更加灿烂。带有刻度的香烛高烧着，人们忘记了时间。

看到众人都在惊讶地注视自己，绿珠羞得低下头。女儿家爱笑的心性，使得她刚才看到卢志窘态时，禁不住不合时宜地笑出声来。

透过黑暗与烟雾闪出的黄色火光，晋朝的大才子们切实感受到了人间美丽的光华。特别是潘岳，想到几年前那个在杨骏庭前冻得哆哆嗦嗦的小女孩，如今花般玉貌，很感惊奇。她有鲜卑人皮肤特有的白皙，衬上那窈窕的身材，绿珠的美色让人心醉神迷，同时，又让人怅然若失。

在烟雾和暮色中，绿珠美丽的脸朦胧地时隐时现。怀着炽热的温情和一种炫耀的自豪感，石崇坐在人群中微笑着，品饮美酒，遥望着这个侍婢可爱的面孔。经过数年调教，绿珠已成为艳压整个京城的色艺双全的美女。

这个时候，绿珠静静地站在那里，她的脸上恢复了平常侍女那种谦恭的表情。从烛光中看她，她的脸似乎忽而高兴，忽而漠然，总是闪烁着少女特有的美丽光泽。

贾谧似乎对自己身后侍立的美女绿珠不是很感兴趣。他举觯，满脸笑容，打圆场地对在座"二十四友"说："诸位昔日旧怨，皆各为其主。如今大晋一统，宜同为良朋嘉宾……"

在座诸人闻言皆挺直上身，捧觯上寿。

"贾公执掌秘书监，掌修国史，议立晋书限断，实为吾辈文士之福……"与陆机、陆云兄弟共坐一排的一个糟老头子模样的人捧觯高言。此人身材矮小，黄发凸额。看他那种因谄媚的表情而变得更加丑陋的模样，不少人忍不住笑出声来。

这个人，大名鼎鼎，乃临淄人左思。左思壮年时，曾作《三都赋》，分别为《吴都赋》《魏都赋》《蜀都赋》。历时十年，他精心创作这三篇雄文，高亢雄迈，辞藻华丽，一时间洛阳纸贵，被广为传抄。

左思出自寒门。其父左熹在武帝时代曾任宫中侍御史，得间接近武帝，官职最高做到五品的平原相，很受武帝重用。左家男女，皆奇丑无比。即使如此，左熹为了能出人头地，竟然想方设法把左思妹妹左棻送到武帝身边充为妃嫔。为了邀名天下，武帝下诏把左棻封为九嫔之一，但自始至终，这位好色的皇帝从未真正临幸过她，只是让这位左贵嫔担任宫中女教师。每当各地诸侯上献奇珍异宝，武帝都会让左棻作赋颂，展现她的华丽文藻。杨艳皇后之丧和杨芷皇后入宫，诔文和册文，均出自这位丑女之笔。

虽然妹妹左棻姿陋无宠，左思却一直以帝戚自居，扬扬得意。在讲求门阀的晋朝，他自然日益成为世家大族间的笑柄。基于寒门出身的自卑，左思越老越糊涂，终日游走权门，变成高门座上不可或缺的谈资。

听到左思奉迎贾谧，众人也纷纷举觞，附和赞许，喜得贾谧眉梢带笑，不停捧觞而饮。

石崇金谷园内的仆从们开始往来穿梭，准备晚宴。在座的文士皆离席，三三两两聚拢，相互谈笑。刚才卢志与陆机言谈话语间的剑拔弩张，全然消散。

左思抓住潘岳衣袖，开始大言起他自己两个女儿多么美丽聪明，口中高声朗诵起他的新作《娇女诗》：

"吾家有娇女，皎皎颇白皙。小字为纨素，口齿自清历。鬒发覆广额，双耳似连璧。明朝弄梳台，黛眉类扫迹。浓朱衍丹唇，黄吻烂漫赤……其姊字惠芳，面目粲如画。轻妆喜楼边，临镜忘纺绩……"

潘岳仔细听左思朗诵歌诗，不停点头凝思，表示欣赏。潘岳自己，也有一个五岁左右的女儿，小名金鹿。听左思作如此诗歌描摹他家中的两个小女儿，潘岳顿起怜爱之感。

过滤掉左思的吟诗声音和周遭的嘈杂声，潘岳似乎看到了自己的宅院，悄然坐落在九月新凉的花园中。他的目光，越过那低矮的院墙，似乎可以看到稀疏枝叶在明净的西边天上映出剪影般的美丽花纹，而自己美丽的女儿金鹿，正在那里唱着诗谣……

小儿手臂般粗的蜡烛，在庭院中遍竖，照得夜晚如白昼一般明亮。半明半暗处，有文士趁着酒意，摇摇晃晃和侍婢们亲昵地打情骂俏。弦歌声中，宾客们频频举觞纵饮。

"后将军到！"远处大门外，金谷园的仆从一声接一声高声传呼。

一匹毛色乌黑发亮的高头大马，踏着轻匀的步伐，神气活现地穿门而入。嘚嘚的马蹄声，让在场所有人皆侧目而视。

来人，乃文明皇后之弟、贵戚王恺。杨骏之诛，他也分得一份功勋，被朝廷封为山都县公，增邑一千八百户，迁龙骧将军。不久后，王恺因骄纵免官。但毕竟他是贵戚，很快被委任为后将军。

这位世族国戚，本性豪侈，他平生"功绩"，不过就是多年来与石崇之间骇人听闻的斗富经历。王石二人，除了争用麦芽糖水刷锅、以蜡烛当柴做饭，著名的斗富事例，人所共知：

武帝之时，倚恃自己帝舅身份，王恺曾经向武帝从内库中借来一株高达二尺的红色珊瑚树。这株珊瑚，枝柯扶疏，世罕其比。携带此物，王恺直入石崇宅邸炫耀。石崇一笑，并不多言，高挥手中铁如意猛力砸下，珊瑚树应手而碎。惋惜之余，王恺认为石崇是出于嫉妒才毁宝，登时跳脚，声色甚厉，对石崇大骂不止。石崇莞尔，言道："王公不必如此，我还你一棵就是！"于是，石崇仆从出动，搬取出数十棵珊瑚树，环置于王恺左右，任其挑选。其中，最高珊瑚树达三尺、四尺之高，条干绝世，光彩溢目，即使皇宫中也没有如此稀罕之物。而像王恺刚才小心翼翼搬来比富的那株二尺高的珊瑚，石崇宅中多不胜数。见此情状，王恺怅然若失……

武帝崩后，王恺顿失怙恃，地位大不如前，但他豪纵之气犹在，行事无所忌惮。世易时移，众人现在看到他，厌恶大于畏惧。特别是座中刘舆、刘琨兄弟，少年时代由于言语孟浪，得罪过王恺。有一次，兄弟两个人双双被王恺灌醉后，差点被他活埋。当时还是石崇机警，用水把刘氏兄弟二人激醒，救走了他们。如今，看到这位当今皇帝舅公，二刘皆暗中切齿。

王恺骑马，一直行到贾谧榻前才下马。身为晚辈，贾谧不得不起身向他致意。这位贵戚老头子风度确实潇洒，迎风散发，满庭皆可嗅闻到他身上的香气，真不知他熏了多少西域异香。

王恺头发梳得直直的，中间一条发缝特别明显，油光可鉴。大概因最近久病，他的鼻子比起从前来说，看上去又红又大，似乎是长期外感和酗酒造成了消不掉的肿胀。而他昔日漆黑的唇髭，似乎也耷拉了下来，很像无精打采的鼠须。

鼓动着他红得发亮的鼻翼，王恺慢条斯理地与众人见礼。说话时，他依旧带着阀阅傲视天下的调门，挺直上身，保持着贵族优雅风度，尽一切努力向众人炫耀他的富足、才智和派头。任何时候，他都摆出一副高傲、冷漠、舒坦和唯我独尊的样子。当然，皇宫内苑除外。

"季伦啊，最近，我在朱雀大街新盖了一座宅邸，所有房屋内壁，都用赤石脂①来涂刷……"坐在独榻上，杯酒未饮，王恺手持麈尾，就开始向石崇炫耀。

"呵呵，王公，我金谷园周遭所有的猪圈，都让仆人们用赤石脂来粉刷……如果您不信，宴后我带您去四处看看。"石崇笑着说。

闻此言，刘琨哈哈大笑。陆机的弟弟陆云这个人，在当时以患"笑疾"著名，所以更是忍俊不禁，狂笑起来。他笑得喘不上气来，惹得在场众人都跟着笑起来。左思的笑声更特别，如同母鸡被踩压了脖子，挤榨似的声音，鬼哭狼嚎般，更增添了笑声的滑稽意味。

---

① 硅酸盐类矿物多水高岭土的一种红色块状体。古人本来以此物入药，王恺却用它刷墙。

诗会的召集人贾谧本来就是轻薄之辈，至此也伏案狂笑不已。酒觞倾倒，他袖子上沾满了酒。

王恺表面若无其事，强自端坐，但他喉结乱滚，心中非常恼恨。

"季伦，听说你在荆州任上，常常与手下军人化装成强盗，劫掠往来客商，想必抢了不少好东西吧……看当下宾客盈门，能否让我等一观啊？"王恺语带讥讽地说。

石崇并无惭色，举觞道："王公，江南之地富庶，往来客商众多，我怕他们为富不仁，故而常以抢劫此辈为乐事……不过，我在荆州所掠之物，别人认为是奇珍异宝，对王公而言，不过是普通物事罢了。"

"季伦，不要如此说……"王恺心内怒气更盛，表面依旧佯装平静，"荆州物产丰殷，肯定有稀奇的东西……你不要不舍得，拿来与我等一观。再珍稀的东西，人死了也带不走啊。"

石崇低头想了想："……倒是有种东西很稀罕。"

"何物？"王恺眼睛发光。他很希望石崇拿出那种东西来之后，自己能找到口实借机反过来羞辱石崇。

"鸩鸟[①]！"

"鸩鸟……鸟，有什么稀奇？"王恺有些茫然。

"鸩鸟，江南特产。它是一种漂亮大鸟，脖子间有圈熠熠发亮的羽毛，眼睛颜色血红。鸩鸟，真的很稀有啊，它们喜欢筑巢于深山之中高达数十丈的毒栗子树上，天天食用有毒蛇蝎。鸩鸟筑巢的毒栗子树，下面数十步内，寸草不长。因为，它的羽屑和污垢落下来，足以让植物枯死。我曾经深入山中，亲眼见过，鸩鸟粪便落在石头上，把石头都能毒裂……所以，捕逮鸩鸟非常危险，只要不小心，身上沾到一丝鸩鸟之毒，必死无疑！"

"如此说来，人们所说的鸩毒，就是鸩鸟制成的了？"王恺也感好奇。

在座众人，都感稀奇，倾耳细听石崇的故事。

"嗯，鸩毒，就是用鸩鸟的内脏或者羽毛浸酒制成……鸩鸟分雌雄，雄鸟名'运日'，雌鸟名'阴谐'，江南人把它们称为'同力鸟'。其中，雌鸟的毒性，大过雄鸟……"石崇煞有介事。

"我记起来了，朝廷曾多次下令，禁止鸩毒，规定鸩鸟不许运送过江，有私运鸩鸟到江北者，会被判重罪……"王恺说。

---

① 古代鸩似乎是一种传说中的猛禽，据说鸣声大而凄厉，羽毛和内脏有剧毒，可以制成鸩酒，人喝后不可解救。久而久之，鸩酒成了毒酒的统称。

"是啊，朝廷是有此令……怎么，王公，您还想去廷尉那里告发我吗？呵呵……"石崇满脸的嘲讽。

"我王恺不是小人，怎么会去告发你私自带鸩鸟过江……呵呵，只不过，我不信你的故事。季伦，切勿吹嘘太过，编造故事炫示众人啊……"

石崇挥手。

很快，一个仆人匆匆而上，提拎着一个金丝编织的鸟笼，里面，果然蜷缩着一只样子奇怪的雏鸟。

众人皆探头细看。

乍看上去，这雏鸟很像是一种鹰，紫黑色羽毛，长脖，赤喙，个头比鹰略大，又像是大雕或者猫头鹰的雏鸟。

受到惊吓，雏鸟呱呱大叫数声，听上去很瘆人。

"鸩毒只是传说中的东西！季伦，你是拿一只鹰雏来哄弄我们啊……"王恺哈哈大笑起来。

石崇不言声，待王恺笑够后，他才咄咄逼人地说："王公，你如果不信，我们可以打赌，就赌我这里有鸩鸟制成的鸩酒。有胆的话，你可以尝一口……如果你不死，这偌大的金谷园，我就赌输给你！"

整座庭院内，鸦雀无声。

在场的"二十四友"和仆从侍婢，皆把目光聚集在王恺身上。

"医书上说，人有饮吞鸩酒者，身发寒战，白眼朝天，忽忽茫然如大醉状，口不能言，抽搐片刻，即眼闭而死！如此剧毒，我谅王公不敢……"刘琨幸灾乐祸，他挥起手中麈尾，在一旁撺掇。

左思也凑热闹，哈哈笑着，用尖细的嗓音说："我听说啊，鸩酒的味道，恰似上等好酒，鸩鸟羽毛、内脏稍稍浸入，既可拿出，酒色香味不变……鸩毒之酒，只要一入口，顷刻间五脏俱溃，神经顿时麻木，无痛而死。如此死法，也算好死啊……"

哈哈的笑声在席间不断响起。

王恺胡须颤动，气得发抖。

"老夫就和你赌一回！拿鸩酒来！"王恺大叫，有些失态。

石崇神色不变。他拍手示意，仆人拿来一个封好的坛子。

石崇打开酒坛，一股酒香顿时氤氲在空气之中。他亲自满斟一杯，递到王恺面前："请王公细品！"

王恺端着酒杯，愣了一下。忽然，他脸色怪异地笑了起来，笑得呛到了自己。"季伦，这就是你的不对了！你把预制好的毒酒给我喝，我就是死了，也不是被鸩酒毒死的啊……"

石崇微笑，点点头。他回头又嘱咐几句，仆人再次拿来一个琉璃盏，搬来一坛未开封的酃醁酒。

石崇先打开酒坛，自己从中倒出一盏，当众饮下。然后，他把那个珍稀的西域琉璃盏摆放在王恺面前，重新倒满酃醁酒。

接着，石崇起身离席。他从食具盒中取出一把玉柄小刀，走到鸟笼前，探手取出了那只鸩鸟雏鸟。

石崇动手利落，立刻把鸩鸟摔在地上。

雏鸟哀哀鸣叫，在地上扑腾、挣扎。石崇用脚踩住雏鸟的爪子，弯腰切下雏鸟的头。他以刀尖捅入，剜出一些雏鸟的脏器。接着，他小心翼翼举着刀，把滴血的脏器置于琉璃盏上方，滴些怪异发黑的鲜血在酒盏中……

众人面面相觑之际，石崇端起琉璃盏，高声对王恺说："王公，此酒现做现饮，非常新鲜。众目睽睽之下，我绝无诈作！"

接着，石崇从食案上拿起一透明水晶钵，向王恺晃动着，满脸嘲讽地说："王公，这是西域石蜜……我曾拿家奴试过鸩毒，他临死的时候，只说了一个字，苦，不如我替您在酒里面加点石蜜吧……"

王恺脸色有些发白，接酒盏的手也哆嗦。不过，他兀自强装镇静，接过石崇递来的酒，嘿嘿冷笑着说：

"季伦啊，大家都看着呢，如果我饮尽此酒不死，这金谷园，可就是我的啦……到时候，贾公及诸公诗会，依旧可以在此举行，我做东主……"

石崇一言不发，冷冷望着王恺，示意让他立刻喝下盏中之酒。

庭院中寂静非常，连树叶掉在地上，都能听到声音。

不得已，王恺咬咬牙，猛往后一仰头，把盏中酒一饮而尽。

酒入喉中，受电击一般，王恺脸色突变，双手乱抓，迅即向后跌倒，重重摔在了地上……

第十九章　悼亡真挚

"安仁，直到今天，我还记得你游宦在外给我写的那些诗歌，特别记得你任怀县县令时候写的《内顾诗》：独悲安所慕，人生若朝露。绵邈寄绝域，眷恋想平素。尔情既来追，我心亦还顾。形体隔不达，精爽交中路。不见山上松，隆冬不易故。不见陵涧柏，岁寒守一度。无谓希见疏，在远分弥固。"

潘岳妻子杨氏临终，并无哽咽，并无唏嘘，她面带微笑，吟诵着这首诗。

二人结婚二十四年，潘岳常年游宦在外，夫妻之间分多聚少。杨氏贤妻良母，常年一人在家，受尽离别思念之苦。如今，眼见自己仕途刚刚有起色，杨氏却撒手而去。

枯坐思之，潘岳不免怅惘悲伤不已。

只要一个人静下来，愣怔之间，潘岳眼前就会浮现出杨氏那美丽聪慧的眼睛，明亮、清湛，有如平生。挚爱的人离去，会让人忽然觉得自己重新认识了人生，重新发现了人生的辛酸和奥秘……即使在临终，杨氏依旧美丽俊秀。从她苍白的面庞和深情的眼睛中，潘岳似乎能直视爱妻的整个心灵！

杨氏，陪伴潘岳度过了他人生青壮年时代所有痛苦、煎熬的岁月。潘岳祖父潘瑾，曾为安平太守；其父潘芘，曾任琅邪内史。虽然勉强属于世族，潘岳父祖不过是五品官职。而当时出于名门大家的杨氏，却被其父杨肇下嫁给潘岳。

荥阳宛陵杨氏，在魏在晋，都是显宦名族。岳父杨肇对潘岳，名为国士，申以婚姻。在名流品藻至重的时代，如此荐推，终于使得潘岳在弱冠之年就能进入司空太尉府为官，相继在荀颢、裴秀、贾充手下任掾属。他的仕途起步，可以说完全是凭借杨氏一门。

泰始四年，武帝躬耕藉田^①。时为司空掾的潘岳，作《藉田赋》，大为武帝叹赏。造化弄人，由于年少才高，不知谦抑，初入官场的潘岳广遭嫉妒，放居外任，滞官不迁。其后二十多年间，潘岳蹭蹬久之，沉沦下僚，八次徙官，才得一进阶。

遭遇如此，才高得嫉是一方面的原因，青年人的爱憎分明和不知分寸，是导致他栖迟多年的根本原因。当年，眼见尚书仆射山涛、领吏部王济和名士裴楷等人皆为武帝所亲遇，身为掾属的潘岳内心不满，竟然不顾后果，胆大妄为，在阁道墙壁上题诗歌曰："阁道东，有大牛。王济鞅，裴楷鞴，和峤刺促不得休。"

王济、裴楷、和峤三人，皆当道大员，名高权重，从此皆深恨潘岳唐突，暗地里不遗余力地排挤他出京。

潘岳为当时的年轻气盛所付出的代价，不可谓不大。

怀才不遇这么多年，杨氏对潘岳自始至终不离不弃。仕途塞涩中，潘岳的情感生活却很甜蜜，正所谓人生有失必有得。说来也怪，潘岳样貌虽美，却没有一般美男子的风流通病。他与杨氏伉俪情深，琴瑟和鸣，这种夫妇倾心相爱加上相敬如宾的和美家庭生活，给逆境中的潘岳确实增添了不少的慰藉。

潘岳日后入京，差点因杨骏之诛遭受株连。由于他身为杨骏僚属，处境危险至极。为此，他曾在《西征赋》中后怕地叹惋道："危素卵之累壳，甚玄燕之巢幕。心战惧以兢悚，如临深而履薄……"

遭此巨大惊吓后，在石崇等人点拨下，潘岳一改昔日立功立事的素心，投靠贾谧，终于仕途出现极大转机，做到散骑侍郎这样清显的官职。

刚刚有升迁之喜，却忽来家门深痛。思及往事，潘岳实在难以释怀。

痛苦，撕心裂肺，时刻让潘岳深切地感到这一怀念之情的真正存在，如同铁钉子扎在心间那样深，那样牢。吟诗作赋，不能减轻痛苦，更不能自欺欺人美化这种痛苦。

面对爱女金鹿，潘岳有时候想，妻子杨氏只是暂时出门在外而已。在另外的世界里，她孑然一身，却能遥望活着的亲人，永远永远与亲人们融为一体。

痛苦，对每个人来说都有着独特面貌。在丧妻之后最初的那些天，潘岳希望睡眠能暂时免除些痛苦。一旦他安枕入睡，他会沉浸在一种假象中，一俟双眼紧

---

① 藉田始于周朝。王畿之内的土地，有一部分是属于王室的藉田。每年春耕时，周天子率领他的大臣举行一次亲耕藉田的典礼。此后，这种仪式为历代王朝所奉行，皇帝一般会扶犁鞭牛，举行所谓的"亲耕礼"。

闭，外界万物，便能在短时间内消隐于无形。

黑暗中，人的五脏六腑被虚无或者梦境占领、湮没。当那骤然间变得半透明的混沌袭来，睡梦，把残存的情感与痛苦都抛给了虚无……可是，残存的知觉，会使心脏或呼吸节奏加速。隐隐中，更大程度的恐惧、悔恨和悲切，似乎顺着血管慢慢低回婉转，掀起更大的波澜，继而汇入九泉之下那蜿蜒曲折的道路。在那里，杨氏那美丽的脸庞，依旧清晰浮现，逐渐靠近，又逐渐远离而去。所有这些循环，又使得睡眠中的潘岳，泪水涟涟中，再度陷入更深的悲痛……

"安仁，你已经到了知天命的年岁，不要再徒劳费心，终日游走权门，还是多费些心力，照看我们的女儿吧……"病重的杨氏曾经这样婉转劝告过潘岳。

他们夫妻二人，也曾经育有一子。可惜的是，元康二年，当潘岳游宦长安的时候，出生仅仅两个月的幼子就夭折于路，被草草埋葬在道路旁的山脚下。"奈何兮幼子，邈弃尔兮丘陵……"彼时丧子之痛，至今犹存于心。

正是因为那次产后虚弱加上丧子的深悲，杨氏身体一年不如一年……

曾经的美丽，像记忆那样苍白。当死亡的罡风刮过，悲痛的黑色愈来愈浓。呆坐烛光下，潘岳感到透不过气来，心脏僵固了一般。想起逝去的妻子，那么凄惨，那么孤零零，一个人，可能会孤独地待在某个黑暗的地方，她被人世遗弃，活着的人也被她遗弃！

九泉下，可能漆黑一团，到底她身在何方？

葬礼上，当看到杨氏孤零零躺在棺木里面的时候，潘岳心都碎了。从岳父杨肇开始，杨氏三代都短命。杨肇当年郁郁而终后不久，其独子杨潭就病死。而恰恰在妻子杨氏病逝前，她的侄子、杨潭之子杨仲武，年才二十八岁，也命归黄泉。虽未遭逢大乱世，疾疫之灾却总悬挂在杨氏一族的头上。

突然遭受的丧妻苦痛，让潘岳心中阵阵抽搐，无边往事，总是一再浮现他眼前。当宦旅稳顺后，杨氏未及享受短暂的愉悦，便撒手尘寰，让人情不能堪。潘岳无法心甘情愿地遵循这种有规律的痛苦，无法忍受撕心裂肺的煎熬。丧妻之痛，更增加了潘岳的怯懦和畏缩。他沉湎于苦苦的思索之中：逝者不再，昔日不返，我应该从哪里重新开始生活呢？……

夜，已经很深，很深……潘岳长久枯坐于黑暗的内室，眼睛已经习惯了黑暗。透过敞开的窗户，他可以清楚辨认院子里面那一间杨氏常常于其中纺织的小木屋，还有那些凋零的、缠绕着木屋的无叶藤蔓……

在黑压压的、冷漠的宅邸里面，潘岳心潮激荡。没有妻子的黑夜，是那样黑暗、冷漠，又是那样陌生……恍惚间，他似看到杨氏忽然推开门，轻盈地走进屋里，像往常一样笑容可掬……

如何穿透那幽暗曲折的冥界，让爱妻回到生者的世界呢？过去，黑白色的过去，容易在夜晚复活。有时候，它们所持续的瞬间，完整、清晰，让潘岳觉得似梦似幻又似真。

蹒跚在那美好得难以名状的幻觉中，这个鳏夫总感到无比的迷惘……

当明亮的日光把潘岳照醒，面对新的一天，他无法泰然自若。如此美好真实的新景，金光耀眼的世界，却使得他心间拓开了一片更大的空虚。

秋日湛蓝的天空，宛如苍茫、神妙的穹隆，潘岳感觉自己好像被罩在一只无比巨大的蓝色网罩里面，有些透不过气来。他转头面壁，心中暗暗祈求另一个世界的存在，无论是天上还是地下，他都想祈求上苍让他能够和爱妻永生永世在一起。是的，对他们而言，永生永世，永不嫌长……

琴声响起。女儿金鹿小小年纪，已经开始她晨间的演奏了。纤细、悠扬、充实的琴声，犹如流水激荡，又如被月色抚慰着的金黄色大地一样，回肠荡气，绚丽多彩，让人心中荡漾起一种纯净的悲伤……这样的乐句，曾经在许多夜晚弥漫在潘岳家温暖的空气中，经由杨氏葱根般白皙的手指弹拨而出，彼时彼刻，如同蜡梅香气激活嗅觉一样，让人心扉顿时开敞……

即使是小女孩，金鹿所弹出的彩色音符，依旧能漂染潘岳眼前的空间，描画出错综复杂的情感，时而广袤，时而纤细，时而悲伤，时而欢乐，跳跃激荡，反复无常。琴声，使得那纤细的每一种感觉，在潘岳心中还没有牢固形成，就被雪花般接踵而至的新音符淹没。千百种记忆和情感，转瞬即逝，波涛汹涌，让人浸沉在欢乐和悲伤叠相交错的瀑流中难以逃遁……

女儿稚嫩手指所弹奏的缓慢乐声，在许多瞬间把潘岳领至一个充满幸福的方向，乐声凄然而转趋细碎，然后温和地把他带向模模糊糊的新境界……对他来说，乐声涤濯了枯萎的心花，激绿了回忆，让他忽然凭空看到了芬芳怒放的花朵——那是生命途中与爱妻一起欣赏过的花朵，山楂花、丁香花、梅花、睡莲……它们深深印在心灵深处，在这样忧虑袭来的时刻，使得爱情更加难舍……

乐曲戛然而止。潘岳心中忧伤的欢悦，随着乐声的停止而停止。他心中刚刚被唤醒的东西，倏然烟消云散了。

忽然间，他又陷于日常生活那种无关痛痒的状态中，压抑着才智，根据势利的需要，对身边的人或事做出简单的推理。

欲望，贪心，对奢华乐趣的追求，都隐隐涌现。命运轻轻向耳边吹来悦耳的语句，高高在上，不断以新的姿态诱惑着他……夜晚那些蓦然而至的回忆和音乐带来的幻觉，忽然变得那样陌生，与现实产生了巨大的距离。

有时候，潘岳非常希望，遗忘，能在脑海中占据更多的位置，那样的话，他会好过一些。

他走出房间，进入女儿练琴的琴房，轻轻抚摸着金鹿的头顶。女儿，似乎比她母亲更聪明、美丽。望着父亲对自己俯来的脸庞，小姑娘的眼睛深处腾起一阵泪雾。她想念母亲，又怕言及母亲。

金鹿咳嗽起来，她的脸色似乎显得比前些日子要苍白。

潘岳叹息一声，似乎看到那拖曳的岁月，无时无刻不在剥蚀着人间绝美的芳华，让人无可奈何……

从窗口望出去，宅邸的花园一片青翠，杨氏平日喜欢坐的一张黑色漆榻，静静安置在那闪闪发光的青翠之中，显得色调那样深暗，犹如画在草地上的。

潘岳走出房间，一时间望着那个坐榻发呆。朝阳斜切过庭院，一道阳光射在上面，恰似一条鲜红的带子，非常红，非常红，仿佛立刻就能使得那坐榻燃烧起来……

一种近乎神奇的力量攫住了他的心，让他亲身体验到生活的幻灭：永逝不再的爱情，昔日残梦的冷酷，以及，那么多那么多无法挽回的错误。

"潘大人，贾大人请您去府上一趟，帮助草拟几道诏旨……"贾谧府的从人态度谦恭，请潘岳前去。

"好，好，待我更衣，我立刻就去……"潘岳脸上立刻赔着笑容，飞快地换好衣裳，匆匆与女儿金鹿道别，跟随贾府从人趋出。

生活，又开始踏上寻常的、不可抗拒的轨迹。

潘岳乘上一辆马车，前往贾谧所居的太尉府。

贾氏的太尉府，已经全然不是过去的样子，面积扩大了许多倍，变成京城最豪华的府邸。本来贾充太尉府就很大，其女儿贾南风当上皇后之后，以外孙入继贾充爵位的贾谧入掌朝权，贾氏府邸自然再广而大之。

"潘大人，我听我们贾大人讲，这些诏旨中有一道封您为给事黄门侍郎，恭贺潘大人，您又官加一级啊……"途中，贾府从人向潘岳提前道贺。

"全赖贾大人提携！"潘岳赶忙拱手道谢。

"是啊，贾大人只要和皇后打好招呼，日后，潘大人您还要做更大的官……"洛阳街面非常平坦。行近贾府，道路更加平坦，坐在车中感受不到一点颠簸。听到自己又能荣升一级，潘岳心中暗暗涌起一股喜滋滋的感觉。事实上，做官和才能，根本是完全不同的两码事情，无须建功立业，无须勤苦于政事，只要能得到权贵的赏识和关键人物的帮助，高官厚禄，荣华富贵，往往可以一蹴而就。

忽然间，潘岳感到自己所有的障碍都消失了，一切阻力都被克服，自己再不会原地打转，仕进前途一片光明。悲伤，蹭蹬，哀愁，怨艾，都已经成为温柔的过去……

第二十章　虚玄尽替缨

"石崇违背大晋制度，从荆州任上私自携毒鸩鸟过江，在宅邸中当众毒杀文明太后之弟、后将军王恺，实属罪大恶极，不可赦免！"

身为司隶校尉①的大臣傅祗高声奏言，面容沉毅。

太极殿东堂，群臣交头接耳，看上去像商量事情，实际上没几个人切实对王恺之死认真。

石崇本人持象牙笏板，挺立殿廷，脸上　一副凛然无所畏惧的样了。

王恺被毒死，此事如果发生在武帝一朝，石崇纵然不死，也要被重罚监押。一朝天子一朝臣，如今，贾皇后外甥贾谧当政，石崇乃其主要心腹谋主。朝臣皆心知肚明，故而晋廷不可能对石崇有过重罚处。加之王恺本人骄奢淫逸，待人无礼，遭人嫉恨，朝中没有什么人出来为他说话。

傅祗出班弹劾石崇携毒杀人，不偏不倚，出于公心而已。

坐于群臣之首的司空张华、司徒王戎，尚书左仆射何劭、尚书令王衍以及侍中裴颋等高官，皆当殿默然，良久不做表态。

当时的大晋朝，从京城洛阳方面讲，看似安静，而从全国范围讲，灾祸兵端，连绵不断：荆、扬、兖、豫、青、徐六州大水，冲毁房屋，淹死百姓无数；东海下大雹，深五寸，砸死多人；洛阳武库发生大火，焚毁宫廷所藏累代之宝（包括汉高祖刘邦斩蛇剑、王莽头、孔子屐等物）及二百万人所用器械；雍、秦二州大旱，疾疫大起，斛米值万钱，饿死州人无数……

天灾，对晋廷来说，相比边境地区日益恶化的事态，就还算不得什么。最值得当朝大臣深忧的，乃周遭夷狄外族日盛，不断侵逼中原。匈奴原左部帅刘渊被朝廷委任为五部大都督之后，威震朔方，暗中加紧巩固势力，诸部匈奴蠢蠢欲

---

① 汉至魏晋时期监督京师和地方的监察官。

动；东胡慕容廆鲜卑部数次侵掠辽东，眼见占不得大便宜，就遣使向晋廷伪降，也受封为鲜卑都督，虎视辽东地区；冯翊、北地马兰羌、卢水胡等部落，数次起兵反逆，袭杀晋朝北地太守，大败冯翊太守欧阳建；略阳氏族杨茂搜，率兵占据仇池，自号"辅国将军右贤王"，称霸一方；巴氏李特、李庠兄弟，趁着领率流民寄食巴蜀的机会，占据蜀地险要，渐思谋据全蜀。

特别是秦、雍二州的氐、羌诸族，在氐人齐万年煽动下，造反声势最大。节节紧逼之余，齐万年领兵四处攻杀，自称皇帝，并率七万大军进围泾阳①，严重威胁到关中地区。

本来，晋廷镇守关中的主要人物乃晋朝宗室、有征西将军头衔的赵王司马伦。此人本性庸陋，贪财纳贿，信任手下长史孙秀，想方设法压榨当地羌人、氐人。他与雍州刺史解系不和，相互争夺军事指挥权，并各自上表朝廷，揭发对方"罪恶"。由于冯翊太守欧阳建也表奏司马伦指挥乖方，晋廷最终下诏，召回赵王司马伦，改派梁王司马肜为征西将军，都督雍、凉二州诸军事。

晋廷召回赵王之后，原想诛杀他的长史孙秀以平息关中民愤。孙秀有谋略，他跟从赵王回到洛阳后，看准形势，献计献策，撺掇赵王馈赠贾南风财宝无数，积极诣附贾谧，故而司马伦不久就深受贾氏爱信，孙秀由是得免。

代替赵王司马伦坐镇关中的梁王司马肜，并无文韬武略。他与手下建威将军周处有宿怨（周处在朝中任御史中丞的时候曾经弹劾过梁王），竟然临阵逼周处以五千人的兵力进击齐万年数万强兵。结果，周处寡不敌众，力战而死；梁王乃宗室尊戚，晋廷对他无任何处置……

四境嚣嚣，灾异屡现，晋廷王公大臣们，却日享尊荣，各求眼前富贵，浸沉于洛京繁华乡中。他们多崇尚虚玄，很少有人能思及国家长久的利害。朝廷贵臣之中，即使以明达著称的张华、裴頠等人，心思也都集中在如何在内讧中保全身家，根本没有时间细思如何抵制外患。

王戎由尚书左仆射进位司徒后，一心求财，毫无建树。他出身显赫，乃魏晋高门琅邪王氏。王戎对外号称大名士，本性极其贪吝。其名下田庄园产，诸州遍有，富可敌国，依旧日日自执牙筹，昼夜算计不休。他广为人知的事，均与贪吝有关，比如：王戎家果园中有一种李树特别能结好果，每季都沽卖以得利。王戎怕买到李子的人回去会以此为良种重新种植赢利，就在卖李子之前大做手脚，和仆从婢女一起，撅腚拥箩，用细锥把李核钻空，然后再把李子卖出去。他有一女

---

① 在今甘肃平凉西北。

嫁给裴颜为妻，曾因家中有事向他贷取数万钱。待女儿回家省亲的时候，王戎嫌她偿钱日子拖得太久，日日面有愠色，催逼女儿还钱。王戎一个侄子结婚，身为叔叔的他，只借给对方一件单布衣衫，婚礼仪式结束后，他立即派人前去索还……因如此种种，王戎广受时人讥讽。

王戎堂弟王衍，更是个鼎鼎有名人物。此人神情朗秀，风度翩翩。儿童时代，王衍往见名士山涛，深为对方所叹赏。王衍别去之时，山涛目送良久，叹息说："何物老妪，生这宁馨儿！但误天下苍生者，必是此等人！"王衍年十四，因事到仆射羊祜宅第，申陈事状之时，侃侃敢言，时人称其为"神童"。如此这般，久而久之，连武帝都闻其名，便向王戎问道："王衍此人，名高如此，当世何人可比？"王戎推举起族人来不遗余力，马上标榜说："王衍当世无匹，只能从古人中搜求其类！"由此，王衍在武帝时代就得到加意录用，累迁至尚书郎。后来，由于女儿嫁给太子司马遹做了太子妃，王衍身份更往上提升一层。当时大晋承平，王衍终日清谈，不理政务。每俟宾朋满座，大臣名士聚集之时，这位皮肤异常白皙的王大人，便自执玉柄麈尾，娓娓而言，满口玄虚，雌黄老庄。王衍之妻郭氏，乃贾南风表亲，贪鄙无厌。王衍本人矫揉造作，鉴于堂兄王戎以贪吝受人讥嘲，他便一向口不言钱。其妻郭氏为了试探他，事先让婢女以钱绕床。一觉醒来，王衍下床不得行，即召婢女言道："速将阿堵物搬去！"确实，他为人机敏有小智，始终没有说一个"钱"字。而其妻郭氏虽鄙吝，但王衍最终能在贾谧当政时被朝廷超擢至尚书令，究其实，还是倚恃郭氏与贾南风的亲戚关系。

多年以来，晋廷士大夫，皆以浮诞虚玄为美谈，弛废职业，不理政事。当时名士、大臣，诸如胡毋辅之、谢鲲、毕卓等人，皆与王戎及王衍、王澄兄弟友善，整日除谈玄论道以外，谑浪笑傲，穷欢极娱。吏部郎毕卓素好纵酒，曾作诗道："右手持酒杯，左手持蟹螯，拍浮酒船中，便足了一生。"这首放荡的诗歌，最能表现元康年间（公元291—299年）士大夫的精神状态。

东堂之内，朝臣嗡嗡半晌，皆顾左右而言他。最后，还是贾谧为石崇毒杀王恺一案定下调子：

"石公携带鸩鸟到江北，确实触犯大晋律例，可判二岁刑，折赎金一斤……至于傅大人指称石公毒杀王公，罪名不成立。当时在金谷园，王公自己送上门去，非要与石公打赌，自愿尝毒，当场人众，皆可作证。"

众臣唯唯。

也就是说，贾谧轻描淡写，判定石崇与王恺之死完全无涉，只因他携带鸩鸟雏鸟过江，才判罚一斤黄金的罚金。对家富亿万的石崇来说，这点罚金，九牛一毛而已。

晋朝袒护门阀贵族，根据当时的律令，赎死，也只需黄金二斤。

"……好了，王公因毒而死，让人叹惋，他毕竟是文明皇后之亲弟，薨逝之后，朝廷应该予以赠谥，希望大家来就此议一议。"为了阻止傅祗继续就石崇毒死王恺之事当众与人争执，贾谧转移话题。

眼见张华、王戎、王衍等人对此缄默不表态，傅祗气闷之余，也无可奈何。

听贾谧言及王恺的谥号，傅祗气冲冲地表示：

"王恺以帝舅之尊，不知谦抑，骄奢淫逸，肆意妄为，做作所为，无所顾惮，如今身死，遭人嘲笑，极伤大臣体面。谥法曰'怙威肆行'为'丑'，我认为，给他谥号'丑'，最为合适！"

殿上又是一片嗡嗡。

王衍首先站出来反对："王恺少有才力，历位清显，虽无细行，有在公之称。如果朝廷赐谥为'丑'，有失恩德公允。"

张华也摇头："王恺，文明皇后亲弟……其兄王恂，通博文义，在朝忠正，崇明《五经》，武帝时代立功立德，王氏之于大晋，可算不薄。而'丑'之为谥，未免过贬……"

听张华如此说，在场众人安静，没有立即附和贾谧，也不敢赞同傅祗的建议，静观事态发展。

楚王司马玮被诛后，张华以首谋之功，即拜右光禄大夫、开府仪同三司、侍中、中书监，授以金章紫绶。元康六年，张华又接替去世的下邳王司马晃为司空。即使贾南风、贾谧姨甥二人宫内密谋，也都认为张华出身庶族，儒雅有筹略，此人进无逼上之嫌，退为众望所依，所以贾氏很希望借助他来统提朝纲，处理政事。当然，朝廷真正的大事，贾南风、贾谧还需倚重与他们有亲戚关系的裴頠和贾模。而裴頠、贾模二人，一向敬重张华，故而他们在朝中向来相安无事。张华尽忠匡辅，弥缝补阙，所以，数年之间，虽然痴帝毒后当朝，朝中还算晏然。张华本人深恐外戚干政会导致国家败亡，曾作《女史箴》呈入宫中给贾南风看，以为讽谏。贾后为人虽凶妒，也知张华无他意，纳而不责。

然而，为了让傅祗有台阶下，贾谧这次根本没有听从王衍、张华的建议，他板着面孔，出人意料地宣布说：

"傅大人所说极是。王恺身为贵戚，不能做朝廷表率，行事唐突草率，死非其所，宜谥为'丑'……"

听贾谧如此说，张华、王衍皆噤口。

石崇心中暗喜。王恺这个与他斗富多年的老对手，不仅被自己当众毒死，死后还被朝廷盖棺论定，赐谥为"丑"，他终于解了多年怨恨。

王衍似乎还不大死心，他轻轻拉扯一下身边侍中裴𬒈的袍袖，想让他出头替死去的王恺说说话，争取一个好听点的谥号。

"夷甫（王衍字）啊，如今朝中士大夫，饰为高谈之具，深列有形之累，盛称空无之美。如此一来，一唱百和，往而不反。士人皆薄综世之务，贱功利之用，高浮游之业，卑经实之贤。如此浮波成流，对天下不利啊……"

裴𬒈对死人王恺的谥号问题一点也不感兴趣，反而和王衍探讨起"空""无"的问题。

作为开国元勋裴秀之子，裴𬒈自幼以聪慧著称，年十四，即为太子中庶子，迁散骑常侍。他与王弼相仿，在弱冠之年，即能写成《崇有论》一文，宗纲在于挽救名教朝纲，反对当下流行的"贵无论"，力图恢复儒学的主导地位。

从魏朝正始年间（公元180—189年）开始，玄学大盛，特别是"贵无之学"盛行。此后以往，清谈务虚之风遍及朝野，致使儒学渐趋衰落，士大夫中更是有不少人纵欲放荡，视礼法如无物。

王衍对裴𬒈这个话题很有兴趣，马上辩解说："尚自然，崇玄妙，才能雅远旷达。理政做人，当以'无'为本……"

"夷甫之言差矣。如今士大夫，立言借助虚无，谓之玄妙；处官不亲所职，谓之雅远；行事忘其廉操，谓之旷达……如此怠慢纵放，悖吉凶之礼，忽容止之表，渎长幼之序，混贵贱之级，让人忧心扼腕……有人聚集士人纵饮欢歌，裸裎袒慢，甚至对弄婢妾，丑行秽态，无所不至，德行大亏！"裴𬒈言辞滔滔，情绪激动。

"裴公所言，大似谬误。我辈贵'无'，乃何晏、王弼二位先辈所述之'无'，亦即老庄所讲之'无'，其目的在于'无之以为用'，以'无'为体，所以最终能无所不有，无所不通，无所不往。王弼曾言：'天地任自然，无为无造，万物自相治理。'由此而往，无为于万物，而万物各适其所用……"王衍狡辩。

一旁有见识的朝臣都听得出，王衍并非对老庄和《易经》有特别深入的研究，他只会纵横狡辩，一向以清谈成名。虽然王衍总能口若悬河，细究之下，他的话前后矛盾。但他名声在晋朝确实太大，职位又显，以至于在这位大名士倡导下，洛京浮诞日益成为风俗，士大夫谈玄成风。

"夫万物之有形者，虽生于无，然生以有为已分，则无是有之所遗者也。故养既化之有，非无用之所能全也；治既有之众，非无为之所能修也。心非事也，而制事必由于心，然不可谓心为无也；匠非器也，而制器必须于匠，然不可谓匠非有也……"裴頠顿时来了精神，言谈侃侃，在太极殿东堂大谈他的"崇有论"。

贾谧对裴頠和王衍的对话半懂不懂，倒是非常感兴趣，凑过来细听；石崇、潘岳等人也饶有兴味，不停点头；王戎、张华等，伫立一旁，捋须不语……

绝席而坐[①]的傅咸一脸怅然，他对身边年纪相仿的族叔傅祗说："朝廷上下，其实只分两派人物，一派尚虚无，一派尚奢侈。此辈终日玄言，弃孔孟经典而尚老庄，蔑礼法而崇放达，耽误政事，不能有丝毫匡救时艰。唉，礼教沦亡，士大夫误尽苍生，长此以往，恐怕祸不旋踵了……"

傅祗嘿嘿两声，默然不答。看到众人皆忙于谈玄论道，无人关心朝政，傅咸愤怒之余，当廷高言道：

"司徒王戎，禀性贪婪吝啬，聚敛无度。他居高官显位，随波逐流，对国事漠不关心……按照古代典制，官吏三年考核一次，经过三次考核后，才能决定升迁。王戎擅改旧制，任人唯亲，随意调升官吏，驱动浮华，亏败风俗，应该罢免王戎官职，以敦风俗！"

看到傅咸敢于当众弹劾司徒，大臣们都扭头看着他，没人出声。

"傅咸，你如今职务，乃司隶校尉……弹劾王司徒违背典制，对你来说，大概超越你职权了吧，我想，这并非你分内之事。依我之见，越权奏事，反而应该就此免掉你的官职！"

众人凝目。说话之人，超出大家预料，乃赵王司马伦。

依据晋朝制度，像司马伦这样的尊亲王爷，在朝廷上都有专门的坐床摆在上首。作为宗室，一般来讲，这些人不会当众发表自己的意见。赵王此次之所以贸然发言，正是站在他身后的孙秀撺掇使然。

孙秀善于察言观色。他知道王氏家族势力强大，看到傅咸当廷攻击王戎，自然力劝赵王司马伦当众表态，以图在阀阅大族中争取更多的支持和好感。

司马伦身长体瘦，满脸长着浓密杂乱的白胡子。他右眼眼皮上面长着一颗大肉瘤，面相非常凶恶丑陋。当他恶言相向之时，睁一目眇一目，样子看上去凶恶异常。

"我身为司隶校尉，职责就是纠察官吏违法乱纪！王戎虽贵为司徒，但我司隶校尉，自可以与御史中丞一起行权，纠察皇太子以下文武百官！"面对赵王司马伦咄咄逼人的呵斥，傅咸毫不退缩。

---

① 自东汉时代起，为表示尊崇，御史大夫、尚书令、司隶校尉，在朝廷上皆专席（绝席）独坐，称为"三独坐"。

王戎是个老滑头，他赶忙向傅咸和司马伦各躬身一揖，谦恭地表示：

"赵王殿下爱护老臣，我在此向殿下致礼！我行事不谨，傅大人所说，非常有理，待御史提出书面弹劾后，如果傅大人所讲皆实，我定当辞去职务……"

不等傅咸表态，贾谧变得非常不耐烦，他咳嗽一声，挥手对朝臣说：

"今日暂且议到这里，应皇后之命，我还要去东宫陪侍太子读书……"

第二十一章　太　子

"人的变化很奇怪，看太子司马遹，真应了那句话：小时了了，大未必佳！"石崇说。

在跟从贾谧车驾扈从去往太子东宫的路上，他与潘岳共乘一驾马车。

"……嗯，记得太子小时候，聪慧异常。他五岁时，宫中有一次半夜失火，武帝带着他登楼眺望火情。年纪虽小，他竟然会牵着武帝的衣裾，把武帝拉入暗影之中。武帝笑问其故，太子回答：'暮夜仓促，陛下宜防备非常之事，不应该让人看到皇帝在火光明处站着……'"潘岳回忆起太子小时候的事情，脸上露出微笑。

"是啊，正是从那时候起，武帝就非常珍爱他这个太孙。火灾过后不久，武帝带他去华林园游玩。看到后苑供观赏的猪圈中养着好多大肥猪，当时才几岁的小孩子，竟说出这样的话来：'大猪真肥啊，陛下，您何不让人把它们杀了赐给大臣吃？空养它们在这里，浪费五谷食粮……'武帝高兴得大笑，即刻让人把几只大肥猪都宰杀掉，遍赐群臣享用。为此，武帝当众对大臣们称赞说：'此儿相貌，极类宣帝，日后必大兴我司马家！'"石崇也沉浸在回忆里。

潘岳点头："从彼时起，太子令誉满天下，朝臣无不认为他是大晋当然的储君……"

石崇若有所思点点头，他脸上显出神秘之色，左右看了看，忽然压低声音对潘岳说："安仁，你知道吗，武帝时代，当今皇帝的皇太子位子一直得以保全，除了他是嫡长子，最大可能，还是因为那武帝一心看重皇太孙啊……根据我所听说的传言，加上我的个人判断，当今太子，极有可能是武帝本人的骨血……"

潘岳闻言，满脸惊诧："季伦，这话从何说起？"

"太子之母谢玖，最早被选入武帝后庭做才人，早就被武帝临幸过。当今皇帝十岁的时候，被武帝立为太子。要知道，他作为太子，一入东宫，选太子妃就被列为首要大事。武帝觉得，太子当时尚幼，未知帷房之事，就派遣善解人意的才人谢玖前往东宫侍寝，给太子做床笫启蒙。很快，谢才人就有孕了。日后，贾皇后入东宫做太子正妃，她对太子宫内别的嫔妃，皆随意杀戮，唯独对谢才人不敢怠慢。谢才人呢，也深知贾妃奇妒，怕再待下去危险，就上书武帝，请求归居大内。回去后，谢氏就生下了当今太子司马遹……三年后，当今皇帝进宫朝见武帝，见一个三四岁的白胖俊儿与数位皇子在一起玩耍，非常可爱，就走过去拉着那小孩的手嘿嘿傻笑。武帝远远望见，行至近前，对当今皇帝说：'此乃汝儿也。'皇帝不明就里，只能跪于地上拜谢……安仁，你仔细想想，当今皇帝，他临幸谢才人的时候，年方十二，那种年纪，能让女人怀孕的可能性，不是很大……司马遹很可能就是武帝自己的骨血啊……所以，武帝时代，当今皇帝虽然憨愚，他皇太子的位子未曾动摇，让人纳罕，时人都认为是他地位长子使然，我却觉得，武帝内心深处，很有可能盼望小儿子司马遹日后能以'皇太孙'的名分继承帝位，为避免差池，就先让自己的傻太子儿子做个过渡……"

听石崇如此说，潘岳沉吟，半晌不言。良久，他才说："武帝对当今太子确实尽力推举，听望气者讲广陵有天子气，他就立刻把司马遹封为广陵王，选派明德有望的老儒给他做师傅，寄望匪浅啊……"

"正是武帝对当今皇太子寄予厚望，当今皇帝践祚后，朝廷盛选一时德望大臣给太子做师傅，安仁，你肯定记得，朝廷先让何劭为太师，王戎为太傅，杨济为太保，裴楷为少师，张华为少傅，和峤为少保。元康元年，皇太子出就东宫之后，朝廷悉意尊崇，不断派遣德高望重的大臣到东宫教太子读书，广为辅导……可惜，如此一个好孩子，年岁越长，性格变得越怪，他不好学不说，与左右群小嬉戏之余，还常常侮辱师傅，殴打从人，致使秽声外传，声望渐毁，让人忧心……"石崇用铁如意轻轻敲击着车壁，欲言又止。

"太子青春正盛，本该是延取更大声誉的时候，他却一改常态，沉迷嬉戏，可惜，可惜……"潘岳惋惜，"最近，我听说太子所幸蒋美人生下一个男孩，他蛊惑于小人之言，大肆庆贺，对陪伴他玩耍的群小赏赐巨万，派人为刚刚出生的孩子营造无数宫中玩器，都陈放在东宫花园里……太子为了能在后园同那些小人尽兴游戏，还以得病为借口，不按时上朝去侍君父。大概，左右还有什么阴阳家教导他，致使太子沉迷术数，不容许任何人在东宫缮壁修墙，即使正瓦动屋，他也要事先烧龟卜卦……东宫旧制，每月朝廷赐钱五十万供太子花费，然而他溢赏滥赐，每月都会花掉一百万钱。为了收利，他让手下把从西园种植、养殖的葵菜、鸡鸭等物收集起来，卖到民间，真是不成体统……"

石崇听潘岳说了这么多，更加发叹："太子手下属官、太子洗马江统秉性正直，他常常劝太子收敛。这位小爷不纳，怀恨在心，让人把细针暗置于江统的坐垫中，刺得江统无法……安仁，你有所不知，太子平时最喜欢做的游戏，是让他手下宦者骑在骏马上飞奔，事先呢，他暗中割断那些马匹的鞍鞯，疾驰之中，看着那些宦者纷纷从马上摔落，太子就会高兴得大笑。最近，已经有十多个宦者摔成重伤……如果属下惹他不高兴，贵为太子，他竟然能亲自执棍，把对方打得半死……"

听到更多太子荒唐行事的细节，潘岳大摇其头。

接着，石崇讲："昔日太子令誉满天下，洛阳百姓都公开赞美；如今，他诸多秽声传出，坊间传闻日多。荒唐事多，太子喜欢在东宫让手下人仿造市场，宦者们扮成百姓在其中买卖，杀猪卖酒。他本人也有一手绝活，随便割下一块猪肉，就能手揣斤两，轻重丝毫不差……"

"太子异能还挺多……"

"非属异能！太子之生母谢氏，乃屠夫之女，故而太子得母家遗传，能以屠沽为乐。"

潘岳又叹："同是一个人，小时候那么聪慧懂事，怎么成人后变得如此荒唐、放纵？"

石崇再次压低声音，说："太子非贾后亲生，她素忌太子有令誉，几年前就特意安排几个宦者到东宫，成日媚谀太子，引诱他恣肆荡意作乐，并劝太子说：'殿下趁现在年轻无事，一定要享尽天下乐事，不要自我约束，浪费大好光景……'每见太子因事生怒，宦者们都撺掇说：'殿下不用威刑，天下人岂得畏服！'在这些人日日惑迷下，太子脾气越来越差……"

"唉——"听石崇言及此，潘岳大叹一声，非常担忧地说，"季伦，你也知道，贾皇后本性凶暴，太子地位敏感，如果他能修德进善，谗谤不入，兴许能得以保全。如今，太子放纵如此，岂不恰恰授人以柄吗？……我等深受贾谧大人提拔，万一日后贾氏和太子的关系弄僵，我们肯定岌岌可危！如果我们一直站在贾氏一边，日后太子继位为帝，你我难逃贬窜；如果我们站在太子一边吧，对不住贾氏提携，于情理不合……"

石崇此时面色冰冷。"安仁，你所思太过简单……你我如今皆已被人归于贾氏党徒，倘若日后太子登基为帝，如果只遭到贬窜，就太值得庆幸了，怕只怕，你我难逃族诛！"

天色阴沉，太子东宫内的西园，放眼望去，一片灰色。潘岳坐在殿角处，呆呆望着庭院里面一块阴沉沉的石头发愣。

西园的花草树木都凋零了，几棵百年老树，深绿色树皮上蒙上了一层霜花一样的透明的东西。雪，已经不下了，天却依旧阴沉。看着看着，潘岳似乎感觉到一条摇曳不定的光线，从天上飘射过来，想要把石头内在的光芒释放出来。看得过久，那块石头的表面就变成了一片深灰色，偶尔从云间露出头来的冬日白太阳，发出几道微光，忽然在石头上点燃数块亮斑。不久，一阵微风吹过，浓云四合，石面重新变得阴暗起来……

远处，爬墙的藤蔓早已经干枯，观之令人凄然。只有石头上的斑驳苔藓还泛着深黑的色泽，估计只要春天的一道光线，就可以催它们重新焕发活力。

刚刚到宫内朝拜皇帝的皇太子，归来东宫不久，还没有来得及脱下正式的朝服。在数盏巨烛照耀下，身材颀长的太子挺身站在那里，活像一个刚从天上下降的神仙。

太子长得异常清秀，他高高昂着清癯的面孔，束着又长又黑的头发，头戴远游冠，着介帻、翠绣，看上去严肃而冷静。

他的朝服很漂亮、庄重，上衣穿绛纱襦，皂缘白纱，里面白衣曲领。身上佩戴瑜玉，垂组。他所携带的饰剑，火珠素首，加上腰系革带，白玉钩连缀兽头鞶囊，显衬得他更加英气勃勃。

侍女帮太子脱解剑舄①，给他换上新的介帻单衣。这个望若神仙的小伙子站在那里，自己一动也不动，任凭侍女服侍。

太子的叔父、成都王司马颖和侍中贾模刚刚陪同他上朝返回。司马颖比他的侄子太子还小一岁，正坐着饮茶；贾模站在那里，对太子讲述着什么。

贾模乃皇后贾南风族兄。他蓄着两大撇黑胡子，脖子又细又长，喉结又尖又大，说话的时候，他大大的喉结就在颈前薄薄皮肤下面上下蠕动，看上去有些滑稽。

贾谧率先过去，与太子见礼。

二人作为中表兄弟，年纪又差不多，所以太子见到贾谧之后，表现得很亲切、随和，亲手弯腰扶起他。

名义上，贾谧到东宫是来"侍讲"的，其实只是过来陪太子下围棋消遣。

贾模见太子和贾谧要弈棋为乐，便行礼告退。

---

① 厚木底鞋，古时最尊贵的鞋，多为帝王大臣穿用。

宦者端上黄色榧木制作的棋枰，放在太子和贾谧的中间。棋局上面，纵横各十七道，共二百八十九道①，白黑棋子为方形②，各一百五十枚。

一俟皇太子、贾谧执棋，东宫的乐官开始演奏弦乐，有宦者长声低吟，唱汉朝马融所作的《围棋赋》：

"略观围棋兮法于用兵，三尺之局兮为战斗场。陈象士卒兮两敌相当，拙者无功兮弱者先亡。自有中和兮请说其方，先据四道兮保角依旁。缘边遮列兮往往相望，离离马首兮连连雁行。蹂度间置兮裴回中央，违阁奋翼兮左右翱翔……深入贪地兮杀亡士卒，狂攘相救兮先后并没。上下离遮兮四面隔闭，围合罕散兮所对哽咽。韩信将兵兮难通易绝，身陷死地兮设见权谲。诱敌先行兮往往一室，损蹇委食兮三将七卒……计功相除兮以时早讫，事留变生兮舍棋欲疾。营惑窘乏兮无令诈出，深念远虑兮胜乃可必。"

石崇、潘岳等人，都曾给太子当过侍讲，所以皆在不远处的坐榻上饮茶，欣赏皇太子和贾谧弈棋。

当场就座的，还有贾谧父亲韩寿的两个弟弟韩蔚、韩预，他们二人同为散骑侍郎。这二人丰神俊朗，都是美男子。在他们身边，还坐着一个相貌猥琐的人，乃赵王司马伦手下长史孙秀。他到太子东宫，乃替主人司马伦向太子馈赠礼物。

成都王司马颖一直坐在太子侧近，饶有兴趣地观看二人争弈。其间，看得兴起，他还高声朗诵起李尤所作的《围棋铭》：

"诗人幽忆，感物则思。志之空闲，玩弄游意。局为宪矩，棋法阴阳。道为经纬，方错列张。"

相比在西园和手下小人们骑马、立市肆玩耍，太子弈棋，还算是清雅之举。

从相貌上看，贾谧和他的两个美男子叔叔非常相像，朗目俊眉，齿白唇红，很像是三兄弟。只是贾谧年轻，髭须不如他的两个叔叔浓密。

贾谧、太子弈棋久之，二人沉浸其间，其乐融融。贾谧身为皇后贾南风的外甥，得以恣意后宫，从内心上讲，他对皇太子司马遹并无真正的尊重、敬畏，更无屈降之心。待二人弈到兴浓，各不相让，情急之时，贾谧拍案叫嚷，甚至公然与太子弈棋争道。

在座别人不敢说什么，作为太子叔父的成都王司马颖看不下去，他挺直上身，对贾谧正色道："皇太子乃国之储君，你何敢如此无礼！"

闻听成都王如此说，贾谧推枰而起，棋局不欢而散。

---

① 根据三国时魏国邯郸淳所著《艺经》，当时的围棋如此。
② 从唐朝开始，围棋棋子才改为圆形，此前都是方形。

贾谧切齿。他在原地转了几步,欲言又止了好一会儿。最终,还是忍耐不住,他当着众人的面,声音平缓地对成都王拱手道:

"殿下,刚才弈棋投入,我倒忘记告诉你一件事情——皇帝、皇后有旨,转授你为平北将军,出镇邺城!"

纵然成都王司马颖平日善于韬晦,但他毕竟年轻,不免气盛,听贾谧如此说,马上厉声回问:"凭你一句话,就能把我逐出洛京?圣旨指挥①何在!"

贾谧振袂,双手背后,扭头以命令的语气高声对潘岳说:"潘大人,请拟草诏旨,立遣成都王出镇邺城!"

作为给事黄门侍郎,草诏,确实为潘岳职责所在。听贾谧召唤,他只得起身唯唯。

亲眼见到如此情形,贾谧的两个亲叔叔韩蔚、韩预赶忙起身,向太子、成都王拜揖,并一起走过去劝说贾谧。

贾谧丝毫不理会二叔的劝告,脸色更加阴沉,他六亲不认、声色俱厉地对二人讲:"二位侍郎,朝廷派遣宗室外出坐拥大镇,为国捍边,此乃陛下亲自制定的大事,非尔等能预,请勿多言!"

几句话,说得两个美男子满脸悻悻,俯首不敢多言。

赵王司马伦派来送礼的长史孙秀一声不吭,坐在榻上不动。他捋着鼠须,细细观察诸人的反应。

皇太子司马遹很有些不高兴。皇叔司马颖仅仅呵斥贾谧一下,就立遭贬逐,而且贾谧当着自己的面让人拟旨下令,简直欺人太甚。

于是,太子定定心神,强抑愠怒,对贾谧说:"长渊(贾谧字长渊),成都王乃我大晋至亲宗室,他到洛阳没多久,还是让他留下吧……"

太子与贾氏,实际上此前已经互相产生嫌隙。本来,按照贾后之母郭槐的意思,想把贾谧的妹妹嫁给太子做太子妃,太子本人呢,也想通过与贾家联姻的方式来巩固自己的太子之位。岂料,如此大好事,皇后贾南风和贾谧都坚决不同意。眼看太子确实到了娶妻的年纪,贾后决定,为太子聘王衍之女为妃。王衍有两个女儿,长女相貌绝美,次女相貌平平。既然不能娶贾谧之妹,太子就转思纳王衍漂亮的长女为太子妃。偏偏此时,贾谧又来作梗,他跑到后宫向姨母贾后要求说,自己想迎娶王衍长女。贾后当然偏向外甥,自作主张,让贾谧娶王衍长女,使太子娶王衍次女……

---

① 宋朝之前,皇帝的敕令也称为"指挥"。

经过此事之后，太子心内生恼，但他慑于贾氏势力，也不敢表现出来。

如今，太子司马遹看到贾谧如此擅权，新嫌旧怨，顿生于心。

"太子殿下，成都王地位亲逼，对他这种人，朝廷更应该多加防备，难道您忘记了楚王、汝南王之事吗？……派成都王出镇，非我之意，乃皇帝、皇后之意。"贾谧板下脸，咄咄逼人。

太子司马遹低下头，不好再说些什么。

贾谧并不强大，强大的是他背后的贾皇后和贾氏家族。自太子懂事起，他能记住的那么多朝臣、宗室，比如他名义上的祖母杨芷杨太后、杨太后的父亲杨骏、总陪自己练习书法的太傅杨济、老臣卫瓘、宗室元老汝南王司马亮，以及那样英姿飒爽的叔父楚王司马玮，都陆陆续续死在贾氏的阴谋中。每思及此，太子都有股悚栗之感。

站在太子身后不远处负责东宫护卫的右卫督司马雅，此时握紧双拳，愤怒得满脸发白。

司马雅乃晋朝宗室疏宗，身高九尺多，相貌魁毅，武艺超群。看到同为司马氏的皇太子被贾谧如此奚落，他感到非常愤怒。

这一切，贾谧没有发现，却被站在太子、司马雅对面的石崇、潘岳看个满眼。赵王司马伦派来的长史孙秀，对此也眼明心亮。

"成都王殿下，您暂先还镇吧，说不定哪天皇帝想念您，一纸诏书，您能够立刻回到洛阳……"一直不说话静观的石崇打圆场，"贾大人，太子殿下从皇帝宫中回来后，未及休息，刚才弈棋辛苦，还是让太子殿下先歇息歇息吧……"

贾谧仰颐，不屑地看了看成都王和皇太子，挥臂而出。

在场的潘岳、石崇、韩蔚、韩预以及孙秀，深感气氛紧张，不适宜再流连下去，都行礼告退。

路上，石崇担心地对潘岳说："今日之事，太子大为尴尬。如果他的属官江统、王敦在场，二人性刚，肯定会与贾大人据理力争，局面必将不可收拾。"

"口头传诏，贬成都王出京，完全不合制度律例，这种事情，也就是贾大人敢做……"潘岳心事重重。

一行人走出东宫后，看到孙秀准备登上马车，潘岳忽然喊住了他："孙大人，您还记得我吗？"

孙秀端坐车上，拱手向潘岳行礼，他黄黄的刀条脸上挂着阴阴的笑意，仅仅回答了八个字："中心藏之，何日忘之！"

然后，他向石崇作礼，便即刻催促侍从，嘚嘚而去……

"安仁，你从前认识孙秀？"石崇问。

"三十多年前，家父做琅邪内史的时候，孙秀曾为家父部下小吏。此人寒人出身，狡黠贪贿，我当时年轻，由于憎恶孙秀的为人，多次当众挞辱他……哪里想到，几十年不见，他如今成为赵王手下长史，贵为王友……人生何处不相逢，昔日仇怨，看来孙秀还深记于心……"

"我观此人，貌陋而心险，安仁，你不得不防啊……不过，赵王，乃一庸才耳，他在关中惹下大祸，现在寄寓京城，应该成不了什么气候！"

"说不准，说不准，人生福祸难测啊……看到这个孙秀，不知道为什么，我心中咚咚直跳，有一种说不出来的不祥预感……"潘岳有些精神恍惚。

第二十二章　元康风流

腊日到了。

洛阳的大街上，到处弥漫着葱、韭、薤、蒜、芫荽"五辛"调料味道。市肆喧闹嘈杂的店铺外面的竹竿上，夸张地插着大串大串金黄色的环饼和锞输[1]。各种齑[2]、菹[3]、脯[4]、鲊[5]，堆满了商贩售卖货品的大案。无论是官宦家还是普通人家的大门，很多都贴着鸡形剪纸。有几家刚刚有过丧事的人家，大门上挂着几只新近宰杀的公鸡以驱邪。每家每户的外墙边，几乎都堆满过年用的竹子、柏枝、桃木、花椒、芦苇等物。待除夕那天，人们就会把芦苇插上门首，门鼻挂上桃木。而小孩子们颜色鲜艳的衣领上，大人们会帮他们别上一根嫩嫩的柏树枝，用以除邪驱鬼。

有些儿童心急，除夕未到，他们就在门前空地上生火，哄闹着扔进去晒干的竹子[6]，拍掌欢呼，听竹子爆裂声音响起，四下跳跃。他们中不少人头戴华胜帽[7]，穿着皮袄和棉鞋。

朱雀大街上，在身穿鲜艳公服的官员的率领下，沿街竖起百面巨大的牛皮鼓。身材粗壮的大汉们，把鼓擂敲得震天响。一些戴着狰狞傩面的壮士，随着鼓声，张臂扬腿，跳跃起舞。还有些人，满面发光地依次点火，燃烧草扎的巨大土牛，求此驱除疫病，送走寒气。

洛京的达官贵人们，在家中举行完大祭之后，许多人应邀来到石崇的金谷园。

---

① 一种车轮状的大型油炸面包圈。

② 菜泥。

③ 泡菜。

④ 干肉。

⑤ 鱼干。

⑥ 魏晋时代还没有鞭炮，人们烧竹子听响驱邪，日后的"爆竹"一词，正源于此。

⑦ 一种绣了人形饰品的帽子，给孩子戴。

太阳刚刚落山，天色还未全黑。白天的热度完全消散，金谷园内，周遭的林地和田野上方的空气，远看上去，又透明又浓稠。

举行宴会的庭园，仆从们忙于点燃那些巨大的蜡烛。硕大的香炉散置于地上，散发出奇异的香气。黯淡下来的院墙上，依稀可见去年的藤蔓。它们贴着墙，画出纵横交错的条纹。

场面看上去有些乱，其实井然有序。腊日天寒，石崇让人在金谷园宴饮的庭园搭建起无比巨大的棚幔，皆覆以白色锦绫，使得不仅棚内温暖宜人，看上去还显得高雅无比。而能供百人就座的地面，事先在地面下挖出巨大的中空隔层，然后在里面燃烧炭火，供热不断，使得地面一直保持热度。

宾客坐在有地热的榻上，暖意融融。

巨臂般的大蜡烛点燃。在无数灯火照耀下，金谷园的庭园光辉灿烂。不费吹灰之力，腊日的黑暗和寒冷被驱除一空。

客人们都兴高采烈，边饮酒，边仰头欣赏着绚丽多彩的布置、装饰。蜡烛燃烧造成的奇妙光线，如同某种颤抖而温暖的双翼一般，挂在庭园帷幕和天棚上，仿佛随时准备飞起。

散放在庭园各处的奇珍异宝，在光线洗浴下，变成了多个棱镜，七色光线分解在空中，看得见，摸得着，在醉意醺然的眼睛中，溶成跳动的银光和花瓣，让人心旷神怡。阳光的津液，变成了蜡烛的光影，在庭园中溶解开散，芳香醉人……

无数侍者不停地走动。如果仔细看他们挪移，会令人头晕目眩。每个客人身后，都站着三个侍女，伺候饮食。

石崇坐在一个坐床上，他面前没有食案，数十美女手执精美的金、银、漆制饮食器皿，按照一定的规律给他上菜、斟酒。

前来就餐的客人，眼睛四顾不停，都望着别人的食案，兴高采烈地与旁边的人交谈。有些人贪杯，差不多已经喝醉，眼睛直勾勾的，坐在那里发呆走神。

席间遍布海陆奇珍，以饼为例，除了近年洛阳流行的胡饼，就有蒸饼、汤饼、乳饼、髓饼、豚皮饼、白环饼、截饼，堆在食盘上，香气勃郁，吸引不少在洛阳的少数民族质子和武将出身的官员纷纷探身，以手持之大嚼。

特别让人感到惊喜的是，冬日里，能在金谷园供应的汤饼中发现夏秋之际才有的韭根。这些韭芽，乃石崇让人挖地烧火建温室种植而成，耗费不菲。它们青翠可口，让人看着都舒服。

晋朝胡风日益流行，空气中满是烧炙的肉食香味。特别是那些架在大铁架子上面烧烤的、源于并州地区的貊炙①，烟气腾腾，滴下的浓油在火中燃烧，散发出诱人的香气。

金谷园仆从们来自晋朝四处，拥有多种烤炙技能。貊炙以外，他们还会跳丸炙、饼炙、脯炙、肝炙，有人更善于用大牛的里脊肉逼火煸炙出"棒炙"，烤出的牛肉味美含浆，割一面再烤一面，让宾客食指大动。

在座的南方士族，只有陆机、陆云等数人。但石崇金谷园中也有很多鱼鲜，各种鱼脯、鱼酱应有尽有，就连罕有的逐夷②，南来士人宾客面前的食案上都摆放有一坛之多。茱萸、橘皮、花椒、桂皮、白梅、葱头、胡荽、安石榴等作料，以精美漆盒装盛，放在每个人手边。

食物之外，金谷园中酒的种类就更让人眼花缭乱。除了最有名的鄳醁酒，各色酒坛堆积，分类标识，有泰州春酒、朗陵何公酒、桑落酒、黍米酒、糯米酒、河东颐白酒、梁米酒、白醪、九酝酒、粟米酒、当梁法酒，以及装在琉璃瓶内的西域葡萄酒，等等。

除了"文章二十四友"，几乎洛阳所有高级士族都来到金谷园参加宴饮了。特别是琅邪王氏家族，有王戎、王衍、王澄、王敦、王导等人，济济一堂。许多阀阅男子，行步顾影之际，涂脂抹粉，身挂香囊。

匈奴刘氏子弟在刘和、刘聪带领下，也来到金谷园，他们皆坐在靠下首位置。刘曜刚刚从匈奴五部归来，坐了半天，对于晋朝内部的门阀士族之间的关系不是很清楚。饮酒之际，他就向刘和询问："洛阳这么多王姓贵族，他们之间到底是什么关系？"

"王衍、王澄，是亲哥儿俩；王戎是他们的堂兄；王敦、王导是堂兄弟关系；他们二人，又是王衍、王戎的族弟。"刘和在洛阳日久，自然清楚大族谱系，"洛阳累世公卿、世代仕宦的门阀士族有许多，比如东海王氏、琅邪王氏、太原王氏、颍川荀氏、河东裴氏、清河傅氏等等。自汉朝以来，这些门阀士族的子孙族人，一代又一代，出任公卿高官，做过刺史、太守等职务的人，简直难以计数……"

接刘和话头，刘聪端着酒觞，对刘曜说："太原王氏的王昶、王浑、王济，乃北方王氏华族。他们祖孙三代，都与我们并州匈奴刘氏关系密切，与我们有通家之好。大都督七岁之时遭母忧，哀感旁邻，当时做司空的王昶闻讯后，非常嘉叹，亲自到我们刘氏居所吊祭；王昶之子王浑，与大都督交为挚友，曾经让其子

① 将整只动物放在火上烤。
② 用一种稀有鱼类的血肠制作的鱼酱。

王济以子侄之礼拜敬大都督……数十年中，太原王氏与我们匈奴五部，情同骨肉，他们在朝中多次向武帝荐举大都督率领匈奴部落参加平吴战役或者去平定秦凉……"

"看来，交结这些门阀大族，对我们匈奴部来讲，真的很重要啊……"刘曜感叹。他一面用一柄小刀神经质地不断割切着一块牛肉，一面睁大眼睛，聚精会神盯着坐在上首的那些高门巨宦。他那双极其灵活的眼珠，在眼眶里骨碌碌乱转。

这位已经习惯于匈奴五部生活的高大汉子环视着四周，不经意地暴露出他高傲而心不在焉的神情。于是，他开始专心致志大炙手中的胡炮肉——这种烤肉，乃将肥白羊以及羊脂切成细片，再放入豆豉、葱白、姜、盐、胡椒等调料拌匀，后把羊肉羊脂放入清洗干净的羊肚内，再将羊肚放入地上一个挖好的坑内，长时间闷烤，端出后，味道香美异常。

除烤肉之外，刘曜还不停畅饮着香浓的酪浆。羊酪膻气，熏得一旁坐着的刘和不停皱眉。刘和久居洛阳，显然已经不适应这种东西。

刘氏兄弟谈论洛京世族的时候，与潘岳共坐一榻的索靖正在谈论他们。

在朝中时，索靖、潘岳二人相善，除了处理公事，常在一起饮酒赋诗，关系甚洽。杨骏败后，索靖被外放，出任酒泉太守。元康中期西戎反叛，索靖屯兵粟邑，因防守、击贼有功，被朝廷加封为荡寇将军。此次回京办事，他应邀到金谷园宴饮。

"此辈胡儿，华化已深，狼子野心，尽知我大晋内部虚实。倘若日后萧墙祸起，匈奴、鲜卑，铁蹄迅速，可以快速深入畿甸，最为让人忧心……"索靖瞟着坐在下首的刘和、刘聪、刘曜等人说。

离开洛阳这几年，索靖黑胖了很多，昔日眉目间的散朗消失不见，代之以蹙紧的眉峰和闪亮的双目。他从前在朝中穿丹纱袍，如今武将打扮，着一袭金兽袍，威风凛凛。

潘岳和索靖关系匪浅，实话实说："嗯，江统大人曾表奏朝廷，作《徙戎论》，对内迁的这些胡族分析得十分通彻，请求朝廷下诏把他们外迁……如今朝内多事之秋，纷嚷内讧，哪里顾得上这些事情……"

"皇帝戆愚不能理政，才最让人担心……我此次回朝面君，当廷向陛下汇报，说国内南北各地，因兵祸、天灾招致饥馑，百姓无粮可食。皇帝闻报，沉默良久，竟然反问我道：'百姓无粮可食，何不食肉糜？'他此言出口，左右宦者皆掩口而笑……我昔日从未听过皇帝亲自开口说话，如今听他如此说，才知道他是真呆痴啊……大晋军国重权，基本全掌握在贾后和她的族党手中，我听说，就是皇宫御苑的皇帝龙床，也有人得间入内……"

听索靖如此说，潘岳神情立刻紧张起来。他往上望了望正与石崇举觞痛饮的贾谧，再看了看坐在身边不远处的王敦、王导兄弟以及琅邪王司马睿，示意索靖不要再谈这个话题。

王敦、王导共坐一榻。琅邪王司马睿是宗室，坐独榻。紧挨他坐的，是新近刚从汝阴太守升为给事黄门侍郎的嵇绍。

王敦，字处仲，尚武帝之女襄城公主，拜驸马都尉，曾任太子舍人，他现在的职衔是散骑常侍。这个人三十多岁，身材高大，约八尺，身上很随意地穿件贡黄文绫袍，耸肩蜂腰，双目如电，唇上有一圈很黑的须髭。出身高等士族，王敦的外表倒似勇夫模样，腰杆直直挺起，嘴唇撇着，眼神肆无忌惮，表露出一种生硬、桀骜不驯而且居高临下的傲慢。

王导，字茂弘，王敦堂弟，时年才二十三岁，任秘书郎。他个子不高，圆圆脸，目光柔和，表情端谨，脸上没有一般贵戚子弟那种散漫与傲诞的神情。

琅邪王司马睿，字景文，宣帝司马懿曾孙，其祖父为琅邪王司马伷，父亲是琅邪王司马觐，乃杨骏被诛后遭到贬斥的东安公司马繇之侄。他与王导同年，面容温和，皮肤白皙细腻，风度翩翩，长相中没有丝毫司马皇族那种具有代表性的刚毅，更无阴鸷之容。尤其他额头宽广，日角耸立，见后让人不能忘怀。身为司马皇族疏宗，加之年纪尚轻，司马睿显得尤其谦谨。他一般不大参加宗室朝臣的宴会，是到京城觐见，被王导、王敦硬拉来金谷园的。

王敦、王导兄弟的郡望就在琅邪①，故而他们与琅邪王司马睿非常熟悉，有三世通家之好。

嵇绍，字延祖，他的父亲乃曹魏时代赫赫有名的中散大夫嵇康，其母是魏武帝曹操曾孙女长乐亭主。年方十岁，嵇康因为傲诞被文帝所杀，嵇绍就变成了孤儿。武帝建立晋朝后，为体现宽仁大度，拜嵇绍为秘书丞；累迁汝阴太守。嵇绍在当时有识人之名，尚书左仆射裴颜对嵇绍特别器重，曾多次表示说："如果嵇绍能当吏部尚书，天下无复遗才！"皇后贾南风的外甥贾谧以外戚之宠掌权，年少居侍中高位，当时名流，如潘岳、石崇、刘琨兄弟、陆机兄弟，皆奔走诣附。贾谧深知嵇绍才高名重，多次驾车到嵇绍家中求见，皆遭嵇绍婉拒。

嵇绍姿表魁杰。他父亲嵇康乃魏晋时代名著一时的美男子，其母乃魏国姿色绝代的公主。平时上朝之时，嵇绍立于群臣之中，恰如鹤立鸡群。他虽然不诣附

---

① 在今山东临沂。

贾谧，但与石崇、潘岳和王导等人友善，故而能在腊日来金谷园参加宴会。

此次金谷园宴会，嵇绍与琅邪王初次见面，对这位王爷一见倾心，叹异不已："琅邪王毛骨非常，殆非人臣之相，日后贵不可言！"

听嵇绍如此说，把司马睿这位年轻人吓得够呛。他赶忙举觞，一来表示敬意，二来希望嵇绍不要再当众如此"夸赞"他。

嵇绍聪明人，莞尔一笑，举觞满饮。

宴会进行到一半，司徒王戎和司空张华起身，率先告辞。

王戎性吝，临去之时，拿起食案上盛放酒具的银镂漆匣和几件上面镶嵌有巨大水晶珠的食盒，高高举起，故作欣赏状。石崇一笑，挥手，仆人赶紧给王戎把那些东西收拾起来，让王戎带走。

魏晋时代，贵族高官有纵放的风气，打扮奇特。张华起身作揖之时，众人注意力都被他吸引了过去。看清楚这个半老头子鬓发苍苍，长长胡须上面满缠五彩丝带，别的人没什么反应，陆机那位有"笑疾"的弟弟陆云忽然回首，哈哈大笑，从榻上溜到地面，几乎笑得窒息而死。

张华似乎对此没有特别在意，他对贾谧、石崇等人拱手，说："近来闲暇日多，老夫终日流连书斋，撰写一部著作，《博物志》，内容嘛，都是些奇闻逸事，传闻志异，神仙故事。他日完成后，一定让人誊写书卷，以赠诸公……"

打着哈哈，张华告辞而去。

"身为公辅，不悉心于社稷安危，反而流连于天下诡异怪诞之事的搜集，司空张华尚且如此尸位素餐，风气浮靡，大晋日后的政局，可以想见……"索靖对潘岳不屑地说。

然后，他起身，与潘岳告辞而去。

潘岳的表情，有些醉意，有些厌倦。他感到自己身处的元康时代，似乎已经变成了逝去的遥远时代。相比昔日阮籍、嵇康这些先辈所处，乃危险四伏，但又风雅与幻想共存，充满勇毅精神的魏晋易代之际，回思他们高尚的人格，如今的时世让人充满遗憾。

这是个矫揉造作的时代，奇装异服的时代，缺乏生死感悟、随波逐流的时代，又是名士们眷恋权力的卑微时代。

一百多只孔雀摇动着五颜六色的翠尾，在金谷园的庭园里昂首阔步；交趾一带输入的几十只彩色鹦鹉耷拉着它们长长的尾巴，眼睛转动着，呆立在树木下方的支架上；最稀奇的，是一只身形威武巨大的土火罗鸵鸟①。它脑袋、脖颈为粉红色，通体黑苍色，翅膀和尾部装饰着几根纯白色羽毛。据说，这种鸟能一日鼓翅而行三百里，以铜铁为食。整个洛阳城，甚至整个大晋朝，只有石崇拥有一只这样的神鸟。

一声尖厉、清脆的声音响起，醉醺醺地，石崇用手上的玉槌击响了他案上的一只古磬。这只古磬音声雅亮，久久绵绵不绝。

"昼短苦夜长，何不秉烛游！诸位，人生如白驹之过隙，忽然而已矣，得乐之时，必当大乐！请诸公开怀畅饮，尽情欢歌！"

石崇高声说着话，拍了几下手掌，顿时，一队人数大概有二十的绝色美人从帷幕后款款而出，歌舞助兴。

为首二人，一为绿珠，一为红绮。二人略微傅粉，淡施彩妆，佩金翠，曳罗绮，上着胡式紧身小袄，下拖长裙，纤腰曳广袖，翩翩起舞。

绿珠！

这个鲜卑女孩，吸引了所有人的注意力。她苍白而莹莹的美丽面庞，颀长的身段，与众不同的举止，尤其那瞬目扬眉间的风韵，美得不可言喻！还有，她眼神中有一种淡淡的忧伤，更加撩人欲望，激起在场所有人巨大的好奇和渴望。

石崇坐在那里，远远望着自己费尽几年心力亲手调教出来的美丽尤物，情不自禁，眼中射出惊喜交加的目光。

弦歌靡靡。绿珠身穿集翠软裳，曼舞之时，更衬得她仪态多姿。有时候，她显得异常放肆，同时目光冷淡，但脸颊和身姿始终保持优美。每当她通过某个眼神或某种舞步表达自己的思想时，异族血脉那种勾摄人心魄的东西，都萦绕在她俊俏无比的脸上和流动眼波中。

舞蹈期间，有时候，绿珠会忽然向石崇斜瞟一眼，那目光瞬息闪过，但从她的目光中，石崇能感觉到一种近类感激的温柔。这种温柔，对一直把感官享乐当作人生目标的石崇来说，犹如一种让他怦然心动的抚摸。

乐声激越，鼓点频密，绿珠的脸，由于飞快地旋舞，会突然现出带有肉感的鲜艳的粉红色。这鲜艳的色彩，在她那苍白的双颊上长久盛开，恰似金谷园池塘中白色睡莲的花蕊。

绿珠，对石崇来说，这个鲜卑女孩身上充满神奇、隐秘、难以言表的魅力，它能安眠在他渴望的欲念中，让他一直处于一种不能完全占有她的幻觉里。每当

---

① 生长在叙利亚和阿拉伯沙漠的一些地方，与澳洲鸵鸟不是一个种类。

他的目光穿过她的身体，他总感觉到欲火被那么多朦胧的往事所包围。只有在那个时刻，他才似乎真正地拥有她。一俟整衣之后面对面，绿珠神奇的冷淡就如同一层面纱，让人沉浸在无限复杂的回忆中，那最强烈的快感瞬间消隐，把他们分隔开来……

绿珠，更像一种奇异的自然景色，石崇希望自己能长久地在这种景色之中生活。相比肉欲的快感，这景色，对他具有无限的吸引力。而从与她之间肉欲的快感中，石崇总能汲取动人心魄的生命源泉。

"不必熟读《离骚》，只需痛饮美酒，便能为名士耳！"

醺然间，石崇哈哈狂笑不已。他脱去笼裙，只穿锦裤①，簸坐在坐床上，高举酒觞，遣美人去向在座的客人劝酒。

客人们心醉神迷，绝大多数都赶忙以觞接取美人以壶斟来的美酒，仰头痛饮。

严冬之时，坐在地面热蒸的榻上，畅饮美酒，痛快无比，大吃夏季都罕有的西域马奶葡萄和高昌西瓜，大嚼朝鲜海松子以及来自粟特的阿月浑子②，众人乐不可支。

羯鼓声声，美人唯独行酒到驸马王敦处，被他冷冷拒绝。

那个姑娘神色非常紧张，再拜，跪请王敦饮酒。

王敦傲然，扬起手中麈尾，对美人不理不睬。

这一切，被坐在主人席的石崇看个满眼。他勃然变色，厉声喝道：

"贱婢何能！竟敢让王大人不开心，来人，速斩此人！"

没等在座宾客反应过来，几个身材彪悍的家奴快步近前，拖起王敦面前跪着的那个脸色煞白的美女，提拎小鸡一样，把她按在距离宴席大概几丈远的地方。

未等那被吓呆的美女哀求一声，一个身材彪悍的家奴手起刀落，立斩头落……

金谷园之内，顿时鸦雀无声。事起仓促，刚才还轻歌曼舞愉悦非常，忽然间，美人那么漂亮的脑袋滚落在地，让人魂飞魄散。

"俗！"王敦满脸轻蔑，对身边的堂弟王导说了一句。

石崇很恼火，他挺了挺胸，指着舞伎中一个绿衣女子，大声道："你，去劝王大人饮酒！"

这个女孩，比起刚刚被杀掉的那一个，面色红润，脸蛋更漂亮，腰身更曼

---

① 魏晋的士人，即使是男士，也在裤（裤子）外面罩笼裙。如果不罩裙，则类似现在的睡衣，只能在家中没有客人的时候穿。当众去裙着裤、簸坐，都是非常不礼貌的行为。

② 即现在的开心果。

妙。特别是她的鼻子，线条匀称美丽，让人过目不忘。

众目睽睽之下，这个舞伎浑身哆嗦着，挪着沉重的步伐，来到王敦面前跪下。深拜后，她举起酒壶，以哀求的眼神，望着王敦。

"……请王大人为奴婢我饮一杯。"女孩的声音，似乎是从很深的水中发出的，她几乎因为惧怕而失声。

王敦身边的王导，此时又着急又害怕，他慌忙举起手中的酒觞，屈起身来，自己递到那个美女面前，高声说："来，来，给我，我喝……"

美女抓住救命稻草一样，立刻给王导斟满酒，王导一饮而尽。他连喝三觞，然后，他在坐榻上向石崇拱手作礼。

不料，石崇勃然大怒，对美人喝道："我是让你劝王驸马酒，不是让你劝别人。斩！"

那个舞伎闻声，立刻瘫坐在地上。

两个家奴过来，非常利索地把她拖到刚才杀人的地方。刀光一闪，又一颗美丽的头颅脱离了身体。

王敦面无表情。他往自己的食碟里面夹了一块肉，细嚼起来，满脸无动于衷。

"处仲，你就喝一觞吧……"王导轻声唤着王敦的字，满脸焦急和哀求。

王敦还是不为所动。"石崇鼠辈，此举，他不过是效仿当年王恺在自家宴会上杀厨子的举动，哼，东施效颦，佯为豪放，我看他能如何！"

王敦这种扬扬得意、不理不睬的举动，让石崇愤恨不已。他虽然近乎大醉，心中依旧明白：王敦的态度，就是世家大族勃勃的优越感。当着众人的面，他石崇非要让琅邪王氏下不得台来。

于是，石崇面带笑容，目光在那些歌舞伎的身上逡巡久之，然后，选出一个只有十六七岁年纪的绝色美女，用手一指，严厉地示意她前去向王敦敬酒。

女孩，立刻变得面无人色。

她的泪水忽然涌出，梨花带雨，楚楚可怜至极。

潘岳举觞，向石崇低声说："王处仲此辈，真忍人也！他必不饮此酒……季伦，何必枉害美人……我观处仲此人，蜂目已露，但豺声未振。他日，即使他不噬人，亦当为人所噬！"

处于酒醉癫狂状态的石崇不允不休，没有理会潘岳的劝告。

此时，王敦慢慢起身，神态散朗，对众人说："待我如厕更衣……"

石崇金谷园的厕所，常有十余美丽婢女侍列。这些人，每个人都丽服藻饰，在装饰华丽的厕所里面放置甲煎粉、沉香以及各种西域奇香，伺候宾客如厕。每个客人大小便后，这些美女都会为客人脱下原先的衣服，换上崭新的织锦新衣。为此，来金谷园做客的客人，特别是文士朝臣，不习惯当着美女的面如厕方便，他们往往不敢或者羞于进入石崇豪奢的厕所，许多人宁可暗地走远些，到花园深处解决。

王敦例外。他大摇大摆来到厕所后，在十多个美貌婢女的注视下，掏出物事，怡然小便。而后，他脱故衣，着新衣，神色傲然……

王敦如厕的时候，坐在王导近旁的嵇绍一脸恨色，对王敦堂弟王导说："处仲此人，心怀刚忍，日后他如果在朝中当政，一定会不得好死！"

王导连连点头，为堂兄的行为表示歉意。

琅邪王司马睿坐在一边，脸色也发白，兀自举觞，闷闷不乐。

王敦重新入席。

满座的宾客，包括主人石崇，都注视着他的举动。

年轻美丽的舞伎在原地跪了很久，见王敦回到坐榻上，她膝行而进，跪在这位驸马爷面前，双手颤抖地拿起酒觞，斟满后，高举过头，向王敦递过去。

王敦傲然不视。

女孩悲惧失色，不禁失声痛哭。

王导赶忙站起身，自己亲自接过女孩手中的酒觞，仰头喝干。然后，他自倒自饮，把那壶酒喝得一干二净。

酩酊之余，王导向石崇说："石公，处仲不善饮酒，多有得罪……望石公看在我王导的面子上，饶美人性命……"

石崇不依不饶："……我向王驸马劝酒，他一定要喝！"

坐在石崇旁边的贾谧，此时也看不过眼，但又怕逆拂石崇之意，就站起身来，脸上挂笑，高声劝王敦说："处仲，今日腊日，节庆人欢，请饮尽一觞，自可皆大欢喜……"

王敦坐直上身，向贾谧施了一礼。出于世家大族，他显然忘不了自己的身份。他施礼的时候，矜持而冷淡，眼皮下垂，看上去毕恭毕敬，实际上展示着无言的轻蔑。

石崇离席，满斟一杯酒，亲自走过来递给舞伎："去，敬王驸马酒！"

女孩哭得浑身不停发颤，端到王敦面前的时候，酒已经洒了一大半。

王敦颜色如故，坚不肯饮。

女孩身子摇晃了几下，昏倒在地上。

石崇挥手。

仆人又一次过来，两个人一抬，把女孩抬到方才两具美女尸首旁边。而后，一个人强把她扶跪着，另一个人扬起手中刀，望着石崇，等待他下令。

这位少女的身体，尚在发育之中，还是个可塑的美人坯子，如果活下去，她可能会嫁人，可能会生孩子，可能会躺在某个男人怀里撒娇，也可能会过着令人厌倦的生活……但是，一切的一切的前提，是她能活下去。

王导失魂落魄，大声怒斥王敦："人命关天，处仲，你怎么忍心让如此多人丢掉性命！"

王敦莞尔一笑："他杀自己家里人，关卿何事！"

血光闪出，美貌女孩香消玉殒。

王敦神色不变，并没有看那几具倒在血泊中的美人尸体，而是挑衅似的望着气急败坏的石崇。这种凝视，几乎是将凝视提高到最高的程度，满怀轻蔑与不屑。

人的肉体，死去不能复生。元康名士，有时候那么残忍、倔强，这种因为争强好胜而展开的杀戮，在大晋初建的太平盛世中就已经很多，全然与残忍的生存竞争无涉。

王敦的脸，线条生硬，具有武士般的气概，三名风华正茂的美女被杀，他脸上没有任何悔恨或者柔和的变化。他这种与生俱来的傲慢，并非来自岁月雕琢，也并非来自常年身处逆境风暴下的隐忍，只是出于门阀世代养成的轻蔑他人和骄傲的习性而已。

趁乱，客人之中，不少人溜之大吉。剩下的客人，面对这突如其来的杀戮，也都没了胃口。

石崇非常非常恼怒。他愤然站起，把目光重新投向那群歌舞伎。

绿珠和红绮，站在队首。在她们身后，还有二十位美丽的女孩。虽然经历如此巨大的恐惧，这些少女的面庞，在烛光之下，仍然洋溢着初绽青春的光彩。这种青春光彩，似乎能照亮生命的阴暗，让人在死亡的威胁下，也能幻想酣畅的人生。烛光摇曳下，她们美丽的面庞与金谷园缥缈的红雾氤氲在一起，使得人生在刹那间充满无尽的新魅力。

对元康士人来说，平庸的生命，有时候需要刺激，需要一种清新感。观看生命中不断变化的形状，亲历非正常的死亡，会让人想起许多逝去的欢乐和欲念。在他们许多人的心中，或许，特别渴望得到这些新鲜可爱的肉体。然而，残酷而若无其事地看着它们毁灭，在他们心中有时候会暗暗涌起一种难以言表的滋味——美丽绝伦的东西，有时候，人们确实渴望，直至企盼它们的毁灭。一旦生命消失，时间就会退出这些美丽的肉体，日后，也就不再存在黯然无光的回忆。

欲念，一俟脱离一具有生命的肉体，当思想和思念不再供养它的时候，一切都会趋于平静，最终忘却会湮没一切……

当石崇看着绿珠的时候，他发现，这个女孩目光清澈，勇敢地与自己对视……他赶忙把目光移开，看来看去，最后，他把目光停在了站在绿珠身旁的红绮身上。

红绮，身穿一身用交趾出产的金黄色羽毛编织而成的柔软凤羽金锦，脸色苍白，瞪大了眼睛，看上去要窒息的样子。

"红绮，你，出来，去劝王驸马饮酒！"石崇一甩手中麈尾，大声道。

第二十三章　欲　望

"阿峕（贾南风小名），做事不可太毒辣，你切勿惑于贾谧、贾午娘儿俩的劝说，我死之后，一定要保全太子性命……无论你做过什么坏事，只要能善待太子，国人都会尊敬你，宗室、外戚、大臣，他们就找不到借口造你的反……太子，国之储君，大晋的未来，即使你日后自己生出儿子，你也要善待太子……我病榻缠绵，这许多日来，太子几乎每天都带着御医来探病，竭尽孝心……阿峕，贾午、贾谧娘儿俩，憎恨太子，你千万不要为他们所惑，日后，此二人必害汝家……"

叫着贾南风的小名，广城君郭槐苦口婆心地劝说着。人之将死，其言也善。作为贾后生母，郭槐在弥留之际忽然变得至善至公。

贾南风满脸冷冰冰。

对于母亲的劝告，她不置可否。

好久没有回到自己父亲贾充的府邸，贾南风忽然感到，这个她从前居住了十多年的太尉府，相比皇宫大殿，显得逼仄狭窄许多。

"唉，害得你们贾家无男丁，都是我的错……我年轻时候妒忌至于狂，如今思之，后悔无及……"

贾南风哼了一声，没有搭话。正是母亲郭槐的奇妒，害得自己两个兄弟孩提时代非正常死亡——贾南风大弟弟贾黎民，三岁的时候，由乳母抱着在大门口玩耍。贾充下朝回家，小孩子看到父亲，喜笑拍手。贾充欢喜，走过去抚摸儿子的头，与他喃喃逗笑。恰巧，郭槐从阁上下来，望见此景，以为贾充和乳母有私，当即让人把孩子从乳母怀中夺走，然后，又把乳母绑在大树上，活活鞭打而死。贾黎民自小跟随乳母长大，恋念不已；乳母死后不久，他也惊悸发病而死。两年后，郭槐又生个男孩。这孩子刚刚过完周岁，被乳母抱持入内堂。贾充正在读书，看到儿子，马上起身，慈爱地以手抚摩其头。不料想，此景又被郭槐看个满眼。她妒忌毒发，亲手以厨刀把乳母捅死在当场。小孩子惊吓过度，未几也病死……

贾充惧内，根本不敢另娶。最终，这位太尉公男嗣全无。所以，贾充死后，郭槐只能以外孙韩谧过继给死去的长子贾黎民为儿子，以续贾家香火。

贾充原先的妻子是李氏，乃曹魏大臣李丰之女，淑美有才行，为贾充生有两女。李丰因事被杀，李氏因父罪连坐，被处以流徙之刑。贾充续娶，才把城阳太守郭配的女儿郭槐娶回家。武帝践祚，李氏因大赦得还。由于贾充在司马氏篡魏过程中功劳很大，武帝特意下诏，允许贾充可以置左右两位夫人。为此，郭槐妒忌不已，天天纠缠贾充，最终迫使贾充上表，以谦逊为名，表示说自己不敢违背国家典制在家内置左右两夫人。当时武帝还挺高兴，以为贾充谦恭。其实，贾充这样做完全是因为惧内。

后来，李氏之女贾荃嫁给齐王司马攸。她以王妃之尊，曾经当廷向贾充叩头至流血，大哭着请求父亲把母亲李氏重新迎回贾家。畏惧郭槐淫威，贾充没敢答应。日后，郭槐自己的女儿贾南风当了太子妃，在皇后杨芷撺掇下，武帝下诏，断令李氏不能还归贾家。未几，李氏恚愤病死。

正因为如此，贾南风和小齐王司马冏，既是亲戚，又有非常大的怨隙。

"……阿眚，我快死了，心内放心不下你们……外朝之事，你不要妄自做主，你族兄贾模，表弟裴頠，皆有时望……"郭槐不停地咳嗽，用尽最后的力气，嘱咐自己的皇后女儿。

贾南风默不作声。

对于母亲提到的这两个人，贾南风非常失望。特别是族兄贾模，近来多次上秘疏，恳切请求善待太子，这使得贾南风这个心地阴毒的皇后疑窦顿起，怀疑自己族兄胳膊肘往外拐。为此，她还派宦者张弘亲自前往贾模宅邸，予以严词叱责。

至于裴頠，书呆子一个，终日上疏言事，无非是宣扬三皇五帝治化之迹，大讲汉魏盛衰原因，无一字关涉贾氏宗族的福惠和外朝权谋。

对贾南风来说，裴頠、贾模这两个人，功用远远不如一个宦者张弘。张弘能言善辩，总会帮助自己伺察外朝消息，秘密联络宗室、禁卫军首领，还能预先提醒自己，对那些怀有异心的人，该贬的贬，该杀的杀，防患于未然……

忽然间，郭槐大声气喘，双腿乱蹬，眼睛往上紧翻，不停地捯气。

贾南风伸出自己结实丰满的手，放在母亲颤抖的身子上。她注意到，自己的模样太像母亲了——光滑得像枕形的胖手，相当肥胖、完全没有脖子的上身，特别是那后背和两腋间卵石般梆硬、滚圆的形状，自己和母亲几乎一模一样。

她为郭槐轻轻扶了扶肩膀上搭着的一块毛茸茸的海兽皮。毛皮散发出一种奇怪的气味，掺杂着垂死之人温暖身体的气味以及各种药材的气味，浓烈、刺鼻，让人难以呼吸……

蹙了蹙眉，贾南风离开了弥留之际的母亲，快步走到了贾府庭院中。

刚到院中，她迎头碰到了从外面匆匆赶回的外甥贾谧。

"皇后，广城君……我外祖母她老人家……怎么样了？"饶是平素口齿伶俐，贾谧由于赶得急，说话急促，带着喘息。

"你不必进去，她已经不行了……"贾南风爱抚地看着外甥，过去拉住他的手，与他一起走入贾充生前的卧室。

贾谧出门在外，刚刚处理了一件涉及皇后贾南风的重要事情——洛阳南城盗尉部有个小吏，面目韶秀清俊。他失踪数日后，鲜衣骏马，施施然到府公干。与他同事的差人们发现，这小吏身上所穿，乃一身价格昂贵的水蚕丝①所缝制的衣裳。此种奇异物品，连贵族大臣家里都罕有。于是，众人怀疑他入皇宫盗窃，就把他扭送到官。在堂尉追问、威吓下，小吏不敢再隐瞒，供出实情：

"我日前行路途中，遇见一个老妪。她说家中有人生病，卦师表示，要找一个住在城南的年轻人到家中厌禳祈祷，才能祛病治根。那个老妪许我重酬，我就跟随她登上了马车……那辆马车施有重帷，帷内装有一个大藤箱。老妪让我钻进去后，叱令车夫赶车……走了十余里，我从藤箱缝隙模模糊糊能看到外面，好像进了一个大门，然后跨过六七道门限，才到达一个地方……我下车四望，周围都是壮丽宫阙，和宫殿差不多。我问老妪是什么地方，她笑笑回答说'天上'……然后，一群美女侍候我以香汤沐浴，为我换上新衣服，给我端上珍馐美味供我食用。到了傍晚，老妪领着我进入一个密室，一个贵妇人上坐，年纪有三十五六的样子。她身材矮胖，面色青黑，眉毛旁边有十几粒黑点。见到我后，她喜笑颜开，就拉我同席共饮，然后同床共寝……如此数日，方才放我归家……贵妇人临别，赠我此身衣裳和一些金银，还嘱咐我切勿外说此事……"

得知捕尉抓住城南小吏搜获水蚕丝衣裳的消息，贾谧就知道他肯定与自己的姨母皇后有关。他坐在堂后听审，深为这个小吏庆幸——那个引领小吏入宫的老妪，乃侍奉贾后多年的保母，她常常被贾后派遣外出，在洛阳城内寻找美少年，带入皇后宫内与贾后交欢。几天过后，只要让贾后感觉稍稍厌忤，那些美貌少年就会遭到处死。这个小吏，不仅相貌俊美，又善解人意，最终才能让姨母天良发

---

① 乃当时印度洋沿岸出产的一种细布。这种布的丝线材料来自一种贝壳。

现，放他出宫……

为避免秽事外传，贾谧连忙让堂尉停审，当庭释放了那个小吏。

懵懵懂懂间，南城小吏拾得一命。

不过，如此丑事，贾谧见到了姨母皇后，并不敢声言，只说自己出外处理公事回来。

姨母，确实太酷似外祖母了。坐在贾南风身边，仔细在直射的光线下观察脸上没有丝毫戚容的姨母，贾谧内心有些惊讶。从前，他还没有如此细致地打量过贾南风。

她肥厚的嘴唇上面，那肉肉的蒜头鼻子高高隆起，一丝不苟地重现了郭槐的特征。但似乎，姨母又是外祖母的一个变种，在这种相似之间，她们的年龄、脸上肌肉的松紧程度，以及头发的疏密黑白，形成了一条并不绝对清晰的分界线。当贾南风微笑时，贾谧甚至可以看见她那面孔上浮现出外祖母的椭圆形双颊。这种椭圆形，随着她笑意的扩散，越来越清晰，像怪物的胚胎，逐渐形成延伸的膨胀物，片刻以后，又恢复了肉肉的松软。

姨甥两个谈了一会儿，贾南风拥着贾谧，忽然问：

"你外祖母刚才脑子还明白的时候，一个劲地劝我善待太子司马遹……你说，我们该拿他怎么办呢？"

贾谧脸色顿时大变。联想到那天弈棋时与太子争道、自己遭到成都王司马颖训斥的事情，他怒从心起，恶向胆生，立刻回答说：

"皇后，太子广蓄私财，交结小人，暗中不断培养势力……倘若哪天皇帝生病……或者司马宗室推拥太子为帝，我本人要被杀头不说，连皇后您也不免坐废……我听人讲，太子一次酒醉，曾经当众对他手下人说，金墉城内，他已经给皇后您准备了一间好屋子……"

贾南风一张黑脸顿时气得发青。"哼，你外祖母太糊涂！太子，毕竟不是从我肚子里面爬出来的，他怎么能和我们一条心呢！……不过，谋废太子容易，只是那些散镇各地的司马宗王难以对付，待我们从长计议。"

"姨母，比起那些柔仁的男人，您太有主见了！……有一次，我和张弘饮酒，他还献过一条计策——我们可以找机会把太子废杀，然后，立太子的儿子为皇太孙。如此，那孩子成人后，定会感激我们的推戴之情……"

贾南风一个劲摇头。

"……要不，我们就耐心等待，等您以皇后身份生下男孩，再废太子？……"贾谧心中拿不准贾南风在想些什么，试探性地发问。

"这个嘛，也难……"贾后摇摇头。多年以来，她与痴呆的丈夫已经生下四个孩子，都是女儿。如今，皇帝整日贪嘴，变成一个痴肥巨汉，已经不能行床第之事。

贾谧忧心忡忡："那该如何是好呢？"

"……嗯，你母亲贾午最近有娠，她快生产的时候，可以让她进宫，对外佯称是我怀孕。如果生下男孩，就说是我生的……作为皇后，只要我生出嫡子，那帮大臣中，肯定有人会上疏重新推拥新太子……"

贾谧扬了扬眉毛，没有立刻接言。

贾谧母亲贾午最近怀孕的消息，整个大晋国只有寥寥几个人知晓——贾谧父亲韩寿已经过世三年，贾午肚子里孩子的父亲，是贾午家中管账的一个寒族士人……

如果让母亲贾午参与废太子司马遹的过程，自己母子二人就都完全涉入其中，再也无法摆脱。倘若事情中变，祸事不可谓不大，贾谧想。

第二十四章　溅血药杵

废太子司马遹，感到一种窒息般的压抑。坐在许昌四处漏风的静室之中，他心情无比沉重，只得独自饮淡酒消愁。

许昌宫别坊僻陋的住处，面积仅仅相当于洛阳太子宫种菜人居住的地方。不过，在如此狭小空间中，能让司马遹稍感欣慰的，就是亲眼看着宫人在他面前煮烹食物。如此，被人暗中鸩杀的危险，就能够避免。

每天大多数时间，司马遹一个人望着虚空发呆。他那张往日能够克制焦躁的面孔上，如今不断闪现出怅惘的表情和痛苦的挛缩。这位年轻美男子的痛苦目光中，流露出显而易见的疲乏和气馁。

忡忡惶惶之中，他回忆起自己被废的经过，恍如噩梦。

那是一个飞霜漫天的十二月清晨。

太子司马遹最小的儿子司马彪身罹重病将死，出于父子之情，他在太子宫内亲自祷祀求福。焚香跪拜间，忽然有宦者持敕书从皇宫来，告知他说，皇帝身体不豫，皇后令他立即入朝探视。

司马遹不知就里，只好乘马，急匆匆赶往宫中。

他到达西宫后，恰恰遇到宦者张弘迎出。张弘带着太子小步快跑，来到一个可以遥见正殿的僻静小室内。"皇后正在为皇帝尝药，让殿下少安毋躁，等候一下。"

莫名其妙间，太子刚刚坐定，就看到一个宫婢袅袅而来。她身后，跟随一个身材粗壮的宦者，那个人双手拎提着一个巨大的铜壶。

来见太子的那个宫婢，乃皇后身边侍女陈舞。她左手持一盘脆枣，走到太子面前，并无跪拜，而是口称诏敕，说皇帝赐酒，让太子立刻饮尽。

太子遥望寝殿。他远远看到，皇后贾南风正和父皇同坐一个坐榻上吃东西。

犹豫片刻，太子只得勉强饮了一觞。

"皇后赐你三升酒，请殿下尽饮！"宫婢陈舞面无表情地说。

"……我平素本无酒量，三升酒，确实喝不了……"

正当太子为难推却之时，皇后贾南风下殿，慢慢踱了过来。行到距离太子数丈的地方，她以数落的口吻对太子说：

"你前日上奏，为你儿子道文（司马虨字）乞封王位。那么小的孩子，得病要死，封王做甚？难道说，至尊没有下诏许可，你就心怀不满吗？……我还听说，你在太子宫作厌祷仪式，居心叵测，难道想诅咒至尊和我早死吗？"

见贾南风作如此恶声，太子大恐。他急忙跪下辩解："道文如今疾笃，我让道士在太子宫为他祷请恩福，实无他意……至于我请求至尊下诏封道文为王，乃出于父子之情，请母后大人怜悯……"

贾南风走近几步，幽幽地说："既然如此，你先把酒喝了吧。"

"母后，我酒量很浅，一天也喝不了三升酒……况且，我早晨仓促入宫，没有进食，不能空腹饮酒……一会儿入殿拜见父皇，我怕饮酒过多，行为颠倒……"太子解释。

贾南风大怒，转身上殿。离开前，她呵斥道："你真是不孝啊！皇帝赐你酒，你竟然敢抗拒不喝，难道怕里面有什么恶物不成！"

听贾南风如此说，太子无奈，只得举觞过头，一觞复一觞，强饮面前的大壶赐酒。

三升酒下肚后，司马遹醉意醺醺，荒迷不堪，几乎连眼睛都睁不开。

强忍住呕吐，太子东摇西晃，几乎连坐稳都困难。

这时候，宫婢陈舞拿来一个漆盒，当着太子的面打开来，里面有笔，一张白纸、一张青纸，此外，还有两张有字的黄纸。

"陛下让你誊录黄纸上面的内容！"宫婢陈舞逼迫太子，让他马上誊写抄录。

司马遹醉眼模糊，根本看不清楚黄纸上面所写的字句，只得手持毛笔，照猫画虎。歪歪斜斜写了好久，他才把黄纸上面的内容大致誊录到白纸和青纸上面。

对于自己所写的内容，太子事后完全没有记忆。

最后几个字都没有写完，司马遹就大醉昏迷，人事不知。

寝殿内，贾南风收到青白纸后，立刻让宫内的宦者拥掖太子出宫……

翌日早晨，痴帝在式乾殿高坐，贾南风坐于帝座后的屏风后，召集在洛阳的所有公卿大臣上朝。

眼见大臣们立定，宦者张弘从皇帝坐床旁边走下，举起手中一白一青两张纸，高声传达诏谕：

"太子司马遹悖逆，竟敢书写如此大逆不道之语！今天，朕与众卿商议，准备赐死他！"

事发仓促，百官乍听此言，皆大惊失色。

张华、裴颜二人，赶忙出班，从张弘手中取二纸观阅。

那张白纸上面，笔迹潦草，写有如下内容："陛下宜自了，不自了，吾当入了之，中宫又宜速自了，不自了，吾当手了之。"

至于青纸上面的文字，内容更加离奇："吾母（谢淑妃）宜刻期两发，勿疑犹豫致后患。茹毛饮血于三辰之下，皇天许当扫除患害，立道文为王，蒋氏为内主。愿成，当以三牲祠北君，大赦天下。要疏如律令。"

从语意上看，两纸文字，似乎第一张是威胁皇帝、皇后，要他们在宫中自裁，否则太子会亲自动手杀了它们；第二张，好像是写给太子的母亲谢氏，相约同日发难。

张华、裴颜看罢，满面疑云，转给廷上的朝臣递看。大家观后，皆面面相觑，无一人敢言。

最后，作为当朝司空，张华忍耐不住，启奏道："废杀太子，乃国家大不幸事！前车有鉴，每朝正嫡废黜，往往最终会导致丧乱。臣等希望，陛下能派人仔细核实情由，再下诏旨定夺……"

裴颜虽然是贾南风表弟，但在此事上，完全倾向于太子一边。他手持青白纸，力辩说："这两张东西，不知从何处得到？如果得自太子宫，又是何人送达皇宫？即便得自太子宫，也不排除他人伪造来陷害太子的可能！兹事甚大，臣等恳请陛下验明真伪，然后再下判定不迟！"

痴帝坐在大殿上面，泥塑木偶一般。他只是贾南风的一个傀儡，根本不清楚殿上众官在议论什么。

宦者张弘走入屏风之后，与贾南风低语。片刻后，他再回到廷上。"奉皇帝命，速取太子平日手书！"

好在皇宫内存有不少太子平日封奏的手启，很快，就有十余笺送达。

在张华、裴颜率领下，群臣互相传递，一起核对笔迹，比对太子手启的笔迹和青白纸上的笔迹。

细看之下，这些笔迹大略相符，但太子手启乃正笔恭缮，笔画端正，青白纸上的笔迹仓促写成，字迹潦草。总体而言，青白二纸所书，确实极像太子的手笔。

其实，宫婢拿给太子抄录的黄纸原稿，乃贾南风指派黄门侍郎潘岳起草。太子大醉中誊录，有不少字画缺漏，最终，还是由潘岳补添成字。潘岳书法大家，尤其擅长模仿别人的笔迹。

殿上，群臣议论纷纷。最后，大家分成两种意见：张华这边认为，应该当廷召太子对质；裴頠呢，一定要找出把这青白二纸送到朝廷的那个人。

在场的大臣们，绝大多数依违两可，不敢力争。一直有正直之称的傅咸最近病亡，嵇绍病休在家，故而无人敢于强出头替太子说话。

屏风之后，听到那些大臣议论纷纷，贾南风懊恼不已。她深恨裴頠不站在自己一边，又怪张华多事。痴帝自然不能发言做主，而大臣们如此喧扰下去，夜长梦多，贾南风很怕灌醉太子的事情泄漏后，会招致更多口舌和朝臣的集体抵制。

忍耐不住，贾南风就再唤张弘到屏风后，对他说："大事宜速决！这些人议了半日，也无结果。你出去讲，如果群臣不肯奉旨传诏，定当以违旨论处！"

看到贾南风一张恶狠狠的黑脸，张弘不敢有违。他回转身，赶忙上殿，宣布贾后旨意。

话音刚落，裴頠一声怒喝："张弘勿得妄言！至尊明明在上，亲自御殿，我等只奉明诏，不遵内旨！"

张华也恼，驳斥说："国家大政，乃大臣详议，至尊做主。汝系何人，敢妄传内旨，淆乱圣听！"

惭愤之余，张弘只得灰溜溜退下，还报贾后。

外朝如此，贾南风总不能出头露面做决定，急得她原地转圈。

关键时刻，张弘献计："皇后，依奴才愚见，不如暂令侍臣草表，先贬太子为庶人。如此，就可为众臣留下回旋余地，他们肯定现在不会再坚持异议。待太子徽号被免，我们再想办法除掉他，不必今日就下诏赐死。如果您坚持要今日赐死他，恐怕，那些大臣不会退班……"

思前想后，贾南风深恐朝臣喧扰导致事情中变，就断然决定，派人草拟废太子司马遹为庶人的诏书，派张弘直接递达痴帝。

痴帝接过文书并不读阅，随手交给他身边的宦者，宦者再送给百官。

经过了这么一道手，表面看上去，是痴帝自己在做主张。

作为太子属官，太子洗马江统此时忍无可忍，出班奏称："汉朝戾太子（汉武帝太子刘据谥号'戾'）称兵拒命，尚有后世人主认为他是被小人江充所激，其罪不过笞刑。如今，太子司马遹荒乱书字，即使有罪，也不会大过戾太子。据情据理，朝廷应该为他重选师傅，严加教诲。日后，太子若不悛改，再废弃他不迟！"

张华拉住江统，劝说道："内旨本来直接要赐死太子，如今改为废免，已是大幸……容待我们从长计议，为太子洗冤。今日之事，不必强争，以免激使中宫愤怒，移怒太子……”

江统只得依从。百官依议，纷纷准备退朝。

“太子悖逆无道，老臣忧心如焚！愿为陛下驱除孽子！”一直坐在上首坐床的赵王司马伦忽然大声说。

张华等人，纷纷摇头。这个赵王，他在关中惹事，激起当地各族反叛。回朝后，他不仅没有遭到贬斥，朝廷为了表示尊崇宗室老王，还给他安排了一个太子太傅的荣衔。如今，太子出事，他不仅不以宗室元老的身份、地位救护太子，却反噬一口，主动要求带兵去宣布废掉太子的敕令，此举，令人齿冷心寒。

屏风后面的贾南风闻之大喜，她派人陪同赵王司马伦，飞速驰往太子宫，宣布诏令，废太子司马遹为庶人。

当时，司马遹对此一无所知，没有任何心理准备，他正与手下在玄圃游乐。看到赵王和皇宫内的敕使率领禁卫军驰至，这位太子受惊匪浅。

跪听诏敕后，无奈何，司马遹只得改服受诏。卫戍兵将星散，车舆仪卫全部取消，他如今只能步行出承华门，乘坐一辆粗犊车，往居金墉城待罪。

至于太子妃王氏及其三个幼子司马虨、司马臧、司马尚，皆被兵士强行押送，随父亲徙居金墉城。

贾南风心毒，她一不做二不休，为造成废太子罪实，马上下令赐死废太子生母谢淑妃，派人把废太子宠姬蒋氏以大棒活活打死。

司徒王衍闻变，深恐家族株连及祸，急忙上表，请求让自己的女儿与废太子离婚。贾南风乐见其成，立刻下诏批准。

金墉城内，太子妃王氏接旨，只得与废太子丈夫恸哭辞别，归返母家。

废掉太子后，听闻外间异议沸腾，加上贾谧等人撺掇，贾后深恐太子日后为患，下定决心要除掉他。

经过与张弘、贾谧等人详细计议，贾南风又设一计——派遣张弘手下一个小宦者沈浩波自首，声称废太子司马遹在金墉城依旧不老实，暗中召集昔日属官，勾结中官，想要谋逆。

一切准备就绪之后，贾后拥痴帝升朝，当众押出那个自首的小宦者沈浩波，把他的供状出示给群臣看。接着，以皇帝名义下诏，宣布废太子罪状，要把司马遹押送至许昌宫永远禁锢。

裴頠、张华觉得事情蹊跷，当廷审问那个告发废太子的兔唇宦者沈浩波。小宦者供认不讳，坚称是废太子本人从金墉城向他传信，要他伺机给皇帝、皇后下毒。

人证在场，众臣唯唯，纵是疑点多多，张、裴二人也找不出合适的理由去再加究诘。

于是，在一千多甲胄加身的卫士押送下，废太子司马遹恓恓惶惶，踏上去往许昌的路程。事前，贾后发诏，严禁任何官员送行。太子洗马江统、太子舍人王敦和几个太子属官不顾禁令，在伊水旁跪候，与太子涕泣拜辞。

由于所废非罪，洛阳人对废太子充满同情，敢怒而不敢言。

贾后、张弘做事麻利，斩草除根。散朝后，张弘亲自提见小宦者沈浩波。那兔唇小宦者以为张公公来给他加官晋爵，笑吟吟上去见礼。岂料，张弘从腰间掏出一条丝绦，甩手搭在沈浩波脖子上，未待对方反应过来，他猛然使劲，顿时把这兔唇宦者勒得双睛暴出，命归黄泉……

在幽囚期间，唯一让废太子稍感安慰的是，昔日太子宫有几十个宫女跟随他到达许昌。这些人，不离不弃，对他百般安慰，悉心照料。即便如此，深恐自己不小心被人毒杀，废太子不敢随意进食。每餐饭菜，他一定要宫人当着他的面煮食，他才放心食用。

生活里，应该充满各种奇迹。寂寥之中，废太子总希望有奇迹能够发生在自己身上。可在许昌待了那么多天，没有任何奇迹发生，而废太子年仅两岁的爱子司马彪，却因病急无医，猝然而殇……

抚摩着爱子发凉的小身子，思及生母谢淑妃和爱妃蒋美人依次被杀，废太子司马遹悲从中来，不能自抑。

望着爱子生前的玩具—— 一个异常美丽的贝壳盒和珊瑚摇铃，年轻的废太子满脸是泪。他哀叹人生的严峻无情，灾祸出人意料，自己仿佛被施了毒咒一般，厄运连连。

懊悔之中，他深恨自己先前没能韬光养晦，没能听从江统等人的劝告，行事鲁莽，得罪了贾谧等人。如果生活能够重新来过一次，他一定要用一切手段满足皇后贾南风，他愿意做任何事情，让皇后和表弟贾谧对自己回心转意。

其实，废太子的这些思虑，都是徒然。贾南风和废太子，在大晋朝的宫廷角力中，是一对死结，完全不存在和解和妥协的可能性。特别是贾南风这个妇人具有无比恶毒的品性，二者斗争周旋的最终结果，不是你死，就是我活！

人生，必须与障碍搏斗！但是，对废太子而言，他的障碍只有一个，那就是他的太子身份。如果他是大晋一个普通的王子，等待他的，或许就是锦衣玉食和平凡庸碌的一生。

作为太子，作为一个生母不是当朝皇后的太子，作为一个当朝皇帝不能主政的朝廷的太子，生存，就会变得无比艰难。

不知道为什么，司马遹近来很想念自己的生母谢淑妃，很想她很想她。在他人生的二十二年中，他与母亲相见的机会甚稀，甚至连她的面貌似乎都记不清楚。隐隐约约，废太子总感觉到母亲在二十年的光阴中总以一种温婉、凄酸的目光凝视他，从前是在太子宫以外的地方，如今，是在地下。

枯坐庭院，他以一种探索的、焦虑的感觉去回忆从前，战战兢兢等待无常的命运。通过回忆，他轮流地想象和咀嚼曾经有过的欢乐和失望。

一个年轻的肉体因沮丧陷入回忆的时候，由于过于战战兢兢，他很难清晰地回忆过去。特别是回忆生母的过程，那是一种由各种感官同时进行的、不能通过视力来辨识的活动。曾经一个活生生的人，母亲，她存在的时候，以千种笑容、话语、味道、运动来呈现生存的姿态，她和自己血肉相连，但他们从来没有机会如同一般母子那样接触。只有在最模糊的梦中，废太子回忆起他两岁时母亲的面貌，看到了她向他舒展笑颜之时那神奇的瞬间——笑脸，精确至极地镌刻在他记忆中。

回思那张亲爱的面孔，废太子忽然悲恸，这个自幼就缺乏真正关爱的人禁不住潸然泪下。

由于痛苦，废太子的想象变得极度活跃。他总是在猜测，自己日后生存的障碍到底在哪里。其实，很简单，障碍，只有贾皇后一个人。不过，他也深知，她很难回心转意。

无论如何，自己现在的身份，已经是废掉的太子。能在许昌宫安然度过余生，也许就是一个不错的结局了。

于司马遹而言，如今的任何安慰，往往只能使痛苦换一个地方，让他焦虑的灵魂得到暂时喘息，并无真正的圆满结局可言。

有时，饭过饮过，伫立庭院，遥望积雪，在一段时间内，废太子竟然产生了一种自己已经安全的幻觉。

棋局的另一方，却一定要杀掉废太子！

这种勃勃杀心，出于贾南风的固执？出于她与生俱来的狡诈和心计？出于不可遏制的愚蠢？出于控制天下的欲望？都是，也都不是。

这位皇后的阴残，来源于事情开始就无法终止的焦虑，来源于她身边贾谧、贾午等人对她所施加的影响，而最关键的，来源于她所能感到的恐惧！

这种恐惧，甚至剥夺了她废掉太子司马遹之后的乐趣——据赵王司马伦手下孙秀的报告，殿中禁卫军将领中，有不少人心恋太子，他们想要废掉皇后，迎归太子，拥立他为帝。

废太子，毕竟是真太子。如坐针毡般的忧虑，暂时淹没了她一切生活的乐趣。于是，贾南风竭尽全力，要清除太子这个障碍。

当废太子坐在许昌宫别坊庭院中，沉浸在回忆往昔和思考如何努力争取生存之中时，贾南风派出的煞星张弘，已经到达许昌……

"这是皇后赐您的巴豆杏子丸，太子殿下，请服用吧……"张弘望着眼前这个酷似武帝年轻时代的美男子，心中涌起一阵怜悯。

为了便于行事，张弘把废太子请到许昌宫内一间废弃的药局内。

"巴豆杏子丸？此物何用？"废太子此前没有听说过这个名字，疑窦大起，问。

"是毒药，送太子归天！"张弘加重了语气。

站在张弘身后的，是宫内四个身强力壮的宦者。这些人，原本的身份是宫内负责处死犯事宫女、宦者的内廷刽子手。面对废太子，四个人凶狠暴戾的脸上都不敢露相，他们均低垂着头，弓腰叉手而立。

"为何不用鸩酒？"废太子忽然问了一个很奇怪的问题。

张弘一愣，随即答道："奴才不知……奴才曾劝说皇后，以鸩酒赐太子饮用。鸩酒毒发快，死的时候没有什么痛苦……不知道为什么，皇后非要奴才赐太子巴豆杏子丸……"

这些话语，张弘倒真是实话实说。

废太子的脸，变得像白纸那样白。他嘴唇哆嗦着，浑身抑制不住地颤抖。

"太子，死生有命啊……"张弘以一种规劝的语气说，"殿下，您被废之前，洛阳街上就已经流传有这样一首童谣：'南风起兮吹白沙，遥望鲁国郁嵯峨，千岁髑髅生齿牙。'南风，乃皇后的名字；而沙门，是您的小名……南风起兮吹白沙，千岁髑髅生齿牙，都预兆您要命丧皇后之手啊……"

"我……非死不可吗？"废太子喉结滚动，似乎在艰难地吞咽着某种东西。

"皇后的旨意，就是天意！事到如今，太子，谁也救您不得……"

鬼使神差般，废太子司马遹忽然大吼一声，转身就往外跑。

张弘吓得一个激灵，赶忙命令四个宦者堵截废太子。慌忙中，他本人随手抄起药台上一根粗粗的药杵，堵住房门。

废太子在药局内窜来逃去，最终被四个宦者堵在一个大药柜旁边狭小的角落中。

张弘指挥两个壮大的宦者冲过去，用力扭住废太子的手臂，让另外两个人往废太子口中灌毒药。

废太子力大。挣扎之中，他使劲摇头，几十粒药丸皆散落于地。废太子见状，立刻猛跺双脚，把那些药丸踩得稀烂。

张弘着急，双手作扼杀状，对一个高大肥壮的宦者命令说："用手！"

那个宦者立刻跪地，叩首禀复："张公公，我等下贱奴才，不敢杀太子殿下！"

两个扭执的宦者脱不开手，另外那个宦者见状连忙跪下说："奴才也不敢……"

张弘看看自己手中紧握的药杵，长叹一声："唉，太子，只能由奴才动手了……您如果饮服此药，还能保个全尸……"

看到张弘手持黑乎乎的药杵逼近自己，废太子司马遹用尽力气，大声呼喝发问：

"我太子名号已经被废，皇后为何还派你杀我？"

张弘迟疑了片刻，咬咬嘴唇，没有回答这个问题。

接着，他步步逼近废太子，瞧准后，闭上眼睛，朝着废太子的头颅死命砸下药杵。

咔嚓一声，红白迸出，几个宦者都松开手，随着废太子倒下，他们皆倒伏在地喘息不已……

第二十五章　快乐，被泪水打湿

红绮。

她躺在床上。红罗衣，衬出她雪白的脖颈；她艳如桃李的美丽面庞，在暗夜中散发出迷人的光芒。或许是春日夜晚这样的时分，或许是摇曳的红烛光线，使得红绮羞红的脸颊，在乌黑鬓发妆绕下，让潘岳怦然心动。

一绺青丝，斜搭在红绮的唇上。她微笑望着潘岳，眼神迷离，充满娇羞。这个大晋朝最有名的美男子，年过天命，依旧丰神俊秀，神采翩翩。

感激于潘岳在金谷园对自己的搭救之恩，红绮对于这位新嫁的夫君，有着超出一般夫妇感情的别样情谊。

金谷园的那个晚上，如果不是潘岳劝阻石崇，红绮很有可能因为王敦的一再拒绝饮酒而被当众斩首……

至今思之，红绮依旧感到凛凛然。

皎洁的月光，使得春天的夜晚透亮得如白昼一般。眠床上，篆香浓郁，洒满白霜般的光线。凝视着红绮软玉般的面颊和裸露的脖颈，潘岳如醉如痴，陷入肉体感觉的激流中，久久不能自已。

美人那微微隆起的乳房，经由月亮光线透过红罗衣，发散出湿润温暖的热度。在潘岳自己温热的呼吸和红绮本身肉体的热度熏激下，她的面孔显得更加光滑，散放着类似釉彩的亮光。那张令人着迷的属于鲜卑异族的白皙美丽的脸上，黏附着欲望和异样的情感。

看着看着，潘岳恍恍惚惚感到自己上下眼皮之间的茸毛都膨胀起来，少女柔嫩的躯体，让人神魂颠倒。他深吸一口气，胸膛胀满，忽然意识到造物的宝贵。

如此鲜嫩的生命，让他庸常的生活顿时充满崭新的意义。

潘岳呼吸急促起来，他朝红绮俯下身去，紧紧拥抱她。这样的时刻，就是死亡忽然袭来，他可能都会毫不在乎。

　　总有一天，或者是明天，或者是遥远的一天，人，都要死去。因为，人，在历史和时间中，都只不过是一粒尘埃。死后，这春天，这月光，这天空，这夜晚，还会存在！但是，这一充满温暖的瞬间，会比肉体存在得更久！

　　天地，远远不能充满人的心房，只有销魂的爱和沉醉的灵魂，才是这个世界的珍宝。

　　"据说，在立春前一天晚上，夫妻同饮雨水，然后同房，就能够怀孕生子……"红绮低声说。她缓然起身，亲手递给潘岳一个杯子。

　　潘岳接过杯子，仰头一饮而尽。

　　新妻子的这句话，让他心中忽生沉甸甸的感觉。"怀孕生子"这四个字，不仅让他想起了亡妻杨氏，还让他想起了病死不到一个月的女儿金鹿。

　　在那些饱受煎熬的日子里，望着女儿日益纤弱的病躯，潘岳忧伤得几乎发疯。未得病时的金鹿，那么美丽——她的双眸，总是闪闪发光，恰似某种珍稀的五彩蝴蝶透明的双翅；她的面色鲜艳柔美，白皙而粉红的面颊上，那根纤巧好看的小鼻子像极了她的母亲；秀发乌黑，装点出女儿内在的优雅，显示出她杨氏母族的世家气息。有时，她的双颊会因为高兴，闪烁出桃花那种粉红颜色，接近半透明的玫瑰色，让潘岳总情不自禁地去亲亲她的脸……在杨氏和金鹿都在的那些日子里，孩童的幸福感和受到关爱的喜悦，使她的双颊似乎总是沐浴在光彩中，熠熠生辉。

　　一个又一个金鹿。女儿的形象，在潘岳的回忆中各不相同，恰似山间盛开的鲜花，随着日影、月光、微风的变化而千幻万化，她的色彩、她的身影、她的性格，都在不断变化，有时候，随着潘岳复苏的记忆，恍然而至……

　　在父亲的眼中，女儿从来都不是一个模样，接踵而至、各不相同的回忆，使得金鹿的姣美形象，在潘岳泪水涟涟的眼中骤然变得更加美好……命运无情，撕破了一切。继杨氏死后，伤寒又夺走了金鹿。

　　"嗟我金鹿，天资特挺。鬓发凝肤，蛾眉蛴领。柔情和泰，朗心聪警……"心酸之余，潘岳心中默念起几天前所作的诗文。

　　女儿的手，多么酷似亡妻杨氏的手，潘岳从未见过比她的手更好看的手。那双玉手，指若削葱，常常在他面前伸得长长的，懒洋洋的，犹如漫长的梦一般……在女儿临终的床前，烛光下，潘岳记得，她的双手丧失了往昔的柔软，犹如两片秋叶，呈现半透明的金色。

　　女儿的手，曾经多么温暖。松弛地抵住她的手，感受那轻轻的握力，那种父女情深的特殊感觉，让潘岳长久地哽咽。当金鹿的小手着力时，莫名的柔和弥散开来。她粉红皮肤之中稍带白嫩的色调，与她胖胖的手腕色泽浑然一体。在她健康的时候，她那响亮的笑声，多么像天空中白鸽子的哨音啊……

怀着忧伤侵袭时迫不及待的心情，潘岳握住了红绮的手。

他内心深深期望，自己能将红绮的这双玉手长时间握在手里，能像普通夫妻那样感受那种平静的快乐，能在少女的羞涩和腼腆中品味无声的爱情倾诉和表白……多少柔情，都能通过手的轻轻着力传递出去，都能变成那种终极感官享乐的开端。

但是，当他握住这个鲜卑女孩双手的时候，他感受到某种轻微的异样——他奇怪地意识到，自己不能接触到她内心最深处，那是一个不可触知的神秘领域……

相比杨氏的善良，红绮自有她的卓异之处。潘岳觉得，她的外表与内心，都和杨氏不同。在她的倩美笑容背后，存在某种别人无法感受的孤独和忧郁。相比绿珠，同为金谷园尤物的红绮，似乎头脑中承受着某种重负，而且，出于某种先天的悲悯，她似乎一直在强行压抑自己的生活欲望。

有时候，当红绮坐在榻上琴前沉思发愣，潘岳就会想，这样绝色的鲜卑女孩，即使她在成长过程中基本上已经完全汉化，但人们依然会受到她美丽外表的蒙蔽，无法真正窥视到隐藏在她幽深晦涩的内心的秘密。

夜色温柔，潘岳紧紧拥抱她，将双唇贴在她柔软的胸前，似乎这样，他就能进入她的内心深处……他把嘴紧贴在她艳如樱桃的嘴唇上，贪婪地吮吸着，半天一动不动，感受异族女孩奇特的香甜，感受那种让人心醉神迷的滋味！

即使在黑暗中，他也能感受到红绮那连成一片的粉红面颊，犹如春天绽放的花瓣，让人蓦然间陷入狂热的爱恋。

恍惚间，红绮的皮肤似乎变成了流体，变得那样柔美和模糊不清。当月光从窗棂中偷偷地闪过，她的皮肤和双眸熠熠闪光，让人禁不住产生幻觉——在月光下，红绮的脸，如同幽暗的蓝色痕迹，飘浮在夜色里。怔忡间，她的脸颊，又变成恍如乳白色玛瑙般的颜色……那种不同凡响的病态美感，让人欲火中烧；缠绵之中，她目光偶尔幽然一闪，刹那间露出一种异族的邪恶，那种时候，她的嘴唇会呈现某种红得几乎发黑的月季花一样的深紫色……

缱绻过后，在这柔情如水的夜晚，潘岳叹息着，脑海中又萦绕闪现出女儿金鹿那张临死的、没有光泽的面颊。如同一支白蜡烛的表面，她面色发灰，神态抑郁，好像有某种紫色的半透明的光线，黯淡地闪现在她双眸深处，恰似深冬大海所呈现的颜色……金鹿的遗容，给潘岳的记忆留下了丰富的悲伤。她那被鲜花覆盖的雪白双颊，即使在棺木中，也流露着庄重高贵之气。

夜色朦胧中，潘岳望着窗外的一株茶花，感受着凄迷的悲痛。他想起了许多有关爱女的往事：她看到父亲带来的甜食而骤然喜形于色的小脸；在一瞬间因为高兴便变得火红的脸庞；还有那张压抑不住欢喜的秀美红嘴唇……女孩所展现的童真的美丽，让潘岳作为父亲，能长久地品味温柔的喜悦。

前几天夜里，潘岳做了一个梦，他看到爱女金鹿半坐在一座桥的边缘，双腿悬空，悠然望着远方的虚空。她面前，有一个透明的琉璃水樽，里面游动着数条五颜六色的鱼……她穿着白色绫缎衣服，表情严肃，脸上具有一种孩童所没有的坚定意志力。她目光特别柔和，但对自己则报以鄙夷的一瞥。看到自己走近，她皱起小小的鼻子，优雅地侧过头去，不理睬自己……潘岳呼唤着爱女，但自己在梦中根本发不出声音，无法吸引她的注意，更无法进入她另一个世界的内心。

有一瞬间，她柔弱的目光与潘岳相遇，那样迅速，如同暴风雨日子里低空中那些风驰电掣的云彩，触着了，超过了，却互不相识，各自远去。那一刻，他们父女四目相对，谁也不知道自己幽暗的未来会蕴含什么承诺。

从女儿幽幽的目光中，潘岳看到了一层薄雾轻轻遮上。她看上去漠然无情，眼睛里面预兆了未来狂风怒吼的日子……

爱妻、爱女的早逝，福兮祸兮，有谁知道！

"安仁，箭在弦上，不得不发！"每当潘岳想起石崇唆使自己的那句话，他心中就不寒而栗。

替贾南风皇后伪造太子手书之后，懊悔、恐惧、愤懑，塞满了潘岳的胸膛。

当时，面对宦者张弘和好友石崇、贾谧，潘岳根本无法表示拒绝。

"潘大人，一荣俱荣，一损俱损。太子不除，日后他登基为帝，我等作为皇后族党，必定九族无遗类！"张弘递过纸笔，意味深长地说。

贾谧、石崇没有多说话，他们都以殷切的目光注视着自己。从他们脸上，看不到一丝威胁的意思。但潘岳深知，自己必须做，必须写，必须模仿太子的笔迹，必须陷储君于绝境之中……

如今，他已经陷得太深，无法自拔。

那一天，在从显阳殿回家的路上，潘岳感受到从未有过的痛苦，那种不义的愧疚，那种背叛大晋继承人后的痛苦，撕心裂肺，难以言表。

此后，每当夜幕降临，懊悔就蔓延开来，继而占据他全部的思绪。他胸腔中那颗惶惑不安的心，有时候缩小，有时候增大，恐惧填满了每一丝微小的缝隙，不容任何快乐停留。

他永远忘不了那间略带潮湿气息的偏殿房间，帷幕的网纱，散发出暧昧油腻的气息，黑暗中隐藏着太多不可告人的秘密，让人顿时联想到那些无法识辨的后宫阴谋。那个房间，如同先前受贾皇后接见的显阳殿的正殿，散发着诡异的、血腥的味道。

潘岳心中沉甸甸的，回忆使得他非常不快乐。作为惊天阴谋的帮凶，他似乎能嗅到自己身体在阴暗坟墓中散发的霉味……参与陷害太子，无论从哪个角度估计后果，都让人灰心绝望。

这种深深的忧虑，不可能被抛在脑后。昔日那种使生活不稳定的、难以被命运挽留和驾驭的乐趣，还有那些值得回忆和信赖的、牢固的乐趣，以及平凡生活中天伦之乐所带来的美妙、温静的恒久真实，确凿无疑地讲，都会成为不可企及的过去……

潘岳把头深陷在红绮的臂弯里，试图以肉欲的沉醉暂时埋葬恐惧。他真希望，一切都没有发生，像往日去金谷园里散步时候所感受的宁静时刻一样，能在无愧中强烈感受自然和人生的魅力，享受万千美景和喜怒哀乐所附加给自己的乐趣……

如今，一切都烟消云散！须臾之间，落笔模仿太子的笔迹，罪恶最终变成了血迹斑斑……先前看上去那样无足轻重的平凡，今天看上去那样宝贵无比。

他弄明白了，无论一种快乐，还是一种忧伤，都存在于人的心中，之所以状态和程度不同，仅仅源于心情的转换，源于肉眼看不见的道德移位。

信仰，能够使人视死如归；贪欲和懦弱，能让人在卑微苟活中深陷死亡的恐怖……

最近，潘岳眼前总晃动着往日在七星石拱桥临时刑场所看到的场景——那是杨骏家族和族党被斩决的场景。当那种充满恐惧的场景回映在脑海中，所有的快乐，包括肉体的快乐，都立刻失去了魅力。

道德信仰和理性，可能偶尔会被感性弄得模糊不清。但是，一俟夜晚来临，在内省的时刻，恐惧就会扩大到无限……

"安仁，出乎我们的预料，贾后愚蠢至极，她竟然派人到许昌杀掉了太子……自此之后，大晋天下，永无宁日矣！"

凌晨时分，石崇和他外甥欧阳建一起，纵马突入潘岳府邸，唤醒了整晚被噩梦缠绕的潘岳，给他带来了这个让人沮丧和悲伤的消息。

第二十六章　螳螂捕蝉

早春时分，晋廷诏下，改元"永康"。

随改元诏一同发布的，还有以"广陵王"名号礼葬废太子司马遹的诏旨。诏旨附件中，佐有皇后贾南风的陈请表——朝廷原本欲以庶人之礼埋葬废太子，贾后上表，恳切请求以王礼葬废太子：

"废太子司马遹不幸丧亡，伤其迷悖，又早短折，悲痛之怀，不能自已。妾私心冀其刻肌刻骨，更思孝道，规为稽颡，正其名号。此志不遂，重以酸恨。司马遹虽罪在莫大，犹王者子孙，便以匹庶送终，情实怜悯。特乞天恩，赐以王礼。妾不胜至情，冒昧陈闻。"

如此假惺惺作态，天下人闻之切齿，无不更加痛恨皇后贾南风谋害废太子的卑劣手段。

废太子被杀前，身为禁卫军右卫督的司马雅，曾暗中上门拜访司空张华，劝他首先举义，废掉皇后贾南风，以确保大晋储君的安全。

张华老成持重，他对于司马雅的来访摸不准底细，很怕对方设下圈套谋害自己，就问："如果要保全太子，你们想怎么做？"

司马雅说："东宫俊杰如林，有护卫精兵万余人；公居阿衡之任，吾辈武人，如得张公发令，可随时听命，拥推太子入朝录尚书事，尽揽天下权柄。如此，废贾后于金墉城，只需两个黄门宦者之力！"

"你们真有把握成功？"

"当初贾后诛杨骏，正是凭借我们禁卫军之力！那时，如果孟观、李肇将军不出力，杨骏爪牙遍布全国，何以得诛？现在情势大异，太子宫旧兵将自不必说，全部心系太子，渴望太子返宫；统领禁卫军四部的中护军，也曾暗中表示，希望能迎还太子。"

张华听司马雅一席话，思忖良久。即使心内暗有所动，他也不得不考虑这样的事实：自武帝崩后，内廷禁卫军一直是宫廷政变的渊薮。这些人，昔日拥戴贾后族党推翻杨骏，继而介入楚王司马玮等人的内乱，如今，他们忽然表示要废掉贾后推拥废太子，总让人无法放心。

思来想去，张华回答说："今天子当阳，坐镇皇宫。废太子，乃皇帝之子，吾非居宰相位权，不敢贸然做如此大事。倘若仓促行事，恐怕要被天下人讥为无君无父之举。于废太子而言，他兴兵入宫废锢贾后，以子犯母，亦属不孝……即使侥幸成功，日后难免招致谴责。何况，朝内权戚握权，司马宗室各拥重镇在外，威柄不一。如此情势下，在内廷策划举事，夜长梦多，未必能成……"

司马雅俯首，考虑半晌，见自己说不动张华参与废免贾后，就劝这位司空大人说："如今天象示警，尉氏一带天落血雨，妖星见于南方，太白昼见，中台星拆，可以想见，近期晋朝必定有大事发生……张公，您位居司空，不如自请逊位，以避灾祸。"

"天道幽远，不如静以待之。"张华留恋权位，摇头拒绝……

司马雅怅然而去。

从张华府邸返回宫禁，司马雅马上告知与他相善的禁卫军将领们，说张华贪恋禄位，不能与图大事。

几个人商量许久，都觉得，要行大事，必须仰仗一个无论是位号还是宗亲都尊显的人。最后，大家把注意力放到了一个人身上——这个人，既有禁卫军军权，又能行事无所顾忌——他，不是别人，正是右军将军、赵王司马伦。

"赵王手握兵权，素性贪冒，如果他能答应和我们一起举事，肯定成功！"为了营救废太子，司马雅等人病急乱投医。

由此，几个禁卫军军官的莽撞决定，导致了日后大晋山河的血流成河。

经由赵王心腹孙秀引见，司马雅以禁卫军都督的身份，面见司马伦。

坐下寒暄几句后，司马雅开门见山："贾后凶妒，人所共知。她与外甥贾谧等人，不择手段地诬废太子，无道已甚！如今，大晋国内无嫡嗣，社稷垂危。我听说，朝内朝外许多大臣暗中聚集、谋划，将起行大事，废掉贾后，重拥太子复位。殿下，您自关中回返洛阳以来，一向与贾氏族党亲善，坊间百姓都以为您肯定参与了贾后废太子的阴谋……日后，一朝变起，祸必相及！希望殿下您能以大晋社稷为重，与我等禁卫军将领联合，推拥太子，定能转祸为福！"

赵王司马伦庸懦，本无主见，听司马雅一席话，他深感心寒。于是，他把头转向自己的心腹谋士孙秀，满脸焦急，等待孙秀定夺。

孙秀慢将鼠须，阴阴地看了看司马雅，向司马伦深深点头。

赵王大喜。他以手拍案，对司马雅表态："都督不必多言，老夫也是司马宗室，我决计拥推太子复位！"

见赵王司马伦言听计从，司马雅欢喜无限，告辞而去。入营之后，他密结宫内的下级禁卫军军官，安排内应，待期举发。

超出司马雅预料的是，他刚刚走出赵王府门，孙秀就翻云覆雨，马上对赵王分析形势：

"废太子为人，性格刚猛莽撞，我们联合禁卫军将领推拥他复位，不是一件难事。不过，废太子一旦得志，必定肆情任意，刚断行事。殿下您呢，一向依附贾后，街谈巷议，都认为您属于贾氏一党。对此，废太子心知肚明。即使我们出手功成，能够推立废太子还宫，他执政之后，暗中必思及宿愤，对您心存顾忌……如此一来，废太子不仅不会感激您的恩德，还会认为您是为了自己免祸才勉强行事。日后，一旦您和废太子产生纤芥怨衅，必不免诛戮！殿下，依在下之意，您虽然答应了司马雅，营垒已明，不若迁延却期，逗留观望。此间，我们可以派人四处散布消息，佯称废太子暗中勾结军将，谋图复位。如此，贾后恐惧之余，肯定会抢先下手谋害废太子！一旦废太子被杀，宗室必定恐惧，大臣必定寒心，民心不稳，群情愤恨，到那时，我们再伺机出手，以为废太子报仇的名义，获取禁卫军将领的支持，必会占尽天时地利人和，如此，废掉贾后，屠灭贾氏党羽，易如反掌！贾后一废，殿下您嘛，必能得志于天下！"

孙秀一席话，说得赵王司马伦连连点头。兴奋之余，他右眼眼皮上面垂耷下来的肉瘤，也焕发出肉红色的光来……

自此，司马遹被废后，皇后贾南风欲杀害司马遹的心思，路人皆知。

深恐贾后乱政导致国变，贾后表弟裴𫖮心急火燎，上门拜访贾后族兄贾模，两个人一起去见司空张华，商讨对策。

"贾后荒淫无度，废太子，乱朝纲，日后必致大祸……不如我们联合朝中大臣们废掉她，改立废太子之母谢淑妃为皇后，迎归废太子复位，这样做，才能安定天下人心。"裴𫖮虽然是贾后亲戚，为人却非常正直。

此言一出，贾模、张华立刻表示异议。

贾模："我一直委婉劝告贾后保全废太子，她已经对我等生有疑心，暗中派人观察我们的举止，以我之见，不如以不变应万变吧……"

张华："皇帝和贾后伉俪情深，这么多年，从无废黜之意，如果我等大臣妄自行之，外人会认定我等专权……况且，宗室诸王蠢蠢欲动，窥伺各方，朋党异议，一旦我们擅自做废立皇后的事情，正好给人以口实，祸如发机！如果失败，身死国危，无益社稷。"

失望之余，裴𬱖叹了口气，说："二公所言，很是有理。但贾后昏虐之人，无所忌惮，如果她枉害废太子，则天下大乱，立待可至！到时候，国乱祸起，我们又该如何？"

张华心存侥幸："卿二人乃贾后亲戚，一直以来能得到她的信任，希望你们能常常在她左右陈说祸福，予以劝诫，劝她不要妄行大悖之事……如果能保持这种宗室、外戚的平衡不被打破，天下尚能得安。得过且过，吾辈有希望悠游卒岁。至于身后之事，就非我们能逆料了……"

掌握大晋权力的三大臣，逡巡畏懦，失去了避免天下大乱的最后机会。

仅仅十日之后，贾南风就派宦者张弘去许昌宫，杀掉了废太子司马遹。

树欲静而风不止。

晋朝的血雨腥风，悄然而至。

第二十七章 为太子"报仇"

这是一个四月晴朗的早晨。

沾满露水的巨鼓，于太极殿东堂忽然被敲响。霞光中，刀枪闪烁，战马打着响亮的响鼻，顺着御殿驰道嘚嘚而来，禁卫军杂乱的呼唤声和低沉的口令声，喧哗四起，响成一片。不少兵士穿着全套的整齐铠甲，纵马扬鞭，低吼着冲入皇宫。

在金碧辉煌的殿宇顶端，清晨的紫色暗雾中，飘荡着不祥的声音。军将兵士脸上闪着模糊的蓝光，随着越来越多的战马出现在朦胧晨曦中，恐怖的气氛越来越浓。

司马雅身穿一身较为轻便的锁子甲，敏感于尖锐的声音，他骑在马上回头看了一眼，看到了自己一个护兵的那匹枣红马粉红色的牙床和龇出的两排牙齿。混乱中，后面驰来的一匹白马奔跑过快，撞倒了一名步行的兵士，马蹄踏过他胸前的两当护甲。在步兵哀号声响起的同时，马蹄铁和铠甲撞击的声音刺入耳膜，犹如金刚钻划过琉璃一样，让周围的人久久不能忘怀。

地上那名兵士眼睛突出眼眶，歪着嘴，舌头耷拉出来。显然，还没有战斗，他已经被战马踩踏而死。

进入皇宫内的第一道大门，没有遭到什么人抵抗。一个身材高大、长着浓黑眉毛的禁卫军下级军官，大概没有接到放弃抵抗或者投降的命令，出于本能，他蹲在殿前石头栏杆旁边，敏捷地架起一只弩机，慌忙中看到司马雅率人纵马而来，几乎正对着他，就扳动了劲弩扳机。

嗖的一声，一支弩箭带着一股冷气从司马雅脸颊边上飞过，差点射穿他的脑袋。

司马雅怒极，拍马直冲过去，当他即将到达那个浓眉军官身边的时候，他全力勒紧了马缰。趁着马头扬起、前蹄腾空的那一刻，他高高举起手中的长槊，狠命扎了下去，力量奇大，以至于槊尖刺进那个发弩军官身上后，木制的槊杆竟也扎进去一半，陷在他身体之内。

没容司马雅抽出槊杆，战马嘚嘚跑过。司马雅兜转马头，看到那个军官仰身向后倒去。他身体哆嗦着，抽搐着，不停用手去乱拔槊柄。

随后赶来的司马雅手下兵士上前，乱刀一阵挥舞，把那个军官剁成了一堆肉块。

"奉皇帝敕令，逮捕贾后。众军听令，违令者斩！"

司马雅高声喊叫着，他从剑鞘里拔出长剑，当空挥舞。

显然，刚才被司马雅杀掉的军官是个什长类的小官，有七八个人大概是他的部下或者同乡，从四面八方跑过来，把司马雅团团围住，眼睛冒火，想杀掉司马雅，为刚刚死去的什长报仇。

司马雅使出浑身解数，跃马直立起来。他狂乱地挥动长剑，左右抵挡。好在那几个禁卫军手中拿的都是短剑和棍棒，对司马雅暂时造不成大威胁。

一个护兵看见司马雅陷于被动，赶忙吆喝一声，从殿台高处扔给上司一支长槊。

手里有了长兵器，司马雅平添胆量。他像在教练场上一样，开始挥杀自如。兜旋着骏马缰绳，口中指挥，他率人把那几个兵士堵在一个角落中，并指挥手下更多的兵士围拢过来，全力攻击。

砍瓜切菜般，那几个兵士尽数被杀死在当场。

武装人宫过程中，忠于贾后的禁卫军人数很少，即使有些人勉强在战斗，他们中大多数也看不清来人是谁，只是出于本能地在保卫皇帝。

看着越来越多和自己穿着相同的武装兵士向冲入宫内，当值的禁卫军边战边溃退。

最后，有一百多人被压迫在太极殿殿前的空地上，与司马雅带来的人疯狂厮杀在一起。战马来来往往，不知道属于哪一方，风驰电掣，人喊马嘶，战斗显得异常激烈。

一些从前没有真正打过仗的兵士，吓得有些发疯，他们无目的地乱刺乱砍。只要眼前出现任何的脊背、胳膊或者是马匹，这些人都会以骇人的力量冲过去劈砍击刺，因此误伤了不少自己人……

对死亡的恐惧如此强烈，就连不少战马也吓得昏头昏脑。它们横冲直撞，好几匹骏马冲驰过猛，马蹄踩在宫内凉滑的石板上收不住，糊里糊涂地倒下去，把它们身上的骑士甩出老远。一个大个子兵士最倒霉，战马疾驰中，他的头盔被颠掉了，当马匹倒地的时候，甩出的劲力太强，以至于他没有保护的脑袋重重撞到了一块凸起的台阶，顿时，他脑浆迸出，命丧当场。

司马雅竭力使得自己镇定下来，他拉紧缰绳，然后松开，拍马奋力一蹿，跃上一个高台，观察宫内战斗的形势。

忽然，一个身材魁梧的军将拍马向他冲来。他手中，高舞一柄雪亮的长剑。这个人的马，乃西域朱鬃良马，速度极快，刹那间已经冲至近前。

司马雅吓得一缩头，对方的长剑砍到了他的头盔边上，溅起火花后，滑了开去。

心惊肉跳之余，司马雅看清楚来人，原来是负责贾后显阳殿保卫的一个禁卫军都督。

司马雅急忙扔掉长槊，把剑换到了右手中。

刚刚一剑没有砍倒司马雅，那个禁卫军都督不死心，他冲过去后，立刻掉转马头，看定目标后，重新冲向司马雅。

司马雅抑制住惊惶，稍稍镇静下来，他低头静数着对方战马的奔跑步数，待对方靠近的时候，他一只脚踩在单镫上，身体倾斜，避过敌人死命挥过的一剑后，正身立起，在马鞍上重新坐稳，手中宝剑出击，朝着刚刚闪过去的那个壮汉背上猛刺。

不料想，对方铠甲很厚，剑刺没有深入，仅仅挨到一点皮肉。

壮汉迅速兜转战马。他刚刚转身，一匹背上没有骑手的高大匈奴马冲了过来，它宽阔而坚硬的胸部从侧方撞在壮汉的马上，一下子把他连人带马撞到了司马雅近前。

壮汉龇着牙，颚骨颤抖着，由于紧张和使劲，他的脸色惨白，稳住平衡后，不停挥舞手中长剑，旋风一样在马鞍子上转来转去。

眼见与敌人距离如此之近，司马雅顺手就用剑尖冲他脖子上砍刺了一下。壮汉举剑挡格，双剑相击，铿然有声，火星飞溅。

一个从属于贾后显阳殿的禁卫军步兵看到自己长官情况危急，急忙从左边阶梯的栏杆上凌空跳过来助战。一道利剑寒光，在司马雅眼前闪过。

司马雅本能地一躲，身上两当铠甲的系带却被剑砍断，他背后一整片护甲应声落地。

趁那个步兵落地未稳，司马雅纵马挥剑，一下就把那个人的脑袋从脖子上砍了下来。

这时候，司马雅手下的十多个步兵赶过来，蜂拥而上，把那个骑马的壮汉都督紧紧包围起来。

壮汉那张蓄着黑色唇髭的脸，因为激动和紧张，满是淋漓的汗水，顺着眉毛不停往下滴淌。由于过度惊恐，他棕色的眼睛不停地眨着，张大嘴盯着司马雅的脸看。

壮汉一边用剑胡刺乱捅，一边左顾右盼，想冲出重围逃跑。

一支长槊飞过来，正中壮汉的胸膛。他向后一仰，惊讶地大叫一声，在马上摇摇晃晃。多亏他身上重铠厚实，又救了他一命。

司马雅咬牙，他猛拍胯下战马，无所顾忌地朝那个壮汉冲过去。眼看要靠近对方，司马雅一勒缰绳，想从他右边兜过去，以便使剑砍起来顺手。

壮汉发觉了他迂回动作的意图，就死命拍打自己的战马。战马蹿跃时，冲倒了两个迎前的步兵。他歪着嘴，狠咬牙关，举起手中长剑，一连劈死了两个想要包围他的兵士。然后，他稍稍喘息片刻，纵马朝司马雅冲过来。

壮汉绷紧的面颊越来越近。司马雅屏住呼吸，先虚晃一剑，趁对方躲闪之际，他突然改变了劈刺方向，白光闪过，剑尖遇到小小湿滑的阻力，就削掉了壮汉大半张脸。

壮汉惨号一声，他全身上下像被什么东西咬了一口似的，登时松开手中长剑，趴伏到鞍头。

司马雅松掉缰绳，在马背上挺直身子，双手握剑，高高举起，照着敌人敞露的脖颈砍下去——锋利的剑锋，深深砍进对方后脑头骨里，壮汉从马上滚落，摔在地上。

由于疼痛，地上的壮汉半张脸扭曲着，一只眼睛恐惧地张开。他的身体胡乱抽搐了几下，最后终于不动了。

望着刚刚死去的显阳殿禁卫军都督，司马雅忽然觉得，这个大汉的脸在静止的时候显得非常小，像洛阳街边冬天售卖的胡饼一样小。即使他蓄有髭须，那张过小的脸，看上去依旧像小孩子的脸……

宫内的战斗，很快就结束了。

赵王司马伦矫诏，以皇帝名义敕令洛阳城内三部司马：

"贾后与贾谧等人，杀吾太子，今使赵王入宫废贾后，汝等皆当从命！事毕，赐爵关中侯。不从者，诛三族！"

无论是营兵还是禁卫军，兵士们都愤恨贾后废杀太子，于是，大家根本不问情由，皆顿首听命。

在司马雅占领太极殿的同时，翊军校尉、齐王司马冏率另一百多军士，冲入华林园，把正在园内玩乐昏睡的痴帝架到了御辇上，运到太极殿东堂，扶他坐上御床。

有了皇帝这个象征物，干起事情来才得心应手。

禁卫军开始忙起来，有条不紊地清除宫殿地面上人和马匹的尸体。一切就绪后，赵王司马伦和孙秀入宫。

经过紧急磋商，赵王等人就派人书诏，遣使急召贾谧入殿，假称大臣们有重大国事要商议，骗贾谧入宫，准备伺机诛之。

贾谧不疑有他，施施然上朝。

这个时候，清理完毕的太极殿周围，除了大树上一些雀鸟鸣叫得有些异样，气氛和往常差不多。

皇宫内的战斗，结束得那么迅速，就连身在显阳殿的贾南风都不知道晨间发生了翻天覆地的大事情。

用完早膳，贾后骑着一匹果下小马①，由宦者张弘牵着，带着整队随从，一行人慢悠悠从显阳殿往太极殿方向走来。

贾谧入宫之后，远远望见太极殿，忽然觉得那里过于安静，气氛近乎肃杀。小伙子心内有些发毛，感觉有些怪异。

一步一步登上丹陛，贾谧看到太极殿东堂内站满了人。平常上朝，总会立刻有中书省的官员过来导引他入殿，还会间中递来一些皇帝要发表的诏旨让他签署。

岂料，今日情况有所不同，几个身穿甲胄的禁卫军军士，按着佩剑，朝他大踏步走来。

"皇帝有旨，贾谧参与杀害太子，罪在不赦！斩！"齐王司马冏闪现在殿门处，高声断喝。

五雷轰顶一般，贾谧背脊发凉，冷汗顿时布满全身。

跑！这是他脑海中闪现出的第一个想法。

于是，贾谧拔腿就跑。慌乱中，他没有顺着丹陛往下跑，而是往太极殿西堂的方向奔跑。

贾谧边跑，边用尽全力大声呼喊："姨母救我！皇后救我！"

呼喊果真灵验。竭尽全力奔跑了几十丈远，贾谧真的看见了他姨母贾南风的皇后仪仗正从显阳殿方向赶来，距离自己越来越近。

一阵狂逃之后，贾谧感觉自己的心都跳到了嗓子眼。当他终于看到了姨母，

---

① 产于朝鲜半岛的一种矮小马匹，是当时进贡朝廷的微型马，专门供皇宫嫔妃们用作拉车的观赏马。"果下"这个词，原本是朝鲜半岛或者东北地区部落对这种小马称呼的音译，后来汉人望文生义，认为这种马匹矮小，能在果树下行走，就把"果下"解释为"果树之下"。

全身忽然虚脱一般，双腿灌铅，再也迈不动步子。

"姨母救我……"

独自站在一个殿间转折处的高台上，贾谧声嘶力竭。

台阶下面的贾南风，看到外甥如此狼狈，也满脸诧异。

"贾谧奸贼，吃我一剑！"不知什么时候，司马雅追到了贾谧的身后。

感觉到一阵凉风扫来，贾谧大惊回头。此刻，司马雅剑锋已到。

唰的一声，鲜血狂喷。贾谧那颗俊美的头颅，忽然弯折一般，从肩头坠落，在地上弹了两下，就顺着台阶滚落下去。他无头的身子兀自站立了一会儿，才扑倒在地。

"杀得好！"齐王司马冏出现在司马雅身后。百余名全副武装的禁卫军，皆手执兵仗，跟随着他前来。

阶梯下的贾南风一行人，眼看着贾谧的脑袋从高台上跳跃着滚落，皆瞠目结舌，半晌无言，惊在原地。

"皇帝有旨：皇后枉害太子，居心叵测，现逮捕审问！"司马雅高喝。

看到齐王和司马雅高高在上，跟随贾后的几十个仪仗兵士，皆放仗举手，表示投降。数十个宫女更胆小，尤其是贾谧的血头滚落场景太骇人，吓得她们跪地俯首，不敢仰视。

宦者张弘比较机灵，他见势不妙，马上拉牵着贾后座下的小马，掉头就跑。"皇后，赶紧躲一躲……"

慌不择路，张弘带着贾南风跑进太极殿后面一座供夏天乘凉用的上阁里面。

登上楼梯后，关紧小门，二人凭栏往下张望，希望能够出现救兵，出现奇迹。

齐王司马冏笑了。他平时很少笑，这一笑起来，他嘴唇弯成了弧形。但他的眼睛并未因为笑意而变得比往常柔和些许，依然保持着一种晦暗的光芒，令人觉得很有些阴鸷的东西在里面。即使他笑，也让人觉得他心地阴沉，很难接近。带领着司马雅和百余名禁卫军，齐王不紧不慢地从高台上走下，向上阁方向走去。

贾南风站在上阁狭窄的顶部，转了几个圈，一颗心狂跳不止。忽然，她看到太极殿东堂大门打开，众兵士抬着痴帝的座辇，拥他坐在殿外空地上。

"陛下，您的皇后如今有难！贼人矫诏要废掉我，您说句话吧，让禁卫军杀掉那些造反的贼人……今天我被废掉，明天就要轮到陛下您……"贾南风惶恐之际，慌不择言，上气不接下气地遥呼。

痴帝坐在原地，心中非常纳闷。他啃着一个胡瓜，茫然地张望着在上阁顶部亭子里面跳脚疾呼的贾南风。

看到痴帝一言不发，贾南风哀叹一声，忽然意识到，自己的丈夫，不过是个傀儡摆设。如今，这个肉傀儡的线牵在了别人手里，自己就只能接受被人宰割的命运。

当当数声巨响，上阁小门被撞开。齐王司马冏阴沉的一张俊脸，立刻出现在贾南风的眼前。

张弘脚步快，他三跳两跳，站到上阁刷了红漆的栏杆上。四下望了望，他绝望地对贾南风说道："皇后保重，奴才先走一步！"

"狗奴才，算是便宜你，你能得好死，你九宗三族却好死不得！"司马雅看到张弘欲跳楼，恨恨地说。

"齐王殿下，看在我们昔日交情的分上，希望您能饶我两个兄长性命！"张弘目光殷切地看着司马冏，哀求说。

"刑腐之余的奴才，本王如何与你有交情！你参与杀害太子，罪大恶极！今天夜幕降落之前，你的两个兄长，包括你三族长幼，会全部被诛杀，一个不剩！"齐王冷冷地说。

"杀害太子，绝非奴才本意……"张弘偷看了贾南风一眼，浑身颤抖，忽然，他哀号一声，以袍袖掩面，从上阁的扶栏纵身跳下。

啪，闷闷声响传来，宦者张弘摔成了一堆肉酱。

"爱卿，你要干什么？"贾南风强作镇定，问齐王司马冏。

"皇帝有诏，收逮皇后。"

"诏旨当从我这里拟出，爱卿所奉何诏？"

齐王笑了笑，没有答话。

"我有何罪，众卿意欲何为？"

司马雅厉声答言："我们要为太子殿下报仇！"

贾南风低头不语。良久，她又问："起事主谋是谁？"

司马雅："赵王、齐王。"

贾后长叹一声："系狗当系颈，我却只系其尾。如今下场如此，我也是活该！"

齐王司马冏口宣诏旨，宣布废皇后贾南风为庶人，押往建始殿囚禁。

贾后已幽，贾谧已死，赵王司马伦派人发诏，收逮贾午等人，送入暴室①拷问。

贾午由于私孕入宫，妄图以自己生下的孩子冒充贾南风之子，混乱帝室嫡

---

① 汉代官署名，属掖庭令管辖，其职责是织作染练，故取"暴晒"为名。宫中妇女有病，或者皇后、嫔妃有罪，都幽禁于此，故亦称暴室狱。

系，很快就被乱棍活活打死。其初生婴儿，也当即被毒死埋掉。

太极殿中，在孙秀主持下，赵王司马伦宣布主政，立刻召中书监、侍中、黄门侍郎，以及八座①等人入殿面君，开始疯狂的报复。

首先，他们以收捕贾氏亲党为名，立刻宣布逮捕张华、裴𫖮、贾模三人。这三人中，由于贾模不停劝告贾后，激惹起这位皇后的愤怒，她前日晚间刚刚派人送毒酒，把这位族兄毒死在家中。所以，使者最后只把张华、裴𫖮二人逮来。

张华被押入太极殿的时候，并无惧色，他认为，这不过又是一场普通的宫廷变端，依旧想以静制动。

对赵王司马伦和孙秀来说，由于先前从关中回洛阳后求尚书令官职遭到拒绝，他们对张华和裴𫖮怀恨在心，毒怨满胸。

不过，张华毕竟是一代名士，官居司空，还有可以利用的价值。他被逮送来之后，赵王派孙秀下殿，对他说："今社稷将危，赵王欲与张公您共匡朝廷，成霸者之事。"

张华摇头坚拒。

站立一旁的司马雅大怒，叱责道："老贼，刃将加颈，你还敢吐言如此！"

孙秀冷笑一声，也不再劝，喝令禁卫军兵士把张华押出殿外，直接处决。

临刑，张华跪在地上，仰头质问监刑的司马雅："卿欲害忠臣吗？"

司马雅称诏诘责："卿为宰相，任天下大事，太子之废，不能死节，何也？"

张华有辩才，回答说："太子之废，臣谏事具存，可查宫内档案。"

司马雅不屑："身为大臣，进速不从，何不辞官去位？"

张华惭愧，俯首不能答辩。

须臾间，殿中下来使者催促："速斩张华！"

张华知道祸不可免，大声叫道："臣乃先帝老臣，中心如丹。臣不惧怕死亡，恐怕我死之后，王室必遭大难，祸不可测！"

相比张华的仓皇，裴𫖮还算很镇定。这位玄学大家神色凝然，劝说张华道："张公，事已至此，何必抗辩。杨骏在前，卫瓘于后，你我恐怕三族难免。如果张公当初听从我的劝告，废免贾后，哪里有今天的下场！"

作为晋朝开国元勋裴秀之子，裴𫖮少年时代承袭父爵，十四岁时即为太子中

---

① 亦作"八坐"。特指封建时代中央政府的八种高级官员。八座制度，历朝不一，所指也不同。东汉时代，以六曹尚书并令、仆射为"八座"；曹魏、两晋以及南朝的宋、齐，以五曹尚书、二仆射、一令为"八座"；隋唐时代以六尚书、左右仆射及令为"八座"；清代，则用作对六部尚书的称呼。后世文学作品中，多以指称尚书之类的高官。

庶子，迁散骑常侍，二十四岁时迁国子祭酒兼右军将军，再迁尚书左仆射，为晋国一代重臣，岂料，年仅三十四岁，大好年华，却因王室内讧而死于非命。

禁卫军兵士把二人押到太极殿前殿马道之南，推跪二人，刀下头落。

张华被杀后，依旧被夷三族，子孙被斩杀殆尽。裴頠乃功臣之子，在司马宗室救护下，他的几个儿子性命得以保全，逐荒僻边地。

"此座，大王如用心，可以当之无愧！"眼看周围没别人，孙秀指着皇帝宝座，轻声对赵王司马伦说。

赵王哈哈大笑。由此，他与孙秀开始心谋篡位。

如果想篡夺顺利，必须先除朝中有名望且不为己用的大臣。所以，继张华、裴頠之后，在孙秀主谋下，赵王司马伦矫诏杀害了先前在关中举报自己的解系、解结兄弟等人，并诏诛贾氏族党，牵连多人。为了打击朝中固有势力，他们还黜免了朝内朝外张、裴亲党数百人，并下诏免去与贾氏关系密切的司徒王戎、尚书令王衍的官职。

孙秀本想乘间诛除琅邪王氏，但最后被齐王司马冏劝住，认为如此世家大族不能轻易诛除，以免大失人望。

转天，赵王司马伦称诏，大赦天下，封自己为使持节、都督中外诸军事、相国、侍中，一依宣帝、文帝辅魏故事。他还为自己的赵王府邸设置府兵卫队万人，以其世子司马荂领仆射；二子司马馥为前将军，封济阳王；三子司马虔为黄门郎，封汝阴王；四子司马诩为散骑侍郎，封霸城侯。至于孙秀，官封中书令；那些参与废免贾后的禁卫军骨干，皆封以大郡，兼拥兵权，预事的文武官员，因功封侯者数千人。

晋朝朝廷，表面上赵王司马伦当政，但此人本性庸愚，最终反而受制于他的谋主孙秀。

孙秀做了中书令后，威权震朝廷。天下大事，皆决于他一个人之手。

诛贬过后，为收买人心，司马伦让人拟诏，准备追复故太子司马遹位号，派东宫官属迎太子丧柩于许昌，追谥故太子曰"愍怀"，安葬于显平陵；追封司马遹早殇的儿子为南阳王，封其次子司马臧为临淮王，封三子司马尚为襄阳王；不久，又诏立年仅三岁的司马臧为皇太孙，太子官属全部转为太孙官属，赵王司马伦行太孙太傅。

贾后被废后的第三日，面对满朝木立的大臣，孙秀已经以中书令的身份，端坐在赵王旁边的独榻上，决断政事，独揽大权。

"昔日太子司马遹被废后，大臣中有人曾经建议推立帝弟淮南王司马允为皇太弟，被贾后否决……如今，司马允为骠骑将军，领中护军，皇宫宿卫大权，尽在他掌握之中，您不可不防！"

孙秀边递过来几份文书让赵王画押，边在他旁边耳语道。

"淮南王本性沉毅，禁卫军将士皆畏服于他，奈何？"

"无妨。可以升淮南王司马允为太尉，外示优崇，实际上夺其兵权。……贾氏余党，如今还未尽除，石崇、潘岳等人，阿附贾谧，参与陷害太子，心存不轨，定饶他们不得！"

听孙秀如此说，赵王大点其头……

太极殿外，罡风正紧。西方吹来大朵大朵的黑云，粗大松树枝干上的夕阳余晖，渐渐黯淡下来。

赵王当权之后，为了自卫，大批王府卫士被调往皇宫内值勤，故而殿廷四处都可以听到马具的叮当声、长槊与铠甲的撞碰响声，以及马蹄踏着石板所发出的清脆音响。

黑云，在洛阳皇宫上空飘动着。苍茫暮色中，晋朝的天空，显得格外幽暗浓重。

第二十八章　金屑酒

金墉城。黑黢黢的房间。

贾南风一直没有睡觉。十年了，做了皇后之后，有许多个早晨，她可以随意躺在显阳殿的大床上，尽着性子，做一切想做的事情。那些多如树叶的日子，没有自己的吩咐，谁都不敢打搅她皇后的懒散和清梦……

一切都成为过去了。躺在金墉城皇家牢狱湿乎乎的地面上，即使是初夏时分，从地底散发出来阴凉的潮气，也让她感到全身骨节酸痛。

发昏当做死。闭眼假寐中，这个已经被废免了名号的皇后，很想让自己的身体和脑子暂时得到休憩，愈合忽然来临的创伤。

金墉城内过分地宁静，与欢乐再无丝毫关系。她心中有太多的后悔——从前，只注意到来自太子的威胁，自己没有想方设法去诛除宗室诸王。最让人懊悔的，就是派张弘到许昌杀掉了太子。人世之事，往往欲速不达……

清早醒来，贾南风感觉到，外面肯定是个大晴天。城墙外面的嘈杂声音，能异常清晰地传到耳际。就连市坊里面小贩叮叮当当的叫卖铃声，都跃然在耳，恍如一把银刀敲击着黄铜大壶。

贾南风体内，长久以来孕积的恶毒，暂时沉淀下来。但是，潜在的、东山再起的欲望，依旧模模糊糊升腾着。在这样黑暗的日子里面，她多么希望生活能重新来过一次啊。那样的话，她就可以避免许多错误……

不知道为什么，这个黑矮女人忽然回忆起十多年前她在东宫时曾经听过的一支久已忘怀的曲调，优美的旋律，莫名其妙，精确浮现在她记忆中，甚至她都来不及去辨认这到底是哪支曲调，就信口哼唱了出来。她被囚禁了近十天，外部世界对她来说已经变得非常陌生。人的脑中，经过幽闭，那许多扇久久关闭的小门就会开启，过去生活中被忘却的片段，特别是欢愉的场景，都会在意识中重新浮现。这种奇妙的体验，促使人们在充满苦涩的寂寞中回味过往生命所留下的痕迹……

她多想洗个热水澡啊。显阳殿的寝殿里面，那个绿宝石星星点点镶嵌的浴盆，还有抹身子时所坐的软榻，让人留恋、思念。灯光恰到好处，一切盥洗物件，都奢华夺目。还有殿内各个角落所堆积的奇珍异宝，绚丽多姿—— 一切的一切，让这个金墉城的女囚回味起来唏嘘不已。当每天早晨阳光倾泻进来，在宫女轻柔擦拭下，十年以来的每一天，都在沐浴中开始熠熠生辉——越是陶醉在回忆之中，现在的贾南风越感到不舒服，越感觉痛苦。

她已经好多天没有洗浴了，身上满是泥垢，油汗糊在脸上，嘴里发黏发酸，屋子里面臭烘烘，难闻至极。

从金墉城囚室内门板缝隙中看出去，贾南风能够看到一片翠绿的树丛。于是，白天的时候，她总会闭上眼睛，从枯竭的想象中寻找过去。这样，她就能让自己宛如置身空旷的华林园中，久而久之，她甚至依稀能听到耳边有几只鸟儿在欢快鸣啭……

"贾南风，起来！中书令孙大人来审你！"

狱吏一声怒叱，把贾南风从白日梦中惊醒过来。

她全身震颤，心头突突地跳个不停。用臂肘支撑着身子，她赶忙扶着脖子上沉重的木枷，用力坐了起来。

孙秀显然喝过不少酒。他进来的时候，浑身酒气。

囚所的门大开，耀眼的阳光，射得贾南风一时间睁不开眼睛。

入得室内，孙秀挥斥出多余的从人，身边只剩下一个狱吏、一个书吏陪同。由于贾南风饮食尿溲皆在这一间屋内，臭气熏得他往后倒退了几步。

他从衣袖中掏出一块绢帕，捂在自己鼻子上，厌恶地打量着这位被废弃的皇后。

落魄至此，贾南风犹自强撑。她用肥肥的双手紧紧抓住木枷，高昂起头，正视着孙秀。

孙秀不怀好意地嘿嘿一笑。然后，他走上前去，在距离贾南风几尺远的地方停下。

贾南风茫然间，孙秀解下裤带，掏出胯间的物事，做出准备往这位废后脸上撒尿的动作。

贾南风暴力桀骜的本性在这样的时刻展现无遗。她脸上露出一副轻蔑的神情，直愣愣盯着孙秀胯下看了好半天。然后，她目光往上，落在孙秀那张猥琐的脸上。

毒蜂落地，犹有蜇人之威。

孙秀讪讪地笑了。慑于贾南风犹存的淫威，憋了好久，站了好久，他都没能当着这位废皇后的面把尿撒出来。

嘿嘿一声干笑，孙秀移步到窗前的瓦罐处，拎着自己疲软的物事，淋漓地尿了一泡。

自始至终，贾南风没有说一句话。

"嗯，皇后，你毕竟曾母仪天下啊……你知道吗，贾庶人，皇帝要赐死你！"孙秀恶狠狠地说。

贾南风脸色一变，低下头去。稍作沉吟，她抬头问："你是何人，敢侮辱皇后？"

"这是中书令孙秀孙大人！罪妇，不要张狂！"未等孙秀开口，他身边的书吏呵斥道。

"嗯，在下……我……就是孙秀，先前乃赵王司马伦手下长史，如今，官拜中书令……皇后，你应该恭喜我啊，很快，我的儿子孙会，就会迎娶河东公主了……"孙秀笑着说。

贾后一惊。河东公主才十二岁，乃是她和痴帝司马衷的亲生女。

"你这种出身卑微寒门的奴才，怎敢娶帝女？你就不怕日后被族诛吗！"贾南风怒斥，语气依旧威风凛凛。

"亲家母，你应该庆幸才对……"孙秀嬉皮笑脸，俯下身子，盯着贾南风那张肥短黝黑的脸，说："你毒死太子，天下人都欲对你食肉寝皮，现在，你女儿嫁给我儿子，才能得到保全啊。不过，看你长得如此难看，河东公主的皮肤倒是很白皙，她和你母子异类，长相完全不一样啊……"

贾南风眼中冒火，使劲往后仰头的时候，木枷磕在墙壁上，她恨恨言道："鼠辈安敢尔！"

孙秀脸一沉，终于耐不住性子。他直起身来，抖甩袍袖，厉声喝道：

"贾庶人凶暴，淫毒恣肆，皇帝有旨，赐你去死！"

孙秀挥手之间，他身后的书吏举起手中的一坛酒，重重递给一直陪同的狱吏。

"诏旨何在？"贾南风喝问。

这一问，孙秀被气笑了。"诏旨皆自我出，贾庶人，你一个罪妇，还敢问我看诏旨？等你喝了这坛毒酒，曝尸通衢，自然有皇帝诏旨贴于大榜之上！"

贾南风表现出来的桀骜不驯和囚所内的让人难耐的熏人臭味，使得孙秀兴趣大失。他抬脚踹了黑妇人一下，扭头不顾而去。

当孙秀脚步声消失后，贾南风忽然感觉到一种巨大而莫名的恐惧：对自己来说，时间可能不多了。奇迹，再无可能发生。

禁卫军叛变了，贾谧当着自己的面被人砍头，贾模被自己毒死了，裴頠被杀了，和事佬张华被诛三族，就连一向支持自己的王戎、王衍兄弟，也被免去了职位……而最先向自己出手的，竟然是一向诣附自己的赵王和隐忍寡言的齐王，这一切，大出意料。与其害了太子留给这些宗室造反的借口，不如当初留着太子当个幌子，或者，除掉太子后推武帝另外的一个儿子当皇太弟，都可以有退身之步……一切都太晚了，太晚了……

门外，吹来很大的风，贾南风的鼻子里面满是久违的、整个春天留下来的那股草根的气味。朴素的清香，氤氲在囚室里面，让她顿觉生命的可贵。

"啊，这可是金屑酒啊。"狱吏开口了。他解开酒坛的盖子，非常沉醉地说。

小心伺候贾南风这么多天，这个面容模糊的狱吏似乎第一次开口说话。在今天孙秀来到金墉城宣布诏旨之前，即使贾南风是个杀害太子罪大恶极的罪妇，所有的狱吏依旧在她面前战战兢兢。天威不测，没准哪天一道诏旨下达，面前这位满脸肮脏、浑身褴褛的妇人，就会摇身一变，重新成为当朝皇后……

此刻，一切都不一样了。这个黑肥的妇人，不过是个还有口气息的活尸体，是一只必定要死的老鼠，而狱吏呢，则是能够主宰她最终死亡方式的猫。

"皇后，你看，这金屑酒，可不是白说，多么黏稠芳香啊。这酒的表面，真浮有一层光灿灿的金屑啊……"狱吏递过酒坛，给贾南风看。

妇人浑身哆嗦起来，由于靠紧墙壁，她脖子上沉重的木枷连声作响。

"那个孙秀，肯定是矫诏，大逆不道……你，爱卿，我乃堂堂皇后，我结发夫君依旧在帝位之上，只要你能救我出去，我必将重赏于你……"贾后没有底气地说。

"别做梦了，明年今天，就是你的忌日！外面的天下，已经不再是你贾氏的天下了……皇后，你死之后，草席一裹，扔到乱葬岗去，不到两个时辰，野狗会把你吃得一干二净，皮骨不剩，谁都不会知道那堆脏血骨礁曾经是赫赫的皇后……"狱吏阴阴地说。

当他侧对门口的时候，贾南风终于看清了他的脸，觉得他的模样似曾相识。

"怎么，皇后，你忘了我是谁？十年前，可是我帮你掐死杨太后的啊……那可是当今皇帝的嫡母，风华绝代，被你下令饿了数日，不成人形，好惨啊……"

贾南风仔细看，那个狱吏大鼻细目，扇耳乌唇，确实是当年的壮年狱吏。岁月荏苒，除了脸上多了许多皱纹，他样子没有太大的变化，头发却几乎全白了。

狱吏小心翼翼地端着酒坛，仔细凑到鼻子近前使劲闻了闻，说："皇后，你现在住的屋子，就是当年囚禁杨太后的地方。天道循环，报应不爽啊……你知道吗，当年经你一吓，我儿子回家就得了失心疯，整整十年了，他天天疯疯癫癫，连老婆都没能娶。我家三代单传，我儿子如果生不出儿子，我可就要当绝户了……不过，有巫师说，只要能得到一个大人的脑子和肝脏下酒当药，就可以治愈我儿子的失心疯！"

狱吏说话的时候，眼中闪出骇人的光。那种绝望到凶狠的目光，是那些饱受病痛、痛苦折磨而又时刻怀着希望的人才会具有的。当他们在漆黑的生活中看到救命稻草后，由长久的绝望酝酿而成的对希望的执着，就会表现得格外强烈。

贾南风吓得往后退了退，恐惧攫住了她的喉咙，以至于她连喊叫的力气都没有。

老狱吏愣怔了好一会儿。

外面，天气有些细微的变化，室内的气氛多少也异样起来。老狱吏长长叹了口气。他很希望自己身上的年龄往回倒，希望自己不再做杀人的刽子手。

空气中，隐约透出被太阳晒热的树枝的气味，再次让人想起从前那一段逝去的岁月。杨太后、贾皇后，犹如两块从往昔冬日漂来的见不到确切形状的浮冰，生硬地闯进了小人物的生命之中，给他们留下撕心裂肺的悲伤痕迹。

契阔已久，整整相隔十年，贾南风，这个熟悉的、久违的闯入者，又被命运抛到自己眼前来，使得老狱吏内心产生了某种类似悲伤的喜悦感。

"酒，我不喝！"出于极度恐惧，贾南风的嗓音变得非常非常尖厉。

这一叫，忽然把沉浸在回忆和忧伤情绪中的老狱吏从麻木状态唤醒。

他摇摇头，抱着盛满金屑酒的坛子，步步逼近贾南风，恳切而又认真地说：

"皇后，不喝不行啊！没事，不怕您不喝，我们这里人很多，会几个人一起伺候您喝下去的。这酒，毒劲其实不大，至少要挣扎半天才会断气，够您受用的……再说，您不喝，我儿子治病所需的人脑和人肝哪里去找啊……"

第二十九章　绿　珠

头梳芙蓉髻，斜插通草五色花，绿珠看上去楚楚动人。最特别的是她脸上的晕红妆[1]，以金花胭脂点染，妖娆可爱。即使一般的汉地女孩，脸上画上这样鲜艳的浓妆，都会顿显娇媚，更不用说绿珠这样皮肤异常白皙的鲜卑姑娘了。绿珠的如波美目上，两道翠彩蛾眉，温婉动人，让人一见，顿起怜爱之心。她那经红色丹脂仔细点过的朱唇，娇小红润，素齿如玉，流光溢彩。

"广长、元海，我让你们见识一下绿珠的绝艺吧。"

在金谷园狄泉边上，石崇修盖了一座高达数十丈的凉观。在这里，他非常高兴地接待忽然到访的游侠王弥等人。

与王弥一起就座的，还有潘岳以及刚从离石左国城回来的匈奴五部大都督刘渊等人。

绿珠表情沉静，脸如秋日澄空。她站立着，开始吹奏六孔长笛[2]。演奏长笛时，她肩膀放松，两肘略张，吸气自然，运舌时气流恰到好处。她嫩蕊般的舌头动起来迅速而轻柔，呜呜咽咽，吹奏着一支音调奇怪的西域乐曲。

乐声悠扬，糅合了奇异的白日梦幻、自我迷恋的张扬、纤敏的神经质，以及异族女孩在汉地的深沉孤独。沉浸在这样的乐曲中，在场所有人的内心旋律会被悠然拨动，激发起一种类似病态的敏感，陷入对周围事物的最细微感受和最精确的观察之中。特别是长笛悠扬、华美的装饰音，使得如潘岳等文人诗客无边的记忆到处弥漫，顿生一种莫名的甜美悲伤。

石崇，通晓音律，又精六艺，他不仅本性豪爽，善于钻营，还率真能诗。贾氏家族冰山化倒，他自恃父辈对晋朝有功，依然我行我素，有恃无恐。由于近期

---

① 晋惠帝时代仕女流行的一种妆容。

② 在汉代时称为"竖篴"或"羌笛"。

与武帝爱子、几乎做了皇太弟的淮南王司马允过从甚密，石崇更是过于自信。血雨腥风之下，他对于波谲云诡的政治危险，没有足够的预见。

金谷园中，公卿咸来，文人欢聚。不管朝事更迭，石崇日日流连，日日锦帐美酒，歌舞升平。平日里，绿珠等数百美姬，人人头饰倒龙玉佩，横插雕凤金钗，在金谷园昼夜声色相接。这种接昼连夜的舞蹈，石崇名之为"恒舞"。

歌舞轻吟间，金谷园美姬皆口含异香，身配香囊，舞行语笑，芳香随风四溢。舞场中间，石崇派人每日都铺上一层厚厚沉香。美人轻盈者，践之足迹越轻，得赏的珍珠就越大。

听罢绿珠吹笛，为了炫耀自己的才艺，石崇令绿珠领舞，率领百余美女边舞边歌，表演他自创的《王明君》歌舞。

"王明君"，即王昭君，为避文帝司马昭名讳，晋人谓之为"王明君"或"明君"。石崇所造新曲，多哀怨之声，借古代美人怨曲而抒人生苦短之意。

"我本汉家子，将适单于庭。辞决未及终，前驱已抗旌。仆御涕流离，辕马悲且鸣。哀郁伤五内，泣泪沾朱缨。行行日已远，遂造匈奴城。延我于穹庐，加我阏氏名。殊类非所安，虽贵非所荣。父子见陵辱，对之惭且惊。杀身良不易，默默以苟生。苟生亦何聊，积思常愤盈。愿假飞鸿翼，弃之以遐征。飞鸿不我顾，伫立以屏营。昔为匣中玉，今为粪上英。朝华不足欢，甘与秋草并。传语后世人，远嫁难为情。"

石崇所作歌词，从绿珠口中婉婉唱出，伴以曼妙的舞蹈，给人展现出一个风光旖旎、哀怨隽永的全新精神世界。

悠扬曲声中，无论是石崇、王弥，还是一同参与欣赏的其他坐客，各自都陷入不同的幻境。

绿珠，犹如一朵圣洁羞涩的晨花，翩翩起舞中轻轻绽开。舞蹈之中，袖甩裙飞，她本人也沉浸在一片完全自由的、寂静而无限的空旷之中。

琵琶声声，裙裾骤起，桃红飞舞，艳光一片。整整一个崭新的世界，在歌舞所引发的幻觉中脱颖而出。乐舞如此神奇，如此温柔抒情，似乎把金谷园的天穹都染上了一片神秘之光。

优美的乐曲，划破天空，时而如公鸡报晓一般神秘，时而如雨燕呢喃般温柔，时而恍如永恒晨曦般不可言表，时而从寂静中爆发出振聋发聩的呼唤。所有这种感官的极乐享受，使人们想象中的一切，都在乐声的盥洗下变得截然不同，妙不可言。

这种纯洁天真、炽热热情、凄婉哀怨交汇在一起的乐舞，凝重、轻柔、厚实，让人逸兴顿飞，灵感充溢。

不知不觉中，时光飞逝，彤红的晚霞已经斜映在金谷园的凉观地面上，欢乐在静静流淌……

夕阳，轻吐余晖，乐声舞蹈，给人们带来了恍惚的回忆，久远而清新，他们鼻孔中似乎充满了天堂的美妙气息。

当暮色一点一点降临，坐客心中沉甸甸的，兀然沉浸在某种伤感和忧郁之中。

不知为什么，看着面如桃花的绿珠，石崇心中漫升起一种黑色的感觉。这位花朵般美丽的人儿，轻舞在透明的时间背景中，不停转换着她神秘的影子。爱怜，作为一种缓慢生长的胚芽，成为石崇心中一种肉质丰厚的无名株体，逐渐占据他全部的胸腔。

即使绿珠这样日日在眼前，依旧让人梦萦魂绕。如果有见不到她的日子，该如何打发那种漫长的时间呢？石崇想。

看着绿珠一身水漉漉的，宛如绽放的夏莲那样站在那里，石崇更加心动不已。在每一个奇妙晚上，他都喜欢凝视这个由他一手调教出来的鲜卑女孩，看着她从头到脚舒展地横陈在眠床上的姿势，思忖她浑然天成的美丽。

望着她顾长秀美的腰身，石崇总会联想起金谷园中那些绽启着蓓蕾的修长柳树。是的，如此别样的美丽，竟然让幻想的能力重新回到一个中年男人的身上，能让人透过生活的表层，在意识蒙眬之际，感受这个熟悉而陌生的美丽女孩的层层人性，感受自己内在的不可言喻的东西……她的自我，她的慵懒，她隐蔽的思想和散逸的眼神，在隐藏、封闭她自己精神的同时，奉献给人世一具绝妙的肉体。

每当石崇端详、抚摸这美妙肉体的时候，他就觉得自己占有了一个陌生的、神奇的、无法言喻的世界。

特别是绿珠这双忧郁难消、千变万化的眼睛，石崇总觉得有某种忧郁隐藏在里面，似乎她一直魂牵着远方。有可能，她内心深处，还保留着鲜卑故乡无边无垠的绿色原野，大草原的风，永远无法找回的父母和部落……忧虑是那样深，有时候她在睡梦中都会无缘无故地哭出声来，在无意识中宣泄莫名的悲痛。但是，这样一个异族女孩，似乎已经习惯于对痛苦逆来顺受。她有可能认定，连自己生命都属于身外之物，活着，就是一个永远不知道明天的过程……

每当石崇陶醉在她睡眼蒙眬的时刻，抚摸她、爱她、吻她，感受发自自己内心的一种纯洁的、神秘的爱恋时，似乎，绿珠的睡意，就是一片风光旖旎的沃土，让人能探索某种平庸生活中难以寻找的宁静悠远。如此肉感怡人的尤物，如同静静散落在大海上月光如水的夜晚，听着她，看着她，任由时间的落潮碎成点点浪花，任由生命的树枝停止摇曳……

怀着一种无比清新的快感，石崇轻轻放下手中长三尺二寸的红珊瑚如意，以手托颐，陷入了沉想。看着绿珠，欣赏着绿珠，这种快感，似乎他永远都不会厌倦。他希望自己能无穷无尽地享受下去，能在歌舞之中，看着这个已经把全部都交付给自己的美丽生命，不断呼出她轻盈的气息……

"哦，这就是绿珠，果然绝色，国色天香！"王弥举觞，一饮而尽。

"此女，我之最爱，当年，我从杨骏府中把她带出来，悉心培养，教她歌舞，教她弄琴，教她书画，费尽心血啊……元海，这个绿珠，还有那个红绮，就是当年你送给杨骏作为礼物的。幸亏我在杨骏败前把她们二人收留，否则，杨骏之诛，她们也难逃一死！"石崇哈哈大笑着，向刘渊举觞。

刘渊饶有兴趣地仔细打量着绿珠，连连点头。从他表情上看，他确实真的无法把如今这个风华绝代的美女同十年前那个一脸惊惶的鲜卑女孩联系在一起。

"另外一个呢？季伦，你给她改了什么名字……刚听你说，好像名字叫红绮？"刘渊似乎也有了一些醉意，问。

"安仁丧妻，红绮如今续弦给了他。"石崇以麈尾指着正凝神忧思的潘岳说，"前阵子，王敦和我饮酒斗气。在我金谷园，美人劝酒，他竟敢不喝，气得我连杀三人，那厮就是忍住不喝……最后，我令红绮劝酒，王敦还是不喝。当时，酒兴加斗气，如果不是安仁强把我劝住，红绮也差点被我杀掉……"

"绿珠，绿珠！"忽然，王弥坐直上身，一脸严肃，在榻上向石崇拱手，"我奉中书令孙秀大人之命，特意来季伦这里取绿珠，希望季伦能割爱啊……"

"……广长，你不是在和我开玩笑吧？"石崇脸上的笑意凝固。

王弥再礼。"季伦，我确实没有和你开玩笑。"

石崇一脸惘惑。"广长，你是大名鼎鼎的游侠，怎么会去给孙秀那个小人当差？"

"时世艰难，君子难做啊……不过，季伦，你出身世家高门，心中当然看不起吾辈寒族，我王弥，乃山东二等士族，出身嘛，其实和孙秀那种寒门也差不多……孙秀孙大人，现在官居中书令，应该不算是'小人'了吧。"

王弥看似奉承石崇，其实语带讥讽。石崇的父亲石苞，出身不过是渤海南皮驿站驾车的御夫，他青年时代放荡无行，攀附景帝司马师后，才得以飞黄腾达，所以，石崇家根本不是正宗的世家大族。

"恕我言语唐突，广长，我对你实无轻蔑之意……那个孙秀，从前不过是赵王手下幕僚而已，小人得志，如何敢派你索我爱妾绿珠！"

"势利相随！既然如今赵王秉政，孙秀当道，季伦，你是聪明人，何必自讨苦吃？美姬易求，又何必为此区区小事冒犯孙秀呢……"

石崇沉吟许久，转头对手下一个仆从低声吩咐了几句。

不大工夫，数百美姬出现在楼上，皆衣罗绮，服锦绣，袅袅婷婷。

众人仔细观看，来人皆绝色美女。

"此侍婢数百，任君择取！"石崇说。

王弥脸上挂笑，不住摇头。"孙秀指名道姓索要绿珠，季伦，你即使把这么多美人都送给他，也还是会得罪他啊……"

石崇眉头紧皱，倔强之气陡发。"宝物、美人，任孙秀来取！绿珠嘛，我之最爱，实难从命！"

王弥微微冷笑。"季伦，家族性命要紧，还是一个美人要紧？"

"孙秀奴辈，不过觊觎我的财货，哪能为一个美人要我性命！我石家对大晋开基立业有莫大功勋，难道，为了一个美人，谁还要我三族性命不成？"石崇反问。

"生逢季世，人命不值钱啊……你仔细想想，赵王、孙秀，他们已经要了好多人的家族性命了。"王弥语带威胁。

石崇不语。

眼见二人僵持，坐在一旁的刘渊捋须，打圆场说："既然孙秀要绿珠，石大人又舍不得，不如这样，石大人，你把绿珠转赠给我吧……"

刘渊如此说，大出石崇、王弥和在场的潘岳等人意料。

石崇问："元海，此话如何说？"

"绿珠，本来就是我匈奴五部的人从边兵手里买来的。当初呢，也是我把她和红绮送给杨骏作为礼物。如今，石大人，你把绿珠送给我，当是物归原主……你不要着急，我是真心为你好，暂时替你收留绿珠。孙秀知道绿珠在我这里，想必他不会特别为难我，你石大人也就不会因为这个美人得罪于他……"

在石崇眼里，这个刘渊多年来一直老谋深算，从来不会当众为什么人出头。如今，他竟然敢于冒着得罪当权的孙秀的危险来帮助自己，确实让人心中疑窦丛生。

刘渊看出石崇的心思，他仰头一笑，说："石大人，今日刘渊，远不是昔日刘渊了！我手下五部匈奴，人强马壮，为晋皇效力，甘心驰驱。洛京之中，任谁也不敢小觑于我。看在我们多年交情上，能帮你一次，也是我一番心意！"

听刘渊如此说，潘岳脸色大变，王弥默不作声。

石崇低头，想了好半天，嗫嚅道："这个嘛，确实也是一个办法……"

于是，几个人的目光，都投向一直站立一旁的绿珠。

刘渊用鲜卑语快速和绿珠说了几句什么，表情严肃，一副命令的口吻。

出乎所有人意料，绿珠勃然变色，并且立刻以鲜卑语回答刘渊。从她的语气和神情上看，显然是拒绝刘渊的建议。然后，她把脸转向石崇，说：

"大人，奴婢在石府多年，承蒙错爱，度过十年春秋，粉身碎骨，难报大德厚恩……我和红绮，当年非是被晋国军人掠卖。屠各匈奴人心地阴毒，他们以与我们部落交换牛羊马匹为名，骗我们一千多人进入一个两旁都是高山的绝地峡谷，然后，这些人面兽心的家伙，弓弩齐发，射杀了我们数百人……他们追杀我们部落的幸存者，老弱者当场割喉杀掉，男壮作为奴隶，妇女孩童，皆驱卖给晋人……如此人面兽心的匈奴，妾与他们不共戴天，怎能再和他们在一起？"

绿珠说着话，从身上摘下早上刚刚受赐的水晶火珠①放在几上，向石崇深施一礼。

这个女孩当下的慷慨的举止言谈，是石崇从来没有想到过的。他从来没有猜度到绿珠是这样一个性情刚烈的姑娘。在这样一个绝美的肉体躯壳里面，竟然隐藏着凄惨的往事和那样清晰的记忆。生命无常，每个人都有灼人的秘密回忆和焦虑不安的探求，都有报仇雪恨的冲动和渴望。那些昔日把人引向歧途的踪迹，很可能让许多人活在心烦意乱之中……

绿珠的反应，也完全出乎刘渊的意料。他冷冷坐在原地，面无表情，端起酒筋继续饮酒。

"贱婢！你如何敢辜负刘大人如此盛情！"王弥精通匈奴语和鲜卑语，他厉声呵斥着绿珠。

石崇咬肌滚动，狠狠瞪了王弥一眼，但没有即时发作。

"妾身虽下贱，犹知专事一主！"绿珠冷冷回了王弥一句，然后，她向石崇再拜，起身说，"妾乃蛮夷鲜卑，幸得石公厚爱，久慕华风，粉身难报。事到如今，当以死报答公恩！"

骤然而来的眼泪，从绿珠眼中涌出。在她坚毅而美丽绝伦的脸上，这种眼泪，炫示着尊贵的灵魂，让在场所有的男人感到震撼。

"我被匈奴人掠走，不幸或者有幸，来到中华。我到杨骏府邸的时候，绳索缠身，身份是个下贱的女奴。石公，是您，解开了我身上的绳索，教我乐舞，教

---

① 即水晶制成的凸透镜状的东西，古人用作装饰，也可用于聚集阳光取火。

我读书写字，使我能在中华都城自由成长，让我感觉到活着的乐趣……"

绿珠哽咽了，难以再言。

绿珠和石崇两人相互看着。

石崇眼中充满了火焰，那种火焰能把眼泪烧干。

绿珠温柔地笑了。

没有片刻犹豫，没有眼泪，没有留恋，绿珠，迈着她特有的轻盈步伐，在众人惊异的目光中，快步走向凉观的栏杆处，纵身跳下……

第三十章　名士同归命

洛阳，永康元年（公元300年）的夏天，相比往年，天气非常反常。

每当正午艳阳高照之际，原本和谐澄净的天空，总会忽然响起猛兽吼叫似的雷鸣巨响。霎时间，满城风狂雨骤。过不了多久，一切复归常态。经过水洗的花朵和树木，特别是那些巨大的阔叶树木的绿叶，青葱翠绿如同新长出的一样，在阳光下闪闪发光。

从永平元年（公元291年）诛杀杨骏族党开始，由于每次要斩杀数千人，原本作为杀人刑场的洛阳东市，场地已不敷用。于是，朝廷每每选择七星石拱桥南端那块巨大空地当作临时刑场。而这一次，石崇、潘岳、欧阳建等人被族诛，晋廷为了增加恐怖效果，选择了金谷园深处的一大块平地来当作刑场。

幽林碧野作为刑场，景色确实太过优美了。

三头白牛，拉着一辆装饰豪华的无盖大车。石崇、潘岳、欧阳建三个人，垂头丧气地坐在上面。他们没有遭到绑缚，身上也没有穿死囚的红衣，都穿着平时在家中会客时所穿的衣服。如果没有牛车两旁全身铠甲、手执长槊的兵士，乍看上去，这三个人很像是在金谷园园林中乘车漫游。

在他们牛车的后面，还有几辆小一些的马拉车，上面载着石崇、潘岳、欧阳建三人年长的家人。再后，就是蹒跚步行的几百个男男女女，皆为他们的三族亲戚。

既然罪名被冠以"谋逆"，被诛杀三族，就是理所当然的下场。

相比杨骏、张华和裴颜之诛，石崇等人临刑的待遇非常独特：没有当众的羞辱，没有嵌入肌肤的绳索捆缚，没有兵士的鞭打作践。这一切，都因为一个原因——作为监斩官的人，乃他们金谷园"二十四友"中的朋友——刘琨。

刘琨内心焦灼。赵王司马伦当政后，作为赵王世子司马荟的妻弟，刘琨自然受到重用。孙秀小人，专报睚眦之怨，且雷厉风行，他很快就以谋逆罪下令诛杀石崇等人。为此，刘琨通过司马荟谏劝其父赵王司马伦，最终不被采纳。

　　无奈之下，刘琨只能求任监斩官，想让几个名士朋友得个好死，以尽微薄之力。

　　天空，还在时断时续飘洒着淅沥明净的小雨。赶赴刑场的人们，看到路边田地中，有几个农家女正低头忙着什么，似乎全然不在意大路上这些马上要被处决的犯人。一个耄耋老者，光着脚，推扶一架牛犁，左摇右摆，在松软的地里向前走着，用尽力气、全神贯注地在犁一道深沟。几只不知道名字的小鸟，蹦蹦跳跳，跟在老人身后，顺着垄沟叽叽喳喳，不时低头从垄沟里啄食东西，到嘴的似乎是蚯蚓或者泥土里面的其他什么东西……

　　花朵，在草地上嬉戏；河水，在阳光下流淌。所有的景物，具有散淡的、无意识的风貌。在它们面前，那么多人，活着的、即将死去的人，都不过是微不足道的过客。风，掠过花篱，野蔷薇和山楂花的芳香，氤氲空中。可惜，那些洁净的花径台阶上，以后再不会出现这三位大名士的脚步声……小河中，细浪翻滚，争先恐后地扑向一丛茂密的水草，水晶般的水泡立即破碎，激荡在人的心里，让人久久难忘……

　　繁花似锦的金谷园啊，在大千世界孤零零地清晰地存在着，还将浮现在新鲜的死者脑海中，在他们喷血的头颅里面飘动，恍如真实的梦境。金谷园周围的那么多条道路，都将在这些人的记忆中无影无踪。因为，走过那些道路的人，就要死了，而生者对走过那些道路的人的回忆，也将会全然泯灭。

　　作为大晋朝一代名士，潘岳、石崇、欧阳建一直沉默着，甚至想入非非……他们久久地审视这最后的风景，不忍错过。所有的美景，都将湮没在血泊中，都将在临死的眼中失去颜色。这曾经被他们吟诵讴歌的大自然图景，有可能通过他们创造的诗篇得以流传给后人，会比他们本人活得长远得多。

　　生命，稍纵即逝。

　　潘岳，还沉浸在昨天晚上的一个梦境中。在梦里，他看到了自己亡妻杨氏和死去的女儿金鹿。她们张开双臂，朝他跑来，热烈而亲切地迎接他。梦境的地点，似乎是他曾经当过县令的河阳宅邸。在那里，所有的东西，似乎都放在原处，连烛台上那支烧了一半的白色蜡烛，也还留在画案上。潘岳记得，烛台是他有一年春天离开河阳回洛阳时搁在那儿的。还有，那怒放的梅花，在坐落山间的院子里面，枝丫新绿，含苞待放。

　　金鹿是那么美，似乎长大了一些，天真烂漫，光彩照人，她一望见他，就飞快地朝他扑来。她纯洁的明眸中，洋溢着那么真挚动人的爱和欢乐。

　　在梦里，金鹿依然孩子气十足，依旧是个身体未定型的甜美无比的小姑娘，只是眼睛更加明亮。在她身边，一个小男孩时不时和她挤在一起。她调皮地用肘推他，将那个小孩弄倒了，然后发出一阵咯咯的笑声，露出一口漂亮的牙齿，前仰后合。而那个躺在地上耍无赖的小男孩，面部线条尚不清晰，做着鬼脸哈哈笑的面孔，像一团小肉冻。由于大笑，他的小脸颤颤巍巍地闪闪发光——这是自己夭殇在半路上的小儿子吗？

女儿金鹿总爱无所顾忌地放声大笑，但她在梦境中的这种笑，已不再是她童年时期那种自发的、断断续续的笑声，而是一种由于某种痉挛性的放松而稍显成熟的笑……

当潘岳过去拥抱她的时候，她却滑脱了他的臂弯。梦中，本来蔚蓝色的天空，忽然变得晦暗、幽深……

潘岳浑身一个激灵。想到今天即将来临的刑场杀戮，他又暗自庆幸：因为早逝，杨氏和金鹿得以幸免！

刑场到了。

黑压压一片，空地上，已经站满了被强迫前来观刑的官员。他们，比这些即将被处决的人来得还要早。

"伯阳适西戎，孔子欲居蛮。苟怀四方志，所在可游盘。况乃遭屯塞，颠沛遇灾患。古人达机兆，策马游近关。咨余冲且暗，抱责守微官。潜图密已构，成此祸福端。恢恢六合间，四海一何宽！天网布纮纲，投足不获安。松柏隆冬悴，然后知岁寒……"

欧阳建下了牛车后，被刽子手带到行刑的木墩前。他站在那里，四顾周围美丽景色，口吟《临终诗》。这个风神秀彻的小伙子，面色颓唐。

此时此刻，欧阳建终于露出了他自己的真实内心：生死之间，玄学显得那样苍白。恰与昔日阮籍"世无英雄"的感叹一样，他临死的时候，才知道了飘然出世的艰难。

"赵王、孙秀真乃小人，坚石在冯翊太守任上，只是上疏表奏过司马伦指挥乖方，造成关中动乱，这么点小事，就被他们记恨，诬以叛逆大罪……"石崇下车，不忘为自己的外甥欧阳建向刘琨辩解。

刘琨苦笑，没说什么。此时，他不好接石崇的话头。

"安仁，从前在金谷园宴饮，我记得你有一首写给季伦的《金谷集作诗》：'春荣谁不慕，岁寒良独希。投分寄石友，白首同所归。'本来，你在这首诗中讲你们友谊坚贞，至老不变。岂料，其中一句'白首同所归'，真是一语成谶啊……"刘琨对潘岳说。

石崇闻言感慨："赵王杀天下英雄如我辈，算他够狠！我不解的是，他们为什么要杀安仁这种翩翩文士？"

"俊士填沟壑，余波来及人！"潘岳出口成章的积习不改，随口吟出两句诗来。

石崇又叹："唉，安仁，肯定是孙秀把你牵扯入谋逆案，就是为了报复三十年前他给你们潘家当书童时的旧怨，人性险恶啊……我本来以为，孙秀加罪于我，至多会把我放逐于交广湿热偏僻之地，哪里想到，蛇蝎蜇人，他一下子要我全家十五口人性命！我老母、兄弟何辜，竟然与我同时狼藉刑场！"

潘岳闻言，泪如雨下。他遥对不远处自己白发苍苍的母亲，倒身跪拜，口中喃喃："儿负阿母，万死万死！"

潘岳的母亲，大家闺秀出身，一生所历繁多，见识深沉。事已至此，她想不出别的话安慰马上就要和自己一起被杀的儿子，只得叹息道："安仁，你和季伦当时谄事贾谧，所为太甚。每每看到贾谧和其外祖母广城君郭槐的车马，你们都会望尘而拜。我当时劝过你们多少次啊，安仁，你入世心肠太热，不听我言，种下今日祸因……"

潘岳哽咽不已。

石崇再拜，也向潘母道歉。

忽然间，刘琨走向那群陪同赴死的犯人族属，从中拉出潘岳的妻子红绮。然后，他粗暴地揪扯着她，把她掼倒在潘岳面前。

"安仁，你与季伦谋逆的罪名，别人不能妄加，正是这个贱人首告，孙秀才能把你们立案族诛啊……"刘琨愤愤而言。他从腰间拔出一把宝剑，扔在潘岳面前，说："孙秀嘱我，行刑后放掉这个贱人。天道好还，安仁，为报背叛之仇，你来当面手刃这个该死的贱人！"

红绮扑倒在地上，面如死灰，一语不发。

对许多人来说，时间本身可以加快或者减缓，但对于红绮和绿珠这样的绝代美人，她们那种美如雕像的容貌，仿佛青春永在。

在刑场上，缺少悠扬激越的琴声，加之饱受内心的煎熬，红绮此时变成了个容颜破残不堪的妇女。她的双眼，深深地陷在一圈黑影里，神色惊惶不安；她的嘴如秋桃绽裂一般，挂着一丝强笑；她脸部的线条，因为背叛似乎已无法修复，迅速驰往衰老。

潘岳心潮翻滚。无止无休的惊异，让他完全不堪。本来绝望哀伤的心情，又被红绮的背叛重重打上一闷棍。每一次悲剧的重现，似乎都是一次新的创造，与紧挨在前面的内容绝不相同。这一次，红绮做出如此之事，超乎想象，带给自己的伤痛甚至跟前面任何一次相比都有过之而无不及。

生活中，没有意志力所能疏忽的事情，只有没能防备的人。过去回忆与新的现实对照，让马上就要离开这个世界的潘岳感到无比的失望和惊异。眼前发生的事情提醒他，人们记忆中和想象中的忠诚，都是不准确的。

石崇同样感到吃惊。望着红绮秀美的鼻子，一泓秋水般的眼睛，以及她紧闭的嘴唇所包含的意志力和忍耐力，他不能不忆起前日刚刚跳楼的绿珠。她们确实太相像了，那种鲜卑白皙面庞的特点和骄傲的眼神，让人无法忽略。

如果没有在刑场上看到红绮，临死的石崇根本想不到她的存在。即使有机会重见她，也是在阴间那些被记忆遗忘的地方。在他所有动人心弦的回忆中，红绮只作为绿珠的比衬物出现。当刘琨告知红绮就是此次导致他们三个人宗族被诛的首告时，石崇惊讶至极。恰如一群野蜂冲进头脑里一样，他的脑袋顿时轰响起来：红绮，这个曾经的歌伎，大概是因为那一次他让她向王敦劝酒，才惹起她的毒怨……

"安仁，手刃此贱婢！"刘琨钢牙紧咬，对潘岳说。

"……何必呢，多杀一人，这样做，能改变我们的命运吗？"潘岳像是对刘琨说，也像是对自己说。

"夫君，请饶恕我……"半躺在地上的红绮终于开腔。

她的嗓音有些颤抖，但绝对不是出于恐惧。她跪伏在泥土地上，向潘岳大拜行礼。

泪水，如同断线的珍珠，自她白皙的面庞上串串滴落。

红绮的嗓音，让潘岳心慌意乱。妻子，这位新妻子的突然变节，让瞬息即逝的人生变成了杳不可测的、不可企及的深渊。种种思考，让人头晕目眩。她所发出的这种撕心裂肺般颤抖的嗓音，又让潘岳如何能遗忘！

"越石，你还是放了她吧。即使她不首告，孙秀还是能想别的办法把我们几个人网罗到谋逆的名单中……"潘岳对刘琨说。

恰恰是在被收逮的前一刻，潘岳知道了红绮怀孕的消息。此时此刻，他一方面憎恶妻子对自己的背叛，一方面心里隐隐约约希望她能够逃避族诛的连坐——这样，潘家就能有骨血存活在人世。受潘岳牵连，潘氏三族俱诛，潘岳只有一个侄子因为远游在外得以逃脱，其余被孙秀一网打尽。

众目睽睽之下，红绮长吸一口气。她干呕了几次，捂住胸口，然后，她跪坐在地上，挺直肩膀，捡起刘琨扔在地上的宝剑，仔细看了看那闪亮的剑锋。

潘岳全身血液凝固住一般，想上前去阻止，不知为什么，他腿软得厉害，连站起来的力气都没有。

红绮仰头望了望天空，脸上滚下串串热泪。接着，她敏捷地举起剑，非常准确地刺入自己左侧的心脏部位。

这一刺，没有任何畏惧和犹豫。

"夫君，我终于可以回家了……"

红绮轻声说了一句话，死了。

四溅的鲜血，让观刑的官员和即将受刑的三家人恍然惊悚，浑身都凉了。

这一幕，也提醒了赵王和孙秀派出秘密监刑的使者。他非常不耐烦，催促刘琨尽快下令行刑。

这个时候，匈奴人刘渊从观刑的人群中走过来，他俯下身子，依次与石崇、潘岳、欧阳建诀别，握手唏嘘。

十年间，刘渊在离石屠各匈奴部落日久，他的脸晒得很黑，头发比起从前也白了许多，衣冠楚楚，身粗体壮。他的脸上，昔日在洛阳时期那种强装的谦抑和恭谨，已经全然消失不见。他脚上的豹皮靴子和头上绘有金鹰的锃亮的皮制浑脱帽[①]，散发出一种勃勃的匈奴气息。

石崇、潘岳两个人，在和刘渊诀别后，脸上都露出若有所思的表情。刘渊的目光中，藏有某种悲天悯人和幸灾乐祸的混合神情。晋朝的内乱，带给这些匈奴人的，会是百年才一遇的巨大机会。

刘渊长胖了许多，但他整体的模样没有太大变化。

刘琨傲然，冷眼瞧着这个匈奴人，眼神中充满警惕。他竭力回忆着，在自己还是个小青年的十年前，似乎这个半老的匈奴贵酋，他的眼睛是湛蓝湛蓝的，非常清澈，眼神总带着笑意，但永远变幻不定，仿佛是一只高天中追逐流云和雀鸟的鹰隼，总在寻找某样他想得到的东西。现在，这个匈奴人的蓝眼睛颜色已经变得发深，目光依旧炯炯，眼神无比坚定。长久以来，在离石部落之中养成的专横独断，已经固定在他的表情中，使得他看上去恰似一个桀骜不驯的可汗。

刘渊身上最大的变化，是他如今看人的时候，神态奸诈圆滑，目光更加狡黠而尖锐。

快近黄昏，天空惨白而低垂。旷野的风，开始像傍晚那样，吹到人身上会让人感到冷飕飕的。

---

① 一种顶上尖尖的帽子，用皮或者毡制成。

再也不能拖延了。刘琨知道，最后的时刻，总会到来。

"季伦、安仁、坚石，你们先上路吧，且饮下此酒，他日九泉相见，我们重叙金谷园旧情！"

刘琨举起手中酒觞，一饮而尽。

依据晋朝的法律，族诛犯人，应该先杀家属，由此能让犯人感受双重的痛苦。为了避免出现这样的情状，刘琨下令，先杀这三个金谷园诗友，免得他们看到挚爱亲友被砍头的惨状。

"且慢！"石崇忽然唤刘琨近前，在他耳边低语道，"越石，我有一事相告。十年前，王济丧礼上，那个被杀掉的刺客，其实是个匈奴人！"

"匈奴人？"刘琨满脸惘惑。当日，他并没有亲自到北邙参加王济的丧礼。

"匈奴五部大都督刘渊，肯定是他，当年就是他派来的刺客……居心叵测啊，十多年前，这个匈奴狼种已经开始觊觎我们大晋江山了……越石，你要注意他啊……"

临死前，石崇忽然对刘琨讲述这个他在心中隐藏十年之久的秘密。然后，他从腰带间抽出一个稀奇的犀角如意，递给刘琨做诀别之物……

第三十一章　皇后新嫁娘

"皇帝大婚，必大赦天下，赏赐王公，百僚上礼。太康八年，武帝迎娶杨后，就规定如下制度：婚礼纳征，皇帝用玄纁，束帛加珪，马二驷；王侯用玄纁，束帛加璧，乘马；大夫用玄纁，束帛加羊。上古时代，皮马为庭实，天子加谷珪，诸侯加大璋。武帝依据《周礼》，改璧用璋。先前汉朝制度，聘皇后之礼为黄金二百斤，马十二匹；聘夫人，黄金五十斤，马四匹。曹魏时代，聘后、诸王娶妃、公主出嫁之礼，用绢一百九十匹。大晋建立，武帝拟定制度，规定用绢三百匹……"

陆机娓娓道来，向孙秀和赵王司马伦讲述皇帝娶皇后的制度详情。

"如果臣下娶公主，是否也有很多赐物？"孙秀问。

"武帝时代，曾经为此专门下诏：'公主嫁由夫氏，不宜皆为备物，赐钱使足而已。'我细查旧典，皇帝嫁女，会赏赐驸马家玉璋，以示祝贺。"

贾南风在金墉城被灌饮金屑酒而死，痴帝真成了孤家寡人。大晋天下，龙凤不能或缺。为此，赵王司马伦和孙秀商议多时，最终决定为痴帝迎娶尚书郎羊玄之的女儿羊献容。

之所以选择羊献容为皇后，原因有二：第一，虽然泰山羊氏一族出过景帝司马师的"皇后"羊氏和帮助武帝平吴立有大功的羊祜，但羊玄之官职不显，羊家基本属于二等士族，不似贾充家族那样在晋朝根深蒂固，广结婚姻，所以，作为当朝外戚，羊家更容易控制；羊献容的外祖父，乃平南将军孙旂，此人乃乐安大族，与孙秀一直往来相善。为了改变寒门地位，孙秀与孙旂合族，号称自己也属于乐安孙氏，所以，他才竭尽所能把孙家外孙女推上皇后的位子。

父以女贵。女儿羊献容得为皇后，羊玄之立刻得加光禄大夫、特进、散骑常侍，受封为兴晋侯。

赵王司马伦主政后，欲收海内人望，四处征集名德之士到洛阳为他卖命。结果，绝大多数人都辞疾不就，最终只有殿中郎陆机就征，得任赵王参军。

潘岳、石崇、欧阳建等人被杀后，陆机心内忧恐，不得不到班就职。

孙秀寒人出身，多年的仕途蹭蹬和宦海沉浮，使得他性格变得尤为阴狠乖张。赵王司马伦贪鄙成性，他几个儿子皆属庸顽无识之辈，名义上是宗室赵王当政，其实朝权完全为孙秀所掌握。

一朝大权在手，孙秀得以专权肆意，宣泄仇怨，狂逞狡黠贪淫之志。诛除贾氏和张华等人后，邪佞之士看风使舵，皆争相依附孙秀。平时围绕在他周围的那些人，本来入朝目的只有"荣利"二字，没有任何高谋远略。因势利所聚，群小志趣不一，为此互相憎嫉，暗斗不已。

孙秀之所以如此关切痴帝的大婚，还在于他儿子孙会马上就要迎娶帝女河东公主，孙秀本人由此和痴帝便成了亲家。这个孙会，二十出头，如今官拜射声校尉。两年前，他还是个贩马的商贾，在洛阳西郊的集市上，终日与一群匈奴、鲜卑的马客鬼混。

孙会形貌短陋，望之如奴仆卑下之人。忽然听说他要成为帝婿，洛阳人惊讶之余，都暗中嗤笑不已。

自己大婚，痴帝自然要亲自临轩。

皇帝大婚的仪式，隆重至极。大清早，皇宫内四处各宫寺的大门门楣上方，皆悬挂苇茭桃梗；宦者们更是忙碌，半夜就在显阳殿和西宫各个门口磔鸡滴血，以禳恶气。这种仪式，源于曹魏明帝。所以，皇帝结婚之日，恰是公鸡受难之时。

殿宇森然，乐声隆隆。暗夜沉沉的时刻，太乐令就派人在太极殿前设置四厢大乐所需要的乐器，钟鼓排列，琳琅满目。

漏上二刻，侍中、侍臣、冗从仆射、中谒者、节骑郎、虎贲，旄头遮列，高举五牛旗，排着整齐的部伍，从数道大门入宫。虎贲中郎将、羽林监，分陛执旗，恭立端门之内。侍御史、谒者各一人肃立，监于端门。廷尉监、廷尉评，在中华门分立陛东、陛西。

漏上三刻，殿中侍御史奏开太极殿殿门、南止车门以及宣阳城门。军校、侍中、散骑常侍、给事黄门侍郎、散骑侍郎等官员，群入升殿，夹侍立于御座两边。尚书令以下官员，应阶者依次进入。治礼官峨冠博带，导引大鸿胪入殿，九宾^①陈列。

漏上四刻，侍中躬身奏言："外事已办妥。"

---

① 按《周礼》，九宾是公、侯、伯、子、男、孤、卿、大夫、士也。依据《汉书》，则指王、侯、公、卿、二千石、六百石下及郎、吏、匈奴侍子。西晋应该是依汉朝仪礼。

此时，痴帝在宦者扶掖下，服衮冕之服，升太极殿，临轩南面坐。

复杂仪式开始。

谒者趋前，北面一拜，跪奏："大鸿胪入，群臣就位。谨请陛下示意。"

皇帝并不需要亲自说话，一直肃立的侍中称制，曰："可。"

于是，谒者赞拜，在位大臣皆再拜。

大鸿胪趋前，称臣一拜，仰奏："请行事。"

侍中称制，曰："可。"

大鸿胪举手，高声对殿下说："可行事。"

有此令下，谒者引护当使者以及新皇后入就拜位。

大婚高潮在即，四厢乐声大作。皇后将行拜礼之际，乐止。皇后再拜，痴帝受人扶掖而起，算是受拜。

痴帝司马衷傻乎乎地看着仪态万方、袅袅婷婷的新人，脸上挂满茫然。他扭着肥头，四处矐摸好大工夫，很想弄清楚跟随自己那么多年的黑胖贾南风去哪里了……

痴帝肚子又饿了。听到乐声息止，他本能地以为仪式差不多结束，就想离开御床下殿去吃东西。刚刚起身，他就被从侍的宦者暗中使劲，按伏回座位上。

仪式，远远未完。

大鸿胪手持纳采版文玺书，昂首宏音，当廷问羊玄之："皇帝咨尔，光禄大夫、特进、散骑常侍、兴晋侯羊玄之。浑元资始，肇经人伦，爰及夫妇，以奉天地宗庙社稷。谋于公卿，咸以为宜率由旧典。今使大鸿胪综以吉礼纳采。"

羊玄之伏地再拜："皇帝嘉命，访婚陋族，备数采择。臣女未闲教训，衣履若如人。钦承旧章，肃奉典制。粪土臣羊玄之稽首顿首，再拜承诏。"

大鸿胪道："皇帝曰，咨尔兴晋侯。两仪配合，承天统物，正位乎内，必俟令族，重申旧典。今使大鸿胪等人，以礼问名。"

羊玄之："皇帝嘉命。重宣中诏，问臣名族。臣女羊献容，先臣故尚书左仆射羊瑾之孙，平南将军孙旂外孙女，年十八。钦承旧章，肃奉典制。"

大鸿胪换持纳吉版文，高声言道："皇帝曰，兴晋侯羊玄之。人谋龟从，金曰贞吉，敬从典礼。今使大鸿胪以礼纳吉。"

羊玄之："皇帝嘉命，大鸿胪重宣中诏，太卜元吉。臣陋族卑鄙，忧惧不堪。钦承旧章，肃奉典制。"

大鸿胪又换纳征版文，读道："皇帝曰，咨尔兴晋侯羊玄之之女，有母仪之德，窈窕之姿，如山如河，宜奉宗庙，永承天祚。以玄纁皮帛，马羊钱璧，以章典祀。今使大鸿胪等，以礼纳征。"

羊玄之："皇帝嘉命，降婚卑陋，崇以上公，宠以典礼，备物典策。钦承旧章，肃奉典制。"

大鸿胪持请期版文，读称："皇帝曰，咨尔兴晋侯羊玄之。谋于公卿，大筮元龟，罔有不臧，率遵典礼。今使大鸿胪等，以礼请期。"

羊玄之："皇帝嘉命，使臣重宣中诏，吉日可迎。臣钦承旧章，肃奉典制。"

最后，大鸿胪持出亲迎版文，宣读道："皇帝曰，咨兴晋侯羊玄之。岁吉月令，吉日率礼以迎。今使大鸿胪等，以礼迎。"

羊玄之做战战兢兢状，跪伏奏称："皇帝嘉命，大鸿胪重宣中诏，值此令月吉辰，备礼以迎。臣蝼蚁之族，猥承大礼，忧惧战悸。钦承旧章，肃奉典制。"

羊玄之稽首承诏，仪式，就此告一段落。

白雁、白羊、酒米、玄𫄧兽皮、钱、玉璧、马等所谓的"五雁六礼"，皆被抬上殿中。

这种作为婚姻礼仪的"六礼"，即纳采、问名、纳吉、纳征、请期、亲迎。这一娶亲程式，周代即已确立，最早见于《礼记·昏义》。以后各代大多沿袭周礼。痴帝仓促成婚，"六礼"被赵王司马伦和孙秀浓缩在一天内举行，虽然荒谬，但礼仪不亏。

待烦琐礼仪结束，合卺之礼开始，按照制度，痴帝将和他的新皇后在一个牢盘里面进食。

看到食物，痴帝乐了，他扑了过去，也不理睬新皇后羊献容，兀自用手抓起一块肉，填塞到嘴里，大口嚼了起来。

礼成以后，妙龄丽人羊献容看见痴帝年逾四十，面目粗蠢，超出自己事先的想象。失望之余，她珠泪涟涟，扑簌而下。

站在新皇后近处的几个礼官，偷眼观瞧，还能觑到这样的情形：羊献容的皇后翟衣上，正中间烧煳了一大块。原来，夜半时分，羊献容盛装启行之际，香炉中烧燃的炭粒不知为什么溅到衣上，忽然起火，登时把丝织的新衣烧出一块焦黑。火烧婚衣，为大不祥之兆。衣烧泪流，羊献容始入宫，就已经预兆了她日后崎岖、坎坷的命运。

拜舞过后，合卺进食之时，站在前列的朝臣，才真正看清了新婚皇后的面貌。

十八岁的羊献容，身段匀称，容貌秀丽，青春风韵，楚楚动人。但是，从她一直仰挺着头部的高傲姿态看，这个姑娘绝对不属于温柔贤良的那类女人。特别是她薄薄的鲜红嘴唇，给人的印象不是端正，而是一种惹人注目的热情和刻薄。

毕竟青春美好，梨花带雨之际，她脸颊上依旧耀闪着粉红色的光泽。哭过之后，不知为什么，她又非常怪异地浅笑了一下。这种笑容里面，似乎包含着某种模糊的遗憾和苦闷，神色并非做作。

刘琨站在群臣之间，心中很不是滋味。一个灼人的秘密，隐藏在他内心深处：这位皇后新嫁娘，本来她的外祖父孙旂已经答应许她给自己做妾。数日之前，刘琨已经和羊献容在孙家府邸私会过一次。谁能想到，孙秀谋图与孙旂合族提高身世，孙旂贪求自己外孙女成为国母使得家族地位提高。由此，孙家攀龙附凤，羊献容成为母仪天下第一人……而那销魂的缱绻柔情，一夕变为咫尺天涯。

就在昨天，刘琨都还闷闷不乐。虽然他一直以豪爽不羁著名，还是在眠床上躺了半天。他昏昏睡去，感觉到无比倦乏。而后，他柔情满怀，纵马驰入洛阳市中的酒肆，钻入当垆胡姬怀中，狂饮醇醪，并挥洒香墨，写下芳香浓郁的诗句："虹梁照晓日，渌水泛香莲。如何十五少，含笑酒垆前。花将面自许，人共影相怜。回头堪百万，价重为时年。"

表面上看似描写胡姬的艳丽，实则伤追羊献容的秀美可怜。

食髓知味。经历了与好朋友石崇、潘岳、欧阳建等人在刑场上的生离死别，大名士刘琨深感人生如梦，更加沉溺于能使肉体感到迷醉的放浪中。

隐身在群臣之中，望着身材颀长高挑的羊献容，他无限深情地忆起那曾经的片刻欢愉。这个女孩陌生的灵魂，对他来说，真像孩子一样天真。她绽放的笑容，犹如一朵吸足了朝露的怒放兰花。

满怀怜悯，刘琨闭上疲倦的眼睛，回忆再不可能重来的情景：那天晚上，月亮西沉，余晖从窗棂中倾泻到屋里。静寂中，一颗闪亮的流星自天而坠，在那灰白的天空上，划出一道冷凝的磷光，无声地向地平线飞去。当时，他温柔地抚摸着这个与自己萍水相逢的女孩散发着清香的头发，是那样含情脉脉，他陶醉在短暂的肉体欢乐中……然后，摇晃着如同倒空了一般的疲乏身躯，他骑上白马，在朦胧月色下，轻飘飘地回到家里……

恍惚中，直到现在，他感觉到自己的唇边还残留着羊献容嘴唇上的香脂味儿——那是一种用苜蓿香、甘松香、茅香、零陵香、沉香、雀头香、苏合香、白檀香和兰泽香混合而成的名贵口脂，气味那样复杂，那样芬芳……

他还记得，沉醉缱绻之中，最后还是羊献容把他唤醒，偷偷让仆人给他备好马，然后，她温柔地牵着他的手，把他送到大门外。

那个夜晚，刘琨和她告别，低声而坚定地告诉她，下个月就要娶她回家。在秋天的冷风中，他亲了亲羊献容泪水涟涟的双眼，翻身上马……

视线模糊中，刘琨不断回头顾盼着。一阵深深的惆怅，突然袭来。他看到了羊府小门外的女孩，形单影只地站在那里，把她纤细的、洁白的手遮在眼睛上，擦拭着泪水——似乎在当时，她心中就预感到了什么。

怀着透心的爱恋，刘琨最后一次回头张望，企图想象羊献容的秀美脸颊忽然就会出现在自己身后。但是，他什么也没有看见，脑海中只残存着她模糊、遗憾的微笑表情……

闹哄哄的太极殿中，刘琨以为，在这么多乱七八糟的面孔中，已经成为皇后的羊献容根本不会发现他。其实，他错了。女人，对于面容的敏感，远远超出男人。即使在如此庄重的、令人心驰神迷的宫廷婚礼上，她只通过匆匆一瞥，就看到了人群中垂头丧气的刘琨，发现了他鹤立鸡群的俊美姿容。

羊献容心中十分清楚，如今，自己已经成为大晋的皇后，再无机会、再无缘分享受那迷醉人心的男欢女爱。那个丰神俊朗的心爱男人，就成为她永远的梦了……

忍受了这么长时间的婚礼仪式，朝臣都以为时辰差不多，各自偷打着哈欠准备下朝。

"皇帝大婚仪式已毕，该轮到孙大人儿子孙会了！"赵王司马伦忽然在上首发话。他自己做证婚典礼主持，当众宣布孙秀的儿子孙会娶河东公主为妻。

孙秀志得意满。罕见地，他平日黑黑的脸上露出笑容，远远地向殿中群臣投去抖颤的、假惺惺的微笑。

在堂皇壮丽的太极殿中，他的个头显得更矮，似乎他从前生就被禁锢在九泉下黑洞中，经锁链桎梏数千年之久，其行动坐卧，像极了一个从九泉下忽然冒出的黑暗幽灵。他即使身着中书令的服饰，也深为朝臣所不齿。

心中不屑，但朝臣脸上全部带着礼貌的微笑。他们中的大部分人，都嘴唇微微张开，争先恐后地向孙秀和赵王司马伦致意，唯恐自己的笑脸被主人们遗漏。

照猫画虎一般，赵王替代了大鸿胪，孙秀替代了羊玄之。

腻腻歪歪，在朝臣的注视下，礼官陪同赵王司马伦，搞了一整套皇帝娶亲的程序，总算是替孙会把痴帝和贾后亲生的河东公主娶回了家。

可怜的河东公主，年才十三，长相姣好，脸上没有任何痴帝和贾南风的遗传，是个忧伤而乖巧的女孩子。猥琐的孙会站在一边，耸肩颠头，貌若猢狲。那一身华丽的衣服，显衬得他更加丑陋。

群臣见状，有人叹息，有人暗中发噱。

"河东公主，至尊亲女，竟然下嫁此等人，真乃皇族之不幸！"同为皇室驸马的王敦看到孙会那个鬼样子，忍不住对身边发愣的刘琨抱怨。

此话说出口，王敦有些后悔。他忽然想起来，刘琨本来就是赵王世子的妻弟，他和赵王司马伦、孙秀其实是一伙的。石崇、潘岳等人被诛杀三族后，就连王敦这等狂人也心中凛凛，不敢再像此前那样气焰嚣张。

"民谚所谓鲜花插粪，恰如其分啊。"岂料，刘琨也愤愤不平，附和着王敦。

王敦心中稍安。

寒门的出身，无论是在曹魏时代还是现在的大晋，都如同污点一样，不能抹拭而去。孙秀妄图通过时间的平衡作用，重新塑造自己的门第，想把自己的家族固定在世家门阀一样高的社会阶层之中，慢慢赢得尊重和钦佩。所有这一切，都是痴心枉然的举措。大文士左思和武帝联姻，沉浮多年，依旧不能改变他的卑下门第，更何况孙秀这样从前名不见经传的小人物了。

不过，有赵王和痴帝的大幌子，孙秀如今尽可恣肆遂心，可以懒洋洋地躺在世家大族的头上作威作福，随便要别人的三族性命。但是，晋朝朝内朝外如此之大，如此之复杂，清除的工作很艰难，需要大量的时间来完成，非朝夕之间可以一蹴而就。只要是哪个环节出了差错，寒人阶层会瞬时间被打回原形。如今这些对他顶礼膜拜的大臣，只要时机一到，他们一定会像对待一只落水狗一样，对孙秀痛下杀手，绝不留情！

一个人威柄在手，在短时间内，人们对他的好恶、评价，甚至记忆，都会有所更新，他甚至会得到不少当面的交口赞誉。但是，在孙秀身上，有着寒人阶级绝对不会轻易被忘却的屈辱过去，他自己心里也清楚，面前所有的这些笑容可掬，有朝一日都会被愤恨的斥责的灰尘所掩盖。一俟遇到政治无常的狂风骤雨，寒人阶级的下场，就只有被埋葬一途……

太极殿中，玛瑙灯树辉煌闪烁，乐声铿锵，鲜花满堂。几十枝珍稀的红珊瑚树，遍布殿中。晋人之所以喜爱珊瑚，是因为这种东西的形状太似想象中仙境的植物和天堂中的不老红玉树。

但是，喜庆和婚礼，只是帝国惊涛骇浪中的一朵浪花尖。这里，在混乱喧嚣的大时代背景下，注定将变成埋葬世族豪门和寒人阶层的一个巨大坟墓。

时间，绝对不可能使干戈化为玉帛，也不能化解旧时人物的恩怨与隔阂，更不能在短时间内建立起新的政权和阶级组合。

群臣疲乏至极，当他们再次聚拢，准备集体告退的时候，趾高气扬的孙秀站在朝班最前排，忽然高声宣布说：

"皇帝有旨，赵王劳苦功高，拟加其九锡殊礼！"

所谓"九锡",指九种礼器,乃天子赐给有殊勋者的诸侯、大臣九种器用之物,表达最高礼遇。"锡"字,在上古时代与"赐"字相通。这九种特赐用物,根据《礼记》,分别是车马、衣服、乐则、朱户、纳陛、虎贲、弓矢、铁钺、秬鬯。

具体说来,如下:

一曰"车马",指金车大辂,和兵车戎辂;玄牡二驷,即黄马八匹。其德可行者赐以车马。

二曰"衣服",特指衮冕之服,加上配套的赤舄一双。能安民者赐之。

三曰"乐则",指定音、校音器具。使民和乐者赐之。

四曰"朱户",指红漆大门。得民众心者赐之。

五曰"纳陛",指登殿时为尊显大臣特凿的陛级专用通道,使登升者入不露身。

六曰"虎贲",即赐予虎贲卫士三百人守门,能退恶者赐虎贲。

七曰"弓矢",彤弓矢一百,玄弓矢一千。这些弓矢是特制的红、黑色的专用弓箭。能征不义者赐之。

八曰"铁钺",能诛有罪者赐之。

九曰"秬鬯",是指一种以稀见的黑黍和郁金草酿成的祭礼用香酒。孝道备者赐之。

群臣面面相觑。

自王莽开头以来,魏武帝曹操、晋朝文帝司马昭等人有样学样,九锡,几乎就成了每个朝代关键时刻"篡逆"的开幕戏!

"赵王,人臣也!何敢妄加九锡!"

朝臣中,站出一人,秀眉朗目,长身玉立,特别坚定地发出反对声音……

第三十二章　长安，觊觎之眼

"嵇绍，勿得胡言！"看到大臣嵇绍出班反对给自己加九锡，赵王司马伦气急败坏，他怒声叱喝，几近失态，"你父亲嵇康，在文帝时代①，就因害时乱教而被诛杀。他言论放荡，非毁典谟，如今，有其父必有其子，你效其猖獗，诬蔑帝室宗亲……为淳风俗，平异议，诏旨一下，定把你送到地下和你父亲做伴！"

嵇绍丝毫不为赵王的嚣张气焰所动，他音声朗朗，继续说："赵王殿下，请放尊重。昔日汉献帝给曹操九锡之礼，曹魏加礼宣帝九锡，皆一时异数，绝非依据古礼行事。汉朝名臣周勃、霍光，力挽狂澜，功劳巨大，皆不曾受九锡之礼，赵王殿下，您奈何以宗室之尊，悖乱礼数呢？"

"嵇绍，看来你确实活够了！"赵王怒喝。

嵇绍一笑，并不答言，对在场群臣一揖，拂袖下殿而去。

"嵇绍乃张华余党，朝堂之上，竟敢侮辱相国。请赵王下令，处死此人，以儆效尤！"没等赵王说话，武将中走出一个人大声表态。

众人一看，原来是孟观。

当初贾南风、楚王等人联手诛除杨骏，孟观和李肇两个武将内外勾结，起到了至为关键的作用。因诛杨骏之功，孟观得封上谷郡公。其间，李肇愚蛮，积弩将军一直做到现在。

孟、李二人成为诛杀杨骏的"功臣"后，在日后数次宫廷政变中，禁卫军将领有样学样，成为各方成败的关键力量。

孟观此人，并非那种头脑简单的跋扈武将。他自幼嗜学，精通天象、历法，可称乃文乃武。元康六年，氐族头目齐万年聚众十余万，竖旗造反，进围泾阳，袭扰关中，一度直接进逼长安。当时，赵王司马伦被贬调回洛阳后，朝廷梁王等

---

① 指司马昭掌权的时代，当时名义上的帝室还是曹魏。

人率重兵前往镇压，依旧损兵折将，无力破敌。元康九年，晋廷在张华推荐下，起用时为积弩将军的孟观为征讨大将军，命他率京中宿卫军西征。孟观不负所望，他一路所向皆捷，奋战破敌，转年就在中亭①大败齐万年，擒杀了这个一度称帝的氐酋。凯旋后，朝廷封授孟观为右卫将军。

赵王司马伦、孙秀主政后，心知孟观是贾后旧党，但念他勇武能战，并没有除掉他，反而加授他为安南将军，领兵驻屯于宛②地。同时，孙秀还派出新皇后羊献容的外祖父孙旂镇守襄阳，与孟观相犄角。

宛地绝对是军事大镇，地处南北交通要冲，历史上既是南方大国问鼎中原的前哨，又是北方控遏南方的军事基地。而且，中央王朝无论都城设在长安还是洛阳，宛地都是大军通向南方的必由之路。早在两汉时代，宛城就与洛阳、长安、成都、临淄并列为全国五大都市。

为报答赵王、孙秀厚意，孟观此时站出来表态，一是临行前表"忠心"，二是故意以当众请杀嵇绍的行动来表示自己与朝中文臣无瓜葛，以图取得赵王进一步信任。

李肇蛮鲁，他看到孟观表态，马上也站出朝班，大声附和："嵇绍反逆后人，骨子里就是我大晋逆贼，这样的人，朝廷应该斩草除根！"

见孟观、李肇出头，赵王司马伦嗓门更大，吼道："二将军所言极是！孙大人，是否派人拟旨，诛杀嵇绍三族？"

出乎所有人意料，孙秀摇头，坐在榻上，手持麈尾，一言不发。

见状，司马伦沉不住气。他从坐床上站起来，踱到孙秀面前，问："孙大人，何以不杀嵇绍？"

"先前诛杀张华、裴頠，已经大乖物望。方今京城稍安，不宜以谏阻之罪再杀嵇绍。"

赵王司马伦本来就是一个无主见的愚懦之人，见孙秀如此说，只得罢议。

嵇绍横插了一杠，并未能阻止赵王司马伦接受九锡的进程。文武百官在孙秀嘱使下，不少人亲自前往赵王相府去称道功德，"恳请"他接受九锡典命。

于是，在孙秀有条不紊的安排下，司马伦依照他父亲司马懿当年的样子，上表佯为谦让三次，最后，朝使持诏"敦勉"，他才"勉强"拜受九锡。

赵王得到这种超出常格的礼敬后，赵王王府得以增兵至二万人，与皇帝禁中宿卫数量相同。大喜过望之余，司马伦投桃报李，很快就以皇帝诏命的名义，进

---

① 在今陕西咸阳武功县。
② 在今河南南阳。

封孙秀为侍中，兼辅国将军，仍领相国司马一职。

如此，孙秀就成了名副其实的"真宰相"。不仅朝中大权由他掌握，就连赵王王府的军权，也全部在他一人手中。除了赵王府兵二万人，孙秀暗中增招兵士，使得他手下能直接控制的兵力达到三万多人。

废杀贾后的过程中，齐王司马冏出力非常大。最后，他只得迁为"游击将军"。瞻前顾后，他心中大为不满，每次上朝时，愤恨之色溢于言表。

这一切，当然逃不过孙秀的眼睛。为防止齐王司马冏成为第二个楚王司马玮，孙秀和赵王商议后，就矫诏外放齐王为平东将军，出镇许昌。这样一来，齐王就不能再领禁卫军。即使他在许昌掌握部分当地镇军，只要洛阳诏旨一下，可以随时削夺他的兵权。

帝国心脏洛阳发生的一切，都不能逃过地方镇军的眼睛。

长安。平西将军府邸。

河间王、平西将军司马颙与李含、张方一文一武两个属官，正满脸严肃地跪在地上，敬听朝廷派来的使臣宣读皇帝追复司马遹太子身份的诏书：

"呜呼！维尔少资岐嶷之质，荷先帝（指晋武帝）殊异之宠，大启土宇，奄有淮陵。朕奉遵遗旨，越建尔储副，以光显我祖宗。祇尔德行，以从保傅，事亲孝敬，礼无违者。而朕昧于凶构，致尔于非命之祸，俾申生、孝己。复见于今。赖宰相贤明，人神愤怨，用启朕心，讨厥有罪，咸伏其辜。何补于荼毒冤魂酷痛哉？是用切怛悼恨，震动于五内。今追复皇太子，丧礼备制，反葬京畿，祠以太牢。魂而有灵，尚获尔心。"

读毕诏书，使者对河间王司马颙说："朝廷规定，皇帝为太子服长子斩衰，群臣齐衰①。诸镇藩王，各派使节，前往许昌奉迎太子灵柩回京。"

嘱咐礼仪后，使者便离开长安，踏上返回洛阳的旅途。

沉默了一会儿，河间王长史李含首先说话：

"洛阳城内，风雨欲来！先前皇太子暴薨，皆出自贾后之手。皇帝憨愚，从头到尾根本不知道内中详情。如今，赵王等人以皇帝名义向国内各镇派发此等诏书，没有任何实际意义！"

张方是个满脸胡子的武将，嘿嘿一笑，对河间王说："洛阳日后乱起，大王

---

① 历代王朝都以法律形式对丧服制度做了规定。丧服有"五服"，即斩衰、齐衰、大功、小功、缌麻五个等级，分别适用于与死者亲疏远近不同的各种亲属，每个级别都有特定的居丧服饰、时间和生活起居行为规范。

您坐镇长安，得秦地形胜之区，带河阻山，地势便利。我们如果乘高出兵，可收高屋建瓴之效！"

李含望着眼中冒闪出兴奋光亮的司马颙，进一步劝说道：

"秦地险要，被山带河，四塞为固。汉张良曾经劝高祖刘邦："关中，左殽函，右陇蜀，沃野千里，南有巴蜀之饶，北有胡苑之利，阻三面而守，独以一面东制诸侯。诸侯安定，河渭漕挽天下，西给京师；诸侯有变，顺流而下，足以委输。此所谓金城千里，天府之国也。'大王，您占据如此膏腴之地，控扼天下咽喉，岂可默默久居人下？"

听李含此话说得过于鲜明，河间王司马颙挑了挑眉毛。他挥手示意李、张二人坐下，盛欲与谈。

李含拱手，言语谆谆：

"司马迁曾言："夫作事者必于东南，收功实者常于西北。'大王，您能坐镇长安，定是祖宗显灵，上天福佑啊。王莽篡汉后，关中残破，故而后汉、曹魏，以及我们大晋，均以洛阳为首都。但是，帝京毕竟是帝京，后汉行三京之制，曹魏行五京之制，均以长安为西京。我们大晋立国后，武帝对长安险地一直放心不下，规定石函之制，命令天下，非近亲宗室不得坐镇关中……大王，作为安平献王之孙，您于诸王为疏属，朝廷特以贤举，才能得到封疆关中的位子。天授不取，反受其咎！"

地位的改变，使得河间王的道德观念多年来发生了深刻的变化。作为安平王司马孚之孙，太原王司马瑰嫡子，司马颙最初承袭父爵为太原王，咸宁二年就国。转年，改封河间王。自青年时代起，作为疏宗王爷，他轻财爱士，钻研礼仪，享有清名，曾被武帝赏叹为"诸国仪表"。元康初年迁为北中郎将，监守邺城。元康九年，他又得以取代年老昏庸的梁王司马肜为平西将军，坐镇关中。

几年来，拥大镇，凭险要，眼见朝中痴帝在位，外戚、诸王争权，司马颙不能不有所心动。

听李含、张方说到如此的深度，河间王司马颙有些坐立不安起来。他站起身，在屋里来回走着，有些一瘸一拐——一次在终南山骑马打猎受伤，造成了他右腿轻微的残疾。

虽然只有四十二岁，司马颙的鬓发已经有不少星星白色。乍看上去，他身高八尺，颏下三缕长髯，凤目黄睛，具有司马皇族那种天生堂皇的风度。他的面容，依然红润、年轻，无论接待朝廷的使者还是在长安城内，见谁都挂着可掬的微笑，显示出积极活泼、努力向上的一面。但是，只要细看他的双眼，就可以发现一种阴阴的东西在里面，透着精明、聪慧，同时显示出他内心的不安和焦灼，以及勃勃欲发的野心。

"大王，依在下愚见，您现在身在长安，大可置之度外，坐观洛阳变故。齐王、成都王、淮南王和赵王，或出武帝一系，或出宣帝一系，或出文帝一系，日后必有火拼。可以先让他们自相残杀，然后我们相机而动，定能万全……"张方虽然是武将，心机不浅。

在晋朝武帝死后动荡的岁月里，所有这些宗室权贵，全都花费了那么长时间来乔装改扮，在多年权力的较量中，不断掩饰他们的野心，以至于和他们长期生活在一起的人，往往都看不出他们内心微妙的变化。

但是，出身于寒人阶层的李含，对于政治人物的敏感超出常人。实际上，自从跟随河间王，他就已经"认出"了这位疏宗王爷，内心深处对这位疏宗王爷的勃勃野心已经有了足够的鉴别。他知道，昔日那个被武帝树为"宗室榜样"的河间王已经不复存在。长安的河间王，是一个崭新的人，是一个从前的人们并不认识的人。

人生，随着时势的不同而变化。如同死亡之谜一样，一个人内心质的变化，是一个令人心神不安的奥秘。有些人，比如李含，他会提前认知、预感到这些变化，能够知晓河间王的野心意味着什么，还知道这种野心的前奏是什么，更知道它能带给自己什么东西。

李含，字世容，陇西人，年轻时代一度有忠公清正之名，以孝廉入官，熟习吏事，有经世之才。由于他出身寒门，又不能协和流俗，多年以来仕途蹇涩，最高只做到始平令这样的小官。赵王司马伦当政后，掌权的孙秀不知从什么渠道听说了李含，就准备把他召入京城做官。岂料，河间王司马颙为他饯行，经过一席谈话，深觉他有文武大才。于是，河间王立刻上表，请求朝廷就近改派李含为自己府上司马。不到数月，李含又升长史，一跃成为河间王府的幕僚长。

李含一头灰白色的头发，在灯光下闪烁着灰色光泽，犹如弄脏的白雪一样，堆簇在他凸出的前额上。多年的殚精竭虑，使他才五十岁的年纪，脸部轮廓看上去已经变成了小老头。由于生存的艰难，他脸上一直保持一种狐狸般的警觉表情，时间久了，那种表情就面具一样常驻在他的脸上。不过，李含凭借着才智，加上他能够最大程度利用自己名气方面的优势，竭尽全力地掩饰住自己寒门出身的巨大缺陷。

他深知，只要河间王能够出头，他自己就一定能够出头。

宗室之中，河间王司马颙是很特别的一个人。他身上没有一丝别的司马亲王那种盛气凌人的高傲，也不属于那种蛮横无理的王族子弟。相反，他富有深厚的、礼贤下士的人情味，当然还有那种能够被李含一眼看透的、矫揉造作的"忠勇"。所有这些，都使得李含能够抛却胆怯，放胆进言，不会害怕自己因为在这位王爷面前出谋划策过激而招来杀身之祸。

多年沉沦下僚的经历，让李含内心对于一步登天的成功有着极其迫切的渴望。天命之年并没有给他带来谦和和宽厚，日暮途穷的恐惧，反而让他比那些初出茅庐之辈更急进，更不愿服输。寒人阶级卑微的出身，使得他缺乏某些世家子弟儒典熏陶下的与世无涉的美德，却也无底层士人固有的乐天安命。狂躁和功利，反而成为暮年李含的真实精神状态。

好乱乐祸，混乱年代，寒人才能找到发达致显的良机。

"方今之计，莫如先挑起赵王、齐王之间的嫌隙，然后见机行事。"

李含这样说了，河间王也这样做了。

于是，带着河间王的口信，李含作为关中军镇的送葬使节，去到洛阳齐王府邸，与齐王密谈了一番，表达了这样的意思：如果京中有事，坐镇关中的河间王司马颙，肯定会站在齐王这一边。

齐王做出信以为真的样子，让李含回去转告河间王，如果关中有事，他也一定会与河间王同一阵营。

不过，内心之中，马上要到许昌就镇的齐王司马冏，当下对于远在关中的阴滑疏宗河间王不是很在意。临行前，他亲自到位于洛阳的淮南王王府，语重心长，提醒淮南王司马允说：

"赵王疏宗，位望难于服人；孙秀小人，贪渎弄权，日后必乱天下……我听说，他们二人暗忌殿下威名，很快就要对你下手，先发还是后发，殿下一定要心中有数……"

第三十三章　白虎幡

又是一个干旱的夏天。

太阳如同一个巨大无比的火球，无情地蒸烤着大地。整个洛阳城，在接近正午的时候，暑气笼罩。水波粼粼的洛河，热乎乎的水汽蒸发到空气中，湿热蒸腾，使得城市像被倒扣在一口蒸锅里面。所有殿宇、房屋、道路，在被晒得发烫的同时，又潺热难耐。

酷热下，就连淮南王府内平素阴凉的大堂，也热气蒸人。

站在高台上，望着远处闪耀着紫色光芒的北邙，淮南王司马允心中焦灼。

漫长的等待，让他的生命变成了一种折磨、煎熬。

元康元年，淮南王司马允曾与楚王司马玮一起入朝，参与诛杀杨骏的活动。事情成功后，由于生母得病，淮南王迅速赶回扬州镇所。其后，洛阳城中发生巨大变故，宗室内讧，楚王杀汝南王，再后，贾后杀楚王——因祸得福，淮南王本人没在京城，所有事情，他皆没有参与其间，得以在扬州镇所安全无恙。

就这样，他在扬州一直待到太子司马遹被贾后所废。当时，皇帝无子嗣，朝廷中不少大臣准备推立淮南王为皇太弟，就密促他还朝，司马允才有机会重新回到了阔别十年的洛阳。

倒霉的是，贾南风暗中策划，一直想以她自己妹妹贾午生下的孩子冒充自己儿子坐皇太子之位，根本不想让痴帝的亲兄弟淮南王做储君。

于是，皇太弟之议，晋廷一直延搁不决。

司马允滞留洛阳期间，赵王司马伦在孙秀指使下，撺掇贾南风杀掉废太子，然后趁机发难，一举诛杀贾氏族党。当天，为安定人心，他们推立前太子司马遹的三岁儿子司马臧为皇太孙。至此，储君之位，再也轮不到淮南王司马允。

这还不算完，人在京城的淮南王身为骠骑将军兼领中护军，职务敏感，很快就成为赵王和孙秀势必除之而后快的眼中钉。

得知赵王司马伦对自己不怀好意，淮南王不甘心束手成擒，暗中豢养死士，并与石崇等人秘密接触，密谋诛除司马伦。

岂料，孙秀手快，不待淮南王与朝臣中赵王一派的反对力量结成稳固联盟，先下手为强，以附诡贾氏族党的罪名，把石崇等人族诛。

消息传来，淮南王如坐针毡。而齐王司马冏临去许昌前一番殷殷嘱诫，更让他内心忧急。

果不其然，昨日下午，宫内派人来传旨，拜淮南王为太尉。他心知肚明，这道诏旨必是赵王、孙秀所为，佯示优礼，实夺自己手中兵权。

诏旨已下，司马允一时想不出太好的办法，只能称疾不拜。

不过，称疾不拜只能起到暂时的拖延作用。这种静待刀锋落到自己脖子上的漫长等待，比死亡还要难以忍受。

"禀告淮南王殿下，宫内使者到府，请您门前听诏。"

司马允正沉思间，卫士传话。

终于来了！司马允整理衣冠，简单安排了一下，直趋府门。仅仅过了一天，朝廷就来人摊牌，真是够快。

淮南王深知来者不善。往日传旨，都是在王府堂内，如今，来人让自己到门外接旨，不得不防。

出乎淮南王的意料，传旨使者并没有带大队人马来逮捕自己。连同使者本人在内，总共才二十多个人。使者骑马，其余随从皆步行，随列左右。

马上之人，乃孙秀派来的王弥。

王弥见多识广，来淮南王王府之前，很是担了一阵心。他知道，淮南王乃皇帝亲弟，非石崇等人可比。这位皇弟性格刚毅，身体强健，如果言语不和，对方极有可能动手杀人。

左思右想，王弥骑匹快马而来——只要二人言语不和，不待淮南王动手，他自可以从容脱逃。

"淮南王听旨！"

司马允愣怔了一下。他看了看骑马高高在上的王弥，心中诧异。这个来使，既不是中官宦者，也不是尚书省官员。

犹豫片刻，司马允还是跪下听旨。

王弥低头看了看一脸英气的淮南王，心中发颤。他咬咬牙，宣读诏旨：

"淮南王司马允，拒绝太尉任命，私自委任王府官属，实属大逆不敬。限令即刻交出印信，不得返回扬州藩镇，留于京城府邸，白衣待罪！"

司马允听清楚诏旨的内容后，并不拜接。他勃然大怒，立即起身怒声喝问："诏旨由谁而出？我乃先帝爱子，当今皇帝爱弟，我有何罪，竟剥夺我的王爵？"

王弥好汉不吃眼前亏，赶忙让马下的从人把诏书递给司马允，解释说："淮南王殿下，此诏我从孙秀孙大人那里得来，其余非我所知……"

取诏在手，仔细审视过后，淮南王大怒，他把诏书猛掷于地：

"皇帝诏书我见过很多，皆由中书省誊缮。这种字体，是孙秀自己写的吧。何等小人，敢擅自矫诏！来人，取我剑来，待我先杀此擅传伪诏的贼人！"

纵然是游侠出身，王弥并不敢和淮南王动手。好在事先准备充分，听淮南王这么一说，他即刻掉转马头，转身狂逃。

瞬时间，王弥跑得无影无踪。

与王弥一起来传诏的二十多个禁卫军兵士，呆愣在当场，股栗不已。

淮南王喝退了那几个人，顾语左右道："赵王有篡逆野心，欲破我家。战亦死，不战亦死，来人，跟我一起入宫兵谏！"

于是，司马允率领兵士七百多人，从淮南王王府冲出，直奔皇宫而去。

冲到宫外的大门司马门，望着在门外值守的、面色惊惶的禁卫军，他当道大呼道："赵王反逆，我奉旨讨逆。兵将如肯从我，速即左祖[1]！"

这些守门兵吏，素来畏敬这位淮南王，听他如此说，许多人立即表态，左祖趋附。转瞬之间，司马允手下已经有近三千人相随。

身后兵多，淮南王胆气更壮。他率众赴宫，准备先把自己的皇帝哥哥抢在手中。有了皇帝这个招牌，胜算就基本在握。

酷热天气打仗行走，大苦之事。浑身大汗淋漓的马匹，在骑士们的身下一步一步地摇晃着。禁卫军兵士的脸，因为兴奋、紧张和酷热，都变成了褐色。骑兵马匹的笼头、鞍垫、马镫等物上面的黄铜部件，被太阳晒得发烫。

如此热气闷人的天气，不能掩盖他们出油的脸上的喜悦之情，他们跟随淮南王呐喊着，杀向掖门[2]。

岂料，掖门门楼上鼓声擂响，忽然闪出一队兵士。这些弩兵列队成行，手持弩箭，开始射发。

嗖嗖声中，淮南王手下兵士，一百多人顿时被强弩射穿而死，数百人被射伤，倒卧在地上辗转呻吟。

---

① 露出左臂。

② 宫殿正门两旁的边门。

"尔等无诏无敕，怎敢擅自攻打宫禁！"披门门楼上，闪出一将大喝。他遍体甲胄，脑袋上没有戴头盔。

淮南王仔细一看，原来是积弩将军李肇。这个武夫，不知道从哪里得知了淮南王率人趋来皇宫的消息，他先人一步，指挥手下弩兵，提前死死把守住各处门禁。

皇宫高墙坚厚，李肇凭高据险，手中又有杀伤力巨大的强弩，把淮南王手下的兵士牢牢堵截在门外。

本来轻松的夺宫，如今变成了不可能。

司马允骑在马上，仰望着城楼，束手无策。他身穿一身闪亮的黄金甲，手持长剑，非常醒目地立于众军之中。

城楼上面的弩兵训练娴熟，发射的弩箭虽狠，但也非常精准，没有一箭落在淮南王附近——李肇虽然鲁莽，他也留了个心眼：淮南王毕竟是皇帝亲弟，如今胜败未分，无论如何也不能伤着这位御弟。

干热的旱风掠过地面，吹拂着兵士手中的旗帜，哗哗作响。大风起处，卷起阵阵尘埃与黄沙，扬起一层薄雾般的东西，遮住了灼人眼目的太阳。

天空渐渐变成了暗黄色。城阙附近那些巨木大树，树叶经此风吹，像波浪一样剧烈翻滚起来，闪耀着绿色和白色的光芒。远处，从一片乌云的白亮云边处，忽然洒下一阵夹杂着雹粒的阵雨，经由阳光照射，一条五色彩虹缠绕在云朵中，形成了一种怪异的壮观景色。

"听我号令，进攻赵王王府！"

知道皇宫一时间攻打不下，又怕来往的弩箭射入宫内误伤皇帝，淮南王下令部队掉转，冲向皇宫不远处的赵王司马伦的相国府邸。

淮南王司马允敢公然提兵拒命，大出赵王和孙秀的意料。事起仓促，赵王王府虽然有府兵三万多，但白日间真正在王府内值守的，只有四五千人。还好，赵王府兵及时关闭了府门，他们登高据守，望墙下射箭抛石，暂时延缓了淮南王的攻势。

即便如此，双方来来往往互战，赵王兵士明显落败，居于下风。赵王府兵几次往外冲锋，皆被淮南王兵士堵了回去，死伤一千多人，最后只能勉强守住府门而已。

孙秀有智。事发当时，他本人正在宫内中书省处理事情。见势不妙，他立即派人从王府的小门把赵王接到宫内承华门，一起指挥抵拒淮南王兵马。

得知赵王从王府逃脱，淮南王心中焦急，立刻趋出，率领兵士列阵于承华门前。

安排布置后，淮南王下令部众各持强弩，迭射据守门内的司马伦属军。

情势如此，赵王司马伦也豁出去，亲自站在空地督众死战。

见外间飞矢如雨，孙秀忙让儿子孙会前去护蔽赵王。

孙会屁颠颠拿着一支长槊过去，他刚刚跑到司马伦身前，恰巧一箭射来，正中他小腹。

孙会惨叫一声，口吐鲜血，倒毙在赵王身下。此人无福，刚刚娶得河东公主在家，未及享用多时，即一命呜呼。

亲眼看到孙会死于自己脚下，赵王吓得不轻。左右旁顾，幸亏发现承华门后有数株参天大树，就赶忙率领手下官属，跑到树后躲避。

弩箭嗖嗖，遮天盖地射入，不大工夫，树上矢如猬集。

司马伦和孙秀二人，死死抱住一棵大树，终得免遭穿心之箭。

自辰至未，淮南王和赵王手下的兵士，喊杀连天，箭弩不断。

苦苦厮杀了大半天，淮南王司马允忧心如焚。他知道，如此拖下去，对自己十分不利。从目前的情势看，他暂时还占据上风——赵王王府的数千守兵，并没有跟随赵王到宫中来，依旧留原地据守；赵王其余的下属府兵，由于音讯隔断，兵将们接不到命令，不敢妄动，都留在原地待命不动；宫内，赵王只有铁杆护卫不到一千人，加上三心二意、勉强参战抵抗的禁卫军兵士，最多有三千人。

对淮南王一方来说，只要能够坚持住，随着时间的推移，宫内如果有小部分禁卫军兵士能反戈，自己的胜算还是很大。

弩箭乱发，扑哧一声，淮南王身边的一个卫士连人带马被强力的弩箭射翻。那匹青黑色大马猛地摔倒地上，它一条后腿刺眼地向上翘着，快磨坏的马掌闪着亮光，差点击中淮南王的脑袋。

西方天际，涌起了一片浓重的乌云，那些云层蕴积着雨水，玄褐色的云尾下垂着，土地散发出大雨将至的沉闷暑热。

看着周遭死伤狼藉的兵士，一种忧伤涌上淮南王的心头。他烦躁地抓住缰绳，感觉自己背上的衣服和铠甲都被汗水浸透。他舔了舔干硬的嘴唇，吃力地咽着唾沫。这位二十八岁的年轻王爷，忽然生出无数的怜悯。流血，只要开始，就没有结束。天下人，绝对不会痴呆地长久处于一种畏惧感之中，任凭一个混乱的朝廷统治，更不会让对他们恐惧的回忆来统治自己。只要憨愚的皇兄在位，小人当政，大晋的天下，就岌岌可危。

淮南王并不惧怕死亡。他想，死亡和睡眠一样，不过是人生的朋友，如果人们移动了睡眠的位置，把睡眠固定下来，那就是长眠。但是，死亡，意味着肉体会像一缕青烟那样飘逝而去。犹如青春和爱情，死亡之后，失去的许多东西，就无法再寻找回来。

怜悯，对兵士生命的怜悯，使得淮南王在亲历生命转瞬即逝之后，想到了放弃。但是，他心中也非常明白，放弃，有时候比催促兵士作战更加危险。

"皇帝有旨，皇帝解斗！"

一个尚书省官员模样的人，忽然在司马门的高大门楼上扬起一面旗幡，高声大叫。

拼死争斗的双方兵士，立刻都安静下来，全部停止了战斗，把目光射向那面旗幡。

远远看上去，那面旗幡似乎是一面驺虞幡，正是用来息兵解斗的皇家幡旗。

淮南王知道，当初，他的兄弟楚王，就是败在驺虞幡下。

不过，今天情势与十年前完全不同。如今，淮南王自己手下有兵，在争斗中占据优势。很显然，宫内尚书省的朝臣已经看清楚形势，以皇帝名义，偏向自己一方。只要皇帝使臣能手持驺虞幡到达自己面前，就意味着皇帝依旧承认自己这个御弟的宗族身份。那时候，只要自己把驺虞幡高举在手，就可以立刻挥退赵王的兵马，以胜利者姿态进入宫中。

只要能入宫，把皇帝揽在自己的阵营，就意味着最终胜利的到来。

淮南王司马允大舒了一口气。

事情的绝大部分，被他猜对了。但是，致命的一个细枝末节，他没有想到；尚书省的官员，也没有想到。惊乱之中，尚书省官员派出的持幡使者，竟然是孙秀手下的王弥。

当时，大臣嵇绍在尚书省当值。眼见赵王、淮南王各自率兵相斗，嵇绍自然心向淮南王一方。情急智生，他派人送驺虞幡给淮南王，原本的目的就是让司马允能够持幡解斗，以此威吓赵王手下兵士，取得最后的胜利。

岂料，阴差阳错，王弥被派出当使者，一切的一切，便陡然发生了反转。

王弥从尚书省出来的时候，手中所拿，并非驺虞幡，而是白虎幡。晋朝制度，白虎幡用来麾军进攻，并非解斗之用。而驺虞幡和白虎幡，远看上去，图形特别相像——驺虞幡，上面有一只身上画有粗黑条纹的低头老虎；白虎幡上，是一只昂头怒吼的纯白色老虎，身上没有条纹。

应孙秀所嘱，王弥手里拿着的这面白虎幡，会成为淮南王的夺命幡。

战场上鸦雀无声。

天色已晚。湿润闷热的风，吹得旗幡唰啦啦劲响。一朵奇形怪状的黑云涌起在西方天幕上。这块黑云顶端，镶满一层紫黄色霞光，色彩绮丽无比。一道瑰美的霞光照射在淮南王脸上，他的面庞如同涂了油彩的北方战神。

身后跟随着四百排列整齐的禁卫军仪仗队，王弥骑马，手执白虎幡，朝淮南王的战阵慢慢走过来。

由于光线的原因，淮南王看不清王弥的脸。

"皇帝有诏，重新任命淮南王为中护军，兼太尉！"王弥高声说，举起手中的诏书录板，示意司马允上前去接诏。

这种录板，桐木制成，乃尚书省颁发正式诏书时所用。

淮南王心中涌起一阵喜悦。

他仰望天空，乌云忽散成数块，一抹淡紫色的余晖挂在那里，轻柔如烟。云隙之间，透出一道橙黄色落日霞光，彤彤闪亮，发出令人目眩的光芒，直泻大地之上。

淮南王喝令兵士开阵，自己下马步行。他走到骑马的王弥近前，脱卸身上的甲胄，撩开军袍，下跪，准备接诏。

王弥跳下马。站定后，他忽然伸出右手，从左肩背后抽出一把利剑，以极快的速度，深深捅入淮南王司马允的腹部。

淮南王大叫一声，站起身来，双手紧紧握住露在身体外边的剑柄。大叫的同时，他看清了王弥的面孔。"逆贼……"

"淮南王居心叵测，擅自称兵，攻打皇宫，实属大逆不道，欲行弑逆，罪在不赦！其余胁从人众，不予追究！"王弥掉头翻身上马，挥动手中白虎幡，不停扭头，对着作战双方大声呼喝。

事情发生得如此突然，淮南王手下军将来不及反应，相顾错愕。

鲜血，不断从淮南王腹部伤口中向外迸流，很快，这个无畏的年轻人那张晒得黑黝黝的脸，就泛出了一层惨白的死亡颜色。但他严肃、安静的面孔上，再没有一条肌肉发生哪怕一丝轻微的掣动，没有露出任何难以忍受的痛苦表情。

众目睽睽之下，司马允从自己的腹部抽出那把利剑。他低头看着剑身上淋漓的鲜血，笑了一下，然后，他倒持利刃，用剑锋抵住自己的胸膛，掉过头，面对瞠目结舌的部下，说："我，武皇帝之子，龙子凤孙，再不会像楚王那样，被此等鼠辈活捉后，当众处决受辱！"

然后，他双手用力一捅，将剑刺穿了自己的心脏……

第三十四章　假　龙

"不给，不给，我不给……"痴帝司马衷大声尖叫，双手紧紧护住象征他皇帝身份的玺绶。

他在地上翻来覆去打滚挣扎推拒，倒不是因为他知道玺绶对自己来说政治意义有多重要。十多年间，这两件东西他一直挂在身上，睡觉的时候也被宫人放在他枕旁，似乎已成为他身体的一部分。如今，有人过来硬抢，他就感到非常害怕和不习惯。

"这个大傻子，力气真大。"义阳王司马威把痴帝踢趴在地上，用一只脚踩住痴帝的脖子，然后俯身使劲掰扭，又把大屁股坐在哭号不已的痴帝脸上，终于把玺绶抢夺到手。

痴帝的手指被司马威掰得够狠，几乎骨折，他趴在地上哇哇大哭。

王弥一脸平静，站在一旁，聚精会神地瞧看司马宗室间的好戏。

司马威是宣帝司马懿之弟司马孚曾孙，非武帝嫡系。赵王司马伦当政后，这个宗室疏宗非常活跃，很想攀龙附凤，日后弄个一字王来做做。

赵王司马伦要篡位，必须弄到皇帝的象征物。于是，这位义阳王奉孙秀之命，与王弥一起来寝殿取痴帝玺绶。

痴帝在地上打滚大哭，司马威不理会他，兀自找出作诏书用的青纸，坐下执笔，"替"痴帝作禅位诏书。

一切做完，司马威、王弥派人把痴帝塞进云母车内，给以卤簿数百人，押往金墉城关押。随痴帝而行的，还有新皇后羊献容。

手捧皇帝玺绶，赵王司马伦乐得不行，他老脸横肉哆嗦，马上就往身上挎。孙秀在一旁提醒说："禅让禅让，王爷您还要假意谦让一番啊。"

于是，司马伦上疏，向群臣假作谦恭，固让帝位。

第二天，在五千劲甲卫士扈从下，赵王从端门入宫，登太极殿与大臣见面。

朝堂之上，事先受到孙秀威胁利诱的大臣们，包括不少宗室诸王、群公卿士，皆寡廉鲜耻，齐齐跪下，满口称颂赵王天人归，说他功德巍巍，上应符瑞天文，再三劝进。

司马伦经过孙秀劝告，很能沉住气，一直摇头。

最后，积弩将军李肇等人，率甲士忽然入殿，自称代表三部司马及其属下全体将士，共赞赵王司马伦称帝。

听军将如此说，司马伦大喜。他立刻起身，从义阳王司马威手中接过痴帝的"禅位诏书"。于是，服衮冕，摆卤簿，乘法驾，赵王昂然入宫，登上太极殿，公然接受百官朝谒，宣布大赦天下，改元"建始"。

篡位之后，痴帝的名分不好处理，又不敢立即杀掉。经过与孙秀仔细商议，赵王司马伦就对外尊痴帝为"太上皇"，改金墉城为"永昌宫"。

朝臣闻之，莫不失笑——从辈分上讲，赵王司马伦是痴帝叔祖辈，如今，反而把侄孙辈的痴帝当爹当太上皇来"供养"，着实滑稽。

即位为帝后，赵王立自己世子司马荂为皇太子，封次子司马馥为京兆王，三子司马虔为广平王，幼子司马诩为霸城王，皆兼官侍中，分掌兵权；孙秀升为侍中、中书监，兼骠骑将军，仪同三司；义阳王司马威夺玺绶有功，升为中书令；李肇为卫将军，统领宫中禁卫军；其他党羽，皆为卿为将，越次超迁。就连许多昔日赵王王府的奴卒，由于在抵拒淮南王之战中有功，也均授予爵位。

为了以苟且之惠取悦人情，司马伦、孙秀肆意掠取内库珍宝，大赏群小，以至于最后把皇宫御库内的金银都用了个干净。每遇皇宫朝会，朝中貂蝉盈座，差点拥挤不下，以至于洛阳人在市坊讥笑传语说："貂不足，狗尾续。"

赵王能当上"皇帝"，全恃孙秀。所以，每有诏书号令，他一定会拿给孙秀，先让这位谋主定夺。孙秀也不客气，他住在昔日文帝司马昭在宫内的办公府邸，根据自己的意思，肆意篡改诏旨内容。为了行事方便，他索性在府邸自书青纸，常常委派私人，作诏书外发。

此等小人当朝，招权纳贿成为常态，晋廷朝令夕改，百官转易如流。

司马伦无学庸懦，全无智识。他几个儿子都不成器，司马荂浅薄鄙陋，司马馥、司马虔刚狠强戾，司马诩愚嚚轻浮，兄弟之间各不相让，互相憎毁。而被司马伦父子当作主心骨的孙秀，胸无大志，只是一个略有狡黠小才的寒人，平日只知贪淫昧利，全无高谋远略。而那些趋炎附势者，皆邪佞之徒，一心求荣竞利。

这些人，洛阳内外的朝臣庶民，都认定他们如早晨露水一般，肯定不会长久。

新皇后羊献容虽然与痴帝一起被关押在金墉城，但是她外祖父孙旂由于和孙秀合族，并未受到牵连。孙旂的儿子孙弼和孙旂四个侄子，深受孙秀所喜，旬月之内官职三迁，皆挂将军印，受封郡侯。坐镇襄阳的孙旂，除了车骑将军名号，又得以开府①。

本来，自己外孙女能当皇后，孙旂很是高兴，但听说赵王司马伦篡了位，洛阳的子侄辈都接受新帝官爵，他顿然心惊肉跳。着急之下，他赶忙派遣小儿子回到洛阳，劝说子侄五人辞掉官职，以免日后僭帝被推翻，如今荣耀定反为家祸。岂料，孙弼等人刚刚当了大官，履坚策肥正得意，根本不听。孙旂不能遥制这些人，暗中嗟叹、叫苦不已。

至于王弥，在赵王司马伦能当成皇帝一事上，也可谓劳苦功高，他不仅在关键时刻诱骗淮南王，此后还亲手杀掉了淮南王三个儿子。为此，孙秀很想授予他大官做做。岂料，这个寒人阶层出身的游侠非常聪明，大笔金银财宝他爽然接受，但官职方面，他表示只接受"殿中司马"之类的卑下武职。

对王弥这种明显为自己留后路的举动，孙秀并不介意。寒人之间，大有惺惺相惜之情。

司马伦称帝之后，转天就兴冲冲亲祠太庙。返途之时，忽遇大风，九龙麾盖被吹折断。

这种凶兆，让赵王和孙秀心神不安。二人本来就迷信神鬼，好听巫言。于是，为了杀人避灾，他们想到了已经被废为濮阳王的皇太孙司马臧。刚刚三岁多的小孩子嘴甜，被唤上殿时，一个劲冲着殿上人笑，一口一个"太爷爷"地称呼司马伦。看着小孩子花儿一般的俊脸，司马伦这个伪帝一时都生出不忍之心。最后，在孙秀支使下，将军李肇动手，他抓小鸡一样把司马臧拖入太极殿壁边的帷幕后，活活掐死了这个孩子……

深秋时分，为了炫耀武力，孙秀撺掇司马伦举行郊猎讲武仪式，事先，专门下诏，通知文武大臣务必参加。

孙秀主持郊猎仪式。讲话间，斜眼望着山坡上黑乎乎站满躬身而立、一身戎服的群臣，他嘴唇上多次露出捉摸不透、飘忽不定的冷笑，神态矜持而冷漠。

此次讲武郊猎，号称依据汉、魏礼仪，排场盛大。在北邙南冈，为伪帝司马伦搭建了一座巨大的武帐，形制如同宫殿；南北左右，立有四行旌门；十二架巨大的狩猎获车摆放在中间，车上高悬获旗。每辆获车上，都有殿中郎一人主管，

---

① 是指古代高级官员（如三公、大将军、将军等）建立府署并自选僚属。

各配武吏二十四人。跟从郊猎的武官，皆身着裤褶①。官员二品以上者拥刀，马上备有椠、麾幡，三品以下官员带刀，皆骑乘陪同皇帝郊猎。

　　众人翘首以待之际，伪帝司马伦从车辇中下来。他头戴黑介帻，单衣，穿着一身红色御服，挺着大肚子气喘吁吁，看上去就不伦不类，不似帝君。

　　武帝建立晋朝，曾经发布律令，认定大晋应天从民，受禅于魏，应该承袭前代曹魏的正朔服色，以黄色为御服。司马伦称帝时，孙秀自称熟悉阴阳五行，认为曹魏五行在土，故服色尚黄。而晋朝五行在金，服色应该尚赤。赵王司马伦听话，马上让人给他做了一套赤红色的冕服。于是，按照孙秀所谓的新五行，晋廷上下忙了许久，到处换马换旗。本来皇帝戎事狩猎之时要骑乘黑头的白马，御厩内，这样的马匹有许多。如今，忽然要换白头红马，司礼官一时间找不到，就弄了头纯白色的大马，在脖子上围了一大匹红绸，准备给司马伦作御马。

　　帝王警跸赫赫，虎贲卫士威武，旄头文衣，钺戟闪亮，大表威仪。

　　司马伦看到群臣骑马静立，九五至尊的感觉顿时涌上来，立刻摆出真龙天子的派头，降辇登升御座。他喜滋滋四下观望着，右眼皮上的大肉瘤，赤红发亮。

　　"散猎开始！"孙秀发令。

　　朝臣闻命，开始纵马持箭，在山冈谷地乱窜，做出卖力打猎的样子。

　　"越石，恭贺你官职升迁啊。"陆机与刘琨骑马并立，小心翼翼地奉承这位"皇太子"的小舅子。如今，由于裙带关系，刘琨得拜太子詹事一职。

　　刘琨不动声色："士衡，你的《五等诸侯论》《丞相箴》做得不错啊。"

　　刘琨此言，话里有话。陆机那两篇文章，本来是婉劝激励赵王司马伦做贤臣良辅的。哪料想，废杀贾南风没多久，赵王就变成了篡逆。

　　"天子穆穆，威仪赫赫啊……"陆机错开话头，赞叹着在面前开演的皇帝郊猎大戏。

　　"此所谓沐猴而冠者！"刘琨莞尔。

　　听身为司马伦亲戚的刘琨如此贬损的话语，陆机更不敢说话了。

　　世道艰险，文人命薄，作为南来士人，陆机在洛阳数年，已经略知韬光养晦之计。

　　"士衡，你所作诗文，我最爱《折杨柳行》：'邈矣垂天景，壮哉奋地雷。丰隆岂久响，华光但西隤。日落似有竟，时逝恒若催。仰悲朗月运，坐观璇盖回。盛门无再入，衰房莫苦开。人生固已短，出处鲜为谐。慷慨唯昔人，兴此千

———————————————
①　古代服装名，其名起于汉末。人们上服褶而下缚裤，其外不再穿裘裳，故谓裤褶。裤褶便于骑乘，为军中之服。

载怀。升龙悲绝处，葛藟变条枚。瘏瘵岂虚叹，曾是感与叹。弭意无足欢，愿言有余哀！'"刘琨轻声背诵着。

这篇诗歌，乃陆机近日所作，咏叹武帝死后皇权一直操纵在异性权臣和宗室手中的现实，细读之，还能察觉到陆机在诗中感慨朝臣的匆忙依附和不由自主，很有愤世嫉俗之意。

刘琨吟咏此诗，也是一种自我表态。

陆机沉吟片刻，以诗歌作答："驾言出北阙，踟蹰遵山陵。长松何郁郁，丘墓互相承。念昔徂殁子，悠悠不可胜。安寝重冥庐，天壤莫能兴。人生何所促，忽如朝露凝。辛苦百年间，戚戚如履冰。仁智亦何补，迁化有明徵。求仙鲜克仙，太虚不可凌。良会罄美服，对酒宴同声。"

此诗，陆机并没有正面回答刘琨的试探性感慨，而是提出了自己要及时行乐的幻想，似乎表达出许多士人在黑暗政治重压下那种徒然的超脱意念。

"士衡，天道夷而简，人道险而难啊！福祸难测，躲，又能躲到哪里？"刘琨自然明白陆机诗中深意，他苦笑了一下。

"越石，你能在朝中救护吴王司马晏，大为人们称道啊。"

陆机所说的吴王司马晏，乃淮南王司马允的同母兄弟。淮南王被杀后，孙秀派人准备搜戮这位吴王，还是刘琨据理力争，认为吴王乃武帝之子，没有参与淮南王的行动，不该连坐。见"皇太子妃"弟弟出头，孙秀不能不给面子，饶过吴王性命，贬其为宾徒县王。

"现在努力做些积德的好事，也是为日后身家性命打算……"刘琨叹言。"士衡，我听说你的江南乡亲张翰，在洛阳当官没多久，因见秋风起处，思恋吴中菰菜、莼羹以及鲈鱼脍等美味，对别人说：'人生贵得适志，何能羁官数千里以要名爵乎！'乃辞官不做，退隐吴地……洛阳更迭纷繁，世道凶险，士衡，你何不急流勇退，效仿张翰所为呢？"

深秋，为太阳所蒸晒的土地，发出淡淡的土腥气味，山间各色野花，从干木草茎中钻出来，散发出阵阵淡淡清香。红色的、白色的、蓝色的、黄色的花萼，迎风抖动，开向太阳。清风袭来，把各种花香混在一起，吹到人的鼻孔中。断崖遮掩的斜坡上，大树阴影下，散发出阵阵袭人的寒气……

陆机没有立刻回答刘琨的话，他贪婪凝视着阳光下烟雾缭绕的山谷。洛阳，不是故乡，胜似故乡。远处，北邙山冈上，蜃气流动，闪着蓝光，被人惊起的云雀吱叫着；各色大雁咕咕低声叫着，似乎在互相呼唤；无数南飞雁群不断鸣叫着，那种声音与人群的喧哗声和溪水的喧闹声交织成一片；许多战马根本没有去追逐猎物，兀自低头吃草；轻微的蹄声、响鼻声以及马笼头晃动的叮当声，都被劲风吹动树木发出的声音压了下去……

骑马站立在秋天色彩丰富、层林尽染的山冈上，陆机感受到一种远离尘嚣的安逸。这种心境，是久违的快乐。此情此景，只能在残酷的杀戮之后，才更加觉得可亲和稀罕。他好像第一次认真注视周围的世界。孩子一样，他的视觉和听觉变得更加敏锐。那些先前不曾多加留意的景物，如今看上去那么可爱、珍稀……即使一朵花，一叶茎，一个条纹奇异的甲虫，一颗未蒸发的、残留在枯枝上面晶莹多彩的露珠，都会让他心生喜悦……

"洛阳帝乡，舍此安之？"陆机所答非所问。

内心之中，陆机自然有着浓郁的乡土情结。但是，作为吴中四大姓之一的首望子弟，陆机虽然远宦洛阳，飘零他乡，依旧有着强烈的自豪感，想重新挺振宗族名望，彰显祖先荣光。不过，这种心意，对刘琨这个北地豪族，他不可能直接说出……

"老蚕晚绩缩，老女晚嫁辱。曾不如老鼠，翻飞成蝙蝠。"刘琨淡然一笑。他当然清楚陆机这个南来士族冒躁的功名心，就又吟诵陆机自己所作的一首诗，点了他一下。

劲风阵阵，晋朝一南一北两个美男子大名士，各怀心腹事，尽在不言中……

"毕猎！"

号角声吹起后，有宫中司礼官高声大叫。

朝臣三三两两，或骑马或步行，聚集在北邙南岗的空地上。

十二辆狩猎获车中，堆满了雉鸡、麋鹿、雀鸟等野物，鲜血淋漓，淌了一地。

伪帝司马伦虽然身穿戎装，根本没有真正去打猎，一直坐在武帐中和孙秀酗饮。

殿中中郎骑马，高声宣布："皇帝诏曰，春禽怀孕，搜而不射；鸟兽之肉不登于俎，不射；皮革齿牙骨角毛羽，不登于器，不射。"

众文臣武将，皆跪下行礼，口称万岁。其中有熟悉礼仪的，皆掩口窃笑——刚才殿中中郎所宣布的诏旨，本来该在打猎前告知参与射猎的文武。如今，鸟兽死都死了，说这些顶个屁用。

众臣跪在地上，膝盖生疼。不少人心中暗怪伪帝多事。司马伦和孙秀为了显摆威风，寒秋之际把大家弄到北邙山来射猎，哪如在家中有醇酒美人相伴快活温暖。

"李肇何在？"孙秀大声问。

"臣在！"卫将军李肇从群臣中闪出，满脸得色，意气扬扬。

他武夫出身，弓马娴熟，十二获车中，他和手下射获的野物禽鸟几乎有两大车之多。听孙秀一叫，他本以为伪帝司马伦要当众犒赏于他，故而十分兴奋。

"李肇党附贾庶人[①]，暗怀怨望，行图大逆，诛三族！"

震雷轰顶一般，李肇愣在原地。朝臣射猎期间，伪帝武帐旁边，不知什么时候搭建了一座白色的棚子。如今，兵士执长槊，挑开帘幕，露出了里面狼狈不堪拥挤在一处的一百多人——男女老少都有，口中都被塞满木枚，呜呜咽咽——这些人，正是李肇的家人和三族亲戚。

未及反抗，几个身材壮大的禁卫军兵士已经把李肇打翻在地，结结实实捆缚起来。

李肇双眼冒血，大声哀叹。

原来，诛杀淮南王之后，李肇官职未得升迁，求开府不得，就私下给"皇太子"司马荂写信，声称孙秀专权擅政，未协军心，有招致军变的可能，应从速诛除。司马荂见有军将上书，不敢怠慢，赶忙拿给司马伦看。司马伦虽然当了"皇帝"，却没有任何见识，加之长期以来他一直拿孙秀当作谋主心腹，自然把李肇的书信转交给孙秀。孙秀看毕，暴跳如雷，立即要求司马伦下诏诛杀李肇。

于是，趁着今日郊猎的机会，司马伦、孙秀杀鸡给猴看，当众下令诛杀李肇三族。

刽子手得令，十二个人一组，砍瓜切菜般，依次斩杀李肇家人。

最后，才轮到李肇本人。

眼看家族亲人身首分离，李肇欲哭无泪。毕竟武将出身，这么多年来，杀人场面还是看过许多，自己还曾经亲手在马厩杀死过恩公杨骏。如今，落得如此下场，他也只得自认倒霉，乖乖跪下等着挨刀。

诸文武朝臣股栗间，不少追随司马伦的军将，特别是李肇手下，皆暗感寒心：当初如果不是李肇率军把守住掖门，淮南王一定会冲入宫内。只要淮南王入宫把痴帝弄到手里，如今的"皇帝"司马伦，早就在黄泉之下当野鬼了……

斩杀完毕，宫中司礼官高叫："引留守填街先置前部从官就位，车驾还宫！"

群臣再拜。

伪帝司马伦升辇。仪仗队排列好，准备返回城内的皇宫。

时近黄昏。一片樱桃色的霞光，在西面天际燃起，与地上冒着热气的人血交

---

① 即贾南风，她被废杀后，又被废为庶人。

相辉映。红色的冷焰，沿山坡往下泻去，闪烁着暗红色的光。罡风吹过，血泊泛起了涟漪。

冷风吹过，群臣瑟瑟发抖。

一个头插白色羽毛的驿兵口中高呼着，纵马而来：

"禀报陛下，齐王司马囧在许昌散发檄文，起兵造反！"

第三十五章　富平津

黄桥大战，洛阳派出来的宿卫军遭到惨败！

黄桥，不过是洛阳富平津附近搭建在一条名叫黄雀沟上面的小桥而已。在这里，诸王联军近二十万人和洛阳由司马伦、孙秀派出的三万多宿卫军主力，拼死相搏。

窄浅的、近乎沟渠的河道里面，流淌的不再是河水，而是双方兵士的鲜血。

被血水弄得泥泞不堪的道路上，到处都可以看到宿卫军仓皇撤退的痕迹。兵械、战马、辎重、粮草，扔得到处都是，还有一些完好无损的马车散停在道路中间。不过，车辕上的皮制马套，都被人斜着砍断。大概退兵溃逃的时候，为了跑得快，把拉车的马骑走了，留下马车在原地……

方圆三里，密密层层地倒着许多兵士的尸体。从他们的装束看，大部分都是京城宿卫军、牙门军的尸体。他们身上，都穿着鲜明耀眼的铠甲，而那些扔在尸体旁边的刀槊剑枪，质量上乘，那些用于密集方阵作战的长方形大盾牌上面，几乎没有什么剁砍的痕迹。

仔细观察，还可以发现，许多尸体的创口都在背后。也就是说，这些兵士，大部分都是在逃跑途中被人从后面砍死、刺死或者射死的。

特别瘆人的是，那些为强力斩马刀所砍翻的尸体，被齐刷刷斩断成两截；而被铁制大斧钺所劈砍的尸体，更加狼藉，肚腹里面的肠子拖在地上，弯弯曲曲。

横七竖八的尸体太多，流出的血，染红了秋天枯萎的浅草……

司马伦篡位后，齐王司马冏首先在许昌倡义，派人四处递送征讨司马伦的檄文。

齐王使者到达邺城，成都王司马颖立刻召手下卢志问计。未等卢志回言，一个王府幕僚表示说："赵王于朝廷而言，属于近枝宗亲，力量强大；齐王非武帝一系，力量薄弱，殿下应该拒绝齐王！"

卢志虽然与刘琨兄弟是好朋友，但马上就表明态度："赵王篡逆，人神共愤！殿下收英俊豪杰以从人望，杖大顺义旗以讨逆贼，天下百姓，必不召自至，攘臂争进。齐王首义，殿下您应该与他呼应，直捣洛京！"

司马颖闻言大喜，立即任命卢志为谘议参军。紧接着，他派出辖下的兖州刺史、冀州刺史、督护将军等人为前锋，直往洛阳杀来。

成都王兵起之后，远近响应。军队到达朝歌①之时，已经有义兵二十多万。

楚王司马玮的同母弟、常山王司马乂闻听消息后，也立即起兵，作为成都王司马颖的后继军。

前安西参军夏侯奭在始平②接到齐王檄文后，立即纠合乡曲数千人以相应，并遣使告知镇守长安的河间王司马颙，请他一起出兵。

虽然司马颙一直暗地里调唆齐王起兵，但主要目的是坐山观虎斗。他万万没有想到，战争刚刚开始，长安附近就有人响应齐王。于是，经过与手下长史李含的秘密谋划，司马颙派出手下军将张方，以合军为名，率军直入始平，抓住了根本没有任何防备心的夏侯奭等人，当场腰斩，并屠戮义兵数千人。不久，齐王司马冏送檄文的使者到长安，司马颙态度鲜明，立即把使者捆缚起来，派人押送洛阳由伪帝司马伦处置。然后，他还派遣张方提两万兵马，前往洛阳增援司马伦。

岂料，张方兵马行至华阴，身在长安的河间王司马颙听说齐王、成都王两个人兵锋正盛，兵力多达二十多万众，就即刻改变主意，马上召回张方，并派人携带密信给二王，表示站在他们一边。

二王当时急需人手，并未纠缠这位河间王先前阴持两端的态度。

齐王司马冏飞檄起兵的消息传到洛阳，司马伦、孙秀大惧。

想来想去，孙秀先想出一招，派人模仿齐王的口吻，写了一封表奏，上面内容是："不知哪里来的一伙反贼，突入许昌。臣懦弱不能自固，乞皇帝派洛阳中军来救！"

于是，朝会之时，孙秀拿出这份伪造的表奏，对外声称齐王是被小股反贼裹胁，不得已造反，其实他暗地派人来京希望"皇帝"去救援。

于是，孙秀当朝遣兵派将，遣上军将军孙辅等人率兵七千自延寿关出，征虏将军张鸿等人率兵九千自崿阪关出，镇军将军司马雅等人率兵八千自成皋关出，以抵拒齐王司马冏自许昌而来的进攻，再派司马伦两个儿子京兆王司马馥、广平王司马虔督领宿卫精兵三万抵拒邺城而来的成都王司马颖。

① 在今河南鹤壁淇县。
② 在今陕西兴平。

军出之后，孙秀还不放心，召义阳王司马威为卫将军，都督诸军。

出军之后，迷信阴阳小数的司马伦、孙秀二人，待在洛阳皇宫内日夜祷祈厌胜以求福。每战之前，他们都派巫婆卦师烧龟摇卦，简选"吉日"。

这还不算，为了稳定军心，孙秀还派人潜入嵩山，在凌晨时分用吊绳吊人，身着羽衣，冒充仙人王乔，大声呼喊"皇帝司马伦福祚长久"，想以此惑众。

齐王方面，孙秀派出的军将张鸿进据阳翟，首战一举告捷，把齐王军队逼退到颍阴。毕竟张鸿所率乃京城宿卫军，战斗力很强。再战，宿卫军又击败齐王义军。

当张鸿率主力与齐王血拼的时候，他手下两个将领胆怯，乘夜跑回洛阳，报告司马伦说："齐王兵强，盛不可挡，张鸿等人已经战死！"

司马伦、孙秀二人听说这个消息，肝胆俱裂。

那边厢，张鸿由于没有后援，胜果不保，最后反而被齐王义军击退，双方相持。

为了壮胆，洛阳的孙秀就诈称洛阳派出的宿卫军已经大破齐王军队，并生擒司马冏，下令百官朝贺。

成都王司马颖方面，前锋军猝然行至黄桥，恰遇孙秀派出的三万禁卫军精兵。义军首战不敌，伤亡一万多人，士众震骇。

成都王未经战阵，经此一败，心胆欲坠，马上就要率军退保朝歌。关键时刻，长史卢志劝告说："殿下，今我军刚刚失利，敌人得志，必有轻我之心。我军如果胆怯退缩，士气定会低落，战斗力不可复用。战斗厮杀，胜负无常。我们可以趁此时敌人麻痹，更选精兵，星夜倍道，出敌不意，必能破敌！"

司马颖年轻王爷，至此神定，点头从之。

司马伦方面，为了大赏禁卫军黄桥之功，派宫使携带无数金银到前线滥赏，对禁卫军官将升官赐爵，几个大将，都得以持节①。由于众将都有各自为政的权力，三万禁卫军从此各不相从，军政不一。大胜之后，自恃军强，他们都轻视成都王司马颖败军，不复设备。

结果，成都王军队趁暗夜展开偷袭。义军哀兵，加之蓄怒前来，人数又多，只一战，就把兵强马壮的洛阳禁卫军杀得大败。

司马伦两个儿子京兆王司马馥、广平王司马虔顾不得残军，策马拼命往洛阳方向逃奔。

---

① 被授予符节，作为加重权力的标志。

惶骇之下，伪帝司马伦授予刘琨假节钺，出督河北诸军。

败军之际受命，刘琨硬着头皮，率步骑千人出洛阳，督催诸军抵拒成都王兵马。毕竟司马伦的"皇太子"司马荂是自己姐夫，刘琨不得不卖命一搏。

行至黄河边，恰遇丧魂落魄的禁卫军残兵山崩般败退。刘琨派人高挥旗帜，四处招引败兵归队，努力好久，终于召集了七八千人。

不容喘息，成都王义军已经逼近。

远天之上，散布着厚厚几朵白云。在它们后面，一轮旭日喷薄而出。朝阳映射下，橙黄色的晨雾笼罩在刘琨所率的禁卫军残军和成都王司马颖义军头上。

作战双方，静默了一段时间。

冲锋！刘琨挥舞旗幡。

大地，在万千马蹄的践踏下，发出沉闷的、惊心动魄的呻吟声。刘琨身先士卒，手中挺举一支长槊，纵马跑在队伍最前面。很快，他所乘战马就混入齐跃腾进的大队洪流中，全速飞奔起来。

在秋天田野的灰色背景上，双方骑马兵士健硕的身影，像波浪一般起伏着。他们口中发出震动天地的喊声，这种喊声中的力量，互相传染，互相激励，消退了许多莫名的恐惧。

数道黑乎乎的田垄像箭一样，不可阻挡地迎面飞来。刘琨胯下战马四腿蜷起，然后优美地伸开，一跃又一跃，跳过重重田垄和死人、死马，在震耳欲聋的叫声里，一直往前冲。

空中箭矢狂飞。拖着长声的羽箭从耳边擦过，飞鸣声划破晴空。刘琨的眼睛被疾风吹得流泪，他一路冲锋，把烫手的槊柄紧紧夹在腋下，挑刺几个敌兵落马。由于过度紧张，他感觉夹得自己膀子都痛了，手掌不停冒汗。

紧紧贴伏在汗淋淋的马脖子上，刘琨闻到一股刺鼻的马汗味。奔驰中，他眼前疾闪过黄褐色的土坡、迎面冲来的兵士愤怒的面孔、呼啸如蝗的飞箭，以及穿着细铠的往回溃逃的禁卫军兵士……

刘琨冲得太快，待他忽然回头，才发现刚刚纠集不久的禁卫军，经过成都王义军一次冲击，就已经抵挡不住，四散逃奔开去。短短时间内，战斗开始之时那种千千万万轰鸣的马蹄声就弱了下来，自己一方的人马越来越少……

稍稍勒紧缰绳，刘琨发现自己已经混在成都王部下的兵马中间，在一片庄稼地打转。那些没腰深的、没有被收割的麦子沉甸甸的，夹杂着野花和野草。战马奔驰受阻，速度一下子慢了下来。

望着前面翻滚着一片淡褐色的麦田，刘琨感觉自己的脑袋昏昏沉沉的，如同灌了铅水一样沉重。战马马蹄踏在田边的间垄上，扬起棉絮般的烟尘，使得他双眼更加迷离。

纵使刘琨身下骑乘一匹西域纯种良马，跑了这么久，骏马也大汗淋漓，开始趔趔撞撞起来。他身边的卫士伤亡惨重，不少人经过高低上下的艰难奔驰，也都耗尽了马力。连那些最有耐力的骏马，都腿抖摇晃，竭尽最后力气挣扎着奔跑。有些重铠骑兵从马上摔落后，马匹才感到轻松些，重新扬起蹄子，在战场上盲目乱跑起来……

大概过了不到一个时辰的工夫，刘琨纠结起来的近万人残军，基本被成都王义军消灭殆尽。剩下的兵士，不是跪在地上举手投降，就是仓皇地放弃马匹，躲避到沟渠、草丛或者麦田深处。

至此，刘琨心目中力挽狂澜的反冲锋战斗，就这样耻辱地宣告结束了。

成都王义军开始停止发射弓弩，他们不紧不慢鸣金吹号，收缩队形，开始搜索漏网的京城禁卫军……

刘琨感到非常绝望。他扔掉手中的长槊，紧勒住自己的战马，停在一块凸起的土丘上。他从腰间拔出雪亮的宝剑，等待自己最后时刻的来临。

过了一会儿，见没有敌人过来，他叹了口气，从马上跳了下来，摘下马鞍上挂着的一个皮水囊，开始喝水。

这时候，他手下负责执旗的一个年轻小校骑着一匹青色短尾马赶来，随即跳落马下，与他并排立在地上。

四周观察过后，小校沙哑着嗓子，哽咽说："刘大人，我们完了……为赵王战死，太不值了……日后皇帝复辟，我们的家人也要受到牵连……"

这时候，太阳已经升在高空，晨间的雾霭消失得无影无踪。

刘琨免胄，阳光照在他的头发上，发出紫红色的光芒。从噩梦中惊醒一般，他的脸苍白得可怕。

刘琨刚把手中的皮制水囊递给那个小校，那个人就哎呀了一声，忽然身子前倾，跌扑在他的怀里。

"怎么，你受伤了？"刘琨扶住那个小校，问。

小校一声不响，身体越来越沉重地压到他胳膊上。

一支长羽箭从小校的左肩下面射入，直中他的心脏。死亡来得太突然，他连呻吟都没有呻吟一声，就倒了下来。一大股热血从他身体上的创口处涌出，还有一股鲜血从他嘴里流到他的胸上。

刘琨没有立刻意识到这个小校已经死亡。他听到小校嗓子里面还隐约发出带着哨音的、急促的喘息声，就忙着用颤抖的、沾满新鲜热血的双手，撕下自己的衣襟，俯下身，用膝盖支着小校的背，准备给他包扎伤口。首先，他想止住从小校锁子甲下面往外猛涌的血。

小校喉咙里咕噜地响了一声，头歪垂下来。

刘琨知道，他死了。

两匹马打着响鼻，低头开始吃起地上的草来，大概吃得高兴，它们不时抬起头，摇晃得笼头上的铜铃直响。

大地沉默无语。太阳似乎都疲倦了，躲在一片云彩后面。秋天的风，一阵一阵吹过，被阳光蒸晒的草，散发出阵阵浓郁清香。这些已经发黄的草，时不时被风吹得低下头去……战场上，还能隐约听到一些伤兵的呻吟声，在轻柔的蓝色烟雾缭绕中，那些声音越来越微细。

事到如今，刘琨忽然体验到一种他从来没有体验过的宁静柔顺心情。厮杀后的战场，具有一种令人难以理解的庄严和肃穆。渐渐地，这种宁静变得古怪起来，让他心头感到压抑。

一只野雁忽然从不远处飞起来，在空中盘旋着，灰白色的羽毛在阳光中熠熠闪烁。

一群人或步或骑，慢慢朝刘琨围拢过来。为首三个人，都骑着高头大马。

刘琨站了起来，手里拎着剑。

"越石，别来无恙否？"

骑黑马的人首先向刘琨打招呼，仔细一看，原来是老朋友卢志。

在卢志身后的两匹白马上，分别坐着成都王司马颖和长沙王司马乂。这两位同父异母的王爷，看到刘琨，脸上都挂着微笑。

昔日，无论是在石崇的金谷园中，还是在洛阳司马遹的太子府，刘琨与成都王、常山王经常在一起宴饮田猎，关系非常密切。

"……参见二位殿下。"刘琨把剑放入鞘中，向二王施礼，"败军之将，无颜苟活世上！"

刘琨垂头丧气。此时，他已经想到了自杀。

"越石，赵王篡逆奸贼，想必你心中清楚！带兵出战，绝非你的本意……"卢志替刘琨找口实。

成都王司马颖大度一笑，以温和的口吻劝说道："越石，诸王兴兵，乃吾司马宗族家事，你不幸卷入，谅必有难言之隐……如今城内大乱，你可以跟随在军。待洛京平定后，你再回府不迟。"

　　在成都王示意下，一个军校赶忙牵过一匹全身雪白的骏马，把缰绳递到刘琨手中。这匹马鞍鞴齐全，身上所有的饰件锃光瓦亮，显然是王爷的备用马。

　　"众军听令，与我整军，直杀洛阳！"

　　成都王司马颖扬起马鞭，直指洛阳城，大声宣布。

第三十六章　伪帝之死

不知道是出于恐惧还是寒冷，伪帝司马伦浑身抖个不停。同时，他满脸往外直冒冷汗，似乎连他脖子上每个毛孔里都浸透了汗水。

高举着象征停战解斗的驺虞幡，司马伦步履蹒跚，似乎双腿无力支撑他硕大的身躯，整个人看上去摇晃不已。

司马伦平时很少自己走路，总是乘轿、骑马或者是当"皇帝"之后坐辇之类。如今，自己高举着那面驺虞幡，他从太极殿一直走到洛阳城的大门，非常不习惯，累得气喘吁吁。

这一路上，他觉得好像一直有利爪在五脏六腑里扯动着，刚刚走出皇宫，他就难受得几乎连举幡的气力都没有了。

"王大人，你们要把朕怎么样啊？"司马伦回头，满脸讨好地问骑在马上押送他的王弥。

"赵王殿下，您现在都下诏'退位'了，别再自称'朕'了。您都过瘾过了一百天，如果再'朕、朕'地自称，说不定马上就给您带来大祸啊……"王弥脸上浮起笑容，打趣着这位已经落败的伪帝。

"哦，是啊，是啊……"司马伦急忙点头，"都是孙秀他们惹的祸，我自己哪里想当皇帝，皇帝不好当啊……王大人，在城外向三王举行完投降的仪式，你们会把我送到哪里去啊？我能回到京城的赵王府度过下半生吗？"

"不会送您回王府……好像应该送您到永昌宫居住。"

"哦，永昌宫？不会在许昌吧？"

"赵王殿下，永昌宫您都忘了？就是原先的金墉城，也是现在'太上皇'住的地方啊！您前些日子称帝，不是派人把'太上皇'软禁在那里，之后改名永昌宫了吗……"

司马伦脸色一变，面如死灰。这时候，他才恍然意识到，自己很快就要去洛阳城边那个狭窄黑暗的皇家监狱了。

忽然，他踉跄起来，肥大的身躯弯了下去，把那杆沉重的驺虞幡拄在地上，一只手扶着王弥所乘的大马，不停地呻吟着。

他脸上冒出豆大的汗珠，似乎某种异物在他体内挤迫、钻刺，感觉有很锐利的东西把他的内脏旋成一片一片，撕成一条一条。

疼痛！

"赵王，城门快到了。您不要磨蹭，再忍耐坚持一下，等成都王、长沙王入城后，您就可以歇着了，那时候，肯定能让您歇个够……"王弥认为司马伦在装病，就不耐烦地催促他。

紧闭双眼，司马伦拄着旗幡的木杆喘息了一下。然后，他昏昏然、茫茫然了好久，呆呆地望着远方。"王大人，孙秀何在？"

王弥听赵王司马伦问这个问题，忍不住笑出声来："孙秀，呵呵，他在一个地方等着您呢……据我估计，殿下您很快就会和他见面的……"

黄桥兵败后，孙秀忧懑不知所为，他深知众怒难犯，人心不附，几乎不敢出中书省，终日陈兵自卫。每次议事，他都令有关官员入省商谈，生怕有人趁机杀了他投奔三王的部队。

由于派出的几部禁卫军和刘琨的部队都打了大败仗，几乎匹马不归，义阳王司马威就给孙秀出了一个馊主意：规定京城四品以下官员子弟，只要年龄在十五岁以上，皆诣司隶[①]报到，集中后，准备派这些人与兵士一起去和三王义军作战。

孙秀点头，依计行事。

岂料，此道诏旨下达后，官员士族切齿愤恨，内外诸军也皆欲劫杀孙秀泄愤。

仓皇间，孙秀再召集几个从前线败退回来的军将商议，论来论去，众口不一：有的说应该收取战败的残兵出战；有的说应该焚烧宫室，在洛阳城内杀尽所有心怀贰意的文武；有的出主意说，应该挟持伪帝司马伦往南逃，依附荆州、宛城一带的孙旂、孟观等人；还有人更离奇，劝孙秀带着司马伦乘船东走入海……

汹汹半日，几个人也没有商量出一个结果。

孙秀等人在中书省坐议，那边厢，王弥忽然带着几百牙门军从南掖门进入皇宫，干净利索地策反了三部司马，然后称敕，下令宫中禁卫军把守宫内各门，防止司马伦昔日的赵王府府兵进入。

---

① 即司隶校尉。

一切安排妥当，王弥与匈奴刘和、刘聪兄弟一起，带着二十多个人，直奔中书省而来。

看到王弥出现，孙秀大喜过望，赶忙站起身来寒暄：

"广长，你终于来了。时势如此，有何佳计？"

王弥指了指身边刘和、刘聪兄弟二人，说："我已经与匈奴大都督刘元海联系，孙大人，您可以和赵王一起，先到匈奴部暂避一下，天无绝人之路，待躲过这段时间，再寻良策……刘大都督特派他两位公子前来接应。"

孙秀信以为真，瘦窄的刀条脸直泛红光。但正与他一起商议对策的四个禁卫军将领和义阳王司马威面色都很阴郁，低头不语。

从洛阳远奔左国城投靠匈奴，路途崎岖不说，投奔异族部落，听上去太不靠谱。

正说话间，王弥使了个眼色，所率的二十多个兵士身手麻利，忽地拥上前，把那几个禁卫军将领按伏在当场，以刀勒颈，使他们个个动弹不得。

"广长，你这是何意？"孙秀大惊。

王弥抬抬手，做了个手势。兵士动手干净利落，唰唰四刀，当着孙秀的面，把那四个禁卫军将领的脑袋剁了下来。

事起仓促，血流遍地。

义阳王司马威脚快，他从坐榻处跳起，转身就往殿外飞奔。

司马威没跑出去多远，匈奴刘聪从靴子里面掏出一支短剑，稍微瞄了一瞄，手一扬，短剑飞出。

寒光闪过，哎哟一声，刘聪短剑正好把拢着双手往外狂逃的司马威右手钉在殿柱上，疼得这位义阳王哀号不已。

王弥抽出腰间宝剑，步步紧逼，朝孙秀走近。

"孙大人，我等到此来无他意，只找你借一样东西……"

"广长，切勿轻举妄动……你要什么，我都给……我这里有空白青纸诏书，赵王的玺印也都在我这里，你想要什么我都可以给你……官职你随便填写，御府的宝物，你随便拿……"孙秀面白如纸，语无伦次。

"孙大人，官爵财宝，如今都是祸害，如今，我们只借你人头一用！"王弥狞笑着说。

"……广长，不，王大人，你不能这样……当初淮南王之死，都是你一手造成啊……你，你对赵王有拥戴之功，城外三王一定恨你入骨……"

王弥猛然飞起一脚，把孙秀当胸踹倒在地。接着，他用一只脚死死踏住孙秀的肚腹，猫下腰，左手揪住对方的头发，笑着说："孙大人，福祸难测啊……人的一生，吉凶善恶，都是瞬息反复的事情。现在，我借你人头送给三王，最起码能将功补过……"

说着话，王弥手中雪亮的宝剑抵住已经惊骇得发不出声的孙秀喉咙，往下一使劲，生生切断了赵王司马伦这位谋主的喉咙。

刘和、刘聪兄弟互相交换了一下眼色，立在原地冷眼观瞧王弥杀孙秀。

王弥长吐一口气，就势仔细割下了孙秀的脑袋。

"广长，你应该马上下令，让人守住云龙门，切勿让赵王府兵有机会突入……"刘聪在一旁提醒说。

王弥用手拍拍自己的脑袋，立刻派出人把守住云龙门，然后，带着刘和、刘聪兄弟和一百多名兵士，冲入西宫去抓司马伦。

四处寻找半天，他们才在寝殿的后面的厨房肉案下找到醺醺大醉的伪帝司马伦。

时间不等人，王弥用冷水泼醒司马伦，让他立刻手写逊位诏书：

"吾为孙秀等人所误，激怒三王。如今，吾归老于农亩，奉迎太上皇复位。"

为了把投降的功夫做足，司马伦写完诏书后，王弥又强逼他亲自高擎骀虞幡，出城解兵，向成都王、长沙王义军当面投降……

当时，对赵王司马伦来说，其实还存有个反败为胜的机会——其三子司马虔事先为孙秀所召，正率领一支几万人的军队往洛阳回赶，当天进驻九曲修整。司马虔如果能火速赶往皇宫，很可能扭转洛阳形势，反败为胜。岂料，王弥仅仅派去一介诏使，入营宣布对司马虔的免官诏书。这个不争气的王爷，屁都不敢放一个，大惧之下，竟然抛下属官数十人和几万大军，匆忙赶回位于洛阳汶阳里的王府中躲避……

成都王、长沙王入城后，即刻派出数千甲士从金墉城迎归兄长痴帝。沿路百姓见皇帝复辟，皆跪于道旁，高呼万岁。

二王等人拥护痴帝自端门入宫，升太极殿，召集百官。群臣跪伏，皆顿首谢罪。

而后，众议汹汹，即刻诏命在金墉城审讯司马伦、司马荂等人……

金墉城内。赵王司马伦倚靠在冰冷的石墙上，坐在地上呆呆发愣。当了几十年太平王爷，忽然沦落到这种地步，他非常不适应。

金墉城好静啊，几乎听不到任何外面的声音。空荡荡的，阴森森的，除了能听到自己心房的颤动声和血液的流动声，一点别的声音都没有。外面，似乎永远都是广袤无垠的黑夜，似乎一切都死亡了。

寒冷，似乎默默地吮吸着赵王体内的血液。他感觉到自己的左胸有块地方膨胀起来，起伏着，翻涌着，越来越紧地挤迫着自己的心脏。冻饿交加中，司马伦感觉自己飞快地坠入一种混沌之中，坠入一种让人极度痛苦的虚无之中。

在这种静默的、不可理解的虚无中，司马伦摇晃着自己沉重的脑袋。他眼皮上那颗大肉瘤已经变成灰白色，乍看上去像是瞪着一只独眼呆呆而视。

泪水，不停地模糊着他的视线，悔恨噬咬着他的心。

他忽然想起自己当"皇帝"后宠幸的那一个来自吴地的妃子。她那双光洁白皙的手，嫣然的笑容，还有那云雀般的清脆的笑声，兀自在空中闪动着……内殿龙床上，她面孔鲜红，香汗淋漓，娇喘吁吁。纤细的少女腰肢，犹如一团恣情、飘逸的火焰在燃烧。仰卧中，她眼睛里面闪现出一种羞涩和骄矜……那雪白的肌肤，火焰般具有无限的热力，秀发闪闪发亮，充满青春活力的胴体，轻盈、敏捷，富有节奏感，让人迷醉不已……

"赵王司马伦篡夺宝位，大逆不道。自兵兴六十余日，战争杀害十万余人，罪在不赦，今绝属籍①，赐死！"

在王弥和十多名禁卫军兵士督护下，一个宫内的宦者捧读诏旨。

这个宦者四十多岁，身上散发出阉人特有的淡淡尿臊味，愁眉苦脸的。

称帝百余日来，伪帝司马伦在宫中一直厚待这些宦者。如今亲眼看到司马伦沦落到这种地步，宦者心中不免生出恻然之情。

司马伦双手强撑住地面，仰头哀求王弥：

"王大人，您能替我向齐王、成都王求求情吗？毕竟，先前是我除掉的贾南风啊……再者说，念在我是他们叔祖的分上，也该饶我一命……"

面对司马伦如此荒唐的请求，王弥扑哧一声笑了出来。"赵王殿下，您也是读过书的人。您自己想想，自古篡逆奸贼，有几个能活命的……至于您篡逆引起十多万人战斗死亡，皇太孙也被您杀了，皇帝被您关到这金墉城里面，您在大晋弄出这么大的动静，哪里还能活命啊……"

"能否把我关到我在洛阳汶阳里的王府里面，禁闭我，软禁我，我赌咒，赌毒咒，以后再不敢问政……"

"不行。"王弥摇头。

---

① 指从宗室谱籍中除名。

"……要不，把我弄到宣帝陵寝去吧，我去为宣帝守陵，把我关在地下也成，我保证终生不出陵园一步……我这么大岁数了，王大人，请您转告三王，让他们放心，我绝对不会再闹出什么乱子来……"

豆大的泪珠从赵王眼睛里面不断涌流出来，他声音带颤，连连以头叩地，咚咚直响。

"赵王殿下，只有您死了，三王才会真的放下心啊……"

王弥鄙视地看着地上这位曾经称"朕"的伪帝。

接着，他让兵士把四个木匣摆放在司马伦面前，居高临下，以一种安慰的口气说：

"赵王，您放着真王爷不做，却要当假皇帝，唉，不值得啊。您的几个儿子都先您而去了，您自己一个人孤零零地活在这世上，有什么意思呢……"

司马伦定睛细看，发现木匣里面盛装着自己四个儿子司马荂、司马馥、司马虔以及司马诩的人头。

大概是宗室遭受处决有优待，他们的脖子被砍断处茬口整齐，血迹也被洗干净，发鬓梳理得一丝不苟。除了司马荂微睁一目，其余三个人都很安详地合目，似乎在熟睡一样。平日里，这几个人肤色黑白不一，如今，失血过后，他们的脸看上去都是泛白的姜黄色。

悲从中来，司马伦禁不住哀号出声。

王弥从身边随从兵士手里端过一个酒坛，然后，他蹲下，很亲切、很耐心地对司马伦说：

"赵王殿下，黄泉路远，您多保重吧。我估摸着，您在下面不会寂寞的，宗室中肯定陆续会有更多的王爷下去陪伴您……这是金屑酒，不久前贾皇后就是喝这个死的。唉，这才多久啊，就轮到您自己享用了。都说金屑酒苦，要挨几个时辰才死，我王弥今天总算能开眼，就要看看您赵王喝了这金屑酒之后到底是怎么个死法……您别着急，慢慢喝，我自己备了一坛醇醪，会在这里待着，一直待到看您咽下最后一口气……"

第三十七章　三王分政

太极殿，东堂。又是秋后算账的时刻。

痴帝司马衷呆呆地在御床上坐着。玺绶重新回到了自己怀中，恰似儿童找到了丢失已久的玩具，他的表情相比从前丰富了许多。他一直低着大脑袋，不停拿着玺绶翻来覆去地看，时时发出呵呵傻笑。

殿上，宦者捧着青纸诏书，对着下面排成两列的文武大臣宣读新任命：

齐王司马冏首倡义师，授大司马，加九锡，备物典策，如宣帝、景帝、文帝、武帝辅魏故事，诏封齐王三个儿子为王爵；

成都王司马颖，授大将军，都督中外诸军事，假黄钺，录尚书事，加九锡，入朝不趋，剑履上殿；

河间王司马颙，授侍中、太尉，加三赐之礼；

恢复常山王司马乂的长沙王封爵，授抚军大将军，迁开府，领左军；

晋新野公司马歆为郡王，迁使持节、都督荆州诸军事、镇南大将军、开府仪同三司。

司马歆乃痴帝堂叔，赵王司马伦称帝后，曾经封他为南中郎将。齐王司马冏首举义兵，移檄天下，司马歆当时非常犹豫，一边是堂侄皇帝，一边是自己亲叔叔，未知所从。集结部伍议事之时，他手下有参军孙洵高言于众："赵王凶逆，天下当共讨之！大义灭亲，古之明典。"众军闻言踊跃。见军心如此，司马歆明白赵王篡逆乃冒天下之大不韪，就决意参与讨伐自己九叔赵王司马伦的阵营。齐王司马冏率军进入洛阳之时，司马歆躬贯甲胄，身为前驱，为自己的这位堂侄做导骑，深受信任。战争初始，如果荆州军队拥护赵王那边，齐王就会受到南北夹击。所以，齐王才对司马歆如此重赏。

宣布诸王新任命后，诏旨又下，为齐王、成都王、河间王三个王爷特开三府，各置掾属四十人。

至于当初因反抗赵王而被杀害的淮南王，诏旨称："故淮南王司马允忠考笃诚，忧国忘身，讨乱奋发，几于克捷。遭天凶运，奄至陨没。逆党进恶，并害三子。冤魂酷毒，莫不悲酸。以大司马齐王之子司马超继淮南王为嗣，葬以殊礼，追赠司徒。"

"越石，三王开府，武官衔号森列，文官不过备员而已。唉，我深为国家忧之，可以预见，兵革之事，日后肯定又来……"

听宦者读毕三王开府的诏命，陆机悄声对身边的刘琨说。

刘琨忧形于色，示意陆机不要再说。政治清算，往往是先奖功，然后就是宣布惩罚对象。

"参与赵庶人司马伦篡逆之事者，孙秀等人，罪大恶极，皆已伏诛；前日，传檄襄泌地区，令诛孙旂、孟观二人，皆诛三族。"

在洛阳支持赵王司马伦的军将中，外出抵拒三王军队的，大多在阵中被杀，剩下的被召回京后，有的被捕杀，有的自杀，唯独剩下与司马伦关系密切的孟观、孙旂逍遥在外。

孙旂在襄阳，他名为统帅，实权皆由宗室司马歆掌握；而孟观呢，齐王司马冏刚起兵的时候，曾派人发檄给他，让这位当时正出监泌北军事的大将掉转旗帜讨伐司马伦。岂料，孟观粗知天文，半夜仰望紫宫帝座，看到帝星闪亮，他就认为司马伦得应天象，不至于速败，就拒绝了齐王，依旧在当地为司马伦固守。孟观的儿子孟平，却作为淮南王义军的先锋将死于进攻洛阳的战斗中。父子相互不知，各保其主，最后两边都不讨好。即便如此，孟观当时也没敢轻举妄动，因为司马歆拥部伍在荆州一带，宣明加入讨逆齐王阵营。痴帝复辟后，皇权恢复正常运作。洛阳城内皇宫仅派出两个使臣去，当地守臣不敢怠慢，立刻行动起来。襄阳太守承檄斩孙旂，饶冶县令承檄斩孟观。即便当时手中依旧握有强兵，但两个人根本不敢反抗，乖乖引颈受戮。此刻，他们的首级正在送往洛阳途中。

想来，痴帝新皇后羊献容真算倒霉：自己刚刚被立为皇后，就跟着痴帝被废禁于金墉城；如今，痴帝复辟回宫，她外祖父、一个舅父、四个堂舅，皆因为牵涉赵王司马伦篡逆而被杀……

宦者换了一个又一个，依次宣读齐王、成都王、河间王等人商议下拟定的诏旨。文武百官中，先前为赵王司马伦所任用者，皆斥免罢官。最后，台省府卫机要官属文官武将，全部换上三王议定的新人。

最后，宦者宣旨，立愍怀太子司马遹唯一活着的两岁小儿子、襄阳王司马尚为皇太孙，改元"永宁"。大酺^①五日，天下共庆。

除了当廷被押走或者被褫夺官职的人，跪伏在地上听旨的群臣，听到宦者宣读罢最后一道诏旨，心中都长舒一口气：终于又躲过了一劫。

听司礼官发话，大家揉着跪麻的膝盖，颤颤巍巍站起身来。

"阿皮可恨！阿皮可恨！抢我玺绶，掰我手指，杀他，弄死他！杀……"

出乎所有人的意料，坐在御床上的痴帝司马衷忽然站起身来，气鼓鼓指着义阳王司马威大叫起来。

阿皮，是义阳王司马威的小名。司马威与痴帝同辈分，小时候常常在宫内陪同痴帝一起玩耍，他总是给当时身为皇太子的痴帝当马骑。所以，痴帝特别记得他。

痴帝司马衷被拥上帝位十多年，从来没有亲自定夺过任何事情。如今，他金口忽开，大出众人意料。包括齐王司马冏在内，特别是河间王司马颙，感到特别为难——在场的大臣们都知道，义阳王司马威与河间王司马颙关系匪浅，他们同出自宣帝司马懿弟弟司马孚这一系。从辈分上讲，河间王司马颙乃义阳王司马威的叔父。所以，此次算账，虽然司马威在赵王篡位之时干了不少坏事，看在河间王司马颙的面子上，齐王、成都王都想回护这位义阳王，使他免于惩罚。至于三王手下和朝中拟写诏旨的大臣，对这种微妙关系皆心知肚明，谁也不敢当众明白影显义阳王司马威的罪过。

只要熬得过今日朝散，义阳王司马威就算躲过大劫。

谁料想，别人不提他，痴帝却当朝指明要杀他。

"杀阿皮，杀阿皮……"痴帝司马衷双手紧紧抱着怀中玺绶，想必他心中很害怕几个月前司马威到寝殿来抢东西的情景。

痴帝站在御床前，挺着大肚子，嘴里嘟囔不停。

大家的目光，皆投向主宰朝中一切大事的齐王司马冏。

司马冏感觉特别棘手——如果下令杀义阳王司马威，他在河间王司马颙那里交代不过去；如果不杀司马威，痴帝堂兄就在朝堂上站着，不依不饶，当众喊叫，君命难违啊……

"阿叔救我，阿叔救我，你答应过我啊……"义阳王司马威吓得不轻，尿水淋漓一地。他跪行到自己同系叔父河间王司马颙旁边，抱住对方的大腿哀求。众目睽睽之下，河间王司马颙腮边咬肌乱滚。看着地上这个比自己还大一岁的侄子，河间王抬脚就把司马威踹翻在地。

---

① 大宴饮。《史记·秦始皇本纪》："五月，天下大酺。"张守节《正义》："大酺，天下欢乐大饮酒也。"

"皇帝有旨，谁敢不遵！义阳王谄附赵庶人司马伦，早就该杀！来人，拉出去正法！"

河间王这一声断喝，没有任何人出头阻拦。

卫士上前，拖起哀号不已的义阳王司马威就往殿外走。

痴帝见状，手舞足蹈，母鸡找食一样，撅着肥腚走下御阶，探头缩脑，跟在卫士后面，起哄看热闹般地，一直跟到殿外。

"皇帝饶恕我！皇帝饶恕我！……我给你当马骑，我给你当马骑……"义阳王司马威声嘶力竭地哀求。

"杀阿皮！杀阿皮！"

司马威越哀求，痴帝越来劲，不住催促着卫士。

禁卫军不敢怠慢。几个人刚刚把司马威拖出东堂的大门，就砍下钢刀，把这位义阳王就地斩首。

看到血淋淋的脑袋从司马威脖子上面被砍了下来，痴帝吓了一大跳。

退后几步，看着死人无动静，他缩手缩脚地挪步到近前，忽然伸出一脚，把司马威的脑袋踢了出去。发现司马威那血糊糊的脑袋离开身子好远，痴帝似乎又受到了大的惊吓，转身跑回殿内……

当廷杀了位王爷，东堂之内，气氛凝重起来。

齐王司马冏沉吟半晌，忽然表示："我听说，中书郎陆机曾为赵庶人司马伦撰写禅诏，得授伪职，大家说，他是否该杀啊？"

殿外刚死了个王爷，血还热乎着。齐王心中恼恨，可想而知。如今，他话题一转，要开始对昔日"附逆"的大臣们开刀，一时间，立于殿内的文武诸臣非常害怕，谁都不敢吱声。

"大司马，陆机、陆云兄弟，乃吴地名族出身，被赵庶人、孙秀胁迫，迫不得已接受伪职。而且，那份诏书，乃义阳王司马威为赵庶人所撰，事本不关陆机。"成都王司马颖插话。

司马颖之所以出面为陆机辩理，乃是他手下长史卢志出的主意。昔日金谷园"二十四友"中，虽然卢志与陆机情谊不合，常常互相讥讽起争口舌，但关键时刻，卢志君子，依旧对陆机出手相救。

齐王司马冏见成都王说话，颜色马上变得和缓，点头说："既然成都王如此讲，陆机定然与赵庶人无涉，可以免死……成都王，依你所见，授予陆机兄弟何等职位才好呢？"

"先授陆机为平原内史，陆云清河内史……以观后效吧。"

全凭成都王几句话，陆氏兄弟化祸为福。

东堂内，慢慢安静了许多。神经松弛下来，大家发现，似乎春天温暖的风已经开始刮起来，宫内各殿屋檐上的积雪已经消失，去年的干草闪烁着青光，御沟内已经解冻，翻滚着春天淙淙有声的溪流。乍暖还寒时节，一层厚厚的浓雾忽然蔓延开来，殿庭、阙楼、树颠，全都笼罩在白茫茫的朦胧雾色中。

忽然，痴帝御床旁边，珠帘后一直坐不言声的皇后羊献容破天荒地说话了：

"我家门不幸，多人附逆，其罪当诛，无可非议。但是，光禄大夫刘蕃，其女儿嫁与赵庶人世子司马荂为妻，其二子散骑侍郎刘舆、冠军将军刘琨，皆为赵庶人亲信委任。此等贼人附逆，奈何不诛杀三族？"

虽然贵为皇后，羊献容外祖父家族因为党附赵王司马伦均被诛杀，确实够倒霉。如今，她竟然主动提起与司马伦有姻亲关系的刘琨一家，拿刘氏家族与自己外祖父孙氏家族相提并论，惊得满廷大臣屏住呼吸，全把注意力转向了刘氏父子和高高在上的皇后羊献容。

听皇后公开如此说，刘氏父子三人只得匍匐在地，跪听处分。

秘密使人疯狂。当初允诺把羊献容嫁给刘琨为妾的孙旂被杀后，晋朝上下，除了刘琨本人和羊献容，没有任何人知道他们之间的关系。

女人这种因爱生恨的决绝刚忍，超出常人的想象。

"刘蕃、刘舆、刘琨父子三人，出身高门，乃我大晋特有才望之士。况且，赵庶人与刘家姻亲相联，当初乃武帝做主，非为赵庶人篡逆后攀附。二刘兄弟，与贼臣孙秀素不相得，多次险些被杀……我昨日与成都王、河间王相商，特意宽宥他们……"齐王司马冏替刘琨父子解围。

看到新皇后羊献容竟然在东堂之上当众过问朝政，齐王司马冏心中非常恼怒，从此对她存上戒心。

还好，羊献容的父亲不是晋朝一等世族，她外祖父家族又被族诛，非当初贾南风贾氏家族可比。否则，废杀一擅权的贾皇后，又增添一问政的羊皇后，大晋朝权，弄不好又会被外戚所掌握。

此时，成都王也站出来，表明自己的态度："我经与大司马详议，刘舆可为中书侍郎，刘琨为尚书左丞……前司徒王戎为尚书令，王衍为河南尹。"

政治就是如此波谲云诡。由此，不仅刘氏父子因为门第关系得以保全，那王戎、王衍兄弟，本来是齐王、成都王死对头贾南风的后援党羽，由于赵王司马伦当权的时候他们遭到过贬斥，如今也咸鱼翻身，再得高官。可见，琅邪王氏，毕竟是朝中不容小觑的政治力量。

当然，中山刘氏此次能够幸免，也不仅倚恃他们的世族身份。一直以来，刘氏家族与司马孚一系以及其他非武帝系的宗室王爷们关系密切。齐王司马冏为了抑制成都王、长沙王等武帝一系王爷的力量，必须联系河间王司马颙、新野王司马歆，以及宣帝司马懿之弟司马馗的孙辈东海王司马越等宗室中的旁支别系。

义阳王司马威当廷被杀，和痴帝刚才罕有的主动表态大有关系。否则，他也会躲过这次政治清算。

"天何不公，赏罚不明！"

眼见刘琨父子三人不仅没有被治罪，还得以当廷实授官职，皇后羊献容在帘后怒喝。

她如此高声，引起了身旁痴帝的注意。

痴帝从御床上站起身，走近前，扒开珠帘探望。

"……你不是阿后，你不是阿后，给我玺绶，给我玺绶……"

痴帝憨愚，记忆中只有贾南风最熟悉。他口中的"阿后"，就是对贾南风的昵称。痴帝娶了羊献容之后不久，就被赵王司马伦废黜关进金墉城。在那里，他也与羊献容分开囚禁，所以，他对这位新皇后根本没有多少印象。如今，看到羊献容一身皇后打扮，身挂皇后玺绶，痴帝感到很奇怪，就扑上去动手摘抢羊献容身上的皇后玺绶。

大臣们，包括三王在内，都站在太极殿东堂之上，眼睁睁看着皇帝、皇后两个人在上面撕扯，谁都不敢（也不合适）走上去劝架。

正在这时，台陛下的卫士高声传呼："孙旂、孟观二逆臣首级传到！"

众人扭头往下观瞧，见两个兵士跑步进入殿庭，他们各自手执黑漆木棒，上面插着两个人头。估计人头被荆州当地刽子手仔细收拾过，人头的表面，皆用桐油纸包裹着，不仅保鲜防腐，还让人能够清晰看出首级的面孔——正是孟观、孙旂二人。

除了斩首时他们的胡须被大刀顺势砍掉了一些，这两个倒霉蛋的脸干干净净，没有任何伤痕。

"外公啊……"皇后羊献容远远望见孙旂的人头，悲不自胜，立即甩脱了痴帝的撕扯，披头散发地跑下殿。

持献人头的兵士吓得够呛。他呆立原地，站也不是，跪也不是，眼睁睁看着当朝皇后满脸泪水地朝自己奔来……

第三十八章　谒　陵

蔚蓝色的春天，来到了洛阳。

痴帝复辟后，坐落在北邙的武帝峻阳陵，迎来了两批谒陵人：一批由齐王司马冏率领，另外一批，由成都王司马颖率领。

春天，太阳越来越暖和。在北邙向阳的山坡上，冬天的积雪正在融化，衰草覆盖的土地，逐渐变成了红色。沿路的山坡上、古垒边，或者裸露的怪石底下，遥看春草色，近看却似无。浅绿的春天颜色，到处萌发。如果登高细看，山沟、洼地以及大石背阴处，还有不少泛着蓝光的积雪。陈年积雪融化过程中，散发出阵阵湿气，经风一吹，时时送来令人瑟缩的寒气。

在一些隐蔽荒沟里面，潺潺细流在轻柔地歌唱。阳光照射山坡草地，给峻阳陵笼罩上一层半透明的紫色雾气。

陵园肃穆，遍栽柏树、松树、君子树、万年树、白银树、胡桃树、榆树、枫香树、猴栗树。这些树木，在风的吹袭下，抖舞着身躯，哗哗作响。

鸟类之中，要数乌鸦最惹眼，它们纷纷从伏满干草的路上飞到陵墓殿檐间，或是直接飞到阴凉处没有融化的残雪旁边，悠闲地刨着地面，寻找小虫等食物；几只野雁出没在旷野中，春天浓烈而强劲的风吹来，野雁的羽毛被吹得逆立起来，它们发出阵阵鸣叫，似乎给春天带来了某种不祥的气息；密林深处，陵墓中种植的树木悲鸣摇曳，不知名的野鸟在里面发出警惕的咕咕声，显衬得陵墓尤其寂静。

站在北邙山上远望，可以发现山间零星散布着几个注满春水的湖泊。碧绿水中，倒映出湛蓝的天空。风掠过，鳞波初兴，银光闪闪。还会有觅食的游鱼高跳出水面，溅起多声扑通扑通的水声，回荡在谒陵人耳际。

与齐王司马冏一起谒陵的，宗室中有马上要回镇地的新野王司马歆以及东海王司马越，大臣有刘舆、刘琨兄弟等人。

礼毕，由里往外步行时，新野王司马歆提醒齐王司马冏说："成都王，乃皇帝至亲兄弟，与您首倡大义，同建大勋，保拥皇帝复辟。如果二位殿下能相得，您就应该高姿态留他在洛京共同辅政；若不能相得，当崇其爵位，夺其兵权，以免尾大不掉，日后与您在朝内朝外相抗衡……"

齐王司马冏点点头，没有说话。

他身后的东海王司马越以及刘舆、刘琨兄弟，皆缄口无言。

与此同时，距离齐王等人十丈开外的长沙王司马乂，正在苦口婆心提醒他的十六弟、成都王司马颖："父子家天下！天下者，武帝之天下。王弟，你一定要留意朝廷，我们应该一起力保皇帝的江山不失啊！"

成都王心领神会，不停抚摸着唇上胡须，沉吟不已。在他身后，跟随着陆机、陆云兄弟以及卢志等人，他们都清楚地听到了长沙王的话语，无不深怀忧惧之心。

见成都王思索不已，卢志走上前规劝说："前日起兵，齐王众号百万，与孙秀手下将领张鸿等人一战而败，相持很久都不能决胜；大王您率兵济河，黄桥之战，先小败而后大胜，功高莫比！我观太极殿众人议事，齐王欲与大王您共辅朝政，其实大难啊……俗谚云：'两雄不俱立，二虎不同林。'望大王仔细思之……"

经卢志一说，成都王面露难色，问："如此说来，我该如何处事呢？"

"大王，如今趁太妃在您镇所邺城生小病的机会，您可尽表孝子之态，向皇帝告假，回邺城省亲。我已经为您作表疏，自请归藩。奏疏之中，盛称齐王功德，并请求朝廷委万机于齐王……"

听卢志如此说，长沙王司马乂非常不快，责怪道："如此，我十六弟岂不大失权柄！"

卢志摇头："成都王以孝以忠，推功不受，唯以母亲太妃疾苦为忧，如此举止，天下士民定争相称誉大王。以此计策，步步收拾人心，可为后来居上之资！"

成都王司马颖嗯了一声，连连点头。

看到齐王等人越行越近，司马颖就直接迎了上去，握住司马冏之手，动情地说："邺城来信，我生母太妃忽染疾病……大司马功高盖世，我已经上朝廷表疏，恳请皇帝委重于你，以收四海之心……拜陵之后，就此辞别，我马上归藩邺城……"

齐王司马冏听成都王司马颖如此一讲，不由得大惊。他扫了一眼刚才诫嘱他提防武帝系王爷的新野王司马歆和东海王司马越，然后，怀着七八分的真心，他挽留司马颖说："成都王，洛京百废待兴，我一个人哪里忙得过来！"

司马颖反应算是机敏，马上回言："大司马手下文武济济，皆富于才干。我人在邺城，心系洛京，如果大司马有召，定会即刻奔赴效劳！"

眼见成都王去意如此坚决，齐王觉得自己刚才和新野王等人所议的警惕和提防，反倒是小人之心。他眼圈有些发红，紧紧抓住成都王的手臂，用力摇了又摇。"成都王，你回邺城前，有什么需要叮嘱我的吗？"

司马颖低头想了想，抬头看了看齐王身后的东海王司马越和新野王司马歆，小声说："河间王司马颙居心叵测，好乱乐祸，希望大司马注意他在长安的举止……"

二王告别的时候，刘琨和陆云走到了一起，互相问询致意。

"士衡，依我所见，平地陡起波澜，中原地区，日后一定还会多有战事。趁颈上头颅还在，你不如请假返回吴地老家，离开这是非之地……"刘琨低声劝说陆机。

陆机长叹一声，说："我受成都王全济之恩，绝不能舍之而去。况且，成都王望誉非常，说不定，跟从他行事，可以流芳百世……"

"……流芳百世？"刘琨苦笑。

见陆氏兄弟不受规劝，刘琨只得与二人作别。

陆机、陆云骑上马，与成都王司马颖、卢志等人一起，消失在齐王等人的视野之中……

春天，空气清新芳香，令人陶醉。齐王司马冏站在原地，觉得自己眼前的世界变得出奇迷人。所有的一切，树木、湖泊、正在消融的积雪，仿佛都在灿烂阳光下显得无比鲜艳和温柔。他心情激动地打量着四周的景物，眼睛里面都是喜悦的光芒。

"何人如此无礼，敢在武帝陵地乘辇而行！"东海王一声断喝，把齐王从陶醉中惊醒。

他回头一看，见两个苍头奴仆正抬着一个小辇，从石头台阶上慢慢走下。看到齐王、新野王、东海王几个王爷和他们身后的数百属从，抬辇的两个人脸上无任何惊惶之色。

"哦，原来是大司马齐王，你和你的父王，几乎一模一样啊……"

辇上，端坐一苍髯老者，鹤发童颜，看上去年近八十，说起话来底气十足。

一俟看清辇上人的模样，在场几个年轻王爷莫不失色，皆立刻跪倒，向老翁叩拜行礼。

这老头不是别人，乃景帝、文帝的同母弟，平原王司马斡。如今，宣帝司马懿九个儿子中，除了几个先前已经病死，痴帝继位后，汝南王、赵王又相继死掉。所以，在痴帝叔祖辈宗王中，唯独剩下这么一个平原王司马斡，他在宗室中辈分最高，血系最近。在痴帝一朝，他最早享有剑履上殿、入朝不趋的荣誉。

听老王爷说起自己的父亲老齐王，小齐王司马冏眼含热泪。

"你父亲桃符（老齐王司马攸小名），亲贤好施，少年时代就英勃挺秀，深受文帝宠爱，多次差点取代武帝的世子之位啊……"平原王司马斡坐在辇上，捋着胡须，陷入回忆之中，"武帝晚年，诸子并弱，太子不惠，朝臣内外，皆属意于你父亲。可惜，当时中书监荀勖等奸臣在武帝面前构陷你父亲，说他觊觎帝座，最终把他排挤外放……唉，可惜那么好的王爷，竟然被气得吐血而死，他死的时候，才三十六岁啊……"

平原王老王爷如此说，勾起齐王司马冏心事，司马冏禁不住哽咽起来，继之涕泗滂沱。

忽然，平原王司马斡从自己怀中掏出百枚铜钱，递给齐王，脸色一变，诚嘱道："死生有命，富贵在天！赵王逆乱，你能首倡义举，是你大功，今以百钱相贺。虽然如此，大势难居，你不可不慎。你父亲老齐王被奸臣诬陷，说他觊觎帝位，你如今掌握朝权，千万不要惹人如此议论！如果你日后仿效赵王行事，下场嘛，未必和他不一样！"

言毕，平原王以手叩辇，示意苍头抬着他离开。

三王叩拜送别。

新野王司马歆遥望着渐行渐远的平原王坐辇，若有所思。"我这位三叔，确实行为怪异。听我父亲[①]讲，平原王年轻时候就患有隐疾，禀性诡异。朝士造访他，无论是谁，他都让来人通启姓名后在大门外站立等候，往往终夕不见。偶尔有人得入其门，酬接之时，他表现得恂恂恭逊，与常人无异……"

齐王司马冏莞尔："如此说，平原王不过是接待宾客有不周之处，哪里谈得上什么行为怪异。"

新野王赶忙摆手："他确实怪异！我父亲曾对我说，平原王年轻之时，前后有十多个爱姜死亡，大殓之后，他都不让人钉上棺材，而是派人把棺材抬入王府后院，安置在一个巨大的空室之中……每隔数日，他都亲自去验看，往往剥去死

---

① 指扶风王司马骏。司马骏薨于晋武帝时代，曾竭力谏劝晋武帝不要外放老齐王司马攸出镇。

去多时的爱妾殓衣，白昼奸尸，淫秽异常，如此往复，一直到他那些美妾的尸体
全部腐坏、面目模糊之时，他才允许人把尸体抬出下葬……"

齐王、东海王正聚精会神听新野王讲平原王年轻时代的荒唐故事，蹄声嘚
嘚，一个兵士骑快马赶到。

来人跑马跑得满脸是汗，递给齐王一封密奏。

司马冏拆开封缄看后，脸色大变。而后，他咬牙切齿，气冲冲言道："看
来，我又要大义灭亲了！"

第三十九章　劫　囚

在崇山峻岭中跋涉行进，本身就是一种惩罚。

王弥站在枷车里面，胸口阵阵隐痛。他的脖子被坚硬的枷车木头箍得特别紧，几乎有些喘不过气来。左侧枷木残掉了一块，歪到一侧，形成一个残损的锐角，随着车子上下颠簸，那块木片刀割似的磨着脖颈，弄得王弥皮肉模糊。

艰难行进了几百里路，他肩上有一块擦伤的地方，本来已经结了痂，但不知什么时候，或许是马车剧烈颠簸时，伤口重新裂开了，灼痛中发着痒，让人有欲死不能的感觉。

相较之下，同为囚犯的东莱王司马蕤，待遇算得上非常不错：他不仅有马骑，身上也没有任何锁链类的刑具。

身躯肥壮的司马蕤不停地从皮囊里面饮酒，越饮酒，就越渴，然后他就喝下更多的酒。

令押送兵士吃惊的是，这个王爷喝了那么多酒，眼神迷离，身子摇晃，却没有大醉如泥，依旧稳稳骑在马上。

东莱王司马蕤，乃齐王司马冏的庶兄。此人性情强暴，爱使酒骂座。自少至长，司马蕤对他作为齐王世子的弟弟一直行粗动暴，动辄拳打脚踢。当年，为了博取老齐王父亲的欢心，小齐王司马冏耐住性子，对这位庶出兄长一直忍让退避。日后，赵王司马伦篡位称帝，司马冏在许昌发檄起兵，人在洛阳的齐王庶兄司马蕤和弟弟北海王司马寔倒了霉，被孙秀派人立刻抓了起来，准备马上杀头。当时，还是大臣嵇绍在司马伦面前强谏力争，说司马蕤、司马寔乃一代贤王老齐王司马攸的儿子，不能因为小齐王之故遭到处死的刑罚。于是，赵王司马伦没有马上杀掉哥儿俩，把他们关入金墉城。

赵王司马伦败后，齐王司马冏拥十万精骑入洛阳，旌旗招展，浩浩荡荡。幸免于难的司马蕤重新见到天日，连忙路迎自己这位大权在握的兄弟，岂料，司马冏知道兄长来迎，并不即刻接见，竟然派仪驾挡住司马蕤。

吃了这个软钉子后，司马蕤大恨，愤愤言道："我先前因为你的连累，差点连命都丢掉。你如今刚刚得势就跟我摆架子，没有一点兄弟情分！"

司马冏辅政后，其实对待兄长司马蕤还算不错，很快就下诏封他为散骑常侍，加大将军，领后军、侍中、特进，又给他增邑满二万户。

司马蕤不知足，亲自进入大司马府，要求弟弟司马冏给他再加开府荣衔。司马冏大为不悦，明白表示拒绝，说："武帝的儿子吴王、豫章王尚未开府，兄长你如果加开府，一定要往后延一延。"

新怨旧恨放在一起，恚怨之下，司马蕤就找到王弥，准备联合内外军将，以司马冏专权为名，除掉这位兄弟。

至于王弥，本来就是个好乱乐祸的多事人。痴帝复辟后，他所求官职又未获齐王批准，心怀怏怏。见齐王兄长东莱王司马蕤要在洛阳起事，他自然一拍即合，非常踊跃。

岂料，洛阳事定不久，人心思稳，王弥、司马蕤私下联合未几，很快就有人向齐王告发了此事。

大怒之下，齐王也勾起新仇旧恨，准备杀掉兄长司马蕤和王弥二人。

大臣嵇绍出面劝告齐王，认为司马蕤、王弥反迹未彰，没有造成叛逆事实，不过是暗地怨恨而已。加之司马蕤是齐王庶兄，如果处死，在宗室中影响不好。

于是，在齐王安排下，晋廷下诏，虽然严称司马蕤"奸凶赫然，妖惑外内"，但依旧看在齐王血亲分上，只贬司马蕤为庶人，与王弥一起，流徙带方。同时，诏旨还赦免先前被汝南王等人流放到带方的东安公司马繇，转而把当时排挤亲弟的东武公司马澹贬徙辽东。

齐王司马冏对这个处理还算满意。"废徙东莱王，庶几可免杀兄之名……"放逐的路上，看着东莱王司马蕤不停往嘴里倒酒，王弥更感觉自己喉咙里面冒烟。他内心怨恨不已，深怪自己精明一世，糊涂一时，竟然和这样的鲁莽草包王爷一起行事。行事不谨，遇人不淑，先前一切努力，全部化为泡影。

山道跋涉艰难。马匹拉车，四条腿看上去变得越来越沉，仿佛行进在一片湿漉漉的泥地里。

负责押送的几十个兵士内心也很气。如果押送一般的囚犯，走上一二百里就可以弄死他们，然后割下他们首级，回到洛阳复命说犯人病死，然后呈上脑袋就可以交差。可如今，犯人中有一个是王爷，就必须把他活着弄到迢迢千里之外的带方，不能有任何差错。仔细想想，艰难的路途就让人生畏。

再想想这些司马宗王，今天我杀你，明天他杀我，后天活着的人又给被杀的昭雪，反正乱七八糟，让兵士心生烦闷。

拖着艰难的步伐，押着东莱王司马蕤和王弥，众兵士在笼罩着一片沉沉云雾的山路上默默行走着。

车轮，在古道上辘辘作响。拉车的马疲乏至极，碎步却依然保持着节奏。

王弥感到自己要渴死了，视线开始模糊，身下的土地在迷离晃动。恍惚中，他似乎感觉记忆在逐渐消逝，那些曾经美好的金谷园夏日，变得十分遥远。隐隐约约，那么多熟悉的面孔闪现在王弥的脑海中：石崇、潘岳、欧阳建，楚王、汝南王、淮南王……那么多神形潇洒的名士，那么多丰神俊朗的王爷，都变成了洛阳山间或者柔软草地下腐烂的泥土……

这确实是个美妙异常的世界，又是个不可思议的世界。俊男美女们甘美的血液，滋养着这个世界……太阳，像一匹骏马那样嘶叫，从东跳到西，从一个山头跳到另一个山头。

群山，被太阳所遗弃……

猛然摇头，王弥竭力让自己保持清醒，生怕自己会无声无息死在这种陌生而荒凉的地方。眼前的这段缓坡很长，漫长得让人揪心。环顾四周，灰色的、荒秃秃的小山，连绵不绝。已经二月末了，山路上的雪早已融化，但在沟壑里，在那些太阳不容易照射进去的低洼地里，依旧散着堆堆积雪，肮脏不堪，如同冬天狼窝里躲藏的狼脊背。

山风袭来，王弥的鼻孔里面满是积雪的气息。抬头望去，瓦灰色的天空，使得所有风景看起来都毫无生气。

赶车的兵士用鞭子使劲抽马，一点也不心疼牲口。东莱王司马蕤行尸走肉一般，不停仰脖灌酒。此情此景，加上手执兵器无言冷漠的兵士，活像座人间地狱。

为了让自己舒服些，王弥仔细打量着艰难拉车的那匹瘦马。它老大的脑袋使劲向前努着，似乎要从颈轭里挣脱出来。再看细长的脖子，瘦骨嶙峋，看上去就要和脑袋脱离似的。它条条肋骨上下起伏，牵动大胯骨下干瘦、松弛的皮肉。多少天来，都吃力地死命往前赶路，由于过度的劳累，老马浑身的汗水和污泥顺着粗大的骺骨，不停往下流淌，一直淌到蹄子上。这匹马原是枣红色的，如今几乎变成黑褐色。

王弥仰头，望向西边天空。他看见，一轮落日悬挂在天边云彩中。山顶上面，满是一层柔和的晚霞，恰如染色的轻烟氤氲其间。

在短暂而漫长的一生中，他似乎从来没有过今天这样危险的境遇，如果默默无闻地像畜生一般死去，太遗憾了，好多事情都还没有做，好多人都还没有杀，好多志向都没有实现……

太阳似乎重新跳动起来，脚下大地在抖动。

忽然间，一行人翻过了山脊，面前出现了一大片长满鲜花的草地，以及数十匹长鬃的高头大马。

梦幻般的，无论是王弥、东莱王司马蕤，还是押解的兵士，此刻瞠目结舌，都很奇怪地注视着这些没有马鞍的马匹，看着它们在眼前忽隐忽现。

在这片地方，冰封的沉重疮痂已经完全消失，绿茵遍地。那些膘肥体壮的马刚刚脱毛，浑身披着一层油光闪亮的新毛。

未及细看，在他们不远处，又响起了动人心魄的马蹄声。有几十个人，皆骑高头大马，幽灵般出现在押送者和两个犯人的视野中。他们策马而来，慢腾腾形成一个扇形，把兵士和犯人包围在当中。

押送的兵士胆战心惊，不自觉地攥紧了手中的兵器。

东莱王司马蕤所骑马受到惊吓，猛地往前一蹿，直立起来，来来回回上下折腾，差点把司马蕤摔下马去。

"来者何人？"领队强壮着胆，高声喝问。

为首一人，鲜卑打扮，下身着裤褶，骑一匹毛色华丽的纤骊马。由于他戴着一顶大毡帽，根本看不清他的面容。

他并不言声，而是慢悠悠从鞍子上面摘下长弓。然后，他拈弓搭箭，箭头上指，嗖的一声，弓弦响过，那支箭正从领队之人口间穿入，把问话者射翻在地。

兵士猝不及防，慌乱地齐齐奔向一辆由马拉牵的木轮车，想从中取出放置在那里的弓箭等物。

身为带头人的鲜卑大汉哪里容得这些人取弓箭，他从箭囊里面飞快取箭，连抽连发。

霎时间，押送兵士一个个仰面倒下去。

箭不虚发。每支箭，都从兵士口中穿入，箭头露于后脑……

事起仓促，东莱王司马蕤惊呆了。他坐在马上，愣愣看着那些兵士在自己面前像兔子一样被人射杀。未几，他反应过来，立刻死命拍打胯下马，准备从这个地方逃离。

鲜卑大汉不紧不慢放好弓矢，从旁人手里接过一根长长的套马杆，纵马朝司马蕤奔来。

未跑几步，司马蕤连人带马就被大汉甩出的套马杆套住。

司马蕤急红了眼，拼命打马快速往前冲。可不管那匹马怎么挣扎，套马杆的活套越拉越紧。

一时间，那匹马被勒得太紧，几乎喘不过气来。慌忙中，它朝那群鲜卑人直冲过去。

鲜卑大汉哈哈笑了一声，把圈套松了一下，那匹马忽然失去牵力，就载着司马蕤又往前跑起来。

未行多远，大汉从马上站起身来，嗖嗖地摇着马套，啪的一声响，套索重新落在司马蕤和胯下马的脖子上。这次，勒得更紧，不仅司马蕤眼前一片漆黑，那匹马也被勒得喘不过气来。

鲜卑人不断拉紧手里的套马杆，从侧面开始拍马靠近。

东莱王司马蕤喘着粗气，不停吧嗒着出血的嘴唇，像是耳语似的小声说着什么，既不像求饶，又不像威胁。疾跑了这些圈，他感到精疲力竭，头晕目眩，连呼吸都困难。

鲜卑大汉忽然勒住自己的马缰，手中再一使劲，东莱王司马蕤连人带马摔倒在地上。

惨淡的太阳，顿时变成无数圆圆的火球，在司马蕤眼前闪烁着飘落下来。群山和大地不停旋转着，他眼前瞬间一片漆黑。

那匹马两只前蹄拼命乱蹬，摆脱掉主人后，自己忽然从绳套中挣脱出来，摇晃着跑开去。

司马蕤痛得一屁股坐到地上，当时做不出任何反抗的动作。他感到全身都是那种撕心裂肺的、不能想象的疼痛，甚至连喘气都会痛。

所有的一切都看得清清楚楚。王弥站在囚车里面，一副听天由命的样子。他呆呆地站着，全身捆得死紧死紧。

负责牵马的押送兵士被射死在车边，他临死的时候，缰绳依旧在手，倒霉的是，这个兵士的尸体卡在两块大石头之间，正好把那匹拉车的马勒得死死的。

那匹可怜的老马，前后左右行进不得，被缰绳死死勒住，就不停用冰冷的铁制嚼环磕着牙齿，摆来摆去，叮当作响，嚼环深深硌进它两边的嘴角。岂料，它越挣扎，缰绳就勒得越紧，最后，几乎把它眼珠子都勒翻到额头上。

老马四腿一软，倒了下去。

射人套马的鲜卑大汉，神不知鬼不觉地飞身一跃，一下子跳到那匹拉车老马的身旁，低头猫腰，利索地从它嘴里取下缰绳，这样，马匹才恢复了呼吸。

还没有走到并州，就遇到山间抢劫的鲜卑贼寇，看来，这次算是死定了。王弥环顾了一下那些弓矢精良的鲜卑人，再看看地上狼狈不堪的东莱王司马蕤，脑子里面只有四个字：插翅难飞！

鲜卑大汉表演一样，几步奔跑，然后翻身腾跃，骑到司马蕤那匹马的马背上。那匹马方才逃躲的时候嘴巴被嚼环撕裂，兀自疼痛难忍，忽然又被陌生人坐上背，肚子还被人两条腿紧紧夹着，顿时受了惊，往上一蹿，愤怒而狂暴地长嘶几声，身体几乎完全直立起来。然后，它鼓起全身劲头，想把身上的鲜卑大汉甩下去。

鲜卑人粘在马身上一样，随势起伏，不时抽出一只手使劲用鞭子抽打着这匹马，还用双靴的后跟使劲磕它肚肋处。

掀腾了半天，没能把鲜卑人掀翻甩下。那匹马口吐白沫，耷拉着脑袋，不久就安静下来。

骑着马，举着刀，鲜卑大汉朝王弥靠了过来。

望着闪闪发亮的刀锋，王弥艰难地吐了口唾沫，用鲜卑语咒骂着来人，睁目等死。

大汉举刀猛砍！

哗啦一声，囚车的木栅应声而碎。

"广长，真是好胆量啊……"

鲜卑大汉哈哈大笑着，伸手从头上摘下毡帽，露出了他的脸。

原来，这大汉是匈奴刘渊。

王弥大喜过望："元海，原来是你啊！……你怎么想到来这里救我？"

"晋人之中，你我相交最厚。不救你，我还能救谁啊！"

刘渊说着，手中钢刀猛挥，把囚车砍得稀巴烂。

王弥顺势跳到了刘渊从人牵过来的一匹马上。他紧紧抱住马颈，大口大口喘息着。

刘源扔过一个皮制水囊，王弥不顾一切地解开绳索，仰头痛饮起来……

"这个窝囊废怎么办？"抹着嘴，王弥眼望依旧坐在地上的东莱王司马蕤，问刘渊。

刘渊的脸上，瞬间出现了许多弯弯曲曲的线条。这种可怕的表情，他在洛阳当质子的时候，从来没有出现在脸上。这种类似皱纹的线条，先从他阔脸的中间展开，蔓延到嘴边后，他的嘴唇就歪扭起来，于是，他脸上就闪现出一种卑鄙的、丑恶的，无疑是来自草原的带着兽性的表情。

他从箭囊中挑拣了几下，拿出一支金铋箭，上面镌刻着齐王司马冏的王号。

"东莱王嘛，当然要死！就算在他弟弟齐王账上，反正他难逃一死！"

说着话，刘渊轻轻搭箭在弓。但他并未把弓上的箭直接射向司马蕤，而是朝那群一直护卫跟从他的随从射过去。

箭矢飞去之时，其中一人觑得亲切，立刻腾然从马上跃起，抓箭在手，高声道："谢大都督赏箭！"

王弥一看，原来是刘渊的侄子刘曜。

"王弥，你这个吃里爬外的东西，勾结匈奴人，妄图倾覆我大晋……"面对死亡，东莱王司马蕤这个王爷倒表现出十足的血性。他挣扎着站立起来，扒开衣服，露出胸膛。

叱骂完王弥，司马蕤把脸转向刘渊，不屑地说："刘渊，屠各丑类，腥膻杂种，往昔在洛阳城中，蛮夷质子那么多人，就数你最能惺惺作态。我父王当初就看出你是个豺狼，可惜，武帝不听我父王之言，当时没能除掉你这个狼……"

未等司马蕤骂完，刘曜金铍箭飞到，带着锐利的呼啸，从这位东莱王的脖子中间穿过，把他活生生钉在了一棵树上。

司马蕤未能马上死掉，犹自挣扎，喋喋而骂，但他渐渐发不出任何声音了……

第四十章　齐　王

皇家御苑华林园的初夏，姹紫嫣红。

傍晚时分，太阳周边一团云雾朦胧，天空呈淡紫色，装饰着一团红轮。

华林园临危台上，一派平和静谧的气氛，潮气初泛，宛如人间仙境。

"皇太孙司马尚短命而薨，如今社稷无储君，大司马应特加留意啊。"中书侍郎刘舆恳切地说。

感激司马冏先前在朝堂上救护自己和兄弟刘琨，刘舆诚心诚意为这位齐王出主意。

痴帝太子司马遹一家，确实厄运连连。司马遹被杀后，他的长子司马虨即惊吓而死；贾南风被废杀后，次子司马臧当上皇太孙没几天，就被赵王司马伦谋害；唯一剩下的第三子司马尚，在痴帝复辟后被推为皇太孙，几个月后就因病而死，着实福薄。

临危台上，只有齐王司马冏、东海王司马越以及刘舆三个人，故而刘舆言语无遮。

"庆孙（刘舆字），如今之势，你以为如何？"齐王心中清楚时势，很想听听这位谋士的建议。

"皇太孙司马尚薨逝后，皇帝子孙俱尽，已无一人活于世间。储君之位，如果按皇帝兄弟辈排列，以嫡以亲，势必要轮到成都王司马颖，朝臣之中，不少人肯定会支持成都王当皇太弟。如果司马颖得立为储君，大王，您怎能久专大权呢？"

听到这里，齐王司马冏眉头一皱，酒觞停在了嘴边。

东海王司马越那张泛黄的脸上虽然不动声色，精光也是一闪。

"……如此说，我们能否跳过成都王司马颖，从武帝子嗣中另外选出一个人当皇太弟呢？如果选皇帝别的兄弟当皇太弟，那个被选中的人，应该会对齐王心存感激吧？"东海王司马越提出了一个解决的办法。

齐王微微颔首。

"绝对不行！皇帝的兄弟辈，现在那些活着的王爷，个个都是人中龙虎。无论齐王您选择谁，那个人嗣位得立为帝后，必定对您深加猜忌，还会去倚恃他们武帝一系的兄弟辈王爷……当然，如果没有您的存在，他们这些兄弟之间可能互相排挤、残杀。但有了您这样一个非武帝系王爷在，他们就会抱党同伐异之心。"刘舆否定了东海王的提议。

齐王面露难色："我总不能从武帝一系之外的人推立储君吧，那样的话，于理于礼都不合啊。"

"大王，您当然不能从武帝一系之外推立储君。如果那样，还不如大王您自立……"刘舆扫了一眼东海王司马越，沉吟片刻，说，"依在下愚见，您可以从武帝孙子一辈中选择一个孩子为储君。天长日久，齐王您的势力已不可动摇，待那孩子长大成人做了皇帝，也势必内心感激于您。如此，可高枕无忧矣！"

齐王笑了："武帝的孙子，还是武帝的儿子的儿子啊。儿子，肯定听他父亲的话，他们还是不会和我一条心啊……"

"大王差矣！您可以选择一个死了父亲的儿子！清河王司马遐前年薨逝，他的世子司马覃继清河王王位，今年才八岁。您可以上表推立司马覃为皇太子，于理于礼于义都合，谁敢不从？"

听刘舆如此说，齐王、东海王相对而视，皆点头称善。

"大司马，下诏的时候，不要忘记为您自己加上个太子太师的衔号；至于东海王殿下，可领中书监，加司空荣衔。尊荣显爵，不能让武帝一系的王爷独专！"刘舆语重心长地说。

齐王司马冏哈哈大笑起来，他持觞向刘舆示意："庆孙计议长久，真乃我之张良。如此，吾辈无忧矣！"

"大司马，忧患之意，何可轻忘！您如何说'无忧'呢？"

刚刚入榻的大臣嵇绍没有听见齐王、东海王、刘舆刚才在议论些什么，走上临危台，他只听到齐王"吾辈无忧矣"的大声叫唤。所以，刚刚入席，他就开始劝谏。

在嵇绍身后，还恭恭敬敬地跟着齐王的属官主簿王豹。他安排嵇绍就座后，自己坐在旁边榻上。

"存不忘亡，安不忘危，乃《易经》善诫。愿皇帝陛下无忘金墉之辱，大司马无忘颍上之挫，大将军无忘黄桥初败，如此，才能居安思危，才能避免祸乱啊……齐王殿下，您近日在洛阳大兴第舍，又为三王各立府邸，修建营造之事，哪里是当前所急啊！"

嵇绍言语谆谆。他所说的"三王"，是指齐王三个儿子。这几个孩子都才几岁大，皆被封为王爵：长子司马冰得封乐安王，次子司马英得封济阳王，继嗣司马允的三子司马超得封淮南王。

齐王司马冏辅政专权之后，大兴第舍，骄奢滋甚。为了一抒其父老齐王当年的怨气，他大肆营缮老齐王府，增筑广厦，营制僭越。为了增扩王府规模，不问公私，齐王拆毁所有邻近自己王府的庐舍。同时，他还嘱使匠人刻意经营，把齐王府内部改建成和皇帝西宫一模一样的规制。

为了方便控制皇宫，齐王派人凿通千秋门的厚墙，使自己能直接从府邸到达西阁。他本性喜好乐舞，在王府后房遍设钟悬，前庭屡舞八佾①，僭越制度，恣意妄为。

所以，嵇绍的指摘，皆事事为实。

嵇绍这种大名士上来就大扫自己兴致，齐王司马冏自然不好发作。他做出宽厚的态度，顾左右而言他，对嵇绍笑着说："早就听说嵇侍中得以家传②，善于鼓琴，请为我试奏一曲。"

"《广陵散》最佳，我听说，全曲共有四十五个乐段，分开指、小序、大序、正声、乱声、后序六个部分。我大晋全国，大概只有嵇侍中您一人能弹奏此曲了。今天我等有耳福，能与大司马、东海王一起听您弹奏。"刘舆在一旁附和。

嵇绍正色道："大司马找我，总以为有什么军国大事相商，如果是鼓琴，在下告辞。"

齐王有些尴尬，他亲自起身，把琴安放到嵇绍榻前的案子上，赔笑说："今日我等欢聚宴乐，请嵇大人不要推辞。"

"大司马匡复社稷，当轨物作则，为国人榜样。我嵇绍官虽虚鄙，也忝备朝廷侍中。如今，我腰绂冠冕，公服而来，岂可操执丝竹乐器，行优伶之事！"

司马冏大惭，低头不语。

"齐王殿下，您自从辅政以来，耽于宴乐，不入朝见；坐拜百官，符敕三台；选举不均，嬖宠用事……我深为大王您寒心啊。"嵇绍不依不饶，他不顾齐王阴沉的脸

---

① 古代帝王祭祀天地、祖先及举行朝贺、宴享等大典所用的乐舞，每个队列（一佾），人数为八，所以，八佾舞总共有六十四人参舞。《论语·八佾》记载："孔子谓季氏，'八佾舞于庭，是可忍，孰不可忍也！'"

② 嵇绍的父亲，乃魏晋"竹林七贤"之一的大名士嵇康。除在文学、思想上取得重要成就外，嵇康还在音乐方面为后人留下了宝贵财富。

色，继续谏劝，"齐王殿下，您如今有五大过失，不知自己知否？"

司马冏强按怒火，摇头说："不知，请嵇大人为我道之。"

"今大王安不虑危，宴乐过度，一失也；宗室骨肉，暗中排挤，二失也；蛮夷不静，蜀地烟尘，西北烽火，大王您自谓功业已隆，不以为念，三失也；兵革之后，百姓穷困，不闻赈救，四失也；大王当初与义兵盟约，事定之后，必加厚赏，而今犹有功未论者，失信于人，五失也。"

司马冏举觞，一丝嘲笑挂在嘴角，说："如果不是嵇大人明言，我还真不知道自己有这么多过失啊……"

见齐王明显在敷衍自己，嵇绍痛心疾首："大王，天下有'五难''四不可'，而殿下您都占全了啊！"

刘舆心中暗骂嵇绍腐儒，表面上却装出一脸笑，问："嵇大人，如此危言耸听，连我都好奇，请您说说，齐王殿下有哪'五难''四不可'？"

座中，只有齐王主簿王豹对嵇绍直言深加赞同，他不停点头赞许。

"大王，您能亲冒锋刃，兴义摧敌，一难也；聚致英豪，鼓动天下，二难也；与将士均劳苦，身先士卒，三难也；以弱胜强，平灭篡逆，四难也；兴复皇业，扶帝复辟，五难也……然而，大名不可久荷，大功不可久任，大权不可久执，大威不可久居。此乃'四不可'……齐王殿下，您行其难而不以为难，处其不可而谓之可，我真为大王感到不安。"

齐王若有所思："依照嵇大人所言，我该如何是好呢？"

"大王您应思功成身退之道，居高虑危，可以万全。从崇亲推近角度而言，应该委重皇帝亲弟长沙、成都二王，您自己避让权势。否则，忘高亢之可危，贪权势以受疑，虽遨游高台之上，逍遥重埴之内，倾危大祸，旋踵可至！"

听嵇绍如此说，齐王不语，东海王不语。

刘舆面露鄙薄之色，嘿嘿一笑："嵇大人真会危言耸听。"

这时候，坐在嵇绍身边的齐王主簿王豹起身，向在座诸人一揖，出人意料地表态："嵇大人所言极是！"

王豹，顺阳人。此人文质彬彬，青年时代就有抗直之名。齐王司马冏起兵讨伐赵王司马伦的时候，王豹时为豫州别驾，毅然率领属下投奔齐王。入洛阳后，因兴复之功，王豹被委任为大司马府主簿。

如今，见王豹与嵇绍一个鼻孔出气，齐王怒从心头而起。

强压怒火，齐王向王豹说："我不因言罪人，你可以畅所欲言！"

"元康以来，宰相辅政大臣在位，没有一人能有好下场，乃事势使然，并非他们所作所为都不对。如今，大王您克平祸乱，安国定家，如果不思前鉴，难免蹈覆车之辙……"

听王豹此语，齐王感觉很纳罕："说来听听。"

"现如今，河间王司马颙占据关右，成都王司马颖盘踞邺城，新野王司马歆大封于江、汉，此三王并典戎马，皆处要害之地，又都处方刚强盛之年，而大王您，立难赏之功，挟震主之威，独据京都，专执大权。进，则亢龙有悔；退，则居身无地。如此，即使想保身安家，其实太难！"

齐王心动："那该如何？"

"按照周朝封建制度，不如把京城内所封王侯，全部遣归其封地。依周公、召公之法，以成都王司马颖为北州伯，据邺城而治；大王您自为南州伯，据宛城而治；如此，大王与成都王各统王侯，分河为界，分陕而治，结好会盟，一心一意夹辅天子。树德于外，尽忠于内，简良才，命贤俊，以为天子百官，则四海长宁，天下幸甚！"

王豹这一席话，听上去有些迂腐，却让在座的嵇绍深为感动。他从坐榻上挺直上身，高拱向王豹施揖。

"遣诸王归藩？分陕而治？言之容易，行则难矣！"刘舆一挥麈尾，嘿嘿冷笑。

"君子不有远虑，必有近忧！忧至乃悟，悔而无及！"王豹坚持己见。

王豹句句有理，说得齐王司马冏一时间沉吟不语。

齐王不语，在座的东海王司马越心内陡生愤恨：如果齐王与成都王分陕而治，自己作为疏宗王爷就不能再留在洛阳，也要回到封地东海去当小王。刚刚得到司空的位子，马上就要成为泡影。

私心萌炽下，司马越举手拍案。

他用一种冷冰冰的目光将王豹和嵇绍上下打量了一番，仿佛要把他钢刀般锋利的目光扎进二人的身体里面。然后，他目光停留在王豹身上，叱责道：

"小人由来难忍！王豹挑拨宗室纷争，离间皇家骨肉，居心叵测！大司马，如此之人，何不拖出去立刻打杀！"

"王豹进谏，分内之事，岂可因言罪人？"嵇绍怒容满面。

东海王司马越一甩抖袖立起身，声色俱厉：

"赵王、孙秀奸凶肆逆，皇祚颠坠。其间，全赖齐王、成都王、长沙王、河间王、新野王诸王宗室，共兴义兵，安复社稷。我等懿亲宗室，全心全意护卫皇家。王豹卑陋小臣，妄造异言，危言耸听，竟敢说大司马辅政会导致朝廷危败，其心可诛！至于他所言尽遣藩王还镇、齐王与成都王分陕为伯，上诬圣朝鉴御之威，下启骨肉乖离之渐，讪上谤下，谗内间外，构恶导奸，莫此为甚！王豹为臣，不忠！不顺！不义！定要杀之以明邪正！"

东海王反应如此激烈，恰似火上浇油，惹得齐王司马冏也愤急起来，对王豹怒目而视。刚才被嵇绍激起的一腔邪火，在他胸中腾然而冒。

"东海王猜嫌大臣，才是不忠不义。我直言谏劝，非有私心。"王豹铁骨铮铮。

见王豹当众顶撞自己的同盟东海王，齐王怒不可遏，喝道："来人，把王豹拖到铜驼下鞭杀，以儆效尤！"

王豹闻言，惨然一笑，对在座一脸焦急的嵇绍一揖，又对齐王司马冏深施一礼，说：

"我死之后，请悬我头于大司马门，我必能看到诸王率军攻打齐王殿下的那一天！"

第四十一章 阴谋？情爱？

"齐王殿下，显阳殿这里，您很少来吧？"

皇后羊献容细声低语。她脸上，挂着一层大胆而暧昧的笑容，轻轻走近刚刚礼毕起身的齐王司马冏。

饶是近来酒色过度，眼神略显黯淡，司马冏身上那种祖传的傲慢和高雅脱俗，依旧使他站在那里不语不行就给人卓尔不群的感觉。

司马家族的男人，大多具有某种与生俱来的无意识的高雅。在某些骄横的王子身上，可能这种高雅会变成庸俗的傲气。与父亲老齐王司马攸不同的是，小齐王司马冏猜疑鲁莽的性格缺点与他自幼习成的贵族习性相重叠，让人会感觉他整体上略带粗俗。但他身上司马皇族的烙印依旧鲜明，那种高贵、娴雅的气质依然完好无损。

入见皇后，司马冏穿着整齐。朱色的夏日朝服和八旒冠，显衬得他更加身材颀长，风度翩翩。

殿外，夏日雨后一层令人愉悦的气雾笼罩着茵茵林木；殿内，一杯绿得让人眩晕的煎茶发出馥郁的浓香。

皇后羊献容，忽然感觉自己心中涌起一阵激动人心的快乐。这种感觉，和她从前与刘琨相会时候的感觉类似，但又不同。恐惧，激动，隐隐约约，令他心旷神怡。

进入皇宫后，生活变得扑朔迷离，纵横交错，苦恨交加。那么多事情发生了，死了那么多的人，包括自己的外祖父和几个舅舅。总体上讲，残酷远远大过新奇。痴帝每次看到她都会摇头让她走开，要不就会凑过来抢她身上的皇后玺绶。名义上是皇后，其实她什么都不是。

寂寥之中，羊献容总在企盼着什么。有时候，她会带上一个宫女，爬上显阳殿钟楼最高处，透过薄薄的晨雾，倚窗眺望远方。在那里，她能看到连接到西宫的齐王府邸。每天早晨，她总会看到一个骑着高头大马的武士，身着黄金铠甲，在殿与殿之间的空地上奔驰。他身材矫健，跃马扬鞭，最后，每每会驰入一个池塘和一片树林的交界处。然后，他就会消失在树林中，隐没在似水般流动的、令人心醉的夏日轻雾中，变成一幅画中隐约可见的人物……

那就是齐王。

寂寥之中，羊献容看啊，看啊，看啊，直看到她自己的眼睛适应不了那种有晨雾笼罩的图景。每当遇到一个雾霭弥漫的早晨，她都会十分失望和失落。渐渐地，她内心深处产生一种冀望，它越来越鲜明，犹如命运发出的神秘的、不可抗拒的呐喊：自己要想获得新生，就一定要依靠那个身穿黄金甲胄的齐王！

如今，当这个齐王真正恭敬地站在自己面前的时候，近距离看着这具意味深长的躯体，羊献容心潮澎湃，同时有筋骨瑟缩的感觉。

欲望，身体，精神，道德，当它们混淆在一起的时候，年轻美丽的皇后激动无比。如果能和这样的美男子在一起，她可以哪里都不想去，只会渴望时时待在殿庭里深居简出，只会渴望夜夜与他同床共寝。这样的生活，每天都将是一个新奇的世界。

除了被刘琨占有过，羊献容感到自己的躯体依旧清新纯真。这样美好的身体消耗在痴帝身边，肯定是一种莫大的浪费。让她极其不能容忍的是，司马家的男人，绝大多数都是美男子，身上都具有姿貌魁杰的贵族风范。而自己名义上的丈夫，帝国的皇帝，却是一个完完全全的粗蠢呆痴之人！

人何以堪？

"皇后唤我有何事吩咐？"

齐王司马冏非常恭敬礼貌。这种恭敬，有些冷冰冰的。

"……有些贡物，不，外国进贡的蜜饯，有一种蜜饯特别稀罕，好像是由蜂蜜、葡萄干、树脂、没药、甜菖蒲泡在苏合酒里面浸制的，很好吃……齐王为国操劳，我代皇帝赏赐给你……"羊献容有些语无伦次。

宫婢跪进黄金盒，齐王赶忙跪拜接受赐物。

"谢皇后陛下！"

齐王玉山倾倒一样的拜礼，使得羊献容感觉自己镇静了许多。她强抑怦怦的心跳，脸上浮现出娇媚的笑意。

她上下仔细打量着微微低头的、近在咫尺的齐王。他有时候给人一种轻薄而有才华的印象，同时，他那种无意识的贵族气派和高雅线条融贯于他的身体，使他看上去显得那样自信、灵活、文雅。所有这些印记，都是他傲慢、深思熟虑的祖先留传给他的特征。对女人，特别是年轻女人来说，齐王身上确实有着一种非凡的吸引力。

齐王呢，他眼中的皇后羊献容美丽动人，雍容华贵。但她没有任何吸引力。从道德方面讲，她是晋国皇后。从个人方面讲，她只是一个二等士族的女儿。特别是后者，对齐王并不具有什么特殊的意义和魅力。同时，贾南风乱政的阴影，一直缠绕在司马宗王的脑海中。所以，对于显阳殿的女人，他们内心深处有着本能的抗拒和抵触心理。即使他们之间最初可能产生一些好感，这种感觉也建立在误会的基础上——齐王向皇后表示敬意，不过是王公对于皇后的敬意——因为羊献容是皇后，所以才对她一身的玺绶毕恭毕敬。在齐王心目中，这个年轻的女人，只不过是一个具有稍许淳朴魅力的，被赵王、孙秀等人强推上皇后宝座的女人。她既不可怕，也不可敬，更不可爱。

羊献容太年轻，孤独郁闷的生活影响了她的判断力，使得她不能认识自己想象的本质，完全不知道想入非非会造成什么后果。同时，在情欲的驱动下，她六神无主，坐立不安，从来没有考虑到被拒绝后的失望会带来什么……

"齐王，你喜好饮酒吗？"

"……臣略喜饮酒……"

"这里有并州马乳葡萄酿造的酒，请齐王尝尝……里面浸泡有仙芝、朱砂、云母、茯苓、麝香、牡蛎、石青等物，可以滋补身体。"

齐王不好拒绝，只得复跪下接饮。

"齐王不必多礼……"羊献容自己也饮了一觞，然后用金匕插了一块东西递给齐王，说，"这是朝鲜贡物，乃海中瑞兽腽肭的外肾①，捕得后割之，阴干百日制成，味道甘美……"

司马冏犹豫片刻，接过羊献容递过的东西，放进嘴里后，艰难地咀嚼着。

腽肭肉极其韧紧，嚼了好久都不烂。

羊献容自己先坐下，斜靠着一个由织锦缝制的五彩隐囊②，命宫婢安排齐王坐在一个象牙细簟上。

看到齐王坐下，羊献容感到踏实多了。毕竟自己是大晋的皇后，才能让这位位重权高的齐王与自己坐在同一殿宇中。

看着司马冏庄重的神态，一丝温暖的亲切萦绕在她心中。她想起了刘琨。初次见到那位豪阔的贵公子，他也是这个样子。依稀之中，她感觉到了他的肩、他

_____

① 据文献记载，腽肭可能是一种海豹，所谓"外肾"，就是这种海豹的睾丸，具有壮阳催欲的作用。
② 类似今天的沙发靠垫。

的腿、他身上火热的一切，引起了她同齐王身体直接接触的渴望，那是一种灼热的快感。她不是处女，对于男人的企盼，绝对不是出于模糊的好奇心，而是出于富有想象力的孤寂，出于被季节变更所唤醒的情欲。

在巨大的宫殿群中，她整日梦想能让一种她所熟悉的、被刘琨唤醒的热浪所淹没，能让一种热乎乎的物质注入她的肉体，渴望一个叉开的身体粗暴而又温柔地与她平躺的肉体相接触，幻想自己一双腿能钩住一个身材魁毅的男人的髋部……这种想象，在寂寞的夜里总是艰难地飞翔，让羊献容在白昼感到疲惫不堪……

饮过数觥酒后，齐王感觉到自己脸上、身上都在发热。

"齐王，听说你善于吹笛，是否能为我吹奏一首呢？"

处于放松状态的司马冏一笑莞尔，表示同意。

羊献容挥退宫婢，把褥榻向齐王挪近了一些，亲自交给齐王一支玉制长笛。

齐王坐正，仔细看了看手中玉笛，然后，凝神屏气，开始吹奏。

呜咽声中，晶莹露冷，花香有源，忧郁而沉重……

一曲吹罢，羊献容不禁开口赞叹："宫音浑厚较浊，长远以闻；商音嘹亮高畅，激越而和；角音和而不戾，润而不枯；徵音焦烈躁恕，如火烈声；羽音圆清急畅，条达畅意。"

"在下现丑……"齐王放下笛子，当座侧身，向羊献容又施一礼。

星目蒙眬，羊献容伸出手，捏住齐王的襟袖，抚摸着他的手，软语道："齐王好白皙的手……"

司马冏脸上没有什么表情，显然他没有接受她的挑逗。

羊献容的声音甜美而有肉感。这个时候，她的话语，犹如热吻一般，满是温存的暗示。如果自己愿意，大晋皇后的身体唾手可得。但微醺之中，齐王内心并无多少快意，倒是出现了一系列对比鲜明的联想——这位在大晋朝廷显阳殿登场的女人，无论是她自己还是别人把持不好，都很可能变成第二个贾南风。不过，到现在为止，她还只是一个皇宫的配角，既没有贾南风的心机，身后也没有贾氏家族那样的势力。

隐隐约约中，与美酒和玉笛引致的欢愉相反，齐王感到一种厌恶情绪在心头发芽。

这是个真实的女人，年轻的女人，羊献容，皇后。她脱离了母仪天下的光环，朝他逼近。美艳动人的她，根本不像帝国臣民想象中的那样神秘、神圣不可侵犯。她柔情似水，姿色艳丽。但是，齐王知道，抚摸和拥抱这样的女人，是一种罪孽，是不可能的冒险。只要接触她，那温热的一刻就形成了阴谋，就会玷污了皇权……对齐王来说，她不仅仅是一个女人，她身上还包含着无穷的政治含义，无穷的阴谋……

作为帝国一人之下万人之上的辅政齐王、大司马，司马冏有足够的女人供他泄欲，可以随意把帝国任何贵族阶层的女人当作一般的肉体去占有。仅仅使自己的肉体和这个女人的肉体贴在一起？羊献容，与齐王府中别的女人，能有什么不同呢？但是，在显阳殿，这样权力与肉体的相遇，就意味深长了，让人细想下去会忧心忡忡。

如今，帝国的一切，都在殷勤地向自己展开笑颜，包括皇后。可是，一切笑脸背后都隐藏着目的，让人看不清楚。这样的话，眼前的一切让这位居于帝国最高端的齐王难以把人心看得清楚，难以随便产生肉欲。

权力，某种程度上讲，是一种精神欲望，它比肉欲的强度高上百倍，变化无穷。肉欲，只在一段时间内占有一段肉体；权力，却能让短暂的人生拥有一个完整的记忆领域——它是那样广袤博大，让人神不守舍。

肉欲，使得羊献容有些昏昏沉沉。看到齐王没有拒绝的意思，也没有松脱她的手，她更加大胆起来。她要忘掉刘琨，要通过身旁这位强有力的齐王，使得过去所有那些她依依不舍的东西失而复得。酒不醉人人自醉。这样一个她梦寐以求的美男子，近在咫尺，身躯中藏有无数秘密，掌握着帝国无上的权力，肯定有让人百读不厌的滋味和内容，绝对不会让人觉得索然寡味。

遐想，是女人温存的开始。皇后羊献容沉醉在自己一厢情愿的遐想中，她忽然感到烦躁不安。欲望，越难以得到满足，就会越强烈。模模糊糊，她能感觉到，这不仅仅是一种精神欲望，更多的还有肉体欲望——目标这么近，他身上的热度都能透出衣裳，令人深信，只要能接触到他，就能立即得到快乐。

有时候，快乐和忧虑几乎一样，迟疑和等待变得难以忍受。羊献容这个如此年轻的皇后，她对人生还是一知半解。她不知道，未知的快乐，仅仅是一种事前的想象。欲望并非一成不变，而会随着生活中各种可能性的无数梦幻般组合而变化，在性欲状态强弱的偶然性中发展。肉体的欲望非常容易满足，但此后的平静却再难寻觅。

"齐王殿下，为什么你不能做皇帝呢？……"羊献容忘情地埋头于司马冏的臂弯，真心实意地问。与其说是询问，不如说她真心这样认为。

齐王脸色陡变。

游戏超出了所能容忍的程度，快乐大大减弱，危险变得迫在眉睫。在生活中，即使自己如今地位超群，他也绝对不会让自己陷入这种巨大的道德风险里面。

"今日天下，乃武帝之天下！"司马冏说了一句本来应该在朝堂上面说的套话。

羊献容没有觉察到齐王态度的变化，依旧沉浸在她自己的幻想中。"大司马，如果你想当皇帝，有谁能够阻止你呢？……"

这个愚蠢的女人。司马冏在心中说。

在女人变化无常的思想中，她们有时候把政治和人生当成简单的风景。这样的女人，比起贾南风，更让人不屑一顾。躺在这样的女人身边，会永世不得安宁。更何况，她怀着不可告人的意图——齐王忽然想起来，她的外祖父和几个舅舅的诛杀令，还是由自己签署的……

想到这里，齐王心内一颤，感觉自己在显阳殿中，犹如一片树叶随风飘舞到被黑夜环抱的水面，周遭变得不可捉摸起来。在这里，没有什么可以抚摸，也不会得到那种反复想象的、经过艰难险阻后才能够享受的真快乐。这里，只有忧虑，只有那种把时间切割成无数个必须忍耐的小段的忧虑。

"我不会愚蠢到想去当皇帝的……如果这样做，就是冒天下之大不韪！"

说这句话的时候，齐王的表情非常安详。显然，他没在说谎。在许昌起兵之前，他内心深处是个畏葸的人，但是，现在他非常清楚自己能做什么和不能做什么。在他被生活的变故烙上重重叠叠黑色的记忆中，他很沉着，自以为能够发现什么是危险。

笑意凝固在羊献容的脸上，她开始怀疑自己的判断。她情不自禁，怀着敬畏和某种小心翼翼，以及那个年纪女人少有的轻柔，用手掌轻轻抚摸着齐王的手臂。她真想和他一起睡下，帮他脱掉衣裳……

她的手，已经碰到司马冏的衣襟，但这位齐王坚定的目光拦住了她的手。

看到齐王如此严肃的目光和表情，看到他嘴角那种难以掩饰的轻蔑，她心中燃烧起一种强烈无比的羞耻感，深深感觉到自己的轻浮和冒失……

男人的世界，是个不可理喻的世界！

当齐王冷着脸忽然站立起身的时候，皇后羊献容内心的羞耻感，一下子变成了一种模糊的仇恨：刚才发生的一切，是否也是男人一种欲擒故纵的戏弄呢？

齐王近乎冷酷的冷静，让皇后羊献容心里燃烧起腾腾的怒火……

第四十二章　长安兵云起

洛阳，好久都没有举行正式的朝会了。

当司徒王戎当众在太极殿念出河间王司马颙从长安发来的这份檄文，不仅仅群臣，连齐王司马冏都被吓得不轻：

"王室多故，祸难不已。齐王司马冏，虽有兴复皇位之功，而终能定都邑，宁社稷，实赖成都王司马颖勋力也。而齐王不能固守臣节，实协异望。齐王在许昌营，僭设东西掖门，属官置治书侍御史、长史、司马等职，如侍臣陪奉之仪。京城大清，篡逆诛夷，齐王率百万之众来绕洛城，居心叵测。阻兵经年，齐王未曾朝觐至尊。百官拜伏，齐王晏然南面，以至尊自拟。

"齐王坏乐官市署，增广府邸。擅取武库秘仗，严兵自卫。洛阳秉政，齐王暗树私党，僭立官属。幸妻嬖妾，名号比之中宫。沉湎酒色，不恤百姓。继而操弄王爵，货赂公行。群奸聚党，擅断杀生。密署腹心，实为货谋。齐王斥罪忠良，伺窥神器。

"齐王拥强兵，树置私党，权官要职，莫非腹心。齐王宠信小人，其手下将佐，如葛旟、路秀、卫毅、刘真、韩泰五人，皆封为县公，号曰'五公'，飞扬跋扈，群臣侧目。奸臣刘舆，出谋划策，人怀愤恨。

"前日翊军校尉李含乘驿密至长安，宣颁皇帝密诏。臣伏读感切，五情若灼。臣受重任，镇守一方，见齐王所为所行，实怀激愤。《春秋》之义，君亲无将。虽复重责之诛，恐不义服。今臣亲率精卒十万，与各州忠义兵民，共会洛阳。骠骑将军、长沙王司马乂，同奋忠诚，可废齐王还第。有不顺命，军法从事。成都王司马颖明德茂亲，功高勋重，宜为宰辅！"

众臣听完了王戎所读河间王传发的檄文，模模糊糊知道了事情大概起因，但都私下心中惘惑——李含真的给长安的河间王带去了皇帝的密诏吗？

原来，诛杀赵王司马伦后，齐王在洛阳辅政，河间王司马颙手下长史李含被朝廷征为翊军校尉。到洛阳后不久，李含就与刘琨之兄刘舆大不相和。原因很简单，这位寒人出身的李含，常常在宴会上受到刘舆的讥讽。此外，齐王倡义之始，前安西参军夏侯奭在始平起兵响应，当时局势不明，正是李含阴劝河间王司马颙出其不意把夏侯奭杀掉。而夏侯奭的哥哥一直在齐王府中当文吏，终日四下里为其弟称冤，痛陈夏侯奭起兵立义，被河间王和李含枉害。心不自安之下，李含又与齐王手下大将葛旟因为小事发生纠葛。听说齐王将在洛阳校场举行阅武仪式，在洛阳身单势孤的李含心惊肉跳，很怕自己在盛大仪式上被齐王手下那些人杀掉祭旗。

胆寒之下，李含单马出奔，直接窜逃回长安去见河间王司马颙，矫称受皇帝密诏。

河间王司马颙连夜密会李含。

李含声称："成都王司马颖乃皇帝至亲，在拥帝复辟过程中立有大功，却被遣还藩，众心不服。齐王司马冏非武帝一系宗亲，越职越亲专执京城威权，朝廷侧目。大王，您可以发檄给人在洛阳的长沙王司马乂，让他擒拿齐王。事先，您可把檄文大肆张扬，齐王心惧之下，必定先发制人杀掉长沙王。由此，大王您正好抓住齐王滥杀宗王的把柄，再飞檄四方，陈曝齐王罪行，然后与长沙王的兄弟、成都王司马颖联合，二王军盛，定能杀入洛阳生擒人单势孤的齐王。诛除齐王后，可以推立成都王辅政，如此除逼建亲，安定社稷，乃莫大功勋！"

河间王司马颙当然不相信李含受皇帝密诏的鬼话，但他即刻对李含的计谋欣然相从——原因很简单：先前齐王开始起兵声讨赵王司马伦的时候，河间王本人一直首鼠两端，深受齐王忌恨。对此，河间王心知肚明。与其等着日后被齐王算账，不如趁如今情势未明之时，抢先一步先发制人。如果成功，即可以诛除齐王，拥推成都王司马颖为帝，自己为此可以以宰执身份得专洛京大政。退一万步想，即使事不成功，如今诸王心怀多端，大不了自己退守长安，杀掉多事的李含，说他矫诏传旨，借他人头再与齐王讲和，谅齐王也奈何不了自己。于是，河间王司马颙拜李含为都督，出次阴盘①；张方为先锋，进逼新安②。新安，距洛阳才一百二十里；同时，他派出信使，邀结成都王司马颖、新野王司马歆，以及范阳王司马虓一起起兵反对齐王。

司马虓是宣帝司马懿之弟司马馗的孙子，当时拜安南将军，都督豫州军事，就镇许昌。这个王爷，和洛阳的东海王司马越同为一个祖父，属于一个宗系。

---

① 在今陕西西安临潼区东北。
② 在今河南三门峡渑池县一带。

当然，河间王司马颙起兵之初，诸王接到他所派出使者递交的檄文后，都按兵不动，坐观成败。

"当日赵庶人、孙秀作逆，逼迫皇帝逊位，社稷倾覆，诸王大臣，莫能御难。我不畏危亡，纠合义众，扫除元恶。臣子之节，信著神明！如今河间王听信谗言，再构兵端，希望大家出谋献策，与我共度时艰！"

齐王司马冏殷切地望着满廷的大臣，言语悲愤。

他心中暗思，洛阳辅政以来，自己跋扈有之，宅邸制度僭越有之，任用私人有之，但河间王发檄声称自己觊觎帝位，实属诬蔑之词！

清晨，灿烂阳光给太极殿中的石板涂上了一层嫩嫩的粉红色。从殿中望出去，视线一无阻挡，能看到壮丽恢宏的皇宫殿宇，稳稳地静静矗立。皇帝所居巍峨的西宫殿宇，如此之近，但在齐王心中却忽然变远，仿佛一副未知的沙漠风景那样遥远。

阳光下，殿庭中那些参天大树的叶子闪闪发光，兀自摇曳着，犹如片片水晶制成的树叶，看上去如梦幻一般，灿烂夺目。平日这些能让人感到心旷神怡的景色，如今都变成忧心忡忡的背景……

众臣莫衷一是。

赵王司马伦、孙秀篡逆的时候，杀人血淋淋，众人莫敢异议；如今，齐王、河间王、成都王、长沙王之间陡起波澜，壁垒十分不分明，众人更不敢轻易表态。

"王司徒，你有何佳策？"齐王无奈之下，只得首先逼身为司徒的大臣王戎表态。

"……如今之计，河间王发檄，倘若联合诸王，势必来势汹汹。齐王功高不替，为彰显谦让，不如您自己上疏皇帝，委权崇让，归第待命。如此，河间王等人找不到借口，自可退兵……"嗫嚅半晌，王戎说出这么几句。

齐王心中那个气！当初，琅邪王氏党附贾南风，被赵王司马伦斥贬逐出朝廷，正是自己到洛阳辅政后，才把王戎、王衍重新委以高位。如今，情急之时，这个王戎不仅不竭尽所能来帮助自己联合朝内大臣对抗河间王等人，反而提出让自己退避，真老奸巨猾，狗彘不如。

见王戎使不上力，齐王只得转脸，询问在自己大力推举下得以掌握中书监大政的东海王司马越："东海王，你以为如何？"

岂料，司马越几句话，更是让齐王失望至极：

"王司徒所言极是……河间王大军逼城，逆顺不明。齐王殿下，您不如高蹈物外，暂让辅政之权，静观时变……"

偌大的太极殿，一片寂然，连针掉到地上都能听得一清二楚。

齐王牙关紧咬，目中冒火。日前王豹进谏要诸王归藩，这位司马越咄咄逼人，非以疏隔宗室骨肉的罪名杀人。如今，诸王借口兴兵，他反而如此彬彬，要求自己退让。

"赵庶人听任孙秀，移天换日，遂废皇帝于金墉城。当时内外臣子，皆莫敢先倡。齐王不惧矢石，躬贯甲胄，攻重围，陷大阵，拥戴皇帝复辟，最终得成大功！至于河间王檄文所言，事事不实——计功行封之缓慢，在于台省官员赏报稽缓，不恤王事，责任不在齐王。李含谗言，敢诬齐王不赏大功为僭逆；河间王心怀不轨，擅受矫诏，敢进逼京都，实则反逆谋篡！人神共愤，当上下齐心，共同诛讨！至于王司徒方才所言，更让人匪夷所思。汉、魏以来，王侯让权回府者，有哪个能得保身家妻子首级？出此议者，真可立斩！"

齐王司马冏大将葛旟忽然当廷怒言。此人虽是武将，说出话来却字字有据，铿锵有力。

看到武将拔刀挺刃，百官震悚，无不失色。

"该死，该死，我上朝前刚刚服食五石散①，如今药发……"王戎色变，忽然捂住自己肚子，没待把话说完，匆匆跑开。

齐王阴沉着脸，一言不发。

没过多久，殿中当值的卫士急匆匆来报："王司徒如厕之时药发，堕入厕坑之中，如今不省人事……"

说话间，只见几个卫士满脸厌恶，抬着遍体松软、浑身屎尿的王戎匆匆而去。

大臣中倒有不少人心知肚明，暗中佩服王戎这个官场沉浮的老油子，能屎遁救命，终免被愤怒的齐王手下杀掉。

百官沉默。长久的沉默。

即使人群内有嵇绍、江统那样正直的朝臣，他们也不愿意卷入这些宗王的内讧……

未几，东海王告退。群臣见状，趁机也都告退。

齐王怒从中来，钢牙几乎咬碎。

阳光倾泻进来，光线的闪烁，使得殿内所有的东西都呈现出奢华夺目的光彩。那些陈放的奇珍异宝，更加绚丽多姿。太极殿的一切，都被骤然照亮了一样

① 魏晋时期流行的一种毒品。基本成分为石钟乳、石硫黄、白石英、紫石英、赤石脂。

熠熠生辉。阳光，给空荡荡的朝堂抹上了一层金黄色。

齐王本人和几个谋臣武将，沐浴在这舒适的阳光中，心中却全都被忧虑所淹没。

这本来是一个令人陶醉的早晨。殿外，新鲜的空气，金黄的树丛，依稀鸣啭的鸟音……在最感惬意的时刻，却被猝不及防的背叛咬了一大口，让人感觉到一种更深的伤痛。

"今日之事，危险过于当初齐王殿下起兵讨伐赵王之时……"刘舆面色严峻。

"想必如此……"齐王颔首。

"东海王态度暧昧，王戎等大臣依违其间，宿卫军许多将领皆三心二意，非齐王殿下您的心腹……加之河间王军队距离洛阳太近，成都王、新野王都不明确表态，观望其间，不知道接下来会发生些什么事情……"

"庆孙，当务之急，你认为我们该怎么办？"齐王问刘舆。

齐王清楚，自己手下诸将皆鲁莽之辈，东海王临阵摇摆，大臣皆指靠不上，只有这位刘舆一人可以问计。

"别的人，都有足够的缓冲时间去对付……大王，您如今最先要下手对付的，只有一个人。"

"是谁？"

"长沙王司马乂！"

"……长沙王？"齐王司马冏有些诧异，"我和长沙王关系和睦，他怎么会成为首要威胁？今日他没上朝，是因为腹疾生病，已经提前派人告假……"

"长沙王开朗果断，才力绝人。此人虚心下士，在朝廷一直甚有名誉。大王您当初首倡义兵，长沙王率国兵应之，一路上诛杀果断，行事未见其有落于人后者。如今，他手中有军权，有开府之号，拜骠骑将军，如果提前发难，后果难测。"

"没有我，哪有长沙王的今天！……当初恢复他长沙王的封爵，还是我提议的……我待之甚厚，即便长沙王狼子野心，他何能忍心反我？"齐王依旧犹豫。

刘舆忧急之色溢于言表。"大王差矣！长沙王乃武帝一系，和大王您怎么会同心？当初入洛阳后，长沙王与成都王去拜陵，曾经明劝成都王说，'天下者，武帝天下'，其时他心意已明，多人曾耳闻目见……河间王在长安发檄，表明了要长沙王在洛阳收逮您……如果您踌躇后发，必受制于人！"

"河间王恰恰要挑拨我和长沙王的关系啊……我们如今杀长沙王，岂不正落入河间王的圈套？"

"非也，非也……"刘舆急得直顿脚，"天下熙熙，皆为利来；天下攘攘，皆为利往！大王，当初您依违于楚王、赵王、贾后之间，逢此乱世，不也都是见机行事吗？……观如今形势，京城内的东海王，虽然他与大王您不一心，但他一定自始至终心怀观望，不到最后一刻，他不会贸然表态；而京城外的成都王、新野王等人，各镇一方，战败未判，他们一时间也到不了洛阳城……方今心腹之患，正在长沙王！他身为皇帝亲弟，内有大臣依附，外有河间王张目，又有与他同为武帝一系的成都王为后援，只要他在洛阳振臂一呼，以尊以亲，群臣必惑而从之。齐王殿下，到那个时候，大势去矣！"

"庆孙，你让我杀长沙王？……这太耸人听闻了吧？我拿什么名目杀他呢？……"

正当齐王犹豫不决的时候，殿外忽然马蹄嘚嘚，一个齐王府军将满脸惶急地跳下马，慌慌张张跑到殿门，大叫道：

"禀齐王殿下！长沙王司马乂与其手下百余人造反，如今已经冲入西宫，劫持天子……"

第四十三章　先发制人

早晨，长沙王司马乂醒来。他脸对着墙，闭紧眼睑做好准备承受耀眼光亮。然后，他慢慢睁开眼睛。

看到枕边那条阳光的颜色，凭借阳光的深浅，他就能知道大概是什么时辰。

王府之内，喧闹初起。那是府内的杂役们在忙着什么。远处，马蹄声嘚嘚。王府府兵虽然不多，每天早晨都按时操练。他们的呐喊声，有时越过洛阳夏天潮湿凝重的空气，一直传到长沙王的耳膜中，只是显得有些喑哑。有时候，当府兵们从树林里面跑到庭院的时候，那种声音就高亢起来，犹如寥廓、料峭天空中排排响箭掠过空旷林地那样，激越、铿锵。

每天，当长沙王听到这些府兵操练的声音，他心里就陡然生出某种安慰。无论外面下着淅沥的细雨，还是头顶湛蓝的晴空，长沙王都能感到每天早晨的新鲜，都有希望存在。

十多年前，同母兄长楚王司马玮兵败被杀的情景，他犹自历历在目。经过这么多年，悲伤早已经被一种更敏捷、更强烈、更清晰的东西所替代——大晋的命运，一定要掌握在皇帝这系宗族人的手中，否则，在这样血流成河已经习以为常的年代，作为武帝直系血亲，无法逃脱任人宰割的命运。

只要稍微安静下来一会儿，紧张和懊悔如同水中的墨汁，不断弥漫开来。有时候，它们悄悄地从长沙王睡梦中掠过，给他蒙眬的睡意罩上一层色彩浓郁的忧愁。即使在炎炎夏日，他都能在梦里预兆冬雪的来临……

"皇后让我通知您，务必提前下手！否则，齐王如果先动手，殿下您和皇帝都危险了……"

从显阳殿来的一个只有十七八岁的小宦者跪倒在长沙王脚下，鹦鹉学舌一样，说着羊献容教他的话。

拿在长沙王司马乂手里的，一份是河间王司马颙从长安发出的讨伐齐王司马冏的檄文，一份是皇后羊献容的亲笔手书。

皇后这份手书内容很简单："长沙王殿下，齐王有篡逆之谋，将不利于皇帝，请速召兵人入宫卫帝！"

皇后手书字体软弱潦草，长沙王从前没有看过羊献容的手迹，辨别不出真假。但看看上面的皇后玺印，肯定是真的，这个显阳殿出来的小宦者，身份也已经确定。

但是，让长沙王大起疑窦的是，为什么皇后羊献容本人会参与到宫廷阴谋和争斗中？她居于深宫，从何处得到河间王的檄文？她又为什么派人来提醒自己？

自齐王司马冏执政以来，虽然这位堂兄骄奢僭越，任用私人，但他从无不臣之迹，和自己武帝系兄弟的关系也相当融洽。河间王檄文中的指责，多属牵强附会，只有指责齐王不去朝拜皇帝的那一件，确是事实。不过，长沙王清楚，自己同父异母的皇帝哥哥，基本是个呆痴，即使齐王真去朝拜他，也仅仅是做样子给外间看，没有任何实际的意义。这一点，仅仅这一点，很难构成齐王谋逆的罪状。

"皇后驾到……"

当长沙王正在那儿踌躇不已的时候，羊献容忽然坐着肩舆来到了长沙王府邸。

司马乂大惊失色，赶忙跪下行礼。

"长沙王，河间王部队已距离洛阳很近，檄文中指名道姓让殿下你逮捕齐王。如果你不下手，齐王手下兵多将广，诏敕的发布权又都掌握在他手里，他只需派一敕使，就能在你自己的长沙王王府要你项上人头！"

羊献容女流，年纪又轻，但说起话来开门见山，对局势也能分析得头头是道。

"河间王肯定出于误会，听信小人之言，才会出兵来洛阳兴师问罪……别的宗室，包括我十六弟成都王，都没有动静，我怎么能擅自发难，在京城妄动？"

"赵王被诛后，论亲论礼，本来应该是成都王当皇太弟！齐王私心，贪权图利，拥立清河王的八岁的世子司马覃当皇太子……难道长沙王你不明白，齐王这样做，就是为了他自己日后能够长久地把持朝权啊。齐王全揽文武大政，和太上皇有什么不同？"

长沙王不像他的兄长楚王司马玮那样容易冲动。看到皇后羊献容比自己还着急的样子，他总觉得内中有阴谋的味道。"……皇后陛下，您亲临臣府，难道就是派臣去兴兵与齐王作对？宫禁森然，您如何能如此顺利出来到我这里？"

羊献容依旧倨坐在肩舆上，嘴角微微一撇："……你们司马家的男人，有的痴愚呆傻，有的冷酷无情，有的心计多端……告诉你，长沙王，我之所以能顺利从显阳殿出来，还都是齐王给的'方便'。他把齐王府扩建到和皇帝西宫连在一起，注意力全部都集中在如何圈禁皇帝上面，他只想着如何不让皇帝和别人接触……对于显阳殿，他根本没有在意……我得间冒险前来，难道你还怀疑我受齐王支派不成？"

面对年轻的皇嫂如此咄咄逼人的质问，长沙王哑口无言。

"长沙王，当初你的兄长楚王怎么死的？还不是该断不断！"羊献容激了长沙王一句。

"齐王身为大司马，中军和牙门军兵权都归他掌握，皇后陛下，我一个光杆王爷，力量单弱，又能如何呢？……倘若冒险起事，最后还不是授人以柄，正好被齐王找借口除掉……"

羊献容听长沙王如此说，知道对方已经心动，立刻劝说道："所以，长沙王，你一定要先下手！先下手的关键，就是皇帝！趁齐王对你还没有起疑心和戒心，你肯定能以极少的兵力冲入皇宫内苑。只要能把皇帝弄到手，胜算就有了大半！"

听皇后羊献容如此老谋深算的一席话，长沙王倒吸一口冷气。看她这种阵势，对于齐王的怨恨显然非一朝一夕，似乎长久以来一直精心谋划着。

作为女人，作为一个被齐王拒绝了的、恼羞成怒的女人，皇后羊献容成长很快，似乎一夜之间，她就变成了一个深谙宫廷政治的老手。

看到长沙王充满疑问的脸，她语气重重地说："长沙王，我知道你心里在想什么！……告诉你，齐王昨日……昨日他到显阳殿，喝得醉醺醺……我为避嫌，特意让他到钟楼上一会儿……谁料到，光天化日之下，他竟然想逼奸我！我是大晋皇后啊……他还说，大晋早晚是他齐王一系的天下，如果我答应他，日后他当皇帝，依旧以我为皇后……长沙王啊，皇帝堂堂在西宫，我怎么能和齐王这个贼子有染！当时，我警告他，如果他再敢走近，我就从楼上跳下去……"

羊献容哽咽，泪水从她脸颊滚滚而下。

一阵热血，忽地涌到长沙王脸上。辅政齐王，竟然敢秽乱内宫，悖逆之心，昭彰无隐！

"看来，罪行比德行更能使他感到满足……自诛杀赵王以来，齐王一直轻我兄弟！今日，不是我死，就是他亡！"

皇后羊献容一席话，激使长沙王司马乂陛下决心。

"……我知道你的兄长楚王当初是如何失败的，特意给你带来这些东西。"羊献容说着，从肩舆上扔下一个包袱。

长沙王打开一看，原来是十二幅没有插上旗杆的驺虞幡。

宫中所有用来息兵解斗的驺虞幡，如今悉数被长沙王拿在手里。

"回宫！"羊献容对扛着肩舆的宦者命令道。

"拜谢皇后！"

长沙王跪拜如仪。

果不其然，长沙王司马乂先发，瞬间就占据了优势。

率领手下府兵百余人，司马乂骑马，直接行到皇宫外门。

"齐王手令，派我前来觐见皇帝！"长沙王对着值勤的中军司马大声说。

望见长沙王来，属于齐王委派的殿中司马赶忙殷勤地跑近前，站在长沙王马前行军礼。然后，他伸出双手，准备接过长沙王手中的齐王手令来看。

趁殿中司马低头验看齐王黄纸手令的时候，长沙王抽出腰间宝剑，顺势朝着那个军官的脖子上猛力砍下。

剑下，头落。

殿中司马脖颈中喷出的血泉，喷得长沙王满身通红。

"大司马齐王谋反，我奉皇帝手敕，入宫扈卫！"

长沙王从怀中掏出一张青纸，向守门的卫士大喊。

懵懵懂懂，如同中了魔咒一般，值勤的卫士们纷纷散仗放械，乖乖听从长沙王指挥。

安排好自己手下府兵把守住宫门，长沙王径直带着这刚刚听他号令的几百禁卫军，直接冲入西宫后殿，拥着正在喝酒吃肉的痴帝哥哥，直接往上东门趋去。

正在中书省、尚书省当值的大臣不知就里，看到皇帝銮驾移动，都只能硬着头皮随同皇帝一起跑。

由于长沙王掌握住宫内当值的弩兵，宫门四闭后，弩兵站立在宫墙上和城楼上发弩，使得闻讯后发的齐王和他手下兵马全被死死堵在宫门之外。

"长沙王矫诏劫帝！"进攻之中，齐王手下兵士大声喊叫。

齐王司马冏派人骑马高持多面白虎幡，麾军紧逼宫城。

"齐王谋反！与其共谋者诛杀五族！"

长沙王派人在千秋门、神武门、上东门等门楼上挥舞驺虞幡，试图挥退下面进攻的齐王兵士。

让长沙王司马乂心惊胆战的是，自己手里的十二幅驺虞幡，并没有起到预先设想的作用。齐王手下既没有跪地慑服，更没有息军。

经过数次洛阳内讧之后，无论是长沙王手中的驺虞幡还是齐王军中高挑的白虎幡，对于兵士的威慑作用都大打折扣。

半信半疑间，双方兵士手脚不停，两幡基本上起不到麾军和解斗的作用。

杀得兴起，双方怒喝骂喊，几乎不理会驺虞幡和白虎幡这两种旗幡，依旧互相攻杀不停。

战斗，一直持续到傍晚。皇宫内外飞矢雨集，火光冲天。

上东门门楼上，痴帝被宦者、群臣簇拥着，呆坐着。楼下飞箭如蝗，楼上死者狼藉。

由于齐王兵士施放火箭，门楼上多处起火。救火之际，不少大臣被烧死或者被烧坏的梁木砸死。还有一些受伤的，也顾不得大臣的体面，兀自躺在痴帝脚下辗转哀号。

互相杀伤战斗间，宫城内外各个门楼上大火熊熊。上东门门楼上，被火光照得亮亮堂堂。长沙王身穿甲胄，一直以身庇护痴帝。如此一来，双方兵士的心中渐渐有数，多数人认为齐王无礼，有谋反之嫌。长沙王虽然龟缩在宫城门楼上，但有皇帝在他旁边，让兵士觉得那里才是正统所在。

所以，胶着战斗间，越到后来，支持长沙王的禁卫军就越多。

打到转天大清早，东海王司马越的旗帜忽然出现在宫城外面。

刚刚看到东海王旗帜的时候，齐王心中还非常高兴。岂料，那些兵士忽然向齐王部队迎头发射了一阵冷箭，然后他们高举手中兵器，大声呐喊："齐王叛逆，速速放兵！"

如此一来，宫城内的长沙王大喜过望，立刻在上东门城楼上指挥兵士反攻。

长沙王、东海王合兵后，形势陡变——原本指挥军队包围宫城的齐王，被二王里应外合，形成了对他的反包围。

无奈之下，齐王边战边退，最后，他手下投降的投降，被杀的被杀，只剩下不到一百人。

仓皇中，齐王率领部下退入阊阖门。跑到城楼上后，兵士把角门紧紧关闭。

阊阖门楼上，齐王司马冏瞠目盯着充满敌意的皇宫建筑，呆呆发愣。

这个时候，他脑子里面完全失去了判断时间的尺度。到底出了什么事情？东海王出了问题？为什么长沙王能这么快先发制人把皇帝劫持到手？……所有这些问题，让齐王感到眩晕，他几乎都弄不清楚，厮杀这么久，为什么自己最后退撤到这里……

楼下杀声震天。

一阵刺眼灼肉的炙热，忽然熏得齐王不得不后退了一步。浓浓烟雾升起，他感觉自己的眼皮发红发亮。阊阖门楼下面的檐脊，正在燃烧大火。

齐王探头往下张望，他看到东海王司马越正手舞钢刀骑在马上，指挥手下的兵士朝阊阖门楼上面发射火箭。

火焰发出的不祥的光亮，经风一吹，原先的黑色烟雾转变为鲜红色，一条更大的大火舌砰然蹿起，如同闪电和巨蛇，跳舞一般阴险地扭曲着，从檐脊蹿腾到城楼上面。

大火开始熊熊燃烧。烈焰，瞬时在城楼上方构成一个圆穹，火舌四蹿，舔着砖石，舔着兵士的铠甲和兵器。一个兵士浑身着火，盲目哀号着从城楼上跳了下去……

"齐王，快投降吧！"东海王司马越在下面大声喊叫，"齐王身边人听着，如能幡然悔悟生擒齐王，封万户侯！如协同齐王负隅顽抗，诛杀五族！"

齐王回头看看身边，仅仅剩下几十个兵士和军将。这些人苦战终日，全都汗流浃背，脸上黑乎乎的，不少人带着箭伤和烧伤。

齐王若有所思。过了片刻，他拿定主意，凭栏朝下面大喊："东海王，莫要放箭！"

东海王挥手，兵士停止往门楼上射火箭。

齐王手下大将葛旟已经身受重伤，他倚靠在一根柱子上，劝说齐王："大司马，事到如今，我等苟活不得！大王您切勿听信东海王之语，他不过是想活捉您向长沙王、成都王等人请功邀赏……"

司马冏苦笑了一下，说："他们最想得到的就是我……反正我要死，汝等徒死无益。如能保全几个人的性命，我下去也无妨……"

葛旟二目冒火。"齐王，我们该断不断，未能听从刘庆孙之言，以至于如今沦落到这个地步。唉，三宗五族，想必不免……我义不受辱，先大王一步！"

言毕，葛旟大叫一声，用尽最后的力气，从城楼上跳了下去。

又一根巨大的柱子被大火烧得坍塌下来，砸在齐王身边一个卫兵身上。那个人连吭都未吭一声，倒地身死。

齐王低头沉默片刻。他望了望摔死在楼下的葛旟尸体，摘下兜鍪致敬。当他默默致意的时候，他忽然看到大门前挑出的一根旗杆上，悬挂着一颗人头——那人头的主人不是别人，正是几日前向他直言进谏的主簿王豹。

齐王仰天长叹……灰心绝望下，他不慌不忙、不容违抗地命令手下兵士说："开门！"

城楼上的角门被打开。

齐王高傲地昂着头，面对城楼下的东海王兵马，背靠熊熊大火，威严直立。

望着昨天还大权在握的大司马齐王，在场所有人不寒而栗。

他站在火光中，仿佛是一个自天而降的神人，让人感到某种无法言说的恐惧。他苍白的脸上干干净净，面容沉着而坚定，犀利的眼神中，没有任何畏懦和恐惧。

他下来了。

当齐王一步一步走下城楼的时候，东海王的兵士都满怀惊恐地盯着他。他每走下一步，仿佛他就高大一分。冒着浓烟的木梯，在他环绕着死亡气息的脚步下颤抖着，发出吱吱嘎嘎的响声。

无论是齐王身边幸存的兵士，东海王倒戈的兵士，还是长沙王进攻的兵士，一时间都陷入了迷茫和惆惑之中：

刚刚结束的这场战斗，又是一场你死我活的血肉拼杀，是一次京城内部全面的仇恨内讧。这一切，鲜血淋漓，各方残杀报复，拼死死斗……到底是为了什么呢？谁对？谁错？什么是公正？什么是正义？

在血火和仇恨蒙蔽一切的时代，洛阳再一次陷入最黑暗、最狂暴的深渊……

第四十四章　腰　斩

齐王、长沙王内斗，致使皇宫多处失火，太极殿损坏严重。无奈之余，得胜的长沙王率领群臣，只能拥着痴帝到华林园处理政事。

"对齐王这种人，没有别的办法，只能杀了他！他是雄鹰，也是猎隼，帝室危险的人物！"东海王司马越劝说长沙王司马乂。

二王身后，站着刘舆、刘琨兄弟以及河间王司马颙派来的李含。

得知齐王被逮，李含迫不及待入城。结果让他极其失望：齐王虽然倒台，刘舆、刘琨兄弟却没有失势，他们反而因为东海王的关系，更受重用。

望着坐在那里只顾低头大吃大喝的痴帝兄长，长沙王叹了一口气："事到如今，只能如此了。"

痴帝身边，端坐着全副皇后盛装的羊献容。她面无表情，直视前方虚空。

"齐王司马冏意图篡逆，罪大恶极，处腰斩之刑！斩后徇首六军。其属下党属，皆夷三族！幽其子淮南王司马超、乐安王司马冰、济阳王司马英于金墉城……"

司马越大声宣布。

群臣默然无声。

昨日一天，东海王派人在洛阳城内大索，已经在东校场杀掉了齐王属官和家属三千多人，愁云惨淡，流血成渠。现如今才宣布对那些人"夷三族"，显然属于先斩后奏。

华林园九华台上，清风徐徐。空气中，除了花香，还有略许木头烧焦的味道，那是从远处皇宫方向飘来的气味。

如此良辰美景好地方，成为诛杀齐王的临时刑场。

鬼使神差般，皇后羊献容站起身，仪态万方，慢慢走向二十余丈开外被绑缚在一棵大树下的齐王。

长沙王、东海王以及刘氏兄弟见状，也随她向齐王司马冏走过去。

司马冏两只手臂上扬，被拴于一棵白果树下。他上身祖露着，露出他健康完美的肌肤。这个平时走路如燕子展翅般轻捷、见人致意如苍松点头般优雅的王爷，现在却成了朝会之时公开侮辱并要加以处决的罪犯。

齐王一头乌黑的长发，散落之时，发长及膝。他脸上似乎没有失败后应有的沮丧，目光明澈，表情轻松，甚至可以说和蔼可亲。仔细审视，在他脸上，能发现还挂着些许轻微的蔑视。

被捆缚在树下的不舒服姿态，反而体现出齐王身体优良的柔韧性。他身体时刻都在动，一条腿来回地晃，躯干微微偏斜，一面肩膀稍稍抬高，似乎在悠闲地舒展身体。

司马皇族血统高贵，他挺直刚正的鼻子，配上他上挑入鬓发的两道黑眉，使他看上去依旧勃勃英武。

"庆孙，当初悔不听你的劝告。该断不断，必留后患啊……"齐王微笑，首先向刘舆问候。

"……是啊，东海王就比大王您英明。"刘舆犹豫片刻，说。

"良鸟择树而栖，我能理解。"齐王点头。

"世道纷纭，在下为家族性命考虑，不得不从长计议……望齐王海涵。"刘舆字斟句酌，把话说得非常有分寸。

长沙王司马乂并不清楚齐王和刘舆之间对话的具体含义，还以为是他们上司与下属之间诀别之时温情伤感之语。

夏日丽阳下，齐王异常俊美。阳光照着他，裹着他，仿佛使他变成了一个身披荣光的殉难的大神。他站在那里，露出白皙异常的脖子和上身，一头长发随风飘扬，神色英勇无畏，如同整个司马皇族的幻影映现在他身上。

面对死亡，他若有所思着，面孔崇高而安详。

长沙王有些恻然。"齐王大兄，你还记得这棵白果树吗？我们兄弟小的时候，你曾经在这里教我们射箭……"

"……嗯，当然记得，你的桦皮弓还是我送给你的……相比你兄长楚王，你的射箭技艺差远了。唉，楚王已经死了十多年……如果他活到今天，不知会怎么样？他今年如果活着，该有三十一岁了吧……"

"我们都长大了……"长沙王喉头哽咽。想起自己的同母兄长楚王，他心头涌起一阵剧痛。

"是啊，我们身体长大了，人品却都堕落了……"齐王怅然。

刘琨拿着一杯酒，凑近前去，喂饮齐王。

齐王渴极，大口大口吞饮。"渴时一滴如甘露！死前能喝上这么好的酒，多谢越石厚爱……"

刘琨无言，退后一步。他敬重齐王，因为他们一直是音乐方面的挚友。当这位齐王还是齐王世子的时候，刘琨和他关系就已经十分密切。在王府的殿堂中，他们曾经一起享受着音乐带来的奇异而崇高的世界，那个世界，既甜蜜，又苦恼。在往昔，他们曾经怀着非常兴奋和喜悦的心情，沉浸在乐声所能带来的最伟大的幻觉中。那种享受，只有能深悉音乐神秘幸福的人才感悟得到……当年，这位风华正茂的齐王世子，那样端庄持重，多少次，带着平静又热烈的激情，坐在榻上吹奏羌笛。他的演奏技巧高妙异常，乐声婉转悠扬，响亮，平稳，幽雅，欢跃，回转着奥秘、神奇和快乐，让人如痴如醉，每每进入一个芳香四溢、百花盛开的仙境……如今，乐曲声依旧回荡在耳际，而眼前这个世界，却变得如此可怕、凄惨……

对于长沙王、齐王、刘琨等人这种温情脉脉的诀别，皇后羊献容无动于衷。阳光下，她脸色异常苍白。处死齐王的凄惨情景，本来应该能让她感到欢愉，岂料，却变成眼前齐王和诸臣优雅、平稳甚至不可思议的伤感的告别。

"齐王，腰斩很痛吧？"她眼睛冒火，问。

"……腰斩死得更慢一些，肯定会更痛苦一些。先秦乃至秦汉时，所谓的'斩'都专指腰斩，如今的斩首，当时叫作'枭首'。"齐王认真对羊献容说。接着，他又露出一种半开玩笑似的神情，"我听说，有些人被腰斩后，疼痛至极，一时死不掉，还能蘸着自己的血，望着自己脱离的下半身，在地上写字……皇后如有兴趣，可以在行刑的时候看看我能在地上写几个字……"

齐王说着话，忽然想起来，羊献容的外祖父和她几个舅舅，也都是被腰斩处决的。本来他要言及此事，话刚要出口，他又怕这位年轻的皇后感情上受不了，就又收了回去。

"篡逆贼子，都要死了，你还这么猖狂！"羊献容低喝着。

眼见齐王死到临头还如此表现，这位皇后愤恨交加。她的两片嘴唇，因激动过度而有些发白。她的全身，抑制不住地不停颤抖。她感觉自己体内血液奔涌，势不可遏。

曾几何时，她对于齐王抱有那么多的希望、幻想，心中拥有那样的热爱，曾经那么渴望自己疲惫不堪的四肢，能在齐王甜蜜的爱抚下，享受哪怕是一晚的平静安宁……如今，她注视着齐王那张让人百看不厌的俊美脸膛，真心渴望亲眼看到他即将到来的死亡。激动之中，她嘴里充满苦涩的味道。他大无畏的表现，令她稍感失落。这个司马宗族的男人，这个曾经一手遮天的齐王，临死之时竟然如此磊磊落落，连幸灾乐祸的机会都不给人留下。

"齐王，你死了，你的三个儿子都还小啊……他们要被关在金墉城，一直关在那些永世不见阳光的牢房里面，也许会关到死，会关到他们变成白痴……"羊献容很想看看齐王的伤口到底在哪里，她要找出他内心最柔软处，往上面撒把盐。

在齐王司马冏心中，并不清楚羊献容对他恨意的深度，他更想不到长沙王下最终决心攻打自己也正是这位皇后激使而成，所以，他对于现场的羊献容的愤激，并没有十分在意。

他转头，渴切地对长沙王司马乂说："王弟，茫茫来日，大晋烦乱如海……我那三个儿子，你还是杀了他们好……望你念在你我兄弟分上，赐他们鸩酒一杯……那么小的孩子，都无罪过，给他们一个快死……"

"齐王大兄，如果你不是心怀篡逆，怎么会落到今天这个地步……"

"长沙王弟，一切都是命数啊……晋室衰微，五行乱常。我辅政之始，白昼间，曾经有一大腹妇人到我大司马府门前请求寄产。门吏诘问，妇人答称：'我截脐便离去。''脐'者，'齐'也！当时我听说此事，心中甚恶……不久，洛阳有童谣传唱：'著布袑腹，为齐持服。'这不，我现在就要死了，家人正应了那句穿孝'持服'的谶谣。……嗯，对了，长沙王弟，你也要注意，洛阳还有一句谶谣：'草木萌芽杀长沙。'其言不祥啊，不知日后是否会应验到你的身上……"

长沙王司马乂闻言色动。

"齐王临死还吓人，是何居心？"羊献容咄咄逼问。

齐王一笑。

他摇了一下头，那一头浓密而秀美的长发，在阳光灿灿下，亮得几乎可以照人。齐王父子这种相承的高贵皇族品质，就和山间的矿脉一样，让人在大庭广众中一眼就可以把他们辨认出来。他是那样与众不同！散奔在他额头的一缕缕乱发，恰如光线沿着黑玛瑙表面奔跑，让他的脸呈现出一种动人心魄的悲剧意味。

望着脸上不乏稚气的羊献容身穿累赘的皇后盛装一直站着，齐王叹了一口气，说："唉，本来良家女儿，穿了皇后这身衣装，心就变狠了……"

对于羊献容大庭广众下羞辱齐王的表现，长沙王内心感到不快。但是，想到皇后曾经说齐王对她欲行不轨，长沙王又感到几分释然。

"……阿弟，你下来，你下来。"痴帝挓着两只大胖手，趁众人不注意，不知什么时候跑了过来。

他看到自己从小就熟悉的齐王被绑在树上，以为还是童年时代的某种游戏。痴帝眼巴巴看着这位堂弟，呆愣的脸上，显现出一丝害怕的神情。

"齐王篡夺大宝，证据确凿，马上就要腰斩！杀无赦！"东海王司马越有些担心。

看到痴帝和齐王这么熟络，他很担心这位憨愚的皇帝会像当初杀义阳王司马威那样，随便说句话，然后被人当成圣旨来执行，说不定就要释放齐王。

痴帝哆嗦了一下，噘着嘴，呆呆望着双臂被缚的齐王发愣。"……阿弟，阿弟，好人，不杀，不杀……"

说着话，一行清泪从痴帝脸上流了下来。从七八岁开始，他就记得自己和这个兄弟总是在一起玩耍。而且，那么多同辈的皇族兄弟中，要数这个兄弟对他特别好，从来不在没人看见的时候偷偷打他。

"皇兄……"望着痴帝竟然能在自己被杀前流泪，齐王心如刀割。他禁不住言发泪下，哽咽不已。

夜长梦多，东海王司马越立刻叱令几个宦者，把痴帝架回座位处。

齐王收泪。他扫了一眼东海王，转头意味深长地望着长沙王，说："王弟，最卑鄙的人，才能活到最后……我深为汝忧之！"

为了阻止这种儿女情长、温情脉脉的诀别继续下去，东海王厉声唤行刑的刽子手近前。

"诏旨已下，立刻动手！"

几个禁卫军兵士上前，解开捆绑在齐王手腕上的绳索，把他放开，然后，轻轻扶着他躺倒。

各有两个兵士按住齐王的头和脚，一个人往他腰间垫了一层厚厚的稻草。

刽子手喝了一大杯酒，他双手拎着一把看上去特别沉重的长柄大刀，走上前来，仔细打量着应该下刀的部位。

躺倒之后，望着不远处含胸弓腰而立的李含，齐王提醒长沙王："李含寒族小人，挑拨我宗室，王弟不要再受他惑！"

羊献容脸上露出了一丝恐惧，她那双乌黑而不乏温柔的娇媚眼睛快速闪动着，眼波频频，注视着马上要被处决的齐王的脸。

但是，她失望了。齐王那双不停地闪烁着微笑的、黑玛瑙般半透明的瞳子里面，根本没有她的影子。从他眼睛中，她几乎什么也没看见，看不到懊悔，看不到怜惜，看不到恐惧，就像看不清被阳光照耀的碧绿潭水一样。

这样的一天，早晨开始是如此美好，却如此痛苦。

齐王躺在那里，如同奉献的祭品一样，象征大晋王朝原有罪孽的牺牲流血。他贡献出他每日的忧伤，贡献出他身体创伤的鲜血，周围的人们默默看着他，似乎在隆重而悲伤地欢庆这种宗室流血。

太阳，如同一颗巨大的金蛋，沉甸甸而又轻飘飘，挂在天幕中间，好像它受到什么神秘平衡的失控的影响，忽然被推了出来。红轮火焰，冲破时间凝固的密度，光涛汹涌，横空出世。

华林园真美，为什么它今天和以往完全不同？鸟儿在拼命地鸣叫，响亮地鸣叫，似乎在庆祝欢乐，似乎在展现惊慌……北邙山，就在辽阔的远方，视野能及。那些荒野，那些苍绿的山冈，还有那些山冈后面茫茫的平原，烟雾弥漫，一片深蓝，一直延伸到天际之外……

齐王听到自己的心在流血，汩汩而流。死亡，发生在意料之中，也在意料之外。一道大门要开了，他心儿怦怦直跳，就要看到自己死去的父亲了……如同一场梦一样，两代齐王，就这样灰飞烟灭……

场内忽然一阵骚动。

一架肩舆出现在华林园九华台的台阶上，上面坐着平原王司马榦。他满头白发，面无表情。

除了羊献容，在场的诸王、宗亲以及大臣，皆跪伏而拜。

肩舆停在齐王身前，司马榦俯视了这位侄孙好久，忽然恸哭失声，哀哀言说：“宗室日衰，唯独此儿英武可人。今日，你们又把他杀了，大晋天下，从此殆矣！”

言毕，平原王令从人起辇，不顾而去……

刽子手用丝帛仔仔细细擦完了大刀，恭敬地看了站着的皇后一眼，似乎示意她说：我要开始了。

这个时候，地上一直以一种慵懒的姿势躺卧的齐王，忽然对长沙王开口说：“王弟，我马上就要死了，我要告诉你一个秘密……”

在场的羊献容和东海王听齐王如此说，脸上表情瞬间变得非常紧张。

皇后担心齐王说出她主动勾搭的真相，东海王害怕齐王临死会讲出许多他们之间私下里曾经密商的事情……

长沙王倾耳细听。

齐王似乎感觉到了羊献容和东海王的恐惧，他微微笑了笑，对长沙王说：“王弟，我死非所罪啊！大晋天下，乃武帝天下。我父亲老齐王认命，我也认命……说我谋反篡逆，太不公平！我告诉你，我从来没有篡夺帝位的打算！”

第四十五章　神秘刺客

永宁三年（公元302年），齐王司马冏被腰斩后，晋廷大赦天下，长沙王司马乂主持改元"太安"。

华林园深处，暮冬的景色依旧非常美丽，静谧、幽静。厚厚积雪覆盖着地面，寒气刺人肌肤。阳光明媚，园内那些植物黑压压的秃枝，千姿百态。数百年树龄的老木，散落在宫殿后面的山坡上。墨绿色的树梢，如苍龙横空出世，耸入云霄，给人以壮丽苍凉的美感。

寒烟袅袅，殿宇上面被太阳晒暖的飞檐上，蹲着一些怪模怪样的寒鸦，寂然无声依偎在那里，像睡着了一样。暖阳炫目的光辉使得它们感觉愉快，不再吱吱喳喳，眯缝起眼睛重新打量着这五光十色的世界。

跟随长沙王、东海王出猎的人多，园内那铺满了一层松软的白雪的路上，留下了无数马蹄印子。特别是长沙王，身形矫健，喜欢纵马飞奔。他身后的从人不敢放松，跟着他山上山下四处兜转，马蹄踢得路边冻土四下飞溅。

华林园后园深处，白皑皑的雪堆，时不时把骏马马蹄绊陷进去，兵士只得下马费力地推马。这个冬日并不阴沉严酷，白雪覆盖了地面的晦暗肮脏，太阳像一面巨大闪光的镜子一样高挂在空中。由于没有云彩，风很大，空气寒冷，凝滞，砭人肌骨。很快，那些迎风纵马狂奔的人们，脸虽然几乎冻僵了，表情却带着喜悦和愉快……

别的人或骑或射，唯独祖逖、刘琨二人并马而立，谈论天下大势。

刘琨一身豪阔贵公子打扮，身着紫貂皮裘，骑匹四蹄雪白的黑马；祖逖只穿普通的棉服，骑一匹粗壮的枣红马。衣服看上去有些单薄，但他精神特别好。他身材和刘琨差不多，紫膛脸，面目棱角分明，鼻直口阔，二眸精光射人。

祖逖，字士稚，范阳人，北州旧姓，数世为二千石①。祖逖年少而孤，兄弟共有六人。其兄祖该、祖纳皆开爽有才干，名闻一时。祖逖自少本性豁荡，不修仪检。十四五岁的时候，他犹未开始认真读书，深为诸兄所忧。但小伙子轻财好侠，慷慨好义。年关之时，他常常带仆从下乡，自称为诸兄所使，当众烧毁债券，大散谷帛，周济贫乏乡人，由此深受宗族乡党敬重。日后年岁稍长，祖逖敏而好学，博览群书，该涉古今。青年时代，祖逖常常往来京师，士族大姓与其多有交结，皆称许他有赞世高才。

二十七八岁的时候，祖逖与刘琨成为同事，同为司州②主簿。二人一见倾心，成为无间密友。

刘琨、祖逖同属英杰之辈，二人常常谈古论今，通宵达旦。中夜时分，闻荒鸡③忽鸣，祖逖叫醒刘琨，警励说："此非恶声也！"于是二人跃起舞剑。当时，每每言及世道将紊，二人就互相激励："若四海鼎沸，豪杰并起，吾辈当勠力王室，拯救天下黎庶！"

日后，祖、刘二人"闻鸡起舞"，成为一时美谈。

祖逖名高，曾被齐王司马冏辟为大司马掾，婉辞不就；长沙王司马乂当权后，他又被征为骠骑祭酒，不久就转为长沙王主簿。深知诸王争权致祸，祖逖很快就借事辞去这个官职，转迁为太子中舍人一类闲职。由于母亲身体多病，他近来更是终日待在家乡尽孝，罕来京城。

"长沙王司马乂虽主持洛阳朝政，但事无巨细，皆派人到邺城请成都王司马颖定夺，此种局势，不知是否能延续下去……"望着猎得兴致正欢的长沙王，刘琨似乎在自言自语。

"当初，长安的河间王司马颙和李含心意奸险，他们本来以为，长安发出檄文之后，人在洛阳的长沙王司马乂权微势弱，必为齐王司马冏所杀。然后，他们能再以齐王杀长沙王为借口，大举联合诸王攻入洛阳诛杀齐王。接着呢，就废掉皇帝，拥立成都王为帝。如此，河间王司马颙可以做宰相，李含也得以独揽大权……想不到的是，长沙王先发制人，拥持皇帝占得先机，出其不意，反而擒杀了齐王。这样，李含和河间王司马颙的如意算盘就落了空，而河间王、成都王这两个王爷，也都一直没敢进入洛阳城……"祖逖乃刘琨知己，故而言语无遮。

① 汉代对郡守的通称。按汉制，郡守之品秩为二千石，即月俸一百二十斛，习惯上称之为二千石。
② 汉代以"司隶校尉"督察畿辅，三国时魏承袭制度，治所在河南（在今河南洛阳东），辖区包括今天的陕西中部、山西西南部及河南西部，称为"司州"。
③ 指三更前啼叫的鸡。旧时认为荒鸡鸣叫为不祥的恶声。

"长沙王、成都王二人，皆武帝儿子。长沙王年纪虽然稍长，但他敬重他的十六弟成都王比自己尊嫡，每每礼敬于成都王。这样一来，长沙王在洛阳辅政，成都王在邺城遥控朝权，我感觉这种平衡不至于很快被打破。"

祖逖摇首："人心，一直都在变！成都王司马颖号称贤王，但我最近听说，他恃功骄奢，政事弛废，骄横过于齐王；长沙王司马乂和成都王虽为同父异母兄弟，毕竟人在洛阳主政，在许多事情上，成都王不能尽逞其欲，很有要扳掉长沙王的意思……"

"真的？这兄弟二人这么快就要反目？"

"越石，你别忘了，成都王现在统据邺城啊。邺城地势高敞，经魏武帝曹操大力经营，进可攻，退可守，乃关东地区的政治中心。我们大晋帝国天下统一稳定之时，邺城之地利，隐而不显。一旦北方分裂，洛阳无险可据，邺城的战略价值就举足轻重……"

祖逖说着，使劲搓着冻僵的手。

风正劲，云正飙，阳光闪烁。寒冷天光下，高耸入云的巨杉挺拔、雄伟，针叶被厚厚白雪覆盖，如同披麻戴孝一样。枝杈间弥漫着一层淡淡云烟，在清澈透明、无底穹苍辉映下，树梢泛着银光。

天气寒冷，华林园内到处凝结着寒霜。那些暮秋时分落下的败叶，在雪下面铺满。当厚云遮住太阳的时候，原本明亮的枝干就呈现乌乌的颜色，整个园林显得一片凋零斑秃。

祖逖慨叹一声，说："晋室衰乱，并非皇帝无道。诸王争擅权力，最终会导致民庶怨叛。国内诸王自相夷灭之际，最可怕的，还是各地戎狄蜂起。倘若他们乘虚而入，定会荼毒中原大地！"

刘琨摘下风帽，回望巍峨的宫阙，扼腕道："皇帝虽然昏痴，待下不虐。可是，如此幅员辽阔皇皇大晋，由憨愚主上统理，亘古未闻……可惜，武帝没有远见，所托非人。他临终的托孤之人，不是杨骏那样的擅权鼠辈，就是张华那样的世故老臣，这才造成贾后妇人秉国，赵王司马伦王爷篡逆。唉，如今诸王争起，亡乱征兆大显……"

"我觉得，齐王被诛之时，实际大乱方始。我们晋朝动乱的大奇之处，在于诸王还一直都是打着拥护皇权的旗号，或者矫诏行事，或者谴责他人不忠，不似后汉末年那样群雄逐鹿般胡打乱杀……看来，武帝在位二十六年，皇权威力影响巨深。所以，赵王司马伦的势力一度蒸焰熏天，但他一旦篡逆为帝，很快就被打着迎归皇帝旗号的诸王所击败……唉，如今至尊不尊，完全沦为宗室王爷们手中的土木偶人……"

"武帝时代威赫皇权余晖总会逝去，不知道哪一天，等诸王觉得皇帝招牌不好用了，皇帝本人就有性命之虞……"刘琨心领神会。

"诸王禀性，不尽相同。想想诸王内讧中第一个死掉的汝南王司马亮，青年时代以清警有才知名，乱非其起，不失厚道。楚王司马玮，开济好施，能得众心，可惜年轻气盛，挟私心而报怨，终为贾后杀人工具，自己也不免挨刀。赵王司马伦以皇帝叔祖之尊，昏暗愚懦，诸子又不成器，成为孙秀手中傀儡。如此顽劣王爷，还敢肆行篡逆，真是一令人不齿的老匹夫。齐王司马冏，青年时代以仁惠著称，侠义心肠，如果他能公正持平，大有希望中兴晋廷，但最终他还是怠于政事，曝尸于市。长沙王司马乂开朗果断，才力绝人，应该说是文武全才……不过，乱世人心叵测，难得善终。成都王司马颖本来与齐王一起扫平大逆，颇得众心，但此人形美而神昏，不知大礼，好在他器性敦厚，诸事听任陆机、卢志二人，才广得百姓爱戴。如今，他坐拥邺城重地，宠信宵小，遥制朝廷，自恣其欲，日后未必不成乱端。河间王司马颙，本皇室疏宗，看似老成君子，却是个三心二意的小人，他先附赵王司马伦，又与齐王司马冏共攻赵王，如今对洛阳的长沙王虎视眈眈，日后浑水摸鱼，此人说不定成为诸王混战的祸头。至于东海王司马越嘛，越石，你和尊兄庆孙最有直感……"

缓辔之时，祖逖评价诸王。但说到刘舆、刘琨兄弟相善的东海王时，祖逖不再评说。

刘琨没有接祖逖的话茬，而是若有所思了片刻，说道："唉，最可惜当初武帝没有远图，如今的皇帝失于痴愚，执政大臣安于奢放，哪怕武帝继任人只是一个平庸守业的正常皇帝，皇权也不至于被这么多人惦记。武帝如果能安排一个身心正常的王子为帝，所有这些司马王爷大可以善始善终，拱列晋室。即使哪个怀有狼子野心，也只能暗自隐忍，在大一统皇权下面，都只能做太平顺王……"

"越石，你认为武帝当初大封诸王是对，还是错？"

"武帝大封诸王，是以曹魏皇室的灭亡为前车之鉴，并非有错。我大晋开国之始，武帝封建亲贤，目的在于让这些人拱辅帝室。根据当时制度，宗室诸王在封地上本来没有什么治民的实权，他们的治地，几乎类同一般郡县，无成国之制……诸王真正能有力量相继起兵为乱的原因，我认为，其实起于武帝后期赋予他们专镇一方的威权，比如，当时楚王司马玮镇荆州，淮南王司马允镇镇江、扬州，汝南王司马亮镇许昌……皇帝继位后，赵王、河间王等人又相继坐拥关中重镇，成都王坐镇邺城，齐王司马冏坐镇许昌。诸王一旦带兵日久，骄横滋生。加之幕府人杂，各为其主，天长日久，难免生出问鼎之心。私心暗怀之下，诸王煽风速祸，相迭而起……"

祖逖对刘琨一席话大加认同。接着，他提出自己的新看法："忘战必亡！武帝时代，还有一个措置大大失当——裁撤大批州郡兵士。当然，武帝裁兵初衷，原本不错，根据《占田法》，退伍兵士可以分得一份土地从事劳作，不仅保障了他们的衣食，还可以给国家上缴租调。但是，州郡兵力减弱，一旦真正有重大事件发生，比如有宗室拥兵叛起，或者边陲夷狄构乱，邻近州郡必然束手无策，只能听天由命，任人宰割侵占。我听说，当时不是没有明白人，尚书仆射山涛就曾劝谏武帝不要解除州郡武备，可惜，武帝过于陶醉于灭吴之后的'大一统'胜利，根本听不进去山涛的谏言，认为州郡养兵费钱费力又无产出，下诏严令裁兵。试想，大郡才有武吏百人，小郡只有武吏五十人，如此'偃武修文'，武帝何其谋浅而短视！"

"皇室难起萧墙，骨肉相残，致使黎元涂炭，这还不是最危险的，怕只怕，祸乱满天下，各处戎狄乘间而起，胡尘一起，势不可遏，到时候，大晋社稷，垂垂危矣！"

刘琨、祖逖日久不见，憋了许多话要说，他们驻马挂鞭，沉浸在倾诉之中。

角声呜呜。长沙王、东海王收猎。

从华林园的大门处，嘚嘚过来十多人。走近看，原来是河间王司马颙的谋主李含。

看到这个人，无论是祖逖、刘琨，还是长沙王手下别的谋臣武将，都对他侧目而视。

李含面容黝黑，表情呆板，间白的稀疏胡须瑟瑟抖动，脸上一副傲慢的神气。

"长沙王殿下，经成都王首肯，委任我为河南尹，特来与长沙王辞行。"李含公鸭嗓声音尖细。

长沙王司马乂眉头一皱。他听得出来，李含语气之中，只有对成都王司马颖的推重，没有只言片语表示出对自己的感激。

"既然成都王已经允许你做河南尹，上任就是，何必来此告我？"长沙王冷冷地说。

"还需要殿下您指令中书省，给我发一封有玺印的任命诏旨……"李含实话实说。他看了看长沙王，接着说，"齐王横悖，篡夺主上威权，生杀荣辱，皆出自其手。成都王乃皇帝亲弟，知书达理，真是一代贤王！如今他威权在手，依旧按照大晋制度办事。"

李含提起齐王，长沙王咬肌乱滚。他眯缝起眼睛，脑海中出现了堂兄齐王入殓时候的样子。那位被腰斩断成两截的堂兄，即使死了，当时躺在那里，完全像个活人一样——他漆黑的、稍显濡湿的头发依旧漂亮，梳得整整齐齐，胡须也一样。只是，他身上着一件没有品级的白衣，盖住了他断裂的尸身。长沙王记得自己在齐王尸体旁边呆立了许久，他甚至还用手去试探了一下堂兄的额角，那种苍白的颜色，使得死去的他看上去很冷。蓦然间，他记得，在自己转身离去的那一刻，死者的面孔悲哀地衰老耷拉下来，本来英俊的面容变得暗无光泽……

如果不是当初这位李含奔逃到长安挑拨离间，河间王不发檄起兵，说不定今天诸王兄弟还都活得好好的。

"李大人，齐王当初其实并没有责罚你，你自生妄念，单骑从洛阳出逃……今日能得迁为河南尹，不知你有何功劳？"长沙王语带讥讽。

"无功不受禄！我李含能先发齐王乱国之奸，受此官职，自忖无愧！"李含脸上依旧一副凛然之色，"河间王、成都王二位王爷，对我深相器重，担当如此畿辅重任，我必不负二王重托！"

长沙王司马乂骑在马上，感觉自己血往上涌。洛京毕竟掌握在自己手里，这么一个寒族出身的李含，竟然视自己为无物。他心中也清楚，齐王被诛后，河间王司马颙本来想提兵再次逼近洛阳，不料，恰值蜀地有巴氏大酋李特在成都作乱，使得他顿有西顾之忧，派出大批军队出屯梓潼[①]，与李特叛军相持，故而暂无精力注意洛阳。

东海王司马越面色阴沉，立马于长沙王身边，拉着马缰，似乎在想着什么。

当着这么多人的面，长沙王还不好公开指斥李含不知天高地厚。惘然若失之际，他挥挥手，说："好吧，中书省拟旨，还需要一点时间，你在驿舍等待消息吧……"

冬天的白昼很短暂，华林园内到处笼罩着落日时分黯淡的红霞。那些从崎岖的山间、幽暗的河谷以及潮湿田野中升起的暮霭，愈来愈浓地要遮掩冰凉的大地。光线黯淡后，枝丫上本来富丽堂皇的厚厚白雪，也顿显污浊。只有当回光返照似的沉日找到某些空隙处的白雪之时，斑点般的红色如同火花燃烧，似乎正在溶解着那些雪。

二王的从人以及陪伴打猎的文武都很疲惫，特别是当人们停止驰骋之后，寒

---

① 在今四川绵阳梓潼县，是古蜀道南端的一个战略要地。

意顿时袭来，感觉肚子发空，冻饿交加。

于是，大家准备离开华林园。

当长沙王、东海王等人骑在马上缓缓经过李含一行人的时候，一个跟随李含的军将忽然抽出腰中长剑，瞬间拍马而前，瞅准长沙王，劈头就是一剑。

长沙王猝不及防，愣在原地，眼睁睁看着剑锋劈向自己的脑袋。岂料，他座下骏马忽然受惊，长嘶一声前腿直立，刺客的长剑剑锋，正好劈砍在高高扬起的马腿上，生生砍下一大块肉来。

长沙王的坐骑疼得厉害，向旁边一侧身，把长沙王重重甩下马背，兀自瘸着腿狂奔而去。

当那个刺客掉转马头准备再向摔倒在地上的长沙王下手的时候，王府侍从和随行的军将大臣们都拔出刀剑，逼拥上去，遮蔽着狼狈倒在地上的长沙王，齐齐朝着刺客怒喝。

李含本人也惊呆，驻马原地，瞠目结舌。

那个刺客见行刺失败，自己人单势孤，就拍马向华林园深处逃去。

一直没有参与打猎的刘琨，见此情景，忙从自己满满的箭囊中抽出一支羽箭。他瞄了瞄，手一松，立时把那个飞奔疾驰着马上要进入树林的刺客射落马下。

一箭未能致命，刺客挣扎起身，踉踉跄跄接着跑。

刘琨再射第二箭，把刺客一条大腿射穿。

卫兵们奔跑过去，把那个刺客按在了雪地上，经过一阵扭打，把那个人带了过来。

长沙王换了一匹马，脸色气得煞白，定定坐在马上，怒问刺客："说，是谁指使你刺杀本王？"

刺客的身材并非魁梧类型，他满脸是血，摇头呜呜。

"禀报大王，我们抓住这个刺客的时候，他咬舌吞入肚内，已经不能说话……"一个禁卫军将领向长沙王解释。

一直没有开言的东海王司马越不知哪里来了精神，正好就近，他自上而下挥剑，一剑把刺客的脑袋劈成了两半。

刺客扑通一声，如同一根沉木，鲜血狂喷之际，身子立刻倒在了地上。

"该死的家伙，竟敢来刺杀我等宗室王爷！"

东海王说着，拿着沾满鲜血的宝剑在马的鬃毛上揩拭着。

祖逖叹息一声："东海王殿下，你不应该杀他。"

"反正他已经咬舌，逼问不出什么了。"

"虽然他咬掉了自己的舌头，他的双手还在，可以派人把他押送狱中严加审问，让他用笔写出背后的主谋来……"

祖逖正要继续说话，他身边的刘琨暗中踢了他一下。

不知什么时候，空中开始飘舞起湿润的雪花，云层惨淡而凝滞，垂死的落日，在山边仅剩下一点光芒，使得整个华林园的气氛非常阴森。

长沙王拎着马缰，逼近依旧张口结舌骑在马上的李含，怒气冲冲地问："这个刺客，肯定是跟随你来这里的，你又怎么说？"

"……非关我事，我怎么敢光天化日下刺杀大王？……我手下这些随从，皆是河间王所派来保护于我，我不是很清楚他们的为人……"

倒霉的李含无力辩解着。确实，对于这个刺客的忽然行动，他事先一无所知。但是，这个刚刚被劈开脑袋的刺客，又确确实实就是他的随从之一。

长沙王司马乂用剑尖在李含面前比画着，呵斥道："来人，把这个狗才下狱，严刑审讯！"

李含执拗之人，闻言也怒，气急败坏高言："我乃河间王手下属官，成都王亲自委任我为河南尹，二王所信，朝廷命官，你长沙王飞扬跋扈，难道要做第二个齐王不成？难道你还敢杀我不成？"

这几句话，长沙王听得冒火。怒从心头起，恶向胆边生，他猛力一挥手中宝剑，血光一道闪过，李含的人头，带着惊诧不解的表情，登时跌落在泥泞的雪地上……

第四十六章　三十万人统帅

"游客芳春林，春芳伤客心。和风飞清响，鲜云垂薄阴。蕙草饶淑气，时鸟多好音。翩翩鸣鸠羽，喈喈仓庚吟。幽兰盈通谷，长秀被高岑。女萝亦有托，蔓葛亦有寻。伤哉客游士，忧思一何深。目感随气草，耳悲咏时禽。寤寐多远念，缅然若飞沈。愿托归风响，寄言遗所钦。"

信步庭园，陆机吟出一首诗。在他脸上，忧形于色。

"兄以乐景抒发哀情，乡愁绵绵……"陆云俯首，若有所思。

"如今，成都王委任我为河北大都督，手下统领诸军近三十万人，我深感重任在肩，夜不能寐啊……"

"我们父祖皆为统帅，为吴国立有大功。到我们这辈，已经三世……三世为将，实为不祥，乃道家所忌！洛阳帝京，我兄弟二人乃远来南人，羁旅愁人，入宦中原，如今忽居群士之右，北人肯定皆有怨心。兄手下的北中郎将王粹、冠军将军牵秀，虽然和我们昔日为金谷园中诗友，但他们心中肯定不服……阿兄，您不如亲自面见成都王，坚决辞去都督一职！"

"我已经向成都王表示过两次要辞职，他拒绝说：'若功成事定，当授以郡公、台司之高爵厚位，将军勉之矣！'言语间对我极其信任……唉，当初赵王败后，成都王对我们兄弟有救护之恩……贵为皇室亲弟，他能推功不居，劳谦下士，很有贤王风范。看在成都王当时于我兄弟有恩的分上，我兄弟才倾心事之。兴隆晋室，在此一举……"

陆云想了想，忽然说：

"阿兄，我记得您当时曾对成都王说过：'昔日齐桓公信任管仲能建九合之功，燕惠王猜疑乐毅以失垂成之业，今日如果成功，关键在于王爷您而不在我陆机……'据说，我们兄弟刚刚离开，成都王手下就有人进谗言，说：'陆机自比管仲、乐毅，把大王您比拟为无道暗主，乃以臣下欺凌主上。自古命将遣师，未有如此以下犯上能够成功的。'阿兄，成都王身边日夜有人毁谤我们，来日大可忧啊。"

"我兄弟进退两难，你说如何是好呢？"

"阿兄，您可以写辞谢表，一次不成，两次，两次不成，三次，直到成都王接受您的辞呈……唉，我自入成都王幕府以来，屡以正言忤旨。成都王所宠信的宦者孟玖，想让他父亲做邯郸令。左长史卢志等人为了巴结孟玖，皆随声附和赞同，唯独我固执不许。大庭广众之下，我对成都王说：'担任邯郸县令的人，一直以来都是士族门第，宦者的父亲哪里能担此清流之任……'为此，孟玖对我怨入骨髓。至今思之，我们兄弟二人前前后后得罪了这么多人，依旧对成都王幕府恋恋不去，恐怕凶多吉少……"

陆机摇头："如今，谗言已入。我一而再、再而三地往上递辞呈，反而更会引发成都王对我们兄弟的怀疑，他会认为我们首鼠两端，畏避不行，如此，横祸立至……今日，我手下领兵之盛，吾父吾祖皆未曾有。我陆氏乃吴地四族八姓首望，文德武功，世人尽知。自吴国倾覆，宗族颠沛衰落。作为败北臣民，或可凭借这个机会一举成名。守道不如顺时，我们兄弟到达洛阳后，倘若得天时地利之助，能出奇制胜也说不定呢……"

陆机能成为三十万人统帅，起因正是长沙王司马乂一怒之下杀掉了李含。

河间王司马颙闻听李含被杀，怒不可遏，立即派张方为都督，率领精卒七万自函谷关奔赴洛阳而来。邺城的成都王司马颖，逐渐觉得长沙王司马乂在京城内把秉大政，自己不能恣逞权欲，就附和河间王司马颙，借口皇后羊献容的父亲羊玄之专权，上表请诛羊玄之等人，并发檄京城，命令长沙王司马乂归第待罪。

为此，谋士卢志曾苦劝成都王司马颖："大王，诛除赵王篡逆，您立有大功。当时，您委权辞宠，以孝养为名归回邺城，天下时望皆归美于您。观如今之事，大王应该屯军关外，自己文服入朝，觐见皇帝，此真仁德霸主之事。如果您不顾皇帝在京，领军逼向洛阳，天下人又会如何看待您呢？"成都王不从。卢志又谏："大王，您与长沙王乃骨肉兄弟，人之有兄弟，如左右手。大王您欲当天下之敌而先去其一手，可乎？"

成都王权迷心窍，再不听卢志劝告，依旧发兵。

未等洛阳京城内有所回复和表态，成都王司马颖就委派陆机为先锋，率领近三十万大军，与河间王司马颙派来的大将张方相呼应，直杀京都而来。

得知自己十六弟成都王与人在长安的河间王共谋携兵而来，洛阳城内的长沙王司马乂深为愤恨，他马上以皇帝名义下诏，称：

"河间王司马颙敢举大兵，内向京华，朕当亲率六军以诛奸逆！以长沙王司马乂为太尉，都督中外诸军事，捍御京城御敌！"

至此，继赵王、齐王之后，宗室之间大战又起……

"都督大人，振武将军石超求见。"门吏来报陆机。

陆机、陆云兄弟回到正厅，看到来人，吓了一跳——此人身高近九尺，容仪伟丽，面孔雄毅，长相酷似金谷园主人石崇。

"卑职石超，拜见大都督！"石超行礼。

陆机忙近前亲自扶起来人，犹疑了片刻，发问："将军，你是否与石季伦有亲缘关系？"

"石崇石季伦，乃卑将六叔……"

"哦……"陆机沉吟。

"家父排行第二，乃前尚书郎石乔。我六叔石崇被赵王、孙秀诬罪族诛，家父同时遇害。幸亏当时成都王相助，我和兄弟石熙事先得知消息，逃亡在外，得以侥幸逃脱。成都王、齐王二王征讨赵王之时，我获任折冲将军……后来，我被成都王派去荆州讨贼，如今被召回，得任振武将军，听命大都督您的指挥……"

听石超如此自报家门，陆氏兄弟知道了他大概的经历。

相比其六叔石崇，石超年轻气盛，满脸英气，一双俊目精光闪耀，看上去寒光逼人。

陆机慨叹道："我与将军六叔石季伦，昔日金谷园中相交甚欢，不意孙秀奸佞，见色见财起意，枉害石家……如今王室多难之秋，我当与将军勠力齐心，以兴晋室。"

"我们石家为司马氏卖命三世！吾祖石苞，在位忠勤，对晋室有拥推大功，曾被武帝策谥为'武'；我父我叔父几人，皆忠于所事……即便如此，六叔石崇一人遭赵王、孙秀觊觎，全家不免遭到族诛滥刑，让人思之寒心……"

石超咬牙切齿，言辞之间，没有一丝感戴晋廷的意思。

第四十七章　兄弟相仇

"冲，冲，冲上去！皇帝御驾亲征，我辈敢不尽力！"长沙王司马乂声嘶力竭，命令着手下兵士。

洛阳城外，成都王司马颖军势盛大。在陆机率领下，诸将列军，自朝歌至河桥，鼓声震天动地，声达数百里。如此兵威，自魏晋以来前所未有。

三月到六月以来，长沙王司马乂命令兵士保护、扛抬痴帝的乘舆，时时出城应战，分别在洛阳附近的十三里桥、石楼、河桥、邙山、偃师等地，大败成都王和河间王军队。

前日，听说皇后羊献容之父羊玄之在京城忧惧而死，长沙王才拥痴帝返回京城，在太极殿为羊玄之举哀。

由于成都王司马颖起兵所打的旗号是"讨伐"羊玄之，所以，趁羊玄之暴死的时机，长沙王司马乂向十六弟亲笔写了一份情深意切的书信，然后，他派中书令王衍出城，前往朝歌，把亲笔信当面交给屯军当地的成都王。

长沙王信中，言语谆谆，力图劝诚成都王能顾全大局：

"先帝（指武帝）勤身苦己，克成帝业，六合清泰，庆流子孙。孙秀作逆，反易天常，赖卿兴起义众，迎帝复位。齐王恃功，肆行非法，上无宰相之心，下无忠臣之行，吾兄弟协力，荡除齐王。吾之与卿，兄弟十人，同产皇室，受封外都。经年以来，各自怀贰，不能弘宣王教，为国远略。今卿复与河间王共起大众，阻兵百万，重围洛阳宫城。群臣同忿之际，皇命命我为将，出京抵御，宣示国威。兵士无辜，死者日以万数，沟涧山谷，尸骸填平。卿所遣陆机，不乐受卿节钺，将其所领，暗通于我，效忠国家。逆天而行，必遭殃疚。卿宜还镇邺城，以宁四海，上可令宗族无羞，下可贻子孙之福。如其不然，念骨肉分裂之痛，何可忍言！"

司马颖读了兄长来信后，莞尔一笑，马上派卢志回信，辞来语往，指斥长沙王挟持皇帝：

"武帝乘运，恩隆帝业，宏谋远图，本期百世。岂料骨肉豫祸，后族专权，杨骏、贾后纵毒国中，齐王、赵王内兴篡逆。赖天保佑，相次诛夷。吾每忧王室，心悸肝摧。羊玄之等恃宠作祸，能不兴慨！于是河间王羽檄一发，四海云应。本谓仁兄与吾怀，便当内擒羊玄之等，枭首远送于邺城。不料仁兄迷惑，自为戎首！上矫君诏，下离爱弟，推移辇毂，妄动兵威。今我手下武士百万，良将锐猛，定当克力整顿海内。若仁兄能从河间王良言，投戈退让，自求多福，吾亦自归邺城，与兄同辅帝政。慎哉大兄，深思进退也！"

自此，长沙王、成都王兄弟讲和不成，继续麾兵争斗。

愤急之下，长沙王拥痴帝进至缑氏[①]，痛击成都王手下牵秀所率部队，打得对方大败而去。

岂料，趁洛阳空虚之际，张方率数万河间王军队突入京城，纵兵大掠，杀掉百姓万余人后，这支来自长安的藩镇部队满载"战利品"狂奔而去。

三王军队交战数月，各有胜负。

十月间，长沙王司马乂拥痴帝回到洛阳皇宫，稍作喘息修整。

成都王司马颖再遣数将携兵前来洛阳，听从陆机调遣，以求速胜。

手下兵将虽多，陆机并不敢贸然主动进攻长沙王所率洛阳中军——遥望皇帝乘舆在军中，陆机不能不心生疑畏。

慌忙布置间，军将孟超不听调遣，率领部下万余人，四处劫掠，搜杀洛阳城外的百姓。

陆机闻知后怒极，立刻逮捕参与抢劫的兵士数十人，准备严惩。

不料，孟超自率铁骑数百，直接冲入陆机的大都督营帐，以刀胁逼陆机手下卫兵，劫走了所有被拘兵士。

立马于陆机大帐辕门前，孟超扬扬得意，遥骂道："南蛮貉奴，你这种人还能做大都督！"

这胆大妄为的孟超不是别人，乃成都王宠信宦者孟玖的弟弟。

陆云见状大怒，力劝兄长以大都督身份，派人携令旗立刻诛杀孟超以立威。

陆机摇头："成都王本来就怀疑我兄弟，如果杀掉孟超，难免更生枝节……"

陆机犹豫不决之际，孟超恶人先告状，他纵马军中，四处声言说"陆机将

---

① 在今河南洛阳偃师区。

反"。同时，孟超派人给哥哥孟玖捎信，说陆机阴持两端，暗中与洛阳城内的长沙王联系。

不久，立功得胜心切，孟超不受陆机节度，私自率领轻兵独进，结果，他在洛阳城外被长沙王军队袭杀。

消息传到朝歌，宦者孟玖更加怨恨。他心疑陆机故意让自己兄弟孟超陷阵。于是，孟玖时刻不停向成都王司马颖进谗言，说陆机怀二心，屯兵逗留，私下与长沙王勾结。

陆机手下许多出于北地豪门世家的将领，包括冠军将军牵秀等人，素来谄事孟玖，还有不少人是因这个宦者的关系才被任用，于是诸人纷纷上书，都在成都王司马颖处大讲陆机的不是。

内外交迫，陆机心如火煎。

眼见成都王司马颖兵强马壮，长沙王司马乂先发制人，派人把皇帝乘舆高高抬到建春门门楼上。

摆定皇帝御驾坐镇的姿态后，长沙王亲率兵士出城，与陆机数十万军队对阵，准备大战一场。

建春门的护城河早就结冰。

除了正面走建春桥的大部队，一些长沙王派出探阵的先头兵士，小心翼翼，踏着咯吱咯吱响的灰色冰层，从桥下慢慢走着，准备到对岸去。

那一边，靠岸的地方只结了一层表面满是鼓泡的薄冰。

怕对方忽施冷箭，快到对岸时，几十个洛阳中军兵士慌忙加快脚步，未及辨认脚下冰层，忽然陷进未冻结实的河里。他们口中乱叫着，伸手乱抓。越挣扎，冰裂得越快。随着绿波翻滚，他们很快就消失在雪白的泡沫下面。

这两天，洛阳的天气忽然暖和起来。地上、冰上的积雪慢慢融化，满是枯干苔藓的河边白石板上，隐隐泛青。远远望去，洛水岸边已经有不少冰层开裂，不少地方的坚冰完全融化，河水似乎哪里膨胀了一样，变成了深蓝色，冒着泡沫，翻滚着流动着。

正午时分，远方地平线上，如同春天一样，缓缓升起一层温柔的淡蓝色阴影；一股腐烂干草的甜甜气味，氤氲在空气中；光秃的土地，散发出一种说不出的、类似血腥的气味；许多喜鹊，在荒林的枝头和城墙上面站立着，叽叽喳喳叫唤，声音听上去却凄凉得很。

遥见城楼上的皇帝乘舆，陆机下马，跪在松脆而又薄薄的积雪上，恭敬地向痴帝行礼。

一直以来，长沙王司马乂能够屡战屡胜，皇帝掌握在手，绝对是最大原因。无论是张方率领的长安兵，还是陆机所率的邺城兵，望见皇帝的乘舆黄旗，都感心慌，往往未战先乱。

"我们兵将数十万，竟然如此怯阵！"孟玖另外一个弟弟孟咸，站在成都王军队的阵首，扬起手中大槊，高声大叫。

与他给成都王当宦者的哥哥孟玖和前不久刚刚被杀的孟超不同，孟咸身材高大魁伟，是个两颊鼓胀，长着一对大权腮的年轻人。他血气方刚，留着两撇浓黑、夸张的胡子，看上去如同贴在嘴唇角上的一样。

建春门外辽阔的空地上，双方摆开阵势，相互对阵。

陆机手下军队，数量确实惊人，从洛阳城楼最高处俯瞰，一眼望不到边际。

"放箭！"长沙王从马上跳下来，哑着嗓子仰头向城头高声命令道。

城楼上弩箭齐发。一阵箭雨过后，与洛阳中军对阵的、成百上千的成都王兵士，多有被射中的，不少人被劲弩射穿身体，立刻身死。

陆机察觉身边一阵轻微的喧哗声，队伍的阵脚有些移动。

对面旌旗飘飘，陆机骑在马上，还发现自己的老朋友、司马皇室的驸马爷王敦也在场。

王敦身穿戎服，骑马立于长沙王近前，手中拿着一个铁如意，比比画画说着什么。

驸马王敦，正在帮助长沙王排兵布阵。

眼看陆机所率的成都王兵马彻地连天，漫无边际，王敦就建议长沙王命令五位军将，首先率五千中军铁骑突阵。此计奇巧之处在于：突阵兵士战马的尾巴上，都绑缚一个明晃晃的戟头。

铁骑嘚嘚，城门大开。

洛阳中军呐喊着，直朝陆机所率的成都王部队冲过来。五千马尾后，戟头荡起冲天尘埃，使得这支从城门里面冲出来的军队，看上去人数多得数不过来。

在前冲过程中，那些马尾后面的戟头甩动，使得不少马匹受惊，故而战马疾驰的速度快得惊人。

位于阵首高呼陷阵的孟咸猝不及防，被突然冲过来的长沙王铁骑一下子冲倒，践踏在地。很快，他那颗依旧戴着兜鍪的脑袋，就被人插在一支长槊的尖头上，成为洛阳中军炫耀胜利的战利品。

陆机心慌，他赶忙命令旗兵挥舞旗帜：变阵！

大决战之时，没有一个军将听从他的指挥。只有石崇侄子石超指挥的一部军队还算镇静，他们站在距离陆机很近的地方，没有慌乱地马上溃逃。其余地方，炸锅一样，兵士口中发出阵阵低沉的呼喊声，炸营般纷纷逃离战场。

骑兵纵马狂逃不已，很快就消失在陆机的视野之外。

陆机、陆云兄弟见势不妙，赶忙把马缰绳紧紧套在手腕上，挥鞭打马往后奔。

如果稍慢一些，他们定会被掉头逃跑的己方骑兵踩躏踩踏成为肉泥。

追击的洛阳中军得势不饶人，他们高声呐喊着，纵马追迫过来，并逐渐散开队形，打猎一样，槊捅刀砍，追杀败退的成都王兵士。

猎猎风吹，几张巨大的白虎幡高举在长沙王所指挥的洛阳中军骑兵手中，四处摇晃着，促使、激励着洛阳中军勇猛地战斗。

几十万成都王兵马，短时间内不战自溃，顿然成为残兵败将。这些人有的狂奔而逃，有的放仗投械，跪在地上向洛阳中军求饶。追击中的中军骑兵练习砍杀一般，把那些投降的邺城兵当成了草靶，刀刀见血，人头在平地上乱滚。

陆机伏在马脖子上，左手拿着一柄宝剑，边跑边不断地回头张望。眼见兄弟陆云紧紧跟在自己身后，他心中稍安。

越过一道深壕后，陆机、陆云驻马喘息。

大约十丈远的地方，一匹摔倒的战马正一面尥蹶子，一面捯动腿，马旁边躺着一个没了脑袋的骑兵；在他尸体旁边，一个没戴兜鍪的骑兵，正呆呆望着自己露出骨碴的膝盖发呆。再远处，一个身上没有穿任何铠甲的步兵胡乱喊着什么，把两手举了起来，不断四顾，下跪做出投降的姿势。原来，他把驰骋奔跑中的败兵误认为是追击的洛阳中军骑兵；附近一条沟壑纵横的陡崖下面，有数百邺城兵士来不及收脚，摔死在坡下，没死的躺在那里辗转呻吟……

跑出几十里后，陆氏兄弟到了一个名叫七里涧的地方。他们发现，这里死者如积！在这个水深到腰部的溪涧中，到处漂浮着淹死的邺城兵士尸体，以至于涧水为之不流！

由陆机率领的成都王兵士，许多并非死于追击他们的敌军之手，而是死于慌忙中的践踏和水淹。

仰头叹息之余，陆机还发现身边匆匆遁去一将，此人鲜衣骏马，原来是大将石超。

沟崖上空，阳光明亮。癫狂逃跑途中，陆机头上兜鍪已失。他的脸，在阳光下苍白得可怕，表情仿佛刚从噩梦中惊醒。忽然，他所骑骏马呼哧呼哧地喘着，一下子吃力地直立起来，接着，向后退了几步，就开始慢慢往一侧倒下去。

陆机急忙从鞍子上跳下来，抓住马笼头，侧身一滚，以免自己的腿被压在马身下。

那匹马躺在地上，慢慢蜷起了哆嗦着的后腿，痛苦地龇出黄色的牙床，脖子直挺挺地伸了出去。这原本是一匹上好的骏马，它有天鹅绒般的灰色鼻梁，鼻孔处喷出粉红色泡沫般的东西。紧接着，骏马的躯体猛烈抖动了几下，眼睛黯淡下去。它那被太阳晒得尖上发黄的睫毛轻轻哆嗦着，牙齿紧咬，低沉地呻吟着，竭力想抬起脑袋。但是，它严重受伤的身体，似乎已经把最后的一点力气消耗光了。

于是，它的颤抖越来越轻，脖子扭过来，露出一个被箭射中的伤口，不断冒出散发着热气的血泡……

陆机抬起头，看到了头顶上天空黑沉沉的，当空高悬着一轮闪着黑色光芒的太阳。

三十万大军，须臾之间，烟消云散！

方才那种类似大地崩裂的巨大响声逐渐消失了，恬适的寂静重新笼罩了田野。远处的小树林里，只有一些雀鸟在惊慌地喳喳叫个不停。

陆机忽然感到一种涌到嗓子眼的恶心，他呻吟了一声，低头，忽然发现自己的右腿卜插着一支箭。

陆云下马，发现兄长的腿肿得非常厉害，皮肉胀得紧紧的，透亮，呈深紫色，看上去一点皱纹也没有，塞满了肥大的下裳。褐色的干血，沾满了衣裳。

没过多久，嘈杂声又起。

远处，视线所及的地方，陆氏兄弟看到洛阳中军的一些步兵，有几十道散兵，正穿过褐色田野慢慢走过来。

他们踏着高高的庄稼茬子，边前进，边搜杀溃败逃跑的成都王兵士。

哀号阵阵，刀砍在脖子上的声音清晰可闻。

在令人窒息的砍剁声中，敌人越走越近。

几个追杀残兵的洛阳中军发现了陆氏兄弟，他们高举长槊，一声不响地大张着嘴冲了上来。

陆机听见自己的心在猛烈地跳动，他大声高喊："来人啊，来人啊……"

陆云也高声喊叫，力图能呼唤一些残兵跑到自己和兄长周围保护他们。

附近一个壕坑中，本来有躲藏在那里的几十个溃兵，听到陆氏兄弟的喊叫声，那些人纷纷往外跳出。

岂料，他们个个吓得面无人色，根本不顾陆氏兄弟，都扭头拼命狂逃。

一个脸色黝黑的洛阳中军，双手高举一柄式样古怪的大刀，表情兴奋地奔跑过来。他奔跑的姿势是那样轻捷，几乎脚不沾地。

越过几道壕沟，那个人很快就跑到了近前。陆氏兄弟能清晰至极地看到来人的长相：他两道皱起的眉毛紧挨着眼睛，唇髭漆黑。

由于不停奔跑和往来跳跃，他头上的兜鍪歪斜到后脑勺上，两当铠甲只剩下胸前的一面。

性命留存须臾间，陆机惊慌万分。他不顾伤腿，猛然跳了起来，竭尽全力地叫喊。同时，他控制住自己痉挛的手，准备从腰间拔出宝剑，试图做最后无谓的抵抗。

但是，一种不可思议的恐惧控制了陆机。他拔了半天，都没能从鞘中拔出剑来。

也许是颤抖的手没有力气，也许剑鞘不知道在哪里卡住了。

敌人，距离陆氏兄弟只有几步之遥。甚至来人白色的牙齿和粉红的牙龈都清晰显现在他们的眼前。

二人呆呆站在原地，眼睁睁看着那雪亮的刀锋，只能听天由命。

嗖的一声，一股暖乎乎的液体喷溅在陆机的脖子上，再睁眼一看，那个本来张牙舞爪的兵士，大张着嘴，正朝自己栽倒过来。

他血糊糊的脖子上面，插着一支还在颤抖的羽箭。

满是逃窜残兵的田野上，一个人牵着一匹马飞奔过来。

单人独骑的救命之人在陆氏兄弟面前勒住了缰绳。

二人仰头一看，原来是大将石超。

刚才那救命的一箭，也是由他手中射出。

于是，未及喘息，陆氏兄弟并骑一马，跟随着石超，狼狈逃离了尸体遍地的战场……

第四十八章　草木萌芽杀长沙

"我们洛阳中军才十万兵，竟然能大破成都王三十万兵马，真乃空前大胜！"长沙王司马乂站在城楼上，遥望战场，兴奋至极地对身边的王敦说。

未待王敦回言，东海王司马越带着手下长史刘舆急匆匆从外面走来。

"长沙王殿下，张方率领河间王军队，趁我们洛阳中军与成都王军队在建春门外大战之际，在西明门外偷袭，并在驮水桥西扎下大营，筑数重深垒，环围城西！"

司马越一席话，使得在场的长沙王司马乂和王敦都大惊失色。

惊诧之余，长沙王深感失算。

与成都王司马颖大部队决战之前，长沙王曾经率领兵士拥痴帝在西明门与张方打过一次仗。当时，张方所率长安兵士初次望见皇帝乘舆，皆大骇退走，致使张方大败，其手下被杀五千多人。退屯十三里桥之时，河间王军将骇惧非常，皆欲夜遁奔回长安。张方却能在败中沉住气，对诸将说："胜负乃兵家之常，善用兵者，能因败为成。如今，我们出其不意，不仅不退兵，反而可以趁夜回返城下，深挖壕堑，以此奇策，与城中兵相持。进可攻，退可守，观察成都王方面形势……"于是，张方军队趁夜潜进，逼近洛城七里，筑垒数重。而长沙王司马乂在西明门大胜张方后，一心扑在如何与建春门外的成都王军队决战上，不以张方为意，全然没有料到这个败军之将，竟然能回逼洛阳。

"禀报大王，成都王军队复来逼城，距离建春门十里重新扎营！"

又有军校入殿，报告新的坏消息。

"……成都王三十万大军刚刚溃败，他哪里能这么快就组织起残军？人数多少？谁为领军？"长沙王一脸诧异。

"成都王派七万精卒自朝歌出发，加上败退的残兵，共有十万余人，领军是振武将军石超……"

长沙王司马乂倒吸一口冷气。

王敦皱眉，说："来者不善啊，石超乃石崇之侄，深具带兵才干，先前齐王、成都王起兵攻打赵王，他多次作为先锋，所向克捷……张方围西城，筑垒数重，外引廪谷为军粮，可以长期与我们相持；石超逼建春门，包绕东城，断绝我们的粮道，长沙王殿下，洛阳危急啊……"

"有天子在我们手中，何愁不克！"长沙王司马乂强打精神，"来人，抬皇帝乘舆，随我再赴西明门，与张方鼠辈一战！"

东海王司马越着急，他摇头说："张方深壕高垒，层层递进，我们禁卫军和中军精骑不得驰骋，速胜太难……不如暂时坚守城池，发檄各地，号召外兵勤王。如能里应外合，给张方、石超军队来个反包围，或有可能破敌。"

长沙王顿时面露不悦："成都王、河间王势力强大，外镇皆观望逡巡，没有哪个会主动派人来攻击二王。只有我们能迫使二王势穷，观望的藩镇才会对他们落井下石……东海王，你不要惧怕打仗，尽可稳守皇城，我本人自会首当其冲，亲自指挥中军陷阵！"

见长沙王司马乂如此说，司马越躬身，不敢再多言。

"东海王，切切与我同心协力，莫让我再蹈齐王覆辙！"长沙王临出殿，意味深长地对司马越说。

听长沙王如此说，司马越一躬到地，做战战兢兢状。

王敦和东海王司马越身后的刘舆互望了一下，二人心照不宣：长沙王、东海王在洛阳的联盟，显然已经出现嫌隙。

不出东海王司马越所料，长沙王司马乂率人从西明门出战张方，没有占得任何便宜。

饶是洛阳中军战斗力强，但骑兵战马跑不起来，最终受制于张方军士所挖的深壕峻堑。结果，中军人马被杀数千，未能进逼张方大营一步，最终只得折返城内……

成都王司马颖那边，整顿残兵，声势复振，命令石超从东面进逼洛阳；张方派人掘开洛阳城外的千金堨[①]，致使洛阳城内饮用水源枯竭，而且，由于水碓无水可用，不能舂米供军粮。

无水无粮，坚守洛阳的长沙王顿时困窘。于是，城内诏令频发，命令一品以下大臣皆从征，城内男子十三以上皆从役，集中城内王公大臣的奴婢，用手捣舂

---

① 古代水利工程。在今河南洛阳。

米粮供给兵士，并征发官吏奴仆助兵。

内忧外困，公私穷蹙，一石米价格飞升到万钱之价，城内饿死百姓数万。

窘急之下，时任骠骑主簿的祖逖临回范阳老家前，向长沙王司马乂献计：

"大臣江统如今在雍州，此人忠义果毅，尽心王事。雍州兵力，足以牵制河间王司马颙。大王应该以皇帝名义发诏给江统，命令他发雍州兵进袭司马颙。司马颙窘急，必召回张方以自救！"

诏旨一下，江统果然遵从。他自雍州奉诏驰檄四境，周围诸郡多起兵响应。于是，江统整合七郡之众一万多人，进逼长安。

河间王司马颙闻讯大骇，即刻派人急赴洛阳，召张方率军回救；张方本人，认为洛阳城坚，中军勇锐，也不想在城下逗留，就集合兵将，想即刻还奔长安。

就在洛阳即将解围的关键时刻，洛阳城内却发生了巨大的变故：永兴元年（公元304年）春正月，东海王司马越纠结殿中禁卫军，忽然生变，矫诏逮捕了没有任何防备的长沙王司马乂，送往金墉城禁锢；同时，东海王派人到城外与张方和成都王司马颖讲和。

数月以来，长沙王司马乂屡与成都王司马颖和河间王所派的张方军队大战，屡战屡胜，前后斩获六七万人。司马乂本人并无篡夺野心，对待痴帝哥哥毕恭毕敬，未尝有悖逆亏敬之处。因此，即使洛阳城中粮食日窘，城内守城士卒并无离心，皆心甘情愿听从长沙王调派。

既然能背叛齐王，当然也能背叛长沙王。眼见洛阳城内粮食将尽，东海王司马越再次发难。特别是日前长沙王警示他不要让自己蹈齐王覆辙那句话，使东海王胆战心惊。于是，他暗中联系几个殿中司马，猝然发难，于城内倒戈，逮捕了长沙王司马乂。

大事稍定之后，东海王在洛阳宣布大赦，改元"永兴"。

城门既开，洛阳那些殿中将士忽然发现成都王所派石超的军队和张方部队兵单将寡，根本不像事先想象的那么人多势众，不少人都感到非常后悔。此外，城内普通兵士，绝大多数都心向几个月来一直身先士卒的长沙王，不少将士就暗中图谋，准备从金墉城劫出长沙王，关闭洛阳城门还拒成都王。

如此一来，东海王司马越大惧，便想立刻杀掉长沙王司马乂以绝众心。

他向刘舆问计："城内兵将欲反劫长沙王，倘若他重新当权，吾辈性命休矣！我想即刻杀之，卿以为如何？"

"长沙王乃成都王手足兄弟，二人虽反目，毕竟有骨肉之情。殿下您今日杀长沙王，日后说不定会被成都王拿此事当成把柄，说您矫诏擅杀。"

"如果不杀长沙王，城内兵士万一劫金墉城救他出来，奈何？"

"此事嘛，可以让城外张方那个武夫来处置……"

刘舆此计，东海王司马越大加赞同——如此，既可以让自己避免了擅杀痴帝亲弟的名声，又借刀杀人，推责于河间王和他手下大将张方。

张方接到东海王司马越的密信后，不敢怠慢，立刻派部将郅辅率精兵三千人入洛阳，从金墉城提走了长沙王司马乂，把这位仪表堂堂的王爷押送到了西城外的军营。

虽然双手被绑缚，长沙王依旧英气勃勃。

被带入张方大帐前的空地上之后，营内围观的军将，包括把长沙王从洛阳金墉城带至此地的郅辅，都不由自主，向这位王爷俯身下拜。

"长沙王，你劫持至尊，大逆不道！见到本将军，怎敢不跪！"张方坐在一张胡床之上叱喝。

无知者无畏。张方出身卑贱武夫，反而心中对面前这位司马皇室宗亲没有多少发自内心的敬畏之情。

"鼠辈安敢如此！"长沙王司马乂毫不服软，"死生有命，富贵在天。想我堂堂皇胤，竟然死于你这种卑污小人之手，可恨，可恨……"

张方并不恼怒，他随手拿起从长沙王身上搜得的一份奏表，高声念道："陛下笃睦，委臣朝事。臣小心忠孝，神祇所鉴。诸王承谬，率众见责，朝臣无正，各虑私困，收臣别省，送臣幽宫。臣不惜躯命，但念大晋衰微，支党欲尽，陛下孤危。若臣死国宁，亦家之利。但恐快凶人之志，无益于陛下耳……"

"长沙王，你写给皇帝的表奏，句句实在……不过，那位皇帝看得懂吗？哈哈哈……"张方肆无忌惮地大笑起来，"你还不如写信给我们河间王，或许，他能下令救你一命。东海王出卖你，你不要指望他；成都王是你十六弟，我杀你之前也不会通知他……"

司马乂目中喷火，说："大丈夫死则死耳，恨只恨吾志不遂！东海王阴贼，致使我功败垂成！"

张方笑嘻嘻。他拿出另外一封黄纸，念道："玉趾既御，履和蹈贞。行与禄迈，动以福并。南窥北户，西巡王城。翱翔万域，圣体浮轻……嗯？这是什么章奏，我怎么看不明白？"

"鼠辈鲁莽武夫，卑贱下人！那是曹植所作《冬至献袜颂表》，乃我亲自抄写而成……本来是附在我给皇帝兄长贡献的棉袜匣中，未及放入，我即被东海王派人收逮囚于金墉城……"

张方冷笑："看来,你和至尊真是兄弟情深啊……不过,杀你之后,我想,那杀人的诏书,也定是以皇帝名义颁发全国……"

"鼠辈不必多言,请速杀我!"

军营中鸦雀无声。

"来人,点火!"张方站起身,大喝。

一堆早已经准备好的、堆成垛的木柴被点燃。熊熊火光映照在长沙王脸上。

"长沙王殿下,你想快死速死?你想错了!这么多天来,我日日在营中烤炙牛羊,兵士烹制之技纯熟……呵呵,我从前还没有吃过王爷,今日正好拿你来试一试……"

言毕,张方抚髯,仰天大笑:"我听说,洛下去年就有童谣,说:'草木萌芽杀长沙。'今日恰值正月二十七日,春木刚刚开始生长,长沙王,谶谣真应在你身上了啊……"

去年腰斩齐王司马冏的时候,这位堂兄临刑前曾经和自己讲过这个谶谣。思及此,长沙王忽感惘惑。

张方几个贴身侍卫蹿过来,把长沙王司马乂用一根粗大的铁链捆在一根大木上,然后,把他架放在柴堆上烤炙。

由于身体距离柴垛有一段距离,长沙王并没有即刻被烧死。他身上的衣服先冒出浓烟,而后,他的头发和须髯开始燃烧。

长沙王咬紧牙关,开始还能忍耐住疼痛不叫出声来,未几,随着火燎加剧,他禁不住大叫起来。冤痛之声,达于数里之遥。

"天啊,天啊……"

在场的军士,眼睁睁观瞧,实实在在地看着这位眉目如画的王爷被烧杀的全过程:他身上雪白的肌肤逐渐融化,先是被烤灼成白色,然后,嗞嗞地滴下油脂,皮肤慢慢变成了棕褐色;接着,油脂使得柴火燃烧更加旺盛,他的皮肤被烤成了焦黑的颜色,肌肉开始燃烧起来,最后才变硬炭化。

在场军人,不少人为之垂涕。

长沙王司马乂死年二十九岁。

张方大口喝着从洛阳宫内弄到的御酒,舒服地向后仰着脑袋,大叉开腿站着,仔仔细细观看烧杀长沙王的整个过程……

过了一会儿,他走过去,低头在长沙王已经烤焦的尸体上面嗅闻着,掏出小刀,从黑乎乎的尸体上割下一块肉放进嘴里,有滋有味地嚼了起来。

张方手下几个亲兵不知道从什么地方弄来一个圆圆的大口陶坛,坛口用蜡封着。

这是一坛来自西域的贡酒。这个粗蛮的武夫将大陶坛捧在手里半天，吃力地翕动着嘴唇，竭力想辨认出上面的字迹。看了半天，他也没有看出来上面写的是什么，就把坛子放在地上，拔出宝剑使劲砍剁。

一剑斜挥，坛口被削去大半，芳香扑鼻，酒香四溢。

张方赞不绝口地咂了半天舌头，醉醺醺大声喊道："这可是御酒！皇帝喝，王爷们喝，现在轮到我们喝啦……嗯，长沙王胸口这块肉，绵软油滑，不肥不腻，果然是王爷的肉，不像常人那样粗。入口之时，味道很像鱼肉，但不腥无刺，煞是好食啊……"

于是，张方手下贪酒的亲兵们一拥而上，争抢那坛深黄色的黏稠酒液，不一会儿就把一坛子御酒喝得精光……

河间王司马颙方面，他本来屯军于郑[①]，佯为成都王和张方声援，实则远距离观望。听闻江统在雍州起兵，他慌忙还镇渭城，派出一军在好畤[②]迎战江统。

江统军盛，河间王军队败退。司马颙大惧，率兵退入长安城内，并连派数人急召张方回军。

江统派五千精兵直袭长安，突入城门，边冲边杀，力战至司马颙军帐之下，差点生擒这位河间王。可惜的是，后继援军晚至，司马颙手下军将缓过神来，加上张方回军的前锋军赶到，引兵横击，最终杀退了这支奇兵。

司马颙惊魂稍定，亲自率人连夜反攻，击溃江统所统军队，并在途中追获江统本人。

由于二人从前有交情，司马颙劝江统归降。

江统坚拒道："知己之惠轻，君臣之义重！我江统绝不会违天子之诏，依强去弱以苟全。投袂之日，期之必死。菹醢之戮，甘之如饴！"

听江统如此说，司马颙大怒，命人对江统先施以鞭刑，再加以腰斩。

一代良臣，竟死于宗室叛王之手。

张方从洛阳撤退前，命令军士大掠城中，抢得财宝无数以及官私奴婢万余人。

一行人快到长安之时，军中乏食，张方就下令杀掉那些被掠的人，杂混以牛马肉，让兵士食之以为军粮。

乱世遭逢。吃人，很快就会成为常态……

---

① 在今陕西渭南华州区。
② 在今陕西咸阳乾县。

第四十九章　华亭鹤唳，可复闻乎

早春。风，依旧凛冽，姹紫嫣红的花朵却耀人眼目，丽姿纷呈，让人眼花缭乱。

陆机依稀记得，军营的左边，是个苹果园。去年，当他为大都督带兵经过此地的时候，那里还满是纷纷落叶。现在，苹果树的叶子翠绿如染，花儿盛开，色彩缤纷，一眼望不到边。

鲜嫩的花朵，犹如粉红色的花缎，在春天的红日下，流光溢彩。

"人生何所促。忽如朝露凝。辛苦百年间。戚戚如履冰。"对此良辰美景，陆机喟然长叹，吟诵出几句诗来。

刑场上，陆机面对马上将与自己一起被杀的弟弟陆云、陆耽，禁不住泪洒衣襟。陆氏三兄弟，以陆机、陆云最为有名，三弟陆耽，时为平东祭酒，虽不太出名，在当世也以清誉著称。

陆云满脸沉痛，对陆机说："阿兄，不意我陆氏吴地俊望，渡江远至中原，相携而入暗朝。值此衰运穷途，一旦湮灭覆宗，痛酷至深！"

听闻成都王司马颖所派前来监刑的牵秀到达中军大帐，陆机即刻换掉戎服出见，他头戴白帢①，衣素缎单衣；陆云、陆耽身上未及换服，都穿着软铠。

对陆氏兄弟来说，牵秀算是老朋友，乃昔日石崇金谷园"文章二十四友"之一。

牵秀，字成叔，武邑人，出身北地豪族。此人弱冠时代即有美名，博辩有文才，以豪侠著称，深为成都王信重。

出于地域之见，在内心深处，牵秀一直对陆氏兄弟的平步青云大感不满。

"士衡，你可知今日你为何要被杀？"牵秀居高临下，问陆机。

---

① 亦作"白帽"，古代士人戴的一种丝织便帽。

"我陆机谋浅无能，败师丧兵，死有余辜……"

"其实你心中清楚，众人都清楚，你们兄弟至于今日地步，乃得罪孟玖之故……成都王麾下官属数十人，包括卢志在内，皆跪入成都王帅帐，为你们兄弟流涕固请。"

"是啊，我陆机指挥无当，致使大军败绩。丧师二十余万，以法加刑，不敢卸责。杀我一人，足以整肃三军，威示远近，令天下知诫……但是，诬我陆氏兄弟图为反逆，加以族诛重罪，我心实实不服！"

"卢志曾在成都王面前竭力替你们辩解，叩头流血，他向殿下讲：'陆氏兄弟二人，俱蒙大王拔擢，广受器重，不应背大王无极之恩，而心向洛阳垂亡之寇。'他还说，'陆机计浅虑近，不能统摄诸将，导致败绩，实应加以刑戮。但刑诛事大，杀陆机以反逆之罪，实不能服众心，应派人仔细检校勘讯，如果审问为实，诛杀未晚……'"

"昔日金谷园中，我一向与卢子道（卢志字）口舌相争，如今他能在成都王面前搭救我兄弟，真让我内心愧之……"陆机拱手一揖。

听兄长与牵秀讲这些，陆云表情有些不耐烦。"即便如此，我兄弟还不是照样被族诛！"

"有那么多僚属为你们兄弟求情，成都王深感恻然，一度表示要宽宥士龙（陆云字）……不过呢，孟玖主内，他令人扶成都王入内室，催令我立刻前来诛杀你们兄弟……"

牵秀表情淡漠，似乎在和陆氏兄弟谈论别人的事情。

至此，陆机、陆云恍然发现，牵秀看似关心，其实是在幸灾乐祸。

他刚才一番表述，不过是故意给陆氏兄弟一些希望，然后又撕破伤口一样，一点一点让他们最终绝望。

南北士族之间的鄙夷和敌意，历久而不减。

"死不能逃啊……我这里有给成都王殿下的信，请你代我转交给他。"

陆机从袖中拿出一封信，递给牵秀。

举首仰望晴空，如梦初迷，天空格外静谧，那是一种迷人的蓝，蓝得如梦幻中的花朵初绽一般，把天堂深处的颜色敞露给人间。

蓝天下，红艳繁花在枝头上轻轻摇曳，微风冷飕飕吹来，彩色山雀飞落在枝丫上，欢快地在花簇间纵情跳跃，显衬得美丽景色更加生机勃勃，让人心弦陡动。

陆机禁不住热泪盈眶。

"自吴朝倾覆，我兄弟、宗族蒙国重恩，入侍则得入帷幄而参朝政，出京则剖符而居将帅。唉，成都王授我以重任，再三辞谢不能……今日受诛，岂非命也！想我陆氏兄弟，挺圭璋于秀实，驰英华于早年。文藻宏丽，独步当时！可惜，三国之末，君移国灭，家丧臣迁。念士人居世以富贵为先，故而心生妄念，贪荣利而忘祸辱，不顾族人居安保名之劝诫，冒危履贵，北赴中州，最终身辱族丧，覆宗绝祀……"

牵秀仔细读毕陆机给成都王司马颖的信件后，捋了捋髭须，然后，他冷冷地说：

"士衡，观你所书，言甚凄恻。字里行间，依旧对成都王殿下一片感念恩德之情……我知道，你不过心存侥幸，心中希望成都王会保全你在京城的家人。实话告诉你，你的二子陆蔚、陆夏，还有士龙的两个女儿，今早信使出发之时，应该都已经在洛阳城内遭到处决……"

听牵秀如此说，陆机脸色陡然一变。片刻之后，他凄然一笑，表情反而平静了许多。

"生逢季世，死亡相继。几年之中，石崇、潘岳、欧阳建，我们金谷园旧友，就有数人遭受族诛。如此悲惨时世，你我历历在目……"

忽然，陆机感到心力交瘁，他的胸膛一下子鼓胀起来，眼泪夺眶而出。这些泪水，与怯懦无关，全部是出于伤逝的悲痛，自己爱子和那些良朋益友的影像，刹那间充满了他的心田。

面对屠刀，这是一个孤寂、绝望的时刻，也是一个心中空空无我的时刻。

在陆机的记忆中，忽然显现出母亲临终前那张慈祥而不安的面庞，多年以来，她是那样疲惫地对自己兄弟倾尽疼爱。母亲的慈爱面容，已经逐渐黯淡模糊，陆机感觉到，这是自己这些年来第一次在脑海中无意而又完整地重现母亲活生生的、充满忧虑的面庞……

逝去的人们，只会存在于活人的心中。面对死亡，能恍然感觉生活中最痛苦最真实的时刻。回忆，让陆机更觉撕心裂肺。通过痛苦的回想，怀念之情腾然升起。存在与虚无的临界，在要死之人的心间如钉子一样扎得更深。

他深沉地叹息一声，很想知道，自己在九泉之下，与从前的亲人是能够永远相聚呢，抑或，黑暗中自己会沉入永恒的孑然一身？如果是后者，痛苦，将永远永远与灵魂融为一体。

或许，死亡如同入睡，那将是个更为真实的时刻。一俟双眼紧闭，外界万物皆消失不见。幽冥之中，人的五脏六腑或许能被九泉下神奇的灯光照得彻亮。那样的话，灵魂和虚无可以结成一体。智慧瘫痪了，他人的意志和残酷时世再也不能施加于他，成为严酷的真实。

令人惧怕的是，在那样一个长眠的世界里，如果有心脏或呼吸，还是会让人感觉到自己身体的器官，恐惧、悲切或悔恨，依旧在沉沉梦中紊乱知觉。犹如黑色波涛般的血液，依旧会因为亲人脸庞的浮现而使人泪水涟涟……

"士衡，士龙，黄泉无客舍，还是早上路的好……"牵秀抬头望了望高高在上的让人浑身冒汗的春天的太阳，催促说。

接着，他脸上露出一副真挚的表情，说："士衡，洛中诗人，唯你与潘岳最为著名，人称'潘文如江，陆文如海'，但我私下总觉你的诗文不出俗检，太过堆砌，缺乏自我意态。可是呢，你那首《赴洛道中作》真是上好佳作……'远游越山川，山川修且广。振策陟崇丘，安辔遵平莽。夕息抱影寐，朝徂衔思往。顿辔倚嵩岩，侧听悲风响。清露坠素辉，明月一何朗。抚枕不能寐，振衣独长想。'"

临刑前，经牵秀言及诗歌文学，不知为什么，陆机忽然回忆起青年时代在家乡度过十年读书时代的华亭。

那里，碧波荡漾，风景如画。而且华亭白鹤多多，特别是春夏之日，仙姿白羽，群群环绕飞翔，声声鹤唳，清新悦耳……

"华亭鹤唳，可复闻乎！"

刽子手刀落之前，陆机扭头对陆云叹言。

陆云俯首不言。

忽然，陆机再次抬头，真心实意地对监刑的牵秀说："身处如此黑暗季世，成叔，我希望你能比我们活得更长久！"

若有所思，牵秀看了看手中的青纸诏书，冷笑一声，像是自我解嘲，又像是怄气，说道：

"永兴元年，春天伊始。这一年，我总该活得过去吧……"①

---

① 牵秀没能活过这一年。不久，晋惠帝被劫持到长安后，河间王司马颙很信任他，拜其平北将军，坐镇冯翊。后东海王司马越进攻河间王，河间王长史杨腾暗中降附司马越，诱杀了牵秀。

第五十章　邺城皇太弟

"有诏：以河间王司马颙为太宰、大都督、雍州牧；

"有诏：加东海王司马越守尚书令；

"有诏：废皇后羊氏，幽于显阳殿；

"有诏：废皇太子司马覃，幽于金墉城；

"有诏：立成都王司马颖为皇太弟；原有丞相官职保持，增封二十郡，制度一依魏武帝故事，乘舆服御皆迁于邺城。"

…………

成都王司马颖手执酒觞，听着卢志给自己宣读"诏旨"——所有这些，非由痴帝哥哥发出，乃他邺城属官所拟。

司马颖在洛阳并未久留，很快就回到邺城，遥控京城朝政；为了避免日后再有禁卫军将领从宫内起事，他发诏杀掉了几十个曾为长沙王心腹的殿中司马，把皇宫禁卫军的指挥权收归相府；派出自己信任的振武将军石超率五万精卒屯守洛阳十二处城门，侦伺朝内动静；以手下长史卢志为中书监，留邺城参署丞相府事。

如今，洛阳的帝宫，不过是帝国的幌子而已，真正的权力核心还是在邺城。

邺城宫外，仪仗守卫，一如洛阳皇宫。大权在手，成都王司马颖僭侈日甚。由于他日益宠任孟玖等小人滥权，不听卢志等人谏劝，大失众望，国内人心思乱。

"成都王恃功骄奢，百度弛废，政紊刑深，更甚于齐王司马冏当政之时……"

站在邺城宫城的金虎台下，从带方得释不久的东安王司马繇脸挂忧色，对卢志说。

被废徙到遥远寒冷的带方郡多年，这位昔日雄心勃勃的王爷，如今满面沧桑。东安王司马繇的生母居于邺城，刚刚病死不久，故而他一直在当地建庐守丧。

"孟玖不过是成都王一个宠奴，成都王为什么那么信任于他？"

卢志听东安王如此问，叹息一声，拍了拍手中数纸诏书，说：

"是啊，孟玖阉人，卖官鬻爵，只要给他钱财，他就会让人拟好任命诏书草稿送给成都王签署，然后，就转发到我这里，正式发诏任命……成都王天性至孝，而其母程太妃对孟玖言听计从，故而成都王特别倚重这个阉奴。"

"唉，想当初，齐王、成都王攻杀篡位的赵王，迎皇帝复辟。此后，成都王毅然回邺城封地，推辞九锡，收葬战败将士遗骨，一度大得人心。子道啊，我知道，不少主意都是你给成都王出的……为什么他如今变化这么大，大失人臣之礼，心中全无敬帝之心……"

"齐王被杀后，其实，留守洛阳的长沙王司马乂十分敬重他的十六弟成都王，毕竟他们是骨肉兄弟。凡有大事，长沙王皆派人赴邺城咨询成都王意见，诏旨非有成都王副署，长沙王一概不发……可是，这二人日久生隙，因为程太妃留恋邺都，不愿远去洛阳，成都王就一直没有机会到洛京与长沙王推心置腹交谈，加上小人挑拨，他们嫌隙日深，最终造成兄弟仇杀的局面……"

言及成都王、长沙王兄弟内讧，卢志一脸遗憾。

"树欲静而风不止……我司马氏大晋，真是来日茫茫如海愁啊……"

东安王司马繇不停地摇头……

金虎台上，酤饮中的成都王司马颖，看上去似乎不是很愉悦，好像沉浸在某种伤心的情绪里面。

成都王王封之外，新加上"皇太弟"衔号，并不能保证日后的帝座必然属于自己。如今的生活，并非一种全然不同的生活。现实的一切，不是很令人欣喜，也似乎没给自己带来更多的乐趣。甚至，他感到还凭空增添了无聊、厌倦以及莫名的急躁。

夜里，成都王一闭上眼，脑海里往往就会出现自己的兄长长沙王司马乂威风凛凛的形象：他头戴闪耀着青铜光芒的兜鍪，身披镶嵌黄金片的犀皮甲胄，外披带着大褶的猩红色披风，望之令人生畏……当自己最近一次看到他的时候，他已经是张方营垒一堆未燃烧完全的木柴上焦炭一样的东西……

当成都王真正意识到自己确实失去了这位皇兄的时候，他忽然觉得，其实自己十分需要他，脑子里总是想象他活着的样子。夜里，想着想着，有时候就想不出来了，结果反而不能精确地在回忆中看到他的脸。

成都王不禁感到泄气，在这种艰难时世中，他多么希望能有个血肉兄弟互相倾吐衷肠啊。

皇太弟，当这个名分得手之后，成都王并没有觉得这个从前他最梦寐以求的东西带给了自己多大的快乐，反而觉得这个无上荣光的衔号是东海王、河间王一起给他制造的一个没有价值的、虚假的桎梏。

闪闪发光之中，他逐渐堕入某种神秘的，或许是命中注定的深坑……

孟玖侍立成都王身边，不停给他斟酒。酒入腹中，一股暖意阵阵涌上，他才感到稍许的安全。

对面不远处，一个刚刚从洛阳皇宫教坊挑选出来的绝色美女，正在低头卖力地鼓琴。她脸上涂满了脂粉，嘴唇大概涂抹了过厚的唇脂，血红血红；由于从洛阳远来，这个歌伎不知道成都王的脾气秉性，她竭力使自己脸上露出笑容，以为这样会使他对自己更加满意。由于过于紧张，不久，她就双颊苍白，喉咙发干，汗水不断从面颊上流下来，一些紫色的眼膏冲进了她的眼睛里面……

琴声乱了。

"大王，东安王求见。"卢志走到成都王近前，禀告说。

司马颖脸上装出温柔的样子，扬扬手，让那个吓得浑身颤抖的歌伎下去，召东安王司马繇进入台榭，赐独榻让他坐下。

"东安王，丧期过后，你还是到洛阳去住吧。那里的天气，其实比邺城要好……"

相比昔日做年轻王子时那种自然的温和，面前已经是皇太弟的成都王，说起话来抑扬顿挫，蕴含某种君临天下的权威感。

东安王司马繇暗暗感到惊讶：成都王的变化真大。他越来越像武帝，不过，他的身材比起武帝更显得颀长秀挺。他身上具有武帝那种高傲、轻盈的风度，目光深邃，看上去十全十美。如果他静止不动坐在那里，确实尊严无比，如同凝固的黄金那样灿烂，具有一种伟大家族的风度。但仔细品味，就会发现成都王身上的这种风度，相比武帝那种浑然天成的自然挥洒，多多少少显得有些夸大和僵硬。

十多年前，东安王跟随楚王参与诛杀杨骏，当时的成都王司马颖，还是个乳臭未干的小伙子。如今，羽翼已成，他已经是大晋帝国实际的统治者。从前他那双看上去像是在微笑的眼睛，如今如一泓深潭一样，杳不可测……

阳光暖洋洋的。金虎台下，树木苍郁，侧影映照在绿得发蓝的草地上，显得无比清晰、洁净。远处，草原在太阳沐浴下，镜子一般反着光。那些草原上的树木，大概是宫人们种植的，间隔几乎完全相等。每当夜晚来临的时候，那洒在草原上的月光，就会把草地照成晶莹的白色，使得那些草地看上去仿佛全都由雪样洁白的梨花花瓣织成，犹如天堂里的草地一般。

"……邺城、洛阳，住在哪里都一样……如果天下不太平，我即使远在带方郡，驿使一纸诏书，还不是照样人头落地。"司马繇回答说。

"……东安王所见极是……"成都王吁出口气，点点头。

对他来说，如今没有什么事能比相信一个宗室成员的话更加困难。回忆不能分割，命运不能转让，信仰不能幻想。曾几何时，成都王对面前坐着的东安王无比敬畏，他曾经和自己皇兄楚王司马玮一起，果断敢杀，先发制人诛除了权臣杨骏。如今，看这位王爷那一脸的畏葸和苍白的胡须，显然，他已经丧失了昔日一切让人倾心敬佩的魅力。

"东安王，待你守孝期满，我让皇帝发诏，授你一个大镇吧……"成都王说。

"谢成都王殿下厚意！多年以来，楚王、汝南王、赵王、淮南王、齐王、长沙王，宗室骨肉相残，让人思之扼腕！……希望大王您能抑制宗藩，该遣返就镇的，就遣返就镇；该裁撤镇兵的，就裁撤镇兵，以免那些大镇藩王滋生非分野心，徒然生出是非，觊觎帝座……"

"东安王思虑长远，不愧是明白的王爷……"宦者孟玖忽然在一旁插话，他对身边的成都王说，"大王，您还是多惦记一下洛阳的东海王司马越吧，这个人心思深沉，齐王、长沙王都栽在他手里。现如今他在京城掌管尚书省，万一，哪天他又变脸，把皇帝劫持了陡起事端，可大不好办啊……"

"孟公公误会了，我刚才的意思，不是说要东海王回封地就藩……"东安王司马繇急忙摇手。

"石超将军率五万大军把守洛阳十二处城门，谁敢反逆！"成都王司马颖露出一副不屑的神色。

孟玖俯身一拱，对成都王说："昨日晚间，我侍奉太妃，和她老人家说起洛阳官事。她说，思前想后，就是对那个东海王不放心，她让我劝告大王，让东海王即刻归藩东海。现在他食邑六县，可以给他增加封邑到十县嘛……"

"大王，切莫如此快速地下令东海王归藩，这样做，势必打草惊蛇。"一直默然不语的卢志急了，"莫说增封他十县，就是增给他二十县食邑，他也照样会造反！"

东安王司马繇坐直上身，在榻上向成都王拱手作礼道："殿下，切莫贪一时之快意，如果您现在强行让东海王归藩，必定在洛阳重起事端！您本人在邺城，而满朝的文武大臣皆在京城，众心不一。东海王手中有兵有将，他绝不会乖乖离开洛阳束手就藩！"

"太妃的意思，大王您不能不遵啊……既然石超将军带重兵把守着洛阳十二处城门，城内的文武大臣，还不都是釜中之鱼吗？齐王、长沙王尸身未寒，东海王有那个胆子兴兵反逆吗？"孟玖阴阳怪气地说。

成都王司马颖借着酒意陡然站起身来。他仰头饮尽觞中之酒，对卢志厉声说："太妃有旨，不得不从……来，替我拟旨，增封东海王司马越食邑十二县，即日就藩东海！"

第五十一章　东海王

阳光，出奇明亮，瀑流一样，从显阳殿的大门中斜射进来。羊献容，坐在背光中，让人根本无法看清楚她的脸。

东海王司马越行礼后，抬起眼睛，仰望着高高坐着的女人。

在这半明半暗的金光中，她仿佛坐在与世隔绝的黑夜里面，更让人感到某种含蓄的神秘魅力。

"东海王，据说你要回东海封地？"

"……臣遵依圣旨，明天就要回东海。"

"圣旨？谁发的圣旨？"

"……成都王，皇太弟。"

"这么说，他是矫诏了？"

"皇太弟，乃国之储君，他借皇帝名义发旨，就是圣旨……"

"成都王能够废掉皇后、皇太子，这样的皇太弟，东海王，你真觉得他有资格担任大晋储君吗？"

"……"

"人为刀俎，我为鱼肉。东海王，我估计，你大概回不到东海封地……"

"皇后何意？"

"可能你刚刚走到半路，就会有驿使携带另外一封圣旨追到，赐死你，让你自裁！"

"……"

"东海王，与其窝囊被人赐死，何不死里求生，反败为福呢？"

跪在阳光阴影的黑暗中，东海王司马越脑子不停地转。他忖度着，上座的这位被废皇后，是否有可能是成都王的同党。如果成都王让她来试探，自己稍有不慎，会须臾间招来杀身大祸。

想来想去，废后羊献容应该不会是成都王同党。首先，她对成都王来说没有利用价值；其次，她的被废，正出自成都王和河间王的主意。成都王当初起兵，就打的是反对皇后之父羊玄之擅政的旗号。

"皇后陛下，作为人臣，有皇帝诏旨在，不管是皇太弟还是皇帝所发，我都要遵从啊。"

"成都王远在邺城，他手下的谋士卢志也在邺城，但是他们掌管中书监，遥控洛阳朝政……即便如此，洛阳城内，东海王，你就没有相善的文武大臣吗？偌大一个都城，你就不能想法控制住吗？"

"成都王手下大将石超，率五万精兵把守洛阳十二个城门，禁卫军将领，大部分也是成都王所挑选。他一纸诏令，就能调动内外大军……毕竟，我不是皇帝近亲骨肉，没有觊觎帝位的能力。如果我听诏回东海封地，成都王应该不会对我下手……"

皇后羊献容忽然笑了起来，那是年轻的稍显刺耳的女人咯咯笑声。

"东海王，成都王连他的至亲骨肉皇帝哥哥都不放在眼里，连长沙王那样的兄长他都能发兵攻击，派人杀掉……杀你，他应该更不会多犹豫吧……"

至此，司马越，这个已经不年轻的阴谋家叹了口气，一种特别温柔的感觉，蓦然涌上他的心头。

皇后羊献容，破天荒如此关心自己，让人不由得感动。他突然觉得，自己依旧是东海王，依旧待在帝国的核心内部，只要能想办法，只要能先发制人去努力，远在邺城的成都王的威胁不会马上就来临，一切障碍都会被克服，困难也会消失。

"……京城内不少文武，确实都厌恶成都王如今的骄奢跋扈；长沙王手下数名军将，现今有几个还都握有兵权。但，名不正，则言不顺……成都王现在是皇太弟，诏旨皆由邺城发出，他不仅有任命各级官吏的权力，还能任免各地军队的统领啊……"

"难道，皇帝的印玺和青诏也不管用吗？"羊献容走下高高的坐床，踱到东海王司马越的身边，伸手把他扶起来。

"皇帝印玺？"

"对！皇帝印玺！还有空白的青纸诏书！现在，皇帝就住在我的显阳殿，吃喝拉撒都在这里。他的玺绶，天天都由他随身带着。只要给他酒喝，让他睡下，印玺就会掌握在我们手中！……对了，宫内还有不少旗幡，关键时刻，想必那些东西都有用……"

　　听到羊献容一席话，东海王司马越顿时不由得对这个年轻女人刮目相看。对这位一直特别倒霉的皇后，成都王和他属下太过轻视，所以才这么大意。虽然对外声称是幽禁她，其实成都王根本没有派足够的兵士来把守显阳殿。而且，痴帝的生活起居，依旧由她来照顾。

　　做成皇太弟之后，成都王司马颖太过自负，显然他没有把任何人放在眼里面。最关键的是，他还忘记了收缴他皇帝哥哥身上那些象征权力的玺绶。

　　司马越的脸色，逐渐明朗起来。

　　望着羊献容两只炯炯有神的眼睛，东海王怦然心动。这个女人，恰似盛开的鲜花，既强大又柔弱，既阴柔又阳刚，浑身清香四溢。他能清晰感觉到，自己马上就能与面前这个无与伦比的帝国尤物产生联系，能够和她越走越近。她那么轻盈娇柔、优雅妖艳，看上去多少有些轻佻。她的声音，听上去闲逸、悦耳，让他的心怦怦直跳。

　　在这个被废的皇后面前，用不着再隐匿自己的真实想法。她暧昧的态度，也不会让人产生什么误会。东海王心领神会。他心里清楚，要想在洛阳取得成功，肯定还有万千细节要注意，还有无数的人要争取，但是，如今能给予充分信任的，只有面前这位能够拿到皇帝印玺和青纸诏书的羊献容。

　　如果自己拒绝她，如果稍有游移不定，机会一定转瞬即逝。这样的女人走到这一步，如果自己不答应，她肯定会孤注一掷，去寻找另外的合作者……

　　"来，东海王，尝尝这个……"

　　羊献容脸上浮起一种暧昧的笑，把一颗鸡舌香递给司马越。

　　她仔细打量着东海王的脸，满怀希望。

　　近在咫尺。这个极具谋略的男人，脸色发黄，背稍显驼。相比司马宗室其他的人，他的相貌要猥琐得多。但是，羊献容心中有一种直觉，凭借这个人，她一定能暂时摆脱如今不利的处境，说不定，还能重新找回皇后的冠饰。

　　如此降贵纤尊，如此不顾皇家尊荣煞费苦心地勾引自己，东海王心中都有些感动。羊献容的轮廓，瞬间就在他心头刻上了一个清晰的烙印。他内心深处涌起一种非常强烈的欲望，哪怕能亲近一下她裙下的一条缎带，就能让人魂飞天外……

　　羊献容嘴边挂着暧昧的微笑。这种轻佻的撩拨，对东海王来说，是一种天赐的仁慈，是上天赋予自己的机会。在这个动辄就会被人杀掉的艰难时世，不能畏畏缩缩，不能勉勉强强。活着，就一定要像伺机而动的猎狗那样，主动凶猛地出击！

"死生唯皇后所命……"

东海王跪在了羊献容的脚下。

"刘舆、刘琨兄弟，计多谋广，你可以多听他们的主意……"

"遵皇后命！"东海王虽然口中答应，心中疑窦丛生——先前齐王、成都王诛除赵王，这个皇后曾经当廷指着刘氏兄弟哭诉，以二人为逆，要求杀掉他们。如今，她又对自己说要大用二人……女人之心，难以揣测啊。

看到东海王乖乖跪在自己的脚下，羊献容兴奋至极。她感觉自己心里都要叫出来，泪水几乎在刹那间夺眶而出。昔日遭受到齐王拒绝时所感受到的那种屈辱，如今顿时消散无踪！

鼻孔中充满皇后的馨香，司马越感觉到一阵窒息。他低低俯下身，用自己贪婪的嘴唇，从脚开始，一点一点向上亲吻着，吻她滑皙的腿，吻她可爱的臀，隔着薄薄的抱腹亵衣，吻她温热的肚腹……他把头靠在这个年轻女人的身上，感受她隐秘的心田，倾听她稚嫩的、没有生育过的子宫。

羊献容倦懒地把这个中年男人揽在怀里，一时间动也不动。她把头凑过去，散发着异香的头发，触到了司马越的太阳穴。当她抬手去解自己的衣裳时，臂膀扫过他的脸颊，赤裸的双臂摩挲在司马越脸上，痒酥酥的，让他心旌摇荡。

他小心翼翼地闭上眼，感受着这种魔幻般的摩挲，不停亲吻着那两条横过他膝盖的灼热玉腿。

阴谋消失了，洛阳消失了，成都王消失了。在这个时候，东海王只感受到他自己身体内那难以言传的欲望在隐蔽地膨胀，肯定而清晰地感觉到双胯间的坚不可摧。

指尖摸索，他甚至能够感觉到皇后小腹下那根根微细的汗毛，它们轻轻地竖立着，让他迷失在火辣辣光焰般的冲动里……她毫无羞怯，年轻的身躯，颀长的腿，圆圆的屁股。这样的女人，使得快乐恍然飞到，在显阳殿中一个春日时分，那样折磨人心。欲望注入身体，多日没有释放性欲的东海王身体最深处感到一种甜美的刺痛，激发起男人内部那种终极骚动的深层炽热。

甜蜜感，在他身体深处酝酿着，自信和可靠，又延长了那份炽热……殿外，阳光在斑驳的树上跳跃着。司马越久久凝望着她白皙的肉体，目不转睛地看着这个尤物沐浴在金灿灿的阳光下，睥视着她嘴唇的颤动……

一切都准备就绪了，开始享乐那狂乱的阶段吧。东海王扑上了皇后羊献容的身体，他双手抓住她细软手腕，把她压在身下，准备进入她的身体。

他感觉自己是武帝附体，感觉自己就是昔日坐在洛阳宝座之上那个相貌堂堂、强壮发光的武皇帝本人，无所顾忌，绝对权威！作为君皇，能享受天下女人娇弱那一刻的真正快乐，能在那情欲沉迷的深渊边缘逡巡不止，能放荡不羁地去探索母仪天下的皇后身上那个热乎乎的洞穴……

　　"不要……不要现在……"羊献容忽然挣脱了东海王司马越。

　　她向后一倒，避开了他的身体。她半转过身来，以玉齿咬住她晶光闪烁的下唇，情不自禁发出低沉的呻吟。

　　她看上去又娇羞，又局促不安。"待事定之后，我们有的是时间！"

　　说着话，她站起身，把头朝后摆去，双眼灼灼放光。

　　"东海王，你先去联系长沙王司马乂从前的爱将，他名字叫上官巳，如今负责把守云龙门……"

第五十二章　帝玺真诏

愚蠢和杀戮，取代了帝国昔日一切的平和和宁谧。所有依赖承平帝国荫庇的精巧和优美，在这个黑暗而混乱的时代，都将成为碎片。

坐在太极殿上，能如此真切地感觉到自己重新成为大晋皇后，羊献容百感交集。

想想自己当皇后以来的种种处境，她感到真是可怕！这是个什么世道啊！先是外祖父孙旂一家被族诛，而后父亲羊玄之被成都王兴兵所吓，活活骇惧而死。几年以来，宫内寂寞，她哪里得到过后宫爱戴，哪里有母仪天下的气派？作为天下皇后，又有什么光宗耀祖的结果？但是，如果一切烟消云散，活着还有什么意义？

想到了自己的外祖父和父亲，羊献容感觉泪水忽然刺痛眼睛。她清晰记得，在那个她即将出嫁的冬日早晨，外祖父身穿水獭皮短裘，头戴软巾，在温暖如春的家里，慈爱地给她头上戴一朵金盏花——那花儿，开得是那样鲜艳，香气芬芳四溢，条干碧绿；父亲含笑，用小巧的铜制熏炉把那些金盏花一一收拾起来，空气中一时间氤氲着淡雅的香气。于是，那样寒风凛冽的日子，灰色的天空，光秃的树木，陌生的皇宫，都被家中那种温暖的魔力融化掉了。

女儿时代的生活，才真正是人的生活。大雪纷飞的严冬，与家人坐在燃着红炭的火盆旁边，面前放着一杯香茶，橙红色的火光映照着椒墙；透过紧闭的窗户，静静看着外面雪花纷纷落下，薄暮中闪烁着菊花般光芒，于是岁月充满了幸福和安逸……

如今，所有的那些回忆，似乎已经属于遥远的岁月，黯淡、苍白得几乎不容她去追溯。在那些有所信仰的岁月里平平淡淡的幸福，如今看上去是那样陌生，那样不可企及……

在这样华丽的春天，太阳隐藏起来。太极殿外是一片灰蒙蒙的天空；风，吹皱了华林园的大湖，吹起层层涟漪；无数只翅膀巨大的黑色大鸟迅捷地飞越华林园，边飞边发出尖叫，纷纷落脚在殿外那些无比高大的松树之颠，旁若无人地梳理着羽毛。在羊献容的幻觉中，华林园内的林荫大道，很快就会不复存在，变得荒无人烟。她曾经认识的一切地方，都会像过去所有生活那样变成微细、把握不住的小薄片，最终消失掉，和那些美丽的岁月一样，恍然易逝……

不过，能重新摆排皇后法驾，乘重翟羽盖金根车从显阳殿到达太极殿，羊献容忽然觉得豁然开朗。头上，黄金步摇很重很重，浑圆的白珠串连密密。上面八爵九华，有熊、兽、赤黑、天鹿、辟邪、南山丰大特六兽，诸爵兽都以翡翠为毛羽，金题白珠榼，绕以翡翠为华饰。

阳光照耀下，皇后头饰异彩纷呈，引得众朝臣忍不住都往这位年轻貌美的皇后身上多看上几眼。

"有诏，废成都王司马颖皇太弟位号，恢复羊氏皇后及太子司马覃位号。封东海王司马越为大都督，诛讨天下谋逆者！"

宦者唱诏。

东海王一身甲胄，满脸得色，跪地向并排而坐的痴帝和羊献容行礼。

望着殿下跪着的洛阳城内的真正主人，一抹轻蔑的笑意，浮现在羊献容的嘴角。

匍匐的群臣中，有一双眼睛在灼热闪亮着，在看着她。人的目光，其实是有重量的。即使有一个人在身后观察自己，被观察者往往会情不自禁地回头去看那个观察自己的人，更何况，那个人从正面观瞧。

感觉到那双眼睛的凝视，羊献容透过帘幕，扫视着黑压压跪在那里的群臣。她发现，有一个人，即使跪在那里，个头也高出常人一大截——此人星眸剑眉，面孔孔武刚悍——不是刘琨，而是另外的什么人。打量他的衣服冠饰，似乎是匈奴或者其他西域属国的质子。

羊献容心内一动，不知道为什么，她忽然感觉到一阵慌乱。

"奉归乘舆六玺！"司马越起身，从随从手中恭敬地捧过皇帝行玺、皇帝之玺、皇帝信玺、天子行玺、天子之玺，以及天子信玺，把这些东西一一交还给痴帝的侍从。

痴帝呵呵傻笑，低头玩弄起自己身上一直挂着的螭兽纽玉玺。

那个玉玺太不寻常，乃秦始皇所制蓝田玉印玺，上面刻有"受天之命，皇帝寿昌"的印文。自汉朝以来，六玺之外，皇帝还会佩戴这个贴身玉玺。就连汉高祖也曾佩戴它，后世名曰"传国玺"。与汉高祖"斩白蛇剑"一起，这个印玺也为历代帝王奉为镇国宝物。前数年，武库起火，那把"斩白蛇剑"在大火中被烧熔，宝物之中，如今只剩下这个"传国玺"。

正是凭借这个"传国玺"、皇帝六玺以及宫内的骑虞幡、白虎幡，东海王能轻而易举地联合上官巳等禁卫军将领，重新控制了洛阳城。

首先，在上官巳的帮助下，东海王顺利占领了云龙门，把守住了通往皇宫的大门。这样一来，就把宫城和痴帝牢牢控制在自己手里，使得外兵再不可能冲入内宫来劫持痴帝作幌子。

然后，东海王司马越让人用乘舆把痴帝弄到云龙门上，命令中书省官员击鼓宣诏，召集所有在洛阳的大臣面君上朝；接着，他又派人迅速地在青纸诏书上加盖皇帝印玺，然后分别送达洛阳十二城门处，命令把守军将立刻关闭城门，听从东海王调度。

成都王司马颖所派的大将石超，当时正在建春门阅兵，听闻有变，立即带着数千人骑马赶往云龙门。

仰望云龙门上马面①上架设的座座劲弩，石超心内生寒。

"诏令皆由邺城成都王皇太弟而出，何人敢劫持皇帝，矫诏关闭城门？"硬着头皮，石超朝城楼上发问。

为了在皇帝面前表示尊敬之意，他事先脱去铠甲，他头上没有戴兜鍪，手中也没携带任何武器。

"石超，你单骑一人可以速回邺城。有诏：'免去成都王皇太弟位号，以王爵归第！'皇帝至仁，看在手足情分上，保留成都王的王爵。你去告诉他，让他速速回洛阳王府待罪！"

禁卫军将军上官巳浑身戎装，据城大喝。

成都王司马颖掌控朝政以来，杀掉了几十个亲近长沙王的禁卫军将领，致使洛阳中军兵士大不心服。东海王暗中联系长沙王昔日爱将上官巳等人，很快就得到了城内中军和宫城内禁卫军的响应。

不过，到此为止，形势暂时不是很明朗。东海王司马越不敢立刻在洛阳城内大开杀戒，也没有派人携诏立刻杀掉石超。他先关闭云龙门，把痴帝抬出来放在城楼上，想循序渐进，以此来观察军将、大臣们的反应。

石超心内着慌。他从邺城携带来的五万精卒，其中只有五百人是成都王旧部，其余都是先前洛阳城外驻扎的牙门军。这些军将兵士和城内的洛阳中军以及其他部营禁卫军有着千丝万缕的联系，不少人都是亲戚或相互间有袍泽之情。

---

① 在中国古代城墙建筑中又称为"敌台"或"行城"，是在城墙外侧每隔一定距离修筑的"凸"状的城台，由于在城下观看这样的城台很像马的面孔，故俗称为"马面"。

大出众人意料的是，一直坐在御床上胡吃海塞的痴帝，大概吃饱了撑的，忽然晃悠悠站立起来，东看看，西走走，慢慢踱到城墙的马面缺口处，饶有兴趣地傻乎乎往下看。

痴帝的大肉脸在城墙垛口上面这一出现，只有石超依旧骑在马上没有反应，他身后数千骑兵和军将，一时间皆滚鞍下马，匍匐于尘土之中下拜，山呼"万岁"。

痴帝特别兴奋，在几个垛口不停来回走。他摇晃着双臂，笑嘻嘻向楼下的兵士示意。在他头脑中，下面的那些人和楼上身后的这些人，都是陪着他在玩着什么让人高兴的游戏。

石超进退不得，僵在马上，呆呆朝城楼上望。

"……狮子，狮子，狮子……"

忽然，痴帝指着楼下的石超大喊。

无论是楼上的东海王司马越和众臣，还是楼下的石超和骑马的兵将，听痴帝如此喊叫，都如坠五里云雾中，摸不着头脑，不知道痴帝喊叫"狮子"是什么意思。

作为番邦贡品的瑞兽狮子，楼下并没有，门楼上面也没有，石超兵将所举的旗幡上以及盔甲上，都没有。

"石将军，狮子，狮子，狮子……"痴帝更加兴奋，他跳着脚，小孩子一样，在城楼上来回跑着，手舞足蹈，亲热地称呼着楼下呆立于马上的石超。

站在痴帝身后的东海王司马越，本来杀心已萌。他看到楼下牙门军骑兵齐齐跪地向痴帝行礼的时候，就暗中派人调整劲弩上面的望山①，准备射杀石超。如今，看到痴帝那么亲热地拍手在城楼上不停大叫"石将军"和"狮子"，惘然之际，他赶忙吩咐弩兵停止瞄准。

"石将军，趁东海王没有以皇帝名义发诏杀你，你还是赶紧出城回邺城吧……"

石超背后，有人低声劝告。

石超即刻感觉自己脊背后一阵发寒。他赶忙回头，见说话的是一个蓄着络腮胡子的半老军校。看上去，这个人眼带笑意，面目还算慈善。

"郎君，赶紧骑马跑吧，稍晚一步，东海王在城楼上面一声令下，你身后这些人都会想借你项上人头立功……你不要怕，我不会害你，从前，我跟随石崇石大人去过荆州，当过他的属下。在石大人金谷园中，我曾经见过你……"

---

① 指古代弩机上的简易瞄准器。

听老军校这一席话，石超心中稍安。

于是，稳定心神，他赶忙在马上一拱手，高声对城楼上面说："陛下，我这就返回邺城，劝成都王回洛阳！"

言毕，石超打马，匆匆逃去……

"狮子，狮子，石将军……"

痴帝有些急了，他靠在城头，不停呼唤着。望着石超远去的背影，痴帝咬着手指甲，呆呆发愣。

"啊！我明白了，陛下显然是把楼下的石超，误认为是石崇了！陛下当太子的时候，石崇曾经从西域商人那里买回过几头狮子送给他玩耍。后来，石崇去荆州任南中郎将，每次回京都会给陛下带许多珍稀的动物。金谷园中，有个豢养海外珍禽异兽的地方，陛下也去过多次……这么多年了，陛下还记得石崇。唉，那个石超，相貌真是太像石季伦了！"

城楼上，刘琨忽然醒过味来，对身边的侍中嵇绍说。

"哦，原来如此！"嵇绍恍然大悟……

"三公百僚及殿中司马听诏：洛阳全城戒严！成都王司马颖有无君之心，朕将亲自北征！百官随征！"

东海王司马越厉声宣诏。

他摸着怀中羊献容馈送自己的香囊，心中不禁涌起阵阵柔情。

大庭广众太极殿中，看到妙人儿羊献容高高坐于皇帝之侧，真个是咫尺天涯……昨夜，经过显阳殿阴沉、昏暗房间内月光一般的疼痛，东海王的欲念终于满足地衰退下去。那种事先潜入体内的灰色欲望，终于在皇后的躯体里面哼唱完毕。事毕，这位脆弱而美貌的皇后，用窄而圆润的臀对着自己，让人忽然想到她可能闷闷不乐的脸。枕头上，散发着她头发的气味。爱恋如微风，影响他的思绪，吹皱了他躁动不安的灵魂。四条腿叠错着，皇后闪避的身体，让殿内无法响起深沉的鼾声。

感觉到羊献容在睡梦的忧郁中漂浮，她那似乎带着笑意的肉体，朦胧而幽暗。东海王知道，虽然自己占有了这个女人，她却比任何时候都离自己更远。作为着魔的猎人，或许最后会变成猎物的猎物。东海王想。夜晚如此迷人，引起让人无法忘怀的兴奋战栗，他内心燃烧着，感觉混乱着。月光下，她逐渐变形为覆满松软茸草的盛开着鲜花的大地……很快就到了黎明，伴随着近乎寒冷的凉爽，淡紫的灰色充溢寝殿。东海王悄悄直起身，隐隐听到她清晨的第一声小哈欠，然后，他就感觉到皇后温热的青丝拂到他的颈骨。他轻轻抚弄着她的头发，吻着她闪耀着光泽的丰满下唇，就在一瞬间，他几乎要崩溃了……

刘琨见身边的侍中嵇绍高举笏板，神色凝重，就用臂肘轻轻碰了他一下，悄悄问："嵇侍中，你将要陪伴皇帝出城前往邺城讨伐成都王，此行安危难测。喂，你府中有快马吗？"

嵇绍正色道："臣子扈卫皇帝乘舆，当舍生取义，置生死于度外，要快马何用！"

听嵇绍如此说，刘琨苦笑。

嵇绍的父亲嵇康为文帝司马昭所杀，但这并不妨碍其子嵇绍做司马氏的忠臣。

"越石，你也应该扈从皇帝出征吧？"

"……家兄已经为我在东海王处告假，上个月打猎，我腿骨摔折，至今不能骑马……再说，皇帝、成都王之间受人挑唆，我辈怎么能忍心再看他们兄弟相残？"

"君臣无狱[①]！成都王应该到洛阳来阙待罪，自请圣上宽恕。如果他在邺城阻兵，非反逆而何为！"

"倘若外寇入侵，我刘琨当以死报国！"

这一刻，嵇绍和刘琨都没有意识到，二人所言，皆一语成谶。

---

① 引自《国语·周语》，意思是说君臣之间，没有对错之分，君主肯定是正确的。

第五十三章　嵇侍中血

跟从大军从洛阳到邺城，对朝臣来说，骑马颠簸，确实是件大苦事。

洛水越来越远。沿岸的浓绿色山脊上，不时会有天上片片黑云的云影在驰骋逍遥。特别在炎热中午时分，半透明的蜃气飘流抖动着，在地平线上翻滚。空气中，充满了被炎阳晒起的呛人的泥土气味和浓烈的熟透的青草气味。

远处的凹地深处，不少积水的洼地喜笑颜开，闪烁出珍珠般的光芒。极目所见，荒废的田野和草原上，总是浮动着一层蜃气，似乎漫无边际。就近，有一些粗大的蒿草，从根到叶，看上去浓绿浓绿，几近油黑。这些大草的草尖，在阳光下呈现出铜绿颜色。紧挨着这些怪异大草，是大片如同满潮河水一样气势汹汹的白茅。

太阳蒸烤着滚烫的土地，天上那些奔腾的乌云，偶尔给人带来阴凉的假象。不过，确实有雨云从天边涌过来，暂时遮住了太阳的毒晒。骑马的文武们不用抬头看，他们凭脊背就能感觉到一阵短暂凉意。

数着褐色土地上那些冒着热气的西瓜秧，看着它们茎叶蔓延到向日葵地里后趴伏在挺拔的茎秆旁边，不少文臣百无聊赖，都想下马去刨吃地里面的瓜果。

不过，素有洁癖的大臣们很快就放弃了这些想法。当灰色的云影遮上片片瓜地，那些被暑热蒸晒得枯萎倒伏的青草上面，除了飘落着一些沾满鸟粪的叶子，还有不少近乎完全腐烂的尸体。

那些尸体，衣服早已经被剥光，看上去面目全非。恶臭，引来许多苍蝇嗡嗡地团聚。尸体虽然腐烂，但死者的头发都还污污地泛着黑色，尘土和沙砾在死人的头发里烁烁闪光，银屑一般。一些尸体，依稀看得出长相的脸颊上面，长出了些诡异的潮湿青苔，一丝丝的，看上去和蚕丝差不多。那些死人，姿势让人遐思。他们随意摊开的手臂，软软耷拉着，自由伸开，奇怪地给活人一种可怕的安详感觉，似乎他们都舒服地躺在那里安睡。

所有这些死人，不久前，还在吃，还在喝，还在开玩笑，还在生活。看着他们僵硬鼓胀的身体和残缺不全的四肢，活人们，包括文武大臣和军将兵士，暗中都感觉全身战栗……

这些尸体，可能是齐王、成都王、长沙王三王攻打赵王时候留下的，更有可能是长沙王和成都王互相攻杀时留下的。由于近来宗室间战事频发，散落各处的尸体都还没有来得及收埋。

当然，高暑天气也有让人开心的景色。天气晴朗、干燥，部队经过那些有人居住的村庄时，往往会感到一阵轻松。风，吹得整个村子远远看上去麦糠飘扬；那些堆在路边的、打过的麦秸，散发着一股甜甜香味；各色小型牧场上，开过花的蓬蓬艾草发出黯淡、舒服的白光；河谷之中，高大林木的树梢已经发黄；秋苹果香味浓郁，果香飘满了一个又一个果园。

太阳暴晒让人很不舒服，但周遭四处，还是能让人感觉秋天很快就会来。有兵士抬头远望，时时会发现头顶上的天空像净色琉璃一样透彻、明朗，空旷田野上，雀鸟歌唱的声音悦耳非常。很快，肥蝉令人心烦的啼声被太阳晒得更响，让人又感觉有些昏昏欲睡。

痴帝很开心。那么多人跟着他游荡玩耍，一路上风景多多。他坐在金碧辉煌的四马戎车上，大吃纵饮之余，观瞧着金鼓、羽旗、幢翳，非常高兴。闲暇之余，他出于好奇，趁服侍他的宦者不注意，在车厢里面撅起大肥屁股，探出头去，伸手扳动了放置在车轼上的弩机扳手。登时，连弩疾发，射穿了四个在前面执旗扈卫的禁卫军……

自晋武帝开始，皇帝卤簿的形制十分壮观，承袭秦始皇的玉、金、象、革、木这"五路"仪仗车以外，主要还有皇帝亲乘的金根车。一般来讲，皇帝大驾卤簿中有两辆金根车，一辆是六马金根车，由太仆卿亲自驾驭，皇帝坐在上面；一辆是四马金根车，作为随行车舆。除皇帝金根车外，还有属车八十一乘跟随，卫士们扈卫森然。乘舆前面，有司南车、九乘游车、云罕车、武刚车、皮轩车、蹋戟车等；乘舆后面，跟随有蹋猎车、黄钺车、大辇、五时副车、耕根车、豹尾车等。

所以，光是痴帝的车队，远远望去，就有看不到尽头的感觉，蔚为壮观……

大部队行进到荡阴[①]，跑来几个从邺城方向前来归顺的兵士。据他们报称，邺城人听到皇帝十多万大军前来征讨，人心涣散，成都王手下人大部分都已经跑掉，连成都王司马颖本人都逃离邺城宫，不知去向。

_____

① 在今河南安阳汤阴县。

听投降兵士如此说，带军的大都督、东海王司马越信以为真，不复设防，兴高采烈地下令部队就地休整一天。

如得赦令一般，文武大臣们如释重负。能平安活着，他们皆大松了一口气，深感可以兵不血刃进入邺城。禁卫军兵将们更精神放松，放马匹到四处的地里面去，各个脱下身上的甲胄，或躺或坐，躲在树荫下乘凉。

侍中嵇绍身为大臣，一刻不离痴帝戎车。即使吃饭、睡觉，他都随侍左右，看护痴帝起居。

皇帝的仪仗，威威赫赫。座车有青立车、青安车、赤立车、赤安车、黄立车、黄安车、白立车、白安车、黑立车、黑安车，共十乘，名为"五时车"，又叫"五帝车"。

每部帝车上面，都建彩旂十二面，旗帜颜色与车色完全相同。这些御车，全部用朱色斑纹漆轮，车体遍雕金龙，瑞兽伏轼，龙首衔轭，左右鸾雀立衡，金银雕饰，上置大纛。

痴帝顽童心性，每天都会换乘几辆车坐着玩，不得消停。

天边，暮色益深。大块的乌云被大风吹滚着，田野景色寂寥深远。陪同皇帝出征的不少文臣，开始诗兴大发，摇头晃脑起来。

忽然，一头拉车的御马死掉，引起一阵不小的喧哗。

嵇绍呆呆望着那几条紧裹枣红色毛皮的马腿，一时间恍惚起来——那弯曲竖立的马腿，看上去特别美丽，如同几根色彩斑斓的美丽树干一样。

他疲倦地闭上眼，休息了一会儿。再睁开眼睛的时候，好多景色，都被暮色笼罩得看不清楚了。

不知为什么，疲累恍惚中，嵇绍忽然想起了父亲嵇康临刑之前给自己留下的一封遗书一样的《家诫》。当时，嵇绍还是一个十岁的孩子。

这么多年，嵇绍已经把父亲的遗书背诵得烂熟。但多年以来，他心中一直有个疑问：桀骜不驯的大名士父亲，在这封给自己的遗书中，洋洋千言，却那样诲语谆谆，教育自己日后做人要谦恭忠谨。千叮咛，万叮嘱，他诫嘱儿子不要学他自己为人处世的恣肆无羁……大名士父亲嵇康，难道在临死的时候，忽然对他自己所坚守的人格信念有所动摇吗？对他自己认定的信仰有所改悔吗？

天边雷电闪耀之际，嵇绍恍然大悟。多年来缠绕自己的苦恼，在炸雷声中豁然开朗起来：父亲遗留给自己的《家诫》，其实出自一个父亲对自己儿子无私的大爱。在儿子的幸福面前，面对肮脏现实再坚强再不合作的父亲，都有可能向冷酷的权力低头，都可能会向丑陋的生活投降，并有可能俯首于他一直痛恨的丑恶……

思及此，一种难以言说的苍凉和悲壮，在稽绍心头蔓延开来。于是，父亲稽康朗朗音声，又一次响彻耳际——"人无志，非人也！……若志之所之，则口与心誓，守死无二……临乐则肆情，处逸则极意。故虽繁华熠耀，无结秀之勋；终年之勤，无一旦之功。斯君子所以叹息也。若夫申胥之长吟，夷齐之全洁，展季之执信，苏武之守节，可谓固矣！"

临近天黑时候，天边雷声隆隆，电光闪闪。空气中，充满了一种潮热的湿气，预示着一场暴风雨将要降临。

进膳之后，痴帝困倦，就钻入一辆猎车睡觉。这种猎车，古名"阗戟车"，魏文帝曹丕时改名"蹋兽车"，是一种驾四马的轻车。此车重辋漫轮，缪龙绕围，外观看上去特别好玩。过了些时候，痴帝又大吃一顿，然后钻入那辆巨大的金根车内。

半夜，狂风咆哮大作。道道闪电，或斜或竖，划破了夜空，惊醒的兵士眼前，时时呈现出蜂拥耸立、漆黑如墨的黑云。风呼啸着，空气中满是呛人的尘埃和浓重袭人的凉意。先是远处什么地方发出轰鸣，预警般响起呜呜震耳的雷声，然后，就是短暂间一片死寂；电光照耀下，玄褐色布满半天的黑云周遭，镶嵌了华丽的金边。而后，一声霹雳，闪光直刺洛阳中军宿营地，吓得那些偎依在一起的马匹惊惶四散。

大地呻吟着。一道刺目的闪电在天上划出了一个圆圈，道道曲曲折折的电光接着亮了起来，旋风卷起了许多帐篷。附近黑云压顶的群山峰巅上，不断闪过类似精盐的白色亮光。雷电过后，一瞬间是更可怕的漆黑和寂静。再往上望，天幕似乎又添加了更浓重的黑暗。

大雨倾盆泻下。兵士不得不从漏雨的帐篷中钻出来。骑兵纷纷跑向受惊的战马，寻找属于自己的坐骑。想使那些惊马安静下来，不是一件容易的事情。夜色这么黑，雨这么大，雷声轰鸣中，那些卸去鞍鞯的战马四下奔逃……

"站住！站住！……吁，吁……该死的……"骑兵的兵官咒骂着，不少人光着脚，在昏黑的天光中找寻惊马的缰绳。

喧嚣声越来越大。有几个数经战阵的军将忽然感觉不对头：一阵整齐的马蹄轰鸣声，忽然从北面传了过来！

电光照耀下，皇帝手下的军士顿时被眼前的一幕吓得瞠目结舌。他们眼睁睁看着服色迥异的大群骑兵，胯下骑乘带有面帘、鸡颈、当胸、搭后的重甲具装战马①，正挥舞着手中闪亮的兵械，口中衔枚，风一样向营盘冲了过来——这些人，是成都王司马颖从邺城派出的军队。他们的速度极快，风驰电掣般狂奔。

闪电映射下，可以看到，邺城军队的战马，马嘴几乎贴着地面，蹄子搅起地上的烂泥。那些马鼓起的鼻孔呼哧呼哧地，径直在黑暗中噩梦一般冲过来……

凭借黑夜和暴雨掩护冲过来的邺城骑兵，大概有五万人之多。他们的领军不是别人，正是先前从洛阳仓皇逃走的振武将军石超。

前日，他单人独骑返回邺城后，成都王并没有处罚他，反而立刻又给了他五万兵马供他指挥。半是出于对成都王的感激，半是出于对自己一矢未发就在洛阳丧师五万的愤恨，石超憋足一口气，立誓要以大胜来证明自己。于是，他先派出几个兵士装作从邺城叛逃，麻痹前来征讨的东海王所率领的洛阳中军；然后，出其不意，趁着大雷雨的夜晚，厉兵秣马，准备十足，他率领骑兵奋勇杀来。

听到混乱的吆喝声，正在大帐中和刘舆等人研究阵图的东海王司马越大叫不妙，立刻提剑跑了出来。

黑暗中，他根本看不清外面任何东西，只能听到马蹄的轰鸣声震耳欲聋。侍卫慌忙牵过一匹马让他骑上。刚刚坐在马背上，一匹从斜刺里冲过来的惊马收刹不住，把司马越连人带马撞倒下来，那跑过去后旭的一只马蹄，差点踢碎他的额头。

幸亏本能地一闪，司马越才侥幸保住了性命。

杀声四起。

由于事先没有任何准备，扈卫痴帝前去邺城征讨的洛阳中军炸营大乱。惊魂未定之时，已经有几万人做了刀下之鬼。麻痹大意下，他们连驻军时该挖的防备堑壕都没有弄，更别提鹿角和绊马刺了。至于塞门刀车、飞辕塞、拒马、铁菱角、地涩、绞蹄②，军中辎重车里非常多，但没有一件被拿出来摆放在它们应该在的位置上。

东海王司马越之所以能够幸免于毙命，是因为在他的大帐周围摆了不少辎重车，形成了几层类似垒壁的障碍。这样，他才有机会和几个属下骑上马逃出去。

司马越从刀下死里逃生，无头苍蝇一样乱跑了好久。昏黑中，他根本看不清属于洛阳中军的马群到底有多少，一群一群的马，身上没有任何鞍鞯，不时从他们几个人身边驰过，好几次差点把他们撞下马去。

其间，刘舆掉下马去一次。还好，他左手被一匹马的马蹄踏进烂泥里，只断了一根手指。稳定心神后，他重新跳上马背，终算捡得一命。

---

① 指披着马甲的马匹。秦汉时代开始，兵士披甲以外，马也开始披甲，两晋时期重甲骑兵非常流行。

② 塞门刀车、飞辕塞、拒马、铁菱角、地涩、绞蹄，都是我国古代军事作战中的障碍器材。

"庆孙，我们现在该怎么办？"东海王司马越失魂落魄，问刘舆。

"跑！"

"能否召集残兵抵抗一阵呢？说不定敌兵人数不多……"

"据我忖度，敌军至少有五六万骑兵，他们凭夜突袭，混乱中，我们现在被杀的人可能就有几万之多，加上我们兵士自己在黑暗中互相踩踏误伤的，又会减员两三万……"

"即便如此，算来我们残军的人数大致还和成都王军队相当啊，拼死一战，或可转败为胜呢……"

"没有用！兵败之后，胆落心丧，士气没了，根本不能打仗……我们遭受如此大败，乘舆全然不知所在，皇帝本人，很可能现在已经在邺城军队手中。待天一亮，我最担心的，就是有人会认出您……"

"看到我东海王的脸，或许兵士会聚集起来……"

"不！最怕我们自己的军士认出您。到时候，您的人头和我们几个的人头，他们谁都可以拿去直接向成都王请赏……"

几个人一合计，没有别的办法，只能不管痴帝死活，把他留给成都王司马颖。留得青山在，不怕没柴烧，保命最要紧。于是，一行人辨别方向后，乘黑往司马越的东海封地方向逃跑……

黎明时分，雨声停歇。喊杀的声音，也逐渐微弱下来。

跟从东海王司马越和痴帝北征的十万军队，除了被杀和逃走的，最后只剩下两三万人。这些人都扔了军械，或跪或趴，向石超的成都王军队投降。

环绕痴帝寝帐的禁卫军兵士，少数被打死，其余在混乱中跑个精光。还算幸运，痴帝贪玩，睡在了那架巨大的金根车上。他如果睡在寝帐里面或者是那架不太结实的猎车上，即使不被乱箭射死，也会被惊马和纵马狂逃的兵士践踏而死。

出于宦者的本能，十几个服侍痴帝的宦者都还算忠心耿耿。战斗开始至结束，他们都没有扔下皇帝撒丫子跑开去。毕竟从赵王杀贾后开始，痴帝总被人抬出去当幌子，宦者跟随，已经见过不少战阵。乱战中，这些人忙忙碌碌，在侍中嵇绍的指挥下，四处搬取结阵时候防御用的长盾牌，哼哧着，吆喝着，挡在金根车的车前和车后。

刀箭不留情。其间，一个又一个宦者中箭倒下死掉。最后，痴帝身边，唯独剩下身中七箭的嵇绍。

嗖嗖又是一阵箭雨，嵇绍两手各操一块长盾，挺身翼蔽着痴帝。

刚开战的时候，痴帝还很高兴。看到战马狂奔，兵士狂呼乱叫着四下奔逃，他以为又是一场盛大的游戏，就把大脑袋探出车窗，兴奋四顾。逐渐地，看到那些面孔熟悉的宦者一个又一个口吐鲜血嗷嗷叫着毙命在车前，痴帝感觉有些害怕，开始老实起来，乖乖坐在车上不敢动弹。

一阵箭雨停息后，嵇绍后背如猬，浑身是血。转身看，就连痴帝的腮帮子上，也中了箭，疼得他咧嘴呜呜直哭。

"陛下勿慌，天命有在，自有天助！"忍住剧痛，嵇绍安慰着痴帝。

憨愚的司马衷作为堂堂大晋的帝王，此刻狼狈到了极点。他眼睛和嘴唇不停哆嗦着，已经往下耷拉的大肉腮帮子，长满了灰白色的胡须。那双眼下各有一个大肉囊的眼睛，已经哭得红肿起来。

疼痛之下，他不断地擤鼻涕，用一只血糊糊的脏手去抹擦他自己的胖脸，看上去特别吓人。

嵇绍从脚下一个刚刚被射死的宦者带热气的手里取过一个酒囊，递给了痴帝。痴帝赶忙拧开塞子，咕咚咕咚地大口喝着酒。

受到如此惊吓，痴帝似乎变得懂事许多。喝了大概半囊烈酒后，他还知道把剩下的酒递给嵇绍，嘟嚷着说："嵇侍中，你喝，喝……"

由于失血过多，嵇绍摇摇晃晃，几乎站都站不住。他摇摇手，向痴帝一揖作谢。

附近，越来越多的成都王兵士挤了过来。他们围成一大圈，看热闹一样观瞧着被一堆尸体围绕的皇帝乘舆和上面两个浑身是血的活人。

不少邺城兵士由于死了同伴，悲愤交加，他们向痴帝、嵇绍挥动着拳头。天色越来越亮，兵士沙哑、愤怒的吼声越来越大……

嵇绍知道不可幸免，心情反而平静下来。他以身体护住痴帝，厉声大喝道："至尊在此，汝辈不得无礼！"

他这一叫，反而更快地激起几个兵士的杀心。这些粗鲁壮汉冲过来，拳打脚踢，把嵇绍按倒在车上，刀斫剑砍，乱刃齐下。

痴帝见状，哇哇大哭，含含糊糊泣言道："嵇侍中，好人，不杀，不杀……"

"死为忠臣，足矣……"

嵇绍身上的鲜血，溅了痴帝一身。此时此刻，他并不畏死。似乎，即使刀剑交下，他也感受不到太强烈的疼痛，只觉得有些恶心和头晕……最后，他看到旷野上面的云雾里，透出一小片蓝天，蓝光冰冷，刺得他眼睛发花；身下，葱郁的野草气味清爽；远处雾蒙蒙的草原上，雀鸟叽叽喳喳起来；灿烂阳光下，一切仿佛都显得比平时看到的要鲜艳、温柔……

他的嘴角露出了一丝笑意，不禁长长地叹了一口气。接着，一道红光在视野中弥漫，继而变成了纯黑色，他什么都看不见了……

由于极度的恐惧，痴帝头朝下，翻身从车的另外一边滚落，趴在草中大哭不已。

"奉皇太弟令，保护陛下！"

这个时候，石超骑马，高叫着疾驰赶到。

亲眼看到大晋名士美男子嵇绍被砍得全身血肉模糊，石超也禁不住心生惨然之情。

"皇帝何在？"石超喝问刚刚行凶的兵士。

兵士指指金根车的后面。

石超拍马，慢慢绕了过去。

出乎石超意料，他看见痴帝趴在草丛中，似乎全然忘记了危险，正聚精会神地从草丛中翻扒，寻找从自己身上掉落的玺绶……

第一次如此近距离看到这个黑肥愚痴的皇帝，石超心中五味杂陈。从本心讲，他真想冲上去给这位痴帝一刀——石氏家族为司马氏三代卖命，最后竟遭族诛，这使得石超心中充满怨恨。但是，当他看到傻乎乎的皇帝满脸是血、撅着屁股堕于草中的狼狈样子，杀心顿泯。

抬头，忽然发现面前骑在马上的石超，痴帝愣了愣，嘟囔着又叫："石将军，狮子，狮子……"

这些话，石超曾经在云龙门下听痴帝对自己大喊过，对他来说，真是匪夷所思，百思而不得其解。他绞尽脑汁也想不出，憨痴皇帝为什么能在万人之中认出自己是"石将军"，更不明白的是，自己和"狮子"有什么关系……

"陛下，奉皇太弟命，臣来迎您驾临邺城……"石超说。

痴帝艰难地从地上站了起来，捂着肚子，咧着嘴，对石超说："石将军，我渴，我饿……"

听痴帝如此说，石超赶忙下马，摘下水囊，递给这位大傻子。

大概失血过多，痴帝特别渴，仰头把满满一水囊的水喝了个干净。

"石将军，我饿……"

石超为难。夜间带兵偷袭，他自己和手下兵士皆轻装上阵，根本没有携带干粮。

还好，左右兵士四下搜寻，从附近一个荒弃的园子里面摘得几枚烂了半截的秋桃，于是集中放在一个兜鍪中，奉给痴帝享用。

痴帝饿极了，不顾桃子上面的血污和尘泥，三口两口，就把几个桃子吞进了肚子。

过了一会儿，卢志纵马赶到。在他身后，还跟着半夜跑散的几十个大臣，其中包括琅邪王司马睿。这些人，本来都是在乱中被邺城兵士生俘。他们遇到卢志后，即刻得到优待，皆被解开绳索，赠以马匹骑乘。

看到痴帝还活着，大家都感心神稍安。

"使陛下受惊，臣等罪该万死！"

卢志等人急忙滚鞍落马，跪在地上向痴帝叩头请罪。

琅邪王司马睿见痴帝一身血衣，赶忙脱下自己的罩衣，匍匐着过去，要帮助大傻皇帝脱下身上的血衣，换上干净衣服。

痴帝发了一小会儿呆。

他望了望不远处嵇绍被杀留下的一摊血，指着自己身上的衣服，摇头，说："勿换，嵇侍中血在，好人……"

第五十四章　引狼入室

"父亲大人，匈奴五部贡献了这么多毛皮，难道您自己一点不留，全部都要给成都王司马颖送去吗？"刘渊长子刘和小心翼翼地问。

刘和之弟刘聪刚从离石左国城回来，带回数十驮珍稀毛皮，包括黑豹皮、雪貂皮、马皮、海豹皮、蒙茸貂鼠皮、鲨鱼皮和各种各样的兽尾①。最珍贵的，要数一张蓝色的"碧芬"皮。"碧芬"乃胡语，意思是"蓝熊"。这张动物毛皮，颜色蓝得耀人眼目，比波斯的靛蓝颜料还要蓝，在光线下验看，呈现出一种无比神秘、高贵的气息。

刘渊信手翻检着那些价值昂贵的皮毛，面露不屑。"这些东西，全部都给成都王送去！这些算什么，不久的一天，整个大晋国家都有可能是我们手中之物，连同晋国子民，也都是我们匈奴的奴仆。所有的东西，所有的人，都是我们的！"

"对了，我让你在五部领地特制的羔皮大裘带来了吗？"刘渊问刘聪。

"禀报父亲大人，我让人用上好的羊羔皮做了一件大裘，放在这个黄缎锦匣内。"说着话，刘聪毕恭毕敬地把东西递给刘渊。

"知道为什么我送这东西给成都王吗？"刘渊抚摸着大裘上面镶缀的星辰、山川和瑞兽图案，问两个儿子。

刘聪抬了一下眼皮，瞥了一眼自己的兄长，没敢先于刘和说话。

刘和深谙汉典，马上卖弄才识："穿大裘，乃天子特权……皇帝在祭祀昊天大帝的时候，戴冠冕，身穿大裘。父亲大人送这件东西给成都王，是向他宣表忠心……"

"嗯……"刘渊满意地点点头。

---

① 在我国古代，兽尾常用于装饰车驾卤簿和旗杆，比如豹尾、牦牛尾等。

自司马颖得封为皇太弟之后，为了羁縻群胡，他听从卢志建议，把刘渊召到邺城，委任这位匈奴五部大都督为太弟屯骑校尉。听闻东海王司马越拥痴帝从洛阳北来邺城征伐自己，司马颖任命刘渊为辅国将军，负责邺城北城的战守。洛阳六军败绩后，痴帝被劫入邺城，司马颖大赏邺城守卫众官，封刘渊为卢奴伯，加冠军将军位号。

身在晋土，心在匈奴。当时眼见成都王司马颖和河间王司马颙联手之下兵强马壮，刘渊不敢贸然提出自己想回离石匈奴部落的请求，只得暂且委曲求全，待在邺城伺机行事。

"父亲大人，如今司马氏骨肉相残，四海鼎沸，左贤王刘宣等部落酋长，在五部会盟，暗中想推立您为大单于。机会千载难逢，如果您能回到五部，定能兴复我们匈奴邦业，重彰我们匈奴人的荣耀。我此次前来，携带刘宣等人的推举书给你……"刘聪从内衣中掏出一份用羊皮写的誓书，递给刘渊。

"唉，遥想昔日，我们匈奴先人与汉人约为兄弟，誓言忧泰同之。但是，自汉亡以来，魏晋代兴，我屠各匈奴部落贵种，虽有单于虚号，无复尺土之业。魏武帝改制，更使得我们匈奴贵种降同中国编户百姓。如能趁晋朝大乱的机会兴邦复业，也不虚生此世！"刘渊咬牙切齿地叹息道。

"五部匈奴，皆认定父亲大人姿器绝人，干宇超世，故而秘密推立您为大单于。希望父亲大人能相机而动，速回五部。蛟龙入海，谁能制之！"刘聪热切地说。

"我前日已经向成都王请假，说匈奴部落有尊贵老人病逝，要求回五部参加会葬之礼……当时，恰值洛阳军队来伐，未获允许。这样吧，你们兄弟明日先回离石，以成都王的名义召集附近诸胡部落，伺机而动！"

"父亲大人，可以先让兄长回匈奴五部召集人马准备举大事。如果我兄弟皆回，恐怕会引起成都王和他手下卢志等人的疑虑……天赐我匈奴良机，前日，我参加成都王军队，虽然号为先锋将，未发一箭，石超就已经把皇帝俘回邺城。论功行赏之时，我得拜右积弩将军之职，日后起事，必能借此将号，诳惑晋朝官员……"

刘聪兴高采烈地说着话，不停地玩弄着手中的剑柄。

刘和心生不快，这位四弟刘聪，总能在关键时刻在父亲面前卖好。但是，表面上，刘和依旧和颜悦色，表示说自己回离石后，一定组织好当地群胡部落。

"以匡助成都王之名，确实能帮我们不少事。无论是匈奴五部还是群胡部落，都多怨晋人，到时候，我们苍狼大纛高悬，定能一呼百应！"

刘渊不住点头。

低头想了一会儿，他高声道："来人，给我弄些巴豆来！……我先大泻一下，装出病容。如今万事俱备，只看如何能顺利回到五部！"

邺城。听政殿。

痴帝被成都王司马颖兵士劫入邺城后，晋朝政权中心完全转到了邺城。成都王以痴帝名义下诏，宣布大赦，改元"建武"。

虽然皇帝在手，烦心事却很多。为此，司马颖不敢松懈，召集手下谋士卢志、牵秀等人商议痴帝入邺城之后的国家大政。刘渊、刘聪等人均在座，还有石超等一些成都王一系的高级军将在场。

"长安方面，河间王司马颙听说皇帝幸邺，洛阳无主，已经派大将张方率军逼近都城。河间王这个人，居心叵测！"卢志说。

"洛阳城内，尚有不少大臣。城中守将，是长沙王昔日手下爱将上官巳。此人粗蛮无智，谅必洛阳他守不住几天，必陷于张方之手。"石超愤愤，攘袂说，"待我替大王出征，夺回洛阳城！"

"皇帝如今在邺城我们这里，洛阳城四战之地，易攻难守，不必太过多虑……"牵秀沉吟，"只是那个河间王，总是首鼠两端，让人放心不下。"

"既然河间王挖我们墙脚，现在又不好和他明着闹翻，不如这样，牵大人，我委任你为平北将军，你带一批人马，坐镇冯翊，如此，就能在河间王身边也安插一下我们的人……"成都王说。

牵秀于座中伏地拜礼，表示接受任命。他一脸雄心勃勃，表示说："我到长安之后，可以联络河间王左右，施以反间，替大王在西北伺察动静。一旦有机会，必生擒河间王来邺城！"

成都王司马颖脸上带笑，摇手道："莫急，莫急，河间王现今和我们还处在一个阵营，万事慢慢来，无须急躁……"

"大王，做事须于人先，切勿存妇人之仁！"牵秀拱手道，"皇帝虽在邺城掌握之中，纵观时势世事，王公大臣多反复无常，暗藏机心，大王您不得不防啊。"

一丝笑意凝固在司马颖脸上。

"……前日，东海王司马越在洛阳檄召四方兵，听说赴者云集。他拥抬皇帝乘舆征讨我们，到达安阳之时，已经汇集了十多万人。唉，当时邺城上下无不震恐，历历在目……不知众卿是否记得，当日，我向群僚问计，岂料那东安王司马繇竟然说：'洛阳天子亲征，应该释甲缟素出迎请罪。'主上为群小所逼，北征邺城，东安王竟然给我出如此主意，劝我束手就刑！可恨，可恨！"

听成都王司马颖如此说，刘渊一脸忠色，愤然劝道："大王，您安定天下，当以大仁易小惠，如果不大行诛戮，则众人必存反侧侥幸之心。东安王身居邺城，恐怕他日后会为东海王等人内应……"

一席话，激得成都王司马颖怒起。他信手拿起一封空白青纸诏书，飞快写了几个字，然后递给身后的宦者孟玖，厉声说："赍此诏到东安王王府，赐他死！"

成都王幕僚中，没有什么人与东安王司马繇相善，故而无一人出面回护他。

如此，一纸青诏，就把昔日壮志凌云的东安王送上了黄泉之路。

"对了，宗室间错综复杂，关系密切，希望大王能防患于未然，把握各个关口，凡是诸王宗亲，莫使他们能自由往来出入，以免他们心存两端，暗中与东海王、河间王等人联合……"刘渊又建议道。

说话间，他的脸上，道道汗痕，流露出一副疲惫不堪的神情。特别是当他捧着茶盏往嘴边送的时候，双手微微地哆嗦着，很勉强很虚弱的样子。

巴豆泻药，立竿见影。这位匈奴贵酋脸上蒙罩了一层阴影般的呆滞，脸色蜡黄。仅仅两天工夫，大泻之后，他就变得非常消瘦，从前丰厚的胸膛，如今似乎连半圆形的锁子骨都暴露出来，那长满红褐色硬毛的喉结，不停滚动着，尖削的宽阔肩膀，看上去很不自然……

怀着怜惜之情，成都王司马颖慨叹："我司马宗室，个个狼子野心，如刘元海这般对我们大晋忠心耿耿的人，罕而又罕！"

一股火花般的东西在刘渊眼睛里闪了一下。随即，他流露出温柔、驯顺的神情，于榻上向成都王行拜礼。

"琅邪王司马睿乃东安王司马繇亲侄，此人官为左将军，沉敏有智，希望大王能把此人也控制住，别让他跑到东海王那边去……如果您真的对他放心不下，杀之可也！"刘渊继续向成都王出主意。

司马颖点头。他扭头对卢志说："发敕，通告各个关口津渡，严加盘查行人，禁止宗室外出！"

卢志忧心忡忡，也不禁叹息道："宗室离心离德，内讧不已！如今，并州刺史、东瀛公司马腾和安北将军王浚，都以奉迎皇帝为名，起大兵来讨伐大王，我深为大王忧之！"

成都王："东海王司马越兵败后先逃到下邳①，驻守当地的徐州都督、东平王司马楙②闭门不纳，他就逃回其封地东海。司马越这个人，阴贼狡猾，很不好对付。不过，当今之计，隐忍为上，我们大可表面赦免这些宗室罪人……昨日，我已经下令，发诏宽恕司马越。只要他能回朝，可以暂时封他个虚衔稳住他。但我估计，他肯定不会应诏命……你们瞧，东海诏书未达，司马越的亲弟弟司马腾就和王浚起兵了……可惜，我事先安排和演杀他们，计策未成，可惜，可惜！"

王浚字彭祖，乃晋朝大臣王沈的儿子。从道德勋业方面讲，王沈最早是曹魏一朝的高官，本来也不是什么好货色。当初，曹魏少帝曹髦带兵攻打司马昭，临行前召王沈、王业两人，以实情相告。不料，这两个不忠小人不仅不帮助少帝曹髦，反而扭头就跑，驰告司马昭，使这位曹魏权臣争得了宝贵的时间，最终导致少帝曹髦的被弑。王浚呢，本来是王沈和婢女私通所生。他十五岁的时候，王沈病死。由于这老头子身后无子，王浚就被王家亲戚推为后嗣，袭其父爵为博陵郡公。贾氏当政时，他被委派去镇守许昌。当年，愍怀太子司马遹被贾南风幽禁在许昌，王浚承旨，帮助太监张弘出谋划策，在谋杀太子过程中出力不少，深得贾氏家族青睐，获迁宁朔将军、都督幽州诸军事，坐镇一方。

日后，王浚见天下大乱，深为自安之计，处心积虑结好周边夷狄首领。当其时也，诸部鲜卑中东部鲜卑最为活跃，其中宇文氏、段氏以及慕容氏三部最强。由于武帝一朝在辽东、辽西对慕容鲜卑进行过有力打击，慕容鲜卑一蹶不振。眼见宇文鲜卑和段氏鲜卑人强马壮，王浚就自己私下与鲜卑"和亲"。膝下总共两女，他把一个女儿嫁给段氏鲜卑的务勿尘，另一女嫁与宇文鲜卑酋长苏恕延。赵王司马伦篡位的时候，齐王、成都王、长沙王三王起兵，王浚一直屯兵观望。由此，王浚深为成都王司马颖所恨。邺城主政之时，司马颖就任命手下右司马和演为幽州刺史，暗中嘱咐他去到当地后，伺机杀掉王浚，然后统领其手下兵马。

和演暗携成都王司马颖密诏，先秘见乌丸族单于审登，得到了对方口头支持，商定一同谋执王浚。新官上任之始，和演和王浚二人约定在蓟城③城南清泉水上共聚宴饮。当时，蓟城内有两条驰道，和演和王浚各走一道。和演想趁两人宾随仪仗交合、互相在马上作揖行礼时杀掉王浚，不巧，天降暴雨，和演手下兵器皆湿，弓刀不便，谋杀王浚未果。

乌丸族的审登单于很迷信，他和族人嘀咕："和演想杀王浚，几乎要得手的

---

① 在今江苏徐州睢宁县西北。

② 此人和河间王司马颙出自一系，都是司马懿弟弟司马孚的孙子。

③ 在今北京。

时候，忽然天下暴雨，定是上天佑助王浚。违天不祥，我们还是别站在和演一边。"于是，审登单于向王浚告密，说和演要杀掉他。惊恐之下，王浚忙召集兵士，先下手为强，与审登一起攻杀了和演。

自此之后，王浚对成都王司马颖怨入骨髓。

此后，河间司马王颙、成都司马王颖兴兵内向，杀害长沙王司马乂，王浚更起不平之心。得知东海王司马越拥痴帝征讨成都王司马颖的消息后，他立即与司马越的弟弟并州刺史司马腾一起兴兵，并召自己的女婿务勿尘引鲜卑兵自随，率胡晋合兵数万人，进军兴讨司马颖。

邺城听政殿内，卢志说到王浚和司马腾，众人良久无言。这二人，对邺城的成都王和其手下文武来说，确实是当下的心腹之患。

众人噤口之间，刘渊忽然拍案，一腔义勇形于颜色，他对司马颖表示："今二镇跋扈，逾众十万。此辈来者不善，恐非洛阳宿卫中军和邺城守军所能抵御……请殿下派我回离石，我定会劝说五部匈奴，共赴国难！"

其实，司马腾和王浚合军后也就四五万人，刘渊夸大为十多万，不过是为了恐吓成都王司马颖。

见刘渊如此请缨，司马颖甚为感动，禁不住说出心里话："元海啊，匈奴五部之众，你真能为我调动出来吗？纵使匈奴劲卒能来保驾，鲜卑、乌丸兵马天下闻名，劲速如风云，哪里能那么容易与这些人相抗衡呢？我想护送皇帝归于洛阳，暂避其锋锐，然后传檄天下，以逆制顺，不知君意何如？"

刘渊："成都王殿下，您乃武皇帝之子，有殊勋于王室！威恩光洽，四海钦风，有谁不想为殿下您舍身投躯而战啊，何必妄自菲薄！王浚无能竖子，东嬴公司马腾宗室疏属，此辈岂能与大王您争衡天下！大王，倘若您携军离开邺城，正好示弱于人。路途迢迢，中间变易万端，洛阳哪里能那么容易到达呢？纵使您能安全到达洛阳，依在下之见，到那个时候，国家威权必不在殿下掌握之中。天下人追风逐势，威权一去，纸檄尺书，谁能奉之！"

司马颖沉吟。

刘渊掀髯大言："东胡鲜卑、乌丸之兵，号称劲悍，但肯定不敌我匈奴五部飞骑……希望大王您能勉励士众，抚慰将属，在邺城镇守，以不变应万变……我刘渊回离石之后，统率五部，当为殿下平灭丑类，以二部攻击东嬴公司马腾，以三部进袭王浚。如此，二竖之首，可指日悬于邺城城门之上！"

当初，南匈奴依附后汉朝廷之后，五千余部落被安置在五原塞①，稍后迁至西河美稷，后汉政府每年耗费一亿多两白银供给这些失败的蛮族，想使得这些昔日雄武的匈奴能够成为抵挡北匈奴的屏障。可笑的是，有可能昔日汉军太过神武，这些从前彪悍异常的狼血匈奴败后一蹶不振，勇武尽失。继匈奴而起的鲜卑人尽占匈奴故地，不断向西杀掠，打得南匈奴一败再败，人马被杀无数，牛羊损失无数，日益向南退却，最后，龟缩到离石附近才得以停下喘息。所以，方才刘渊一番匈奴如何神武能轻易击杀鲜卑之言，纯属鬼话。

闻刘渊一番慷慨陈言，成都王司马颖大悦非常。"来人！立刻传诏刻印，拜元海为北单于、参丞相军事。"

卢志听此言，欲站起身来相阻。但他见成都王二目炯炯，眼含热泪，正在感激义气的兴头上，只得重新坐下。

司马颖起身，亲自斟满一觞酒，递给刘渊，语重心长道："元海，我属下多人，如江统之辈，一直在我耳边絮叨，言称'非我族类，其心必异'，常常让我提防你们匈奴诸部大人……今日君之所言，出于赤诚，句句感动我心。希望你能协同五部匈奴，耀我大晋国家！"

闻此言，刘渊慷慨流涕，赶忙跪下，接过成都王递过的酒觞，一饮而尽。

"大王，我刘渊誓以必死，以报大王信赖！如渝盟誓，族属屠灭，无复子遗！"

刘聪也随父亲跪谢，听父亲如此说，他禁不住心中一动。

---

① 今内蒙古包头以西、乌拉山以东地区。

第五十五章　逸　龙

七月七日，天高景清。

往日这一天，司州附近的人皆会走亲串户，庆贺七夕牵牛织女会天河。如今，战乱频频，路上几乎没有行人。

河阳渡口，一改昔日熙熙攘攘的景象，只能见到一些往来的军使和驿使携带随从在河边上下船。

一个满脸胡须的津吏①，率领着一百多个身穿甲胄的兵士，对来往行人和公干的军使、驿使进行着严格的搜查。

一个年纪三十岁左右的男人，身穿一件破旧的青色麻袍，骑着一头牛，慢腾腾行到河边。

看到兵士正忙于检查一艘驿船，他趁机轻轻鞭打牛身，想混到刚刚被放行的一艘渡船上去。

津吏眼利，立刻喝止了他："什么人，过来检查！"

男人浑身哆嗦了一下，面如土色，呆立在牛背上，不知如何是好。

津吏拔剑，带着两个执戟的兵士，步步逼近。

牛背上的人，正是琅邪王司马睿。

叔父东安王司马繇被成都王赐死的消息，吓得他肝胆俱裂。乱世株连，他害怕自己因为与东安王至亲而被杀，就赶忙牵了一头牛，想借机逃出邺城。至于日后安排，到时候再说。

未料到，他东拐西转，好不容易到了河阳渡口，距离洛阳咫尺之遥，却在河边遇到成都王手下的盘查。不用说，结果肯定是凶多吉少。如此变易服色脱逃，正好给了成都王处置自己的借口。想到这些，司马睿心内更加惊惧。

---

① 管理渡口的小官。

"拿出牒文来验看！"津吏大声斥责。

司马睿张皇失色，浑身上下瞎摸索。

正在这关键时刻，不远处有四五个人骑马奔驰而来。为首之人，白面短须，手中高举马鞭。

一行人行色匆匆。他们到了津吏面前后，掏出几封军牒递给对方验看。为首那个白面书生模样的人看到司马睿之后，哈哈大笑起来。他用手中马鞭轻轻抽打着司马睿的脑袋，说："原来是牛舍长①，官府查禁来往贵人，你这个鸡毛蒜皮的小官，也要检行牒文啊？"

"……哦，大人，我去洛阳，搬取家眷到邺城……"司马睿急中生智。

此时，他已经真切看清楚来人，正是与自己关系相善的王导。

琅邪王氏，乃晋朝高门名族。司徒王戎、司空王衍，皆宰辅高官。这二人跟随痴帝大军征讨邺城，虽然成都王军队获胜，他们依旧获得厚待，被安置在邺城大宅中，官职不变。王导听闻痴帝被俘到邺城内，即刻从洛阳赶来向成都王输诚。所以，他虽然先前在东海王司马越幕府待过，来邺城后依旧受到成都王信任，并且可以随意在洛阳、邺城之间往来。

看到王导一行的军牒都盖有丞相府印，值守的津吏肃然起敬。他赶忙挥令兵士放行，请王导一行上船。至于司马睿，津吏认定这个探头探脑，身穿一身旧衣的人不过是个舍长小官，加之他又和王导等人熟识，就不复验看牒文，让他也随王导等人上船渡河。

过河之后，行至安全地点，琅邪王司马睿立刻跳下牛背，给王导下拜："今日倘若遇不到王公，我性命危矣！"

王导不敢怠慢，即刻下马扶起司马睿："我从卢志处听说，成都王赐死东安王之后，言语间非常忌讳殿下……担心您的安危，我暗地派人观察您的动静。听说您自己一人出外，我马上跟随而来，正好在渡口赶上您……"

"大难不死啊……如今，我又该如何呢？"

"东安王虽然被赐死，您本人没有任何能让成都王抓住加罪的把柄……依我之见，您应该马上进入洛阳城，把太妃带上，速回琅邪封地！"

"王公，您又如何呢？"

"如今情势难判……不过，中原定会大乱，我族兄王衍大致上已经有安排，不日我也会南下。到时候，我一定为殿下卖力！"

---

① 类似街道办事处主任的小官。

听闻此言，琅邪王司马睿躬身高揖："有赖王公！我犹如婴儿之盼慈母，在封地恭候您的到来……"

当时当地，琅邪王司马睿和王导二人都没有意识到，河阳渡口脱险，使得日后晋朝的国祚，延长了一百年之久！

第五十六章　南北英雄

"奉成都王、河间王令旨，废皇后羊氏为庶人，禁锢于金墉城！废皇太子司马覃，幽于金墉城！"

这次在太极殿上宣旨的，不是宫内宦者，而是河间王大将张方手下军将。

原来，当东海王司马越拥痴帝北征邺城之后，整个洛阳都城就处于长沙王昔日爱将上官巳的控制下。此人粗鲁残暴，纵容兵士，深为京城士庶所恨。

听说东海王拥抬皇帝乘舆去攻打邺城的成都王，人在长安的河间王司马颙就派张方率两万精卒出发奔赴邺城，想见机行事，捞取好处。很快，消息传来，东海王失败逃回封地，痴帝已经被成都王劫持到邺城。河间王司马颙很想火中取栗，即刻下令张方率兵改道，准备攻下京城洛阳。上官巳派人出战，被张方打得大败而归，只得关闭洛阳城门死守。

洛阳城内，人心惶惶。腿伤未愈的刘琨，深恨上官巳跋扈，就与当时恰好在洛阳的祖逖密议，然后，二人联合几个洛阳中军军将，趁夜进入东宫，把被东海王司马越复立为皇太子的少年司马覃扶上马。

见有皇太子出面作号召，兵士即刻聚集。刘琨、祖逖率领数千军士，对屯聚云龙门的上官巳实施突袭。猝然无备之下，上官巳不敢应战，忙与手下数人仓皇逃出洛阳。

大清早，刘琨、祖逖率领一些洛阳禁卫军兵将，奉皇太子司马覃出城，大开洛阳的广阳城门，列队迎接张方大军入城。

自得拜皇太子以来，几年来惶惶恐恐，年方十岁的司马覃显得特别小心。当看到旌甲耀日的两万长安精卒和立于马上浑身甲胄的张方，这个少年顾不得自己皇太子的尊贵身份，下辇望张方而拜。

张方得意扬扬，睥睨一切。

此情此景，令刘琨和祖逖大为寒心。显然，这位张方来者不善。二人未曾想到，赶走了上官巳，迎来张方，无异于驱狼招虎。

果然，刚刚过了一天，张方就承河间王司马颙和成都王司马颖的意旨，召集百官，当众宣布重新废黜司马覃、羊献容的皇太子和皇后位号。

皇后、皇太子二人为政敌东海王所复立，他们的被废，其实也在情理之中。

大殿之上，废后羊献容忽然放声大哭。

命运如此不公！听到废后诏旨，她心如刀割，胸中突然涌出一种不能言说的悲痛。

她喉咙抽搐着，久久不能止歇哭声，那样哀怨，那样酸辛，梨花带雨，遍体颤抖……

包括刘琨、祖逖在内的群臣，皆当殿肃穆低头，任由羊献容宣泄她的哀恸。

坐上皇后位子几年间，这个昔日面色红润、行动矫健的美丽少女，如今看上去饱受宫廷生活的摧残。她身上的皇后衣饰，穿了脱，脱了穿。人们记忆中她曾经那样迷人的美丽，已经成为类似昙花一现的历史回忆。

当她被宫女们架扶着下殿的时候，刘琨偷偷抬头，仔细看了她一眼。于是，刹那间，他心中涌出无限对造物法力的慨叹。曾经苍翠的回忆，覆盖着往昔，让人回想起那短暂的幸福岁月。美丽迷人的东西，似乎都不能长久。过去支离破碎，似乎纯属偶然，给人以那样不真实的感觉。

母仪天下的皇后，在混乱时世中，似乎成了一种时时要被抛弃的旧事物，再不能唤起天下人的敬崇之感。

皇帝都是土偶，何况皇后！

哭泣着经过刘琨身边的时候，羊献容泪眼迷离，瞥了他一眼。顿时，刘琨心乱如麻。

"迎来张方贼人入洛阳，她的再一次被废，全是我的错……"这个让人惭愧的念头，忽然清晰地在刘琨心中升起。

跟随着羊献容的因恸哭而抖颤的身影，刘琨的目光落在了太极殿殿庭中那些葱茏苍郁的树木上。当阳光斜照的时候，太极殿外面那些树木似乎连质地都发生了微妙的变化。薄暮来临，阳光自远处向树丛投上温暖的光，使得树颠上面的叶子变得耀目。那些高大的树木，从殿里远远看上去，就如同一支支熊熊燃烧的巨大蜡烛，又像是朵朵被造物催开的庞大红色花束，异彩纷呈，把人生与现实真真切切地分隔开来。

在这样动人心魄的如画背景下，羊献容的身体显得十分纤细和单薄，让人顿起悲伤之心。

怀着忽然涌上的脉脉温情，刘琨目送着她逐渐远去的背影，心中暗自祈念她能受到命运的荫庇。

继羊献容之后，废太子司马覃蹒跚下殿。这个忧伤、早熟的少年人，孤独地行走在太极殿的丹陛上，垂头丧气地迎接深不可测的命运。

对在场的晋廷朝臣而言，废太子司马覃，其实更值得他们内心产生真正的怜惜之情。这个不更世事的少年，自他八岁起被推上皇太子的位子，就赶上季世纷纭。风口浪尖之中，血色浓雾会一直笼罩着他……

很快，羊献容和司马覃两个人就消失在双白石莲之后。

在那里，有个巨大的泉眼，从石制瓮口涌出，喷注于白莲之上，水雾氤氲，形成一道绚丽的彩虹。在美不胜收的树木映衬下，远远望上去，喷泉那最粗长的一股水柱，仿佛凝固静止不动一般。微风吹拂下，泉眼石雕周围一圈水雾摇曳，笼罩着迷人的七彩虹霓，它悠悠轻扬，氤氲腾腾，稠密无隙。

水雾柔弱，迷蒙成一片珠帘般的东西。那些水珠看似牢不可破地抱成一团，形成了顶端一朵椭圆形的水雾球，升腾着冲天而上，迅猛而轻捷。但是，当罡风吹过，本来在阳光下表面像镀了一层永不褪色褐金的水雾珠，就会猛地被击得粉碎……

霜晨薄冻，刘琨和祖逖连人带马跑得大汗淋漓。

"华林园，皇家御苑啊，如果不是兵荒马乱，这里怎么能有野狼出没！"刘琨观察着地上被多日前的宫内马车轧过的印痕，叹息说。

"唉，如果太平盛世，你我也不可能到华林园里面来打猎！"祖逖遥望宫城巍巍，不住摇头。

秋雨过后，华林园深处的路径变得非常泥泞。那些隐藏在泥里面的嶙峋怪石，时时暗中绊碍，把两匹马弄得很辛苦。祖逖所骑乘的青马乏力，累得嘴边白沫乱挂。

东海王当政之时，任命祖逖典兵参军、济阴太守。不料。刚刚从范阳回到京城，他才知道东海王已经落败而逃，窜回了封地东海。自然，先前一纸任命，也变成了废纸。徘徊间，母亲病重消息传回洛阳，祖逖马上就要返回乡里尽孝。

身穿锦袍的刘琨从马鞍上解下一个由薄薄金皮打制成的水壶，仰头饮了一大口酒，低头数了数箭囊里面的箭。"跑了半日，还不见狼踪……"

祖逖非常敏捷地翻下马来，蹲在地上仔细察看狼的足爪印，辨识地上已经干透了的狼粪。

"越石，你这匹枣红马的胸膛已经让鞍套磨坏了一点皮，小心啊……"祖逖轻轻挥舞手中拧成螺旋形的鞭子，提醒刘琨。

"没事，我马厩中有良马几百匹，回去换一匹就是。"刘琨本性不改豪侈，他理着缰绳，简短地回答说。

刘琨所骑，是一匹三岁口的年轻儿马。它刚刚钉上马蹄铁，昂头挺胸，煞是威风。可能对于新钉的马掌还不是很习惯，它时不时会在滑溜溜的石头上趔趄一下。

初次被主人骑乘，它很感兴趣，很紧张，不停跳跃撒欢儿。刘琨稳稳骑在马上，似乎粘在马背上一样。每逢路途稍微平坦，他会一直松着手中的缰绳，任由儿马在角度平缓的山坡上驰骋。

儿马淘气。有时候，它跑累了，就扭着脖子，用鼓出的眼睛斜看着身上的刘琨，然后晃动脑袋几次，回头想用嘴去咬主人腿上的蔽膝……

刘琨、祖逖在一座座小山冈上面搜寻着。

在刘琨马后，有一大群猎犬跟着跑，它们看似散乱，其实非常有序。

猎犬中，大部分是灵缇类的犬只。带头的，乃一头褐色大獒。它非常忠实，一直紧紧跟随刘琨，大嘴几乎紧贴马尾梢。

大獒由于跟得太近，惹得刘琨胯下的儿马很生气。它不停地回头，尥蹶子，总想踢开那只大獒。

刘琨、祖逖两个人驰马，在谷梁和谷底间跑来奔去。他们边跑，边扣紧鞍头，于驰骋中密切注视周围的动静。

那些猎狗都不闲着，跟随着两匹马在高低不平的山冈上不停地跑。

穿过一条陡峭的沟壑的时候，刘琨把身子从马鞍上探下来，仔细观察。在前面一个陡峭山梁上，他发现一只灰色大狼的身影。

"追！"

刘琨扬鞭大喊。

那只狼，腿窝里的长毛似乎还没有完全脱掉，正在警惕四顾地慢走。听到狗吠的声音，它先是把身子伏在地上停了一会儿，然后，猛然蹿起身子，连跑带滑，开始贴地狂逃。

狗群兴奋起来。带头的大獒并不吠叫，它带领着猎犬，四下散开，保持着一种相对密集的马蹄形阵势，向那只大狼冲过去。

五六只矫健的灵缇跑得更快，提前绕到了前面，切断了大狼向远处深山林地逃跑的路径。

大狼身体非常健康，从它逃跑的路径上看，它的经验也很丰富。但是，由于它最近偷吃了许多华林园内豢养的鹿和别的小动物，身子略微发胖，奔跑不如先前迅捷。不过，在奔跑中，它还是保持着非常有弹性的姿态，时时跳跃着，跑过一个又一个土岗。

追逐奔跑过程中，有几只大老鼠从大狼脚下蹿过，胡乱地四下乱跑。那些猎犬很专心，对脚下乱蹿的老鼠都没有在意，也没有因之停留，一心一意地追击眼前这个大猎物。

刘琨、祖逖二人搭矢在弓，瞄了几次，都因为害怕误伤猎犬而没有发箭。

大狼奔跑到斜坡的一块洼地处，喘息着。猎犬成群地把它包围住，逼停了它。

大狼有些迟疑，看上去似乎一时间不知如何是好。

褐色长毛的大獒猛地绕到它的正前方，忽地扑了过去。大狼腰部一凹，闪了一下，竟然躲过了大獒的攻击。

大狼看准了空当，更快地跑向树林。

刘琨、祖逖猛抖马缰，跟随猎犬对大狼紧追不舍。

由于林地近处的地上长满了蓬蒿，大狼和狗群在里面飞跑，土地黑乎乎，与大狼和猎狗的皮毛混成一色，让人难以看清楚目标。

绕过一个陡崖，大狼没再向树林的方向跑，反而转头跑向一个山沟。

几只灵缇从侧翼包抄过去，大獒更是紧追不舍。

褐色大獒距离那只大狼是那样近，从后面看上去，一狼一獒，几乎是咬着尾巴在奔跑玩耍。

祖逖、刘琨纵马飞奔起来，风在耳边呼啸着，眼前的景物飞速后退，他们的眼睛上蒙了一层泪雾。

到达泥泞的山沟底部后，二人忽然发现，狼和大部分猎狗，都不见了踪影，只有一只灵缇站在山梁上，四下张望。

"咦，都跑到哪儿去了？"刘琨用马鞭轻轻敲着鞍鞯，自言自语。

"准是跑到山梁那边去了……"

山梁那边，忽然传来一阵狗吠声。

蓦然间，嗖的一声，那只在刘琨、祖逖二人视线中的灵缇，被人从暗中用箭射翻在原地，蹬了几下腿，死了。

刘琨、祖逖大惊，他们立即警觉起来，四下察看动静。

打马慢行，走到稍高处，他们发现，在左前方一片稀疏树林间，有五六个身材高大的身影，正骑马缓缓而行。

"注意！"

刘琨话音刚落，几支羽箭飞来，速度极快。

二人慌忙低头，暗箭总算被躲过。

祖逖最险，他的头巾被一支箭射穿，头发顿时披散下来。

"华林园里面还有贼人？"疑虑自语之中，刘琨手也没有闲着，他飞速抽出两支钢箭，连续射出。

"哎哟"声过，对面马上两个人应声落马。

隐隐约约，剩下的三个人，似乎犹豫了一下，站在那里没有动弹。

没多久，对方抽箭再射。

刘琨、祖逖，皆劲捷过人。由于现在已经看准了对方所处的位置，他们冷静地骑在马上，仔细端详来箭方向，一一躲过。

忽然，一支鸣镝，带着锐利的哨音，从树林间一张劲弓上面射出，直朝刘琨面门飞来。

胯下儿马正在移动中，刘琨只得猛扭脖颈，扬臂接住了那支箭。

他闻了闻箭头，脸上露出一种奇怪的表情，对祖逖说："士稚，怎么会是匈奴人的箭？"

祖逖不解，问："你何以知道是匈奴人的箭？"

"你看，这是动物骨头做的箭头，上面沾过马粪……匈奴人作战前，都喜好在箭头沾上马粪。如果被这种'脏箭'射中，即使不死，伤口也会很快溃烂。假如救治不及时，人很快就会死掉……"

"追！"二人猛磕马肚子，向树林方向追去。

对面树林里面隐藏的三个人虽然也骑马，但他们为粗细不同的树木所挡，不能驰骋跑快。

刘琨座下儿马跑得飞快。他嘴里高喊着，手中马鞭挥舞不停。地上那些没有干透的土块沾在马蹄上，裹带飞溅，溅得刘琨后面的祖逖浑身满脸都是泥。

刘琨神箭手，看得真切之时，他连发二矢。

嗖嗖声中，树林里面持弓迎前的两个人被射翻落马。

最后，对方只剩下一个身材魁梧的大汉。估计他身上箭囊中没有带多少箭矢，没有再发箭，只能忙于躲闪奔跑，不停地纵马在树林里面的几棵大树后跑来转去。

这时候，那群刚刚消失在视线中的猎狗，忽然从山梁上再次出现。

由大獒带头，群狗撵着那头大狼，直接朝刘琨他们这边奔过来。

刘琨用腿猛劲夹了一下马腹，张开他手中那张三石大弓，射出一支钢箭，当即就把大汉所骑的那匹黑色骏马射倒在地。

侥幸得命的大汉，狼狈不堪。他吃力地从马尸体下面抽出被压着的一条腿，双手撑地往后退缩着，勉强躲到一棵大树后面，以使自己避免当下就被刘琨射杀的命运。

大狼，沿着斜坡呼哧呼哧地跑着。最终，它不敌群狗，接二连三被大獒咬了数口。

忽然，大狼不再奔跑，一屁股坐在泥地上，嗥叫着，龇牙面对着群扑上来的猎犬。

急速奔跑的大獒刹不住腿，高扬着前身，猛地把大狼扑倒在地。

大獒很重，一下子把大狼死死压在地上。

后面，狗群跟上，纷纷上去扑咬。很快，那只大狼就浑身是血，毛皮上面赫然出现多个伤口。

"士稚，你替我看住这厮！"刘琨指着那个躲藏在树后的大汉对祖逖说。

那个身材高大的匈奴人乖乖坐在那里，再不敢跑。亲眼看到四个伙伴被刘琨射死，他内心清楚，眼前这个晋人对手，不仅箭法精良，而且膂力强劲。如果在没有马匹的情况下逃跑，他活命的可能微乎其微。于是，他就躲在树后不出来。

祖逖弯弓，也发一矢，正中匈奴人躲藏的大树树干，以吓止他借机逃跑。

望着与猎狗和大獒咬成一团的大狼，刘琨跳下马，拔出一把长柄匕首，快步冲了过去。

大獒先松开嘴。那些猎狗见主人来，皆停止撕咬，站在一旁摇头摆尾。

大狼本来筋疲力尽，忽然得到放松后，它眼光忽闪，一下子站稳，冲着刘琨龇牙。

刘琨飞起一脚，把那只大狼踢得就地翻滚。然后，他突上前去，弯下身，躲过大狼的锋利牙齿和前爪，一脚踩住大狼的前腿。然后，他伸出一只手，紧紧扼住了狼喉。

刹那间，他从狼脖子上的粗毛中感受到了大狼粗粗的喉管，于是，利刃猛捅，一股腥热的狼血喷涌而出。

大狼死了。

刘琨打了一个口哨。大獒和猎狗们蜂拥而上，开始撕咬分享大狼美味的尸体。

忙了这么长一阵子，刘琨有些气喘。他在狼的皮毛上蹭干净短刀上的血迹，脸色阴沉地翻身上马。

刘琨、祖逖二人骑着马，皆从背后抽出横刀①，慢慢朝匈奴人躲避的大树逼过去。

那个匈奴人，身材魁伟，九尺多高，猿臂蜂腰，面孔雄毅。他戴着一顶尖顶薄毡帽，从地上爬了起来，幽灵一样站在那里，面色铁青。在他手中，紧紧握着一柄剑锋奇怪的短剑。

从他的长相、靴子和耳上的金环看，这确实是一个匈奴人。

大汉摘帽②。

"永明？怎么会是你？"看清面前匈奴大汉脸上那一对奇异的纯白色眉毛，祖逖叫出声来。

出人意料，面前这个人，乃匈奴人刘曜。

"士稚，你认识他？"刘琨满脸狐疑，问祖逖。

"刘永明，刘曜……他是匈奴五部大都督刘渊的族子……多年前我们就相识……永明，听说你近年来一直在离石五部，怎么又到洛阳来了？"

刘曜喉结滚动了几下，佯装出一丝笑意，说："我奉叔父刘元海之命，来洛阳搬取家属回离石……我叔父如今被成都王派回离石，召匈奴五部前往邺城，帮助成都王抵拒王浚和他的鲜卑兵……"

望了望不远处的几具匈奴人尸体，刘琨脸色如冰，怒喝道："夷狄丑类，如何敢射杀我的猎犬！还敢向我等发箭！"

"……都是我手下仆从鲁莽，把猎犬误认为野狼……他们以为二位大人是禁苑官员……华林园护林官兵常常误杀进入林苑的人，故而他们就先发箭警示，非敢心有歹意……"

饶是武艺绝伦、身强力壮，在刘琨这样的人杰面前，刘曜不免膝软，嗫嚅而言。

闻此言，刘琨更怒，他以刀尖指着刘曜，厉声道："我大晋国家不靖，尔等夷狄质子居京师，狼子野心，爪牙暴露，连官军你们也敢发箭相向……如果不是我和祖大人警醒，换了旁人，定会命丧于尔等鼠辈箭下！"

"越石，永明多年未在京都，手下人冒失，他本人肯定无故意伤我们之心……他们这些匈奴贵种，移居塞内时间久长，汉化日深。越石，无论是京城还是离石的匈奴贵族子弟，皆博览典籍，能文能武，几同我大晋北方高门。"祖逖

---

① 即一种用作佩刀的短刀，由剑发展而来，比剑宽，略弯。西汉中期后，剑成为文武官员的装饰物和自卫用品，不再用于军队实战。

② 匈奴人摘帽，是表示歉意。

与刘曜有旧交，替他打圆场。

刘琨表情依旧愤愤，据马傲视着刘曜，引经据典，对祖逖说：

"汉高祖时代，委曲求全，曾嫁宗室公主入匈奴，使得这些屠各鼠辈夷狄后来就冒姓刘氏。幸亏天佑大汉，匈奴天灾人祸，日益微弱，分裂为南北两部，南匈奴败后鼠窜，到汉地避难……魏武帝曹孟德，大英雄也，当他发现迁居塞内的匈奴人部落繁盛，人口众多，就果断下令，把南匈奴分为左右南北中五部，目的就是分其威权，以弱其势。当时，他在五部每部置'部师'一人，派汉人做'司马'以为监督……到曹魏时，匈奴部师改称'都尉'。当时，汾水一带，南匈奴三万余遍布四周，人数不可谓少……由于统御有方，这些草原狼种畏服于英明神武的魏武帝，一时间单于恭顺，名王稽颡。他们平时耕牧，打仗时出兵出马，完全是中央王朝的顺民……可惜，如今我大晋衰弱，内讧连连，匈奴、鲜卑，这些豺狼一直觊觎晋土，很可能趁乱大起，成为我们心腹之患……成都王引匈奴，王浚引鲜卑，天下大乱，指日可待啊！"

祖逖沉默，似乎在思考着什么。

刘琨见祖逖不言声，继续说道：

"虽然离石地区的匈奴人与我们晋人杂居相处时间长久，汉化日深，但此辈匈奴部师，仍对五部控有传统的威权。五部平日备战不辍，倘若这些夷狄酋长一声令下，五部匈奴在瞬间都可以化为剽悍劲旅……所谓披羊皮之狼，正是此辈！"

任凭刘琨数落，刘曜躬身而立，一脸恭敬。

刘琨挥舞着手中的横刀，牙关紧咬，对祖逖说："士稚，老齐王司马攸多年前就劝武帝杀刘渊……此辈人面兽心的匈奴夷狄，杀一人，少一贼！"

第五十七章　幽州鲜卑

平棘①，到处平川沃野。这样的地方，是绝佳的战争屠杀场地。

为成都王司马颖所委派，振武将军石超从邺城出发，率领三万重甲骑兵和四万步兵，准备迎战由王浚、段氏鲜卑务勿尘、东海王之弟司马腾以及东胡乌桓酋长羯朱所率领的晋胡联军。

从数量上看，王浚的胡晋联军处于下风，只有三万多人。

黎明时分，一望无垠的田野上，笼罩着一层乳白色的雾霭。秋天露水很重，衰草被压得贴到地面上，无精打采地呻吟。交战双方面前，在那大片即将成为杀戮战场的土地上，野草、盛开的野花和小树树枝上，结满了蜘蛛网。

露珠凝结在蛛丝上，如同宝石般闪闪发光。低矮而浓密的灌木丛中，偶尔传出秋虫鸣叫。不远处一片没有干涸的池沼里，几只野鸭在芦苇丛中叫唤着，使得当时的寂静显得非常虚假。

一阵风吹过，那些花梗上残留着的枯萎野花顿时摇落。细心的兵士会发现，无数沾满露水和黄色锈斑的叶子已经凋零，许多花萼都皱了起来，变成了黑色，处于死亡的边缘。

当太阳升起，那些泪珠般的露水，突然变得非常耀眼。风贴地而吹，无数枯萎的花叶不住地摇晃，红褐色的枯叶洒满一地，像是一群被滚滚旋风刮起的、受了惊吓的怪异鸟儿，沙沙作响着，要振翅高飞。

秋空澄明，视野所及处，笼罩着一片蔚蓝的缥缈蜃气，一股股似乎从天上雪白云堆处吹过来的风，使得兵士鼻孔中充满了甜甜的腐烂干草气味。

在成都王军队的对面，胡晋联军中军大营的最中间位置，有一辆高大的军车。在上面，站着几个首领：

---

① 在今河北石家庄赵县。

王浚年近五十岁，褒衣博带，手持麈尾，面容儒雅，只是他一双三角眼和颏下稀疏的鼠须，使他看上去显得性情倔强而傲慢，具有特别的奸诈意味。王浚的女婿、段氏鲜卑首领务勿尘，年纪和王浚差不多，身材高大，英气勃勃，似乎有些疲惫地眯缝着眼睛。他和乌桓酋长羯朱一样，头顶除了留一圈头发，四周剃得光光的，后面拖一条编起的辫发。乌桓酋长羯朱三十岁左右，颧骨很高，面孔被太阳晒成了棕黑色。引人注目的是，他汗淋淋的大圆脑袋在阳光下烁烁发光，而满腮的胡子有点发红，模样看上去非常怪异，东嬴公司马腾岁数也就三十出头，两鬓过早有了白头发，额角发秃，显得比他哥哥东海王司马越年纪还要大。

从阵形上看，王浚等人的胡晋联军骑兵有些散漫，近乎无秩序。不过，如果仔细加以观察，可以发现这支大军实际上分为左中右三个部分，马阵呈"品"字形，段氏鲜卑居左，乌桓军队居右，王浚所率晋人骑兵居中。

"你们发现没有，王浚手下幽州兵和这些东胡军队的骑兵，他们许多人都是轻甲；那些鲜卑兵所骑的马，上面没有任何马铠……最奇怪的是，他们的骑兵都脚踩双镫……"观察许久之后，石超对身边的军将们说。

石超所率成都王军队，几乎是晋朝仅存的战斗力最强的军队。数年来，诸王宗室互相杀伐，洛阳原有的十多万中军劲旅，死的死，伤的伤。如今上阵的这三万重甲骑兵，是武帝时代留下的最后精锐——其中一万人是石超在荡阴俘获的护驾晋军，剩下的两万是成都王司马颖以痴帝名义新近从洛阳调来参战的禁卫军。至于殿后的四万步军，乃成都王邺城藩镇军主力。

指挥洛阳中军重甲骑兵的将领们，自觉不自觉，都感到心中轻松许多。看到敌军人数不多，他们基本胸有成竹。

在如此悬殊的敌我兵力对比之下，交战之始，石超可以凭借重装甲骑兵，迅速以排山倒海之势压倒对方。通过一轮强有力的冲锋，就能实现对敌人压制性的突破，进而摧毁他们。

三万重甲骑兵，能在平阔的战场上制造出足够的厚度和面积，铺摊开来，铁甲洪流尽可以刹那间冲毁胡晋联军。

石超手下军将们根据往常的经验判断，自己所拥有的重装甲骑兵，一旦实施冲锋，结果会非常骇人。重骑兵人有人甲，马有马铠，疾驰中的重甲骑兵，就是一排又一排快速推进的钢铁大城。

对马步军联合军团来说，每次大战，最终取胜关键是打击、摧毁敌人的士气。一旦重骑兵使敌人阵形遭到严重破坏，他们的斗志必然会丧失殆尽。到时候，步兵跟进，步步为营，跟随重甲骑兵一鼓作气斫杀残兵，破敌应该轻而易举。

让石超等人心中感到有些惘惑的是，王浚胡晋联军的骑兵，似乎没有一定的队形和稳固的阵形，看上去非常松散。

石超和晋军将领都知道，己方重甲骑兵的冲击一旦启动，绝对不能停下来，贴身肉搏非重骑兵所长。铁甲军团的作用，就是凭借一波绝对的冲击即刻摧毁敌人的防线和斗志。骑兵和骏马披着沉重铠甲，他们根本不能像轻骑兵那样从容停留作战。一轮过后，重骑兵只能在猛冲过去好长一段距离之后，再掉过头来重新组织第二次冲锋。

为了保证冲击的有效和有力，洛阳中军重甲骑兵的人马甲胄，无论是厚度、韧性，还是强度，都非常精良，可以承受冲击过程中敌军的抵抗性砍杀和一般弓箭的射击。可是，从机动性方面而言，这些重甲骑兵就显得笨拙至极。

看到王浚胡晋联军的轻骑兵都踏着双马镫，阵前一些步兵手持劲弩，石超心中忽感一沉——那些劲弩乃晋人创制，穿透力极强，可以射透重甲。而且，敌人骑兵在实战时使用双镫，看上去简单，实际上效果绝妙，如此，他们在战斗中可以不用太大的腿部夹力支撑自己的上身，能够自由挥舞手上的兵器纵横攻杀……

当石超和手下军将讨论攻击方式的时候，对面战阵中的王浚和司马腾、务勿尘等人，也在商谈作战计划。

"切勿为成都王军队这些重甲骑兵吓倒……"王浚面露微笑着说，"成都王的这些重甲骑兵，只能在冲锋前才开始装备，匆忙为人马武装铠甲，也就是说，他们不能进行奔袭。我们这些轻骑兵，具有足够的反应时间去对付他们……你们看，这块即将战斗的地方，地形虽然平坦，面积够广够阔。但据我观察，敌人重装甲骑兵排列的队形应该是横队，每排横队之间，都需要保持数十个马身那么大的距离。如此一来，对洛阳中军三万铁甲军来讲，这里的战场，还是显得太窄逼，根本容不下他们排开队形来驰骋……他们第一次冲锋过后，需要有足够宽阔的地方来掉头进行第二次冲锋，而这里，根本没有他们掉头转弯的地方。只要他们队形失去控制后变散乱，被分割后的重甲骑兵，就不能灵活转向。笨重的铠甲使得他们视野极其狭窄，只要他们停下来，就会成为我们轻骑兵的待宰羔羊……幸亏我们此次前来提前谁备了不少铁棒、铁锤和重剑，待敌人筋疲力尽之时，我们派人追上去，使劲击打那些头戴兜鍪、身穿厚甲的敌人的头部和胸部，足以让他们头碎和窒息而死……"

从人数上讲，石超所率晋兵的人数多出敌方一倍多，具有明显的心理优势。不过，那些鲜卑、乌桓骑兵高大的身材和他们奇特怪异的发式，让晋兵心中隐隐生惧。

　　那些异族骑兵的脸，看上去轮廓鲜明，孔武有力。许多鲜卑人都光着头，根本不戴兜鍪，露出与晋人截然不同的黄色头发和怪异的发型，面相奇特。

　　"王浚竖子，倚恃索虏①自重，无能为也！"

　　似乎感觉到身边军将的内心所想，石超为他们打气。

　　等到属下那些重骑兵费了好大功夫终于穿好了重甲和马具装，石超再次仔细审视战阵，然后，他挥动令旗，开始指挥以楔形为冲击阵形，启动重骑兵对敌人进行攻击。

　　精光耀日，马蹄沉重。

　　三万重甲精骑，呈波浪般涌动，一波一波，逐渐加速，向王浚的胡晋联军展开第一轮冲击。

　　毕竟属于遭遇战，石超军队事先没有把地形侦察得特别清楚。当重甲骑兵冲出去一段距离后，一道缓坡后面的深堑忽然出现在他们眼前。

　　由于前进的力量太大，这些精甲重骑兵根本刹不住马，纷纷堕入深沟之中。最先掉落的人马，很快就被后面滚滚而入的人马砸压而死。

　　如此，战斗没有打响之时，重甲骑兵中的十多个横队就摔死、砸死在沟堑里面，眼睁睁，石超发现自己即刻就损失了大概四千人马。

　　深堑之中，哀号阵阵，受伤没死的骑兵发出闷闷的瘆人叫声。

　　后面，再有数排横队因惊惶而互相践踏，人死马伤，又有两三千。

　　值得庆幸的是，先前掉下去的兵马和遭践踏而死的人马尸体，竟然填平了那道深堑，使得后面的两万多重骑兵得以顺利通过。

　　饶是如此，看到前队战友如此未经战阵就横遭惨死，以血肉之躯垫衬马蹄，重骑兵在精神上遭受了极大的创伤，斗志顿泄。

　　面对汹汹而来的重甲骑兵的钢铁洪流，王浚、司马腾和他们身边的几个胡晋军将脸色都很平静。

　　王浚挥舞令旗，鲜卑、乌桓的军将开始吹胡笳。

　　得令之后，处于正中间位置的一万多王浚的幽州晋军开始掉转马头，往后面纵深处有秩序地后撤。而蹲在阵地前面的一千多晋人弩手，开始向洛阳中军的重甲骑兵发射元戎连弩。

　　这种连发强弩，乃昔日蜀汉丞相诸葛亮所创——弩臂上有箭匣，每次装填弩箭，可以连发十箭，射速比一般弩箭高得多，而且覆盖面极广。

① 鲜卑、乌桓人编发，被晋人蔑称为"索虏"，意即"编发的胡虏"。

箭雨过后，冲击在前的重甲骑兵又有不少连人带马栽倒在地。

眼看折了这许多人马，后面那些骑在马上的重甲骑兵气馁之余，心中产生了越来越强烈的仇恨。他们气势汹汹、气喘吁吁地使劲拍马，一队跟着一队奋勇冲击上来。

待重骑兵冲得过近，王浚的弩兵们立刻后撤。这个时候，据马枪、鹿寨、塞门刀车等障碍物派上了用场，大大延缓了重骑兵的攻势。

只有数十名王浚手下弩兵逃跑不及，被重甲兵的马蹄践踏为肉泥。

居于阵左和阵右的鲜卑、乌桓骑兵，开始从两翼漫不经心地散开。他们不慌不忙，用弓箭远距离骚扰那些急奔不已的重骑兵。

这些胡人弓马娴熟，射艺精湛。如同在平地打猎一样，他们专门瞄准重骑兵没有防御的脸上射。

不少重骑兵捂住被射瞎的眼睛，从马上倒栽下来……

由于三万重骑兵短时间内不能突破王浚的胡晋联军，且损失惨重，居于后阵的成都王步兵胆战心惊。

未及交战，这些人数高达四万的步军阵脚已经晃动。

石超心中着慌。

经过几次冲击，成都王属下的重骑兵已经成为强弩之末。仅仅第一轮长距离冲击，他们连人带马都已经累得要死。

战场相对狭小，左右没有供重骑兵兜转的余地。最要命的是，在他们正前方，是一片接尽干涸的湖滩，里面都是半干不湿的软泥，类似稍硬的沼泽地。

由于王浚的幽州晋军忽然让开了空当，冲过去的一千多铁甲军全部陷在了那里，根本动弹不得。

后面的重甲骑兵都刹不住马蹄，纷纷落入泥沼之中……

三万重甲骑兵，仅仅一个时辰不到，就损失了近两万，只有不到一万还有战斗力。

先前往两边后撤的王浚幽州兵，受令之后，迅速合拢过来，会同鲜卑、乌桓的两翼骑兵，后发制人，开始对铁甲重骑兵发动集中攻击。

事先跑掉的弩手们，此时也重新回到战场上。他们有的蹲在地上用横刀照着铁马的关节处猛砍，有的举着长长的铁钩搭住铁甲骑士的盔甲，用力把他们从马上钩下来。

那些精疲力竭、倒霉的重甲骑兵掉落地上后，立刻成为脆弱的猎物。除了被践踏而死，许多铁甲战士被幽州弩兵们用重重的铁锤击打胸部和兜鍪而死。

伤亡惨重之余，幸存的四五千重甲骑兵失魂落魄，匆忙往自己营地回撤。

这些铁甲骑兵不合时宜的回撤，对和他们同一阵营的步军来说，简直就是一场巨大的灾难！

本来，看到重骑兵遭到毁灭性打击之后，石超情急之余，还想用剩下的四万步军拼死一战。他挥动令旗，想在王浚胡晋联军与自己重甲骑兵混战未结束的时候立即派出步军冲锋，从而填补那巨大冲击面上的空缺。

岂料，被打得晕头转向的重骑兵后撤之时，正好与自己一方的步军战友撞了个迎头。这样一来，相对完整的步军方阵，瞬间被粉碎无遗。手持长槊正在往前奋勇冲杀的步兵，登时就被往回逃窜的重甲骑兵踩死了数千人。

开始的时候，步军临乱不慌，似乎还能做到步步后退。但重骑兵高高扬起的马蹄和他们后面紧追不舍的王浚胡晋联军，层层压上，把这些倒霉的步兵逐个推向死亡边缘……

此外，四万步军的队形也太过紧密，当溃逃回撤的铁甲军以及敌人的轻骑兵忽然冲过来的时候，他们根本来不及转身或者向侧翼躲避，只得硬着头皮陷入混战中。

鲜卑兵与乌桓兵开始从两侧迅速迂回。这些胡族兵士开始纵马跑到敌方步军的侧翼和后方，展开突击。

没过多久，丧失了重甲骑兵心理倚恃的成都王步军就开始溃散。这些失去作战勇气的军士被胡晋联军的轻骑兵分割开来，一群一群，被挤压到一块相对狭小的地段，遭受打猎般的宰杀。

随着战场上双方人数比开始改变，胡晋联军越发从容、镇定。特别是那些鲜卑、乌桓的骑兵，单兵作战能力非常强，他们分而不散，聚合自如，看似散漫杀打，其实互成掎角之势，非常耐心地进行着配合。

战场上，汉语的喊杀声，很快就被鲜卑人的嗷嗷狂叫声所遮盖。

刀剑碰撞，厮杀不已。石超所率晋军中，最后还剩有少量顽强的兵士拼死战斗。他们互相背靠背就地站着，组成小的集合团队，与那些兵强马壮的胡晋联军展开决死之战。

鲜血，染红了方圆二十多里内的大地。

由于胡晋联军骑兵的马上有了马镫，他们双脚得到支撑，能够以腿力控驭战马。所以，在战斗中，他们不仅兜转便利，而且还可以腾出双手用于战斗。这些蛮族骑士踩在镫上之后，重心更稳，完全能以全身力量使用手上的各种长短兵器进行击刺砍杀。

胡晋联军中，要数鲜卑骑兵的战斗力最盛。他们在马上时而站立，时而俯身，时而还来个马侧藏身，几乎是在炫耀着作战技巧。

此情此景，使得在阵后指挥作战的石超和他手下几个军将心惊肉跳。

"石将军，如果我们开始先派出两万步兵出战，或许能取得胜利……"一个军将嗫嚅着说。

这是个高大、肥壮的洛阳中军将领，他曾经跟随孟观远赴关中征讨过氐酋齐万年，实战经验丰富。

战斗开始之前，看到王浚胡晋联军骑兵组成的奇怪散阵之后，他曾经建议石超说："将军，您可以先派一半步军迎战胡晋联军，待双方交战之后，再分批派出重甲骑兵蹂阵冲击。如此，人数处于劣势的胡晋联军为抵挡步军，必然会投入所有骑兵全力厮杀。交战到半场，大可以孤注一掷，您再把最后两万步军当成后备的生力军，胜算极大。"

当时，出于妇人之仁，石超觉得最早派出两万步军之后，再让铁甲骑兵蹂阵，可能会造成不分敌我的巨大伤亡，故而未采用此计。

如今，后悔药没得吃，石超只得望阵兴叹……

"这些鲜卑、乌桓胡虏，来如天坠，去如闪电，实非我晋人能敌……"

望着战场上那些身穿中军服色的纵横交错的死尸堆，石超慨叹。

胡晋联军有条不紊。他们利用骑射优势，大量杀伤成都王军队的有生力量，逐步而井然有序地实现削弱和蚕食。

王浚不停挥舞令旗，指挥胡晋联军轻骑兵利用邺城藩镇军队士气低落的时候，对抱头鼠窜的步军发起一轮接一轮的攻击，最终完全掌握了战场上的主导权。

苍茫暮色中，秋天的凉意被厮杀的鲜血冲淡了。

马蹄飞奔，大地被擂得颤抖不已。喊叫，厮杀，劈砍，追打。鲜卑、乌桓骑兵剽悍异常，嗷嗷狂叫着，挥舞着明晃晃的刀槊，沉溺于狂奔疾驰和劈砍捅刺之中。在血腥战场上，他们往来驰骋，如同一排又一排波浪，在被鲜血染红的大地上没有止歇，滚滚向前。

兵溃之下，逃遁不再是卑劣和怯懦的表现。昏昏沉沉之余，未遭屠杀的两三万晋军残兵，开始四下没头苍蝇般奔逃……

战斗，成了单方面的屠杀。

呼啸声中，原本看似无边无际的旷野上，很快就堆满了人和马匹的尸体。鲜血从死人和死马身上的无数创口中奔涌出来，甜腻的气息弥漫在空气中。

数万人的血，一时间汇成了汩汩的流水……

石超运气好。他胯下那匹青色高头大马，异常能跑，一直像狼一样一纵一纵地疾驰。他的身体几乎全趴在伸直的马脖子上，他眯缝起眼睛，感觉着野草迅速向他眼前扑来……

在他逃跑时，一个大个子鲜卑人发觉了他身上所穿的精美黄金铠甲，就对他穷追不舍。

情急之下，石超更加拼命鞭打着马。其间，他所骑的战马被地上的枯树干绊了一下，闪了个趔趄，差点摔倒在地。

鲜卑人追到，扬起手中一柄长得令人诧异的大刀，朝石超脖子砍来。

所幸的是，石超斜背在身上的一个钢制的剑鞘挡住了这致命一刀。咔嚓，鲜卑人手中的大刀被嗖的一声震飞。

趁那个大汉发愣，石超拍马，飞奔而去……

月亮升起来了。

回望远处雾气蒸腾的战场，石超泪如雨下。他座下马身上的热气，腾腾直冒。这匹骏马惊魂未定，它两肋都在费劲地扇动，全身不停地打战。

远处，马蹄声，鲜卑、乌桓人胜利的欢呼声，马的嘶叫声，以及梦魇中才会出现的未死兵士低沉的呻吟声，隐约都能听到。

空气中似乎充满了一股辛辣、浓郁的苦艾气味。石超忽然感到一阵晕眩，感觉到周围的地在转，天上的云在转，星星在转，连周围四散的马群也在转。

悲痛之余，他赶紧把笼头上的缰绳紧紧地缠在鞍鞯上，使得马头能平直地挺着，以让自己保持着直立的坐姿而不会掉下马去……

"真渴呀！"听到近处有河水哗哗在响，石超更加干渴难耐。

朦胧月色下，星星满天，闪闪发光，它们似乎越来越低地垂向地面。

石超耷拉着头，一动不动地立马站着。

方才所经历的事情，太不可思议！三万重甲骑兵，四万邺城成都王藩镇兵，一天之内，灰飞烟灭！

回忆起荡阴之战中自己的大胜，石超更觉得刚才的失败，如同梦魇一般，如此不真实，如此骇人……

第五十八章 匈奴大单于

草原！草原！

风，气息中带着一股熟悉、亲切的苦味儿；带有太阳气息的风，吹拂着马的鬃毛，衬显得它们匹匹皮毛如同锦缎般光滑。

刘渊骑在马上，遥望离石的平原和河谷，心中无限轻松：不是倦鸟归巢的感觉，而是困龙入水的心情。隐藏在他心中深处那种匈奴荣光和血液，勃然腾沸。

视线所及，丘陵间布，到处都是蜿蜒漫长的浅谷、溪水潺潺的溪涧和看上去长满高草的深沟。

"大王，祭坛到了，请您先祭'汉王'之位……"刘渊的叔祖刘宣下马，亲自为刘渊执辔。

离石南郊，已经建立起一个登基典礼所用的天坛：八陛圆坛，南向西上。围绕着天坛，还设有一个外坛，上面设置五帝牌位。青帝位在甲寅之地，赤帝位在丙巳之地，黄帝位在丁未之地，白帝位在庚申之地，黑帝位在壬亥之地。

"我听说成都王司马颖军队在平荆战败，邺城失守……大丈夫信义为先，我是否应该马上率领五部去救援呢？"刘渊抚摸着手中全然陌生的冠冕，问刘宣。

刘宣固谏："晋人无道，数年以来，一直奴隶御我！如今晋纲失堕，司马氏父子兄弟自相鱼肉，此乃天厌晋德，转授我匈奴。大王当兴我邦族，恢复呼韩邪单于①大业！我们应该联合鲜卑、乌桓，互为声援，万万不可与他们相抗！上天假手于我而灭晋，天不可违！违天不祥，逆众不济，天予不取，反受其咎！"

"王浚率鲜卑、乌桓攻打邺城，司马颖不听吾言，挟天子南奔洛阳，真是庸才鼠辈……但是，我与他有言在先，不可不救！我欲发兵二万救急，如何？"

刘宣："可暂时派人率数千兵马，以救援成都王为名，观察晋人形势。进可

---

① 西汉后期匈奴单于。

攻，退可守。大王方今要事，唯在兴复邦国大业！"

刘渊大喜："卿所言极是！好男儿当为崇冈峻阜，何能为培塿陋坎乎！帝王之兴，岂有常道？大禹出于西戎，文王生于东夷，唯德所授！如今我五部匈奴有众十余万，皆能一以当十。日后鼓行而进，征伐乱晋，犹摧枯拉朽耳！天人相助，上可成汉高之业，下不失为一方大国！"

刘宣："鲜卑、乌桓，东胡种类，我们自可以与之联合，灭晋而分天下……"

"我们建国立业，晋人未必心服。昔日大汉数世天下，恩德结于人心，所以，昭烈帝刘备虽然崎岖于蜀土一州之地，犹能抗衡于天下。我们大匈奴，乃汉室之甥，数世约为兄弟。兄亡弟绍，合情合理！为怀柔晋人，我们必须先对外称'汉'国，追尊后主刘禅……"

刘渊委婉拒绝了刘宣让他联合鲜卑、乌桓攻击晋国的提议。处洛阳日久，汉化极深，在他内心深处，宁可自居为汉朝之后，也不想与东胡部族联合。而且，汾水地区乃传统汉地，要想在北方成大事，离不开晋人的支持。倘若立国之初就打出恢复匈奴的旗号，刘渊深恐晋人不附。

由于氐人豪酋李雄①已经在成都称王，刘渊深恐落于人后，故而急急忙忙在离石称王。

于是，他更衣上坛，当着离石数万匈奴、晋人的面，让人宣布建国诏书：

"昔我太祖高皇帝以神武应期，廓开大业；太宗孝文皇帝重以明德，升平汉道；世宗孝武皇帝拓土攘夷，地过唐日；中宗孝宣皇帝搜扬俊义，多士盈朝；是我祖宗道迈三王，功高五帝！而元帝、成帝多僻，哀帝、平帝短祚，致使贼臣王莽，乘间滔天篡逆。

"我世祖光武皇帝诞资圣武，恢复鸿基，祀汉配天，不失旧物，俾三光晦而复明，神器幽而复显；显宗孝明皇帝、肃宗孝章皇帝累叶重晖，炎光再阐；自和帝、安帝而后，皇纲渐颓，天步艰难，国统频绝。黄巾海沸于九州，群阉毒流于四海。董卓因之，肆其猖勃；曹操父子，凶逆相寻。

"故孝愍帝委弃万国，昭烈帝播越岷蜀，冀否终有泰，旋轸旧京。何图天未悔祸，后帝窘辱！自社稷沦丧，大汉宗庙之不血食四十年矣。

"苍天福佑皇汉，使司马氏父子兄弟迭相残灭。黎庶涂炭，无所控告。孤王为群公所推，绍修三祖大业，兴复汉室！"

---

① 十六国时期成汉的建立者。

　　诏书读毕，宣布大赦，建年号为"元熙"，追尊蜀汉末主刘禅为"孝怀皇帝"，立汉高祖以下三祖五宗神主。又宣布立正妻呼延氏为王后，广置百官，以刘宣为丞相，诸子、亲族次第拜受。

　　仪式完毕后，在场的匈奴部族人兴高采烈，脱帽看发，嗷嗷乱叫以示庆贺。而那些晋人则内心惶恐，愁眉苦脸。

　　刘渊此次携诸子回归离石之后，已经铁下心来叛晋。五部匈奴中，那些原来为当地晋人做奴客佣仆的人，纷纷杀戮原先的主人，奸污晋人妇女，纵马呼啸，往来途中，杀掠一切遇到的晋朝商客和驿站使者。

　　对晋人来说，离石方圆百里以内，到处散发着恐怖的气息。田间沟垄之上，草地山丘之间，到处横七竖八躺着被虐杀的晋人。

　　为了泄愤，那些五部匈奴族人肆其残忍，往往活着挖出晋人的眼睛，砍掉他们的双手，一一割下耳朵和鼻子。匈奴人为了练刀，虐杀之后，还对晋人的尸体横竖立砍，抛掷玩乐，以至于随处可见血肉模糊的人肉块……

　　行罢"汉王"登基仪式，刘渊、刘宣、刘和、刘聪、刘曜等人，立刻换上匈奴服饰，然后，他们屏去晋人，率领五部匈奴贵酋和族人一百多人，骑马到草原深处，举行神秘的匈奴金人祭天仪式。

　　白天的草原，在太阳蒸晒下，依旧一片炎热。方圆几十里内，长草在气流涌动下波浪般翻卷，哗哗作响；似乎阳光把蓝天都晒得褪了色，鹯鹰等猛禽看上去悠闲自得。它们张开棕色的大翅膀，在无边无垠的草原上往复盘旋，闪动着它们能寻觅草中滚豆的锐利眼睛，搜寻地上往来奔波的草原鼠。

　　一百多人的匈奴祭天队伍，从隐陷在草原上的黑乎乎的路径上走过，打破了原先死一般的静谧。

　　四周一切的景物，看上去都是透明的，在秋天正午的热风中，隐约地闪烁蓝光，就像在梦中一样……

　　望着族人们吃力扛着的三个巨大的金人，刘渊感觉到生命是如此美好——昔日所有的那些落寞、屈辱的灰尘，今天全部被拂掸而去；那些麻木不仁的人生风景，马上要吐艳生辉。

　　仰望苍天，他深刻感觉到自己的匈奴祖先在召唤自己，为了恢复匈奴荣光，哪怕自己流血牺牲，也在所不惜。为了这一天的到来，他等了又等，韬光养晦，在晋地委屈求全，感觉似乎等待了大半辈子。

　　红日冲天一般，横空出世。如今，刘渊感觉自己即将登上历史的大舞台，昔日的一切忧伤和不快，都将被浓稠的鲜血洗涤干净。他跃跃欲试，他要留下自己的身影，他要在大晋国土地上，留下一道巨大的死亡创伤，从而祛除这个没落帝国的腐朽……

"……本来要铸十二个金人，为什么只成功了三个？"

到达匈奴人神秘的祭坛之后，看着高高竖立的金人，刘渊问刘宣。

"……三，十二，都是吉利数目，其实差不多……"对于刘渊的如此问题，刘宣没能像往常那样侃侃而谈。

神秘天幕下，那三个一人多高的纯金金人烁烁放光，经由阳光照射，散发出一股古怪的魅力。

"或许，我所建立的国家只能经历三世……或者是三十年？三百年？"刘渊自言自语。

他身后的长子刘和殷勤地接上父亲的话头，说："应该是三百年社稷！"

刘和心中暗自高兴——即使这个新的国家只能经历短短的三世，也还能轮到自己。因为，自己作为嫡长子，就是新兴汉国的第二世主君啊……

祭祀很快就开始了。各部酋长跪在刘渊身后，开始集体下拜，依次祭祀天地、日月、祖先、神灵。

萨满敲起响鼓，咚咚之声让人心跳不已。三十个身穿白衣的晋人，被绑缚着双臂，推到了祭坛前。

这些人，体似筛糠，颤抖不停，根本不知道这些穿着诡异的匈奴人要对自己干些什么。

萨满口中喃喃。

几个赤裸上身的大汉持刀走过来，把那些晋人按伏在地上，开始像宰杀牲畜一样对他们施以割喉。

钢刀锋利。晋人的喉管很快就被一一割断。那些匈奴大汉经过训练一般，非常熟练地从被杀者喉管割断处沥出鲜血，小心地把那些鲜红的液体集中在一只放在坛前的巨大白色玉碗里面。

然后，萨满恭谨地手捧玉碗，拜天，拜地，拜刘渊，而后，就扬起手臂，把玉碗中热腾腾的鲜血泼洒在金人身上……

"天地所生，日月所置，匈奴'撑梨孤涂'①大单于，敬祀上苍，佑我邦族，耀我国家！"

萨满用浓重的喉音高声祈祷着，手中不停地把鲜血泼洒向那三个金人……

---

① 匈奴语，意为"天子"。

仪式，不久就结束了。

刘渊、刘宣、刘和、刘聪等人以及诸酋长拜毕，皆起身掸尘，而后，他们纷纷坐在仆从提前准备的胡床上，拿出酒囊开始畅饮。

被带到秘密祭祀地点作牺牲的，总共有五十多晋人。刚被杀掉了三十个，那边还剩下二十多人。如今，他们被匈奴人逼迫着在地上挖坑，准备埋掉那些刚刚被割喉的同胞尸体。

刘渊的族侄刘曜做监工。看晋人挖好了三十个坑之后，他指挥那些人把还没有冷却的尸体扔了进去，填土埋掉。

未等那些幸存的晋人直腰喘口气，刘曜喝令道："接着挖！"

二十多个晋人闻言，顿时面无人色。

在那一刻，他们都明白了自己即将面对的噩运。

利刃之下，晋人只得听天由命。他们拖着沉重的步伐，开始为自己挖掘埋葬尸身的土坑。

一个十六岁左右的晋人少年禁不住哭泣起来，他的肩膀一个劲地颤抖，几乎握不住手中的锄头。

从他那一身质地华丽的衣服来看，他肯定是一个被匈奴人抓俘的富家子弟或是晋人官吏家的孩子。

见此，刘曜脸色阴沉下来。他从刀鞘里面拔出大刀，快步走了过去。然后，他挥手一刀，就把那个少年从脖子到肋部，斜劈成两段。

"快些！"刘曜简短地命令那些挖坑的汉人。

"永明啊，说说你日后的志向，你日后想怎样啊？……"鲜血和杀戮，丝毫没让刘渊的兴致受到影响，他满脸笑意地望着这个号称"千里驹"的族侄，问。

"杀灭晋人……虏其皇帝，污其皇后！"

"嗯，志向不俗！不过，晋人太多，杀是杀不完的……那个白痴皇帝，俘虏之后，也真不知道该拿他怎么办。至于皇后嘛，据说现在的羊皇后非常漂亮……"

"我在洛阳朝堂上见过皇后羊献容，倘若日后大王要攻打洛阳，请以我为先锋将。破城之后，希望大王能把羊皇后赏赐给我……"

刘渊、刘聪、刘宣等人闻听刘曜如此说，都哈哈大笑起来。

坐饮诸人中，只有刘和没有笑。看着自己的族弟砍人后浑身是血的样子，他微微摇了摇头，面呈厌恶之色。

命运是不能避免的。那些挖坑的晋人，不敢怠慢，终于做好了事情。剩下的这二十多人，都是离石附近的晋人世家子弟。他们平时很少干体力活，所以，费了很大的劲，这些人才把自己的墓坑挖好。

刚才宰杀晋人作牺牲的那几个匈奴大汉走过去，探头看了看那些墓坑，目测了一下深度，都点点头，表示满意。

他们挥舞着手中的大刀，示意那些晋人凑近墓坑，跪在边沿上。

待宰羔羊一般，晋人乖乖跪下。他们看上去都很年轻，伸出白皙的脖颈，静静等待着匈奴人的宰杀，没有一个人出声哀求或者哭叫。

"我来！"

刘曜挥刀展开屠戮，一时间，血染大地，空气中弥漫着浓浓的甜腥血气。

刘渊等人依旧坐在胡床上，饶有趣味地观赏一般看着眼前的一幕。

刘和依旧一脸厌恶。他讨厌这样无所忌惮地杀人。他在洛阳生活了那么多年，饮食、服饰皆与晋人毫无二致。如今，忽然改穿左衽的匈奴长袍，大老远跑到草原深处来燎天拜祭，以人血沃金人，想想都觉得不舒服。

哇的一声，身边一个人忽然忍不住呕吐出来。

刘和扭头一看，原来是同属五部匈奴的靳准。

这个人，三十岁出头，身高七尺，白面美髭髯，看上去完全就是个晋人长相。刘和回归五部之后，靳准被安排做他手下的主簿。

待靳准站直后抬头的时候，刘和发现，他两只眼睛通红，好似哭过一样。

"你怎么了？"刘和问。

"……我不习惯看这样的场面……"

刘和满腹狐疑，斜眼瞥着靳准。

"……才被杀的那个少年，是我表弟……"靳准低声说。

"那你为什么不去阻止？"

"大王刚刚建国，正是杀人立威的时候，我不敢……"

刘和点点头，没有言声。

匈奴五部迁徙到离石这么多年以来，与晋人有着千丝万缕的关系，不少人的亲戚都是晋人。如今，匈奴崛起，族群之间避免不了残杀。不杀戮，不见血，确是不能立威造势的……

草原上，那些从尸体中迸流出来的黏稠鲜血，使得本来不是十分湿润的草原也显得非常肥沃，衰萎的干草似乎都被染得重新闪亮起来。

"如今国家新建，正需要收拾人心，奈何斩杀晋人为乐事？"站在刘渊、刘宣身后的刘和，情不自禁地嘟囔出一句。

"汝所言甚是！……不过，匈奴五部族人，已经多年未曾杀人，武艺疏旷。如果不见血，激发不起他们的血性。此辈晋人，正可以拿来练习身手胆量……"刘渊说。

"大王所见甚高！"老儒刘宣在一旁附和，"我汉国境内，晋人户数不少，当着他们的面，自然不能如此进行屠戮……不过，我们要驱使他们作为奴兵四下去征战，要让中原成为血海，以晋人杀晋人！待他们晋人之间互相杀成血仇，我们匈奴人才好在汉地立足，才能兴复大业！"

刘渊拊掌大笑："卿之言，正合我意！我听说，山东晋人叛乱日众，王弥已经在青州一带起兵叛晋，聚众万人，他们在临淄、聊城、青州一带往来纵横。王弥此辈晋人，既是我的老友，又深恨晋室，可以为我们匈奴在晋地做内应……"

第五十九章　迁都长安城

石超七万大军兵败平荆的消息传来，邺城大恐。百僚奔走，士卒分散。逃亡的人潮，汹涌于邺城诸门。

最早跑回邺城的，是两匹高级军将的骏马。好马识途，它们驮着已经死去的主人，飞奔回到邺城。颠簸如许长的时间，尸体依旧在马上没有摔下去，主要因为二人在活着的时候把马缰绳缠绕在手臂上，混乱中连打了几个绳结，等于是把他们自己和马脖子捆缚在一起。

两个人中，一个高级军将的后脑勺被砍缺了一大块；另外一个，头朝下耷拉在马腹处，看上去好像一直在漫不经心地检查着什么。一路颠簸擦蹭，他的一只手的手指几乎全都磨没了。此人致命伤在脖子上，一支锐利的羽箭，把他的喉结都射碎了。

当人们把这两具尸体从马上卸下来的时候，感觉非常轻。原本身材粗壮的军将，由于流了那么多血在路上，身体的重量变轻了许多，似乎他们连体形都发生了改变。特别是那个后脑被砍的军将，脑袋紧紧缩在脖腔处，怕冷的样子，表情愁苦。

两匹原本纯白色的马，如今看上去都变成了斑驳的花马。那些"图案"，其实都是从军将尸体涌出的血渍凝结而成。

围拢在城门处，近距离观察着死去的兵将，尸体所散发出的咸而甜腻的鲜血气味，进一步诱发了邺城军民强烈的恐惧。

"邺城难保，如今之计，殿下，我们只能保护皇帝返回洛阳……"卢志劝说成都王司马颖。

貌美神昏的司马颖，自然没有话说，长叹一声，唯有点头而已。

清点邺城没有跑掉的兵士人数，卢志发现，居然还有一万五千之众。这么多人，保护皇帝和成都王回到洛阳，应该说绰绰有余。

凌晨时分，石超浑身是血，身后跟着几十个得逃的骑兵，也返回了邺城。

如在往常，石超如此兵败，不死也要被重罚。现在，丧乱颠沛，邺城马上就要陷落，成都王司马颖根本没有心思像当初处罚陆机、陆云兄弟那样去处理石超。出人意料，司马颖不仅没处罚石超，还让人赐给这位败军之将一匹骏马和一袭衣袍，以示安慰。

太阳初升，卢志把痴帝的乘舆和成都王车驾安排妥当，高声发令，准备向洛阳撤退。

众声嘈杂。邺城的官吏、军将以及士族们听说王浚领鲜卑、乌桓蛮族来袭，惶骇异常，纷纷携带财物，拖家带口地逃离。好在卢志事先对此混乱有所准备，他安排了一些兵士预先清道，为皇帝、成都王专门留出了一个城门。

大祸临头之际，扈卫的兵士面面相觑。他们不少人的家属就在邺城之内，胡兵马上来攻，福祸不知，所以他们心中都异常焦急。听卢志命令启程，大家各自心怀恻恻，硬着头皮移动脚步。

"……大王，大王，留步，留步……"

宦者孟玖忽然纵马而来。

这位浑身熏得透鼻香的宦者，骑乘一匹大红色、白鼻梁西域马，跑得很快，几乎直接冲到成都王司马颖的车驾前才停下。

孟玖乘骑的鞍褥、马笼头等物，装饰得非常奢华，特别是那个黄金笼头，上面镶缀的几块大宝石，在太阳照耀下，光芒四射，晃得那匹马都得眯起眼睛才能看清前面的道路。如果是正午时分，那些宝石和黄金装饰，甚至会刺得那匹马的眼睛不停流泪。

"大王，太妃还有许多东西要收拾，您先不要这么忙着走……"孟玖女声女气地翘着兰花指，骑马靠近司马颖的车窗，用手攀住车栏。

卢志心焦："太妃心恋邺城，迟疑不决……大王，我们应该即刻出发才行啊，否则，鲜卑骑兵马快，皇帝乘舆大有危险！"

"是啊，是啊，孟玖，你赶快为我催促太妃，即刻上道……财物什么的，都不要收拾了……"司马颖狐疑不决。

毕竟是自己生母，程太妃的心思，其实司马颖很清楚：她肯定留恋邺城老窝的舒适和繁华，故而恋恋不去。但是，此次争杀，与以往宗室内部的内讧大有不同。王浚手下有许多蛮族鲜卑、乌桓铁骑，那些人绝对不会理会太妃、宗室什么的。蛮族兵士杀入邺城后，奸杀抢掠是难以避免的事情，贫富贵贱不免。

"大王，难道您连太妃都不等？为人子当尽孝，难道您不孝顺太妃了吗？"

孟玖不知死，他掏出一块锦帕，边擦拭粉面，边倚在车旁数落起成都王司马颖来。

车内，司马颖俯首不言。

也就是短短瞬间的事情，看到孟玖单骑阻拦，成都王犹豫不决，跟在痴帝乘舆和成都王车驾后面的那一万多邺城兵士，众心顿生烦懑。本来还算成伍的军队，哄然溃散而去。

不仅兵士当场跑掉，军将也都趁乱逃走，各自回到城内的家中，接应亲属，准备一起往城外逃亡，躲避王浚的胡晋联军铁骑……

待卢志等人醒过味来，眼看着刚才还万余人的队伍，如今只剩下几十个人。包括石超在内，其中只有十个是能执兵器的兵士，剩下的人，只有九个从洛阳宫里来的伺候痴帝的宦者以及十多个成都王司马颖手下的宦者。这些人，均手无缚鸡之力。

洛阳迢迢，沿路窜逃间，只能靠这些人护驾，让人想起来就胆战心惊。

"大王，您稍等一下太妃嘛，要不，派人和王浚讲和，反正皇帝在我们手里，王浚他要什么官职，我们给他就是……"

宦者孟玖并不胆怯，无知者无畏，他兀自骑马站在那里絮絮叨叨。

别人奈何不得孟玖，一旁的石超却看不过眼。他大喝一声，纵马前冲，奋起手中长槊，一下子就把孟玖当胸插透。

被高高挑起的孟玖四肢还舞了几舞，石超扬臂，奋力一甩，宦者的尸身就在空中飞了出去。

连哼都没哼一声，孟玖死掉了。

痴帝呢，根本不知道外面事情危急。看到身穿甲胄骑在马上英姿飒爽的石超，他不合时宜地从车窗中探出头来，嘴里不停高声大喊："石将军，狮子，狮子……"

"卢大人，不必多言，保护皇帝、成都王要紧！"

石超猛催卢志。

于是，只有数十人护驾，卢志、石超保护着痴帝和成都王司马颖匆忙逃往洛阳方向……

一路之上，司马颖等人狼狈非常。仪卫如此寥寥，诸人冒死，拥痴帝御用犊车仓皇南奔。

由于出行仓促，诸人行到半路才发现，他们谁的身上都没带钱，只有一个宦者包袱中有三千私房钱。情急之下，司马颖"下诏"借钱，最终用那些钱在路上购买到一些聊以下咽的粗陋饭食。

至此地步，痴帝再无金玉食器，每次"进膳"，他只能用路上捡拾的瓦盆。当然，对于痴帝来说，吃什么，用什么东西吃，都不是很重要，最重要的是能吃饱。

夜里睡觉，被子不够用，痴帝只得和三个宦者挤在车上一起睡，以此来取暖御寒……

洛阳城内，河间王司马颙手下大将张方听说痴帝逃归，不敢怠慢，立刻率大军相迎。

邙山脚下，张方及其部伍正好遇到了一路百苦千辛逃回的痴帝、成都王一行。

看着乞丐一样的几十个人扈从一辆牛车，张方简直不敢相信面前所见就是皇帝"乘舆"。

落魄之时，军将为尊。看到张方骑马率大军来迎，成都王司马颖赶忙下马，把痴帝从犊车中扶下来。

更让张方大吃一惊的是，面前这位大傻皇帝，浑身脏兮兮发出恶臭不说，万乘至尊，他竟然光着一只脚，脚上连袜都没穿，瘸拐着下车。

张方下马拜谒。

痴帝愣愣看了他一会儿，俯下身，扶张方起来。"我饿，吃东西……"

痴帝还归洛阳后，张方拥兵专制朝政，成为城内真正的主人。至于皇太弟司马颖，不用说，败窜之下，威权尽失。

由此，诸王之中，控大军于长安城内的河间王司马颙，就成为最有权势的宗王。不仅他自己拥有关右重地，其大将张方又控制了痴帝和京城洛阳。生杀授任大权，皆仰其成。

十一月，在一个冰冷的早晨，痴帝刚刚喝完肉粥，就听到殿外传来喧嚷的人声和马蹄杂乱的嘚嘚声。

随侍痴帝的宦者对这些声音已经非常熟悉，他们第一个反应，就是架着痴肥的皇帝赶忙找地方躲避。

跑出大殿后，宦者们为痴帝召来一匹驾车的马，胡乱摆放上鞍鞯后，牵马驰入后园，慌不择路，随便找到一片竹林躲藏起来。

张方军队在洛阳日久，其手下兵士肆意剽掠，人人行囊中满是金宝。于是，众情喧喧，归心似箭，都想回关中老家。那些军将自然怕强违兵士之意会引起兵变，就建议张方拥痴帝迁都长安。

当然，张方等人十分清楚，迁都事体太大，痴帝和洛阳公卿肯定不会相从。于是，他们就以谒庙为名，想先把痴帝和百官骗出洛阳，然后半道劫持他们一起归往长安。

洛阳公卿都不傻，对于张方的要求，他们推辞数次，皆以痴帝身体不便为由，不上张方的当。

软的不行，只得来硬的。心急火燎的张方等不及，自己率领千余军人入殿，到处搜寻痴帝。

挨受拷打不过，一个小宦者供出痴帝行踪。

当军人在竹林里面发现痴帝的时候，这个大傻子正一个人孤独地坐在冰冷的地上呆呆地摆弄一棵枯竹……

张方骑马在太极殿前，看到痴帝被几个军人抬出来，他并没有下马行拜礼，而是在马上稽首道：

"如今寇贼纵横，洛阳宿卫寡弱。希望陛下幸臣营垒，迁都长安！"

对张方所说的话，痴帝听得不是很明白。但看兵士抬拥自己的架势，他隐约能感觉到又是要自己离开京城上路。

想到不久前从邺城到洛阳的饥饿颠簸，痴帝不高兴，他一个转身从御辇上跳下来，高声嚷嚷着："我不走，我不走……"

两个高大的关中兵士一左一右，用力夹住痴帝，让他在中间挣脱不得。

兵荒马乱，宫内当值的官员皆四窜逃匿，唯独成都王司马颖事先任命的中书监卢志侍侧，他哄小孩一样劝说痴帝："陛下，今日之事，不走不行，您还是听从张将军的话吧……"

痴帝此时倒很识好歹。见卢志如此和颜悦色，他只得垂泣从之，任由张方手下的军士把自己拥持到金根车上。

张方有备而来，他事先准备了一千多辆大车，命令军士在离开之前彻底对洛阳皇宫进行一番劫掠。开始的时候，还算是有计划的搜掠，军将们指挥得动手下兵士对洛阳宫内的宝物、金银登记造册，分批分类装载。

傍晚时分，兵士从御厨搜得许多美酒，争相纵饮。酒壮歹心，趁着酒劲，他们开始闯入后宫，大肆奸污宫女、嫔妃，互相打斗，纷争御府库藏，并到处游走，割取殿中的流苏、锦帐来给各自的军马做障泥。举烛提灯，乱兵们开始哄抢能看到的一切东西。

仅仅一个夜晚的工夫，魏、晋以来多年蓄积的宝物财产，被一扫无遗。

张方本人也喝得醉醺醺，兴起之时，他大声对军将下令：

"来人，给我放火！烧毁洛阳所有宫室、宗庙，以绝百官大臣反顾之心！"

恰值卢志在侧，他苦口婆心劝阻："昔日董卓无道，焚烧洛阳，怨毒之声，百年犹存。将军您英明神武，奈何蹈袭董卓所为！"

这句话起到了作用，沉吟片刻，张方收回成命。

恨不得挖地三尺，在洛阳纵掠整整三日后，张方军队饱掠已足。他们拥着痴帝的乘舆以及成都王司马颖、豫章王司马炽等人，趋往长安。

众大臣中，除了司徒王戎出奔郏县，其余高官多数被裹胁，与痴帝一起押往长安。

河间王司马颙率领三万大军，浩浩荡荡出长安城，前往灞上迎接痴帝一行。改长安征西府为宫室，供痴帝居住。

洛阳方面，只余下少数官员作为留守，对外号为东都"留台"，承制行事。

而后，为表示与成都王司马颖时代的决裂，河间王司马颙把年号从"建武"改回"永安"，并下诏恢复羊献容的皇后位号。

为了更明确地彰显除旧布新之意，仅仅两天之后，司马颙就以痴帝名义下诏：免去司马颖的皇太弟位号，命他以成都王的王封还第居住；改立豫章王司马炽为皇太弟。

痴帝同父异母兄弟共有二十五人，当时活着的，只剩下成都王司马颖、豫章王司马炽以及吴王司马晏。

依照伦序，吴王司马晏排行在豫章王之前，但此人才庸，又患有风疾，不能做皇太弟；司马炽虽然是武帝最小的儿子，但他聪素好学，为人贤明。

为了显示自己明达有识量，司马颙就推拥司马炽为皇太弟。

当然，诏旨颁发后，还要安慰一下被自己废弃的前任皇太弟司马颖。于是，司马颙派人给自己昔日一个阵营的成都王送去一个礼盒。

司马颖不敢怠慢，急忙打开细看。结果发现，礼盒里面盛装的，是一颗清洗干净的人头——原来正是自己先前派往冯翊当"平北将军"的牵秀。

牵秀没能在河间王管辖地区打开局面，而是被骗开城门，丢了性命。

造化弄人，时势逼人。成都王除了哀叹，别无他想。

年底，为彰显自己处理朝政的能力，河间王司马颙连连以痴帝名义下诏，给诸多宗室、大臣下达了新的任命：

以东海王司马越为太傅；以司徒王戎参录朝政；以光禄大夫王衍为尚书左仆射；以高密王司马略为镇南将军，领司隶校尉，镇守洛阳；以东中郎将司马模为宁北将军，都督冀州诸军事，镇守邺城；百官各还本职；诏令州郡蠲除苛政，爱民务本。政事清通之后，当还都东京洛阳；大赦，改永安元年为永兴元年（公元304年，当时已经是年尾）。

这道道诏书，乍看上去，很有和解宗室、安抚人心的意思——高密王司马略、东中郎将司马模，这二人乃东海王司马越之弟。王浚得胜从邺城撤离后，司马越立刻派弟弟司马模率军进入。所以，河间王司马颙做个顺水人情，他以痴帝名义下诏承认既成事实，本意也是想暂时和解诸王，目的在于稳住当时局势，为他自己在长安挟持皇帝寻找道义上的支持。

当然，河间王司马颙忘不了为他本人和手下人加官晋爵，发诏任命自己为都督中外诸军事，任命张方为中领军、录尚书事，领京兆太守。

对于河间王司马颙这些伎俩，人在东海封地的司马越自然不上当。他派人上表，坚辞太傅不受。由于有刚刚得胜的王浚和鲜卑、乌桓作后盾，司马越虽然远离政治中心，但凭借司马孚、司马馗二系王爷们的主持，依旧在晋朝具有相当的政治、军事实力，完全可以和长安的河间王司马颙相抗衡。

至于高密王司马略方面，本拟奉诏奔赴洛阳镇守，却在临淄遭到起事的东莱聚攻，逃到聊城；司徒王戎老奸巨猾，他潜奔郏县后，避地安身，称疾辞官，不敢冒风险接受长安的封职。果然，数月之后，他病死于床箦，总算得一善终；王衍向来与世浮沉，受职之后，一直在洛阳托病，观察形势；只有司马越之弟司马模有王浚等人支持，募兵而行，往镇邺城。邺城经历了王浚胡晋联军杀掠，狼藉一片……

没过多久，熟悉洛阳情况的张方阴劝司马颙，说皇后羊献容乃东海王司马越所推拥，不宜主持后宫，应该废掉她。

司马颙对张方言听计从。他马上派人携诏，到洛阳废掉了羊献容皇后的位号。

又一次被废，这位命运多舛的皇后反应不再强烈，默默受诏，大有逆来顺受之意……

第六十章　八千玉体

冬天是个哀伤的季节。

衰草遍地，散发着垂死的气味。广袤的平原困伏在闪耀着蓝光的初雪下面，似乎在酝酿着什么更深的灾难。布满灰色云片的天空，寒风呼啸，在田畴中间和树木中间冲撞呼号，让人彻骨生寒。

军队中各式各色的旗幡，不停在啪啦啪啦地响，如同许多只看不见的大鸟在奋力拍打着翅膀，又如地底深处的幽灵在人的头顶上面盘旋。

西面天边，一片淡紫色的晚霞与金黄的夕照相映衬，让人更觉寒风刺骨。不久，月亮高挂在清冷的夜空，深蓝色斑纹阴沉地横亘在上面。北方的大地，陷入让人泪眼迷离的悲凉之中……

王浚所率领的胡晋联军攻入邺城后，暴掠当地士众，杀人数万，曝尸盈野，而后振旅而归。

临行前，王浚做个人情，把邺城交给了前来接收的东海王司马越之弟司马模。然后，施施然，他率胡晋联军携带巨量战利品，乘胜返回幽州①。

鲜卑兵士在邺城强掠近万名晋人妇女，返程途中，每天晚上都要在宿营地对这些人肆意奸淫。

夜间，被轮奸的晋人妇女哀哭、号叫不已，声彻天地。

几天以来，为了报偿胡人兵士此次远道攻战的"辛苦"，王浚一直忍受着这些声音。

行至易水，看到马上就要回到镇地，王浚召集鲜卑、乌桓将领饮酒欢歌。

灯烛高烧之时，鲜卑、乌桓兵士又开始了最近以来每天例行的轮奸兽行。于是，晋人妇女哭声四起，连夜不绝。

------

① 在今北京。

数杯过后，这些声音，忽然惹得已经有七八分醉意的王浚心烦生怒。

他摔杯在地，离席起身，厉声厉色地对同席饮酒的段氏鲜卑女婿务勿尘和乌桓酋长羯朱下令：

"女人在军，影响士气。传我号令，军士有敢挟藏妇女者，斩！"

凭借王浚之力，务勿尘刚刚得封"辽西郡公"，乌桓酋长羯朱被封为"亲晋王"。此次跟随王浚出兵，他们各自发大笔横财不说，又得晋朝高官头衔，故而内心十分感激这位恩公。

得令之后，这两个胡人不敢有丝毫怠慢。他们亲自持剑外出大帐，就近寻觅，各自杀掉一个本族正在行淫的兵士。

然后，两个胡人贵酋派出本族兵士，各插方才被杀兵士的首级于槊端，在各自营帐间游走，宣布王浚号令。

看到被示众兵士血淋淋的人头，那些饱掠思归的鲜卑、乌桓兵士顿生惧心。

为了毁灭罪证，胡人兵士纷纷用兵器凿开封冻的易水，趁夜把刚才还在遭受奸污的美貌晋人妇女推入冰水之中……

转日清晨，在数十里半开半冻的易水上，漂浮着八千多具浑身赤裸的女尸。

没人知道她们的名字。

日夜轮回，时光飘逝在易水上空，风声飒飒，春来秋往。

很快，这条碧绿、滔滔的河流，恢复了平静，依旧明澈洁净，漠然地东流而去……

第六十一章　自相残杀

永兴二年秋七月，东海王司马越在封地①起兵，他以张方劫迁皇帝为由，传檄山东②，声称：

"本王将纠帅义旅，奉迎天子，还复旧都洛阳！"

当时，司马越兄弟几人虽然属于宗室疏宗，但近来他们各据方镇大任，力量盘根错节。司马越主政期间处心积虑地在各地调整政治力量，手腕老辣，使得身居大镇的范阳王司马虓及王浚等人认定他有更大的发展实力，就共推他为盟主，支持这位东海王在长安以外另立朝廷。

河间王司马颙和张方把皇帝从洛阳挟持到长安，于情于理不顺，不少朝士就奔赴东海去投奔司马越。各地守将、官吏，也陆陆续续开始接受东海王的任职。

为稳住自己后方，司马越任命与自己关系亲近的琅邪王司马睿为平东将军，监徐州诸军事，留守下邳。

司马睿得令后，力请王导担任自己的司马，委之以军政大事。

驻守徐州的东平王司马楙眼见成都王司马颖失势，心中大惧。先前东海王司马越荡阴大败后，路过徐州，司马楙当时闭门不纳。如今，见东海王有重起之势，其手下长史就劝说他让出徐州："东海王，宗室众望；如今他大兴义兵征讨张方，殿下宜举徐州让授给他，不仅可以幸免于难，且得克让之美名。"

思前想后，司马楙也只能这样做。与其坐守孤城被司马越兄弟率兵攻杀，不如先表高姿态"让贤"。于是，不费吹灰之力，徐州落入司马越之手。

得入徐州后，司马越也不亏待东平王司马楙，任命他为兖州刺史。

洛阳留守的王衍等人，深与东海王司马越交结，就立刻以皇帝名义从洛阳发诏，承认司马越的数道任命。

---

① 在今山东临沂郯城县。
② 这里的山东，是指崤山以东。

名正言顺之下，东海王司马越很快就聚集了三万甲士，西屯萧县①；范阳王司马虓自许昌出发，屯于荥阳，与司马越遥相呼应。

羽翼渐丰，司马越以皇帝名义，发诏以范阳王司马虓领豫州刺史。至此，刘氏兄弟也得以大用。刘琨任范阳王司马虓的司马，刘舆得任颍川太守。

但是，忠于河间王的军镇拒绝东海王的任命，引军在灵璧深沟高垒，致使司马越的大军不能继续深入。

即便如此，河间王司马颙在长安听闻东海王司马越在山东起兵，心内大惧。不久，又听说河北一带成都王司马颖的故将公师藩打着迎还成都王的名号起兵。为了分散针对自己的军事压力，司马颙就把一直被软禁的司马颖放出来，任命他为镇军大将军，都督河北诸军事，给兵千人；又以卢志为魏郡太守，让他跟随司马颖前往邺城。

成都王司马颖被废后，他原先所在的河北镇地还是有不少人怀念他。于是，司马颖旧将公师藩先起兵，自称将军，很快就纠结数万军卒。当地一个本来为官府养马的牧帅汲桑以及羯胡石勒等人，纷纷来投，声势大振。

石勒本是上党胡人，并州发生大饥荒的时候，东瀛公司马腾为了增加军饷，派人到处抓捕胡人贩卖到外地。石勒本人就是在那个时候被掠，为晋军卖到茌平为牧奴。乱起之后，草莽英雄纷纷崛起于民间，石勒先与十数人为群盗，以劫掠为生，而后，他加入牧帅汲桑的队伍，听命于公师藩。

石勒原先只有胡名，汲桑看这个粗蛮的胡人能干，就让他以石为姓，以勒为名。

在汲桑、石勒这些壮士支持下，公师藩攻陷郡县，杀掉二千石、长史数十人。经过四处转战，他们实力越来越强，最后竟能集军，开始攻打邺城。

镇守邺城时间未久的东海王司马越之弟、平昌公司马模大惧，匆忙派人四处求援。幸亏人在荥阳的范阳王司马虓遣将来救，杀退公师藩等人，邺城才得以保全，未被攻破。

眼见攻伐乱起，河间王司马颙还想拿痴帝做幌子，便下诏派使，命令东海王司马越等人解兵，各回封国封镇。

对此，司马越等人均不加以理睬。

永兴二年十月，河间王司马颙以皇帝名义下诏，声称：

"刘舆胁迫范阳王司马虓起兵，造构凶逆。特以张方为大都督，统精卒

---

① 在今安徽北部。历史上，萧县一直属于江苏徐州管辖，1955年才划归安徽。

十万，与各地勤王之师共会许昌，诛杀刘舆、刘琨兄弟！"

也就是说，事情到了这个地步，河间王司马颙还不敢直接与司马越、司马虓等宗室闹翻。在诏书中，他只是明确指称刘舆、刘琨兄弟罪名。

此时，成都王司马颖、卢志等人已经从长安到达洛阳附近。听闻成都王重新得用，石超等司马颖旧将纷纷率人来会。不过，成都王本人经历了平荆大败后威望已经大不如前，所有人，包括成都王自己，都听从河间王司马颙的统一指挥，进据河桥①。

听闻河间王司马颙出兵，东海王司马越心急，赶忙催使东平王司马楙从兖州发兵相助。哪知道，司马楙不发一兵，专心在兖州搜刮财赋。

范阳王司马虓看不过眼，派使者让司马楙移镇青州，此举，更加激怒了司马楙。他本来就与河间王司马颙属于司马孚一系（二人都是司马孚孙子，属于亲叔伯兄弟），先前让出徐州给东海王司马越，如今范阳王司马虓又逼他让兖州，内心怨愤之下，司马楙索性变易阵营，改与堂兄河间王司马颙联盟。

河间王司马颙所属军队奇袭许昌城，趁夜进攻。范阳王司马虓猝不及防，只得夺门出奔，渡河北逃。

当时，范阳王手下司马刘琨正外出往汝南搬兵。走到半路，听说许昌已失，他赶忙和兄长刘舆一起奔河北，追赶上范阳王。

到达冀州②后，刘琨凭借三寸不烂之舌，说服当地刺史把冀州出让给范阳王，终于使得这位落魄王爷再找到一个落脚之地。

得入冀州，喘息甫定，范阳王司马虓觉得手下兵丁寡弱，就派遣刘琨至幽州王浚处乞援。

平荆之战大胜后，王浚心情大好，他近来又特别想在东海王司马越面前有所表现，加之看见高门世家出身的刘琨语词忠愤，向自己哀乞求兵，感动之下，他即刻派出鲜卑、晋人组成的幽州突骑一千人，随刘琨返回冀州，济助范阳王司马虓。

刘琨携千人胡晋突骑回返冀州后，一刻不敢停歇，招募数千冀州当地健卒，组成一支劲旅。然后，他率军迅速南下，杀掉了石超派出卫戍河滨的军将，直逼河桥。

范阳王闻讯惊喜，即刻率数千兵马从冀州出发，为刘琨做后应，相继渡河。

当时，成都王司马颖本人已经乘间进入洛阳，只有石超一人全权负责河桥的

---

① 在今河南孟州孟津渡口。西晋建立，立都洛阳，朝廷根据杜预的建议在孟津渡口架设河桥。自黄河以北想要进据河南、趋洛阳，孟津是必由之路。"八王之乱"时，孟津河桥尤为邺城（在今河北邯郸临漳县）与洛阳之间往来要道。

② 在今河北衡水冀州区。

把守和防卫。

闻讯赶来加入刘琨营垒的，还有被河间王司马颙任命为监洛城诸军事、游击将军的索靖及其儿子索綝。赵王司马伦篡位的时候，索靖应三王义举，参加征讨，加散骑常侍，升任后将军。此后，他一直在关中地区战斗，击破各地反叛的小股贼人，一路下来，所向披靡。痴帝被劫持到长安后，诸王纷争又起，索靖深为痛心。他分别写信给东海王司马越和河间王司马颙，规劝诸王解怨释兵，协力恢复大晋基业。诸王皆不听。于是，索靖又向人在长安的痴帝上表，痛陈宗室内讧的危害：

"国家十数年来，兵戈纷乱，猜祸锋生。疑隙构于群王，灾难延于宗子。今夕为忠，明旦为逆，朝同夕异，互为戎首。观诸史书，骨肉之祸未有如今者也，臣窃悲之！今边陲诸镇无备豫之储，中原大地有自残之困。股肱之臣，宗室诸王，皆不唯国体，追权逐利，自相鱼肉。万一四夷乘虚为变，国家危矣！臣以为，宜速发明诏于诸王，令其各释猜嫌，归保藩镇。自今以后，其有不受诏书、擅兴兵马者，天下共伐之！"

奏报送达长安，痴帝自然不会看到。居权的河间王司马颙细读之后，大觉有理，但诸王争雄之中，根本也顾不得如此逆耳忠言。

索靖愤懑间，忘年好友刘琨来信，慷慨陈词，要他前去相助。

想到稳固洛阳局势之后可以奉迎皇帝归返旧都，索靖就与儿子索綝带着数千兵马前去。

替成都王司马颖把守河桥的石超，根本没有料到刘琨等人来得这么快。顾不得兵微将寡，他只得披挂上马，仓促迎战。

连布阵排兵都来不及，石超麾兵出营，抵挡来势汹汹的刘琨、索靖兵马。

索靖老将作先锋，来打头阵，与石超混战半日，胜负未分。

石超万人敌。他在马上纵槊，横杀竖砍，往复冲杀。愤怒和绝望，使他陷入一种嗜血的迷狂之中。

荡突之间，他忽然发现前方不远处一位身着黑光铠的老将，此人胡须已经斑白，正指挥人马进攻。

石超二话不说，挺槊突前。

老将不是别人，正是索靖。

索靖身边亲兵看到石超奋槊而来，即刻迎前抵挡。石超神勇，左挑右刺之下，七八个人顿时丧命于槊下。

看到石超白马红袍而来，索靖忽然一怔："季伦？"

石超马快槊急，见对面的老将根本不躲避，反而向自己打招呼，心生疑惑。但是，他当时已经收刹不住，长长的槊尖，深深捅入索靖的左肋。

索靖大叫一声，翻身落马。

索綝闻声赶到。他急忙下马，率人救护父亲。

此时，不仅刘琨所率军马越围越多，范阳王司马虓也驱兵继至。

眼见河桥不保，石超只得仓皇逃遁。

冲杀半日有多，石超部下所剩无几。跑出二十多里之后，他身边只剩下三十余名骑兵。

人困马乏之际，忽然烟尘滚滚，一千多轻骑兵风驰电掣尾随追来。他们嗷嗷乱叫，瞬间就把石超等人围了个密密实实。

飘然杀至的这些人，正是刘琨从王浚处借来的一千幽州突骑。

情急之下，石超放马狂奔。

他手中缰绳上下晃动，急速颤抖着。长槊由于碍手，已经被他扔掉。此刻，石超右手晃动着一把大刀，刃声飞鸣着，劈砍一切阻挡自己的东西……

奔驰间，他感觉到大片大片的云彩遮住了太阳。那些灰色的云影，又快又慢，沿着平原向前飘去。他双腿极力磕着马，全速狂奔，有那么一瞬间，他甚至感觉到自己跑得比光影还要快——面前那伸出去的、不断跳跃着的马头上，阳光斑斓迷离，皮毛熠熠闪光。

突然，在耳朵里面呼呼的风声中，又多了熟悉的箭声，它们越来越响，越来越多，身后数匹骏马的奔驰声，逐渐变成了大队骑兵奔袭的轰鸣声……

怀着慌乱和恐惧回头望去，石超看到自己所有的扈从都掉落下马，他们不是被箭射死，就是被幽州突骑的长槊挑死。

不知所措中，绝望和愤怒使得石超勇气倍增。他的脸痉挛起来，他忽然收紧缰绳，掉转马头，大吼着朝敌人冲了过去。

石超此举，大出追击穷寇的幽州突骑预料。呆怔之间，他们纷纷躲闪。看到鲜卑人那张张怪异的面孔上面突如其来的慌乱，浑身是血的石超心中顿时充满了愉快的感觉："这些在平荆之战中侥幸胜利的夷狄恶魔，原来也知道恐惧！"

一张异族骑兵面孔晃在眼前，这是一个年龄和自己差不多的鲜卑军将，他不戴兜鍪的脸，是那么年轻、英俊，浓眉俊目，鼻直口方。风，刮得他剃得发青的前额上面装饰着的一个菱形金饰摇荡着，他的衣袂飘带也迎风乱舞……

石超迎前，挥刀斜着砍过去。那沉重锋利的刀锋，切猪肉一般黏糊糊而稍有阻滞感地砍进鲜卑人柔软而有弹性的身躯里面。咔嚓一声，他那颗俊美的头颅连着半截肩膀，顿时飞出老远……

似乎就是眨眼的工夫，又好像是漫长的整个下午，石超狂砍猛杀，十多个鲜卑骑兵被这个接近疯狂的末路英雄砍死在马下……

忽然，幽州鲜卑骑兵的数支短槊呼啸飞来。

眼睁睁看着一支尖槊插中自己的右胸，石超大叫一声，堕于马下。

当时，他全身感到的不是疼痛，而是一阵冰冷。接着，是一种曾经熟悉的轻飘飘的快意……

"你知道吗，你杀的老将军，乃索靖索大人，他是我和你叔父石崇的挚友……"刘琨一脸怒气，对被押解到营帐中的石超说。

"索靖……我知道，我小的时候，曾经在我叔父的金谷园内看到过他……对了，刘大人，我还特别记得你……你曾经送给过我们兄弟一匹朝鲜的果下小马呢……"

石超脸上并没有特别的歉意，更无哀苦求饶的意思。他微微笑着，似乎陷于对往昔的回忆之中。

"你的样子，太像你叔父石崇。如果不是这个原因，索靖大人不会那么轻易死在你的手里。"

"……嗯，他当时看到我一愣，嘴里低语了一声，叫了声我叔父的字，我就知道他认错人了……战场之上，我收手不住。"石超说到这里，忽然若有所思，问刘琨，"刘大人，皇帝每次看到我，都喊'石将军，狮子……'，我非常不解，陛下这是什么意思呢？"

刘琨苦笑了一下："这个问题，你问我还真问对了……你叔父石崇的金谷园中曾经豢养了几头狮子，给皇帝留下特别深刻的印象。而且，在皇帝当太子的时候，他就常常接受你叔父石崇奉送的许多珍禽异兽，对你叔父的模样特别有记忆。所以，皇帝看到你，就想到了你叔父石崇，继而联想到狮子……"

"哦，原来如此……"石超恍然大悟。他轻轻笑了起来，说，"如此，我就死而无憾了……"

"当初，你叔父石崇和潘岳被赵王下令杀害的时候，由我监刑……没有想到，今天你也要死于我的手下。"

"死生有命，富贵在天！刘大人不必内疚。我知道，出于朋友之情，当时你对我叔父和潘岳潘大人都非常照顾，让他们得以快死，免受不少折磨。我这个当侄子的，应该感谢你才对啊……"

年方二十六岁的石超，脸上满是轻松的神色，仿佛在和刘琨谈论着别人的事情。对于即将到来的死亡，他没有表现出丝毫畏惧。

望了望帐外那些来回走动的神情愤怒、虎视眈眈的鲜卑人，刘琨低声说：

"我本来想放掉你，但是，如今我们正要借这些幽州鲜卑骑兵之力收复洛阳，奉迎皇帝还都……"

"刘大人盛情，我心领了，无须多言！如此纷纭乱世，还是早死为盼！"石超淡然一笑，"不过，我不知道刘大人您想过没有，与王浚此辈相善的幽州鲜卑，还有我们成都王当作后应的匈奴五部，皆是异族夷狄，他们，怎么能与我们同心？……我死不足惜，恐怕日后中华大地，会遍染膻腥！"

"……看你伤得不轻，来，你先吃下这粒药，能立时止血。"刘琨亲自端了一杯水给石超，接着，他从袖中掏出一个非常小的金匣，从中拿出一粒绿色的大药丸。

"哦，这是天竺的质汗……专门用于治疗金疮伤折和淤血内损，还可以治疗妇人产后血结……"

"药理你也懂？"

"那倒不是……昔日我叔父石崇的金谷园中，有一个专门的药苑，里面有一个大仓库，堆满了各色各类的药物，朱砂、云母、茯苓、人参、麝香、石青、雄黄、犀牛角、鹿茸、铅丹、狼毒乌头、桃仁、肉豆蔻、郁金……太多东西了……我还记得，他从王恺处得来的一个秘方，用晒干的白马阳物搅拌着蜂蜜泡，然后浸入酒中混饮，据说，可以壮阳，呵呵……"

遍体鳞伤的石超，似乎浑然忘记了自己的伤痛，与刘琨笑着聊起他叔父石崇的金谷园以及以往在那里发生的荒唐事。

"你还是服用了这粒丸药吧。"刘琨说。

"我马上要被处死，何必暴殄天物！这种天竺质汗，极其昂贵，刘大人还是留着吧……对了，郁金也有生肌止血的作用，刘大人如果得暇，不妨一试。日后兵戈连连，战场上能用的药物，一定要常备在身……"

这个时候，大帐门口传来阵阵哀号。一个鲜卑汉子把手中尖顶的皮帽子使劲扔在地上，怒视石超，牙咬得咯吱咯吱直响，大声用鲜卑语和汉言轮流叫嚷，大概意思是要为被杀的兄弟报仇。

他的脸色非常难看，不停拍着自己裸露的胸膛，号啕大哭，声嘶力竭大呼道："天杀的贼将，砍死我兄弟，如不杀你，我无脸回幽州……"

几十个鲜卑骑兵站在他身边，向大帐内探头探脑，但没敢贸然闯入。

"趁着天还未黑，我还是早些上路吧……"石超说。

他怕刘琨为难，自己挺身走出大帐。

鲜卑人蜂拥上来，叫骂着，向石超挥舞着拳头。那个死了兄弟的鲜卑汉子冲过来，想抓住石超。

一个鲜卑军将赶忙跑过来，用鞭子抽打着这些人，喝令他们不要当着刘琨的面对石超动粗。

刘琨面色铁青。

看着身边这些愤怒的鲜卑人，石超丝毫不惧。他对刘琨侃侃言道：

"刘大人，我们晋人衰弱，根源在于朝廷士大夫不思进取，边陲郡镇忘战息兵，内战频起，自己人越杀越弱，才觉得这些夷狄蛮族能打仗……我读汉代史籍的时候，曾经有个发现：当时一个汉兵，可以敌五个匈奴；即使日后匈奴人有了与汉人相当的铁制兵器，汉武帝时代，一个汉兵也可以敌三个匈奴。所以说，无论是体力还是意志，我们都不输给这些夷狄……唉，怪只怪承平日久，我们晋人的体力和精力都越来越不行，反而要靠这些鲜卑、匈奴来帮助打仗。平荆之战，我输了，打了大败仗。我经验不足，输在阵法上。上天不佑，一败涂地……我真心希望刘大人日后征战，当以此为诚啊。借夷狄为援，恐怕日后祸乱，皆由此辈而出……"

刘琨低头不语。

枯萎的草茎，在石超脚下沙沙作响。惨白的阳光，照耀在他因失血过多而显得更加惨白的脸上。不过，他看上去依旧年轻俊朗，勃勃刚毅。

由于失血过多，石超感觉头发晕。有片刻时间，他几乎失去知觉。但是，当着周围凶神恶煞般的鲜卑兵将，他竭力支持着，使足全身力气，稳步走向帐外不远处的树林边。

走到一棵松树下，他站稳脚跟，脸上荡漾起一阵笑意，精神焕发。他伸出胳膊，用沾满血渍的、伤痕累累的手吃力地攀折下一根树枝，拿在手中，轻轻放在鼻子下面嗅着……

忽然，那个死了兄弟的鲜卑汉子推开人群向前跨了一步，一脸戾气，冲到了石超面前。

他高举手中匕首，直刺石超胸膛。

一刀，两刀，三刀，四刀……

石超背靠一棵大树，脸上依旧含笑，观赏般地看着鲜卑人刀刀刺中自己的身体。

这是一种缓慢而痛苦的死亡，也是一种悲壮的死亡。

"非我族类，其心必异！"石超最后对刘琨清晰地说。

鲜血从石超的口中涌流了出来。这个时候，他脸上开始呈现出一种无比痛苦的神色，捂着胸口，慢慢倒下。

眼见卫士未及拦阻住那个鲜卑人行凶，刘琨怒从心起。他忽地抽出身上的腰刀，唰的一声向那个还在不停刺捅石超的鲜卑汉子砍去，一刀，就把鲜卑人的右臂砍落。

"未待我的命令，汝辈怎么敢擅自杀人！即使行刑，也应该我们晋人来做……"

当着数百围拢过来的鲜卑兵将的面，刘琨怒喝。

那个鲜卑人倒在石超身边的血泊中，睁大眼睛望着怒气冲冲的刘琨，眼神里面满是不解和恐惧。脚下，他那条被整整齐齐砍掉的胳膊掉落在地上，断肢的手中还紧紧握着匕首。

望了一眼全身是血、已经斜倚在树上瞑目死去的石超，刘琨牙关紧咬。

他提刀上前，目光喷火，嘴里咒骂着，再逼近一步，又砍掉了那个鲜卑人的左臂。

现场鸦雀无声。不少鲜卑兵士胆怯地往后直退。

"记住！汝辈乃我从王浚大人处借来冲锋陷阵的……未有我命令，勿得擅自杀人！"

说着话，刘琨抡起手中宝刀。

白光闪过，他从上往下一劈到底，把那个已经失去了两只臂膀的、满脸惊惶的鲜卑人劈成两半……

第六十二章　回都洛阳

"河间王终于听从我的建议了吗？"张方倨坐在灞上军营大帐中，问郅辅。

郅辅本来是一个在长安贩卖牛马的商人，凭借与张方的关系，参与了先前对长沙王的攻伐。如今，他已经升为帐下督，成为张方最亲密的心腹，常往来长安和灞上，为张方传递消息。

"河间王的目光，确实有些短浅。前几日，听说东海王势力越来越大，他听从手下几个谋士的劝告，准备与东海王讲和呢，他们还想把皇帝送回洛阳去……将军，还不是因为您苦劝，河间王才回心转意啊……"

"嗯……"张方捋须，不停点头，"河间王据有关右形胜之地，有我率兵做他臂膀，国富兵强，奉天子号令天下，谁敢不从！强兵在手，雄关在握，竟然想出下策要和东海王司马越和解，还愚蠢到要把皇帝送回洛阳。如果天子落于别人之手，河间王在长安外镇，岂不拱手受制于人！"

"是啊，河间王思前想后，还是觉得张将军您的主意对……不过，石超在河桥大败，东海王和范阳王等人的势力越来越大，也由不得他河间王最近不生出畏惧之心……"

"河间王与东海王讲和，欲置我张方于何地！"张方愤愤不平，"他们二人一笔写不出两个'司马'……一旦皇帝回到洛阳，朝廷威权，会全部归东海王司马越挟制……到时候，他向河间王施压，追究从洛阳劫迁皇帝到长安的祸首，哼，说不定，不，我肯定，河间王定会把我项上人头送给东海王顶罪啊……"

"将军英明，万事皆在您忖度之中！"

"嗯，原来你也能想到这些……"张方抬头，满意地看了看郅辅。

郅辅是个肥头肥脑的胖子，鲇腮豚唇，样子看上去非常憨厚。

"河间王派人携带一封书信，还有三百坛美酒，让我前来劳军。"郅辅说着话，把一封封缄好的书信递给了张方。

"他听从我的建议就好，送酒送军饷就可以，何必写些虚假的客套话来……"张方伸手接过书信，把火漆放到蜡烛上面轻轻烤着。

火漆松软后，他拆掉封缄，开始读信。

没读几个字，张方忽然感到眼前明晃晃一亮。

待他大惊抬头的时候，发现郅辅哆嗦着一张凶神恶煞般的嘴脸，手持宝剑刺向自己。

当时，张方坐于榻上，郅辅又是自己心腹，故而没有任何心理警惕和防备。躲闪不及，张方只能眼睁睁看着郅辅那冰凉的剑尖直刺入自己胸膛。

郅辅不是职业军将出身，杀人没有经验，加上他心内紧张，用力过狠，一柄宝剑几乎刺到剑柄。用劲过大，宝剑刺穿了张方，把这位跋扈大将活活钉在了大帐内他背后所倚靠的一根柱子上。

"你……"

张方顿时口吐鲜血。他想说些什么，但剑在心窝，他根本说不出任何话来。

"……张将军，对不住了，河间王认为您带兵久屯灞上，威胁太大。最近东海王司马越兵盛，王爷听说您更加不听号令，在长安附近一直盘桓不进，死催的不是，您又反对河间王和东海王讲和……河间王也怕，恐怕您先发制人攻打长安，恐怕您把他抓住出卖给东海王，所以，派在下来杀您……我老母妻子皆在长安，不得不为啊……对了，河间王还说，只要我能借得您项上人头，我还能被委任为安定①太守呢……"

郅辅一脸诚恳，语无伦次，絮絮叨叨地说。

张方双眼很快就变得黯淡，头一歪，死了。

郅辅有些手忙脚乱。他抽出腰间的短刀，走到张方面前，轻轻踹了死人一脚。当确信这位将军已经咽气之后，他就开始切割张方的人头。

郅辅从前干过屠夫，宰杀牛羊等动物是把好手，切割人头更不在话下。他弯腰游刃，几下就把张方的脑袋割了下来。

沥血之后，郅辅小心翼翼地把人头放在案上的一张羊皮地图上，包裹起来……

又是新的一年②。

用水银泡好张方首级后，河间王司马颙即刻派人把这件"礼物"送给东海王司马越。此前，他认定自己手下爱将张方的脑袋会换来与东海王的和约。即使天

---

① 在今宁夏固原。

② 时为晋惠帝光熙元年，即公元306年。

子在自己手中，他也深刻意识到，自己的力量远远不能控制天下。

岂料，如此大的诚意，换来的，却是司马越冷冰冰、直截了当的拒绝。

东海王司马越不仅拒绝来自长安的讲和好意，他还乘胜而进，派军将协同刘琨和范阳王的军队继续清剿洛阳附近地区。

继河桥大胜之后，司马越还派他弟弟平昌公司马模进逼洛阳。

人在洛阳的成都王司马颖闻讯大惧。深知自己手中已经没有任何抵拒东海王的本钱，司马颖即刻率领手下亲信西奔长安，想回到皇帝哥哥和先前的同盟河间王司马颙那里躲避一下。

行至华阴，司马颖忽然听说河间王司马颙已与山东和亲，就再不敢前行——时世艰难，人心惟危，他怕自己到了长安后会被河间王逮捕送给东海王作为讲和示好的"礼物"。于是，司马颖在原地逡巡不进，观望形势。

范阳王司马虓和刘琨凭势乘胜，率军东击首鼠两端的东平王司马楙于廪丘①。司马楙不敌，逃回封国东平②。而后，范阳王和刘琨连战连捷，又击溃阻挡东海王司马越的河间王一派的军事势力，与司马越在阳武③合军。

听闻东海王司马越得势，幽州的王浚锦上添花，马上派出三千鲜卑、乌桓突骑，作为司马越西去攻打河间王司马颙的先锋部队。

司马越大悦，即刻进屯温县。建立大帐后，他派出诸部大军，以鲜卑、乌桓骑兵为先锋，打着迎归皇帝的旗号，杀向长安，诸将最后在渑池屯聚大军。

听闻东海王队伍步步逼近，本来以为杀掉张方就能讲和的河间王司马颙悔之无及。他在派出诸将出长安城抵御的同时，又派人大老远地去杀掉郅辅，算是为骁将张方"报仇"。

郅辅在安定，刚刚做了一个多月的太守，屁股还没坐热，长安的使者就携"诏书"来要命。

杀了郅辅，张方也活不回转。河间王无奈，只得祈求天降奇迹。

大将张方被杀后，时运的天平，不再向河间王司马颙一边倾斜。不到一个月的时间内，他派出的数部军马皆惨遭败绩。

眼见东海王大军已经逼至灞水，司马颙硬着头皮，本人亲自率军出战。

双方兵刃甫交，河间王司马颙便一败涂地。混乱中，他随从皆散，单马独骑逃入太白山中……

---

① 在今山东菏泽郓城县。
② 在今山东泰安东平县。
③ 在今河南新乡原阳县。

东海王部队乘胜攻入长安。作为先锋的鲜卑骑兵兽性大发，他们入城大掠，一个上午就在城内杀掉万余人，其中绝大多数是平民百姓。

胡兵突现，聚集在长安的百官顾不得随侍痴帝，争相逃入山中。由于缺衣少粮，几天之内饿死不少人。侥幸得活的官员，只得和仆随一起捡拾橡实充腹。

入城杀人抢掠一番过后，东海王司马越的部队乘兴而来，乘兴而返。他们主要目的就是把痴帝运回洛阳，所以，这些胡晋联军并没有在长安多作停留，就大军回转，护送痴帝返回洛阳。

由于皇帝的金根车等乘舆不知道遗散到哪里去了，军士只得找了一辆民用的普通牛车载痴帝东还。

痴帝回到洛阳。在东海王司马越遥控下，自然先下诏恢复了羊献容的皇后位号，然后，大赦天下，改元"光熙"。

长安方面，司马颙的几个旧将率领残兵忽然赚开城门，入城杀掉了东海王司马越派驻的太守，把流亡在山中的司马颙迎回长安城。

但是，即便重新回到城内，司马颙的日子也越来越难过。除了长安，关中所有地区，几乎都已是东海王司马越的势力范围。河间王司马颙只能凭借长安坚城勉强自保，苟延残喘而已。

大臣们刚刚在洛阳庆贺痴帝得归，蜀地忽然传来消息：流人首领氐族豪酋李雄称帝，建立了"大成国"。昔日蜀汉膏腴之地，几乎整块又从大晋版图被人割出。

然而，对东海王司马越来说，无论是蜀地李雄，还是离石刘渊，都不是腹心之患。他所关注的，是如何一步一步把天下大权揽于自己和亲族心腹的手中。

如今，痴帝重新掌握在自己手中，任免大事就变得异常容易。于是，在司马越操控下，诏旨频发，东海王一系王爷个个身居要镇：

诏以东海王司马越为太傅，录尚书事；

以范阳王司马虓为司空，镇邺城；

以东海王亲弟平昌公司马模为镇东大将军，镇许昌；

为报答派遣鲜卑突骑助攻之恩，以王浚为骠骑大将军，都督东夷、河北诸军事，领幽州刺史。

未隔二日，又下诏，晋封司马越亲弟东嬴公司马腾爵为东燕王，晋封司马越另外一个弟弟平昌公司马模为南阳王。

…………

有人欢喜有人忧。

当洛阳为东海王一系的王爷和属下加官晋爵的时候，逃窜在外的成都王司马颖狼狈非常。

先前，东海王的胡晋联军攻克长安之时，人在武关①的成都王司马颖慌忙奔往新野②。

打听到司马颖确切行踪之后，洛阳的东海王司马越发布诏书，严令地方军将守令擒拿成都王。

困窘之下，成都王司马颖北渡黄河，逃到朝歌一带。此地邻近河北，陆续有昔日手下将士来投奔，几日内，总算聚结了数百人。喘息两日后，司马颖就想奔回邺城附近寻找打着他名号起兵的故将公师籓。

公师籓听闻故主成都王消息后，即刻自白马③南渡黄河来迎。倒霉的是，他刚刚率领兵卒过河，就遇到东海王任命的兖州刺史苟晞。

苟晞有将帅才能，手中军将又多，公师籓寡不敌众，交战未几即大败。掉头逃跑过程中，公师籓被杀。

惶惶然如丧家之犬，成都王司马颖与卢志等人东逃西窜，不知所之。

晃悠数日，他们在顿丘④附近，忽然遭遇东海王兵马，百数人几乎全部被杀。最后，司马颖本人和卢志遭到活捉，被送往邺城看押。

听说如今坐镇邺城的宗王是范阳王司马虓，司马颖大喘了一口气，对身边垂头丧气的卢志说："看来，你我暂时还能有命得活……"

"范阳王司马虓和东海王司马越同出司马馗一系，他们两个人是亲叔伯兄弟，大王，您为何这么肯定范阳王不会对我们动杀心呢？"

"自昔日武皇帝在世的时候，我和范阳王关系就不错。他为人一点也不阴狠，不似东海王……"成都王司马颖自以为是地说。

---

① 在今陕西商洛丹凤县东武关河北岸，与函谷关、萧关、大散关并称"秦之四塞"。
② 在今河南南阳新野县。
③ 指当时黎阳城东南的白马津。黎阳，在今河南鹤壁浚县。
④ 在今河南濮阳清丰县。

第六十三章　人生最是伤别离

晋廷群臣南郊①，庆祝皇帝得返洛阳。

痴帝呆坐在绣幄下，身穿绛纱袍，着黑介帻，头戴通天金博山冠。披挂如此庄重，他却不停打盹。由于要准备仪式用的各种穿戴，宫人们半夜就把他折腾起来，所以天大亮的时候，他感到极其疲累。

咚咚一阵鼓声过后，满朝公卿皆在坛东就位。太祝史作为主礼官，牵着牛、羊、猪三牲入场。

到达场地中央后，太祝史跪奏："请至尊省牲。"

宦者帮助痴帝举起一只手，喊道："腯②！"

太祝令牵三牲绕场一周，举手高呼："充！"然后，他把三牲交给庖房。

三牲很快被宰杀。礼官用两个陶豆盛装鲜血，其一奠于皇天神座前，其二奠于太祖神座前。

而后，太祝令在神座前跪进供馔，牵来两头茧栗③供奉神座之前，供以鬯④、醴⑤、玄酒⑥，把这些东西垫着白茅放置在神座中央；旁边，摆放一对用苍玉制成的大玉璧。

宰杀三牲和摆放供馔的时候，宦者扶着痴帝进入御帐，改服龙衮，脑袋上换成平天冠，然后乘坐金根车抵达祭坛东门外。

见皇帝站定，太祝令跪地，手执匏陶⑦，以酒灌地。在宦者搀扶和引导下，痴

---

① 古代于郊外祭祀天地，南郊祭天，北郊祭地。郊谓大祀，祀为群祀。

② 肥壮之意。成语有"博硕肥腯"，指六畜肥壮。

③ 牛犊。

④ 古代祭祀用的酒，用郁金草酿造而成。

⑤ 甜酒。

⑥ 其实就是清水。古以水色黑，谓之"玄"。

⑦ 匏制和陶制的酒器。

帝行再拜礼。

群臣见皇帝行礼，跟着行再拜礼。

礼官高呼："兴！"

痴帝起身。由于身躯过于虚胖，他跟跄了一下，差点摔倒在地。

望着太祝令手中的酒器，痴帝使劲咽唾沫。近日来，被人拥来架去受苦不少，痴帝似乎比起以前收敛了许多，乖了许多，不敢再放肆地冲上前去抢夺酒来喝。

太常引痴帝至南阶，脱舄升坛。痴帝就着宦者递过来的罍①洗手，嘟着大脸，兀自玩了一会儿水。

黄门侍郎洗爵，把酒爵跪授给执樽郎；执樽郎接过酒爵，斟倒秬鬯，转身跪授痴帝。

按照传统仪式，痴帝应该把手中的酒跪奠于皇天神座前，再拜后，起立。接下去，他应该走到太祖配天神座前，依前执爵跪奠一次。而后，还要南面北向，行一拜伏之礼。礼毕，太祝令才会把先前各种祭祀的福酒混倒在一起，合置于一爵之中，跪授痴帝饮用。

但这个时候，痴帝终于等不及。他接过执樽郎手中本来要他拜祭用的酒，仰头就喝，灌个不亦乐乎。祭祀用的甜酒爽口，痴帝高兴得呜呜直叫唤。

礼官和众臣面面相觑，伏地偷眼观瞧痴帝痛饮的丑态。不过，好在大家对于痴帝类似的行为早有预见，并没有多少人为此暗中发笑。

还好，痴帝喝足之后，后面仪式一切顺利。

太常引痴帝从祭坛东阶下去，还至南阶。

谒者引太常升坛，亚献。谒者又引光禄卿升坛，终献②。

礼毕，礼官降阶，还于本位，太祝送神，跪执匏陶，以酒灌地。

群臣皆再拜伏。

在宣者引领下，痴帝绕着祭坛走了一圈。走路的时候，先前的脚伤未愈，他还一瘸一拐的。颠沛流离许多天，忽然看到周围那么多大臣黑压压地跪着，痴帝也来了兴趣。本来走一圈就算完成祭祀仪式，他一兴奋，来了劲头，绕着祭坛不停地转，足足走了八圈之多。

众臣跪地，无可奈何等着痴帝停下他瘸拐的脚步。

最后，看到痴帝终于气喘吁吁停在原地，礼官立刻高声宣布：

---

① 古代盥洗用的器皿。小口，广肩，深腹，圈足，有盖，多用青铜或陶制成。

② 古代祭祀时献酒三次，第二次献酒称"亚献"，第三次称"终献"

"祠事毕,就燎^①!"

太常赶忙引领痴帝到了燎位,当坛东阶,痴帝南向而立。

太祝令安排人员用案子把玉璧、三牲、酒黍等馔物安置在柴坛上,然后高声道:"可燎!"

三人持火炬上柴坛,投入火炬。火发。太祝令等人下坛。

依据事先的安排,坛东坛西,各有二十人以炬投于柴坛之上。大火腾腾而起。

至此,礼官对痴帝跪奏:"事毕。"

灿烂阳光下,春天的洛阳南郊具有一种超凡的美感。春天,林园面貌,比往常更加丰富多彩。

极目远眺,空间广阔,树木颜色浓翠,景色仿佛是一幅刚刚完成的彩色画卷。

众臣解散前,东海王司马越让人当众持诏,宣布对他自己三个弟弟新的任命:

以高密王司马略为征南大将军,都督荆州诸军事,镇襄阳;

以南阳王司马模为征西大将军,都督秦、雍、梁、益四州诸军事,镇长安;

改封东燕王司马腾为新蔡王,都督司、冀二州诸军事,替代重病不能理事的范阳王司马虓。

如此,东海王司马越四兄弟,皆坐拥大镇。

而后,中书官员再颁新诏:

任命琅邪王司马睿为安东将军,都督扬州江南诸军事,假节,镇建业;

任命王衍为司徒;

任命王衍亲弟王澄为荆州都督;

任命王衍族弟王敦为青州刺史;

任命刘琨为并州刺史。

听到诏旨颁布,王衍面露得色,对身边的东海王司马越奉承说:"朝廷危乱,当依赖宗室方伯坐镇天下,一定也要分委文武兼资之人宰制大州……"

司马越不动声色,回言道:"荆州有江、汉之固,青州有负海之险,王司徒有弟二人在外,而司徒居中,正所谓狡兔三窟矣。一旦事急,司徒可以周旋从容啊……"

被司马越一语道破心中所想,王衍有些尴尬,讪讪地笑了笑。不过,作为士族门阀,眼看着疏宗皇族出身的司马越在洛阳京城东西南北布置其亲族兄弟和相

---

① 即烧柴祭天。《吕氏春秋·季冬》注:"燎者,积聚柴薪,置璧与牲于上而燎之。升其烟气。"

近宗王的同时，自己琅邪王家子弟也能分守大镇，王衍内心还是很得意。如果不拉拢自己这样的世家，他司马越哪里稳得住政权？

阳光美丽的黄色斑点跳跃着，在人们的眼前盘旋纷飞。

南郊仪式过后，众臣三三两两往回走，低声议论着，话题多数与刚才颁布的任命有关。

喜鹊叽叽喳喳。

众目睽睽下，刚刚被任命为荆州都督的王澄忽然止步。他当众脱下朝服衣巾，仰头往一棵十多丈高的大树望了望。而后，他甩脱脚上的履，抱住大树，噌噌往上爬去。

快到树顶的时候，树枝参差。王澄坐在树干上，不慌不忙，再脱去身上的里衣，基本上全裸。他耸身上探，从树颠摘下鹊巢。探摸出其中一个雏鹊后，他信手把那个依旧装有几个未孵出雏鸟的鸟蛋的鹊巢扔到树下，随后，从树干上麻利地出溜下来。

在树下站定，玉面长身的王澄傲然而立。他气定神闲，抚弄着雏鸟，神色自若，旁若无人……

"如今国家危难，战乱四起，王平子（王澄字）得任大州都督，不能克己惕厉，反而做如此旷达名士状，张狂无礼，让人齿冷！"看到王澄一番表演，刘琨不屑，冷冷地对身边王澄的族兄王敦说。

王敦嘿嘿笑了一声，没有接刘琨的话茬。

过了一会儿，王敦若有所思，对刘琨说："……越石，从此之后，你我天南地北，会面之期，难以逆料了……"

"心悲动我神，弃置莫复陈。丈夫志四海，万里犹比邻！"

刘琨朗诵曹植歌诗，回复王敦。

早春，洛阳近郊的草原上阳光灿烂。在一些低矮丘陵的背阴处，还散落着一些颜色发紫的积雪。不过，当太阳高高升起的时候，阳光蚕食着那些积雪。渗发的潮气，使得郊外的空气更加新鲜、清凉。

人们的鼻子，还能嗅到腐烂野草的气味、林地甜滋滋的烟气以及那土壤深处的原始味道。草原沐浴在阳光下，远远地望去，犹如镜子一般反光，给人的眼睛以一种美妙的柔和感觉。早春的嫩草，遥看一片绿，近看却似无，轻如梦中的灵魂，在明澄光线的投射下，浮现着忽隐忽现的蜃景幻影。

洛水充溢，如同年轻女人哺乳的乳房一样，漫涨开来，闪烁着明丽的蓝色光芒……

春天到了，大晋帝国，却陷入更加沉沉的暮色中。

显阳殿。

虽然已经恢复了皇后的位号，羊献容看上去依旧脸色郁郁。

行过拜礼之后，刘琨躬身而立。让他感到惊讶的是，历经沧桑的羊献容，面色憔悴，眼圈发黑，双颊呈现出一种类似透明的苍白，但她青春的美貌依旧不改，只是神色和气质改变了许多，与昔日天真烂漫的姑娘，判若两人。

刘琨低头细思，有些好奇地想知道，她身上到底发生了什么变化，她的脸，到底有什么地方起了微妙的改变……

"听说你要到并州去，那里战乱饥荒，你还能活着回来吗？"羊献容问刘琨。

"……臣为陛下，为国家，甘冒万死，不敢辞劳！"

羊献容似乎不耐烦刘琨如此的敷衍，她掏出绢帕，不顾皇后身份的庄重，罕见地擤了擤鼻涕。

刘琨发现，她嘴唇上的膏脂揩落在帕上后，唇色苍白得可怕。

偏殿门外，树木稀疏的侧影映照在石板地上，清晰而洁净。柔和的风，轻轻吹过，夕阳西下，因为永远的别离在即，刘琨忽然有些肝肠寸断的感觉。

在半明半暗的夕阳金光中，刘琨抬起眼睛，仔细看了看母仪天下的年轻皇后，很想将这位曾经与自己有过肌肤之欢的女人的容貌刻印在心上。他知道，离别，就是永诀。面前的这个女人，会逐渐消失在自己的生命中，仿佛与世隔绝一般，最终恰似一缕青烟，完全沉浸在回忆所不能到达的幽冥高空。

"希望皇后陛下保重玉体……"刘琨伏地一拜，准备告辞。

羊献容并不看他，一点没有立刻让他走的意思。"你迢迢远行去并州，为了什么？为了保卫皇帝？"

"臣此去并州，誓当剿灭反叛胡族……不仅仅是为了皇帝，也是为了大晋社稷，江山百姓……"思虑再三，刘琨含含糊糊地又加了一句，"希望皇后陛下遇到事情，不必太过悲伤……"

"……嗯，你的意思是，皇帝驾崩后，我能升任皇太后？"羊献容嘴角泛起一丝嘲讽的笑容。

"……"刘琨无语。

"你们刘氏兄弟作为东海王手下，你心里非常清楚朝廷要发生什么事情，对吧？"

"……天下，乃武帝之天下，天下人之天下……"

"所以，你们下定决心要除掉我的丈夫，除掉那个傻子皇帝？"

刘琨默不作声。

武帝崩逝后，正是他憨愚的儿子在位，晋朝内乱才持续了如此久长。东海王司马越除掉痴帝的本意，是进一步提高他自己的地位。给帝国拥推一个自己选定的皇帝，新帝更会因此对自己感恩戴德，如此，又不会让自己陷入篡弑而招致的危险；至于刘琨等大臣，他们默默而迫切等待着那一天到来，不是为了自己能跻身高位，而是出于对帝国崭新未来的渴望——这个混乱的帝国，太需要一个英明贤德的新君了。憨愚的痴帝在位越久，天下就会越乱，局面就会益发不可收拾……

"你回答我的问话！"羊献容逼问刘琨。

"社稷非常大事，非臣能逆料预知……"

"东海王难道没有告诉你们这些亲信……哼，我丈夫的谥号你们都想好了吧……惠帝，呵呵，绝妙的讽刺啊……柔质慈民曰'惠'，爱民好施曰'惠'——根据谥法，是这样吧？"

羊献容咄咄逼人，脸上露出一种绝望的、冷冷的笑容。

刘琨心内暗惊：东海王偶尔对自己这些身边心腹透露出的念头，怎么居于深宫的皇后知道得一清二楚？

"至尊圣体康健，我们做臣子的，怎么会预先想到这些……"刘琨支吾着。

"如果皇太弟司马炽得立为帝，我于他而言为嫂，肯定不能做太后，只是普通未亡人罢了……我怎么这么倒霉，进入司马家做妇，没有一天能享受真正的尊号！"羊献容开门见山地说。她泪眼婆娑，情绪逐渐激动起来。

"我知道，你们会对天下人说，你们不立孩童，你们拥立长君，立皇太弟为帝——都是骗人的把戏！天下大权都在东海王手中，你们立谁还不都是个偶人？新皇帝只要不听话，你们还不是一样会提前为他想出谥号来……"

此时此刻，刘琨不敢回答羊献容提出的这些问题。对这个女人来说，她早先一直以为，她生命中重要的事情会有部分为自己所能决定和把握，总以为部分幸福会取决于她自己。现在，她似乎才算有些明白，生命中根本没有什么幸福，只有或多或少的苦恼而已。

回忆，使得刘琨倒退到那些已经褪色的日子里面去，笨拙的少女，激动人心的幽会，似乎在梦里能清晰地回到从前……如今，真实生活变成了幻觉，他曾经和她幽会，但，咫尺天涯，他感觉到自己不可能再向她走过去，也不能把自己准备好的心里话再向她说出口，她只能出现在他的梦里，不能再触动他的心。

皇后，臣子，绝壁高壑的隔阂——一缕令人警觉的强光，总会横扫着射入他的记忆，照亮温情所不能到达的黑暗——她身上具有无与伦比的重要性，作为一个皇后，而不是作为一个女人。

"我要当太后！我要立清河王司马覃为帝！"羊献容忽然低声吼道，近乎失态。

刘琨内心如焚。思虑良久，他劝谏道："皇后，如果您这样做，结果只会枉害了清河王司马覃的性命。大晋天下，乱得还不够吗……"

"大晋大晋，我希望这个大晋灭亡了才好！……它是你的大晋，你们的大晋，不是我的大晋！"

第六十四章　皇太弟之死

在邺城监狱，每当成都王司马颖在清晨醒来，他就会沉浸在循环往复的懊悔和空空的忧伤之中。

懊悔，须臾不离。他不仅全部感觉没有麻木，反而思维变得比从前任何时候都更加清晰。如今，让他感到痛苦的原因，并非时下的囚牢生活，而是回忆本身。特别是当他独处的时候，曾经大权在握的辉煌，勾起他对过去无休无止的回顾。

司马颖并非只是在回忆和眷恋权力。他所懊悔的事情，很多，很多——包括和堂兄齐王内讧，包括诛杀陆机、陆云兄弟，包括信用宦者孟玖，包括与自己的异母弟长沙王反目，包括派出石超在荡阴与自己皇帝哥哥的军队交战……

窗外雨潺潺。雨声，使他回忆起邺城宫内氤氲的香味；雷声，让他想起洛阳皇宫太极殿内巍峨的飞檐。炎热的午后，邺城监狱内的死寂，勾起他对不久前身为皇太弟时那万般荣耀的追忆；身边默不作声的、忽然懂事的两个儿子，更让他柔肠寸断，心内生出从前很少有过的对未来的恐惧。

"我好想吃新鲜的李子啊……"五岁的小儿子对乖乖坐在他身边的哥哥说。

司马颖的长子也不过七岁，但最近的逃难生涯，使他忽然早熟。如今，这个孩子的举止和表情，完全没有一丝王府世子的骄纵。"不要惹父王生烦，很快我们就会回到宫里住，会有很多很多李子……"

气候炎热，白昼显得更加漫长。邺城监狱内，空气重浊，加之寂寥难耐，更让人感到窒息。

被逮后送到邺城，司马颖手下的人，包括卢志在内，根据范阳王的命令，都很快得到释放。但他自己一直没能和范阳王司马虓见上面。

司马颖从官之中，唯有卢志最忠心。此人一直跟随他不说，即使今日自己倒霉到沦为囚徒，卢志依然不离不弃，总是托人送酒肉食物入监狱。

而范阳王司马虓之所以没有和这位倒霉的成都王司马颖见面，倒不是出于得势后的倨傲，也不是想避嫌，而是因为这位王爷近来一直重病在身。

司马虓在刘琨等人帮助下拥兵得入邺城后，忽罹暴疾。几天之内，他就已经处于弥留状态。他在还能说话的时候，曾经指示属下释放成都王司马颖的属下，并上表给皇帝（其实就是东海王司马越），要求对在邺城遭到幽囚的成都王予以从宽发落——毕竟，世上皇帝亲弟所存无几。

得知司马虓病重危殆，洛阳掌握朝廷大权的东海王司马越立刻派自己的亲弟新蔡王司马腾来邺城，准备接掌这个重镇。

司马腾本人到来前，派出刘琨的哥哥刘舆暂任范阳王长史，让他先行出发到邺城，相机处理成都王司马颖的事情。

刘舆刚到邺城，恰值范阳王司马虓暴薨。

刘舆深知成都王司马颖原来的封地就是邺城，这里，是他根据所在，而且司马颖素来为当地人所亲附。范阳王新死，新蔡王未到，为了防止邺城军民趁机劫走成都王再生乱端，刘舆当下果断做决定，暂时对外秘不发丧，不让人知道范阳王死讯。安排好一切之后，他派人假冒成洛阳来的台使，称诏，赐死司马颖……

对外间所有的一切，包括范阳王司马虓病重的消息，司马颖一无所知。当然，企盼多时，也没有盼来先前与自己关系友善的范阳王到囚室看望自己，这让司马颖感到非常伤心和沮丧。遥想武帝活着的时候，作为疏宗王爷的范阳王，一直与自己关系融洽。二人在洛京往来频繁，就连当时学习书法，司马颖都是由范阳王亲自教授。

夕阳西沉，透过监狱狭窄的窗户，司马颖看到余晖为远处邺城宫笔直的宫墙抹上一层浓浓的金黄色。

待久了，两个孩子无聊。毕竟孩童心性，他们看见阳光在地上碎成了一片一片的金黄，开始互相逗笑，用手去抓那些光的碎影。

孩子的快乐，让司马颖心中更感沉甸甸。他强忍着才使得自己的眼泪没有夺眶而出。

想起自己身为皇太弟之时手下千军万马那震耳欲聋的欢呼和喧哗，再看看如今父子幽囚的苦境，他心中涌起一股强烈的求生渴望——即使日后被废为庶人，只要能从监狱高墙中得以释放就好。然后，父子三人随便找个地方，过一种平静的生活，让这两个儿子能平安地长大。如果帝国能渡过忧患，孩子们平安成长，即使自己默默无闻老死于田亩之间，也算得偿所愿。昔日所有的野心，如今皆化为乌有……

太阳，马上就看不见了。一缕橘黄色的夕阳，在墙上画上最后绚烂的一笔。

白昼，正在结束。傍晚的凉意，渐渐在室内和窗外升腾起来。

静寂之中，司马颖忽然打了个寒战。不知道为什么，他隐隐约约感觉到一种巨大的危险，正在于无形无声中向自己逼近。外面，肯定有事情在发生……

生命，变成了一个漆黑的无底洞。思及对未来的恐惧，司马颖竭力堵塞他自己的记忆，想让自己不再回忆曾经发生的那些皇室内讧，不再想象弟弟长沙王被烤焦的肉身，不再回忆堂兄齐王断成两截的尸体，不再想荡阴大战后那尸体狼藉的战场……

不过，有些人，有些事情，司马颖无法忘怀，无法不回忆——至今，他也不清楚自己的母亲程太妃的下落——从邺城逃往洛阳之时，由于自己保护着皇帝哥哥启行仓促，母亲为孟玖耽搁行程，随后出发，中途遭遇王浚所属鲜卑骑兵的追袭……一行人至今音讯全无，估计已经遇难。

思及母亲，司马颖泫然泪下。他再也听不见母亲温柔的呼唤了，再也感受不到母亲拥抱着自己时那样的柔情。记忆之中，童年往事最清晰：她面颊粉红，头发漆黑，总会用母性的、滋润的、圣洁的唇亲吻自己。当母亲的唇舌轻轻拂过自己的脖颈和脸庞时，似乎散发着露珠的清香和火焰的炽热，那种抚爱，一直渗透到他肌肤的深层，使得他快乐的童年充满了沁人心脾的神秘和温馨……

"鲜卑人野蛮兽性，对晋人妇女总会先奸后杀……"几个月过去，军中这种传言，一直让司马颖恐惧不已。对于母亲，他怀有一种深深的内疚之情——当时逃亡得太仓促，哪怕稍等她片刻，可能就能把她安全带到洛阳。即使如今的洛阳是自己政敌东海王当政，即使自己身陷囹圄，母亲的安全，应该还能有所保障……

铁门叮当，忽然响起了声音，一层又一层，声音非常响。那些庭院内正在啁啾的鸟儿，顿时惶然惊飞。

司马颖两个正在玩耍中的儿子，诧异地停止了动作，满脸惊惶往大门处张望。平时，总是有狱吏悄无声息地把饭食和饮水从小门中塞入，但很少有人打开大门。

一个一脸苦相的官吏脚步匆匆走进来，他身后跟着四个腰间悬刀、身材高大的军士。

官吏进入牢房内。他眯了一会儿眼，过了一会儿才适应室内阴暗的光线。看清楚囚室内的成都王后，他大声说："有诏！"

司马颖跪下，静听宣诏。

"成都王司马颖，篡逆不道，有悖大伦，今赐死！"

诏书非常简短，显然不是出自中书省官吏的手笔，一听就是最近两年非常时期的诏书行文风格，连像样的罪名指控都没有。

司马颖发了一会儿愣。他慢慢站起身来，问来人："请问贵使姓名？"

"在下田徽，乃邺城监狱守吏。洛阳使者……如今在邺城宫内。"

"哦……范阳王怎么不来见我？……他是否死了？"

"不知。"

"您今年多大了？"司马颖忽然向派来杀自己的田徽问了一个奇怪的问题。

"五十岁。"

"五十……孔子曾说'五十而知天命'，卿知天命否？"

"不知。"

田徽不是一个凶残的刽子手，他是一个刻板、忠于职守的邺城守吏。

对于自己昔日上司成都王的问话，他的回答简洁而意味深长。

司马颖的大儿子忽然哭出声来。这个孩子虽然才七岁，但他很清楚"赐死"的含义。看到哥哥哭，司马颖的小儿子跟着号啕大哭。

看着自己粉雕玉琢般的两个儿子，司马颖心如刀割。不过，他很快就镇定了心神，对田徽挥挥手，说：

"替我把他们带走吧……我死，东海王肯定要斩草除根，他们也不得活。你马上把他们带走，别让他们看到我的死状……"

田徽躬身一揖。"殿下英明。为了让您放心，我让人先送二位小王子上路！"

田徽回头，对身后的军士示意。两个人立刻上前，一人抱起一个孩子，转身就往外走。

孩子哭得更厉害了，挣扎着，哭喊着，不停叫："父王，父王……"

成都王司马颖面白如纸。

再也见不到明天的旭日东升了，司马颖绝望地想。

想到自己还不到三十岁，他更加沮丧——自己兄弟二十多人，有那么多人都活不过三十岁……难道，这真是命运对大晋王朝一个恶毒的诅咒吗！

我，和大晋王朝一样，强大过，兴旺过，占有过。曾经那样富于旺盛的生命力，曾经拥有那么多最美好的东西，甚至，自己曾经做过这个帝国的储君皇太弟！但是，死亡，剥夺了未来一切可能性。自己的肉体马上就要变成死尸，在黄泉路上，兴许还能追赶到那些不久前死去的王爷们……所有的一切，一切的一切，都将一去不复返了！

在这噩运连连的岁月里，不会有奇迹发生，也没有生活中令人惊喜的欢乐。日复一日，年复一年，帝国迅速地衰落下去，只有悲剧一直在上演，只有死亡永远失而复得！

忽然，一股突如其来的轻松回到了身上。成都王司马颖重重叹息一声，如释重负：死了，就不会再忧愁了……

"我死之后，天下能够安定下来吗？如果我死，天下能安，死得其所矣！自从邺城奔亡，我多日不曾彻底洗沐，来，为我取数斗汤来！"

"殿下，您还是尽快上路吧……您死之后，我自会亲自监验，让人为大王彻底洗净全身。来人，马上烧热水！"田徽催促着司马颖的同时，对囚室外面吩咐。

司马颖苦笑："我，武皇帝亲子，当今皇帝亲弟，曾经的皇太弟，锦衣玉食二十多年……唉，临死之时，连热水洗沐的要求都不能满足，可谓至惨啊！"

"殿下，比您惨的人太多了！不用说天下百姓，不用说战斗中惨死的兵士军将，就拿您那被腰斩的堂兄齐王和您那被活活烤灼而死的亲弟弟长沙王来说，您的死法，比他们都舒服痛快多了……"田徽由衷地说，语气中丝毫没有嘲讽和揶揄。

这个时候，刚才抱着司马颖两个儿子出去的兵士回到囚室。他们的脸色都有些发白，各自身上溅了一些血迹。

"卿之所言，甚为有理……"

司马颖低头沉吟片刻。他把席子垫在大门前，解散头发，把一条丝绦递给田徽，自己东向而卧，并让两个兵士按牢自己的双腿。

然后，他平静地对田徽说：

"田大人请动手吧，希望给我一个快死……好歹我是尊贵的司马家王爷，能留得全尸，也算是我宗室的福惠吧……"

田徽一躬："殿下放心，二位小王子刚走，您还能在黄泉路上赶上他们……"

第六十五章　自投罗网

一轮圆圆的大太阳，暗红暗红，在一片茂密的树林后面往下坠着，似乎它先被黑夜托住，强撑在那里。

那红红的颜色，让人想起鲜血、战争、烈火、灾难……

傍晚来临了。

河间王司马颙坐在车上，一言不发。他所乘马车的后面，还有一辆车。他的三个儿子坐在上面，也没有任何声响。有近二十个骑兵，跟在他们后面，马蹄嗒嗒地行进着，默默保护河间王的这两辆马车。

几年以来，赫赫隆隆的河间王司马颙，仪卫头一次如此寡弱。

新近得势的东海王司马越如今不在洛阳，正率领大部军队到许昌驻扎。据大臣王衍秘密报称，为了缓和宗王之间的关系，司马越离开洛阳前，终于同意任命河间王司马颙为司徒，条件是：他必须离开长安城，回到洛阳就职。

为了迎接司马颙的到来，有司已经在洛阳为他修造了一座豪侈的府邸。依据东海王的授意，只要这位长安东来的河间王不再参与政事，就保证他的人身安全。也就是说，他后半生能够以三公显爵悠游岁月。

最终下决心离开长安，也是司马颙无奈的选择。

关中地区，除了长安这座孤城，绝大部分州县都听命于洛阳的东海王司马越。重兵环伺之下，司马颙仅能保城而已。先前，仗恃着张方的残虐，拥大军逼劫痴帝到长安，天下人尽知河间王强逼无君之心。

最近，听说成都王司马颖在邺城被杀消息后，司马颙惶然惕然：连皇帝的亲弟也不免诛除，自己一个宗室疏宗，随时随地都有可能被人摘下项上人头送到洛阳报功。

思前想后，在洛阳的王衍说和下，司马颙终于答应携带三子离开老巢长安，归老京城。

路上，经过了不少的村庄，到处荒寂，人烟稀少，可以想见近来频发的战争所带来灾难的程度。偶尔遇到较大的村落，在远处看一看，也能感受到六畜不安的氛围。每每夜半停车住宿，河间王一行都能听到荒鸡四鸣，还有四处兜晃的吃人野狗在用各种腔调狂吠，似乎连村庄里面的马、牛都彻夜不眠——所有这些，让待在车上睡不着的河间王心慌意乱。黑夜中，树林里面的树枝吱吱嘎嘎摇曳，当大风刮起的时候，呼呼乱响，如同死亡黄泉中的厉鬼凄厉的呼啸，还仿佛有一群无声的军队，正在那漆黑的树林里匆忙行进……当风忽然停歇的时候，周遭的寂静死一样，更令人不安……

看看天色已晚，河间王司马颙问从人所在何地。

"禀告殿下，这里是新安雍谷。"

于是，司马颙下令找个树林间空旷的地方宿营。

新安，距离洛阳已经很近了。本来应该繁华的地方，周围却像僻静的原始草原一样，荒凉无比。洛水沿岸地区，经历几年的战争摧残之后，残破，岑寂，似乎有无数个村庄都死去了一样，更好像是村镇原先熙熙攘攘的人群都被瘟疫吞噬掉，在傍晚路径上，竟然连一个活人也看不见。

天上，乌云密布，黑沉沉的云翼无声而迅速地伸展开去，吞噬着残阳，使得昏暗的情景阴森可怕。呜呜地，阵阵旋风从树林中紧贴着地面吹过来，更让人毛骨悚然。

"新安，项羽在此地坑杀秦卒二十万……"司马颙心中念叨着，顿起不祥之念。他很想继续往前行，但天色已经太晚，只得留于此地过夜。

心情复杂之中，他命令兵士就地埋锅做饭。

呼呼风声中，忽然传来一阵急促的马蹄声。听这嘈杂之声，来人似乎不少，总要有百十人之多。

树林深处，不断传出刀砍在树枝上的响声。来的人骑马，半明半暗中，边在小径上面行进，边用刀清除面前垂搭下来的枝叶。

河间王悚然一惊。

护卫他的兵士纷纷就近拿起武器。其中有几个行动敏捷的人飞身上马，做战斗的准备。

很快，魔鬼现身一般，近百名身穿甲胄的骑兵出现在河间王司马颙等人的面前。他们手中皆执锐兵，默无声息，把河间王一行团团包围住。

"我们乃南阳王司马模手下，奉命前来迎接河间王！"为首一个军将厉声道。

说着话，他揽辔前行，越来越靠近司马颙。

听说是东海王司马越亲弟南阳王派人来接自己，司马颙心头一热，立刻叱令护兵下马放械。

他站起身来，走上前去，准备和来将寒暄。

就着微光一看，马上的将领看上去好像特别面熟。

"河间王殿下，我是司马雅啊……"

"啊，我说这么面熟，原来是都督您……"

这位司马雅，乃皇室远宗，贾后当权时代就是禁卫军的殿中督。当初，他看不过贾谧对太子无礼，就暗中积极策动禁卫军参与赵王司马伦、孙秀废黜贾南风的政变。贾后被废杀后，见赵王有僭越之心，司马雅惧祸，便托病在家，好久没有就职。而后，三王起兵，诸王争权，他都一一避过，没有卷入内讧旋涡。

河间王司马颙看到司马雅，心中非常奇怪。他打着哈哈，故作亲密地与司马雅说："都督，贾庶人被诛，您立有大功啊。事情成功后，您那么久托病在家，难道要韬光养晦不成……"

"世道艰难，弄不好就被族诛。如今在大晋朝，想韬光养晦都难……"

"怎么，都督您如今为南阳工做事？"司马颙仰头问。

虽然满面是笑容，但内心中，这位失势的河间王很是气恼：毕竟我是堂堂司徒公、河间王，曾经在长安执掌天下权柄，代言皇帝。司马雅你一个武将都督，不过是南阳王所派遣来迎接我的军将，竟敢一直骑在马上不下来见礼，真是狗仗人势，欺人太甚！

"南阳王兄弟权高势大……如今乱世纷纭，作为武将，我还是判明形势的好。背靠大树好乘凉啊。"

"这么晚了，南阳王还派都督来接我，太辛苦您了。"

"南阳王随后就到。他派我来，送殿下您上路……"

"……哦，还是明天早晨再上路吧。今天天色已晚，我们明天提早启程，肯定能在太阳落山前赶到洛京。"

司马雅忽然诡秘地笑了："河间王，您如此精明之人，连我这么明白的话都听不懂吗？"

"都督何意……"

"我带这么多人马来，摆这么大排场，就是要马上送您上路——黄泉之路！"

如遭雷击一般，河间王司马颙愣在原地。

司马雅举起右手，轻轻挥动了一下。

跟从他来的骑兵早有准备。他们看到司马雅手势后，纷纷挺槊，就近动手。扑哧扑哧数声，一眨眼工夫，河间王的扈卫兵士猝不及防，皆被当场活活捅死。

司马颙顿时魂飞魄散。他呆在原地，脑子里面一片空白。

司马颙的三个儿子，分别是十四岁、九岁、八岁。这几个少年人，从来没有见过杀人场景，立刻被眼前景象吓得几近呆傻。他们躲在父亲身后，瑟瑟发抖。

"王衍王大人对我说，只要我让出长安城，归老洛阳，就保证我身家性命无忧……东海王也已经答应我了，诏旨已发，就在我行囊之中……"司马颙费力地咽着唾沫，绞尽脑汁思考后，对司马雅说。

"河间王，您又不是没有当过权，诏旨那种东西，谁掌权谁就能发。当初您在长安挟持皇帝，不是也发布了不少'诏旨'吗？如果您活着待在洛阳，东海王能放心到别处去吗？先前和您兵戎相见的那些军将，他们能放心吗？"

"……当初诛除赵王，我在长安兴义兵，可是立了大功，凭这个，也应该饶恕我性命吧……"

"河间王，您四十岁已过，对于世间之事，应该'不惑'啊。当初赵王篡逆，三王起兵，您可是一直首鼠两端……如果说参与诛除赵王司马伦就可以免死，那么，齐王、长沙王、成都王等人，都不应该死啊……他们现在在哪里呢？"

司马颙良久无言。

马蹄嘚嘚，又有几个人骑马从树林中显现。为首一人，身材不高，须发稀疏，枯瘦如柴。从他服色看，显然是个王爷。

"南阳王殿下！"司马雅见了来人，即刻翻身下马，上前见礼。

虽然河间王司马颙和南阳王司马模都是宗室，但他们两个人有二十多年的时间没见过面了。武帝时代自不必说，他们都属于宗室疏宗，平时要乖乖待在各自的封地，没有皇帝诏旨召唤，他们不能随意到京城或者封地以外的地方。痴帝即位后，司马颙一直坐镇关中，而南阳王司马模当时只是公爵，根本没有四处周游的机会，连京城洛阳他都罕有机会去，所以二人相见的机会就更少。

从小到大，河间王和南阳王大概只在他们年少的时候见过几次面，那还都是逢武帝时代盛大节庆的时候。距离今天最近的一次，还是武帝灭掉吴国之后而举行宗室大庆的太康元年。掐指算算，都有近三十年时间了。

"南阳王，看在你我皆是宗室的分上，是否能饶我三个儿子的性命？"

一向老谋深算的河间王司马颙，如今搁浅在滩，只得乞怜于人。

"斩草，必须除根！"

南阳王司马模捋须，慢慢地说。

司马雅听南阳王如此说，立刻扬起手中宝剑，指向司马颙身后那三个孩童。

六个骑兵飞身下马。他们不容分说，即刻把司马颙推到一边。然后，兵士两个人一组，把那三个抖成一团的孩子掀翻在地。一人按住身子，一人下刀。

三声类似树枝折断的声音过后，司马颙的三个儿子身首异处。死亡来得如此快，他们连叫喊一声的机会都没有。

眼睁睁看着自己的儿子被斩首，司马颙面若死灰。

他嘴唇不停哆嗦着，有些茫然地环顾四周，满眼所见，不是自己儿子断了头的尸体，就是被长槊捅穿的那些卫兵的尸体。

对死亡的恐惧，真真切切降临到河间王司马颙自己的身上。他心潮起伏，悲痛欲绝。森林的湿气，在晚间蔓延开来。刚才，东方还有小小一轮皓月当空，如今，林间却氤氲起溟蒙的雾霭。

闻着甜腥的鲜血气息，看着周遭流血的尸体，司马颙恍如身处阴曹地府……他捶胸顿足，站在原地低吼道：

"我怎么能轻信人言，自投罗网！"

南阳王司马模与司马雅交换了一下眼色，都冷冷地笑了。

"河间王，仅你派张方劫持皇帝这一项罪名，就够杀你十次了！"司马雅说。

"……皇帝憨愚，世人皆知！贾南风、赵王、齐王、长沙王、成都王，哪个没拿陛下当幌子独掌朝权？当初劫持皇帝到长安，非我之意，乃张方跋扈独断，加之兵士思归，才发生了拥持皇帝的事件……"

面对即将到来的死亡，司马颙心中依旧抱有一丝苟活的幻想，他强词夺理地为自己辩解。

"你说的那几个人，现在谁还活着？即使他们那些人把持朝权，也都是背后操控皇帝，敢于光天化日之下把皇帝强劫到京城之外的地方，只有你河间王一个人！"司马雅指斥说。

司马颙愣了一愣。片刻之后，不知道哪里涌上的勇气，他忽然高抬起头，对着南阳王司马模说：

"即便如此，我并不似赵王那般有篡逆之心；在长安，我也没敢亏待至尊……如今东海王在洛阳，天下生杀大事，均他自己一个人说了算。如此行事，难道不算跋扈专权吗？"

听司马颙如此说自己的亲哥哥，南阳王司马模都给气笑了。他骑在马上，脸上显现出大度宽容的样子，说：

"河间王，毕竟你还是干了一些好事，比如你如今乖乖听命，就真从长安来了洛阳，比如你先前派人杀掉你手下大将张方，比如你出卖成都王……真是省了我们兄弟许多事。况且，你我都是皇族宗室，一笔写不出两个'司马'嘛，对你，本王怎么也要宽仁为怀……"

听南阳王如此说，一股强烈的求生欲望顿时涌上。河间王司马颙死死盯着司马模的嘴看，希望能从对方嘴里听到"赦免"两个字。

南阳王满心恶意，但脸上依旧一副不忍的表情。"我兄长东海王事先交代过我，对河间王要给予一定的礼敬……"

啊，生的希望更大了。司马颙胸部急剧起伏着。只要自己能活下去，一切都会改变的……即使三个儿子死在自己面前……

"司马都督，本王命令你，赏河间王全尸！"

沉吟半晌，南阳王司马模终于说出了对河间王司马颙"宽仁"的处理决定。

司马雅苦笑了一下。南阳王司马模心地真是够阴狠，对河间王这么一个马上要死的王爷，他还能开这样的黑色玩笑。

司马颙瘫坐在地上。

司马雅走近司马颙，低头问："河间王，您身上有结实的绳子吗？丝绦？"

司马颙摇头。

"都督，不用到处找绳子，用你那双有力的大手，掐死他！"司马模在马上命令道。

司马雅踌躇了片刻，他看了看这位曾经不可一世的王爷。然后，他俯下身去，把河间王司马颙按靠在车轮上，用膝盖顶住他的胸，双手紧紧扼住了他的喉咙。

出于反抗的本能，司马颙伸出双手乱抓。

司马雅臂膀有力，十指合拢。任凭对方双手抓舞、双足蹬地，他的手一刻没有放松……

司马颙全身急颤了一下，屎尿俱出，死了。

据鞍而坐，居高临下，南阳王司马模亲眼看到河间王司马颙被掐死。他非常满意地点点头，对司马雅说：

"剥去他的衣服，把印信、文书都拿走。尸体，就放在这里吧，今天晚上，够野狗们饱餐一顿的……"

第六十六章　断肠汤

洛阳皇宫。太极殿。冷风飒飒。

东海王司马越、新蔡王司马腾、南阳王司马模兄弟三人，谋士刘舆以及几个心腹军将，站在殿门的石阶上，望着缓缓而行、越来越近的痴帝大辇，心情都很复杂。

"殿下，我昨晚钩沉史籍，爬梳文典，选出'永嘉'二字……皇太弟司马炽继位后，明年，就改元'永嘉'吧，希望天下能够永远嘉平！"刘舆对东海王司马越说。

"……嗯，不错，不错。永嘉，好……"司马越点头，他脸上露出一种稍显奇怪的笑意，向越行越近的痴帝大辇仰颐，对身边两个兄弟说，"庆孙很会寻找吉词，皇帝，这位马上就要龙驭宾天的皇帝，谥号为'惠'，也是庆孙想出来的……"

司马腾、司马模二人微微点头，不停吞咽着唾沫，喉头滚动。这二人初入大晋帝国最高殿堂，对皇帝、皇权、皇宫，心中依旧留存有畏惧感。他们冠服下的身体不由自主颤抖着，面色都因为紧张而略微发白。

痴帝一身庄重打扮，头戴黑介帻、通天冠，佩白玉，垂珠黄大旒；衣裳绣满十二章图；脚下绛裤袜，着赤舄。特别是那些由红色珊瑚做的旒珠，在痴帝红黑的大脸面前晃摆着，时时撞在他脸上，看上去特别滑稽。

"皇帝冠冕上面的旒珠，为什么是红色的呢？真难看啊……"司马越说。

这个时候，这位东海王还有心情说笑，显然内心中他根本没拿痴帝当回事儿。

"后汉以来，天子之冕，前后垂旒都用真白玉珠。魏篡汉后，魏明帝好妇人之饰，改用红色珊瑚珠做旒珠。我们大晋承继曹魏后，承袭旧制……"刘舆熟悉历朝历代冠冕舆服制度，低声对司马越解释。

司马越若有所思。"嗯，皇帝穿戴这套整整齐齐的冠冕，入葬都不用费事换衣服了……"

太极殿周围，并无百官大臣，皆是东海王司马越安排的亲兵亲将。所以，痴帝被宦者搀扶着从大辇上下来后，司马越并没有像往常在大庭广众之下那样对痴帝行礼。

司马腾、司马模、刘舆等人，看到痴帝，不由自主匍匐在地，行跪拜大礼。

痴帝司马衷努着无神的大眼珠子看了他们一眼，面无表情。对他来说，自从贾南风死后，自己身边的面孔，越来越陌生。周围的世界，也越来越不安全。

从早晨开始，洛阳就大雾弥漫。华林园内的风一直在咆哮，寒气十足。快到中午的时候，雾气才稍稍散去，但天上的太阳依旧颜色发白，如同深秋傍晚的月亮一样高悬在上面，天空很阴沉。

痴帝坐定之后，像往常一样低头摆弄着玺绶，耷拉着脑袋发了一会儿呆，然后，他抬头说："我饿……进膳！"

"饿""吃""饮酒""进膳"等，是痴帝平时说得最多的词语。

司马越笑了。

他回头示意了一下，一个御膳房的宦者立刻端着一个木制暖桶走过来。

行至痴帝御床前，宦者跪下，揭开木桶的盖子，从里面拿出一个还在冒着热气的金碗。

金碗里面，盛着满满的一碗汤饼①。

宦者满腹心事的样子，回头望了望东海王司马越。

司马越抬抬下巴，示意宦者立刻给痴帝端上去。

宦者膝行，把那个金碗高高举起，小心翼翼地递到痴帝手中。

见到吃食，痴帝食指大动，脸上的表情立刻生动起来，呆滞的大眼珠子也有了光彩。

未等他开吃，司马越忽然走上前去，递给痴帝一道青纸诏书。

痴帝很顺从，即刻解下玺绶递给近前的宦者，让人在诏书上盖上玺印。

当然，痴帝肯定不知道那封诏书上面的内容——正是要赐死皇太子司马覃的诏旨。痴帝年方十四岁的亲侄子清河王司马覃，马上就要成为下一个冤死的鬼魂。

痴帝低头，拿起汤勺，狠命舀了一大勺，呼哧就吃了一大口。

滋味不错。稀里呼噜，痴帝大吃起来。一时间，风卷残云般，他把一大金碗的汤饼吃得一干二净。

---

① 类似现在的片儿汤。

宦者赶忙近前，从痴帝手中拿回空碗。

痴帝怔怔，连连打着饱嗝。

东海王司马越兄弟以及刘舆等人，皆万分紧张，目不转睛地注视着痴帝。

忽然间，痴帝的嘴唇哆嗦起来。他的脸，瞬间就变成了青灰色，大白眼珠子暴突出来。他站了起来，前胸急剧膨胀着，喘息着，张大了嘴，发出低声的哀号……

"痛……"

这个"痛"字，是痴帝司马衷在他四十八年生命中说出的最后一个字。

在场的宦者、军将以及刘舆等人，皆匍匐在地，不敢发出任何声音。死在他们面前的，毕竟是大晋一代天子！

痴帝司马衷自登基以来，十六年风风雨雨，大晋帝国从无比强盛变成如今这样分崩离析的局面。有那么多的夜晚，他被不同的人从梦中叫醒，强掖升殿，被迫在诏书上画押用玺，前前后后，诛杀了自己的姥爷、母后、皇后、皇子、皇兄、皇弟、皇叔以及多位他自己连名字也搞不清的大臣……今天，他会被这个王爷劫持当挡箭牌，明天，又会被那个王爷拉着放在军阵里炫耀……

十六年了，他几乎没有一天安生过！

此时此刻，痴帝肚子一阵剧痛，四体抽搐，在御床上扑腾翻滚了一阵子，终于可以长睡过去——以后，在那种凄冷的夜晚，永远，永远不会再有兵士冷冷的大手把他从热被窝里拽出来了……

可悲的是，痴帝的生命，处于半傻半愚之间。他知冷知热，知苦知痛，既能因司马威掰他手指而怒，也能因嵇绍血溅己衣而悲。但是，作为帝国至高无上的皇帝，他就是不能像常人那样有条理地行事，白白身居九重帝位。

自痴帝登基后，天下糜烂。连年争战不说，水灾、旱灾、蝗灾，连绵不断。大晋国中，受灾地区蔓延南北十数州，流徙人口超过百万，人们四散，扶老携幼，不绝于路，十不存二，白骨盈野。除了刘渊、石勒等匈奴、羯族以及幽州等地的鲜卑势力日益猖獗，由于安置失当，流民纷纷造反，氐族豪酋李雄还在蜀地建立了大成国，形成新的割据之势……

刚才还有阴惨惨太阳的天空，忽然完全阴沉下来，冷风阵阵过后，天上飘落掩盖罪恶的雪花。

乌鸦呱呱地叫着，寒风中，它们的声音发闷，尤显怪异。

这些黑色乌鸦不祥的啼声，似乎使得空气中充满了忧伤和愁闷，让在场的许多人皆悚然一惊。他们暗自思忖着：

帝国更阴暗的日子，是否即将来到？

　　"禀告东海王殿下，皇后亲自到金墉城把清河王司马覃放了出来，乘皇太子车驾到显阳殿，说是要拥立司马覃为帝……"

　　一个军校从殿外狂奔而来，跑得上气不接下气，跪禀司马越……